NICOLAS ZEIMET

SEULS LES VAUTOURS

10/18

ÉDITIONS DU TOUCAN

ISBN 978-2-264-06556-8

À mes parents

Ce sont là les secrets de la ville. Certains seront un jour dévoilés, d'autres jamais. Mais la ville garde toujours son visage impassible. Elle ne se soucie pas plus des œuvres du démon que de celles de Dieu ou de l'homme. La ville s'y connaît en ténèbres et les ténèbres lui suffisent.

Stephen KING, *Salem*

PREMIÈRE PARTIE

La disparition

CHAPITRE PREMIER

1

Shawna Twitchell, 5 ans, fut portée disparue le mardi 18 juin 1985 à 20 h 54. Sa mère, Mandy Twitchell, originaire de Chowchilla en Californie, déclara au shérif Hughes qu'elle était allée étendre le linge dans la buanderie un peu après 19 heures, laissant Shawna jouer seule dans le jardin, et qu'à son retour la petite n'était plus où elle l'avait laissée. Elle ne la trouva ni dans le salon, ni dans sa chambre, pas plus que dans l'abri de jardin que Shawna avait l'habitude de transformer en arche de Noé pour ses petits chevaux.

Shirley Hoffmann, qui habitait au bout de Reservoir Road, fut la première à être informée de la disparition de la fillette. Shirley était la mère de Lizzie, une petite copine de classe de Shawna. C'était aussi la voisine la plus proche de ce qui restait de la famille Twitchell, si tant est qu'il ait jamais existé une abstraction digne d'être qualifiée de « famille Twitchell ». La maison des Hoffmann faisait face à celle de Mandy et Shawna et en était le reflet quasi parfait, bien qu'elle fût beaucoup mieux entretenue.

Lorsque Mandy débarqua chez ses voisins, l'air inquiet et le T-shirt encore humide du linge mal essoré par sa vieille Electrolux, Shirley était en train de faire réciter ses leçons à Cody, l'aîné de ses quatre enfants. Elle apprit à Mandy qu'elle n'avait pas vu Shawna depuis le samedi précédent, jour de la fête d'anniversaire de Lizzie, ce que confirma cette dernière.

Mandy, qui avait essuyé pas mal de coups durs au cours des sept dernières années, conserva son sang-froid et refusa poliment l'aide de sa voisine, qui lui proposait d'abréger les leçons de son fils pour l'envoyer faire le tour du village à la recherche de Shawna. « Les devoirs, c'est trop important », justifia-t-elle. Sur quoi elle remercia Shirley et prit congé, non sans avoir au préalable posé un regard tendre et envieux sur la bouille de poupon de Lizzie, bien à l'abri dans les jupes de sa mère.

Mandy repassa chez elle pour enfiler un gilet, car il commençait à faire frais, et s'assurer qu'elle avait bien fouillé chaque recoin de la maison. Elle trouva le séjour et le jardin désespérément vides, la chambre de Shawna impeccablement rangée, et aucune trace de ses chevaux de bois dans la remise. Debout dans l'entrée, appuyée au chambranle de la porte pour rassembler ses pensées, la jeune mère pensa un instant à appeler le bureau du shérif, avant de se raviser. Moins elle avait affaire à Dalton Hugues, mieux elle se portait.

Cinq minutes plus tard, elle arpentait Reservoir Road en appelant sa fille à tue-tête. La lumière du jour commençait à décliner. Elle ne croisa personne sinon Helen Garrigan, l'infirmière qui avait soigné les derniers coups que lui avait mis Rory, mais celle-ci n'avait aperçu aucune blondinette au T-shirt à pois et à la salopette rouge.

Arrivée sans succès en bas de la rue, elle rebroussa chemin et remonta chez elle au petit trot. Elle enfourcha son vélo puis fila à travers champs jusqu'à la route 12. Elle dépassa le cimetière municipal et sa pelouse jaunie, le restaurant de Beth De Witte et sa terrasse scintillante, ralentit à la hauteur du ranch des Jones, que Shawna avait élevé au rang de huitième merveille du monde, n'aperçut aucune silhouette sautillant au milieu des chevaux, repartit de plus belle vers le nord, sans ménager son effort.

Il était maintenant 20 h 15 passées. Mandy avait atteint les limites du village et se trouvait sur les hauteurs de la Boulder Mountain, étouffée par la masse dense et sombre des sapins et des genévriers. Le soleil n'était pas encore couché mais il faisait presque aussi noir qu'en pleine nuit. La température avait chuté de cinq degrés.

La jeune femme emprunta un coude et arriva en vue de la clairière qui abritait le domaine d'Arlin Gillespie. Un pâturage ouvert sur la route descendait en pente douce au milieu d'une ceinture d'arbres. Une dizaine de vaches apathiques, en train de brouter l'herbe tendre, la regardèrent passer, inconscientes du drame qui était en train de se jouer. Un peu plus loin, une biche apparut entre les bouleaux avant de se figer et de disparaître aussi furtivement qu'elle était apparue. Shawna se serait sans doute émerveillée de ce spectacle si elle s'était trouvée aux côtés de sa mère. La petite adorait les animaux et répétait à l'envi qu'elle voulait devenir vétérinaire. Pour la première fois depuis un peu plus d'une heure, Mandy se dit que sa fille ne réaliserait peut-être jamais son rêve, et son cœur se glaça.

Fébrile, elle laissa tomber son vélo sur le bas-côté, rajusta le minishort en jean qui lui était remonté entre les fesses, puis enjamba le fossé. S'il s'était trouvé quelqu'un pour emprunter la route 12 à ce moment-là, il se serait probablement étonné de la présence d'une jeune femme aussi peu vêtue dans un tel endroit. Mais personne ne passa. Personne ne passait jamais par ici.

Mandy prit la direction de la maison plantée au bout du pré. Une vache meugla à son approche, sans doute alarmée de voir un humain s'approcher de son petit. La sentant prête à charger, Mandy planta ses yeux dans les globes noirâtres du bovin. *Essaie un peu*, la défia-t-elle. *Charge, et il t'en cuira, ma grosse. Parce que moi aussi, je cherche à protéger mon bébé.*

Elle se détourna de l'animal et reprit sa progression. Elle aurait pu donner l'impression d'errer au hasard, s'aventurant ainsi au milieu de l'herbe parsemée de rochers et de troncs de bouleaux coupés, mais Mandy savait où elle allait : l'écurie de ce trouduc de Gillespie se trouvait derrière la maison, elle l'avait découvert en s'introduisant chez lui pour mettre le feu aux sculptures en bois qu'il exposait au bord de la route, étant gosse. Depuis, le fermier était passé à l'aluminium.

Mandy tourna au coin de la maison et arriva en vue de l'étable, derrière laquelle se dressait l'écurie. La voie était libre. Tout était calme, jusqu'à la ventilation qui maintenait une température constante entre les murs de la bâtisse. Elle s'avança dans la faible lueur du crépuscule, sur ses gardes. On ne savait jamais à quoi s'attendre avec Gillespie. S'il avait fait du mal à Shawna, il était capable de se tenir en embuscade à l'intérieur de l'étable.

S'il avait fait du mal à Shawna...

La poitrine de Mandy se serra. Le regard du fermier l'avait toujours mise mal à l'aise. Elle n'en avait jamais rien dit à personne, mais elle le soupçonnait de se livrer à des activités douteuses dans son antre, comme disséquer des insectes ou congeler des cadavres d'animaux ramassés sur la route. Sans parler des choses qu'il aimait probablement faire avec les petites filles… Elle avait encore à l'esprit les mots de sa sœur lui confiant que ce pervers lui avait proposé des bonbons à la sortie de l'école, une douzaine d'années plus tôt. C'est à la suite de cette confidence que Mandy, alors âgée de 10 ans, avait conduit son expédition punitive contre lui.

La jeune femme essuya un filet de sueur sur sa tempe. À mi-chemin de l'étable, son regard tomba sur une étrange sculpture de forme ovoïde ressemblant un peu à une ogive. L'habillage, un assemblage de feuilles d'aluminium frappées des logos de marques de bière et de soda, évoquait une boule à facettes grossièrement lissée. D'une hauteur approximative de deux mètres, l'engin semblait avoir été conçu de manière à pouvoir accueillir un occupant.

Quel cinglé ! pensa Mandy en reportant son attention sur l'écurie.

Elle n'était plus qu'à dix mètres. Il n'y avait pas plus de bruit ici qu'aux abords de la maison. Shawna était là, pourtant, elle en aurait mis sa main à couper…

Six mois plus tôt, l'école avait organisé une visite à la ferme. De cet après-midi de découverte, la fillette n'avait retenu que sa rencontre avec la jument de Gillespie – « pas un cheval, une licorne », avait-elle expliqué à sa mère. Le lendemain, au moment de passer à table, Shawna ne s'était pas montrée. Après l'avoir cherchée dans toute la maison, Mandy l'avait retrouvée au bout de la rue, chaussée de ses bottes de pluie. Elle lui avait expliqué qu'elle était en route pour voir la licorne. S'il y avait un seul endroit où elle pouvait se trouver ce soir, c'était donc ici.

Mandy pressa le pas et vint se camper derrière la double porte de l'écurie. L'un des volets du haut était ouvert. Il faisait sombre à l'intérieur, un parfum musqué de foin frais mêlé de crin flottait dans l'air. Elle tendit l'oreille dans l'espoir de distinguer la voix de sa fille, mais le seul son qui lui parvint fut un bruissement de feuilles à la lisière de la forêt.

Les boxes étaient vides. Aucune trace de la licorne, ou de Shawna.

D'un coup, l'espoir auquel Mandy s'était accroché, cet espoir qui jusque-là avait retenu les vannes de la panique, céda comme un barrage emporté par une crue. Elle sentit ses jambes se dérober sous elle et dut prendre appui sur le rebord de la porte pour garder l'équilibre. Après dix secondes, elle se mit une petite tape sur la joue pour se secouer. Elle devait agir tant que c'était encore possible.

Mandy remonta jusqu'à son vélo, se remit en selle et s'élança sur la route sans un regard pour les vaches qui continuaient à paître alors que sa vie était en train de s'effondrer. Cinq minutes plus tard, elle dévalait la 12 en direction du sud.

Il n'était pas loin de 21 heures quand elle arriva chez elle. Elle composa sans attendre le numéro du bureau du shérif, priant le ciel pour ne pas tomber sur Dalton Hugues. Ce fut une femme qui répondit. Mandy ne comprit pas son nom, mais elle s'en fichait : ce qui comptait, c'était retrouver Shawna.

Au début, elle parvint à garder son calme, mais à la fin de la conversation, elle ne retenait plus ses larmes. Les mots de la femme au bout du fil résonnèrent dans sa tête bien après qu'elle eut raccroché : « Rassurez-vous, madame Twitchell, elle n'a pas pu aller bien loin. » C'étaient, à peu de nuances près, les mots qu'elle avait elle-même prononcés pour rassurer Shawna le soir où son père n'était pas rentré.

La voiture de patrouille arriva vingt minutes plus tard. À son bord se trouvait le shérif adjoint Mitch Novak accompagné d'un bleu qui portait un nom à coucher dehors. Ils prirent la déposition de Mandy et deux verres de limonade avant de repartir, équipés de torches électriques, pour « ratisser le coin » (dixit le bleu à l'accent de bouseux). Une heure plus tard, la moitié de la population masculine encore vaillante du village avait gonflé leurs rangs.

Mandy ne se retrouva pas seule très longtemps. Shirley Hoffmann et une délégation de voisines bouleversées, sans doute alertées par la lueur des gyrophares sur leurs jolies façades, débarquèrent chez elle armées de cookies fumants et de thermos de citronnade. La jeune femme n'eut pas la force de les envoyer paître, ces femmes qui la regardaient de travers quand elles la croisaient dans la rue, et les invita à entrer.

C'est sur les coups de 22 h 30 que Rita Davis, la coordinatrice du bureau du shérif, l'appela pour l'informer qu'on venait de trouver quelque chose.

2

Duncan's Creek était un petit village. Cent soixante-dix-huit âmes réparties sur une superficie d'à peine dix kilomètres carrés, cela crée une certaine proximité. La population était constituée de soixante-trois foyers et trente-neuf familles, dont la plupart entretenaient des liens de parenté. Et comme dans tous les petits villages, les nouvelles circulaient à une allure qui défiait la vitesse de propagation du plus virulent des virus.

Peu après 19 h 30 ce soir-là, Shirley Hoffmann abandonna les devoirs de son fils au milieu de la bataille de Gettysburg et se précipita sur son téléphone pour contacter Jill McCombs, qui lui succédait dans la chaîne téléphonique mise en place par les parents d'élèves de Duncan's Creek. Elle l'informa, dans les grandes lignes, de la disparition de la petite Shawna. Dans la minute qui suivit, Jill McCombs passa le mot à Gina Carozzo, qui à son tour appela Winnie Dickinson, et ainsi de suite jusqu'à ce que la boucle soit bouclée, le tout en moins d'un quart d'heure. Le réseau, qui n'avait pas été réactivé depuis les grosses chutes de neige de l'hiver 1983, démontra une fois de plus sa redoutable efficacité. L'extrême réactivité des différentes intervenantes – seize maillons au total – fut telle que la moitié des habitants de Duncan's Creek était déjà au courant de la disparition de Shawna quand le véhicule de patrouille du shérif traversa le village aux environs de 21 heures. Aussitôt après l'annonce de la nouvelle, les enfants furent mis au lit et les chiens en laisse, les fusils sortis de leurs armoires et les plats à tarte enfournés à cent quatre-vingts degrés. Chacun y alla de sa théorie, de la fugue à l'enlèvement, la plus abracadabrante évoquant même le retour d'entre les morts de Rory Twitchell pour récupérer sa fille.

Logan Momsen, qui du haut de son mètre quatre-vingt-cinq aurait certainement occupé le poste de capitaine de l'équipe de football si Duncan's Creek avait abrité un lycée, apprit la nouvelle alors qu'il donnait le dernier tour de clé à la station-service des Dickinson. Il venait de compter la maigre recette du jour et de mettre un coup de serpillière dans les toilettes quand, s'apprêtant à rejoindre sa petite amie, il tomba sur Leroy Gibson.

Le jeune homme resta sans voix à l'annonce de la nouvelle, retrouvant le visage que sa grand-tante

Martha affectionnait tant quand il était môme : deux grands yeux d'ambre à l'air interrogateur, des lèvres pleines, ouvertes sur un O de stupéfaction, une éternelle mèche de cheveux clairs qui commençaient à foncer avec l'âge – il aurait 18 ans dans quelques mois. Leroy Gibson ne lui donna pas plus de détails et, une fois l'information relayée, s'en alla comme il était venu.

Logan, qui n'avait pas encore retiré la clé de la serrure, donna un tour de poignet pour libérer le cadenas de la porte. Passant derrière le comptoir, il composa le numéro d'Alice, qui vivait à l'extérieur du village et n'avait sûrement pas eu vent de la nouvelle. Il ne lui laissa pas le temps de parler : ils devaient remettre leur soirée à plus tard. Alice soupira, mais ne fit pas trop d'histoires. Tout en promettant de se faire pardonner, Logan tira de sous le comptoir une lampe torche dont il fit jouer l'interrupteur pour s'assurer que les piles n'étaient pas mortes. Puis il fila à sa voiture, un coupé Buick marron modèle 79, et remonta jusqu'à Reservoir Road.

Un attroupement s'était formé devant la maison de Mandy et Shawna Twitchell ; la rue vibrait de ce sentiment indéfinissable qui unit malgré eux les gens confrontés à un événement important. Logan repéra Cody Hoffmann au milieu des têtes connues et partit à la pêche aux informations. L'adolescent lui apprit que le shérif venait d'arriver, le lui décrivant comme un type qui n'avait en fait rien d'un flic : pas très grand, pas très balèze, assez jeune. Logan, qui avait eu quelques démêlées avec la police, misa sur Owen Barnes ou Mitch Novak. Il espérait qu'il s'agissait de ce dernier. C'était un chic type, qui avait la tête sur les épaules et ne jouait pas au cow-boy. Tout le contraire de Dalton Hughes et sa bande d'enflures…

— Mon père et M. McCombs sont allés faire un tour du côté du Reservoir, lui apprit Cody. Quatre autres personnes sont montées au Devil Trail avec des chiens, je crois que M. DeSoto est en contact avec eux par talkie-walkie. Paraît même que le père Freeman a sorti sa vieille Cadillac du garage pour aller sillonner la 12 !

— Ils pourront jamais couvrir tout le sentier à quatre… Tu as une lampe électrique ?

Cody acquiesça.

— Va la chercher et rejoins-moi à ma voiture. Je vais essayer de trouver des renforts.

Cody remonta en courant l'allée qui menait à son garage, devant lequel s'agglutinait le gros des troupes. Tout le monde attendait l'apparition du shérif. *Belle bande de vautours*, pensa Logan en balayant la foule du regard.

Il aperçut Martha Hodge, sa grand-tante, en train de discuter avec Helen Garrigan. Il y avait aussi Beth De Witte, la propriétaire du restaurant du patelin, accompagnée de Jill McCombs et Gina Carozzo. Plus loin, les époux Jones se tenaient l'un contre l'autre, l'air de se demander ce qu'ils faisaient là. Sur tous les visages se lisait un mélange d'incompréhension et d'inquiétude. Les jalousies, les médisances et les querelles entre voisins avaient été balayées pour laisser place à une franche solidarité. Ce soir, tout le monde appartenait à la famille Twitchell.

— Logan Momsen ! fit soudain une voix dans son dos.

Il se retourna. Une jeune femme ravissante, emmitouflée dans un long gilet de laine, arrivait vers lui.

— Bonsoir, mademoiselle Adams.

Elle le fixa de son regard bleu pénétrant. Elle avait les joues roses et des cheveux blonds ondulés qu'elle n'avait pas dû prendre le temps de sécher après une douche que Logan devina récente.

— Toujours aussi curieux, à ce que je vois !

Betty Adams était l'institutrice du village. La trentaine tout juste entamée, elle avait réconcilié toute une génération d'enfants avec l'école depuis qu'elle avait pris la relève de la vieille Mme Kendrick. Logan, qui avait passé un an dans sa classe, l'avait toujours bien aimée, avec sa voix posée et son parfum fleuri.

— Il y a du nouveau ? demanda-t-elle en tendant le cou par-dessus l'épaule du jeune homme.

— Les gars du shérif viennent d'arriver. Pour l'instant, on sait rien de plus.

Betty fit claquer sa langue contre son palais, tic à peine audible dont elle ponctuait souvent l'énoncé des problèmes qui se présentaient à elle.

— Pauvre Shawna, toute seule dans le noir, murmura-t-elle en resserrant le col de son gilet sur sa poitrine. J'espère qu'ils la retrouveront avant qu'il ne fasse trop froid !

Logan approuva d'un signe de la tête. D'emblée, l'institutrice écartait l'idée d'un malheur, ce dont il lui sut gré. Du coup, elle lui apparut comme une alliée idéale.

— On va faire un tour dans les bois avec Cody Hoffmann. Vous voulez venir ?

— Et comment ! Rester ici à attendre avec tous ces charognards… non merci !

Ils se dirigèrent vers la Buick. Cody vint les rejoindre deux minutes plus tard ; il avait emporté deux grosses lampes et une gourde de thé glacé préparée par sa mère.

— En route ! s'exclama Logan en les précédant dans l'habitacle.

3

Ils étaient trois, et non quatre, à être montés au Devil Trail, et contrairement à ce que pensait Cody Hoffmann, un seul chien les accompagnait. L'animal en question s'appelait Gus, c'était un golden retriever d'un âge avancé, plus habitué au tapis du salon de son maître qu'à la chasse aux enfants disparus. Pourtant, ce soir-là, le Dr Jim Pomeroy n'avait pas hésité à le déloger de sa couche pour l'entraîner sur la piste rocailleuse qui cernait la partie septentrionale de Duncan's Creek.

Le Dr Pomeroy avait connu son lot d'épisodes marquants au cours des cinquante années qu'il avait passées ici, mais aucun ne le touchait aussi personnellement que la disparition de Shawna Twitchell. Il avait essuyé les gigantesques tempêtes de poussière qui avaient ravagé les États du centre et chassé sa famille du Texas en 1935, connu la misère à la suite de la grande dépression qui avait ruiné nombre d'agriculteurs du coin. Il avait attendu le retour de quatre jeunes gars envoyés sur les plages du débarquement en 1944, dont un n'était jamais revenu. Il s'était battu, au début des années soixante, pour que son voisin et ami Lamar Jones puisse épouser Felicity Gardner, une Blanche, et mormone, de surcroît. Plus récemment, il était devenu le parrain de la petite Lavona Glover, après avoir mené une croisade passionnée auprès de collègues obstétriciens pour permettre à ses futurs parents de bénéficier d'une nouvelle technique de procréation médicalement assistée, la fécondation *in vitro*. Mais le lien qui l'unissait à Shawna était plus fort encore que celui qu'il entretenait avec sa petite filleule. Car s'il avait aidé à donner la vie à Lavona, Jim avait aussi sauvé celle de Shawna.

C'était en août de l'année passée, un jour où la canicule avait frappé si fort que l'air aurait pu vous brûler les yeux. Il était presque 20 heures, Jim venait de se préparer un sandwich au rôti quand le téléphone s'était mis à sonner. L'espace d'une seconde, il avait pensé l'ignorer pour s'installer tranquillement sous le porche, mais l'abnégation l'avait emporté. À l'autre bout du fil, il n'avait d'abord entendu qu'un reniflement, puis une petite voix avait murmuré son nom. Il avait cru qu'il s'agissait d'un enfant jusqu'à ce que son interlocutrice se présente : c'était Mandy Twitchell, de Reservoir Road. Il venait d'arriver quelque chose de grave. Jim n'avait pas tout compris, mais il lui avait promis d'arriver au plus vite. Cinq minutes plus tard, il trouvait la jeune femme devant chez elle, couverte de sang. Bouleversée, elle avait réussi à balbutier une logorrhée dans laquelle il avait distingué les mots « Shawna », « tombée » et « abri ». Jim s'était précipité à l'arrière de la maison et avait trouvé la petite inanimée sur le seuil de la remise en bois. Plus tard, à l'hôpital de Panguitch, alors que sa fille était stabilisée, Mandy lui avait expliqué que Shawna avait voulu monter sur le toit et qu'elle en était tombée. Jim n'en avait pas cru un mot. Il connaissait bien la famille Twitchell, et plus particulièrement le caractère violent de Rory, le père, et bien qu'il eût fait l'intégralité de sa carrière de médecin dans le village le plus paisible de l'Utah, il savait détecter un cas de maltraitance quand il se présentait. Dès lors, il avait gardé un œil sur la petite Shawna.

— Il a pas l'air en très grande forme, votre clebs, Doc !

La voix tira Jim de ses pensées. Ils venaient de passer un coude particulièrement ardu et Gus était à la traîne.

— On en reparlera quand tu auras 12 ans en âge chien, Chuck !

— En âge chien ?

— Quand tu auras 84 ans…

La candeur de son ami arracha un sourire à Jim. Chuck Glover était un brave garçon, mais c'était loin d'être une lumière.

— Sauf que Chuck, sa vie de chien, il la fait à l'envers ! fit une troisième voix derrière eux. Dans sa tête, ce mec-là a 5 ans !

Jim ne releva pas, se contentant de tirer sur la laisse. C'est Chuck qui avait tenu à ce que son beau-frère Peter DeSoto, le troisième homme du groupe, se joigne à eux. Il ne l'avait jamais porté dans son cœur, mais dans le contexte actuel, Jim aurait accueilli ce salopard de Nixon à bras ouverts s'il leur avait proposé son aide.

Ils continuèrent à s'enfoncer dans la pénombre, appelant Shawna à tour de rôle.

— Vous avez des nouvelles de Lamonte ? demanda Jim à DeSoto après un moment.

— Rien, répondit l'autre en vérifiant son talkie-walkie. On sait même pas si le shérif est arrivé. Si ça se trouve, on se fait chier à chercher cette gamine pour rien…

— Si ça se trouve, elle est juste après ce virage ! Alors en avant !

À mesure qu'ils progressaient, la végétation se faisait de plus en plus dense, et les trois hommes réduisirent sensiblement l'allure. Ils s'écartaient épisodiquement de la piste, quand le relief le leur permettait, mais les saillies et crevasses les gardaient le plus souvent à l'écart du bas-côté. On entendait parfois une créature nocturne surprise par leur présence se figer dans les branchages. Gus, qui tirait la langue jusqu'au sol, ne cherchait même pas à la débusquer ; il avait perdu depuis longtemps son instinct de chasseur.

Après un kilomètre, les faisceaux de leurs torches se perdirent dans le noir. Le sentier, à partir de là, décrivait une série de virages en lacets qui s'enfonçaient dans la roche. Cette portion était connue comme la plus dangereuse du Devil Trail – littéralement, la « Piste du Diable » –, gravissant le flanc de la Boulder Mountain à travers une succession de canyons abrupts.

— Je n'étais plus monté ici depuis des années, haleta Jim en passant un goulot étroit. Je crois que je suis un peu rouillé.

Il approchait de la soixantaine et « usé » aurait été plus approprié.

— On venait ici avec les copains quand on était gosses, se rappela Chuck en éclairant le prolongement du sentier. Pour jouer à se faire peur. On se cachait derrière les rochers et…

— C'est passionnant, Chuckie ! lâcha Peter, qui venait de les rejoindre. J'en parlerai à ma mère.

Jim sentit la moutarde lui monter au nez. Il allait remettre DeSoto à sa place quand le talkie-walkie se mit à grésiller :

— Pete ? Tu m'entends, Pete ?

— Oui, p'pa ! Je suis là !

— Je suis avec Mitch Novak et Beauchamp Quelque-chose, du bureau de shérif, fit la voix dans le haut-parleur. Ils sortent de chez Mandy Twitchell. L'adjoint Novak veut savoir si vous avez trouvé quelque chose.

— *Nada !* On est en plein cœur de la forêt, à environ trois kilomètres du début de la piste depuis le Reservoir.

Un silence chargé de friture s'ensuivit, tandis que Lamonte DeSoto, le maire de Duncan's Creek, relayait l'information aux forces de l'ordre.

— Le shérif a demandé du renfort, reprit la voix. Vous devriez voir la cavalerie débarquer d'ici peu !

Les trois hommes se remirent en route. Après dix minutes de marche, ils débouchèrent sur une clairière où le terrain s'aplanissait légèrement. Le Devil Trail, à cet endroit, se perdait au milieu d'un émiettement de rochers rappelant des vestiges romains. L'atmosphère était spectrale, le ciel soudain dégagé plaquait sa clarté nocturne sur la cime des sapins. Au centre de la clairière, une petite mare croupissait dans une odeur nauséabonde.

— On pourrait faire une pause, non ? proposa DeSoto en avisant la piste sinueuse qui repartait vers les hauteurs de l'autre côté.

C'en fut trop pour Jim, qui se tourna vers lui, les yeux remplis de fureur.

— Écoutez, mon gars : j'ignore si vos capacités intellectuelles vous permettent d'être pleinement conscient de la situation, mais une enfant est portée disparue. À l'heure qu'il est, elle est peut-être blessée, et quand je dis ça, je me refuse à envisager le pire ! Alors vous allez remuer votre derrière et continuer à explorer cette foutue piste avec nous, sans quoi je vous éclate la tête si fort contre cette paroi rocheuse que dans cinq siècles on prendra encore la marque de vos dents pour des pétroglyphes !

Les cinq minutes suivantes s'écoulèrent dans un climat lourd de tension. Ils arrivaient en vue d'un passage resserré derrière lequel le relief plongeait à pic quand Chuck s'arrêta.

— Vous avez entendu ?

Jim dressa l'oreille. Il ne perçut d'abord qu'un ronronnement lointain. Il n'y avait pas prêté attention jusque-là, mais il les accompagnait depuis un moment déjà. Sans doute le murmure du ruisseau qui courait un peu plus haut dans la montagne.

— Qu'est-ce que… fit DeSoto.

— Chut ! le coupa Chuck. Là, écoutez !

Jim l'entendit, cette fois : une voix, venue de très loin. Gus émit un jappement bref.

— Shawna ? appela le médecin.

Pas de réponse.

— Shawna, c'est le Dr Jim ! Tu es là ?

Le même son se répéta, comme un écho à son propre cri. Les trois hommes partirent en courant vers le haut du sentier.

— C'est toi, ma puce ?

Un nouvel éclat de voix venait de retentir dans la nuit. Plus proche, cette fois.

— Shawna ! s'écrièrent Jim et Chuck.

— Shawna ! fit l'écho de leurs voix.

Les faisceaux blancs de leurs lampes se mirent à tressauter sur la piste. À la peine, Jim faisait de son mieux pour suivre le rythme, mais les deux autres ne tardèrent pas à le distancer. Gus ne cessait plus d'aboyer, à présent.

— Par ici ! cria quelqu'un.

Jim pressa le pas, en dépit de la douleur qui lui transperçait les côtes. Son souffle se faisait court, ses dernières forces étaient en train de l'abandonner. Amèrement, il regretta d'avoir lâché l'entraînement après la mort de sa femme.

— On arrive, Shawna ! cria-t-il d'une voix étouffée.

Un brouhaha de voix s'éleva dans le silence.

— Vous avez trouvé quelque chose ? Chuck ? Peter ?

Jim distingua des halos de lumière derrière les arbres, tout à coup. Les autres avaient fait halte !

— J'arrive, Shawna, tout va bien !

Les poumons en feu, le médecin déboucha au centre d'une petite cuvette.

— Qu'est-ce que…

Il pila net. Il reconnut d'abord Betty Adams, puis le jeune Logan Momsen. Accompagnés de Chuck et Peter, ils se tenaient au-dessus de l'aîné des gamins Hoffmann, accroupi au ras du sol dans un feu croisé de lampes électriques.

Jim approcha, clopin-clopant. Son regard croisa celui de l'institutrice, qui lui adressa un vague signe de tête. À ses côtés, Logan et Chuck fixaient quelque chose d'un air épouvanté. Saisi d'un mauvais pressentiment, le médecin baissa les yeux. La laisse de Gus lui échappa.

Au creux de la main du jeune Hoffmann reposaient quatre petits chevaux de bois souillés de terre.

4

Rita Davis, coordinatrice principale du bureau du shérif à Panguitch, fut réveillée à 21 h 25 par la sonnerie du téléphone. Comme elle souffrait d'insomnies depuis six mois à cause de la ménopause, elle avait avalé un somnifère après le dîner et s'était endormie devant le dernier épisode de *Dallas*.

Roger, son mari depuis vingt-neuf ans, remua dans le lit à côté d'elle. Depuis qu'il était à la retraite, il calquait ses nuits sur celles de sa femme, ce qui n'était pas pour déplaire à Rita, qui n'aimait pas dormir seule. Elle décrocha à la troisième sonnerie, le temps de reprendre ses esprits et de s'éclaircir la gorge. Elle reconnut immédiatement la voix à l'autre bout du fil. C'était Dalton Hughes, le genre de personne dont on n'aime pas recevoir un appel aussi tardif.

Rita se redressa, arrangeant sa coiffure comme si son interlocuteur pouvait la voir. Le shérif n'y alla pas par quatre chemins : elle devait rappliquer tout de suite, il s'agissait d'une urgence. Pleinement dévouée à son travail, Rita n'émit aucune objection à cette réquisition nocturne. Elle se leva, un brin comateuse, et passa à la salle de bains. Machinalement, sans même un regard dans le miroir, elle coiffa sa longue chevelure brune en un chignon parfait avant de s'habiller et de descendre à la cuisine, où elle se servit un verre de lait frais. Puis elle mit ses chaussures, fit rentrer le chat et sortit la voiture du garage.

Elle arriva au bureau du shérif un peu avant 22 heures. Elle n'y trouva pas l'effervescence à laquelle elle s'était attendue et s'installa tranquillement à son poste, attendant qu'on vienne lui donner ses instructions. Rien ne se passa pendant environ cinq minutes. Rita commençait à piquer du nez quand une voix qu'elle connaissait bien lui parvint depuis le bureau attenant. Elle jeta un coup d'œil furtif à la porte vitrée, derrière laquelle s'agitait la silhouette courtaude du shérif.

Deux minutes de plus s'écoulèrent. Comme le shérif n'avait pas l'air décidé à se montrer, Rita quadrilla l'espace autour d'elle avant de trotter jusqu'à la cuisine. Son médecin lui ayant formellement déconseillé le café, elle opta pour une tasse de thé bien chaud qu'elle emporta à son bureau.

Dalton Hughes apparut dans la minute qui suivit. Pas très grand, rustaud, il fondit sur elle telle une lame de fond. Il avait 52 ans mais son physique étrange et juvénile, à la limite de la dysmorphie, lui en en faisait paraître dix de moins. Une touffe de cheveux aussi fins que ceux d'un bébé surmontait sa tête ridiculement longue, sans cou, posée sur un corps trapu. Lui était bien réveillé, et le lui fit savoir :

— La situation est grave, madame Davis. Nous avons une enfant disparue à Duncan's Creek.

Rita sursauta, laissant échapper une exclamation de stupeur et quelques gouttes de thé sur son sous-main.

— J'ai rameuté toute la smala, et j'ai besoin de vous pour éviter que ça tourne à la foire. Novak et Robicheaux sont déjà sur place. Barnes, McKenzie, Grant et Westlake sont en route. Le comté de Wayne va nous envoyer du renfort, on attend une dizaine de gusses avant minuit.

La coordinatrice attrapa un calepin et nota les informations avec la célérité d'une greffière de tribunal. Sa main tremblait sur le stylo.

— Cette enfant… hasarda-t-elle. Qui est-ce ?

— Shawna Twitchell, répondit Hughes en guettant sa réaction. La fille de Rory, oui.

Le stylo s'immobilisa sur le calepin. Sous le choc, Rita eut à peine le temps de tracer la première boucle du S de Shawna. Elle leva sur le shérif un regard horrifié qu'il soutint longuement, sans ciller. Le genre de regard qui, d'office, vous dispensait d'un quelconque commentaire.

— J'ai bon espoir qu'on retrouve la gamine dès ce soir, dit-il, sûrement sa mère qui l'a oubliée quelque part… J'ai quand même demandé à Rosie de venir déposer une photo, au cas où. Elle est en route.

Rosie Hughes était la femme du shérif. Née Twitchell, c'était aussi la grand-tante de Shawna. Rita devinait ce qui allait suivre.

— Vous allez me préparer une cinquantaine d'affichettes « PORTÉE DISPARUE ». Si on n'a toujours rien demain matin, j'enverrai une équipe les placarder sur un rayon de dix kilomètres autour de Duncan's Creek. Ce n'est qu'une précaution, nous l'aurons retrouvée avant minuit.

Rita perçut une note inhabituelle dans la voix du shérif, un fatalisme affecté, comme s'il ne croyait pas à un dénouement heureux.

— Je me rends sur place pour organiser une battue, poursuivit Hughes du même ton doctoral. On devrait pouvoir couvrir une trentaine de kilomètres carrés avec l'aide des gens du coin. J'ai aussi demandé la mise en place de deux barrages routiers sur la 12, aux sorties nord et sud du village.

— Des barrages ?

— Des barrages, absolument. Mais je vous parie mon insigne qu'on aura retrouvé la gamine avant d'avoir posé la première barrière sur ce foutu bitume !

Rita espérait qu'il disait vrai. Comme le répétait souvent Roger, Dalton Hughes avait beau être un crétin de la pire espèce, il connaissait son affaire en matière d'ordre public.

— Vous croyez que quelqu'un aurait pu l'enlever ? risqua-t-elle après une hésitation.

— Ôtez-vous tout de suite cette idée de la tête, madame Davis ! couina Hughes, qui ne savait que trop bien à quoi la coordinatrice faisait référence. La justice a tranché dans cette affaire il y a six semaines, il n'y a pas à revenir là-dessus !

Une bouffée de chaleur, sans rapport avec la ménopause, monta aux joues de Rita. Dalton Hughes avait un pouvoir d'intimidation qui fonctionnait à merveille sur elle, et elle s'abstenait en général de trouver à redire. Mais la disparition d'un enfant, aux yeux d'une femme qui n'avait jamais pu en avoir, avait quelque chose de révoltant.

— Et ne faites pas cette tête de chien battu ! glapit Hughes en pointant sur elle un index boudiné. J'ai besoin que vous restiez concentrée. Gardez vos bavardages de bonne femme pour vos réunions Tupperware et faites le travail pour lequel l'État vous paie !

Sur quoi il pivota vers Ted Cassidy, qui venait de se planter près de lui. Il y eut une seconde de flottement, comme si l'adjoint prenait le pouls du shérif, puis Hughes opina du chef et tourna vers Rita la grimace crispée qu'il affichait constamment, et qui laissait à penser qu'il souffrait d'aigreurs d'estomac.

— Que les choses soient claires, madame Davis : vous ne décollez pas de votre chaise ! Je veux que le bureau reste joignable à tout moment, c'est entendu ?

Rita acquiesça. Elle était parfaitement réveillée, à présent.

5

Mandy Twitchell dormait d'un sommeil agité. Trois quarts d'heure plus tôt, quand on lui avait annoncé qu'on avait retrouvé les jouets de sa fille à plus de deux kilomètres de chez elle, la jeune mère s'était effondrée. Conscient que son calvaire ne faisait que commencer, le Dr Pomeroy lui avait servi un cocktail de tranquillisants qui l'avait littéralement assommée.

Ce n'était pas la première fois que Jim accompagnait un patient dans une telle épreuve, il avait annoncé nombre de maladies et de décès au cours de sa carrière, et avait lui-même perdu des êtres chers. Mais aujourd'hui, ils étaient confrontés à l'inconnu. Pas de corps, ni de blessures à constater. Aucun élément matériel concret. En dehors de ses petits chevaux de bois trouvés sur le Devil Trail, Shawna avait disparu sans laisser de trace.

Jim referma la porte de la chambre avec un luxe de précaution. Il n'était pas loin de 23 h 30. Depuis le début de la soirée, le temps hémophile semblait leur couler entre les doigts. Aux premiers tours d'horloge chargés d'inquiétude succédaient maintenant les heures d'angoisse et d'interrogations. Shawna était-elle seule dans la montagne ? Qu'est-ce qui l'avait conduite là-haut ? Où se trouvait-elle à présent ?

Les recherches, avait annoncé le bureau du shérif, se concentraient maintenant sur la partie septentrionale de Duncan's Creek. On avait réquisitionné une vingtaine d'hommes pour la battue, qui s'était déployée jusqu'au cœur de la forêt de Dixie. S'y étaient joints trente volontaires locaux et leurs camarades canins. L'ensemble des renforts, cependant, n'avait pas suffi à stopper la course du temps : quatre heures que Shawna avait disparu, deux depuis le début des recherches, et la battue n'avait toujours rien donné.

Jim descendit rejoindre les autres dans le petit salon à la déco désuète. L'agitation avait fait place à une atmosphère de recueillement compassé. Les vautours étaient rentrés, ne laissant derrière eux qu'une poignée d'irréductibles : Logan Momsen, Betty Adams, Cody et Shirley Hoffmann. Tout le monde tentait de donner le change, mais leur optimisme de façade ne faisait guère illusion.

— Elle s'est endormie, annonça le médecin dans un soupir. Avec ce que je lui ai donné, elle devrait en écraser pour quelques heures.

Shirley Hoffmann, qui préparait des boissons chaudes dans la cuisine, marmonna quelque chose d'incompréhensible. C'était une femme entre deux âges, au brushing impeccable, que l'association des parents d'élèves de Duncan's Creek avait élue à deux reprises Maman de l'année. Mais personne n'était dupe : sa présence ici témoignait autant d'une franche générosité que d'une curiosité exacerbée.

— Pauvre petite, plaça-t-elle en venant faire le service. C'est vraiment horrible !

— Tâchons de rester positifs, Shirley, tempéra Jim. Imaginer le pire ne fera pas avancer les choses.

— Je parlais de Mandy. D'abord son mari, aujourd'hui, sa fille… Si c'est pas malheureux !

— Allons, il faut garder espoir. Ils vont la retrouver.

— Comme ils étaient censés retrouver son père ?

Shirley s'installa sur le canapé et fixa le contenu de sa tasse d'un regard vide. On aurait dit une voyante cherchant la clé du mystère dans le marc de café.

— Ça n'a rien à voir, objecta Jim. La police a conclu à la noyade dans l'affaire Rory Twitchell. Je vous rappelle qu'on a repêché son blouson dans la rivière, avec ses papiers d'identité à l'intérieur…

Shirley monta au créneau :

— N'empêche qu'on n'a jamais retrouvé son corps !

Jim tourna la tête vers elle. On ne lisait ni colère ni réprimande dans ses yeux. Seulement de la lassitude.

— Tout ce que je vous demande, c'est un peu d'optimisme, dit-il. Pour le bien de tout le monde… Et Logan, bon sang, assieds-toi !

L'éclat de voix figea le jeune homme sur place. L'air penaud, il vint s'appuyer contre le dossier du fauteuil dans lequel avait pris place Betty Adams. Il tournait comme un lion en cage depuis l'arrivée du shérif au village, impuissant à contenir sa nervosité.

— Je comprends ton agacement, mon gars, assura Jim, mais pour le moment, nous devons faire avec.

Dalton Hughes, en prenant la direction des opérations, s'était montré intraitable sur un point : Logan Momsen ne participerait pas aux recherches. Il l'avait pris en grippe à la suite d'un différend mal digéré, et le jeune homme faisait, depuis, les frais de son ressentiment.

— Nous devons nous serrer les coudes, poursuivit Jim. Pour Mandy. Dans les heures qui viennent, elle va se retrouver écartelée entre l'espoir que l'on trouve quelque chose et la crainte que cette découverte ne lui enlève tout espoir…

Un ange passa. Quelques secondes d'incertitude, suspendues entre les mots, que personne n'eut le cœur d'interrompre.

— Shawna va bien, j'en suis sûre, dit finalement Betty Adams en ponctuant sa phrase d'un sourire triste.

— Comment vous le savez ? lâcha Shirley Hoffmann, véhémente.

L'institutrice fit claquer sa langue contre son palais, par réflexe. Elle s'adressa à eux de la même façon qu'elle l'aurait fait avec ses élèves : par un raisonnement simple et sans détour.

— Ses petits chevaux… elle ne les quitte jamais. S'il était arrivé un accident, on l'aurait forcément retrouvée auprès d'eux.

— Ça ne prouve rien. Elle a très bien pu glisser et tomber dans un trou !

— On a trouvé les chevaux au milieu de la piste, dans une cuvette, précisa Logan. En pleine forêt. Aucun risque qu'elle ait pu tomber là-bas !

Nouveau silence. Chacun essayait d'assembler les pièces du puzzle.

— Franchement, j'espère que vous avez raison, soupira Shirley.

— C'est sûr ! fit Cody. Tu verras, demain Shawna viendra jouer à la maison avec Lizzie.

Sa mère arqua les sourcils et se leva pour ramasser les tasses vides. La parfaite ménagère qu'elle était ne supportait pas de rester inactive plus de cinq minutes.

— Pauvre petite, elle était si mignonne…

— Bon sang, cessez de parler d'elle au passé ! tonna Jim avec autorité.

— Peut-être qu'elle s'est endormie quelque part, avança Cody. Après la longue marche qu'elle a faite, ça n'aurait rien d'étonnant.

— Peut-être qu'elle n'est plus à Duncan's Creek depuis longtemps ! allégua sa mère en faisant bruyamment tinter la vaisselle dans l'évier.

Betty se redressa et darda sur Shirley un regard inquisiteur.

— Qu'est-ce que vous sous-entendez ?

— Qu'elle n'est peut-être pas seule…

— Vous parlez de ses grands-parents ?

— Qui d'autre ? Ouvrez les yeux, nom de nom : ça fait des mois qu'ils réclament sa garde. Ils auront décidé de l'obtenir par eux-mêmes !

— Ils l'auraient enlevée, c'est ce que vous êtes en train de dire ?

Shirley planta deux pupilles amères dans les yeux de Betty.

— Quand on voit le monstre qu'ils ont enfanté, ça ne serait pas surprenant !

Sentant l'électricité s'accumuler dans l'air, Jim décida d'intervenir :

— Je suis sûr que le shérif a vérifié cette piste. Il ne…

— Dalton Hughes, suspecter la famille de sa femme ? le coupa Shirley dans un mouvement d'humeur qui fit jaillir un paquet de cheveux laqués de son casque blond. Vous rigolez !

— Le shérif Hughes n'est pas tout-puissant, loin s'en faut. Il a aussi des comptes à rendre. Dieu sait que je ne le porte pas dans mon cœur, mais il fera ce qu'il a à faire. Et croyez-moi, les grands-parents seront interrogés s'il le juge nécessaire…

— Que vous dites ! se récria Shirley.

Un gémissement plaintif leur parvint tout à coup depuis la chambre de Mandy. Jim fusilla Shirley du regard et alla jeter un œil à l'étage. À son retour, il pria tout le monde de baisser d'un ton.

— Le Doc a raison, murmura Logan. Hughes est un connard fini, mais il ira jusqu'au bout. Il est pas du genre à lâcher le morceau…

— Et tu es bien placé pour le savoir ! lança Shirley.

Le jeune homme partit au quart de tour. Il se leva d'un bond, saisi d'une envie irrépressible de frapper l'odieuse bonne femme au visage.

— De grâce, Shirley, épargnez-nous vos sarcasmes ! la rabroua Jim en se dressant face à Logan, le forçant à se rasseoir. Nous sommes tous fatigués et inquiets, inutile d'en rajouter. Si vous voulez faire des histoires, vous n'avez rien à faire ici !

Shirley ignora ostensiblement la remarque. Elle rajusta son brushing d'un geste réflexe et lissa le devant de son chemisier comme si de rien n'était.

— Et Arlin Gillespie ? hasarda Cody.

Les regards obliquèrent vers lui. Sa mère plissa le front d'un air agacé.

— Quoi, Arlin Gillespie ?

— S'il avait quelque chose à voir avec la disparition de Shawna ?

— Allons, allons, dit Jim. Arlin Gillespie est peut-être un peu secoué, mais il n'a rien d'un prédateur sexuel.

— Encore que, avec sa tête de pervers et ses regards douteux… nuança Shirley.

— Qu'est-ce qui te fait penser ça, gamin ? demanda Jim.

— Sam Baldwin a vu Mme Twitchell monter la route 12 en début de soirée, en direction de la ferme des Gillespie.

— Ça ne veut rien dire, fit remarquer Betty, pourtant moyennement convaincue. Elle sillonnait peut-être la route à la recherche de Shawna…

— Non, elle avait l'air de savoir où elle allait. Paraît qu'elle filait comme une folle sur son vélo.

Jim posa sur Betty un regard troublé. Arlin Gillespie, kidnappeur d'enfant ? Il n'y croyait pas. Pourtant, quelque chose au fond des yeux de l'institutrice fit vaciller ses certitudes.

— Il lui manque une case, à ce type, je l'ai toujours dit ! clama Shirley. Entre ses sculptures bizarres et sa folle de mère, il a fini par disjoncter, voilà tout ! (Elle fit lever Cody d'un geste impérieux.) Debout, toi, on rentre !

La mère et le fils quittèrent la maison sans un « au revoir », laissant un silence plombant dans leur sillage. On n'entendait plus maintenant que le tic-tac régulier d'une vieille horloge sur le buffet en formica de la salle à manger.

— Il faudrait quand même qu'un jour quelqu'un se décide à lui mettre une bonne grosse gifle pour la faire taire, estima Betty après une minute.

— Je me porte volontaire ! dit Logan en levant la main.

Ils échangèrent un rire sans joie.

— Vous partez aussi, Doc ? demanda le jeune homme en voyant Jim se lever.

Le médecin, qui avait sorti ses clés de voiture, hocha pensivement la tête. Il prit la direction de la porte.

— Je reviens très vite, leur dit-il. Une visite de courtoisie à rendre à un vieil ami…

6

Bientôt minuit. Piper Gillespie, qui fêterait ses 77 ans le jour de la fête nationale, ne dormait toujours pas. Son fils entendait encore le bourdonnement étouffé de la télé à l'étage, un brouhaha ininterrompu d'éclats de voix et de musique entrecoupé de jingles publicitaires. Ce cirque durait depuis plus de deux heures et commençait à lui taper sur les nerfs.

De retour de sa balade nocturne, Arlin avait prévu d'aller s'enfermer au sous-sol sans perdre une seconde. Il avait des choses à finir, qui ne pouvaient pas attendre. Après avoir fait rentrer Uhura à l'écurie, il avait rejoint la maison et trouvé sa mère assoupie dans sa chambre. Mauvaise nouvelle : une fois réveillée, elle veillerait sûrement tard ce soir, et lui casserait encore les oreilles avec ses feuilletons à la noix une bonne partie de la nuit !

Arlin avait avalé un bol de soupe avant de rejoindre sa retraite souterraine. Vingt minutes plus tard, peut-être trente – il ne savait plus, le temps ayant tendance à se délayer quand il s'adonnait à ses activités –, il avait entendu la télé se mettre en marche. La vieille bique avait poussé le volume au maximum pour espérer entendre quelque chose.

Arlin, lui, avait très bien entendu. Que Bobby Ewing était mort, notamment. Mais il ne savait pas qui était Bobby Ewing, encore moins ce que sa mort pouvait avoir de si tragique. Car en apprenant la nouvelle, Piper s'était mise à hurler comme une damnée à qui on aurait annoncé la fin du monde. Il avait poussé une gueulante en direction de l'étage, par habitude, avant de se couper du bruit en enfilant un vieux casque récupéré dans les ordures de l'aérodrome de Panguitch. Puis il s'était remis au travail.

Le projet qu'il mûrissait depuis un peu plus de six mois avait connu une avancée spectaculaire aujourd'hui, de celles qui ancrent les fantasmes dans la réalité de manière décisive. Arlin exultait, un peu comme quand on tire sa crampe pour la première fois après des années de plaisirs solitaires.

Le fermier donna un coup de cutter à la bande de chatterton qu'il venait de dérouler et appuya dessus de toutes ses forces. Il travaillait avec une concentration d'orfèvre, ses yeux plissés réduits à deux fentes reptiliennes, la langue pincée entre ses lèvres quasi inexistantes… et un énorme braquemart entre les jambes. Les deux bords de la plaie scellés, il essuya un filet de sang qui avait coulé sur le côté et salopé son beau travail. Puis il se frotta les yeux pour chasser les éclats de lumière qui dansaient sous ses paupières et laissa son regard errer sur le sous-sol.

Cette pièce était son antre, le centre de son univers. Lino usé au sol, dalles de polystyrène au plafond, outils pendus aux murs. Et partout, des recoins sombres où dissimuler ses secrets. Le tout était impeccablement tenu, il y veillait scrupuleusement. Sa mère lui répétait souvent qu'il lui faudrait une compagne pour plus tard, quand elle ne serait plus là, mais il avait un micro-ondes pour la cuisine et sa main droite pour le reste, alors pourquoi s'embarrasser d'une femme ? Elles ne causaient que des problèmes, la plupart du temps. Elles ne savaient jamais ce qu'elles voulaient, et quand il leur arrivait de le savoir, elles ne pouvaient s'en satisfaire.

Une musique pompeuse se fit entendre à l'étage. Arlin resserra le casque antibruit sur sa tête jusqu'à ce que l'arceau lui fasse mal. Il aurait dû retirer ces fichues piles de la télécommande avant de descendre ! Depuis qu'il avait équipé la chambre de sa mère d'un téléviseur moderne, le bon fils qu'il était s'était ôté une épine du pied. La technologie, cependant, avait ses revers : Piper avait pris l'habitude de jouer avec les touches du volume comme un enfant sur un tableau d'éveil. Elle avait vite compris son fonctionnement, la garce ! Plus vite que pour le mitigeur de la douche…

Il refoula un mouvement d'humeur. Il lui arrivait de souhaiter que la vieille bique soit morte, de s'imaginer l'allongeant là, sur son établi, et abréger ses souffrances une bonne fois pour toutes. Avec l'étau que lui avait laissé son père, peut-être. Ou bien son agrafeuse à bois. Il y songeait, parfois plus que de raison… avant de chasser ces pensées méprisables dans la minute qui suivait.

N'empêche, fit une voix dans sa tête, *tu serais quand même plus tranquille si tu ne l'avais pas dans les pattes*.

Arlin secoua la tête. Si son casque avait prouvé son efficacité en atténuant les nuisances sonores causées par sa mère, il se montrait en revanche incapable de réduire au silence les petites voix agacées qui avaient élu domicile sous son crâne.

— La ferme, susurra-t-il.

Et la voix la ferma, du moins pour un temps.

Il repoussa ses lunettes sur l'arête de son nez, étrécit les yeux. Il lui fallait terminer ce qu'il avait commencé avant d'aller se coucher, sans quoi il n'aurait pas l'esprit tranquille. Il agrippa son cutter et approcha la lame de l'abdomen. Il allait inciser lorsque la sonnette retentit à l'étage. Il la vit plus qu'il ne l'entendit, grâce au voyant rouge qu'il avait installé en haut des marches. Un juron lui échappa. Il était 23 h 50, quel sombre imbécile venait le déranger à une heure aussi indue ?

Abandonnant son ouvrage à regret, il monta ouvrir à l'importun. C'était le Dr Pomeroy. La mine défaite, ce dernier s'excusa pour cette visite tardive et demanda à s'entretenir quelques minutes avec lui. Arlin l'aurait volontiers envoyé se faire voir ailleurs, mais il le fit tout de même entrer. Le toubib avait toujours été bon avec sa mère, il fallait le ménager.

— J'imagine que vous n'êtes pas au courant, commença-t-il en s'engouffrant dans l'entrée.

— Au courant de quoi ?

— La petite fille de Mandy Twitchell a disparu.

Le médecin guetta la réaction d'Arlin, mais celui-ci ne laissa paraître aucune forme d'émotion. Il se contenta de rester planté là sans rien dire, semblant s'interroger sur la pertinence d'une telle annonce.

— Tout le village est en ébullition, je venais vérifier si vous aviez vu ou entendu quelque chose…

— J'ai rien vu, rien entendu, répondit Arlin de son ton le plus bourru.

— Je sais que vous sortez souvent faire un tour à cheval à la nuit tombée. Vous empruntez le Devil Trail ?

— J'ai pas bougé d'ici, ce soir. On a regardé la télé avec ma vieille mère malade. Vous voyez, Docteur ?

— Je vois, acquiesça le médecin en faisant mine de dresser l'oreille.

Le son craché par le téléviseur occupait tout l'espace. On se serait cru dans une salle de cinéma diffusant un film de guerre.

— Elle refuse toujours de porter son appareil auditif, pas vrai ?

Jim lança une œillade compatissante au fermier, qui, l'espérait-il, se ferait peut-être un peu plus accommodant après ça.

— Ouais. C'est pas faute de vouloir la forcer, mais la vieille veut rien entendre. Elle dit que ça la gêne derrière les oreilles.

Il y eut un silence.

— Bon, vous êtes vraiment sûr de n'avoir rien remarqué ? insista le médecin en coulant un regard vers la porte du sous-sol. La petite adore les chevaux, elle aurait pu…

— Je vous ai dit : j'ai rien vu, rien entendu. Maintenant sans vouloir être malpoli, faut que j'apporte ses médicaments à ma mère.

Le fermier esquissa un pas en avant, repoussant Jim vers la sortie. Il semblait mal à l'aise, tout à coup. Il avait la tête du type pris la main dans un sac au contenu pas très catholique.

— Si jamais vous remarquez quelque chose, Arlin…

— … je vous appelle. Entendu, Docteur.

Il tendit le bras au-dessus de l'épaule de Jim pour repousser la porte à moustiquaire, de manière si soudaine que le médecin crut un instant qu'il allait l'enlacer. Arlin Gillespie était grand, plus d'un mètre quatre-vingt-dix, et son corps massif s'encadra dans le chambranle comme pour dissimuler quelque chose au regard du curieux.

— Merci, Arlin. Bonne nuit.

La porte vitrée claqua sous le nez de Jim. Le vent s'était levé et l'électricité qui saturait l'air lui colla la chair de poule. Il rentra la tête dans ses épaules et suivit des yeux la silhouette du fermier qui s'éloignait derrière le verre dépoli. Il resta là encore une minute avant de tourner les talons.

7

L'orage éclata juste après minuit.

Il n'avait pas plu depuis cinq semaines, et la terre desséchée dégorgea son trop-plein dans les ornières et les fossés, inondant les portions les plus encaissées de la route 12 en moins de cinq minutes. La pluie était partout. Malgré la protection naturelle des arbres, le Devil Trail se mit à vomir des torrents de boue jusqu'au cœur des canyons.

Les recherches furent interrompues à minuit vingt sur ordre du shérif. On rappela les effectifs de police et les équipes cynophiles qui venaient d'arriver, les volontaires furent sommés de rentrer chez eux. Seuls quelques courageux refusèrent d'abandonner, ce que Dalton Hughes considéra comme une « mutinerie », insistant sur le fait qu'il déclinait toute responsabilité en cas d'accident.

Parmi les résistants se trouvaient Rick Mayfair, éditeur et rédacteur en chef de la gazette locale, et son vieil ami Ben McCombs, *ranger* au parc national de Capitol Reef. Ces deux-là connaissaient la forêt de Dixie comme leur poche ; des années plus tôt, le Devil Trail avait été leur terrain de jeu. Les deux hommes inspectèrent chaque arbre creux, chaque anfractuosité, jusqu'à la plus infime fêlure dans la roche. Shawna n'était nulle part. Elle s'était volatilisée.

Vers 1 heure du matin, alors que leurs dernières forces les lâchaient, ils eurent la surprise de voir débouler Logan Momsen, le pompiste de la station-service. Dalton Hughes ayant débarrassé le plancher, le jeune homme avait désormais le champ libre pour se joindre aux troupes. Sa présence leur redonna un peu d'entrain et ils se remirent à ratisser le périmètre sans relâche. En dépit des éléments qui se déchaînaient autour d'eux, pas un fossé, pas une gorge ne furent oubliés.

La tempête finit pourtant par avoir raison de leur résistance. La pluie avait redoublé d'intensité, elle les accablait avec rage, toujours plus impitoyable. Ben manqua même se faire emporter par les flots en traversant un gué. Le tonnerre frappa si près d'eux, à un moment, qu'ils crurent que la terre allait se fendre sous leurs pieds. Lorsque des chiens de prairie affolés leur passèrent entre les jambes, à la recherche d'un abri, ils surent qu'il était temps de rentrer.

Bien que l'optimisme fût de rigueur, personne n'osa verbaliser ce que tout le monde avait sur le cœur : Shawna était sûrement blessée, terrorisée, ou piégée quelque part. En suspendant les recherches, ils la condamnaient à une nuit de calvaire. Peut-être à une longue agonie…

Les trois hommes dévalèrent la piste jusqu'au Reservoir, où ils retrouvèrent le seul autre groupe à ne pas avoir jeté l'éponge, formé de Chuck Glover, Doug Hoffmann et Ralph Simunek, le prêtre mormon du village. Leurs mines défaites parlèrent pour eux : eux aussi avaient fait chou blanc. En outre, Chuck avait dérapé sur une paroi glissante en voulant inspecter une faille et s'était fracturé le poignet.

Un éclair zébra le ciel de charbon. La nuit devint blafarde une fraction de seconde. L'instant d'après, le néant avala à nouveau le paysage. Duncan's Creek n'avait jamais été aussi isolé du reste du monde. Au loin, les lueurs de Reservoir Road chatoyaient derrière le filtre déformant de la pluie. Il était tard, mais Morphée n'avait pas achevé son œuvre. C'était là que vivait Shawna Twitchell. Les gens ne dormiraient pas cette nuit.

Il y eut quelques mots échangés, de vagues paroles de réconfort. Des sourires ténus aussi, pour se réchauffer l'âme. Et la promesse de se retrouver aussitôt que la tempête se serait éloignée. Mais au fond, personne ne nourrissait plus d'espoir de retrouver Shawna vivante.

C'est la mort dans l'âme que les hommes se dispersèrent, avec la détestable impression d'avoir creusé la tombe d'une enfant de 5 ans.

CHAPITRE II

1

Aussi loin qu'elle s'en souvînt, Betty Adams avait toujours eu peur du noir. Une phobie qui remontait à son plus jeune âge et dont son frère Cliff avait longtemps revendiqué l'origine. Betty, cependant, ne croyait pas à sa version des faits – une plaisanterie qui aurait mal tourné un soir d'Halloween, alors qu'elle avait 8 ans. Premièrement, Cliff était romancier et avait une tendance naturelle à enjoliver la réalité, voire à la réinventer. Deuxièmement, et c'était là le plus important, la jeune femme avait acquis la certitude qu'un secret entourait un événement survenu dans sa petite enfance, en lien direct avec ses angoisses. Un souvenir enfoui dans le terreau obscur de sa mémoire qui, à l'aube de ses 30 ans, n'avait pas encore refait surface.

Sa peur du noir, qu'elle qualifiait le plus souvent d'épidermique et d'incontrôlable, expliquait sans doute le fourmillement qui courut sur sa peau au moment où les plombs sautèrent, plongeant la cuisine dans l'obscurité. Betty resta d'abord clouée sur place, attendant que l'onde de choc finisse de se répercuter entre ces murs qu'elle n'avait pas encore appris à connaître, puis elle laissa échapper un petit cri effrayé.

Elle était rentrée chez Rick après la réunion de crise chez Mandy Twitchell, s'épargnant ainsi une promenade nocturne d'un quart d'heure pour remonter chez elle. Elle n'avait pas envie de rester seule cette nuit, quant à Rick, il apprécierait certainement de pouvoir passer des vêtements à lui à son retour de la battue, vu ce qu'il tombait dehors.

Aussitôt calfeutrée à l'intérieur de la maison, Betty s'était plongée dans un roman d'Agatha Christie, histoire de se changer les idées. Elle n'en avait rien laissé paraître auprès de Mandy, pas plus qu'avec ses voisins ou le Dr Pomeroy, mais la nouvelle de la disparition de Shawna l'avait bien secouée. La fillette était dans sa classe depuis un an, juste assez pour que l'institutrice s'attache à elle, peut-être plus que de raison. Le climat de terreur qui régnait au sein de la famille Twitchell y était sans doute pour quelque chose.

Quand elle s'était rendu compte qu'elle relisait sans arrêt la même phrase sans parvenir à lui trouver un sens, elle avait refermé le livre et était allée se préparer un thé. C'est à ce moment-là que l'orage fit sauter les fusibles.

Betty ferma les yeux de manière instinctive. C'était idiot, ça ne ferait pas revenir la lumière, mais c'était une réaction de défense qu'elle ne maîtrisait pas. Quand elle osa enfin bouger, elle chercha quelque chose sur quoi s'appuyer et tomba sur l'un des brûleurs de la gazinière. L'air climatisé lui glaçait la peau, mais ce n'était pas désagréable. Au moins ressentait-elle quelque chose, preuve qu'elle n'avait pas complètement lâché prise avec la réalité.

S'efforçant au calme, elle se mit à réfléchir à un moyen de se sortir de ce mauvais pas. Si elle s'était trouvée chez elle, elle se serait dirigée à tâtons jusqu'au disjoncteur installé dans l'entrée et aurait remis le courant. Au pire, elle aurait trouvé une boîte d'allumettes dans n'importe quel tiroir ou serait allée chercher sa lampe électrique. Mais elle n'avait pas suffisamment de repères ici pour pouvoir s'orienter dans le noir. Autrement dit, elle était aveugle. Aveugle et terrifiée.

Réagis, bon Dieu ! Tu n'as plus 10 ans !

Hélas, si : dans le noir, Betty avait toujours 10 ans.

Un éclat sanguin s'imprima sur sa rétine à travers ses paupières. Dans la seconde qui suivit, le ciel éclata à l'extérieur. La pluie cinglait la fenêtre avec colère, chacune de ces gifles lui donnant l'impression d'être dirigée contre elle. Il y eut un autre éclair, puis l'attente, à nouveau. Betty égrena mentalement les secondes, comme elle le faisait quand elle était gosse pour savoir à quelle distance se trouvait l'orage.

Une, deux…

Le choc fut retentissant, il déchira la nuit d'un coup de poing rageur. Ses yeux s'ouvrirent, par réflexe. La première chose qu'elle vit fut sa main laiteuse sur le plan de travail. Puis elle disparut, d'un coup, comme engloutie dans le noir. Le temps qu'elle comprenne qu'elle lui était apparue dans l'éclat fugitif d'un éclair, et son cœur se remit à battre. Betty vida l'air qu'elle avait inconsciemment retenu dans ses poumons et murmura :

— Je t'en prie, Rick, dis-moi que tu n'as pas installé le tableau électrique au sous-sol…

Elle balaya la pièce d'un regard circulaire, à la recherche d'une source de lumière. Des allumettes ou un briquet, peut-être une lampe électrique… Baissant les yeux, elle avisa la gazinière et fit glisser ses doigts jusqu'au premier bouton, qu'elle tourna en enfonçant l'interrupteur. Le mécanisme cliqueta dans un bruit de crécelle, mais rien ne se passa. Seule l'odeur piquante du gaz lui monta aux narines.

— Et merde !

La tentative suivante fut la bonne : le brûleur s'alluma dans un crépitement d'étincelles, baladant l'éclat rassurant de ses flammèches sur le chrome. Rassérénée, Betty regarda derrière elle mais distingua à peine l'encadrement de la porte. La lumière ne portait pas à plus d'un mètre ! D'un mouvement rapide et leste, elle enclencha les trois autres brûleurs, faisant naître un véritable feu de joie sur la gazinière.

Elle s'avança dans le halo des flammes, oubliant la bouilloire sur le feu. La cuisine n'excédait pas huit mètres carrés, mais sur le moment, elle aurait pu s'y perdre. Elle trouva une boîte d'allumettes dans un tiroir, pas de briquet. Ce serait toujours mieux que rien… Elle en craqua une et traversa la pièce. L'accès au sous-sol se trouvait tout au bout du couloir, face à la porte d'entrée ; elle espérait que le tableau électrique était installé à cet endroit.

Son allumette tendue devant elle, Betty s'engagea dans le couloir. Elle ne pouvait maintenant plus compter que sur les petites captives dans leur boîte pour lui sauver la mise. Après deux mètres, elle commença à ralentir. La lueur des brûleurs dans son dos était déjà un lointain souvenir, et sa première petite copine s'apprêtait à rendre l'âme…

On dit souvent que la nature est bien faite. Que l'être humain s'est adapté, afin de se donner les moyens de survivre. Quand Betty se trouva confrontée à l'épineux problème de savoir comment enflammer une allumette alors qu'elle en tenait déjà une en main, elle ne put s'empêcher de penser que l'évolution n'avait finalement pas accompli de miracle. Elle n'était plus simplement aveugle, elle était aussi handicapée.

Deux pas de plus la menèrent jusqu'au milieu du couloir. Elle s'arrêta au moment où la tige incandescente commença à lui brûler le bout des doigts. La luminosité déclinait, encore cinq secondes et elle se trouverait à nouveau plongée dans le noir. Quelle espèce d'imbécile avait eu l'idée d'installer une porte d'entrée sans vitrage dans cette maison ?

Un couinement lui échappa lorsqu'elle lâcha l'allumette sur le tapis turc de Rick, ce tapis où ils avaient fait l'amour la toute première fois. En un tournemain, Betty attrapa la boîte dans la poche de son gilet. Ses doigts tremblaient, les allumettes gigotaient dans leur carton comme des squelettes à l'intérieur d'un cercueil miniature. Elle prit une grande inspiration, ouvrit la boîte. Et suspendit son geste. Dans le silence quasi total, elle venait de percevoir un frottement.

Elle fouilla l'obscurité des yeux, ne trouva rien. Peut-être le gaz, ou la pluie sur les carreaux ? Elle se sentit soudain très seule. Comme elle aurait aimé que Rick soit auprès d'elle ! Ils se seraient amusés de ce black-out, en auraient peut-être profité pour remettre ça sur le tapis… Mais Rick était dehors, en pleine tempête, en train de rechercher une fillette disparue.

Betty expira et donna un léger coup de poignet. La flamme crépita dans le noir, révélant l'escalier sur sa droite. Elle se remit à progresser avec prudence, prenant garde à ne pas souffler l'allumette. Encore un ou deux mètres et elle atteindrait la porte de la cave…

Elle arriva au bout du couloir. La peur ne la quittait pas. Il lui semblait capter un millier de signaux hostiles dans l'espace qui l'entourait, mais c'était probablement son imagination qui lui jouait des tours. Elle se concentra sur le bruit de sa respiration et serrant sa main libre contre sa poitrine, pivota vers le sous-sol.

C'est à ce moment-là qu'il surgit. L'homme qui avait enlevé Shawna.

Betty hurla, mais il était trop tard. Elle se sentit emportée en arrière, happée par une main qu'elle devina gigantesque – la main d'un monstre, pas celle d'un homme. Il l'avait attaquée par surprise, attendant qu'elle lui tourne le dos pour bondir sur elle. Se débattant pour échapper à son emprise, hurlant à pleins poumons, elle sentit sa peau contre la sienne, une peau humide et froide, et elle comprit que la chose n'était pas vivante.

Alors, sans prévenir, les souvenirs affluèrent. Ils remontèrent des abîmes, creusant le caveau froid dans lequel elle les avait enfouis.

Une pièce isolée, sentant l'humidité.

Des lattes qui peinent à laisser entrer la lueur du dehors.

Une sensation de vide à l'estomac – la faim. Elle est là depuis longtemps...

Quelque chose entrave ses poignets, une douleur sans nom consume sa peau.

La porte s'ouvre, tout à coup, et un courant d'air froid s'insinue à l'intérieur.

Elle lève la tête et devine sa présence : c'est le croque-mitaine, celui dont Cliff lui conte les méfaits le soir, avant d'aller se coucher. Mais elle ne le voit pas, il fait trop noir. Elle essaie de battre des paupières, n'y arrive pas. À croire qu'elles sont collées. C'est là qu'elle comprend : elle a les yeux bandés.

Le sol se met à craquer, et Betty pousse un cri d'effroi, sentant les doigts glacés du croque-mitaine se poser sur elle, il soulève le bandeau qui voile ses yeux et...

Et là, alors que tout était sur le point de lui revenir, au moment précis où son passé allait enfin lui exploser à la figure, elle entendit sa voix :

— Betty ! C'est moi, ma puce ! Calme-toi ! C'est Rick !

Elle ouvrit les yeux. Rick Mayfair, l'homme dont elle partageait la vie depuis un peu plus d'un an, se tenait face à elle, trempé jusqu'aux os et l'air décontenancé. Il tenait une lampe électrique à la main, braquée vers le sol pour ne pas l'aveugler.

— Rick ? souffla-t-elle d'une voix enrouée.

Son amant plongea ses yeux dans les siens. Betty détailla son visage quelques secondes, ses sourcils noirs et broussailleux qu'il lissait parfois sans s'en rendre compte, sa barbe poivre et sel qui crissait sous ses doigts quand elle la caressait, ses lèvres au dessin soigné dans lesquelles il lui arrivait d'avoir envie de mordre. Elle dévisagea l'homme qu'elle aimait comme si elle ne l'avait pas vu depuis des mois, puis fondit en larmes.

— Je suis là, ma puce, ça va aller, murmura-t-il en l'attirant à lui.

Il pressa sa joue mouillée au creux de son cou. Entre deux sanglots, Betty prit conscience qu'il ruisselait.

— Tu vas… attraper froid… Viens te sécher.

Elle lui prit la main pour l'attirer vers l'escalier. Rick la retint, tendit l'autre bras pour ouvrir la porte du sous-sol et basculer quelques fusibles d'une chiquenaude.

Betty, qui séchait ses larmes de son poing toujours serré, ne put retenir un petit rire.

— Et la lumière fut, dit-elle.

C'était aussi simple que ça.

2

— Et tu n'as jamais essayé d'en savoir plus ? Auprès de tes parents, ou…

— D'un psy ?

Le visage de Betty se ferma. Elle avait toujours redouté ce moment – celui où Rick se rendrait compte qu'elle était complètement cinglée.

Il l'interrogea du regard à travers la porte vitrée de la douche.

— Si, bien sûr, j'ai vu un psy. Et un groupe d'entraide. Un marabout aussi, tu sais, ceux qui te promettent le retour de l'être aimé et toutes ces…

— Betty…

La légère réprobation qui passa dans les yeux et dans la voix de Rick n'échappa pas à la jeune femme.

— Ne prenez pas cet air avec moi, monsieur Mayfair. C'est moi qui l'ai inventé, ça ne marche pas !

— Privilège de l'âge…

— Oh, mais j'ai déjà un papa pour me faire les gros yeux.

Betty se mordit les lèvres. Elle guetta la réaction de son amant, consciente d'avoir mis le doigt sur un point sensible. S'il avait été piqué au vif, Rick ne le montra pas.

— Pourquoi tu n'es jamais sérieuse quand on parle de ton passé ?

Il sortit de la cabine de douche dans un nuage de vapeur, se frotta la tête et noua la serviette autour de sa taille. Betty, assise sur l'abattant des toilettes, fixait le carrelage d'un regard vide.

— Je suis vraiment désolé de t'avoir fait peur, tout à l'heure, dit-il en venant s'accroupir face à elle.

Elle esquissa un sourire contrit.

— C’est moi qui suis désolée. Je me sens tellement idiote.

— On a tous eu une soirée difficile.

— Non, c’est pas ça… Enfin, si. Évidemment, je suis bouleversée par la disparition de Shawna, mais… ce truc… ça me poursuit depuis si longtemps…

Elle lui avait tout déballé quand il était passé sous la douche : sa peur du noir, ses terreurs nocturnes… Sur le moment, elle avait trouvé plus facile de s’adresser à une vitre embuée. Mais ce qui était arrivé quand il l’avait surprise dans l’entrée, ce flot de souvenirs qui avait subitement refait surface, elle l’avait gardé pour elle. Le temps, peut-être, d’analyser cet épisode et d’essayer de comprendre.

— Ma mère a tenté de m’en parler, un jour. C’était juste avant qu’elle perde la boule… Mais j’ai bien senti que mon père n’y tenait pas. Il lui a lancé un de ses regards dont il a le secret, celui qui a le pouvoir de figer n’importe qui sur place. Après ça, je n’ai plus jamais eu l’occasion d’aborder le sujet avec ma famille. Le psy m’a aidée… un peu. Ça a duré un an. C’est lui qui m’a confortée dans l’idée que quelque chose était arrivé quand j’étais môme. Mais je me braquais, je n’arrivais pas à… à…

Sa respiration se bloqua. Elle porta une main à son cou et avala une grande goulée d’air. Rick s’assit sur le sol et la laissa poursuivre :

— Et puis après, avec tout ce qui s’est passé… Troy, le bébé… J’ai remisé tout ça dans un coin de ma tête. J’avais d’autres problèmes à régler, je n’étais plus seule. J’avais grandi.

En réalité, Troy n’avait fait qu’accentuer ses angoisses, et la perte du bébé lui avait laissé un sentiment de vide qu’elle avait mis des années à combler. Mais Betty n’avait pas envie de s’appesantir.

— Eh bien, je suis là, moi. Tu n'es plus seule, fit Rick avant de déposer un baiser sur sa paupière gauche.

Betty posa ses mains sur sa nuque, et ils restèrent ainsi quelques secondes, jusqu'à ce que le sifflement suraigu de la bouilloire se fasse entendre au rez-de-chaussée.

— Merde, le gaz !

Elle se leva et disparut par la porte avant de se raviser : glissant la tête dans l'ouverture, elle lança un « Je t'aime » à Rick. Elle descendit l'escalier, traversa le couloir à grandes enjambées, secoua la tête avec une expression railleuse en repensant à sa grosse frayeur, et alla couper le feu.

Tandis que Rick s'affairait à l'étage, Betty servit le thé et alluma quelques bougies. Puis elle passa au salon, où elle s'enfonça dans son fauteuil préféré. Le livre d'Agatha Christie dans lequel elle avait essayé de se plonger reposait toujours sur l'accoudoir, ouvert en deux. Betty le referma et le posa sur ses genoux. Elle adorait le contact, l'odeur des livres. C'était sans doute l'une des raisons qui l'avaient poussée à enseigner.

Un sourire sur les lèvres, elle s'enivra de la douceur de l'instant. L'intérieur de la maison était baigné d'une lueur diffuse et tamisée, comme elle les aimait. Pas de plafonniers ni de néons, aucun éclairage direct. Seulement des petites lampes équipées de variateurs réglés sur la position minimum. Paradoxalement, sa peur du noir s'accompagnait d'un rejet des lumières trop vives. C'était tellement plus chaleureux. Et discret.

La maison de Rick était la première de Lower Duncan Road, juste après l'embranchement avec la route 12, ce qui en faisait un passage obligé pour tous les riverains. Du temps où l'ex-Mme Mayfair vivait encore ici, elle en avait fait une sorte de vitrine du rêve américain, avec sa pelouse parfaitement entretenue et son porche envahi par les glycines. Mais depuis qu'elle était partie avec un agent immobilier d'Escalante, Rick avait laissé la maison à l'abandon. L'inconvénient, c'était que les fenêtres du salon donnaient directement sur la rue et que, sans le couvert des plantes grimpantes, celui-ci devenait une vraie vigie.

Betty et Rick couchaient ensemble depuis treize mois exactement, mais personne, ou presque, n'était au courant de leur relation. Avec une majorité de population mormone, la loi de la chasteté était un mode de vie éprouvé à Duncan's Creek : pas de sexe avant le mariage et une fidélité totale entre époux. C'est pourquoi il était préférable de préserver son intimité si on n'en observait pas scrupuleusement les règles. Comme le disait Betty, qui préférait s'amuser de la situation, on les aurait sans doute tués, ressuscités, et fait frire sur le bûcher en place publique si leur liaison avait éclaté au grand jour. Car Rick et Jenna Mayfair n'étaient pas encore divorcés. Mais surtout, le mari infidèle avait treize ans de plus que sa maîtresse, qui était en outre l'institutrice du village !

Betty, au début, n'avait eu que faire de ces considérations religieuses. À ses yeux, le mormonisme n'avait pour objectif que de flatter le patriotisme américain en offrant à ses ouailles une bible du cru et en élevant leur pays au rang de terre promise. Elle s'était toujours revendiquée protestante, bien que non pratiquante. Née à Flagstaff, dans l'Arizona, elle avait grandi dans une famille où l'on pouvait aborder à peu près tous les sujets. Elle avait quitté sa ville natale à 18 ans, une fleur dans les cheveux, pour suivre son premier amour à San Francisco, où, comme des milliers d'héritiers autoproclamés du *Summer of Love* de 1967, elle avait espéré trouver bonheur, insouciance et liberté.

Troy et elle avaient débarqué là-bas au début des années soixante-dix, en pleine mouvance hippie, et s'étaient trouvés emportés dans un tourbillon psychédélique et enchanté. Un virus qui leur avait mis la fièvre au corps et au cœur, mais qui avait fini par leur tourner la tête. Sexualité débridée, vie en communauté, abus de substances hallucinogènes… Tout y était passé. Résultat : Betty était tombée enceinte et avait perdu le bébé, puis Troy dans la foulée. Ce salaud lui avait brisé le cœur, persuadé qu'il n'était pas le père de l'enfant. Bien sûr, il avait tout faux : Betty l'avait trompé une seule fois, un soir de défonce, mais c'était un an avant sa fausse couche.

La jeune femme, après ça, avait traversé une très mauvaise passe. Elle s'était enfermée dans la colère pour ne pas sombrer dans la dépression, et quand Troy avait essayé de revenir, elle l'avait envoyé balader *manu militari*. Elle le tenait en effet responsable de tous ses malheurs : c'est lui qui avait voulu qu'elle le suive à San Francisco, lui qui avait insisté pour qu'elle lâche ses études, lui qui l'avait un peu trop secouée dans la onzième semaine de sa grossesse. Sans emploi, sans argent, Betty s'était trouvé un boulot de serveuse, un groupe de soutien et des colocations au rabais. Elle avait repris ses études, s'était reconstruite.

Aujourd'hui, après des années d'errance, elle avait fini par faire la paix avec elle-même, avec cette autre qu'elle avait été et qui ne lui ressemblait pas. Elle avait compris que c'était après l'idéal de Troy qu'ils avaient couru, pas après le sien. Un jour, peut-être, elle ferait aussi la paix avec lui. Elle l'appellerait, ils évoqueraient le passé. Pleureraient aussi sans doute. Mais ils se parleraient, comme ils n'avaient pas réussi à le faire à l'époque. C'est ainsi que, dans ses élans d'optimisme, Betty envisageait les choses.

Trois ans après la rupture, au début des années quatre-vingt, la jeune femme avait finalement quitté la côte Ouest, voyant dans une énième amourette avortée un nouveau retour de karma. Usée, désabusée, elle était venue se mettre au vert dans un petit village de l'Utah, où justement, lui avait appris sa cousine Beth, on recherchait une institutrice. Elle avait alors 27 ans. Betty avait tourné la page, elle s'était enfin posée, laissant derrière elle cette impression déplaisante de courir constamment après une vie meilleure. Ici, pour la première fois, elle s'était sentie libre. Elle qui avait connu la promiscuité à outrance au cours de sa folle parenthèse californienne se délectait de pouvoir enfin cultiver son jardin secret.

Mais l'intégration ne s'était pas faite sans mal. Aux yeux de ses concitoyens, Betty Adams était longtemps restée une femme énigmatique, au passé sibyllin. Le mystère dont elle s'entourait avait le don d'exaspérer bon nombre des commères de Duncan's Creek, à commencer par Shirley Hoffmann, la plus incorrigible d'entre toutes. Pensez-vous : confier l'éducation de leurs enfants à une femme dont elles ignoraient tout… c'était inadmissible, scandaleux ! Sans compter qu'elle n'était même pas d'ici. Très vite, pourtant, les enfants s'étaient pris d'affection pour leur nouvelle institutrice, ouvrant la voie à leurs parents. La dernière partie du chemin, il avait fallu que Betty l'emprunte seule, à force de patience et de pondération. Ça n'avait pas été une promenade de santé, mais elle y était arrivée. En ne donnant d'elle que ce qu'elle avait voulu donner. On lui avait pris aussi un peu, bien sûr, mais elle y était préparée. Beth l'avait mise en garde : dans les petits villages, tout finissait par se savoir. Cette part de pudeur qu'elle avait dû sacrifier pour se faire accepter, Betty ne la regrettait pas. Mais elle avait assez donné. Maintenant qu'elle menait enfin la vie à laquelle elle aspirait, elle ne ferait plus de concessions.

C'est pour cette raison qu'elle gardait secrète sa liaison avec Rick. Elle savait que les mères-la-morale de Duncan's Creek l'auraient jugée avec sévérité, voire hostilité, si elles en avaient eu connaissance. Quand il arrivait qu'un parent d'élève se montre un peu trop curieux, Betty restait muette. Oh, elle savait ce qui se disait derrière son dos, Beth lui avait rapporté les histoires qu'on colportait pour combler les blancs dans son CV. Il se murmurait par exemple qu'elle avait obtenu le poste d'institutrice en échange de faveurs sexuelles avec le maire, ou encore qu'elle était la fille cachée du Dr Pomeroy. Il arrivait même qu'on l'accuse de prosélytisme en faveur de l'église protestante au cours des réunions de la Société de secours, l'organisation des femmes mormones du village. Mais Betty n'en avait cure. Elle ne prêtait aucune attention aux racontars.

— Dis, poupée, à quoi tu rêves ? fit soudain la voix de Rick derrière elle, sur l'air de cette vieille chanson dont elle avait oublié le titre.

Il s'approcha avec un sourire en coin à la Harrison Ford, sec et diablement sexy dans son bas de jogging trop large, et appuya ses fesses sur l'accoudoir du fauteuil. La jeune femme posa une main sur sa cuisse et lui retourna son sourire. Elle se sentait triste et fatiguée, mais la présence de Rick lui mettait un peu de baume au cœur. Un tout petit peu.

Il se laissa glisser sur elle et donna une chiquenaude à l'interrupteur de la lampe de lecture. Ils n'étaient plus que tous les deux, sans personne pour les voir. Tandis que Rick se serrait contre elle, Betty se mit à sourire. C'était bien le seul avantage avec le noir : on pouvait y disparaître d'un simple claquement de doigts.

3

À quatre-vingt-dix kilomètres de là, à Panguitch, l'orage grondait dans les locaux du bureau du shérif. La tempête avait pris fin deux heures plus tôt, mais Dalton Hughes avait décidé, contre toute attente, de ne reprendre les recherches qu'au lever du jour. Certains officiers s'étaient étonnés d'une telle décision, et l'espace d'un instant, la mutinerie des volontaires de Duncan's Creek avait failli faire des émules dans ses propres rangs. Mais à part Mitch Novak et Sherry Grant, personne n'avait ouvertement fait part de sa désapprobation.

Le vent de révolte que les deux adjoints avaient espéré soulever était retombé comme un soufflé, ébouriffant à peine Hughes. Dire qu'ils avaient passé un sale quart d'heure était un euphémisme. En contestant l'autorité du shérif, Grant et Novak n'avaient réussi qu'à le conforter dans ses positions. Résultat : ils s'étaient pris une bonne soufflante, avec à la clé une menace de mise à pied. Tous les deux l'avaient donc bouclée, se sachant plus utiles ici qu'en repos forcé, et étaient rentrés avec l'instruction de se tenir prêts au cas où Rita Davis battrait le rappel des troupes.

La coordinatrice principale du bureau, en bon soldat, n'avait pas décollé de sa chaise de la nuit. Elle avait jonglé entre le téléphone, la radio, la photocopieuse, le fax et la machine à café – au diable la ménopause et ses effets indésirables, le thé avait cessé d'être efficace passé minuit – tout en composant avec la mauvaise humeur de Dalton Hughes et l'impatience grandissante des officiers. Ces quatre dernières heures avaient été si éprouvantes qu'elles lui en paraissaient le double.

Rita avait commencé par lancer un avis de recherche auprès des autorités et signalé la disparition de Shawna Twitchell à la section de recherche des personnes disparues du FBI. Elle s'était ensuite assuré que les équipes cynophiles resteraient joignables en cas de reprise de la battue et avait réquisitionné un hélicoptère et son pilote auprès du club d'aviation. Elle avait également consigné les vêtements appartenant à la fillette, qu'on ferait renifler aux chiens, et confectionné des affichettes à l'aide de la photo que Rosie Hughes avait apportée.

À bout de forces, elle s'accorda un moment de relâche vers 4 heures du matin. Assise derrière son bureau, une tasse de café translucide à la main, la coordinatrice caressait des doigts le petit pull violet que leur avait fourni Mandy Twitchell. Elle y trouvait un certain réconfort, malgré les bouloches et la texture rugueuse de la laine. Les yeux dans le vague, elle voyait le shérif s'agiter derrière la porte de son bureau. Il était au téléphone, et n'avait pas l'air de rigoler.

La radio grésilla tout à coup, la tirant de sa rêverie :

— Central, ici Unité 1. Du nouveau ?

C'était Brian McKenzie. Rita sursauta et attrapa le micro.

— RAS, Unité 1. Le shérif est en ligne avec les fédéraux, j'ai cru comprendre qu'ils débarquaient dans la journée. Rien à signaler de votre côté ?

— On a eu un 10-67 du côté de Boulder il y a vingt minutes, sinon c'est le calme plat. Paraît que Hughes a aussi levé les barrages routiers ?

— Oui ! D'après lui, si quelqu'un avait dû quitter Duncan's Creek avec l'enfant, il l'aurait fait depuis longtemps.

Il y eut un blanc. Rita pianota sur le bureau de ses ongles manucurés.

— Ça enregistre, là ? fit la voix parasitée de l'officier dans le haut-parleur.

— Ça enregistre ! répondit Rita, baissant le volume du transmetteur.

— OK… On continue à tourner dans le secteur de Duncan's Creek. Faites-nous signe s'il y a du nouveau. Bon courage, Rita !

— Merci, Brian. Soyez prudents.

Elle raccrocha le micro et effleura le pull de Shawna. Il y avait un motif Mickey sur le devant, dont les contours dégageaient un éclat verdâtre. *Sans doute une matière phosphorescente*, songea Rita, soudain saisie de l'envie d'emmener le vêtement dans une pièce sombre pour vérifier.

Mais le shérif Hughes ne lui en laissa pas le temps. La porte de son bureau venait de s'ouvrir, et son corps rabougri s'encadra dans l'ouverture.

— Ça promet d'être un sacré merdier ! s'exclama-t-il à la volée. Saloperies de fédéraux…

Ils n'étaient que deux dans les bureaux : Rita et Beauchamp Robicheaux, Jr., le bleu de Mitch Novak, qui s'était endormi sur une chaise près du standard. C'était un gamin un peu fruste, mais il avait une bonne tête de bébé, et Rita n'avait pas eu le cœur de le réveiller pour le renvoyer chez lui.

— Vraiment, on n'est jamais mieux servi que par soi-même ! continua le shérif d'une petite voix flûtée.

Il ne s'adressait à personne en particulier, pourtant ses glapissements appelaient une réaction. Il cherchait à attirer l'attention, c'était flagrant. Dalton Hughes était trop infatué pour partager ses informations avec de simples grouillots, en revanche, si c'étaient eux qui se montraient curieux, il devenait tout de suite plus loquace.

Rita remua sur son séant. En général, elle ne mordait pas à l'hameçon, mais avec Robicheaux sur la touche, elle se sentit obligée de s'y coller :

— Ils vous ont fait des misères, shérif ?

Il y eut dans sa voix juste ce qu'il fallait de maternalisme pour réduire Hughes à l'état de petit garçon aux abois sans qu'il s'en rende compte. Ce dernier tourna vers Rita son visage long et renfrogné.

— Vous voulez que je vous dise ? Ces gusses sont des amateurs. Ils ne connaissent rien au fonctionnement des enquêtes par chez nous, ils veulent mettre leur sale nez partout, et après, ils se plaignent que c'est le foutoir. Mais le foutoir, c'est eux qui le mettent !

Rita afficha une expression détachée qui aurait pu passer pour de la fatigue, alors qu'il s'agissait d'une parade pour esquiver la discussion. Parlementer avec Hughes ne rimait à rien ; quel que soit son point de vue, elle aurait forcément tort. Il lui revint alors que la seule position qu'elle avait jamais osé défendre contre lui avait porté sur la couleur des nouvelles décorations du sapin de Noël en 1977, combat qu'elle avait évidemment perdu.

— Ça va aller, madame Davis ? demanda le shérif en remarquant qu'elle n'écoutait plus. Vous avez l'air fatiguée.

Il la toisa du haut de son mètre soixante-cinq, l'air mauvais. Rita sentit ses pommettes se colorer. Fichue émotivité, elle n'arriverait donc jamais à la contrôler !

— Tout va bien, shérif Hughes.

— Vous allez tenir le coup, j'espère… J'ai besoin que chacun donne le meilleur, cette nuit.

Rita hocha la tête, faisant de son mieux pour dissimuler le rouge qui continuait à se répandre sur son visage.

— Je préfère ça. Vous êtes quelqu'un de confiance, madame Davis. Bien plus que Mme Addington. Ne me décevez pas !

Elle esquissa un sourire gêné. Julia Addington était la coordinatrice adjointe du bureau et, contrairement à Rita, elle ne se laissait pas marcher sur les pieds. Hughes et elle avaient même failli en venir aux mains l'hiver précédent, pour une sombre affaire de place de parking mal déneigée.

— Merci, répondit-elle avant de prendre une gorgée d'eau pour calmer le feu à ses joues.

— Ne me remerciez pas. Je sais reconnaître la valeur d'une personne quand j'en vois une, voilà tout. Et vous êtes une femme selon mon cœur.

Rita faillit avaler son eau de travers. Le shérif venait-il de la flatter ? Elle chercha quelque chose à dire, mais ne parvint qu'à lui adresser un sourire embarrassé. Aux yeux de beaucoup, recevoir un compliment de sa part était pire qu'essuyer une brimade. En vous caressant dans le sens du poil, il vous ralliait à sa cause, établissait une proximité qui vous faisait l'effet d'une pommade aux orties. Rita accueillit néanmoins la remarque avec une pointe de fierté qui flatta le fantôme de l'élève modèle qu'elle avait été autrefois.

Rien, pourtant, n'était gratuit venant du shérif Hughes, comme il le lui démontra dans la seconde qui suivit : il lui annonça qu'elle allait devoir préparer le briefing de 6 heures, compiler les procès-verbaux, les dépositions et les rapports des équipes, et dégotter une diapositive de la fillette à projeter sur l'écran de la salle de réunion.

— Les gusses du FBI me demandent aussi les dossiers des affaires Kendrick, en 70, et Dickinson, en 72. Mais impossible de remettre la main dessus… Sans doute Mme Addington qui les a égarés.

— Je vais jeter un œil dans les archives, répondit Rita. Ce sont deux affaires de disparitions d'enfants, n'est-ce pas ?

Mais Hughes était déjà ailleurs :

— Pour le petit déjeuner, pas de pâtisseries, que du café… et ce que vous voudrez pour ces ânes bâtés de mormons ! Vous n'êtes pas mormone, madame Davis ?

Rita secoua la tête, se pinçant les lèvres pour ne pas répondre qu'ils se croisaient tous les dimanches à l'église baptiste. Elle nota « pas de pâtisseries » sur son calepin, non sans une pensée pour les paquets de coffee cakes que Hughes planquait dans les tiroirs de son bureau.

— Dernière chose : appelez-moi Novak et Grant, et dites-leur de rappliquer dare-dare. Ils voulaient du travail, je vais leur en donner ! (Il l'observa une seconde, la bouche tordue en un sourire froid.) Avec un peu de chance, vous n'aurez qu'un coup de fil à passer. M'est avis que cette greluche se tape du Polak en ce moment…

Rita faillit dire quelque chose, mais les sourcils fins du shérif se rejoignirent d'une manière qui lui coupa la chique.

— Vous avez bien noté ? demanda-t-il en faisant des moulinets avec son doigt pour désigner son calepin.

— Tout est noté.

La coordinatrice ferma la bouche, la rouvrit. Elle n'avait que faire de la rumeur qui prêtait une liaison à Sherry Grant et Mitch Novak ; en revanche, il y avait un point qu'elle tenait à éclaircir :

— Mais, shérif… je leur dis quoi ? Aux adjoints Grant et Novak ? Que l'heure du briefing est avancée ?

Il y eut un tel débordement de fureur dans le regard de Dalton Hughes que Rita se recroquevilla instinctivement sur sa chaise.

— On s'en tient à ce qui était prévu ! Le briefing commence à 6 heures !

Il s'approcha, et ses yeux s'enflammèrent encore. Rita se liquéfia. Cette fois, elle avait vraiment dépassé les bornes.

— En attendant, on leur trouvera quelque chose à faire… Récurer les gogues, par exemple. M'en vais leur faire passer l'envie d'ouvrir leur grande gueule, moi !

Rita se sentait les jambes en coton, incapable de dire un mot. Pourtant, une petite voix indignée s'éleva au fond d'elle. Elle respectait Hughes en tant que représentant de la loi, n'avait jamais douté de sa capacité à gérer les situations de crise, mais cette fois, il allait trop loin. Il était question d'une petite fille, tout de même !

— Vous ne croyez pas que… qu'ils seraient plus utiles sur le terrain ? s'entendit-elle suggérer d'une voix mal assurée.

Hughes vira au pivoine. Il n'avait aucun souvenir de leur désaccord au sujet du sapin de Noël, et mit un instant à comprendre que Rita Davis, l'insignifiante marionnette qu'il avait placée là parce qu'elle lui obéissait aveuglément, venait de lui tenir tête pour la première fois.

— Laissez-moi vous dire une bonne chose, madame Davis, siffla-t-il de sa voix la plus haut perchée. Vous voyez cet insigne ? C'est une étoile de shérif. Des gens m'ont élu pour la porter, ils m'ont fait confiance. Vous, vous êtes ici parce que je l'ai décidé. Vous êtes sous mes ordres, et je vous prierai de rester à la place qui est la vôtre ! Alors vous décrochez ce téléphone, vous appelez Novak et Grant, et vous leur dites de rappliquer dans la demi-heure, sans quoi ils pourront aller pointer au chômage, et vous avec !

Et Rita Davis, en employée obéissante, s'exécuta.

4

Jim Pomeroy ne dormait pas. Une jambe passée au-dessus des draps, le regard fixé au plafond, il attendait le sommeil depuis plus de trois heures. Sa chambre peuplée de souvenirs lui faisait l'effet d'un gros poumon vide, ce soir. Tapisserie aux teintes chaudes, coussins en velours, photos de famille : autant de reliques d'un passé encore trop présent.

Il roula sur le côté pour regarder l'heure, peut-être pour la centième fois. 4 h 37. Vingt minutes seulement s'étaient écoulées depuis son dernier coup d'œil aux chiffres rouges du réveil. Gus, lui, ronflait paisiblement sur la descente de lit ; des ronflements qui ne gênaient plus Jim depuis belle lurette. Alors étaient-ce les coups sourds de son cœur résonnant dans l'oreiller qui le tenaient éveillé ? La douleur dans ses jambes après sa course dans la montagne ? Certainement pas. Jim en avait vu d'autres, il avait même pris une balle au Vietnam, quand il officiait en qualité de médecin de guerre.

De son vivant, Nancy avait toujours prétendu qu'une attaque nocturne des Russes sur Duncan's Creek n'aurait pas suffi à lui faire soulever un cil. Il y avait du vrai là-dedans, comme dans tout ce que disait sa défunte épouse. Nancy avait été de ces femmes qui ne parlaient jamais pour ne rien dire. Tout était pesé, réfléchi dans ses propos, ce qui, à plus d'un titre, faisait d'elle un être exceptionnel. Encore aujourd'hui, il arrivait à Jim de se rappeler certains de ses traits d'esprit, parfois aux moments les plus saugrenus. Comme cette fois où, visitant Selma Murray, paysanne travailleuse mais un brin médisante, il lui était revenu un sarcasme proféré par Nancy à son encontre : « Cette femme a de bonnes intentions envers la nature, ça ne fait aucun doute. Malheureusement, ce n'est pas réciproque. » Il avait bien failli éclater de rire en rédigeant l'ordonnance de « la Murray », comme on l'appelait ici, car en effet, la pauvre femme n'avait pas été gâtée à la naissance.

Nancy cultivait l'esprit comme d'autres la mauvaise foi. Elle avait toujours eu l'art de la formule. Pas de celles dont usaient les gens jusqu'à plus soif, non. Les œufs rangés dans le même panier et la charrue mise avant les bœufs ne l'intéressaient que très modérément. Ce qu'elle maniait avec brio, c'était la saillie qui faisait mouche. Sans aucune malveillance, mais toujours avec malice, Nancy ne s'amusait qu'aux dépens de ceux qui l'avaient blessée. Et Selma Murray, qui l'avait eue dans le collimateur tout au long de leurs années de collège, était une cible toute désignée.

Dans ces moments de fulgurance, Jim se plaisait à penser que son âme sœur n'était pas vraiment partie. Sa perte avait été d'autant plus inestimable que par sa finesse d'esprit, Nancy avait contribué à lui rendre la vie meilleure. Bien meilleure qu'il ne l'aurait espéré. Même lorsque la maladie l'avait rattrapée, qu'elle était devenue l'ombre de cette femme raffinée, quelquefois un peu trop caustique, dont il était tombé amoureux, Nancy était parvenue à lui soutirer d'authentiques, de délicieux sourires.

Il y avait un an qu'elle était morte. Cancer du sein. Jim, depuis, avait éteint la lumière à tous les étages. Ses yeux d'un bleu translucide, sereins et lumineux, avaient perdu leurs reflets d'argent. Son visage aux traits réguliers, sur lequel avait longtemps reposé son pouvoir de séduction, ne s'éclairait plus que par intermittence. Ses cheveux bouclés avaient blanchi d'un coup dans les jours qui avaient suivi l'enterrement, et commençaient à se clairsemer. Son corps s'appesantissait, par manque d'activité physique. Même sa garde-robe avait perdu de son éclat, avec ses pantalons sombres et ses chemises qui déclinaient toutes les teintes fadasses d'un ciel de novembre. Qu'elle semblait loin, l'époque où on lui trouvait de faux airs de Paul Newman !

4 h 51. Jim n'arrivait pas à calmer la tempête sous son crâne. Il éprouvait pourtant une fatigue intense, doublée d'un sentiment d'impuissance qui aurait dû avoir raison de lui. Mais la veine qui palpitait à sa tempe sonnait comme un affreux compte à rebours. Chaque nouvelle pulsation le rapprochait du moment où le téléphone sonnerait, où une voix mécanique et atone lui annoncerait qu'on avait retrouvé un corps, et que sa présence était requise pour les premières constatations.

Il visualisait très bien la scène : des ronds de lumière dans le noir, plaquant leur pâleur sur un tapis d'épines. Des visages graves, aussi hâves que les spots de la police, qui le fixaient de leurs yeux vides. Des kilomètres de rubalise jaune tirée entre les arbres, comme pour les garder debout. Et au milieu, exsangue, le corps boursouflé, souillé de boue, qu'on venait de remonter des eaux. Jim voyait sa propre main, cette main autrefois puissante et jeune, depuis peu piquetée de ces taches brunes que les vieux appellent les « fleurs de cimetière », se tendre vers la petite forme pudiquement recouverte d'une couverture à carreaux qu'on aurait crue sortie pour un pique-nique, et dégager ses cheveux blonds avec une infinie délicatesse. Il découvrait des paupières qui ne se soulèveraient plus jamais, deux bonnes joues que plus personne n'embrasserait, et une petite bouche rose et ronde figée pour l'éternité dans une moue paisible. Il sentait sur sa peau les larmes glacées versées par les pins après l'orage, et partout, le fumet entêtant de la roche humide et la puissance de la résine. Alors il se mettait à pleurer à chaudes larmes, et une main venait se poser dans son dos comme un baume sur sa douleur. Lamar Jones était là lui aussi. Lamar, son ami de toujours, qui posait sur lui ce regard empreint de sagesse qu'il avait sur toute chose. Il lui parlait d'un ton bienveillant, le rassurait de sa voix chaude, le berçait de paroles de réconfort. Mais rien n'y faisait, la peine était trop grande. Nancy était partie… *Shawna*, rectifiait Lamar, alors qu'aucun son n'était sorti de la bouche de Jim. *Pas Nancy, Shawna.*

Puis soudain, la terre meuble s'ouvrait sous leurs pieds – bon sang, on était en Utah, jamais la terre n'aurait pu absorber une telle quantité d'eau ! – et la boue avalait le corps de la fillette dans un bouillonnement brunâtre. Jim essayait d'attraper la petite main blanche qui pointait vers le ciel, mais la peau glissait sous ses doigts et dans un dernier crachat, la terre engloutissait la dépouille. Il voulait plonger après elle, hurlant, mais une main le retenait, tout à coup, la main calleuse de Lamar, sauf que ce n'était plus Lamar Jones mais Arlin Gillespie, sanglé dans une combinaison en aluminium, son regard fou planté dans ses pupilles. Le fermier se mettait à hurler, et Jim en faisait autant, leurs voix s'entre-mêlaient, et au milieu s'élevait soudain un cri plus puissant que les autres, un aveu de mort, et Jim comprenait que la réponse à toutes ses questions se trouvait là-bas, derrière la porte que Gillespie avait laissée entrouverte quand il était passé lui rendre visite, en bas de l'escalier qui descendait dans son antre. Et tandis que la certitude faisait son chemin dans son esprit, que la mort s'insinuait dans son sang jusqu'à lui glacer le cœur, il devinait à la pression sur son poignet que le tueur se savait démasqué, le voyait ouvrir une bouche démesurée et fondre sur lui avec la vitesse d'un oiseau de proie et…

… Jim bondit dans son lit, transpirant la peur. La veine à son front pulsait à la manière d'un diapason, prête à lui exploser le melon. Trente centimètres plus bas, son cœur battait la mesure. Les draps, entre ses jambes, n'étaient plus qu'un imbroglio humide et froid. Encore sonné, il promena un regard hébété sur la chambre. Le fauteuil vide de Nancy, ses vêtements soigneusement pliés sur le valet de nuit, la truffe de Gus, alerté par ce réveil en sursaut. Mais aucune trace de Gillespie.

Jim laissa échapper un ricanement. Un simple rêve, troublant de vérité.

Sur la table de chevet, le réveil indiquait 5 h 40. Il avait dormi un peu moins d'une heure. Son rythme cardiaque s'apaisa, pas l'emballement de ses pensées. Nancy. Shawna. Lamar. Gillespie. Tout s'entrechoquait en lui dans une confusion brûlante. Il ferma les paupières. Les yeux du fermier le guettaient toujours depuis le fond de son âme, mais leur éclat dément commençait à faiblir. Il n'y eut bientôt plus que l'écho de sa voix qui persista dans sa tête : « Laisse-la retourner à la terre, qu'elle se nourrisse de sa chair, car c'est là qu'est sa place ! ». Un aveu, qui sonnait comme une litanie religieuse psalmodiée par un évangéliste fou.

La peau de Jim se hérissa. Il avait un goût aigre dans la bouche, comme un relent de défaite. Il n'avait pas pu protéger Shawna. Il avait perdu le combat.

« Et Arlin Gillespie ? » avait demandé Cody Hoffmann.

« Quoi, Arlin Gillespie ?

— S'il avait quelque chose à voir avec la disparition de Shawna ? »

Gillespie, qui avait inquiété des générations d'enfants avec son faciès étrange et ses sculptures torturées. Gillespie, qui n'avait montré aucune forme d'émotion quand il avait appris la disparition de la fillette. Gillespie, qui avait peut-être réussi là où Rory Twitchell avait échoué quelques mois avant lui. Ce n'était pas si déconnant…

« Allons, allons, avait répondu Jim. Arlin Gillespie est peut-être un peu secoué, mais il n'a rien d'un prédateur sexuel. »

Il n'était plus aussi sûr de lui, à présent. Il revoyait son air étrange quand il était passé le voir, la façon dont il lui avait fermé la porte au nez… Le fermier avait quelque chose à se reprocher, ou Jim ne connaissait rien à la nature humaine.

Tandis qu'il errait encore dans les voiles cotonneux du sommeil, il s'accrocha à ce fil dans le noir. « J'ai rien vu, rien entendu », avait affirmé Gillespie sans ciller. Un homme doté d'un minimum de conscience ne se serait-il pas ému d'une telle nouvelle ? Bien sûr que si. À condition d'avoir l'esprit tranquille…

« Sam Baldwin a vu Mme Twitchell monter la route 12 en début de soirée, en direction de la ferme des Gillespie. »

Ce détail, entre tous, tracassait Jim. Pourquoi la première réaction de Mandy, après la disparition de sa fille, avait-elle été de filer chez le fermier ? Avait-elle été témoin de quelque chose ? Incapable de contenir plus longtemps son impatience, le médecin alluma la lumière. Gus émit un grognement avant de se remettre à ronfler. Jim resta là quelques secondes, le regard dans le vide. La nuit, au dehors, commençait à bleuir.

« Encore que, avec sa tête de pervers et ses regards douteux… »

Shirley Hoffmann était dans le vrai, pour une fois : il y avait quelque chose d'inquiétant, de dérangeant chez Arlin Gillespie. Tout le monde s'accordait à le dire. Son regard torve rappelait plus M le Maudit que Charles Ingalls, les créations qu'il exposait devant chez lui semblaient tout droit sorties d'un esprit dérangé. Mais cela ne faisait pas de lui un kidnappeur d'enfant ! Restait tout de même cette ferveur avec laquelle le fermier avait empoigné Jim dans la forêt, qui ne plaidait pas en sa faveur.

Un rêve. C'était un simple rêve…

Pourtant, quelque part, les doutes de Jim s'accrochaient. Un an plus tôt, à 55 ans, il avait perdu sa femme. Aujourd'hui, une enfant qu'il avait prise sous son aile était portée disparue. C'était un sentiment intolérable, une injustice qu'il ne laisserait pas se reproduire. Et si Arlin Gillespie avait un quelconque rapport avec la disparition de Shawna, il était de son devoir d'intervenir.

Soudain armé d'une certitude inébranlable, Jim bascula sur le côté et posa les pieds sur le tapis à grosses boucles de sa chambre. Un élancement douloureux passa dans ses jambes quand il se leva. Sans s'attarder sur la douleur, il alla jusqu'au valet de nuit et y attrapa ses vêtements de la veille, qu'il enfila à la hâte. Il devait en avoir le cœur net. Se rendre sur place et vérifier par lui-même. Il terminait de boutonner sa chemise quand, à nouveau, le doute l'assaillit.

S'introduire chez Gillespie en douce pour descendre inspecter son sous-sol, c'était ça, son plan ? Ce n'était certes pas bien méchant au regard du contexte actuel, mais ça le deviendrait si l'autre lui tombait dessus. Arlin Gillespie, comme tout bon fermier qui se respectait, possédait un fusil. Il n'hésiterait pas une seconde à en faire usage s'il surprenait un intrus dans sa maison.

Jim ferma les derniers boutons de deux mains tremblantes. Il fallait voir la réalité en face : il n'avait aucune expérience en matière d'effraction. Le coup de la carte de crédit qui dégage le pêne de la porte ou du fil de fer tortillé qui crochète la serrure, c'était bon pour les téléfilms. Même avec la meilleure volonté du monde, il ne se voyait pas entrer chez Gillespie par ses propres moyens.

C'est en enfilant un gilet – sombre, comme son humeur – que lui vint une idée : il n'agirait pas seul. Il allait demander de l'aide à quelqu'un qui avait l'expérience de ce genre de coup. Un allié pour sa croisade – un complice, plutôt, au regard du forfait qu'il s'apprêtait à commettre.

Et Jim savait exactement à qui s'adresser pour ce travail.

5

Sherry Grant arriva la première au bureau du shérif. Il était 5 heures passées de cinq minutes. À voir son air volontaire et sa démarche assurée, personne ne se serait douté qu'elle n'avait dormi qu'une heure. Elle s'était assoupie sur la table de sa cuisine en consultant des dossiers, les bras croisés sous la tête comme un enfant qui se serait accordé une sieste au milieu du souper. C'est là que le coup de fil de Rita Davis l'avait réveillée.

Mitch Novak débarqua huit minutes plus tard. Les yeux bouffis, l'air hagard, il semblait se demander ce qu'il faisait là. Lui avait dormi un peu plus de deux heures, dans son lit, jusqu'à ce que la sonnerie du téléphone l'arrache à son sommeil. Il avait rêvé d'expériences étranges effectuées sur des enfants dans une école, rêve qui lui avait laissé un goût amer.

Le fait que Mitch et Sherry, qui se couraient après depuis des mois, arrivent à moins de dix minutes d'intervalle, aurait pu relancer la rumeur sur leur présumée relation, mais personne n'était là pour le voir. Tout au plus la coïncidence éveilla-t-elle un sourire chez Rita Davis, qui avait toujours trouvé un certain charme à l'adjoint Novak. Il avait ce côté gendre idéal qui plaisait aux mères de bonne famille, avec sa mâchoire carrée toujours rasée de frais, son menton en fesse d'ange, ses cheveux noirs coupés en brosse courte et son regard rassurant. Le genre de garçon qu'elle aurait adoré que sa fille lui ramène si elle avait eu la chance d'en avoir une.

Sherry Grant n'avait pas fait une mauvaise affaire. C'était une jeune personne tout à fait charmante, par ailleurs : brune, élancée, féminine malgré ses cheveux coupés court et l'austérité de l'uniforme réglementaire qu'elle portait cinq jours sur sept, et qui ne flattait pas sa jolie poitrine. Une pin-up enfermée dans un costume d'homme.

— Hughes est dans le coin ? demanda Mitch à la coordinatrice une fois qu'ils se furent salués.

— Il est rentré se reposer il y a une demi-heure. Il a demandé à ne pas être dérangé avant 6 heures moins le quart.

— L'enfoiré, fit Sherry dans un soupir. Il s'est bien payé nos têtes !

Rita ne releva pas. Au téléphone, elle n'avait donné le motif de son coup de clairon matinal ni à l'un ni à l'autre.

— Le briefing est toujours prévu pour 6 heures, précisa-t-elle. Le shérif Hughes veut que tout soit prêt pour 6 heures moins dix. Il a demandé que vous prépariez un rapport circonstancié à transmettre au FBI. Voici un dossier que l'antenne de Salt Lake City nous a réclamé.

Rita leur tendit une chemise cartonnée de moins d'un centimètre d'épaisseur, étiquetée « Lauren Ann Kendrick, 1970 ». Maigre substrat. Sherry l'attrapa et tourna les talons sans piper mot.

— J'ai apporté des beignets, glissa Mitch à Rita. Servez-vous, ils sont tout chauds.

— Le shérif Hughes a dit : « pas de pâtisseries », l'avisa la coordinatrice en lui lançant un regard désolé par-dessus la monture léopard de ses lunettes.

Mitch haussa les épaules, trop fatigué pour parlementer, et emboîta le pas à Sherry. Ensemble, ils se dirigèrent vers la salle de briefing à l'arrière du bâtiment.

— J'ai potassé le dossier Rory Twitchell, cette nuit, apprit la jeune femme à son collègue dès qu'ils furent seuls.

— Quoi ? Tu as rapporté des dossiers chez toi ?

— Tu aurais préféré que je ramène un mec ?

Mitch la fusilla du regard.

— Allez, quoi. Ce sont seulement quelques rapports d'enquête…

Ils entrèrent dans la salle de briefing et s'installèrent de part et d'autre d'une grande table. À l'autre bout de la pièce étaient alignées trois rangées de chaises pliantes, en face d'une petite estrade. N'eût été l'écran blanc tiré sur le mur, on aurait pu se croire dans une chapelle aménagée pour un mariage improvisé.

— Où sont les bouquets de fleurs ? demanda Sherry, faussement ingénue. Tu n'as pas fait venir les témoins ?

— N'essaie pas de changer de sujet, répliqua Mitch. Qu'est-ce qui t'a pris de sortir des dossiers d'ici ? Tu cherches à te faire virer ?

Il planta ses yeux dans ceux de son ex-coéquipière, qui lui renvoya un sourire mutin.

— Fais gaffe, Grant, tu joues avec le feu !

— J'ai toujours eu des tendances pyromanes.

— Eh bien, tu devrais te méfier du retour de flamme… Rappelle-toi ce que ça a donné la dernière fois !

Mitch faisait allusion à la décision de Dalton Hughes de dissoudre leur binôme, trois mois plus tôt. L'une de ses premières réalisations en tant que shérif, un acte arbitraire, purement politique, qui lui avait donné l'illusion d'asseoir son autorité.

— Tu sais très bien pourquoi Hughes nous a séparés, contra Sherry.

— Je sais surtout que tu n'as pas cherché à démentir.

— Mais merde, ils pensent vraiment que leur foutue loi de la chasteté s'applique à la planète entière ?

Mitch jeta un coup d'œil en arrière pour s'assurer que la porte était bien fermée. Il lui fit signe de baisser d'un ton.

— Ils essaient simplement de nous remettre dans le droit chemin. Toi et moi, nous sommes des pécheurs en Terre promise.

Sherry lui lança un regard plein de malice.

— C'est ta façon d'essayer de me convaincre de créer une nouvelle communauté avec toi, Novak ?

Mitch sentit quelque chose s'éveiller au fond de lui, une pulsion qui irradia son bas-ventre et qu'il dut refouler afin de garder la tête froide. Sherry lui plaisait, mais il savait que leur relation ne dépasserait jamais le plan professionnel.

— C'est ma façon de te faire comprendre que nous sommes portion congrue ici, répondit-il. Tu es protestante, je suis catholique. La moitié des gens qui nous entourent sont mormons. Tu ne peux pas leur en vouloir de te regarder en biais si tu ne respectes pas leurs règles.

— Mais toute cette histoire, c'était du vent depuis le début, tu es bien placé pour le savoir !

Il la fixa avec l'expression légèrement blessée d'un amant éconduit. Le jeu de séduction auquel il s'était livré depuis l'arrivée de Sherry avait tourné court lorsque les premières rumeurs avaient commencé à circuler sur leur compte.

C'était en février dernier. Cette tête de con de Ted Cassidy les avait surpris au North Creek Grill le soir de la Saint-Valentin, et s'était aussitôt imaginé qu'ils se fréquentaient. Dès le lendemain, tout le monde au bureau était au courant. C'est Brian McKenzie qui avait relayé l'information à Mitch, avant de le mettre en garde contre ce genre de débordements.

— Quels débordements ? s'était irrité Mitch.

Les deux hommes s'étaient retrouvés à l'écart du bâtiment municipal, où personne ne surprendrait leur conversation. Brian, qui était lui-même mormon – mais d'une trempe un peu moins radicale que la moyenne –, avait tenu à ce que la rencontre se fasse en toute discrétion.

— Ne joue pas les innocents. Tu sais comment ça se passe, ici : bois un cocktail en terrasse ou acoquine-toi avec une femme mariée et il t'en cuira forcément.

— C'est une menace ?

— Un simple avertissement. T'es un mec bien, Novak. J'essaie juste de t'éviter de mettre les pieds sur un terrain miné.

Dès lors, et bien que le dîner entre Sherry et Mitch n'ait pas eu à proprement parler de caractère romantique, les deux adjoints avaient pris leurs distances. Ils ne pouvaient renier l'attirance qu'ils éprouvaient l'un pour l'autre, mais elle se traduisait aujourd'hui par un interminable jeu du chat et de la souris. Sherry le gérait plutôt bien, s'en amusait même la plupart du temps. Mitch, beaucoup moins.

— Laisse tomber, Grant, fit-il après une courte pause. Explique-moi plutôt pourquoi tu es allée fouiner dans le dossier Twitchell.

— À ton avis ?

Sherry le considéra d'un air scrutateur. Il recula sur sa chaise.

— Tu penses qu'il pourrait y avoir un lien entre les disparitions de Rory et de sa fille…

— Exact.

— Je t'écoute, expose-moi ta théorie de dingue.

La jeune femme sortit une grosse enveloppe de son sac. Elle étala sur la table les documents qu'elle contenait – photos, procès-verbaux dactylographiés, rapports d'enquête – et s'éclaircit la gorge.

— J'ai relevé un paquet de similitudes entre ces deux affaires, Novak. C'est troublant… Primo : les liens familiaux entre les deux protagonistes. Je sais, j'enfonce une porte ouverte… (Elle fit glisser une photo de Rory Twitchell d'un côté, une feuille arrachée à un bloc-notes à spirales marquée du nom de Shawna Twitchell de l'autre.) Le père, la fille. Disparus à six mois d'intervalle. Deuzio : les circonstances des disparitions. Tous les deux se sont volatilisés sans laisser de trace. Aucune piste, aucun témoin. Tertio, les indices : la parka du père retrouvée dans la rivière, les chevaux de bois de la fille retrouvés sur le chemin de randonnée. Ça commence à faire beaucoup, non ? Tout ça ne peut pas être le fruit d'une simple coïncidence, il y a trop de parallèles.

— C'est troublant, c'est vrai, reconnut Mitch en s'avançant pour observer les pièces du dossier. Mais ça ne prouve rien !

Sherry eut un mouvement de recul. On aurait dit qu'une main invisible venait de la gifler.

— Au contraire, ça tombe sous le sens ! Il y a un lien entre ces deux affaires, c'est évident ! On retrouve le père, on retrouve la fille.

— Que tu dis…

— Mais bien sûr, inutile de compter sur Hughes pour aller fouiller de ce côté-là, poursuivit-elle.

— Si tu lui présentes tes conclusions sous cet angle faiblard, il est clair que tu cours au casse-pipe, confirma Mitch.

Les traits de la jeune femme se délitèrent. Elle avait espéré trouver du soutien auprès de son ex-coéquipier, au lieu de ça, il semblait vouloir démolir ses arguments de manière systématique.

— Mais rien ne colle, là-dedans ! Ça crève les yeux ! s'emporta-t-elle. J'ai relu les rapports des enquêteurs de la police d'État sur la disparition de Rory Twitchell : d'accord, ils ont conclu à la noyade, mais on a dragué la Duncan River à deux reprises sans rien trouver…

— Sa disparition remonte à décembre, le niveau de la rivière était haut à cette époque-là. Le corps a dû être emporté par le courant, on ne le retrouvera sans doute jamais.

— Tu te fous de moi ? s'agaça Sherry. Merde, Mitch, moi qui pensais que tu serais de mon côté !

Elle se leva pour rassembler ses documents avec des gestes impatients. Mitch la regarda faire, hésitant sur la conduite à tenir. Il ne lui avait pas échappé que Sherry l'avait appelé par son prénom, ce qui n'arrivait jamais ; il était évident qu'il s'agissait d'une alarme, pas d'une tentative de rapprochement.

— Je suis de ton côté, lui assura-t-il. Je veux retrouver cette petite fille autant que toi…

— Mais on ne la retrouvera pas sans le début d'une piste ! Sans essayer de comprendre ce qui a pu se passer !

— Pourquoi tu tiens tellement à envisager la piste criminelle ? Où veux-tu en venir ?

Sherry riva ses pupilles à celles de Mitch. Elle laissa passer un instant, puis ravala sa colère.

— Et si c'était la mère ? laissa-t-elle tomber.

— La mère ?

— Une gamine de 22 ans battue par son mari, sans emploi, qui se retrouve avec un enfant non désiré sur les bras… Je continue ou ça te suffit ?

Ils laissèrent passer un silence. Mitch attrapa un beignet dans la boîte imbibée de graisse et mordit dedans sans conviction.

— Alors d'après toi, elle aurait descendu le mari avant de se débarrasser de la gosse ? Ça ne tient pas debout !

Sherry planta ses poings sur la table.

— Elle et moi, on a seulement un an d'écart, Novak. Si je me retrouvais seule après la disparition de mon mari, avec une môme de 5 ans à élever, je ne sais pas si je tiendrais le coup… Les gens font parfois des choses désespérées.

Mitch laissa errer son regard sur les documents qu'elle n'avait pas fini de ranger. Sherry avait noirci des feuilles de son écriture nerveuse, mais il ne voyait pas les mots. Lentement, la théorie fit son chemin dans son esprit.

— Pourquoi tu tiens tellement à incriminer cette pauvre fille ? Tu ne penses pas qu'elle a déjà assez morflé ?

— Je ne cherche pas à l'incriminer. Je cherche à faire la lumière sur cette affaire…

La porte de la salle de briefing s'entrebâilla dans un grincement, révélant la petite tête curieuse de Rita Davis.

— Le shérif Hughes vient d'appeler, il sera là dans quinze minutes, leur annonça-t-elle du ton de celle qui vient d'apprendre que le président en personne est en chemin. Il m'a demandé de m'assurer que tout est prêt pour le briefing.

Mitch jeta un bref coup d'œil à sa montre et échangea un regard avec Sherry, qui remisa dans leur enveloppe les documents qu'elle avait sortis des archives. La jeune femme hocha la tête, sans un mot. Ils avaient du pain sur la planche. Hughes, qui ne les tenait pas en odeur de sainteté, ne leur pardonnerait pas le moindre faux pas.

Mitch avala le morceau de beignet qu'il avait dans la bouche, attrapa le dossier que leur avait remis Rita et se mit au travail.

6

Le briefing commença à 6 heures tapantes. Étaient présents le shérif Dalton Hughes, l'adjoint principal suppléant John T. Westlake, les adjoints Owen Barnes, Sarah Ann Boyd, Brian McKenzie, Tom Redfield,

Sherry Grant et Mitch Novak, le chef de la division des services administratifs, quelques officiers de la Highway Patrol, la coordinatrice principale Rita Davis, l'élève Beauchamp Robicheaux, Jr., ainsi que les chiens Paddy et Newton. Ted Cassidy, qui avait été désigné Shérif adjoint de l'année 1984 par un collège de votants présidé par Dalton Hughes, arriva bon dernier et engouffra sans vergogne les beignets épargnés par la meute affamée.

Le shérif Hughes commença son sermon par un hommage solennel et ampoulé à leur grande et belle institution, puis enchaîna sur un éloge vibrant de la mission que leur avait confiée le bon peuple d'Amérique – protéger et servir, garantir l'ordre public – avant de planter le décor avec la raideur d'un procès-verbal.

La situation était la suivante : Shawna Eleanor Twitchell, 5 ans, habitant au 18, Reservoir Road à Duncan's Creek, comté de Garfield (Utah), fille de Rory Edward Twitchell et d'Amanda Evelyn Blackford-Twitchell, portant un T-shirt blanc à pois verts, une salopette rouge et des tennis en toile, était portée disparue depuis la veille, mardi 18 juin, vers 19 h 30. La mère – une jeune veuve sans ressources, avait jugé bon de préciser le shérif dans un rictus haineux – avait déclaré qu'elle n'avait pas revu sa fille après être allée étendre du linge dans sa maison. Une première équipe, composée de Mitch Novak et Beauchamp Robicheaux, Jr., qui étaient en patrouille dans le coin, s'était rendue sur place à 21 h 15 pour prendre sa déposition et faire les premières constatations. Une battue avait été organisée peu après sur le périmètre du village, avec le concours des habitants du coin, bientôt rejoints par une douzaine d'officiers du comté de Wayne. Le Devil Trail, chemin de randonnée gravissant la Boulder Mountain à travers la forêt nationale de Dixie, vers lequel les recherches s'étaient orientées après la découverte de petits chevaux de bois appartenant selon toute vraisemblance à Shawna Twitchell, avait été passé au peigne fin pendant plus de deux heures, sans succès. La battue avait finalement été interrompue à 00 h 20 en raison de l'orage. Depuis, les équipes s'étaient – selon Hughes – « consacrées à une analyse approfondie des éléments en leur possession ». Le FBI avait été informé à 2 heures du matin.

La réunion fut levée à 6 h 18. Il fut décidé que quatre-vingt-dix pour cent de l'effectif présent seraient dépêchés à Duncan's Creek, soit une escouade de seize officiers. Mitch Novak et Beauchamp Robicheaux, Jr. en faisaient partie, ainsi que Sherry Grant et son nouveau coéquipier Ted Cassidy. Les équipes quittèrent Panguitch sur-le-champ, et arrivèrent à Duncan's Creek avec les premières lueurs du jour.

Treize heures plus tard, au coucher du soleil, on n'aurait toujours pas retrouvé Shawna Twitchell.

CHAPITRE III

1

De tous les habitants de Duncan's Creek, Mandy Twitchell fut, paradoxalement, celle qui se leva le plus tard ce mercredi matin. Le cocktail de substances chimiques préparé par le Dr Pomeroy l'avait assommée comme un boulet de canon mais, de cela, Mandy n'avait aucun souvenir : à son réveil, sa mémoire n'était qu'une bouillie sans consistance.

Elle se dressa en sursaut dans son lit, à 8 h 30 précises. Une stridence frénétique, venue de très loin, avait crevé le cocon fragile de son sommeil. Quelqu'un s'excitait sur la sonnette, une personne qui, vraisemblablement, avait attendu montre en main que sonne une heure décente pour lui rendre visite. Après un regard embué à son radioréveil, Mandy grommela une suite de mots inintelligibles et roula dans les draps.

La lumière du jour, blanche et vibrante, filtrait à travers les stores. *Étrange*, se dit-elle, et ce fut la première réflexion de cette journée qui allait en compter beaucoup d'autres. En temps normal, elle ne prenait pas la peine de les baisser, et ce, pour deux raisons : Mandy se levait chaque matin plus tôt que le soleil, même lorsque les jours étaient longs, mais surtout, elle craignait de ne pouvoir détacher les unes des autres ces lattes qu'elle n'avait jamais pris la peine de nettoyer. Étrange, donc. Quelqu'un avait dû les tirer, mais qui ?

Elle regarda dans le lit à côté d'elle, par réflexe. Personne. Elle n'avait pas ramené de mec à la maison depuis un bail. Le dernier en date avait été ce blaireau de shérif adjoint. Bizarre, ça aussi : d'un coup, Mandy crut se rappeler qu'elle lui avait parlé la veille. Elle grimaça. Remettre le couvert avec Ted Cassidy ? Non, même dans une passe difficile, elle ne serait pas tombée aussi bas ! La deuxième hypothèse lui vint alors qu'elle se hissait hors du lit, dans une valse lente et empesée : et si elle avait replongé ? Si ses vieux démons étaient revenus à l'assaut, qu'ils l'avaient agrippée par les chevilles, tirée jusqu'à la cuisine pour lui enfoncer la tête sous l'évier à la recherche de la bouteille qu'elle gardait là, au cas où, cachée derrière les produits d'entretien et les sacs-poubelle ?

Un haut-le-cœur secoua sa gorge décharnée. Aucun arrière-goût d'alcool – elle n'avait pas bu. Alors pourquoi avait-elle la bouche pâteuse d'un lendemain de cuite ? Elle n'avait pas touché un verre depuis un mois et demi ; de cela, elle était sûre. La dernière fois remontait à début mai.

Le souvenir lui revint d'un coup, en même temps que sa lucidité. Elle avait passé une journée effroyable, avec Shawna qui faisait une otite et les huissiers qui lui étaient tombés dessus au pire moment, celui où elle nettoyait sa culotte tachée de sang parce qu'elle avait encore oublié d'acheter des serviettes périodiques. Les deux vautours ne l'avaient pas lâchée pendant une heure, à l'affût du moindre bibelot à estimer, et Shawna, allongée sur le vieux canapé dont ils ne tireraient même pas dix dollars, pleurait à s'en rompre les cordes vocales. Comment pouvait-on gueuler aussi fort quand on avait mal aux oreilles ? Ses cris n'avaient pas semblé déranger les visiteurs, qui avaient fini par mettre les voiles au moment où de petites auréoles rouges commençaient à fleurir sur le devant du jean blanc de Mandy. Après ça, elle avait fait une toilette de chat et s'était descendu le fond d'une bouteille de vodka.

C'est quand Rory avait cassé sa pipe que Mandy, élevée par sa belle-mère dans le respect des valeurs mormones, s'était mise à picoler. Pas pour noyer son chagrin, non : c'était une battante, elle savait encaisser les coups. L'élément déclencheur avait été la première mise en demeure reçue six semaines après la disparition de son mari. Rory, qui travaillait au noir et n'avait pas souscrit la moindre assurance-vie, était parti en lui laissant assez de dettes pour plomber trois générations, et Mandy avait alors compris que la vie sans lui ne serait finalement pas plus simple que la vie avec lui.

Ce mec avait beau être le dernier des branleurs, il ramenait tout de même de quoi les nourrir, elle et Shawna. Et dans les moments difficiles, ils avaient toujours la possibilité de se tourner vers sa famille. Mandy, elle, n'avait plus personne. La tante de Rory et son mari – ce salopard de Dalton Hughes – lui avaient tourné le dos après sa disparition, tout comme le reste de la famille et leurs rares amis. Tous étaient persuadés qu'elle était impliquée d'une manière ou d'une autre dans sa mort.

Un soir de janvier, après une partie de jambes en l'air avec un routier de passage, elle avait accepté une bière pour faire passer le goût infect que le type avait laissé dans sa bouche. Cette fois-là avait été son baptême. Après ça, les soirs de blues, Mandy avait su où trouver du réconfort : dans des bouteilles achetées deux dollars pièce à l'épicerie générale de Boulder.

La parenthèse n'avait pas duré longtemps (trois mois et vingt-deux jours pour être exact), assez, cependant, pour griller définitivement ce qui subsistait encore de fraîcheur et d'innocence en elle. À 22 ans, Mandy en paraissait déjà 40, et sa santé fragile n'arrangeait pas les choses. Elle se sentait un peu dans le même état ce matin ; groggy, nauséeuse. Avec, en prime, une migraine à se cogner la tête contre les murs.

Elle se traîna jusqu'à la porte de sa chambre en prenant appui sur le mur. Arrivée dans le couloir, elle trébucha sur quelque chose et se rattrapa *in extremis* à la rambarde de l'escalier – les souliers de danse et la robe en velours verte de Shawna. Elle avait encore laissé traîner ses habits dans le couloir ! Mandy ouvrit la bouche pour l'appeler, se demandant si elle aurait la force de prononcer son nom, quand ça lui tomba dessus.

Shawna...

Elle sentit un souffle glacé passer sur son visage. Prise d'un doute affreux, elle poussa la porte de sa chambre. Le lit était vide. En bas, son visiteur s'énervait toujours sur la sonnette.

— Ça va, j'arr...

Les mots moururent entre ses lèvres. Son regard venait de tomber sur un tas de vêtements, au pied de l'armoire grande ouverte. On aurait cru que quelqu'un avait fait sauter une bombe à l'intérieur.

« Nous aurions besoin des derniers vêtements qu'elle a portés, madame Twitchell. Quelque chose qui porte son odeur... pour faire renifler aux chiens. »

Mandy s'effondra. Tout lui revint, en cascade. La lessive mal essorée. Le jardin vide. Shirley Hoffmann, Lizzie. Le vélo, la ferme de Gillespie – ce trouduc de Gillespie ! La visite des mères de Duncan's Creek. Leurs fichus cookies trop sucrés. Le gyrophare de la voiture de patrouille. Du monde, partout. Le coup de fil de Ted Cassidy. Le petit pull qu'elle leur avait laissé…

Un sanglot monta à ses lèvres. Le pull Mickey. Ça, ça lui avait vraiment arraché le cœur. Elle avait eu l'impression de donner à l'Armée du salut des affaires que sa fille ne remettrait jamais. Un souvenir d'une netteté impitoyable.

— Shawna ! gémit-elle faiblement.

Mandy batailla pour reprendre son équilibre, chancela, se releva. Abrutie de fatigue, elle dévala l'escalier plus qu'elle ne le descendit. Sa tête n'était qu'un élancement douloureux, son corps lui semblait flotter sur ses jambes en coton. Dans l'entrée, elle tomba sur un miroir. Elle avait une tête de déterrée. Une condamnée à mort à qui on aurait refusé sa demande de grâce à cinq minutes de l'exécution. Ses cheveux roux filasse pendaient mollement des deux côtés de son visage, ses yeux clairs cherchaient à capter la lueur d'un monde qu'elle seule pouvait voir.

Elle ravala ses larmes et ouvrit la porte d'entrée. La silhouette conique de Shirley Hoffmann, affublée d'épaulettes dignes d'un quarterback, s'encadra dans l'embrasure.

— Ah, tout de même ! Je commençais à m'inquiéter !

Shirley lui offrit un sourire plein de compassion qui puait la comédie à plein nez. Une image s'imposa à Mandy, tout à coup : une pub pour de la lessive. Que cachait sa voisine derrière son dos ? Un baril de Woolite ? Comme pour lui répondre, une assiette apparut au bout du bras de la visiteuse. Des cupcakes. Garnis de crème et de pépites fantaisie aux couleurs aussi écœurantes que le rouge à lèvres barbouillant le sourire qui les accompagnait.

— Comment allez-vous aujourd'hui, Amanda ?

La voix était mielleuse, elle agressa les sens engourdis de Mandy comme des ongles raclant un tableau noir. La jeune femme expira un « ça va » étouffé.

— Vous avez réussi à dormir un petit peu ?

Shirley fit mine de vouloir entrer. D'un mouvement réflexe, Mandy lui barra le passage.

— Vous voulez un cupcake ? proposa l'horripilante voisine sans se formaliser. Les enfants se sont jetés dessus, ils sont délicieux…

Malgré ses manières courtoises, tout était mauvais chez cette femme. Mauvais goût. Mauvais genre. Mauvaise haleine, aussi – de là où elle se tenait, Mandy devinait des effluves de whisky noyés dans des relents de café. Quant à ses intentions, il ne faisait aucun doute qu'elles n'étaient pas meilleures que le reste, sous couvert d'une charité de façade. Shirley Hoffmann était une fouille-merde, elle était venue en éclaireuse, sans doute envoyée par la délégation des parents d'élèves du village.

— Vous avez une petite mine, Amanda. Il faut manger, reprendre des forces.

Le sourire s'élargit jusqu'aux oreilles, découvrant des gencives géantes et roses. Mandy fixa l'assiette comme si Shirley lui avait présenté un plat de cafards grillés. Qui pouvait avoir envie de cupcakes en un moment pareil ? Tout ce qu'elle voulait, c'était qu'on lui fiche la paix. Aller vomir, aussi…

— Pas faim… souffla-t-elle.

L'autre marqua sa déception d'une petite grimace.

— Allons, allons. Le Dr Pomeroy a dit que…

Le Dr Pomeroy. Ça lui revenait : c'est lui qui s'était occupé d'elle après le coup de fil de Ted Cassidy. Une fois de plus, il avait volé à son secours.

— … sans quelque chose dans le ventre !

— Non, euh… Non merci, je…

Mandy repoussa un peu plus la porte, confirmant à sa voisine sa fin de non-recevoir. Mais cette dernière ne lâchait pas le morceau :

— Vous n'allez tout de même pas rester seule ! Je peux…

C'est vrai, elle n'avait pas envie de rester seule. Mais Shirley Hoffmann ? Une femme qui se maquillait façon voiture volée pour venir soutenir une voisine en détresse ? Très peu pour elle… C'était bien la dernière personne dont Mandy souhaitait la compagnie.

— … Doug s'occupera des enfants, il ne travaille pas aujourd'hui, et au pire, si je dois m'absenter…

Beth. Elle pourrait appeler Beth. Elle avait toujours été une mère pour elle. Et surtout, elle n'avait pas d'enfant. Elle ne frayait donc pas avec l'association des (com)mères de famille de Duncan's Creek.

— … McCombs ou Gina Carozzo… Qu'est-ce que vous en dites ?

— Non, trancha Mandy. Je… J'ai pas besoin de…

Cette fois, le sourire inoxydable de la vendeuse de Woolite s'affaissa. On aurait cru que le porte-parole d'une association de consommateurs venait de lui annoncer que sa lessive ne lavait finalement pas plus blanc que blanc. Shirley remit de l'ordre dans son brushing et s'éclaircit la gorge.

— Très bien, fit-elle d'un petit air pincé. Comme il vous plaira ! Mais à votre place…

Mandy n'écoutait plus ; elle était ailleurs. Elle pensait à Beth. Oui, c'est à elle qu'elle voulait parler. Et à personne d'autre. Une pensée lui vint : peut-être que son amie était passée alors qu'elle était encore complètement stone, et qu'elle ne l'avait pas entendue ?

— Amanda ?

La voix haut perchée la tira de sa torpeur. Mandy avait son prénom complet en horreur. Il lui rappelait Rory, quand il cherchait à la faire sortir de ses gonds. Personne, à part lui, ne l'avait appelée ainsi depuis des lustres. La fureur lui monta au visage en une grande marbrure écarlate. Plus question d'être polie cette fois :

— Pourquoi vous êtes venue ? Pour raconter des saloperies sur mon compte ?

Une expression de surprise se peignit sur le visage de Shirley. L'assiette de cupcakes descendit de dix centimètres entre ses mains. Mandy les lui aurait bien fait bouffer, si elle s'en était senti la force.

— Je vous demande pardon ? fit Shirley, étranglée par la sidération. Je ne comprends pas…

Mandy repoussa la porte, sans ménagement cette fois. Elle crut un instant que sa voisine allait glisser son pied dans l'ouverture pour la bloquer, mais elle n'en fit rien. Elle se contenta de reculer, sous le choc.

— Dégagez ! avec vos sales muffins !

Shirley laissa échapper une dernière exclamation consternée.

Amis de la pudibonderie, bonjour ! pensa Mandy. *Ou plutôt, au revoir !* Et elle lui claqua la porte au nez.

2

La station-service de Winnie et Dwight Dickinson était la dernière construction au sud de Duncan's Creek, avant la longue et spectaculaire portion de la route 12 qui serpentait jusqu'à Escalante. Rares étaient les véhicules qui y stoppaient, en dehors de la voiture de location de quelque touriste égaré ou du tracteur d'un fermier du coin. Il arrivait que le rayon épicerie, réduit à quatre gondoles faméliques, reçoive la visite d'un client, mais c'était uniquement quand tous les autres commerces étaient fermés ou que la météo était trop mauvaise pour s'aventurer plus loin. Aussi, quand Logan Momsen vit débarquer coup sur coup Jill McCombs et le vieux Moe Freeman ce matin-là, sa première réaction fut de se dire qu'ils n'étaient certainement pas venus pour une boîte de crackers ou un pack de bière – éventualité peu probable pour l'un comme pour l'autre, dans la mesure où ils étaient mormons.

Logan avait assuré l'ouverture à 8 heures, comme tous les mercredis ; la nuit avait été courte après la virée sur le Devil Trail, et sa grand-tante Martha avait dû le tirer du lit à 7 h 30. Il avait enfilé un T-shirt et un jean à la hâte et sauté dans la Buick sans passer par la case petit déjeuner. Les Dickinson étaient très à cheval sur les horaires, et il tenait à ce job aussi précieusement qu'un prof de fac à sa chaire. En huit mois ici, il avait pris pas mal de plomb dans la cervelle : l'adolescent révolté et impétueux avait laissé place à un adulte en devenir, plus posé, plus responsable. Il devenait un homme.

Logan avait débuté en octobre en tant que simple pompiste, à raison de vingt heures par semaine. Quand Dwight Dickinson, qui approchait dangereusement les cent soixante kilos, avait dû lever le pied sur ordre du Dr Pomeroy, il avait aussitôt pensé à lui pour s'occuper de la caisse. Le jeune homme avait hésité moins de trois secondes. Confier leur entreprise à un ex-délinquant était sans doute un pari risqué, mais les Dickinson avaient pris le parti de lui faire confiance.

Logan sortait d'une décennie difficile. Déracinement, petits délits, démêlés avec le shérif. La plupart des observateurs portaient un œil sévère sur son passé. D'autres, plus magnanimes, mettaient ces dérapages sur le compte d'erreurs de jeunesse. Dwight Dickinson était de ceux-là. Il avait pour ainsi dire adopté Logan, et ce dernier, qui n'avait jamais connu son père, avait enfin trouvé le référent qui lui manquait.

Logan Momsen était né dans l'Arizona dix-sept ans plus tôt. De son enfance à Tuba City, il ne gardait que des bribes de souvenirs. Charnels, pour la plupart : de la chaleur, de la sueur, de la crasse. Il se rappelait aussi une longue route poussiéreuse à travers le désert, et le sable qui s'insinuait partout, jusque sous ses paupières. Le reste, il refusait d'en parler. Ses parents n'avaient pas été des gens très recommandables. Son père avait pris perpète pour un braquage qui avait mal tourné et sa mère s'enfermait souvent dans leur caravane avec des hommes qu'elle ne connaissait pas. Le petit garçon, dès son plus jeune âge, avait cessé de s'inquiéter des cris qu'il l'entendait pousser de l'extérieur, comprenant que les visiteurs de l'après-midi ne lui faisaient pas de mal. Pas vraiment.

Un jour, alors qu'il avait 7 ans, sa mère avait crié plus fort que d'habitude. Logan avait vu un homme reboutonner précipitamment son pantalon en sortant de la caravane et reprendre la route sur les chapeaux de roue. Timidement, il était entré dans la caravane et avait trouvé sa mère attachée avec de l'adhésif à l'un des pieds du lit rabattable. Une flaque sombre s'étalait sur la moquette entre ses cuisses ouvertes, et il avait mis un instant à comprendre qu'il s'agissait de son sang. À ce moment-là, Trisha Momsen était déjà à moitié inconsciente. Logan avait couru, pleurant de longs sillons pâteux, mélange de larmes, de sueur et de cette saleté de terre ocre qu'on trouvait partout dans le coin. Mais l'habitation la plus proche se trouvait à plus d'un kilomètre, et il n'y était jamais arrivé. Un livreur de lait avait finalement aperçu le petit garçon de la route et avait prévenu les secours. Il s'en était fallu de peu pour que sa mère succombe à une hémorragie. Elle s'en était sortie, mais la garde du petit lui avait été retirée par les services sociaux, et elle n'avait jamais cherché à le récupérer.

On avait envoyé l'enfant dans la seule famille qui lui restait à l'automne 1975. Ici, à Duncan's Creek. Chez Wayne et Martha Hodge, la sœur de sa grand-mère. Les gens les plus gentils du monde, même si Logan, en la matière, n'avait que peu d'éléments de comparaison. Avec sa connaissance balbutiante du code moral des adultes, il se serait certainement pris d'affection pour Pol Pot en personne s'il lui avait ouvert sa porte. L'oncle Wayne était décédé deux ans plus tard, et Logan et sa tante s'étaient installés dans une cohabitation cordiale.

La clochette de la porte tinta. Winnie Dickinson entra, les bras entravés d'un gros carton. Elle le déposa sur le comptoir et sourit d'un air distrait.

— J'ai remarqué qu'on était à court d'Arbres magiques, lâcha-t-elle dans un soupir, tu pourras les mettre en rayon ?

Jill McCombs et Moe Freeman se tenaient devant les compartiments réfrigérés, dans le fond de la boutique. Winnie leur adressa un signe de la main et alla les rejoindre en zigzaguant entre les rayonnages. Elle n'était pas au mieux de sa forme, sans doute en raison des événements qui faisaient remonter son douloureux passé à la surface.

La station-service ne désemplit pas au cours de l'heure qui suivit. Des personnes âgées et des mères de famille, venues se serrer les coudes dans l'épreuve. Les hommes, eux, étaient dans les bois ; la battue avait repris à 7 heures, rassemblant une armée d'une centaine d'âmes. Les vieux et les femmes au village, les hommes au front : on était en temps de guerre.

Logan se mit à approvisionner le rayon des désodorisants en guettant la route à travers la vitre, à l'affût d'une voiture de police ou d'une camionnette de la télévision. Il aurait dû être là-haut, lui aussi. À fouiller les fossés et les broussailles, à retourner des pierres et des branchages. À faire ce qu'on attendait d'un homme respectable, pas à attendre ici. Mais tant que le shérif dirigerait les recherches, il n'avait d'autre choix que de ronger son frein.

À 9 h 10, le brouhaha des conversations s'interrompit brutalement, et tout le monde sortit pour scruter l'horizon. Logan, qui se trouvait dans l'arrière-boutique, fut alerté avec un temps de retard. Lorsqu'il entendit à son tour le grondement lointain, trop régulier pour être celui du tonnerre, il retrouva les autres à l'extérieur. Les imitant, il leva les yeux au ciel, la main en visière pour se protéger du soleil. Un hélicoptère décrivait des cercles au-dessus de la masse sombre de la forêt de Dixie. Les autorités avaient sorti l'artillerie lourde. De ce côté-ci de Duncan's Creek, en revanche, tout était calme. Pas un chat aux abords de la route ni sur les chemins. Il planait dans l'air une atmosphère étrange, impalpable. On avait l'impression qu'un mur invisible avait été dressé au milieu du village, un écran gigantesque sur lequel on projetait un énième film policier.

Loin d'apaiser les esprits, l'interlude relança le chant des oiseaux de mauvais augure. Si les autorités avaient fait venir un hélico, c'était forcément mauvais signe, selon Jill McCombs. Ce à quoi quelqu'un répondit que c'était surtout beaucoup d'argent dépensé pour rien.

Une nouvelle venue fit son apparition sur les coups de 10 heures en la personne de Shirley Hoffmann. Accroupi derrière une gondole pour réapprovisionner l'étagère des sucreries, Logan l'entendit arriver plus qu'il ne la vit. D'après ce qu'il put entendre, elle avait rendu visite à Mandy Twitchell et reçu un accueil digne d'un chien galeux.

— Je vous assure, j'ai cru qu'elle allait me sauter à la gorge ! glapissait-elle. Il y a vraiment quelque chose qui ne tourne pas rond chez cette fille !

À la radio, Bruce Springsteen s'égosillait sur son dernier tube, « Born in the USA ». Logan essaya de se concentrer sur la musique, mais la mère Hoffmann releva le challenge de donner plus de voix que le Boss. Pour se couper des piaillements qui commençaient à lui casser les oreilles, le jeune homme se mit à inventorier les marchandises restantes. M&M's : huit sachets. Milky Way : onze barres. Baby Ruth : six.

— Peut-être que toute cette histoire est un coup monté et qu'elle a refilé la petite à ses grands-parents ? avança Jill McCombs dans l'allée des produits d'entretien. Ça fait des mois qu'on l'entend se plaindre de ne pas y arriver toute seule…

— Mais dans ce cas, pourquoi serait-elle montée à la ferme des Gillespie ?

— Pour brouiller les pistes, pardi !

Trois quarts d'heure plus tard, une nouvelle voiture fit halte sur le petit parking de la station-service. À bout de patience, Logan venait de sortir contrôler le niveau des pompes. Il n'était pas loin de 11 heures, et il trépignait d'impatience. Sa décision était prise : dès que viendrait l'heure de sa pause-déjeuner, il prendrait la Buick et irait se joindre aux recherches. Il faudrait qu'il se fasse discret, mais il était passé maître dans l'art de disparaître, et le défi ne lui faisait pas peur.

— Bonjour, Doc, fit le pompiste en voyant Jim Pomeroy descendre de son 4 x 4 Toyota.

— Comment va, mon gars ?

— Je vous fais le plein ?

Le médecin secoua la tête en signe de dénégation. Son air grave ne présageait rien de bon, et le cœur de Logan cessa de battre le temps d'une seconde. Il avait la tête du type qui ne vient pas annoncer une bonne nouvelle.

— J'ai un boulot à te proposer, fit le Dr Pomeroy de but en blanc.

— Un boulot ?

Logan trempa ses mains dans un seau pour les rincer, avant de poser sur le médecin un regard interrogateur.

— Un boulot, oui.

— De quel genre ?

Jim Pomeroy fit siffler un filet d'air entre ses dents de devant. Il semblait chercher le meilleur moyen de lui présenter les choses.

— Fais-moi confiance : c'est pile dans tes cordes.

3

Ils étaient partout. Dans les champs, dans les bois, sur les routes et les chemins. Au fond des fossés, des trous d'eau, du moindre pli dans la roche. Ils retournaient les chablis et les fourrés, fouillaient les bâtiments abandonnés et les terrains en friche. Ils avaient même investi les airs, avec ce satané hélico qui lui vrillait les tympans depuis plus d'une heure. Ils étaient partout… et ils étaient là pour lui.

Policiers, paysans, gardes forestiers : tout ce que le comté dénombrait d'hommes vaillants et disponibles semblait s'être donné rendez-vous sur ses terres. Mais le pire, c'étaient les chiens. Ils fouinaient dans tous les coins tels des loups affamés. Des petits, des gros, les bergers allemands du shérif, les bassets des chasseurs. Il y avait même le bichon de la mère Dickinson, portrait craché de sa maîtresse : frisé et court sur pattes. Quand l'un d'eux approchait un peu trop près, il vérifiait systématiquement l'isolation de la fenêtre, craignant qu'ils ne flairent l'odeur de la charogne. Car le corps s'était mis à sentir ce matin. Il avait calfeutré le moindre interstice mais une telle puanteur était difficile à dissimuler.

La zone était quadrillée. Il était fait comme un rat.

Arlin Gillespie serra les poings. De la lucarne de son sous-sol, il avait un parfait point de vue sur le va-et-vient des équipes de recherche. Leurs bottes qui écrasaient l'herbe tendre de son pré, leurs mains qui pénétraient l'intimité de ses sculptures… Comment osaient-ils ? Ils allaient réduire à néant des années de travail. Et puis, ils effrayaient les vaches avec leur vacarme et leurs porte-voix, si ça continuait, ça allait faire tourner le lait !

Arlin descendit du marchepied sur lequel il était monté, alla jusqu'à l'établi érigé en autel au milieu de sa retraite souterraine, revint sur ses pas. S'immobilisa. Le corps éventré gisait toujours sur le dos, telle une offrande à quelque divinité. Il n'avait pas fini de le recoudre, par manque de temps, et son œuvre avait un aspect inachevé.

La colère gronda dans sa poitrine. Il fixa les viscères luisants pendant une minute, puis se remit à arpenter le lino élimé. L'entrejambe de son éternel survêtement bleu crasseux pendait entre ses genoux. À l'arrière, des traces douteuses maculaient le tissu. Il le remonta sans s'en rendre compte et se mit à se ronger les ongles en faisant les cent pas autour de l'autel – un bigot en pleine crise de foi.

Arlin avait toujours su que ça finirait par arriver, qu'un jour quelqu'un découvrirait ce qu'il préparait. Mais c'était arrivé plus vite que prévu.

Il s'était pourtant montré discret quand, la veille au soir, il avait sorti Uhura de l'écurie et rejoint avec elle le Devil Trail, en coupant par la montagne. Il avait guidé la jument à travers bois, sur la pente escarpée qui descendait au village. Son membre durci, appuyé contre le cuir rigide de la selle, lui avait semblé chauffé à blanc, mais la douleur était presque jouissive. Uhura l'avait mené jusqu'aux abords du Reservoir en moins d'une demi-heure. Le plan d'eau artificiel, qui fournissait tout le village, déployait sa surface d'huile au centre d'un écrin verdoyant. Un peu plus loin, les lueurs des dernières maisons de Reservoir Road luttaient pour s'imposer dans la pénombre…

Arlin inspira profondément. L'espace d'une seconde, ce ne furent pas les remugles puants de la chair en décomposition qui emplirent ses narines, mais la bonne odeur des pins et de l'herbe fraîche de la veille. Les yeux fermés, une main caressant le renflement qui tendait son pantalon, il revivait le moment dans toute son intensité : le corps encore chaud qu'il avait enroulé dans sa vieille couverture en laine. Les organes, à la fois précieux et ridicules, qu'il devinait sous la peau et qui s'inscriraient à la perfection dans son tableau. Les pulsations épileptiques des membres fouettés par la peur. La promesse d'un chef-d'œuvre en devenir…

Ses doigts se figèrent sur le tissu. La télé s'était mise à éructer sa logorrhée matinale à l'étage. Sa mère était réveillée ! Arlin ravala un cri de rage, eut un regard navré pour le casque antibruit posé sur une desserte à roulettes. Plus question d'en faire usage, maintenant, pas avec la moitié des effectifs de police de l'État qui rôdaient dans les parages. Il devait rester attentif et concentré. Mais surtout, il devait cacher le corps.

— Ils sont tous contre moi, marmonna une voix dans sa tête, et il ne fut qu'à moitié surpris de l'entendre s'exprimer à travers sa bouche. Tous ! D'abord cette saleté de toubib qui vient mettre son nez dans mes affaires, maintenant tous ces Borgs…

Il baissa la tête, vaincu. Une mèche vint lécher son visage, une langue huileuse et noire plantée au milieu de son crâne en jachère. Le contraste était saisissant : peau claire, chevelure sombre. Les gens pensaient souvent qu'il se colorait ou qu'il portait un postiche. À tort : alors qu'il avait 44 ans, les cheveux du fermier avaient simplement oublié de blanchir.

Arlin resta planté face à l'établi pendant un long moment avant de se hisser à nouveau sur son marchepied. Les hommes, au-dehors, avaient presque tous débarrassé le plancher. Une vague de soulagement le submergea, emportant peur et colère.

Il se retourna. Le corps était toujours là, attendant son heure.

— Je les laisserai pas te prendre. Ça non !

L'œil avide, brûlant d'un feu étrange, Arlin redescendit et tira la couverture sur les organes exsangues. En attendant le grand jour, il devait rester prudent et protéger son bébé.

4

— Un croque-monsieur et une coleslaw, sans frites !

La voix de Beth De Witte porta jusqu'au fond de la cuisine. Rauque et puissante, elle collait tout à fait au personnage : avec son minois espiègle, ses grands yeux de chat et sa crinière platine, la propriétaire du restaurant ressemblait un peu à Bonnie Tyler.

— Et mon omelette aux champignons, c'est pour aujourd'hui ou pour demain ?

— Ça vient ! fit une voix par le passe-plat. Juste le temps de sortir la main du cul de la poule !

Beth se fendit d'un sourire. Gilles Cabanel, le cuisinier français qui officiait au Beth's Roadhouse Grill depuis deux ans, avait encore « avalé un clown », comme il disait.

— Tu penseras au savon, Gilles ! s'amusa Alice Stevens en récupérant les boissons de la 2, une grimace de dégoût chiffonnant ses traits encore enfantins.

La serveuse se faufila au milieu des tables en bois. Comme tous les mercredis, elle assurait seule le service. C'était une journée calme, d'ordinaire, mais les circonstances, ce jour-là, étaient particulières : le restaurant n'avait pas connu une telle affluence depuis l'averse qui avait interrompu le barbecue géant de la dernière foire de printemps. Alice ne savait plus où donner de la tête, et le coup de feu ne faisait que commencer. Il n'était pas encore midi qu'elle avait déjà dénombré deux fois plus de clients qu'à l'accoutumée.

— Merci ma jolie, susurra le vieux Moe Freeman quand elle eut déposé son jus de tomate devant lui.

— Votre omelette arrive, lui glissa Alice dans un sourire. Votre frère prendra quelque chose, monsieur Freeman ?

Moe lança un coup d'œil à la porte des toilettes derrière elle.

— Si un jour il sort de là, peut-être bien !

Ils se mirent à rire, bien que le cœur n'y fût pas. Autour d'eux, la salle résonnait du cliquetis des couverts et des assiettes, mais le brouhaha de voix qui l'accompagnait avait quelque chose de creux, de monacal. Comme une rumeur qu'on aurait colportée sous cape.

— Votre bon ami, il participe aux recherches ? s'enquit le vieil homme alors qu'Alice tournait les talons.

— Non, il est… occupé à la station-service.

— C'est un brave gars, souligna Moe avec un clin d'œil complice. Il aura mis le temps, mais c'est devenu un brave gars.

Alice chassa une mèche de cheveux blonds de son visage et retourna au comptoir, où Beth l'attendait, une assiette dans chaque main. Croque-monsieur et coleslaw dans l'une, salade César dans l'autre – le déjeuner de Felicity Jones et Martha Hodge. Les deux femmes, installées à l'ombre de la terrasse, s'interrompirent quand elle vint les servir. Sous sa permanente gonflée et bleutée, la grand-tante de Logan affichait une mine déconfite, presque inexpressive, encore accentuée par ses joues pendantes et la cataracte qui voilait son œil gauche. Face à elle, Felicity Jones leva son regard pétillant sur Alice.

— On te fait courir aujourd'hui, ma pauvre cocotte ! Tu tiens le coup ?

— Ça va, répondit Alice dans un soupir. Au moins, ça m'occupe l'esprit.

— Tu la connaissais, la petite, pas vrai ? demanda tante Martha.

— Je l'ai gardée quelques fois, les soirs où Mandy travaillait tard. C'était avant qu'elle quitte le restaurant…

Une moue lippue plaquée sur le visage, Martha se mit à fourrager dans son croque-monsieur à la découverte des ingrédients qui le composaient. Ce qu'elle trouva entre les deux tranches de pain grillé parut lui plaire, et elle se mit à grignoter la croûte à la manière d'un écureuil.

— On n'a jamais su pourquoi elle avait rendu son tablier, d'ailleurs, fit remarquer Felicity à Martha, oubliant purement et simplement la présence d'Alice.

Parce qu'elle avait peur, faillit répondre cette dernière avant de s'éclipser. Cinquante minutes plus tôt, quand l'adjointe du shérif Grant l'avait interrogée sur ce point, c'est exactement ce qu'elle lui avait expliqué : que Mandy avait peur depuis quelques mois. Elle avait confié à Alice qu'elle craignait que les parents de Rory ne veuillent lui prendre Shawna, et pensait qu'elle ne serait pas en mesure de la protéger si elle passait sa vie au restaurant. Voilà pourquoi elle avait démissionné. Elle vivrait sur l'aide financière qu'avait collectée la paroisse après la mort de son mari, un petit pécule de neuf mille dollars avec lequel elle espérait tenir au moins un an. Ensuite, elle ferait du repassage à la maison ou toute autre activité qui n'impliquerait pas une absence prolongée.

— Fini de rêvasser, ma belle ! fit la voix de rockeuse de Beth dans son dos. Le plat de la 2 est prêt !

Après avoir apporté son omelette à Moe Freeman et pris la commande de son frère Lloyd, qui avait enfin quitté les toilettes, Alice avala sur le pouce quelques bouchées d'un sandwich. Il était presque 13 heures.

— C'est bon ! Qu'est-ce que c'est ? demanda-t-elle au cuisinier.

— Un club au magret de canard confit. Dans ta langue : un « Donald Duck Burger » !

Alice pouffa. Même s'il ne pouvait s'empêcher de la mettre en boîte, elle aimait bien Gilles et sa bouille ronde constellée de taches de rousseur, qu'elle imaginait être le profil type du Français moyen.

— Je t'ai déjà fait goûter mon foie gras au gingembre ? demanda-t-il en récupérant son assiette vide par le passe-plat.

Alice esquissa une grimace.

— Du foie ? Pouah, non !

— Du foie gras. *Le fin du fin*, précisa le cuisinier en français. Sans doute ce que la France fait de mieux en matière de gastronomie. Un peu l'équivalent de… vos chicken wings !

Gilles lui décocha une œillade. Il n'avait pas une haute estime des habitudes culinaires américaines et ne s'en cachait pas. Il prenait néanmoins beaucoup de plaisir à adapter les spécialités de son pays à la sauce yankee : cookies de gambas au basilic, gratin dauphinois au potiron, cheesecake à la crème de marron… Ses créations, raffinées et abordables, ravissaient le palais des habitants de Duncan's Creek. C'était, au demeurant, à peu près tout ce qu'on savait de lui au village. Gilles était un jeune homme mystérieux, qui ne faisait jamais état de son passé. Maintenant encore, on ignorait tout des raisons qui l'avaient poussé à venir s'enterrer dans le patelin le plus reculé de l'Utah.

— Je te ferai goûter, un jour. Si tu acceptes enfin mon invitation à dîner…

Alice fit mine de ne pas avoir entendu et retourna en salle. La cour à laquelle se livrait le cuisinier la mettait mal à l'aise, elle ne souhaitait introduire aucune ambiguïté dans leurs rapports. Elle avait trop d'affection pour Logan pour céder au charme exotique du premier Européen venu – car la France se trouvait bien en Europe, non ?

Elle allait reprendre son service quand la porte du restaurant s'ouvrit, déversant un flot de lumière dans la salle. Une silhouette noire se découpa sur le parquet, les voix se turent, le cliquetis de la vaisselle s'interrompit. Tout le monde tourna la tête vers l'entrée.

Les bras pendant le long du corps et l'air hagard, Mandy Twitchell venait de franchir le pas de la porte. Elle resta plantée là une seconde, ses yeux hurlant une souffrance qu'aucune parole ne pouvait traduire. Quand quelqu'un suggéra de lui apporter une chaise sans pour autant prendre la peine de se lever, Beth accourut vers elle et l'invita à s'asseoir. La jeune femme ouvrit la bouche, la referma. Un sanglot secoua sa poitrine.

— Viens, ma chérie, fit Beth. Ne reste pas… Quoi, qu'est-ce qu'il y a ?

Mandy restait figée comme un mannequin dans une vitrine.

— Tu veux un verre d'eau ? Tu es trempée, ma chérie, il faut…

La jeune femme secoua la tête. Quand, enfin, les mots s'échappèrent de sa bouche, ils firent l'effet d'une bombe :

— C'est moi, dit-elle. C'est moi qui ai tué Shawna…

5

Duncan's Creek était l'endroit idéal pour disparaître. Isolé de tout, à plus de quinze kilomètres de la ville la plus proche, le village reposait tranquillement au creux de la montagne, protégé par le bouclier naturel de la végétation. La seule route qui menait ici était la Scenic Byway 12, connue comme l'une des voies de circulation les moins accessibles des États-Unis. La communauté n'avait été reliée au réseau routier fédéral qu'en 1977, mais certaines portions étaient toujours en cours de goudronnage et ne seraient pas achevées avant deux ou trois ans. Jusqu'en 1948, les habitants s'éclairaient encore à la bougie et se chauffaient au bois. Le climat lui-même invitait à la prudence : brûlant en été, glacial en hiver, il se déclinait au travers de crues éclair et de blizzards qui balayaient tout sur leur passage. Quant à la piste de randonnée qui serpentait à travers la vallée, elle tenait son nom d'une légende qui voulait que le diable en personne était apparu à une bergère du coin, quelque part autour du XIXe siècle. Enfin, si ce dernier point ne suffisait pas à décourager les plus téméraires, il se trouvait toujours un ancien pour expliquer que Duncan signifiait « guerrier sombre » en écossais. En somme, tout ici était réuni pour tenir le reste du monde à l'écart.

C'est pour cette raison, et bien d'autres encore, que Betty Adams avait choisi de s'enfouir au cœur du canyon rugueux et hostile de Duncan's Creek. Pour disparaître, se camoufler. Tirer un trait sur un passé accidenté et tourner les pages sombres de son existence. En un mot, renaître.

Terre de contrastes, le village avait eu sur elle l'effet d'un cocon rocheux la protégeant des agressions extérieures. Il lui avait fallu du temps, mais Betty s'était peu à peu habituée à la rigueur des conditions de vie, aux journées tour à tour glacées et étouffantes, aux humeurs insolites de ceux qui vivaient ici. Paradoxalement, la masse sombre de la montagne qui étranglait la vallée était devenue son oxygène. Betty se sentait libérée, ici. Libérée et vivante.

Elle qui avait toujours été friande de romans policiers s'imaginait parfois dans la peau d'un témoin auquel le programme WitSec de protection fédéral aurait fourni une nouvelle identité. Une sorte d'héroïne au passé trop présent, qu'on aurait fait disparaître dans l'endroit le plus improbable au monde. Cette couverture, elle s'en servait aussi pour protéger son intimité, comme quand elle venait rejoindre Rick pour dormir. Elle bénissait alors le conseil municipal de ne pas avoir prolongé le réseau d'éclairage public jusqu'à Lower Duncan Road. En pleine journée, en revanche, Betty devait recourir à toutes sortes de stratagèmes pour passer inaperçue. Garer sa Coccinelle à trois cents mètres de chez Rick et remonter la route en coupant à travers champs, par exemple. Ce jour-là encore, elle n'avait pas dérogé à la règle.

Elle remonta sa vitre et lança un regard panoramique à travers le pare-brise. La voie était libre. Elle avait quitté l'école juste après 15 h 30, le temps de ranger le matériel laissé en vrac par les enfants. Toute la journée, elle avait traîné un spleen qu'expliquait tout autant la disparition de Shawna que la réapparition inattendue de ses fantômes. Betty pensait avoir appris à les contenir dans leur placard, avec le temps, mais visiblement, elle s'était trompée.

Ses ballerines crissèrent sur les graviers lorsqu'elle se glissa hors de la Coccinelle. Elle chaussa ses lunettes de soleil et s'engagea tel un fantôme dans la prairie écrasée de soleil. Le relief ponctué de caravanes, d'enclos et de maisons s'élançait à l'est vers de petites collines coiffées de buissons épars. Betty contourna la grange abandonnée du père Baldwin, que les enfants disaient hantée à cause de ses fenêtres condamnées, et dépassa une citerne rouillée qui menaçait de s'effondrer.

L'endroit avait depuis longtemps été laissé à l'abandon. Les mauvaises herbes, qui commençaient à jaunir, lui chatouillèrent les mollets comme les doigts décharnés de créatures souterraines. Pour une citadine, Betty semblait tout à fait à l'aise au milieu de ces terres desquelles la nature elle-même semblait s'être désintéressée. N'eût été le sac kaki, relique d'un surplus militaire, qu'elle portait en bandoulière, on l'aurait crue sortie d'une photo ancienne avec sa robe de flanelle légère et ses cheveux tressés.

Elle accéda à la maison de Rick par l'arrière, en coupant par le terrain du père Simunek, qui n'était bordé d'aucune barrière. Le soleil tapait si fort qu'elle courut presque pour atteindre le couvert des arbres. Elle récupéra la clé sous la troisième marche, ignorant si Rick était là, et entra par la cuisine.

Il y avait de la musique dans le salon, un disque de Marvin Gaye. Betty trouva Rick assis derrière son bureau, entouré d'une montagne de dossiers empestant l'humidité qu'il avait dû remonter de la cave. Les volets étaient tirés, on se serait cru dans la caverne d'un ours. Elle s'approcha et déposa un baiser sur les lèvres de son amant. Absorbé par la lecture d'un courrier, ce dernier eut un petit sursaut. Il ne s'était pas rasé depuis deux jours et piquait un peu, mais Betty s'en moquait.

— Tu as fumé, constata-t-elle en s'appuyant sur le rebord du bureau.

— Une cigarette, mademoiselle Adams, c'était juste une cigarette !

Elle le regarda avec tendresse. De gros cernes noirs pochaient ses yeux, son visage était creusé par la fatigue, son teint terni par l'obscurité dans laquelle il était plongé depuis des heures.

— Tu as une sale tête, dit-elle. C'est si grave que ça ?

— Comparé au déficit budgétaire du pays, tu veux dire ? Non, c'est un pet de mouche au milieu d'une tornade… Encore des relances de créanciers, expliqua Rick, morose, tandis que Betty posait les yeux sur des enveloppes roulées en boule autour de lui.

— Tu es sur les nerfs, tu devrais souffler un peu…

— Pas le temps ! J'ai encore des dizaines de factures à éplucher !

Rick s'étira dans un rugissement animal et se baissa pour récupérer les feuillets qui avaient glissé au sol. Il les remisa dans une chemise cartonnée marquée « *DUNCAN'S CREEK REGISTER* – COMPTABILITÉ 1977-1979 ».

— Je devrais rebaptiser le journal *Duncan's Creek Disaster*[1]. Tu parles d'un héritage ! grogna-t-il.

L'hebdomadaire, fondé par son père au lendemain de la Seconde Guerre mondiale, avait connu son âge d'or au milieu du XXe siècle. Le comité de rédaction était alors composé de Howard Mayfair, instituteur du village, et de son ami de toujours Eddie Baird, ancien garde forestier et invalide de guerre. Les deux hommes avaient axé leur ligne éditoriale sur un cocktail de nouvelles locales et d'information générale. À cette époque, 3 000 exemplaires en moyenne sortaient chaque semaine des presses Sanders à Escalante. Puis l'activité avait commencé à s'essouffler, avec la concurrence de plus en plus rude des radios et de la télévision, et en 1973, le premier choc pétrolier avait définitivement suffoqué le *Register*. Le décès de Howard avait sonné le glas du journal au printemps 1979. Le rideau était resté tiré pendant cinq ans. Eddie Baird, dépressif chronique, s'était révélé impuissant à remettre l'entreprise à flot, quant aux fils Mayfair, ils

1. *Disaster* signifie désastre.

avaient quitté Duncan's Creek depuis belle lurette et ne portaient qu'un intérêt modéré à l'héritage paternel. Bob, qui était ornithologue, parcourait le monde sur la piste des oiseaux migrateurs et Rick s'était envolé pour la côte Est, où il avait fait carrière dans la publicité. Mais un procès controversé l'avait définitivement écarté du métier, et malgré le non-lieu prononcé, il n'était jamais parvenu à redorer son blason auprès de ses pairs.

À la tête d'un capital confortable, il avait embarqué femme et enfant – une petite Millie Marie que Jenna avait eue en premières noces – pour venir s'installer dans l'ancienne maison familiale au début des années quatre-vingt. À ce moment-là, les choses n'allaient déjà plus avec Jenna, et l'installation à Duncan's Creek avait précipité la fin d'un mariage depuis longtemps consumé. Rick, dès lors, s'était réfugié dans le travail. Son objectif : la remise sur orbite du *Register*. Après une première tentative avortée en 1982, la nouvelle formule fut mise sur les rails en janvier 1983. Mais un double événement était venu bouleverser ses plans : officiellement, des retards dans la finalisation de la maquette et un différend avec l'imprimeur, officieusement, le départ de Millie Marie et Jenna avec l'amant de cette dernière. Une année de plus avait été perdue en batailles d'avocats. Puis Rick avait rencontré Betty, et les choses avaient commencé à s'arranger. Pour un temps, du moins.

À l'automne précédent, une mise en demeure était arrivée par courrier en provenance d'une banque de Salt Lake City. On réclamait à Howard Mayfair, propriétaire et gérant du *Duncan's Creek Register*, plus de 8 000 dollars d'impayés. Ce nouvel obstacle avait repoussé la parution de quelques mois supplémentaires, mais les efforts de Rick avaient fini par payer : maintenant, le deuxième numéro du *Register* nouvelle formule était sur le point de voir le jour. Rick n'en continuait pas moins à batailler pour démêler les fils d'une comptabilité à laquelle il n'entendait rien. Son truc à lui, c'était la création. Pas la gestion.

— Un petit câlin pour le pauvre rédac' chef du journal le plus fauché de l'État ? fit-il avec ce sourire en coin auquel Betty ne pouvait résister.

— On va se débrouiller, dit-elle. On trouvera bien une solution…

Elle sembla égarée un instant. Rick s'avança sur sa chaise, ses yeux s'agrandirent.

— Mince, ma puce, avec toutes ses histoires, ça m'est complètement sorti de l'esprit ! Comment ça s'est passé avec les enfants ?

Betty haussa les épaules, le regard fixé sur un point lointain.

— Ça s'est passé, soupira-t-elle. Ils étaient déjà tous au courant. Le plus dur a été d'expliquer la situation aux petits sans verser dans le mélo. Je m'en suis pas mal sortie, je crois. J'ai évité les larmes et les crises d'angoisse. Seule Lizzie Hoffmann a eu plus de mal à encaisser le choc.

— On va retrouver Shawna, la rassura Rick en lui prenant la main. Les gens sont très mobilisés, j'ai passé la matinée là-haut avec les volontaires, ils n'abandonneront pas.

— J'espère, oui…

Rick se mit à fouiller dans une pile de documents.

— À ce propos, j'ai profité de l'heure du déjeuner pour faire quelques recherches sur les disparitions d'enfants dans le coin…

Quelque chose passa au fond des yeux de Betty, un nuage chargé de colère. Elle laissa tomber, avec froideur :

— Tu n'as pas perdu de temps pour flairer le scoop !

— Flairer le scoop ?

— Cette histoire va certainement te rapporter un maximum de ventes. Tu vas la mettre en une ?

— Qu'est-ce… Tu te fous moi, Betty ? Tu crois vraiment que… Bien sûr que le numéro va bien se vendre, mais c'est de loin la dernière de mes préoccupations ! Cet article, c'est un avis de recherche ! Si j'arrive à le diffuser largement, ce sont autant de témoins potentiels qui seront à même de faire avancer l'enquête !

Betty continuait de le fixer en silence. Rick s'avança vers elle et crut voir ses yeux se gorger de larmes.

— Si tu le dis… Je suis désolée, murmura-t-elle. Je… j'ai les nerfs en pelote…

Il lui caressa la main d'un geste tendre.

— Je sais, ma puce. Je sais.

— Allez, montre-moi ce que tu as trouvé, fit Betty sans entrain.

Rick la considéra une seconde, hésitant, puis attira à lui un épais classeur à la reliure en cuir. Clippées entre des attaches en métal, des dizaines de pages aux teintes fanées se mirent à glisser sous ses doigts.

— Tu te rappelles le petit livreur de journaux dont je t'ai parlé, celui qui travaillait pour mon père dans les années soixante ?

Betty acquiesça.

— Ce sont les archives du *Register* pour l'année 1967. Tiens, c'est là : numéro 1074, daté du 14 mars. « LE JEUNE JONAH CLEAVER TOUJOURS PORTÉ DISPARU », lut-il à haute voix avant de tourner le classeur vers Betty, qui parcourut l'article en diagonale.

Jonah Cleaver, adolescent sans histoire né à Duncan's Creek en 1953 et *paperboy* du *Register* depuis un peu moins d'un an, n'avait plus donné signe de vie après sa tournée du 25 novembre 1966. Sur la une s'étalait le visage un peu flou d'un garçon aux traits grossiers et au front bas, sans sourire.

— Quelle horreur, souffla Betty.

— Et c'est pas tout… Trois ans plus tard : Lauren Ann Kendrick, 15 ans. Même topo : disparue en rentrant du collège le 11 septembre 1970. Jamais retrouvée. Janvier 1972 : Tim Dickinson, 8 ans, idem.

— Dickinson ? Un rapport avec…

— Winnie et Dwight, oui. C'était leur fils.

— Merde… J'étais pas au courant.

Rick lui tendit un article relatant les faits. Betty se mit à le lire tout en avalant de petites gorgées d'un verre qui traînait là, sans vraiment se rendre compte qu'il s'agissait de whisky.

— Il y en a un autre, aussi, en 1965. Mais celui-là, on l'a retrouvé. Regarde…

— « LE CORPS DU JEUNE MARTIN DAVIS RETROUVÉ QUATRE MOIS APRÈS SA DISPARITION », lut Betty tout haut. Tu es en train de dire quoi ? Que toutes ces affaires seraient liées ?

— Peut-être bien… En tout cas ça fait pas mal de disparitions d'enfants non résolues, tu ne trouves pas ?

Betty resta songeuse un instant.

— Alors tu vas enquêter là-dessus ?

— Si ça peut nous permettre de savoir ce qui est arrivé à Shawna, oui, je vais me concentrer là-dessus.

— Je t'aime, murmura Betty après un court silence.

La tête lui tourna, subitement. Elle prit la main de Rick dans la sienne et la posa sur sa joue, saisie d'une envie brûlante de se fondre en lui. Du bout des lèvres, elle embrassa sa paume, son poignet. Ses yeux étaient pleins de fièvre et son amant s'empara de ses lèvres. C'était tout ce dont Betty avait besoin en cet instant.

6

Aux environs de 18 heures ce soir-là, Jake Dickinson passa devant la maison de Rick Mayfair, ses cheveux châtain fouettant son visage aux traits délicats, sans se douter que, derrière la façade blanche, son institutrice s'adonnait à des activités dont il ignorait encore tout du haut de ses 11 ans et demi. Jake aurait pu reconnaître la voix de Betty Adams si un éternuement tonitruant ne lui avait échappé au moment où il s'avançait sous la fenêtre du séjour, mais son nez le chatouillait depuis qu'il avait quitté la ferme des Jones, et il se contenta de passer son chemin en se frottant la figure.

Le jour déclinait déjà, contrarié par la masse imposante de la Boulder Mountain. Haut dans le ciel, des roses et des gris se mélangeaient dans une course inéluctable vers le noir. Dans moins de cinq minutes, Jake allait se mettre à hurler, mais pour le moment, il rassemblait ses dernières forces pour gravir la route 12 sur son Cannondale SM500 flambant neuf.

Il était brisé et couvert de poussière. Au bout de ses doigts pendaient des sparadraps crasseux rappelant les bandelettes de lin d'une momie. Comme tous les soirs depuis une semaine, Jake avait passé trois heures à trier des pommes de terre, et il savait que le soir, en se couchant, son cerveau engourdi répéterait inlassablement les gestes qu'il avait reproduits toute la soirée, mais il s'en fichait. Un sourire béat lui barrait la figure jusqu'aux oreilles.

La fin des cours à peine annoncée par la cloche, il avait enfourché son vélo pour rejoindre la ferme des Jones. Il restait encore deux longues journées avant la fin de l'année scolaire, mais dans sa tête, l'heure des vacances avait déjà sonné. Au cours des deux prochains mois, ses journées seraient rythmées par ses seules activités agricoles. Alors que les gosses de son âge organiseraient des concours de plongeon au bord de la rivière ou participeraient à des réunions à l'église, Jake, en éternel solitaire, privilégierait la compagnie d'un fermier afro-américain de 67 ans et du tapis roulant à l'odeur de caoutchouc sur lequel il triait ses pommes de terre. Il en retirait un double bénéfice : il s'occupait pendant les grandes vacances tout en se faisant un peu d'argent de poche.

C'est le Dr Pomeroy, venu en visite de routine pour le diabète de son père, qui le premier lui avait parlé du job. Son ami Lamar Jones commençait à se faire vieux et avait besoin d'un coup de main pour ses récoltes – l'agriculteur s'était mis en tête de concurrencer l'Idaho, État voisin et premier fournisseur de pommes de terre des États-Unis. L'été précédent, Jake avait travaillé à la ferme pour la première fois. Il gardait de cette expérience un souvenir enchanté : des histoires passionnantes de M. Jones, qui semblait avoir eu plus de vies qu'un chat, aux balades en tracteur à travers les champs, en passant par les « patates funéraires », plat mormon traditionnel, que préparait Mme Jones…

Un vrombissement au-dessus de sa tête l'arracha à sa rêverie. L'hélicoptère de la police venait de jaillir de derrière la cime des sapins pour décrire de nouveaux cercles au-dessus de la montagne. Jake l'avait entendu tourner une bonne partie de la matinée, et avait fini par ne plus y prêter attention. Il avait, depuis tout petit, une faculté hors du commun à se détacher du monde extérieur, mais il arrivait que la réalité revienne lui imposer son horrible visage. C'était le cas en cet instant.

Jake ne connaissait pas vraiment Shawna Twitchell. La fillette avait intégré la section des petits à la rentrée, lui était dans sa dernière année. À la fin de la semaine, il quitterait définitivement l'école élémentaire de Duncan's Creek. Pourtant, quand Mlle Adams avait évoqué sa disparition devant la classe le matin même, la nouvelle lui avait étrangement serré le cœur. Jake était un garçon rêveur, mais pas insensible.

Il bifurqua sur la droite après le motel de Martha Hodge et emprunta le chemin creusé d'ornières qui longeait la rive sud de la Duncan River. C'est là, un peu plus loin, que les gamins du village se retrouvaient l'été pour sauter du ponton installé par le grand-père de Sam Baldwin.

La rivière lui lança une œillade à travers le fouillis des broussailles. Jake accéléra, sans se soucier des bosses qui malmenaient son vélo. Son cœur tressautait dans sa poitrine, le vent balayait ses cheveux et ses vêtements, lui procurant une délicieuse sensation de liberté. Il portait un T-shirt *Star Wars*, un bermuda en jean et des Nike d'occasion ; l'ensemble fut dépoussiéré avec plus d'efficacité qu'avec le tuyau d'arrosage que sa mère tenait prêt en vue de son retour à la maison.

Il s'engageait sur la pente qui plongeait vers la rivière, le cœur léger et l'âme en vadrouille, quand une ombre se déplaça furtivement derrière les arbres. Un pêcheur ? Jake n'eut pas le temps de vérifier : distrait, il vira à droite et sa roue avant décolla sur le bord d'un talus. Il quitta le sol, et le temps d'une seconde, l'excitation prenant le pas sur la panique, il se rêva le héros d'un film pour enfants, une histoire dans laquelle il aurait enfin la vedette. Son cœur s'emballa, le thème musical d'*E.T.* ronfla dans sa tête, et tandis que la piste s'éloignait sous ses roues, rompant le fil qui le reliait à la réalité, il sentit une présence dans son dos.

Le vélo toucha terre dans un nuage de poussière. Jake freina de toutes ses forces, s'aidant de la semelle de ses baskets pour l'immobiliser. Il tendit l'oreille, tous ses sens en alerte. Il n'y avait pas le moindre bruit. La seule chose qui bougeait dans la lumière déclinante de cette fin d'après-midi était un corbeau solitaire de la taille d'un rapace qui tournoyait paresseusement au-dessus du chemin. Quand l'oiseau vint se poser sur un poteau, en silence, pour tourner ses yeux froids vers lui, Jake y vit un sinistre présage.

Il passa sa langue sur l'une de ses dents de devant, ébréchée depuis une chute dans les rochers trois ans plus tôt. Il était certain d'avoir vu quelqu'un. Une silhouette haute et imposante, qui avait paru le suivre sous le couvert des arbres… Sentant la chair de poule l'envahir, Jake se dit, bêtement, que si le corbeau repartait avant qu'il ait compté jusqu'à dix, il ne lui arriverait rien. Il arriva à quarante et l'oiseau n'avait toujours pas décollé.

D'un coup, il eut la certitude qu'il allait mourir ici. Dans moins de cinq minutes, ses entrailles sanglantes seraient répandues partout sur le chemin, et sa mère elle-même ne le reconnaîtrait pas quand elle viendrait identifier son corps. Tremblant de tous ses membres, Jake desserra les freins et se laissa glisser en direction de la rivière. La végétation, plus dense à proximité du cours d'eau, offrait à un éventuel assaillant mille recoins où se terrer, et il jeta des coups d'œil furtifs en direction des arbres.

Dès qu'il fut à nouveau sur terrain plat, il se dressa sur sa selle et pesa tant qu'il put sur les pédales. Le vélo commença à prendre de la vitesse.

C'est à cet instant qu'il sentit les doigts du tueur le frôler.

Un cri lui échappa. Il se retourna, affolé, pour s'apercevoir qu'il s'agissait de la lanière de son sac à dos fouettée par le vent. Debout sur les pédales, Jake se mit à ruer comme un fou. La minute qui suivit fut la plus longue de sa courte vie. Ses yeux agrandis par la terreur ne quittaient plus la piste devant lui, les tendons de son cou saillaient sous le col de son T-shirt, ses jambes allaient et venaient comme des pistons sur les pédales.

Il dépassa le vieux ponton de bois. Bientôt les fourrés se dissiperaient et le chemin emprunterait une pente douce pour remonter vers la passerelle qui le reliait à l'autre rive. Alors seulement, il serait en sécurité. S'il y arrivait…

Il allait virer à droite pour rejoindre le chemin de terre quand un craquement de bois sec fit bondir son cœur dans sa poitrine. Le feuillage s'ouvrit sur sa gauche. L'ombre fondit sur lui dans un cri aigu.

Un rush d'adrénaline fusa dans ses veines. Jake donna un coup de guidon, si effrayé qu'il perdit le contrôle de son vélo. Il tomba à la renverse et alla s'étaler sur le sol. Ses dents s'entrechoquèrent, lui faisant voir mille étoiles. Au comble de la terreur, il ferma les yeux et attendit le rugissement de la bête avant la mise à mort.

Un rire sadique monta à ses oreilles. Jake ouvrit les yeux et la première chose qu'il vit fut la paire de Converse trouées, pointure 36, d'un violet passé et poussiéreux. Il se projeta en arrière et se mit debout d'un bloc, sans même prendre la peine de ramasser son vélo. Sa poitrine libéra un cri de rage :

— T'es… t'es folle ou quoi ? Tu m'as foutu une trouille bleue !

Une jeune fille d'une douzaine d'années se tenait face à lui, poings plantés sur les hanches. Le soleil éclaboussait son visage, ses grands yeux verts, nichés sous une arcade sourcilière prononcée, semblaient déborder de quelque intention malveillante.

— T'as un problème ? aboya Samantha Baldwin, la peste qui l'avait martyrisé tout au long de l'année scolaire précédente.

Jake la toisa d'un regard noir. La violence et la cruauté du monde des enfants l'avaient toujours rendu malade. Il porta le dos de sa main à sa bouche et essuya le filet de sang qui s'écoulait de sa lèvre éclatée.

— J'espère pour tien… pour toi qu'il n'a rien, maugréa-t-il en soulevant son vélo pour le remettre sur ses roues, sinon je te jure que…

— Que tu vas aller le répéter à ta maman ?

La fille avança d'un pas, un minuscule petit pas, et lâcha un « bouh ! » qui le fit sursauter. Puis elle éclata d'un rire scintillant, ses bagues renvoyant la lumière du soleil en une myriade d'éclats argentés.

— T'es une vraie poule mouillée, Dickinson !

— Fiche-moi la paix, répliqua Jake en vérifiant l'alignement de ses roues.

— Une poule mouillée qui a peur de son ombre !

Jake, qui grimpait déjà sur sa selle pour se remettre en route, sentit tout le ressentiment qu'il avait accumulé envers elle remonter dans sa gorge. Sam Baldwin lui en avait salement fait baver au cours de sa dernière année de primaire. D'un an son aînée, elle l'avait repéré un beau jour, pour Dieu sait quelle raison, et en avait fait son souffre-douleur. Brimades, coups bas, violences verbales, parfois physiques : un acharnement qui avait été son quotidien au cours des huit derniers mois de la scolarité de Sam à Duncan's Creek.

— Sérieux, c'est quoi, ton problème ? répéta-t-elle dans une explosion de mépris.

Jake la fixa encore quelques secondes, comme hypnotisé, puis se détourna en silence.

— Dick-Dick-Dickinson ! Tu sais ce que ça veut dire, « Dickhead » ? « Tête de bite » !

— Je t'ai dit de me faitre… de me foutre la paix ! coassa Jake.

Sam para l'attaque dans un sifflement à la fois moqueur et admiratif :

— « Je t'ai dit de me foutre la paix ! » Tu t'es acheté une paire de couilles, Dickhead ? Ils faisaient une promo chez le père DeSoto ?

— Non, ils n'en avaient plus… Paraît que tu as acheté la dernière…

Les mots étaient sortis d'une traite et l'espace d'une seconde, Jake se demanda s'il les avait réellement prononcés. Sam fronça les sourcils mais ne broncha pas, se contentant de l'observer de son regard pâle. Après un instant de flottement, elle finit par répondre :

— Tu devrais pas traîner tout seul sans ta maman pour te tenir la main, Dickhead. Il pourrait t'arriver des bricoles, comme à l'autre gamine…

Il y avait plus de sollicitude que de sarcasme dans sa voix, ce qui décontenança Jake. Sa pire ennemie semblait soudain perdre de sa combativité.

— Tu es au courant de quelque chose ? demanda-t-il craintivement.

— Je sais que dalle. Bon, c'est pas tout ça, je dois rentrer, faut que je mettre une raclée à ma petite sœur. Salut, Dickhead !

Sam tourna les talons et remonta la pente à pas vifs. Jake la suivit du regard en se repassant le film des dernières minutes. Avait-il réellement eu le cran de lui tenir tête ? Il se sentit tout à coup balayé par une onde de chaleur étrange et vibrante, presque terrifiante.

Il enfourchait son vélo pour repartir quand Sam fit halte au milieu de la passerelle. Elle se pencha à la rambarde et lança, d'une voix cassée où pétillait une excitation un peu folle :

— Elle s'est sûrement fait attraper par le croque-mitaine, tu sais. Tu devrais faire attention à tes miches, Dickinson ! Tu es peut-être le prochain sur la liste !

7

Le cadran du 4 x 4 indiquait 20 h 18. À la radio, Nat King Cole chantait « Walking My Baby Back Home ». La pénombre avait envahi l'habitacle, seulement éclairé du halo verdâtre du tableau de bord. Le jour commençait à reculer et dans moins de vingt minutes, Jim Pomeroy allait commettre une infraction passible d'une peine de prison. Mais pour le moment, ses projets criminels étaient le cadet de ses soucis. Le regard lointain, il scrutait, songeur, les nuages bas qui enlaçaient la Boulder Mountain.

« C'est moi qui l'ai tuée. »

La voix, réduite à un couinement étranglé, résonna une nouvelle fois dans sa tête. Deux heures qu'il avait quitté l'hôpital de Panguitch, et les mots de Mandy Twitchell continuaient à le hanter. Son esprit y revenait sans cesse, comme une plaie dans la bouche qu'on ne peut s'empêcher de titiller du bout de la langue.

« C'est moi qui ai tué Shawna. »

Quand la voix de Beth De Witte s'était fait entendre dans l'écouteur de son téléphone, Jim avait attrapé sa sacoche, en proie à une désagréable impression de déjà-vu, et bondi dans sa voiture. « Il faut que vous veniez au restaurant, Jim. Tout de suite ! Mandy Twitchell a complètement perdu les pédales ! » À son arrivée, il avait trouvé la jeune femme en état de choc et entourée d'une foule de curieux. Sa première action avait été de faire déguerpir tout le monde.

Le médecin avait vite compris ce qui avait tant alarmé Beth au téléphone : Mandy était en pleine crise de nerfs, elle n'arrêtait pas de répéter qu'elle avait tué sa fille. « Je lui en ai voulu de me causer du souci, j'ai souhaité que quelque chose de mauvais lui arrive, geignait-elle. C'est ma faute, ma faute ! » À un moment, elle s'était mise à crier si fort que Martha Hodge, qui attendait sur la terrasse avec les autres, avait passé sa tête permanentée par l'entrebâillement de la porte pour s'assurer qu'on n'était pas en train de la dépecer vivante. Jim, finalement, avait fait admettre Mandy à l'hôpital de Panguitch, où la jeune femme avait fini par sombrer dans un sommeil artificiel qui, à défaut d'atténuer sa peine, aiderait au moins à soulager ses nerfs.

— On y va, Doc ?

Jim poussa un petit grognement. Aussitôt Mandy endormie, il était reparti sur les chapeaux de roue pour récupérer Logan à Duncan's Creek.

— Pas d'empressement, mon gars, répondit-il, se frottant les bras pour se réchauffer.

Essayant de chasser la voix de Mandy Twitchell de ses pensées, il poussa le volume de l'autoradio et décocha un regard à Logan. Il y avait quelque chose de tendu dans l'attitude du jeune homme, une détermination qui faisait penser à un cerf flairant la présence d'un chasseur. Il allait passer à l'action, et il adorait ça.

— Qu'est-ce qu'on attend ? demanda l'adolescent.

Jim observa le domaine de l'autre côté de la route. Pas de portail, pas de barrière. L'endroit, pourtant, paraissait impénétrable. La seule voie d'accès était un double sillon boueux creusé dans la terre par le passage régulier du pick-up du propriétaire des lieux.

— On attend la nuit. Il n'y en a plus pour longtemps.

— Sa voiture est pas là. Il est sorti, Doc. Je pense qu'on risque rien…

À la radio, Nat King Cole céda la place à Tony Bennett. Jim baissa le volume avant de répondre, d'une voix feutrée qui se posa avec douceur sur les premières notes de saxo :

— Encore un peu de patience, mon gars.

— Si c'est Hughes qui vous fait peur, faut pas vous biler : j'en fais mon affaire ! assura Logan.

Jim tourna la tête vers son passager. Il connaissait son CV aussi bien que s'il l'avait pondu lui-même. C'est lui qui avait conduit sa tante Martha au bureau du shérif pour le récupérer après sa première arrestation, lui qui était intervenu auprès du chef Parson pour essayer de le tirer de ce mauvais pas. Lui, encore, qui avait fait jouer ses relations pour qu'on abandonne les charges retenues contre le garçon alors âgé de 13 ans.

— Je pense que tu devrais faire profil bas après ce qui s'est passé cet après-midi, lui conseilla-t-il.

Logan bondit sur son siège comme si quelque chose l'avait piqué.

— Profil bas ? Cette enflure de shérif me met sur la touche et je devrais la boucler ?

— Il n'a rien contre toi, tempéra Jim. Il assure simplement ses arrières.

— C'est ça, et bientôt, il va me refiler la médaille de citoyen de l'année !

— Calme, mon gars…

— Mais ça remonte à quatre ans ! Il serait temps de passer à autre chose !

— Que veux-tu, il a la rancune tenace…

Logan s'assombrit. L'adolescent impétueux et rebelle reprenait le dessus.

— Vous savez bien que j'ai laissé tomber toutes ces conneries !

— La question n'est pas là.

— Mouais, souffla le jeune homme en se renco-gnant dans son siège.

Il projeta son regard au loin, une moue boudeuse sur les lèvres. Le Doc n'avait peut-être pas tort, après tout : il avait tout intérêt à se tenir à carreau s'il ne voulait pas s'attirer d'ennuis. Le shérif était et resterait un sale con, aussi sûr que l'eau bouillait à cent degrés et que Brooke Shields était une bombe atomique, mais il ne gagnerait rien à jouer au plus malin avec lui. Leur dernier échange, qui remontait à seulement quelques heures, pouvait en témoigner.

— Je croyais t'avoir dit de pas ramener ta tronche, lui avait balancé Hughes après l'avoir coincé sur le Devil Trail.

Logan avait profité de l'heure du déjeuner pour arpenter le chemin de randonnée en marge de la battue. Dans son empressement à agir, il s'était lancé dans la forêt sans penser à cacher la Buick, et Hughes, qui avait toujours eu le nez fin pour flairer l'embrouille, lui était tombé dessus.

— Tu prends tes cliques et tes claques, Momsen. Je veux pas t'avoir dans les pattes.

— Mais je peux être utile, shérif, laissez-moi vous aider.

Il avait eu l'impression de cracher des tessons de verre en y mettant les formes, mais Hughes aimait qu'on le brosse dans le sens du poil.

— Tu dégages, j'ai pas de temps à perdre avec toi !

— Justement, personne a de temps à perdre aujourd'hui. Il faut qu'on retrouve cette petite fille avant que…

— C'est nouveau, Momsen ? Tu t'inquiètes du sort de ton prochain, maintenant ?

Logan avait serré les dents pour ne pas exploser. Dans la seconde qui avait suivi, les menottes du shérif avaient tinté sous son nez comme un avertissement. Fin de partie.

— Un gars touche une pension d'invalidité à vie, par ta faute. T'as oublié ? On verra un nègre à la Maison-Blanche avant que je puisse te faire confiance… Allez, tire-toi !

Et Logan s'était tiré – du moins le lui avait-il laissé penser. En réalité, il avait déplacé la voiture et passé l'heure suivante à fouiller les zones les plus reculées de la forêt de Dixie. À 14 heures, ses recherches n'ayant rien donné, il était retourné au travail.

— Il serait peut-être temps d'enterrer la hache de guerre, tu ne crois pas ? suggéra Jim à brûle-pourpoint, le tirant de ses pensées. Dalton Hughes n'est pas un si mauvais bougre que ça.

— Ouais, et ma tante est la prochaine Miss Utah !

— Ce que je dis, c'est que la vie n'est pas une constante lutte du bien contre le mal. Tout n'est pas toujours tout blanc ou tout noir… (Jim soupira.) J'étais comme toi, à ton âge, tu sais ? J'avais moi aussi cette vision manichéenne du monde qu'ont les gosses qui passent trop de temps à jouer aux cow-boys et aux Indiens. Jusqu'à ce que…

— Mais Doc…

— Laisse-moi finir, Logan. S'il te plaît.

Logan hocha la tête, et la flamme qui brûlait dans ses yeux vacilla légèrement.

— Pour moi aussi, pendant longtemps, on trouvait les bons d'un côté et les méchants de l'autre. Je ne laissais pas la moindre place à la nuance ou la demi-mesure. Et puis un jour, la vie m'a donné une bonne leçon… C'était en août 1944. J'avais 15 ans et je bossais comme apprenti chez un maréchal-ferrant du nom de Dennis Tripplehorn. Mon frère avait été envoyé sur le front en Europe, et avec cinq bouches à nourrir, le salaire de mon paternel ne suffisait plus à boucler les fins de mois. J'étais un peu gauche et un peu chétif, mais le père Tripplehorn avait accepté de me prendre à l'essai le temps que Doug revienne au bercail. Je ne m'en sortais pas trop mal, je crois, en tout cas les bêtes ne se plaignaient pas. Le père Tripplehorn non plus, d'ailleurs, mais il passait son temps à picoler, alors son avis sur la question n'était pas des plus pertinents… Toujours est-il que, ce jour-là, le vieux m'a demandé de sortir ses chevaux pour un tour en forêt, parce qu'il avait l'enclos à retaper. Il avait quatre bestiaux à lui, et même si je ne montais pas avec autant d'aisance qu'aujourd'hui, la perspective d'une balade m'enthousiasmait. J'avais beau ne pas être bien vaillant, je peux te dire que j'en soulevais, des pieds de bourrins, et je voyais dans cette récréation l'occasion de soulager mes mains et mon dos l'espace d'un après-midi. Je suis donc parti en fin de matinée, le temps d'équiper l'attelage. Il faisait beau et chaud, une magnifique journée d'été. Le cheval que je montais s'appelait Pal. C'était de loin le plus commode des quatre, et tout se passait plutôt bien jusqu'à ce que nous arrivions près du canyon de Shungomowi. Tu vois de quel coin je parle ?

Logan acquiesça. C'est sur cette zone qu'il avait concentré ses recherches après s'être fait expédier par Hughes.

— Pal s'est mis à hennir, tout d'un coup. Il est devenu nerveux, comme s'il pressentait l'imminence d'une catastrophe. J'ai essayé de le calmer, mais il s'est mis à s'agiter et à rouler des yeux affolés. J'ai commencé à avoir peur. De finir les quatre fers en l'air, d'abord, et de me faire très mal, puis de perdre un des animaux. S'il leur venait l'idée de s'enfuir, le savon que me passerait le père Tripplehorn ferait plus de dégâts que le débarquement allié sur les plages de Normandie… Alors j'ai lutté, de toutes mes forces, pour sécuriser l'attelage. Mais le terrain était en pente, et avec Pal qui ruait comme un fou, je me suis mis à glisser. C'est là que ce maudit canasson s'est cabré, sans raison. À croire qu'il avait peur de quelque chose. Le père Tripplehorn aurait découvert les empreintes d'un ours, un peu plus loin, quand il est monté récupérer ses bêtes le lendemain, mais je n'ai rien vu de tel ce jour-là. Ou alors, je ne me rappelle pas, parce que, après ça, tout a été très vite…

À l'extérieur, le crépuscule continuait d'avancer. Jim fit une pause avant de reprendre, d'un ton calme dans lequel ne vibrait aucune note d'émotion :

— Une sangle a lâché. Pal s'est libéré et a rué entre les arbres. Comme j'étais mal assuré, j'ai basculé en arrière. J'aurais pu finir par terre à ce moment-là, et tout se serait passé différemment, mais mon pied s'est empêtré dans un des étriers. Ma tête a heurté le sol, je suis resté suspendu en l'air comme un cochon de lait dans un abattoir. Je n'ai été sonné qu'une seconde, car l'instant d'après, le sol se mettait à cahoter sous mon crâne. J'aurais préféré être inconscient, crois-moi : la roche m'a labouré la nuque et les épaules et j'ai dû dormir sur le ventre pendant un mois à cause de la douleur ! Finalement, j'ai perdu connaissance…

Jim stoppa net. Une voiture remontait vers eux – le break de Winnie Dickinson, reconnaissable à ses panneaux latéraux en bois verni. Il se tassa dans son siège, gardant le silence. Il avait garé le 4 x 4 à l'écart de la route, sous le couvert des sapins, un peu après le virage qui marque le début de la longue descente vers Duncan's Creek. La conductrice passa sans les voir et disparut derrière la muraille sombre des arbres.

— Il y avait cette famille, au village, dont tout le monde faisait les gorges chaudes, reprit-il sans bouger. Les Jones – le père, la mère et les trois gamins. Des Noirs. Comment ils avaient échoué ici, personne ne le savait. C'étaient des gens discrets qui venaient de perdre la plus jeune de leurs enfants. Je connaissais le cadet, Louis, un gamin taciturne qui parlait souvent tout seul. Il avait déjà bien morflé avec la mort de sa sœur, mais ce qu'on lui faisait endurer avec les copains… je ne le souhaiterais pas à mon pire ennemi.

Jim ressentit une brève mais vive poussée de culpabilité, mêlée d'un sentiment d'horreur nouveau pour lui. La dernière fois qu'il avait évoqué ce souvenir, il était encore trop frais pour qu'il prenne pleinement conscience de la portée de ses actes.

— Ce que je vais te dire, je n'en ai parlé qu'à une seule personne avant toi… par respect pour la mémoire de mon père. Mais l'histoire ne serait pas complète si je taisais cet épisode. Un jour, je devais avoir 8 ou 9 ans, l'école avait organisé un spectacle pour la fin de l'année, qui se terminait par une espèce de farandole où tous les enfants défilaient en chantant et en dansant sur un air de Bob Wills and the Texas Playboys. Tout ça était répété, mais un peu désorganisé tout de même, et dans l'agitation, des gens se sont mêlés à la fête, et je me suis retrouvé main dans la main avec Louis Jones – il n'allait pas à l'école, à l'époque, mais sa famille était tout de même venue assister au spectacle. Moi sur le coup, je n'ai pas fait attention, sans doute emporté par l'euphorie générale. C'est en rentrant à la maison que les choses se sont gâtées. J'aurais dû m'en douter, car mon père était resté muet pendant tout le trajet de retour. On était sur le pas de la porte, lui et moi, ma mère en train de ramasser le linge et ma petite sœur à poursuivre un écureuil sur le bord de la route… J'allais entrer quand le paternel, qui avait cette voix rude et un brin traînante qu'ont les *rednecks* du Sud, a demandé à voir mes mains. Sur le moment je n'ai pas compris, et je lui ai benoîtement tendu mes deux paumes ouvertes. Il s'est penché et les a examinées, l'air sévère, comme s'il cherchait quelque chose. C'est là qu'il m'a dit qu'il voulait s'assurer que Louis n'y avait pas laissé de traces noires.

— Putain, fut tout ce que Logan trouva à dire.

— Comme tu dis ! Eh bien, figure-toi que le gars qui m'a tiré de la mouise, ce jour d'août 1944 où Pal a piqué sa crise, était le grand frère de ce même gamin que je martyrisais et que mon père refusait bêtement que je touche. J'avais été traîné sur plus de cinq cents mètres, mon corps était brisé, pelé comme un oignon, et quand je suis revenu à moi, il commençait à faire sombre. Mon pied avait fini par se libérer du harnais et Pal s'était enfui, me propulsant dans le décor. Avec ma cheville plus tordue qu'une clé de 12, incapable de marcher, j'aurais pu crever tout seul là-haut. L'été touchait à sa fin et les nuits se faisaient fraîches. J'ai dû m'évanouir plusieurs fois, en tout cas, parce que je n'ai pas vu l'obscurité venir… À un moment, en ouvrant les yeux, c'est son visage à lui que j'ai vu.

Long et sombre, fendu d'un sourire franc – le visage de Lamar Jones.

— Monsieur Jones ? articula Logan.

Jim opina du chef.

— Sa grande main brune s'est tendue vers moi, cette main que mon père m'aurait probablement défendu de toucher, préférant me voir mort. Je l'ai saisie, il m'a soulevé, et malgré la répugnance que le contact de sa peau éveillait en moi, et que je ne m'expliquais pas, il m'a sorti de là. Le retour a été horriblement long. J'avais mal, j'avais froid, mais surtout, j'éprouvais la pire des répulsions à sentir la peau de ce nègre contre la mienne.

Quelque chose céda dans la voix du médecin, un hoquet presque violent. Ray Charles profita de cet instant de flottement pour glisser les premières notes au piano de « Don't Set Me Free ».

— Lamar et moi sommes les meilleurs amis du monde aujourd'hui, reprit Jim du même ton monocorde. Ça a pris du temps, c'est vrai. Mais même l'homme le plus buté a le pouvoir de revoir son jugement, vois-tu ?

Il se mit à fixer le ciel. Un frisson passa sur sa peau, un frisson de plaisir cette fois, tandis que l'atmosphère, dans l'habitacle, le ramenait à des souvenirs de soirées pluvieuses passées sur la route entre Duncan's Creek et Escalante. À une époque où Nancy et lui n'étaient pas encore mariés, et où sa connaissance du jazz se limitait à Bechet et Armstrong.

— Bon, tu es prêt ? fit-il tout à coup, coupant la chique à Ray Charles.

Les deux hommes sortirent dans la nuit. Il faisait encore bon, pas loin de vingt degrés. Ils allèrent jusqu'à la route et enjambèrent le fossé qui marquait l'entrée du domaine. Après avoir dépassé l'éolienne, ils prirent la direction de la maison plantée au bout du champ. L'odeur crayeuse de la terre détrempée saturait l'air.

— Qu'est-ce qu'il faisait là-haut, ce jour-là ? Monsieur Jones ? demanda Logan tandis qu'ils rejoignaient la piste boueuse empruntée vingt-quatre heures avant eux par Mandy Twitchell.

— On n'en a jamais parlé, répondit Jim à voix basse. Inconsciemment, je crois que lui comme moi avions décidé d'occulter les événements antérieurs à cette journée.

Un chien invisible aboya quelque part. Ils se figèrent.

— Silence, maintenant, nous sommes en terrain miné !

Ils poursuivirent au petit trot jusqu'à la maison, qu'une unique fenêtre éclairée faisait ressembler à la tête d'un dragon borgne. Des sons étouffés leur parvinrent depuis l'intérieur. Logan reconnut la musique d'un des talk-shows que regardait sa tante le soir.

— La vieille doit être seule, dit-il. On peut y aller, Doc !

Contournant une étrange sculpture aux reflets argentés qui rappelait vaguement un aéronef, ils se faufilèrent jusqu'à la porte d'entrée. Logan tendit l'oreille, parut satisfait, et tira la porte à moustiquaire à lui. Puis il sortit une sorte de canif de la poche à outils de sa combinaison de pompiste et en fit jaillir un crochet en métal. Il allait le glisser dans la serrure quand Jim le retint. Sans un mot, le médecin se faufila devant lui et abaissa la poignée ; la porte n'était pas verrouillée. Gillespie avait grandi ici, c'était un vieux de la vieille. Il ne fermait jamais sa maison à clé.

Logan entra le premier, sur ses gardes, Jim suivit et referma la porte derrière lui. Le poste de télévision beuglait au fond du couloir. Se seraient-ils mis à chanter l'hymne national que personne ne les aurait remarqués.

— C'est ici, dit Jim en se postant devant la porte de la cave. Quand je suis passé hier, Gillespie avait l'air de vouloir… protéger cet endroit. Je ne sais pas ce qu'il trafique là-dedans, mais ce n'est sans doute pas très catholique…

— Prêt ? demanda Logan en abaissant la poignée.

Ils échangèrent un regard stupéfait : la porte était verrouillée.

— Un gars qui protège sa cave alors qu'il laisse son entrée ouverte a forcément un truc pas net à cacher, chuchota le médecin.

Logan crocheta la serrure en moins d'une minute. La première chose qu'ils remarquèrent en s'engouffrant dans l'escalier fut l'odeur. Pénétrante, insoutenable, un mélange d'effluves synthétiques et d'arômes naturels. Et autre chose aussi, en renfort : une odeur de décomposition avancée.

Arrivé en bas des marches, Jim sortit une lampe électrique qu'il couvrit de ses doigts avant de l'allumer. L'antre d'Arlin Gillespie se dévoila à eux dans une lueur sanguine.

L'espace n'excédait pas trente mètres carrés. Sur leur droite, une série d'étagères flanquait un mur de briques. Des centaines de pièces de modèles réduits s'y entassaient : ailes, fuselages, cockpits miniatures, mais aussi des plans d'appareils spatiaux et des poupées dans des emballages qui semblaient ne jamais avoir été ouverts. Le regard de Logan accrocha la croupe aguicheuse d'une femme sur la couverture d'un magazine de charme dépassant d'un carton, mais l'image était jaunie, signe qu'on l'avait abandonnée là depuis longtemps pour s'adonner à d'autres formes de plaisir. Plus loin, il trouva des maquettes d'engins spatiaux inspirés d'œuvres de science-fiction. Grandes, petites, en verre, en plastique et même en papier mâché, sur pieds, suspendues, ou simplement posées sur l'étagère, elles se comptaient par dizaines. La collection était complétée de figurines de toutes les couleurs, disposées avec un soin tout particulier devant des posters de galaxies et de planètes lointaines.

En s'approchant, Logan reconnut l'uniforme bleu et les oreilles pointues d'un des personnages, et fit le lien avec la sculpture qu'il avait aperçue devant la maison.

— M. Spock… murmura-t-il pour lui-même.

Il attrapa la figurine, prenant garde à ne pas faire tomber ses voisines, et la contempla avec fascination. Cet endroit n'était pas seulement un temple de l'aéromodélisme, c'était aussi un musée à la gloire de *Star Trek*. L'univers d'un enfant incapable de grandir, souffrant d'un manque évident d'ancrage dans la réalité.

— Dieu du ciel ! fit tout à coup la voix étouffée de Jim derrière lui.

Logan se retourna.

— Quoi, Doc ? Qu'est-ce que…

— Viens… viens voir, mon gars… balbutia le médecin. Viens un peu par là…

Sa voix tremblait. Logan reposa la figurine sur l'étagère, saisi d'un mauvais pressentiment. Il s'approcha de Jim d'un pas lesté de plomb, baissa les yeux. Et eut la plus abominable des visions.

CHAPITRE IV

1

Logan poussa un cri de dégoût et recula d'un pas. Un frisson lui remonta l'échine avec la violence d'une décharge électrique.

— Putain ! Qu'est-ce que c'est que… ce truc ?

La terreur le suffoqua. Il aurait aimé croire à une hallucination, mais l'expression d'incrédulité plaquée sur le visage de Jim lui hurlait que tout ceci était bien réel.

— C'est elle, Doc ? La petite Shawna ?

Il s'approcha, et les multiples détails du tableau lui parvinrent en autant de flashs obscènes.

Le corps était exsangue. Vidé de sa substance vitale. Une pourriture d'un gris verdâtre avait rongé la chair et réduit les membres à l'état de lambeaux lépreux. On apercevait les nœuds blancs des os sous les replis de la peau, des muscles atrophiés par endroits. L'essentiel du visage avait disparu. Un globe oculaire disproportionné était logé dans chacune des orbites et une armure chromée recouvrait la moitié du tronc. Un fusil trafiqué remplaçait l'un des bras, des plaques de métal étaient fixées à l'os frontal, auréolé d'un réseau de câbles noirs qui formaient une chevelure hirsute et ridicule. Le dispositif était relié aux organes – cœur, rate, foie – dans le but évident de les maintenir en état de fonctionnement.

Logan eut un haut-le-cœur. La créature, innommable, rappelait les cyborgs des livres d'Isaac Asimov ou Frank Herbert. Elle était étendue sur un établi évoquant un autel sacrificiel, au milieu des outils qui lui avaient donné naissance : cutters, agrafeuse à bois, pots de résine, rouleaux d'adhésif… Une information, parmi toutes celles que son cerveau avait soudain à traiter, secoua le jeune homme plus que les autres : une couronne dentaire argentée était enchâssée dans la mâchoire, rendue apparente par un trou dans la joue.

— Doc… C'est elle ? répéta-t-il d'une voix engourdie.

Jim souleva un peu plus le drap qui recouvrait le corps, révélant les os des membres inférieurs. Il attrapa le poignet décharné du bras encore en place et l'étudia de près, agissant avec un détachement clinique qui sidéra Logan. Comment pouvait-on poser ses mains sur une telle monstruosité ?

— Ce sont les mêmes cannettes en alu que celles qu'il utilise pour ses sculptures, fit remarquer le médecin pour lui-même, alors qu'il examinait l'armure qui recouvrait les côtes du cadavre.

Il se mit à tourner autour de l'établi comme s'il s'était agi d'une table d'autopsie, remuant ses lèvres silencieusement et observant l'étrange créature par à-coups.

— La tête est celle d'un adulte, de même que le tronc et les membres inférieurs. Bien que la plus grande partie du visage soit manquante, on peut penser qu'il s'agit d'un homme, au vu de sa taille. L'état de décomposition général semble indiquer que la mort remonte à plusieurs mois, voire plusieurs années. Certains des tissus, cependant, n'ont pas subi de dégradation post-mortem, ce qui tend à indiquer qu'ils ont été ajoutés récemment sur le cadavre. La taille des organes implantés est relativement petite comparée à l'ossature. Quant à ces lambeaux de peau… ils sont trop fins pour être d'origine humaine. La présence de poils exclut immédiatement qu'il puisse s'agir d'un enfant. Je parierais sur un animal. Chien de prairie, coyote, peut-être un jeune daim. En tout cas, la mort de la créature sur laquelle on a prélevé ces… rustines, si j'ose dire, ne remonte pas à longtemps.

Jim termina là son analyse médico-légale et recula, avant de s'exclamer d'un air un peu trop ravi :

— Mon gars, nous avons devant nous le monstre de Frankenstein !

Logan sentit la tête lui tourner. La puanteur exhalée par le corps lui emplit tout à coup les narines et la pièce se mit à tanguer autour de lui. Des jouets. Des couleurs. Des diodes électriques – rouges, vertes, jaunes… Quand il vit Jim se pencher au-dessus du monstre et caresser du gras de l'index l'un de ses globes noirs et vitreux, il sentit le fond de sa gorge se remplir d'un reflux acide.

— Œil de bovin, énucléé avec soin, énonça le médecin.

— Alors c'est… c'est pas… elle ?

— Non. Cette chose a été façonnée à partir des morceaux de différents cadavres, mais à première vue, aucun qui provienne du corps de Shawna.

Jim se pencha au-dessus de l'établi et entreprit de retourner le sinistre assemblage. Le bras armé se disloqua, entraînant avec lui une langue de peau qui toucha le sol dans un son mat.

— Putain, Doc, vous êtes vraiment obligé de toucher à cette saloperie ?

Le médecin, toujours plongé dans une sorte de transe, ne releva pas.

— Bingo ! murmura-t-il après une étude rapide de la colonne vertébrale, mise au jour par une profonde lacération. Ablation du coccyx…

— Hein ?

— « Le diable est dans les détails », comme on dit.

Le médecin replaça le corps dans sa position initiale puis le recouvrit avec précaution.

— Dites, vous voulez pas mettre les sous-titres ? marmonna Logan.

Il avait parlé au ralenti, sa bouche lui faisait le même effet qu'après une anesthésie chez le dentiste.

— Oui, bien sûr ! Excuse-moi, mon gars… C'est cette couronne argentée qui m'a mis la puce à l'oreille. En trente ans de pratique ici, j'en ai vu passer, des bouches et…

Il y eut du bruit à l'étage, par-dessus le son étouffé de la télévision. Quelque chose était tombé sur le sol. Les yeux du médecin s'écarquillèrent, comme s'il se rappelait tout à coup qu'ils s'étaient introduits dans ce sous-sol par effraction et qu'on risquait de les surprendre.

— Des prémolaires supérieures en argent, j'ai dû en observer moins d'une demi-douzaine à Duncan's Creek depuis que je suis médecin, reprit Jim. Et comme je doute que le vieux Moe Freeman, que j'ai croisé il n'y a pas cinq heures, ait pu passer l'arme à gauche en si peu de temps, je ne vois qu'une personne à qui ce corps peut appartenir…

— Quoi ? Vous savez qui c'est ?

— Oui, je sais qui c'est. Il n'y a plus de coccyx sur ce cadavre, et le seul de mes patients à avoir subi une ablation de ce genre est, à ma connaissance, Rory Twitchell. Lequel, soit dit en passant, portait une couronne argentée sur sa première prémolaire supérieure gauche.

Logan en resta bouche bée. Une lueur venue de l'extérieur passa à hauteur du plafond, mais ni l'un ni l'autre ne la remarqua.

— Alors… c'est ce fêlé de Gillespic qui l'a tué ?

— Aucune idée, même si la présence de son corps, ou de ce qu'il en reste, plaide en sa défaveur…

— Putain de taré ! lâcha Logan en scrutant la pièce avec une acuité décuplée.

L'antre d'Arlin Gillespie lui apparut soudain encore plus visqueux et suffoquant qu'au premier abord, plein de recoins sombres qui faisaient écho à ses peurs de gosse. Les vaisseaux spatiaux, les poupées…

— Je crois savoir ce que c'est que ce truc, Doc, déclara-t-il en désignant le corps. Ce n'est pas Frankenstein. Cette espèce de taré a recréé un putain d'extraterrestre de *Star Trek* !

— Quoi, une sorte de… Klingon, tu veux dire ?

Logan se força à examiner la créature étendue devant lui.

— Non. Je dirais plutôt un Borg… Ils ont la peau très blanche et ces espèces de circuits électriques bizarres partout sur le corps.

— Comme un être humanoïde ?

— Ouais, peut-être bien, fit le jeune homme en haussant les épaules. Je sais pas, je sais plus… En tout cas, ce mec est dingue. Bon pour l'asile !

Jim resta pensif un court instant.

— Peut-être, mais je suis prêt à parier que ce n'est pas un tueur. Gillespie est juste un *trekkie*, un fan de *Star Trek* un peu secoué qui vit seul avec sa… Quoi, qu'est-ce qu'il y a ?

Logan venait de poser son index sur ses lèvres. Il jeta un œil au plafond comme s'il pouvait voir au travers du plancher.

— Je le sens pas, Doc, haleta-t-il subitement. Je le sens pas du tout, et vous savez que j'ai du métier... Tirons-nous d'ici...

Mais la porte d'entrée, à l'étage, s'était déjà ouverte.

2

La première chose qu'Arlin Gillespie remarqua en entrant chez lui fut l'éclat erratique de la télévision au fond du couloir. Des éclairs bleutés qui éclaboussaient la tapisserie au motif fleuri, laissant à croire qu'un véhicule de police était stationné dans la chambre de sa mère.

Il accrocha son Stetson à la patère de l'entrée et referma discrètement la porte – la vieille bique était sourde, mais seulement quand elle le décidait. Puis il se dirigea vers le sous-sol, fouillant au fond de la poche de son pantalon à la recherche de la clé. Un fourmillement d'excitation chatouilla son bas-ventre quand ses doigts la frôlèrent. Trois heures qu'il attendait ce moment !

Il avait accumulé beaucoup de retard depuis la veille. D'abord, il y avait eu ce fouineur de Pomeroy, venu le déranger au milieu de la nuit à cause d'une gamine disparue. Ensuite les hordes d'envahisseurs qui avaient investi ses terres et lui avaient fait perdre un temps précieux à la lucarne du sous-sol. Enfin, il avait dû monter à Escalante pour les médicaments de sa mère. Il avait profité de son passage en ville pour faire un saut au drugstore général, où il s'était procuré des produits qui lui manquaient.

Arlin allait s'improviser croque-mort, ce soir. Il allait apporter les ultimes retouches à sa créature et lui rendre l'illusion de la vie. Et il ne devait pas se louper. L'enjeu était de taille, le résultat se devait d'être convaincant. Il en allait de la survie de l'espèce humaine.

La voix dans sa tête avait été très claire, dès le début : il ne fallait rien laisser au hasard avec le collectif Borg. C'était un peuple supérieur et rusé, tactique, lié par une conscience collective qui en faisait un ennemi impitoyable. S'il souhaitait infiltrer leurs rangs, il allait devoir se surpasser. Fignoler le faux Borg jusque dans les moindres détails pour pouvoir en faire son guide, son ambassadeur. L'avantage, c'est que la morphologie mi-organique, mi-mécanique de cette espèce était très proche de celle des humains. Bien sûr, Arlin aurait pu s'équiper lui-même d'un dispositif cybernétique et se faire passer pour l'un d'eux, mais la voix le lui avait formellement défendu : les Borgs auraient immédiatement repéré sa présence en lisant dans ses pensées. Il devait trouver un être qui leur ressemblait sur le plan physique, mais dénué de toute conscience. Un être mort, lui avait-elle soufflé, qui duperait le collectif le temps qu'il franchisse les lignes ennemies.

Arlin l'avait trouvé dans la forêt six semaines auparavant. Il ne se rappelait plus très bien si la voix l'avait guidé jusqu'à lui ou s'il avait agi de son propre chef. Elle lui embrouillait tellement l'esprit, parfois, qu'elle lui faisait perdre la boule. Le corps était en mauvais état, et Arlin avait craint de ne pouvoir en tirer grand-chose, mais il était parvenu à le ramener chez lui et s'était mis à l'ouvrage sans attendre, palliant les dommages causés par les intempéries et les charognards avec une ingéniosité qui l'avait surpris lui-même. Il s'était servi de vernis à bois pour protéger les tissus, d'argile pour rembourrer le ventre, d'organes de petits animaux morts pour lui redonner un semblant de vie.

La semaine passée, il avait placé un piège sur les rives du Reservoir, où venait s'abreuver un plus gros gibier. Il avait d'abord levé un coyote qui lui avait fourni quelques jolis raccords de peau, mais il lui manquait encore les organes internes, qu'il souhaitait plus gros. C'est la veille qu'il avait attrapé le jeune daim, mettant un point final à sa quête. Le monde d'Arlin Gillespie s'était alors illuminé d'une grande lumière blanche, et il avait compris qu'il serait prêt pour le jour J.

Son plan était simple : il embarquerait avec le faux Borg à bord de la capsule qu'il avait passé un an à assembler, ouvrirait une brèche à travers l'espace et traverserait les 7 000 années-lumière qui le séparaient du Quadrant Delta. Et le meilleur dans l'histoire, c'est que l'ennemi ne le verrait même pas venir : comme il avait pris soin de le cacher au milieu de ses autres sculptures, l'appareil passerait inaperçu à ses éventuels émissaires sur Terre. Une fois arrivé, Arlin se ferait passer pour le prisonnier de son faux Borg, infiltrerait leur poste de commandement avec l'aide de la voix, et les détruirait. Tous, jusqu'au dernier. Après ça, il reviendrait sur Terre et serait porté en héros.

Une onde de chaleur irradia son entrejambe. Il ne pouvait plus attendre.

Il allait introduire la clé dans la serrure quand sa mère se mit à crier dans la chambre du fond. Des braillements déchirants qui couvrirent un instant le vacarme ambiant.

Pas ça, pas maintenant !

Arlin patienta quelques secondes, la main suspendue à une dizaine de centimètres de la poignée, priant le ciel pour que la vieille bique se calme. Il n'avait pas de temps à perdre avec ses jérémiades. Mais quand il s'agissait d'asticoter son fils, Piper Gillespie ne manquait pas de ressources, et à ses cris s'ajoutèrent bientôt des cognements sourds et répétés contre le mur. Elle ne lui laisserait donc aucun répit !

Elle a encore dû faire tomber la télécommande, avança une petite voix apeurée dans sa tête, celle qui lui rappelait un peu le gamin qu'il avait été quarante ans plus tôt.

Tant pis pour elle ! asséna une autre, plus virulente. *Le Borg n'attend pas !*

Arlin inséra la clé dans la serrure, sentant un irrésistible besoin de jouissance s'insinuer en lui. Jamais il n'avait éprouvé une telle envie de s'enfoncer dans le gouffre humide et chaud de son sous-sol. Il se sentait aspiré en avant, son pénis durci prêt à exploser la fermeture de son pantalon.

— ARLIN !

Sa main s'immobilisa. La vieille avait dû apercevoir les phares du pick-up par la fenêtre. Sinon, comment aurait-elle su qu'il était rentré ?

— Nom d'un petit canard ! vociféra Arlin, qui n'avait pas le blasphème facile.

Il retira la clé et la rangea au fond de sa poche. Le Borg devrait attendre.

— J'arrive, sorcière ! s'entendit-il marmonner.

Il gagna le bout du couloir en cinq grandes enjambées, sans entendre les marches de la cave grincer dans son dos, ce qui lui aurait peut-être permis de voir les deux hommes jaillir de son précieux sous-sol et se précipiter à l'extérieur. Mais le vacarme déversé par les enceintes de la télé ne laissait que peu d'espace aux autres sons pour exister.

Sa mère l'accueillit avec des gémissements d'animal blessé. Le soudain effondrement de son visage paraffiné, tirant vers l'olivâtre, aurait pu lui valoir un Oscar à Hollywood. Piper Gillespie n'avait plus toute sa tête depuis un bail, sauf quand il fallait se faire plaindre. Là, elle excellait.

— J'ai faim ! brailla-t-elle sans autre préambule.

Il la fit taire d'un mouvement brusque de la main, comme s'il chassait une nuée de mouches virevoltant autour de sa tête. Sourde mais pas aveugle, sa mère le toisa d'un air mauvais. Il ne chercha pas à dissimuler son érection.

Piper émit un râle belliqueux. Elle avait la mine renfrognée d'une musaraigne, le cheveu pauvre et huileux, les joues creuses. Le même regard lunaire que son fils, aussi, mais l'âge et les épreuves l'avaient voilé d'une hostilité incurable.

— J'AI FAIM !

Arlin jeta un regard au radioréveil sur la table de nuit. Il était 21 h 25. Il n'avait pas vu l'heure tourner. Il alla jusqu'au poste de télévision et baissa le volume à un niveau raisonnable. Il en avait sa claque de ces talk-shows où tout le monde passait son temps à se vomir dessus. Déjà qu'il avait dû supporter ce fichu hélicoptère toute la journée…

— Je t'apporte ta soupe.

Cinq minutes plus tard, il était de retour avec un bol au contenu peu ragoûtant. Il mangerait plus tard, s'il avait le temps. Pour le moment, il allait la regarder dîner, elle, comme il le faisait chaque soir depuis la mort de son père.

— Le bénédicité ! ordonna Piper quand son fils eut déposé le plateau sur ses cuisses.

Ses lèvres fines, réduites à un simple trait, dessinèrent un sourire cynique sur son visage. Un rire rugueux de vieille lui échappa en même temps qu'un pet sonore.

Arlin s'exécuta, remuant à peine les lèvres pour l'empêcher de déchiffrer ses paroles :

— Bénissez-nous, Seigneur, bénissez ce repas, et procurez du pain à ceux qui n'en ont pas. Mais affamez les Borgs et leurs alliés, tous ces impies qui cherchent à nous nuire et à étendre leur puissance jusque dans nos maisons. Amen.

Piper parut satisfaite, pour autant qu'une femme aussi acariâtre puisse l'être. Sa soupe avalée, elle se mit à disserter sur les sujets les plus futiles avec son fiel habituel. Elle caqueta ainsi pendant dix minutes, commentant tout ce qui passait sur l'écran sans se soucier de son fils. Mais de cela, Arlin n'avait cure. Il avait fermé son esprit au monologue infernal de sa mère au moment où elle s'était mise à éreinter la nouvelle coiffure de Meredith Vieira, la star du journal télévisé.

Ses pensées étaient ailleurs. Il avait cru comprendre que les infidèles étaient là pour une gamine disparue, mais on ne la faisait pas à Arlin Gillespie : ce qu'ils étaient venus chercher, c'était la capsule. Ou le faux Borg. Peut-être les deux. Il le savait, aussi sûr qu'il savait que sa mère finirait par crever seule dans son lit, sa télécommande brandie vers la télé entre ses doigts raidis.

Attends ! Il y a peut-être bien eu disparition, si on y réfléchit, supposa l'une de ses voix, celle qui lui mettait tout le temps plein d'idées bizarres dans la tête. *Ils ont peut-être vraiment enlevé une gosse. Depuis le temps qu'ils viennent, en douce, faire leur marché sur notre belle planète...*

— Qu'est-ce qu'on en a à cirer, de cette gosse ? Le Borg attend !

Seigneur, ça recommençait : sa voix dominante, qu'il appelait « voix de tête », s'était une nouvelle fois exprimée à travers sa bouche ! Elle le faisait de plus en plus souvent depuis quelque temps.

Nerveux, Arlin décocha un regard à sa mère, qui n'avait heureusement rien remarqué.

— La ferme, siffla-t-il. Il va pas s'envoler.

Il avait encore du temps devant lui. Le départ était prévu pour le 8 août, jour de l'éclipse solaire, ce qui lui laissait six semaines pour se préparer. C'était plus qu'il n'en fallait.

— Tu m'écoutes ? gronda Piper, tout à coup.

Arlin sortit de ses pensées et acquiesça d'un air bourru. Il tendit ostensiblement l'oreille mais son esprit vagabondait déjà ailleurs – un étage plus bas, dans son abri à l'écart du reste du monde. Il aurait tant aimé pouvoir s'y téléporter, comme dans *Star Trek*…

Et tandis que sa vieille mère recommençait à lui parler tenues et sourires de star, adultères entre voisins et échanges de bébés, lui se mit à rêver de sutures, de momification et d'implants cybernétiques.

3

S'il s'était trouvé, quelque part, une personne suffisamment soucieuse du sort de Jake Dickinson pour l'espionner par le trou de la serrure, celle-ci se serait sans doute étonnée de constater qu'il n'était pas si différent des autres garçons de son âge. Allongé sur un tapis-route dont il s'était désintéressé dès l'âge de 6 ans, Jake contemplait pensivement le plafond, le fil d'un yo-yo accroché à son doigt. Sur son lit traînaient un distributeur de Pez à peine entamé et un jeu électronique Nintendo qu'il avait laissé en plan après une partie avortée de *Donkey Kong*. Un panneau, sur la porte, enjoignait à d'éventuels visiteurs de ne pas entrer, sous peine de damnation éternelle. Pour le reste, la chambre de Jake avait tout de celle d'un petit Américain de 11 ans et demi : jouets, jeux et livres y côtoyaient vêtements roulés en boule et éléments de déco disparates. Mais il n'y avait nulle petite souris pour observer Jake ce soir-là, pas plus que de curieux pour se demander ce qui pouvait occuper son esprit au point qu'il en avait oublié de faire repartir le mange-disque, qui s'était encore mis à dérailler. Bloqué sur le même segment du sillon, le vinyle répétait le solo de guitare électrique de « Beat it » depuis cinq minutes. Jake, pourtant, continuait à rêvasser avec insouciance.

Si la musique ne lui faisait ni chaud ni froid, elle avait néanmoins une vertu, et pas des moindres : elle lui conférait ce semblant de normalité qui lui faisait tant défaut. Tant qu'ils entendaient les disques tourner dans sa chambre, ses parents lui fichaient une paix royale. C'est quand tout devenait calme que sa mère s'inquiétait. Un enfant, à ses yeux, devait être turbulent, et Jake, qui ne tenait pas à la décevoir, s'arrangeait toujours pour faire un maximum de tapage. Il s'accommodait très bien de cet univers qui n'était pas le sien, le plus souvent. Jouer aux Lego ou au Rubik's Cube en laissant brailler le mange-disque ne le dérangeait pas. Les choses se compliquaient quand il souhaitait s'isoler dans sa bulle avec un bon bouquin.

Jake s'était pris de passion pour la lecture trois ans plus tôt. Enfant précoce, il s'était vite détourné des classiques de la littérature enfantine pour lorgner sur les livres des adultes. Comme ses parents lisaient peu, c'est auprès de son institutrice qu'il avait été chercher conseil, plus précisément dans le tiroir de son bureau, où il avait déniché un roman intitulé *Dix petits nègres*. Le petit Jake avait fait disparaître le livre dans sa poche, mû par une inexplicable fascination, et l'avait dévoré en l'espace d'une soirée. Le pot aux roses avait été découvert le lendemain, alors qu'il remettait l'ouvrage à sa place. Mlle Adams n'en avait pas fait cas et s'était même proposé de lui en prêter d'autres.

Jake, dès lors, avait commencé à dévorer l'œuvre d'Agatha Christie en toute clandestinité. Le plus souvent, enfoui sous ses couvertures avec la lampe électrique que lui avait donnée M. Jones ou appuyé contre un arbre sur le bord de la rivière. Mais toujours à l'abri du regard de ses parents. Ils ne devaient pas savoir. Jamais. S'il s'écartait du chemin qu'ils avaient tracé pour lui, il risquait de leur faire de la peine. Et il ne tenait pas à ce que cela arrive. Il fallait absolument qu'il soit à la hauteur de Tim.

Tim, l'enfant enjoué et plein de vie qui souriait toujours sur les photos exposées dans la maison. Tim, qui rangeait sa chambre sans qu'on le lui demande, dressait la table avec application et ramenait de bonnes notes à la maison. Tim, qui avait fait partie de l'équipe de base-ball entraînée par son père, quand ce dernier faisait la moitié de son poids actuel. Tim, l'enfant modèle à qui on avait volé la vie…

Jake pensait souvent à lui, ce frère trop présent qu'il n'avait jamais connu. Tim avait laissé une empreinte indélébile dans les cœurs de Dwight et Winnie Dickinson, mais il avait surtout posé les jalons d'un destin inachevé dont Jake était devenu l'héritier involontaire. Parfois, dans ses moments de solitude, il nourrissait le doute que ses parents – leurs parents – l'avaient fait, lui, pour le remplacer. Un peu comme on rempote de nouveaux plants quand les jardinières de l'été précédent n'ont pas passé l'hiver. À travers le prisme de sa sensibilité presque maladive, Jake en arrivait alors à se persuader qu'il n'était pas digne des attentes qu'on avait placées en lui. Étrange sentiment que d'être jaloux d'un mort…

Tim était né le 13 janvier 1964, d'après ce qui était inscrit dans le livret de famille, juste au-dessus de la mention « décédé en 1972 ». Il n'y avait pas de date précise pour ce dernier événement, rien qu'une année. Devinant le sujet tabou, Jake n'avait jamais posé de questions. C'est en fouillant dans les dossiers de son père qu'il avait mis la main sur l'article du *Register*. On y parlait d'un petit garçon de 8 ans disparu au début de l'année 1972, dont on n'avait jamais retrouvé la trace.

Jake était né deux ans après cet événement, le 26 janvier 1974. Ses parents l'avaient chéri autant qu'on pouvait chérir un enfant. Il ne manquait de rien : ni d'attention, ni de tendresse, ni de ce confort matériel superflu dont on pourrissait tout enfant de sa génération. Malgré tout, il ne pouvait se défaire de l'idée qu'il n'était qu'un deuxième choix. Son père et sa mère avaient sublimé le souvenir de leur premier fils, comme le font souvent les parents d'enfants disparus, et en dépit de ses efforts permanents, Jake ne pouvait rivaliser avec lui. Il avait donc appris à faire avec. À grandir avec le fantôme de cet autre qui lui ressemblait tant que c'en était presque dérangeant.

Il fit rouler son yo-yo sur le tapis-route d'un geste machinal. Celui-ci emprunta un carrefour avant de stopper sur le parking d'un centre commercial représenté par de grosses barres obliques. Jake essuya la perle pourpre qui sourdait de sa lèvre puis, remarquant que Michael Jackson radotait, donna une tape sur le mange-disque, qui protesta avant de se recaler au milieu du morceau.

« *You better run, you better do what you can*

Don't wanna see no blood, don't be a macho man...[1] »

Les paroles de la chanson sonnaient comme un écho à ses pensées. Elles faisaient l'apologie de la fuite au détriment d'une violence sans issue. Le message était clair : mieux valait se détourner de ses ennemis que riposter aveuglément. Jake en connaissait un rayon sur la question, ayant lui-même courbé l'échine plus souvent qu'à son tour. Jouer les durs, ça n'était pas son truc. Mais ce jour-là, pour la première fois, il n'avait pas cherché à fuir. Il avait tenu la dragée haute à Sam Baldwin, l'une des pires incarnations du mal de la création. Et il en avait retiré une satisfaction intense, à la limite de l'extase.

Jake se mit à mâchouiller l'embout en plastique du cordon de son sweat à capuche. Cette peste s'était bien payé sa tête. Elle n'en était pas à son coup d'essai, c'était même devenu un hobby pour elle.

Un jour, il n'y avait pas très longtemps, les deux enfants s'étaient retrouvés nez à nez devant le City Market. Abandonnant aussitôt l'idée de dépenser le dollar que son père lui avait donné pour s'acheter des cartes de base-ball – un autre héritage de Tim –, Jake avait rebroussé chemin. Mais Sam lui avait filé le train et l'avait chopé par l'oreille, comme on attrape un chenapan surpris à voler à l'étalage. Dans la seconde qui avait suivi, son genou s'était dangereusement approché

1. *Tu ferais mieux de courir, de faire ce que tu peux / On ne veut pas voir de sang, ne joue pas les machos...*

de l'entrejambe de Jake, qui était parvenu à s'enfuir sans demander son reste. Il avait saigné du nez en rentrant, sa mère mettait ça sur le compte de la chaleur, mais Jake n'y croyait pas. L'explication était ailleurs : il était juste un peu trop sensible, et comme pour tous les petits garçons sensibles, les gens qui l'entouraient ne s'en rendaient pas toujours compte. Peut-être cette vulnérabilité était-elle à mettre sur le compte de sa petite taille, ou de son manque d'amis ? Jake s'était souvent posé la question le soir, quand, seul au fond de son lit, il ne pouvait retenir les larmes qu'il avait refoulées tout au long de la journée.

« *Just beat it, beat it, beat it, beat it,*
No one wants to be defeated...[1] »

Non, personne n'avait envie de perdre. Jake, lui, ne comptait plus les plaies, les bosses, les bleus qu'il avait ramenés à la maison après avoir eu affaire à Sam Baldwin. Sans jamais les rendre ni émettre la moindre protestation. Mais aujourd'hui avait été le coup de trop. Il n'avait pas capitulé. C'était arrivé comme ça, sans qu'il le sente venir. Pour la première fois, il avait osé défier sa tortionnaire. Et ce qu'il fixait au plafond, à cet instant précis, n'était autre que la grande et éclatante lumière blanche de la victoire. Les brimades, les pleurs, l'angoisse : envolés. Samantha Baldwin la Terrible était vaincue.

Un sourire monta à ses lèvres. L'explosion de joie qui l'avait emporté au moment où il lui avait rabattu le caquet n'avait rien de comparable avec tout ce qu'il avait connu jusque-là. Jake eut soudain tout du jeune homme charmant, aux traits fins et délicats, qu'il deviendrait dans une dizaine d'années. Puis l'éclair de lumière passa et il ne resta plus que Jake Dickinson,

1. *Tire-toi, tire-toi, / Personne n'a envie de perdre...*

gamin solitaire un brin effacé, pas encore assez grand pour comprendre ce qui lui arrivait.

Il roula sur le côté et dégagea son cartable pour accéder au mur derrière lui. La longue plinthe présentait une irrégularité en son milieu, une arête qu'il poussa du doigt, faisant pivoter un carré de bois de la taille d'une carte à jouer. Il passa la main dans l'ouverture et en tira une édition de poche de *Rendez-vous avec la mort* qu'il avait pliée en deux pour la faire entrer dans sa cachette. Il ouvrit le livre à l'endroit où était intercalé le marque-page, un vieux ticket de cinéma pour *L'Histoire sans fin* qu'il avait vu l'année précédente au cinéma, et s'enivra de la bonne odeur de l'imprimerie. Puis il se mit en pyjama, se glissa dans ses draps et lut un court chapitre avant d'éteindre la lumière.

La fatigue lui tomba dessus comme une massue ; les trois heures qu'il avait passées à la ferme l'avaient vidé. Il ferma les yeux et, dans le noir, visualisa les berges de la rivière, l'ombre derrière les arbres… et le sourire scintillant de Sam quand il s'était relevé après sa chute à vélo. Sa mémoire eidétique – ou mémoire photographique – était parfois une pure malédiction.

Jake allait enfin s'endormir quand on sonna à la porte d'entrée. Il entendit sa mère bougonner, très loin, puis des pas lourds dans l'escalier. Il patienta une minute, alluma sa lampe de poche et se coula jusqu'à la fenêtre de sa chambre, dont il souleva discrètement le store. Une voiture de patrouille était stationnée devant la maison ! Il sentit son cœur s'accélérer, sortit de sa chambre en catimini et se planta derrière la rambarde de l'escalier pour écouter ce qui se passait en bas.

4

— PC, ici Unité 6. Nous quittons le domicile des Dickinson. Du nouveau de votre côté ?

— RAS, Unité 6. À vous.

— Nous avons pu localiser l'institutrice. Nous recueillons son témoignage et nous rentrons. À vous.

— Bien reçu, Unité 6.

De la friture sur la ligne. Puis la même voix, moins mécanique :

— Soyez à l'heure, Sherry. Le shérif Hughes insiste pour que le débriefing commence à 22 h 30, dernier carat. Tâchez de…

— Nous faisons au plus vite. Merci, Rita.

Sherry coupa la transmission.

— Bordel, Grant ! On peut pas finir demain ?

L'adjointe mit le contact et alluma les phares, sans prendre la peine de répondre. Une vague odeur de transpiration flottait à l'intérieur de la voiture, et après quelques mètres, elle abaissa sa vitre.

— D'après Mme Dickinson, Betty Adams se trouve chez Rick Mayfair, déclara-t-elle. Il habite sur Lower Duncan Road, à moins d'un kilomètre d'ici. Et non, on ne peut pas finir demain.

Sherry n'avait pas tourné la tête lorsque Ted Cassidy avait émis sa première objection, pas plus qu'elle ne le fit en l'entendant soupirer à cette deuxième annonce. Elle prit à gauche à la sortie du chemin de terre qui menait chez les Dickinson et accéléra dès qu'elle eut rejoint la route 12.

— Tu t'arrangeras avec le boss si on arrive à la bourre, fit son coéquipier d'un air excédé. Déjà qu'il t'a dans le pif en ce moment…

Sherry serra les dents. Cassidy avait sa part de responsabilité dans l'animosité que lui portait Dalton Hughes, mais elle refusait de s'engager sur ce terrain pour l'instant. Elle devait boucler les interrogatoires des proches de Shawna Twitchell avant de rentrer à Panguitch, c'était sa priorité. Et l'institutrice, qu'elle n'avait pas réussi à rencontrer, était la dernière sur sa liste.

— Elle se le tape, d'après toi ? demanda Cassidy un instant plus tard.

Sherry fit mine de ne pas avoir entendu. Trop obtus pour comprendre qu'il dépassait les bornes, son coéquipier crut utile de préciser :

— Le mec du journal…

Elle botta en touche :

— Je m'en charge ou tu t'en charges ?

— J'en ai ras le bol des témoins, Grant. Je te la laisse !

Sherry n'en attendait pas moins de son coéquipier. Chaque équipe était censée mener ses interrogatoires en binôme, mais Cassidy ne montrait que peu d'intérêt pour la chose. Ce type était un cow-boy solitaire, il ne partageait ni la gloire ni les emmerdes – malgré un sérieux penchant pour s'attirer les deux.

— De toute façon, je vois pas pourquoi on se fait chier, c'est la mère qui a fait le coup, ajouta-t-il avec suffisance.

Ce qui faisait au moins un point sur lequel ils se rejoignaient, à quelques nuances près.

Sherry avait mené la majeure partie de l'enquête en solo, commençant par rencontrer les voisins les plus proches des Twitchell. Au fil des témoignages, elle s'était fait une idée plus précise de la personnalité de Mandy, pas vraiment une analyse comportementale, plutôt l'esquisse d'un portrait psychologique.

En parallèle de ses études en criminologie, Sherry s'était initiée aux jeux de rôle et avait développé une aptitude à l'empathie qui confinait à la schizophrénie. Si elle disposait d'assez d'éléments sur un individu, elle parvenait à se glisser dans sa peau avec l'efficacité des meilleurs *profilers*. C'est à ses vieux trucs d'étudiante qu'elle avait eu recours pour cerner le profil de la mère de la petite disparue.

Cette fille n'avait contre elle que d'être tombée sur le mauvais gars. Après plusieurs années de violences conjugales, elle avait fini par demander le divorce à l'automne 1984. L'élément déclencheur, semblait-il, avait été un séjour de vingt-quatre heures à l'hôpital de Panguitch. Son mari, qui préférait tourner en rond comme un sourcier en plein désert plutôt que de se chercher un boulot fixe, passait le temps en la tabassant. C'était un bon à rien, incapable d'exécuter les tâches les plus sommaires. À croire que la branche de l'arbre dont il était issu avait des racines consanguines. Le problème venait du fait que Rory était le rejeton du beau-frère du shérif Hughes ; c'était même la source de la cabale dont Mandy avait fait les frais ces six derniers mois. Il se murmurait ainsi que les accusations portées par la jeune femme à l'encontre de son mari n'avaient jamais été enregistrées par le bureau du shérif, ôtant du même coup toute crédibilité à sa demande de divorce pour cause de maltraitance.

La bataille juridique avait fini par avoir lieu, mais pas entre les époux. Deux mois après avoir envoyé sa femme aux urgences pour la dernière fois, Rory avait disparu, et ses parents avaient pris la relève pour faire de la vie de leur belle-fille un véritable enfer. Ils avaient réclamé la garde de Shawna, sous prétexte que Mandy était une simple d'esprit aux mœurs bien trop légères pour s'occuper d'un enfant. Leur demande avait été rejetée après l'intervention des services sociaux, mais le mal était fait : Mandy n'avait pas supporté la pression, elle avait sombré dans l'alcool et la dépression.

Sherry ne comprenait que trop bien ce qui aurait pu motiver le geste dont certains semblaient vouloir l'accuser. Un parcours semé de tant d'embûches laissait forcément quelques méchantes blessures. Peur, amertume, sentiment d'injustice… Une vie déjà bien amochée à seulement 22 ans, qui pouvait encourager – sinon justifier – pas mal de gestes désespérés. Elle comprenait les blessures, tant physiques que morales, et le poids du fardeau que la jeune veuve avait eu à endosser.

— Tiens, qu'est-ce qu'on a là ? Ralentis, Grant.

Elle écrasa le frein, par réflexe. Elle était debout depuis plus de dix-huit heures et tenait à l'adrénaline. La voiture pila au milieu de la route. Ils étaient à une cinquantaine de mètres de l'intersection avec Lower Duncan Road.

— Tu restes là ! Tu bouges pas !

Sherry crut d'abord que Cassidy s'adressait à elle, mais à la manière dont sa voix porta dans la nuit, elle comprit qu'il interpellait quelqu'un au-dehors :

— Tu bouges pas, ducon ! T'as entendu ?

Cassidy ouvrit sa portière, main tendue au-dessus de son arme de service. Il semblait prêt à faire un carton, et Sherry prit peur. Elle n'avait aucune visibilité du siège conducteur et, le temps d'une seconde, une vision lui traversa l'esprit : Cassidy, en train de mettre en joue un type aux vêtements couverts de sang traînant un gros paquet derrière lui.

Mais en lieu et place de son flingue, c'est une lampe électrique que son coéquipier braqua sur le bas-côté, figeant la silhouette d'un adolescent dans le noir. Ses yeux sombres absorbèrent la lumière comme ceux d'un chat apeuré. Sherry devina qu'il s'agissait d'un Amérindien. Elle sortit du véhicule pour les rejoindre.

— Ton nom ? demanda Cassidy.

— Tenakhongva. Caleb Tenakhongva.

— Qu'est-ce que tu fous là ?

— Je rentre chez moi.

— Quelle adresse ?

— Au nord. Derrière l'entrepôt désaffecté.

— Quelle adresse, j'ai dit !

— Y a pas d'adresse, chef.

Cassidy fit un pas en avant. Il n'avait pas l'air de vouloir plaisanter.

— Ton âge, Konga ?

— 15 ans.

— 15 ans… Qu'est-ce que tu fous ici en pleine nuit ?

— Je… Je rentre chez moi, je vous ai dit.

Le ton était calme, il ne traduisait qu'une légère anxiété.

— Me prends pas pour une buse. Y a quoi, dans ce sac ?

Sherry sentit son sang se figer. L'ado transportait bien un chargement. Un gros sac en toile de jute, usé jusqu'à la trame, qu'il avait dû traîner sur des kilomètres.

— De la caillasse. C'est de la caillasse.

— De la… ? Ouvre-moi ça, Konga !

Cassidy cherchait la guerre, il fallait être perché au-delà de la stratosphère pour ne pas s'en rendre compte. Il espérait sans doute que le gosse riposte, mais ce dernier restait imperturbable.

— C'est pour le jardin de mon père, expliqua-t-il en ouvrant le sac, qui ne contenait effectivement que des pierres.

La poitrine de Sherry se débloqua.

— Tu devrais faire attention, conseilla-t-elle à l'adolescent. Cette route, de nuit, ça peut être dangereux…

— Personne passe jamais par ici, madame.

Le jeune Indien lui adressa un sourire. On ne lisait que calme et modération dans ses yeux. Il n'était pas très grand, malgré ses cheveux noirs coupés en brosse qui lui rajoutaient dix bons centimètres, mais sa retenue en imposait plus que le zèle irraisonné de Cassidy.

— Une gamine du coin a disparu, tu es au courant ? demanda Sherry.

L'autre hocha la tête.

— L'un de mes collègues est passé te voir pour t'interroger ?

— Non, madame.

— C'est arrivé hier soir. Tu n'as rien remarqué, sur les coups de 19 heures ? De l'agitation, une personne qui n'aurait pas dû se trouver là ?

Sherry crut voir une ombre furtive passer dans les yeux de l'adolescent, mais elle avait dû l'imaginer.

— Rien, je vous jure.

Cassidy, lui, n'en démordait pas :

— Tu es sûr, Konga ?

— Sûr, chef.

— Tu étais où hier, entre 7 et 8 ? aboya-t-il.

— Cassidy… le rabroua Sherry.

— J'étais chez moi, en train de préparer le dîner.

Le silence tomba sur ses paroles. Tout était dit. Cassidy, cependant, donnait l'impression de ne pas en avoir fini. Il y eut un instant d'incertitude, durant lequel Sherry fut convaincue qu'il allait abattre le jeune Indien sans la moindre sommation, mais son coéquipier était un cow-boy, pas un kamikaze : il mit un terme à l'échange en envoyant un crachat sur le gravier, puis s'éloigna d'une démarche nonchalante.

Sherry échangea un regard avec l'adolescent, le salua d'un mouvement de la tête et retourna à la voiture. Elle s'installa derrière le volant, prenant sur elle pour ne pas s'emporter. Il suffisait quelquefois d'un seul souffle de violence pour déclencher une guerre ; elle avait grandi au milieu de cinq frères, et en savait quelque chose. Le vent était retombé, cette fois, mais il s'en était fallu de peu…

Elle introduisit la clé dans le contact et démarra, le regard fixe et la mâchoire serrée, sans remarquer la Coccinelle bleue qui remontait la route en sens inverse, tous phares éteints.

5

Betty n'alluma ses phares qu'après avoir dépassé la ferme des Jones. Personne ne risquait plus de remarquer la Coccinelle à présent. Elle l'avait récupérée près de l'ancienne grange des Baldwin, à l'endroit où elle l'avait laissée avant de rejoindre Rick. Il avait tenu à la raccompagner, sous prétexte d'une balade romantique au clair de lune, mais elle n'était pas dupe : maintenant qu'il était au courant de sa phobie du noir, il allait sans doute multiplier les actions de ce genre. Elle allait devoir le mettre au pas, et vite ! Hors de question de le laisser jouer les grands frères protecteurs, Betty ne voulait pas de lui dans ce rôle-là, pas plus qu'elle ne voulait d'elle dans celui de la gourde de service.

Elle jeta un œil dans le rétro pour s'assurer que personne ne la suivait. La route derrière elle était plongée dans le noir. Elle s'était crispée sur son siège en croisant le véhicule de patrouille, mais le shérif avait mieux à faire que de se soucier des allées et venues de l'institutrice du village. Rassurée, elle enclencha une cassette dans l'autoradio et se mit à chanter « Look What They've Done to My Song, Ma », en chœur avec la chanteuse Melanie.

Il lui fallut moins de cinq minutes pour arriver chez elle. Betty vivait au bout d'Upper Duncan Road, dans une jolie maison blanche enfouie derrière les arbres, à laquelle on accédait par une allée de terre mêlée de gravier qu'elle adorait entendre crisser sous ses pneus. Elle gara la Coccinelle devant le garage, laissant les phares allumés, et alla ouvrir la porte pour enclencher l'éclairage extérieur. La nuit était claire, mais elle ne coupait jamais au rituel.

Une fois à l'intérieur, elle ferma la porte à double tour, ôta ses ballerines et alla à la cuisine, où elle mit de l'eau à bouillir sur la gazinière. Elle avait envie d'un thé, d'une douche et de draps bien frais. Tandis que la bouilloire chauffait, elle dénoua ses cheveux tressés en continuant à chantonner. Elle se sentait fatiguée, mais un peu moins triste qu'en quittant l'école. La compagnie de Rick lui avait fait du bien.

Elle se déshabilla, passa sous la douche et, quand le thé fut prêt, s'installa dans son canapé avec une tasse fumante. Miss Marple arriva en miaulant et vint se poser sur ses cuisses. Betty donna une caresse à la chatte, souffla sur la boisson, qu'elle avala à petites gorgées, puis s'étira dans un râle de fatigue. Elle se sentait en paix avec elle-même pour la première fois depuis vingt-quatre heures. Elle n'avait besoin de rien d'autre que du coussin dans son dos et de la lueur de sa lampe de lecture qui dessinait un rond parfait sur le plafond. Pas de musique, pas de livre, ni même un joint.

Son thé fini, elle s'installa à son bureau et se mit à corriger les dernières copies des élèves de cinquième section – un problème de maths avec un calcul de facture d'épicerie. Certains des noms qu'elle vit passer sur les copies lui arrachèrent un sourire : Dorothy Jenkins, Ben McCombs, Jr., Jake Dickinson… Elle les connaissait depuis tout petits, et dans deux jours, elle devrait les laisser s'envoler. La séparation ne se ferait pas sans un léger pincement au cœur, elle le savait. Le petit Jake, notamment, était un gosse vraiment attachant. Solitaire, sensible et un peu lunaire, il l'avait touchée par cette différence dont il n'avait pas encore conscience.

Ses pensées la ramenèrent malgré elle à Shawna Twitchell. Betty avait tenu bon toute la soirée, mais les barrages intérieurs qu'elle avait dressés pour ne pas craquer cédèrent brutalement. Si elle avait d'emblée écarté l'idée d'un malheur, elle n'était plus si sûre d'elle, à présent. Elle était pourtant passée maître dans l'art de contourner les obstacles, de maintenir ses angoisses à distance pour ne jamais se heurter aux aléas de la vie. L'exemple le plus probant était la façon dont s'était achevée sa relation avec Troy : elle avait préféré jouer l'autruche que sombrer dans la dépression. Mais cela ne faisait que reporter les problèmes ; tôt ou tard, il fallait bien les affronter. Tel était le credo d'Estelle, à l'époque.

Betty regarda l'heure. Il était 22 h 30, une heure de moins sur la côte Ouest. Il était encore temps de passer un coup de fil à sa vieille copine.

Estelle Graham avait été sa marraine dans le groupe de soutien qu'elle avait fréquenté à San Francisco. C'était une ex-hippie qui aimait citer Kerouac, écouter les Grateful Dead et dénoncer l'ordre établi par les oligarchies capitalistes. Maintenant, elle n'avait pas plus renoncé à ses valeurs qu'aux tuniques indiennes et aux jeans brodés de strass, mais elle était rentrée dans le rang : elle s'était établie à son compte en tant que conseillère spirituelle, se spécialisant dans la pensée positive et la conscience cosmique.

Betty retrouva son numéro spontanément, bien qu'elle ne l'eût pas composé depuis près d'un an. Elle n'eut pas à attendre plus de deux sonneries pour que la voix suraiguë d'Estelle sature l'écouteur :

— Cosmic Mama, Camellia à votre écoute, bonjour !

— Estelle, c'est Betty.

Un blanc, une seconde d'hésitation. Puis une exclamation de surprise, proche de l'extase.

— Betty, ma poule ! Ça gaze ?

— Ça va, et toi ?

— Di-vi-ne-ment bien ! Je nage en plein bonheur, tu n'imagines pas ! Le divorce vient d'être prononcé, je me suis remise à baiser, c'est le pied ! Toi, en revanche, je t'ai connue plus guillerette !

Betty se sentit sourire. On aurait dit qu'elles s'étaient parlé la veille.

— Non, ça va…

— « Non, ça va ! » *Think positive*, chérie. Je ne t'ai donc rien appris ? C'est ton journaliste qui te fait des misères ?

— Pas journaliste, rédacteur en chef.

— « Rédacteur en chef », pardon ! Plus yuppie que hippie, hein ? Bravo ma biche, tu t'es dégotté un parfait produit des années quatre-vingt !

— Tu milites toujours pour réhabiliter les sixties, à ce que je vois…

— Plus que jamais ! Je n'ai pas ma place dans une décennie où le Dieu Dollar a remplacé l'Amour et la Spiritualité et où une blondasse décolorée fait l'apologie des *material girls*. Et toi, ma poule, quoi de neuf ? Raconte !

Betty fit claquer sa langue contre son palais. La conversation allait prendre un virage brutal. Elle aurait préféré appeler dans d'autres circonstances, mais elle savait qu'Estelle ne lui en tiendrait pas rigueur.

— Ils sont revenus, Estelle. Les fantômes.

La voix haut perchée de son amie dégringola dans les graves :

— Merde. Toujours les mêmes terreurs nocturnes ?

— Entre autres…

— Tu vois quelqu'un en ce moment ?

— Non. Pas depuis que je me suis installée ici.

— Laisse-moi deviner : la thérapie verte ? Tu ne t'es jamais sentie aussi vivante que depuis que tu vis à la campagne ? J'ai déjà entendu ce refrain, chérie, ça ne marche pas. Il y a eu un élément déclencheur ?

Betty lui planta rapidement le décor : la disparition mystérieuse de Shawna, la coupure de courant chez Rick, son accès de terreur irraisonné quand il l'avait surprise dans l'entrée. Elle évoqua aussi les problèmes financiers de son amant avec le journal et son incroyable façon de lui faire l'amour.

— Et tes… petites manies ?

— Ça s'est arrangé.

— Arrangé, ou simplement atténué ?

— Je ne dors plus la lumière allumée, si c'est ta question.

— Je ne parlais pas de ça, chérie. Je parlais de tes TOC.

— Ce ne sont pas des TOC !

— Betty, quand je t'ai rencontrée, tu avais des comportements obsessionnels, des troubles anxieux, une phobie du noir et une peur panique à l'idée de perdre le contrôle… C'est du TOC caractérisé !

Betty soupira. Sa main se crispa sur le combiné.

— Ça arrive encore, oui.

— Et tu le gères comment ?

— C'est bien le problème : je ne le gère pas. Ça me paralyse.

— Merde. C'est à quel point ?

— Au point de me sentir complètement conne, lui confessa Betty après une brève hésitation. Au point que j'ai parfois envie de m'arracher la tête pour arrêter de cogiter… Bon Dieu, Estelle, j'en peux plus !

Sa gorge se serra et elle éclata en sanglots.

— Voilà, on y arrive, se réjouit Estelle avec une pointe d'ironie bienveillante dans la voix. Allez, ma chérie, laisse sortir ce que tu as sur le cœur.

Ce fut comme un déclic, tout à coup. Les dernières résistances de Betty volèrent en éclat et son trop-plein émotionnel se déversa dans un flot de larmes :

— Je ne contrôle plus rien, Estelle ! Je n'y arrive plus. Chaque jour est une nouvelle défaite. Même quand j'essaie, c'est plus fort que moi, j'ai l'impression que tout m'échappe. J'ai peur, sans arrêt, tout le temps ! Ce truc, c'est… ça me poursuit depuis trop longtemps. Et le pire, c'est que je n'arrive même pas à mettre des mots dessus, je… Et maintenant… maintenant qu'il y a Rick, c'est… je me demande tous les jours à quel moment il va me plaquer… à quel moment il va finir par se rendre compte que je suis complètement dépressive. Et cinglée, avec ça ! On couche ensemble depuis treize mois et…

— Chérie, tu ne crois pas que ça pourrait avoir un rapport avec lui ?

— Un rapport… ?

— Tu as dit « on couche ». C'est pas la vision la plus romantique d'une histoire d'amour…

Betty tiqua, une fois de plus. Elle reprit son souffle, puis répondit d'une voix chevrotante :

— C'est… c'était un lapsus. Mon passé qui me revient en pleine face dès que je parle avec toi. (Elle gloussa, entre deux sanglots.) Les souvenirs de la grande époque, Betty Adams la cinglée, premier rôle de « la parenthèse enchantée ».

— C'était en… quoi… ?

— En 1978, après ma séparation avec Troy.

— Exact ! Certains soirs, tu te tapais plus de mecs que ce que je me suis fait pendant tout ce putain de *Summer of Love*. Mais Betty, on s'égare…

— Ça va, y a pas de mal à évoquer le passé…

— Sauf quand c'est pour occulter le présent. Revenons à tes angoisses.

— Ah oui, pardon, madame Camellia : mes angoisses !

Estelle siffla entre ses dents, comme pour dissiper toute nouvelle digression.

— Tu n'as jamais pensé que ça pouvait avoir un rapport avec lui ?

— Avec Rick ? En quoi ce serait lié ?

— Tu ne t'engages pas. Tu flippes pour un rien. Tu préfères t'occuper de ses problèmes que des tiens. Ton rédacteur en chef cristallise tes angoisses, c'est évident !

— Je ne vois pas où tu veux en venir…

— Tu fuis, Betty. Ça fait des années que tu fuis. On en a déjà parlé, on ne parlait même que de ça, à un moment ! Tu as peur qu'on s'attache à toi, parce que, inévitablement, tu sais qu'on essaiera de te percer à jour. Et rien ne te terrifie autant que la vérité. Toutes les réponses sont planquées au fond de ton placard, chérie, et ta plus grande crainte, c'est que quelqu'un vienne fouiller dedans. C'est ce qui se passe aujourd'hui : tu cherches à éloigner ton mec en portant les fringues d'une autre… pour éviter de lui montrer les guenilles miteuses qui prennent la poussière dans tes vieux tiroirs.

Betty soupira. Estelle était une redoutable psychologue.

— Chérie, tu ne t'en sortiras pas tant que tu ne seras pas prête à affronter tes démons. Et personne d'autre que toi ne peut t'aider. Alors mets le nez dans le putain de placard de ta chambre de gosse, trouve-le et fais-lui la peau, à cet enfoiré de monstre ! Fous tes tripes – et les siennes – sur la table !

— Je sais, Estelle… Je sais…

Betty renifla bruyamment et rejeta la tête en arrière. Ses yeux accrochèrent le rond de lumière au plafond.

— La première chose à faire, et tu vas t'y mettre dès demain, c'est d'arrêter de te soucier des problèmes des autres. La gamine disparue, on la retrouvera. Le journal de ton Rick, eh bien… si ça ne fonctionne pas, vous élèverez des chèvres. Mais pense à toi. Sois un peu égoïste, bordel ! Tu te…

Betty lui coupa brutalement la parole, ayant entendu sonner :

— Euh… Estelle, excuse-moi. On… on sonne à la porte. Je te rappelle !

Elle raccrocha, s'essuya les joues et se leva, un peu groggy. La fin de la conversation avait été pour le moins abrupte. Estelle lui aurait sans doute dit qu'elle esquivait, si elle en avait eu le temps. C'était peut-être vrai. Pourtant, en son for intérieur, Betty savait que son amie ne lui en voudrait pas. Elle la rappellerait peut-être demain, peut-être dans un an. Qui sait ?

Un éclair bleuté vint lui cogner la rétine à travers la fenêtre du vestibule. Elle traversa le salon et alla ouvrir, légèrement inquiète. Une jeune femme en uniforme marron s'encadra dans l'embrasure de la porte.

— Mademoiselle Adams ? Shérif du comté. Vous avez un instant ?

Betty eut un mouvement de recul instinctif. Plus tard, quand elle y repenserait, elle se dirait que cette réaction lui avait été dictée par l'aplomb frondeur de la jeune femme, qui laissait à penser qu'elle détenait déjà toutes les réponses aux questions qu'elle était venue poser.

— C'est au sujet de la disparition de Shawna Twitchell.

La précision, inutile, eut le don d'irriter un peu plus Betty. Quant à l'air inquisiteur de la jeune femme… est-ce qu'on leur apprenait à porter ce genre de masque à l'école de police ? Elle avisa le nom sur son badge : « GRANT ».

— Bien sûr.

Betty parvint à se fabriquer un sourire et s'effaça pour laisser entrer la shérif adjointe. En s'installant avec elle dans le salon, elle eut un regard de regret pour son téléphone, se maudissant intérieurement d'avoir congédié Estelle.

6

— Non, Logan ! Arrête ! J'ai dit non !

— Allez, bébé… S'il te plaît.

— Non, on est déjà allé trop loin !

Alice se redressa et reboutonna son jean. Deux ronds rouges piquaient ses pommettes, son chemisier ouvert dévoilait son soutien-gorge. Logan la regarda faire, le cerveau en ébullition. Il aurait tout donné pour pouvoir la toucher, la goûter. Rien ne lui semblait plus important que son contact en cet instant.

— Mais j'en crève d'envie, bébé…

Elle releva la tête et posa sur lui des yeux brillants.

— Je sais, mais on ne peut pas…

Elle avait un brin d'herbe sèche dans les cheveux, Logan l'en retira avec douceur et en profita pour lui voler un baiser. Alice se laissa faire, mais se tendit quand il glissa ses doigts près de la zone interdite où ils s'étaient aventurés quelques secondes plus tôt.

— Arrête… Il ne faut pas.

Elle se dégagea de son étreinte, referma son chemisier. Logan se laissa tomber en arrière, le souffle court.

Ils étaient installés au milieu d'un tapis d'herbes hautes, quelque part entre Duncan's Creek et Boulder, en surplomb de la vallée. De jour, la vue était spectaculaire des hauteurs : une vaste étendue de roche et de pinède, où les ocres côtoyaient le vert profond de la végétation sur des kilomètres. Par temps clair, le relief du parc national de Capitol Reef se profilait même à l'horizon. Un paysage qui paraissait figé depuis la nuit des temps.

Logan contempla le ciel piqué d'étoiles. L'éclairage intérieur de la Buick, garée quelques mètres plus haut, donnait ce qu'il fallait de clarté pour éloigner la nuit et les moustiques. La seule autre source lumineuse provenait de deux petites bougies plantées de guingois sur une charlotte aux framboises. Les bougies de leurs deux mois ensemble.

— Je t'aime, Alice, c'est pour ça que j'ai envie qu'on le fasse.

La jeune femme se serra contre lui, ravivant le désir qui consumait Logan.

— Je t'aime aussi, et c'est pour ça que j'ai envie d'attendre, dit-elle tout bas.

Un insecte passa près d'eux en bourdonnant. Alice se rapprocha encore.

— Et puis, cette maladie dont tout le monde parle en ce moment, le sida… Ça me fait peur.

— On ne craint rien si on se protège.

— N'empêche, on ne sait jamais. Je préfère encore attendre.

Mais Logan, lui, en avait assez d'attendre. Il avait l'impression d'avoir attendu toute sa vie.

— Tu es tout pour moi, tu le sais, ajouta Alice d'une voix douce. Tu es mon homme, mon amour. Tu seras mon amant bien assez tôt.

— J'adore t'entendre dire ça. J'aimerais t'entendre le dire toute ma vie…

À cette seule pensée, une onde de chaleur se diffusa dans le bas-ventre du jeune homme. Son corps lui parut tout à coup trop petit pour contenir tout l'amour qu'il ressentait pour sa petite amie, et il étira ses membres aussi loin qu'il le put, comme pour lui faire de la place. Alice se glissa dans le creux de son épaule. Elle effleura son cou du bout de son nez, son souffle caressa sa peau.

— Qu'est-ce qu'il y a ? Tu as l'air soucieux, murmura Alice, le voyant se rembrunir.

Le jeune homme se frotta les yeux, comme tiré d'un rêve profond. L'image du corps désossé de Rory Twitchell venait de lui revenir en mémoire. L'aurait-il voulu, il n'aurait pas été en mesure de mettre des mots sur ce que lui avait inspiré sa découverte de la veille. Le souvenir était trop sale, il avait souillé son âme. Pénétrer dans l'antre de ce taré de Gillespie avait été comme se livrer à un acte sexuel non consenti. Visqueux, dégoûtant. Il prit le parti de mentir :

— Je suis crevé. La journée a été longue…

— Tu veux dormir un peu ?

— Là, contre toi ? Tu parles, si je veux !

Alice s'enroula dans ses bras et tira un coin de couverture sur eux. Il faisait doux, mais la terre encore humide de l'orage de la veille exhalait de petits soupirs de fraîcheur.

Ils regardèrent le ciel étoilé en silence, jusqu'à ce que l'estomac de Logan émette une protestation qui les fit éclater de rire.

— Tu es sûr que tu ne veux rien manger ? demanda Alice.

— Non, je crois que je ne pourrai rien avaler.

— C'est Gilles qui a fait la charlotte, je suis sûre qu'elle est délicieuse.

— Ton cuistot, là ? Le Français ?

— Oui.

— On la garde pour plus tard, OK ?

— D'accord… répondit Alice avant de s'interrompre. C'était quoi, ça ? Elle releva la tête et regarda derrière elle, tendue. Quelques lucioles trouaient l'obscurité, en dehors de ça, rien ne bougeait.

— Tu as entendu quelque chose ?

Alice secoua la tête et se coula à nouveau contre lui.

— Sûrement un animal sauvage, dit Logan. T'inquiète, bébé, je suis là pour te protéger.

Lovés sous la couverture, ils s'abandonnèrent à l'instant. Minuit approchait et la fatigue gagnait, mais ni l'un ni l'autre n'avait envie de rentrer. La nuit était à eux, elle semblait ne jamais devoir finir. Les chouettes et les grillons avaient uni leurs chants pour les bercer de leur complainte nocturne.

— Tu crois qu'elle va bien ? demanda Alice après un moment.

— La petite Shawna ? Je sais pas, bébé. J'espère.

— Elle est peut-être toute seule, pas très loin d'ici. Ça me terrifie de savoir qu'on ne peut rien faire.

— Les recherches continuent. Il faut garder espoir.

Alice perçut une note de contrariété dans la voix de son petit ami. Elle lui dit, avec douceur :

— Je sais que ça te démonte de ne pas être là-bas, avec les autres. Mais tu as fait ce que tu pouvais.

— Non, pas vraiment.

Un ange passa.

— Et si quelqu'un lui avait fait du mal ?

— Pense pas à ça, bébé.

Logan pressa ses lèvres sur sa tempe. Son cœur s'était mis à battre plus fort, mais son esprit était ailleurs. Il aurait donné n'importe quoi pour participer aux recherches, c'est vrai. Pour avoir la chance, peut-être, d'aider à sauver une vie… Ça ne rachèterait en rien ses erreurs de jeunesse, ça ne rendrait pas la vue à l'homme qui l'avait perdue par sa faute, mais ça l'aiderait peut-être à se regarder dans le miroir.

— Saleté de suceur de sang ! s'exclama Alice en se donnant une claque sur le bras, tout à coup.

Logan ricana et claironna, d'une voix caverneuse :

— « *The midnight hour is close at hand*

Creatures crawl in search of blood…[1] »

Alice laissa échapper un petit rire plus contraint qu'amusé.

— « *It's close to midnight and something evil's lurking in the dark*

Under the moonlight you see a sight that almost stops your heart[2]. »

Logan se mit sur ses genoux, poitrine bombée et yeux révulsés. Levant les mains au-dessus d'Alice, les

1. *Minuit approche / Des créatures rampent à la recherche de sang…*

2. *Minuit approche et le mal est tapi dans l'ombre / Sous le clair de lune tu aperçois quelque chose qui te fige le cœur* (Michael Jackson, « Thriller »).

doigts tordus en forme de griffes, il fondit sur elle toutes dents dehors.

— Arrête, c'est pas drôle ! gloussa-t-elle en battant vainement des mains pour l'empêcher de la mordre.

Il rejeta la tête en arrière et éclata d'un rire diabolique, à glacer le sang, imitation parfaite de celui qui clôturait la chanson « Thriller ». Recroquevillée sur la couverture, un pied dans la charlotte, Alice hésitait entre effroi et hilarité. Logan la fixa quelques secondes avant d'écarquiller les yeux, comme touché par une vision divine. Puis il lâcha un dernier râle souffreteux et tomba en avant, raide mort.

Écrasée sous sa poitrine, Alice poussa un cri affolé.

— Mon ange, tu m'étouffes ! Relève-toi, j'arrive plus à respirer !

Il ne bougea pas d'un pouce.

— Allez, arrête ! C'est pas drôle ! Tu me fais peur !

Un hoquet monta dans sa gorge, en même temps que le goût salé des larmes. La panique s'empara d'elle, ses membres s'engourdirent. Alors qu'elle tentait de se déporter sur le côté, elle sentit une main se poser sur sa hanche. Elle poussa un hurlement.

— Au secours ! Aidez-moi !

Elle se sentait prête à pleurer, maintenant, et c'est à ce moment-là que Logan se souleva, hilare, pour se tordre de rire devant son expression hébétée.

— « Au secours, à l'aide ! » Si tu t'étais vue, bébé !

Alice envoya son pied dans sa cuisse.

— T'es vraiment con, des fois !

— Je suis… désolé, bébé… mais c'était… trop drôle !

Alice se leva, le visage fermé, et commença à rassembler ses affaires. Logan finit par se ressaisir.

— Allez, bébé, c'est rien, dit-il en l'attrapant par la main. Excuse-moi…

Les doigts d'Alice se refermèrent sur les siens. Elle se mit à les serrer très fort.

— Tu entends ça ? souffla-t-elle. C'est bizarre…

— Quoi ? Les morts-vivants qui rampent dans l'herbe ?

Alice se figea.

— Ça ne me fait pas rire…

Comprenant que l'heure n'était plus à la plaisanterie, Logan se mit debout. Il le sentait, lui aussi : quelque chose avait changé autour d'eux. Il scruta l'obscurité en silence. La muraille de sapins derrière eux. Le gouffre sombre de la vallée. Les herbes hautes qui frémissaient.

— Qu'est-ce que c'est ?

— Tu n'entends pas ?

— Quoi ?

— Rien, justement. Il n'y a plus un bruit…

Leurs doigts s'enroulèrent si fort que leurs phalanges blanchirent. Les animaux nocturnes s'étaient tus. Le calme leur parut subitement plus angoissant que les bruissements incertains de la nuit.

— Ça me fait flipper, mon ange. On…

— Chut, écoute !

Alice tendit l'oreille, tous ses sens en éveil. Elle perçut un ronflement sourd et lancinant, venu de loin. Le bruit se rapprochait.

— C'est quoi ? chuchota-t-elle, se collant à Logan.

— Je sais pas… On dirait… une grenouille ?

Tournant la tête vers lui, elle le vit qui gonflait les joues en se mordant les lèvres pour ne pas éclater de rire. Le son provenait de sa gorge. Alice allait le tancer quand un craquement de branche les fit sursauter.

— Y a quelqu'un ? lança Logan, soudain sérieux.

Il ne reçut d'autre réponse qu'un bruit de feuilles écrasées. Un geignement s'échappa de la gorge d'Alice, qui fixait quelque chose près de la voiture.

— Hé ! appela Logan. C'est qui ?

Il fouilla les ténèbres du regard, tendu comme un arc, essayant de distinguer une présence dans le halo diffusé par la Buick.

— Sors de là ! Sors de là ou…

Son souffle se bloqua. Une silhouette se faufilait entre les sapins, à une vingtaine de mètres d'eux. Pas très grande, indistincte, mais assurément humaine. Alice lui broya la main.

— Hé, je t'ai vu, connard !

Logan voulut s'élancer en avant, mais l'ombre s'était volatilisée.

— On se tire ! décréta-t-il en emballant à la hâte les restes de leur repas dans la couverture.

Ils se mirent à gravir la pente au petit trot, l'un derrière l'autre.

— C'est lui, ça ne peut être que lui, haletait Alice.

— De qui tu parles ?

— Il s'est caché derrière les arbres, il nous attend… Dès qu'on sera arrivés à la voiture, il va nous faire la peau…

— Calme-toi, bébé, l'enjoignit Logan.

— Je ne reverrai jamais ma mère, ni mon petit frère… Je ne veux pas mourir si jeune, j'ai encore trop de choses à vivre !

Alice devenait incohérente, et Logan, qui la tirait par la main sans se soucier de savoir si elle suivait, fit halte à mi-chemin pour essayer de la rassurer.

— Y a personne, il est parti !

Il planta ses yeux dans les siens. Ils étaient injectés de sang.

— Je n'aurai plus de pensées impures, continua Alice, sourde à ses suppliques, je jure que si on s'en sort, je n'aurai plus jamais de pensées impures !

— Putain, Alice ! Calme-toi !

Logan la saisit par les épaules et la secoua légèrement, juste ce qu'il fallait pour la faire atterrir. Elle leva la tête et laissa mourir sa voix dans un hoquet. Elle était au bord des larmes.

— C'est fini, bébé. C'est fini.

Ils s'engouffrèrent dans la voiture. Logan démarra pied au plancher et alluma les pleins phares, éclaboussant la voûte des arbres d'une lumière diablement réconfortante.

— C'était lui, tu crois ? demanda Alice après quelques mètres.

— Lui qui ?

Elle déglutit, mais les mots refusèrent de sortir.

— Tu veux dire… le salaud qui aurait fait du mal à Shawna ?

Alice hocha la tête.

— Non, bébé, c'était sûrement un gosse venu se rincer l'œil. Rien de plus.

Moins de quinze secondes plus tard, ils rejoignaient la route 12 après une courte succession de lacets. Une piste de terre, sur leur droite, gravissait la montagne entre les sapins.

— C'est le chemin vers le cirque de Chochmingwu, non ? demanda Alice.

— Je sais pas.

Elle resta silencieuse un instant. Logan posa la main sur sa cuisse ; elle tremblait comme une feuille.

— Peut-être qu'il allait à la Gorge du Diable, hasarda-t-elle.

— La Gorge du Diable ?

— Tu n'en as jamais entendu parler ?

— Non, c'est quoi ?

— Un endroit où les gosses vont se défouler. Une sorte de hurloir géant… Ma sœur y allait avec ses copines quand Mme Kendrick les martyrisait à l'école. Elle disait que ça leur permettait de se venger.

Logan quitta un instant la route des yeux.

— Se venger ? Mais comment ?

Alice haussa les épaules, comme pour s'excuser par avance de l'énormité qu'elle allait proférer.

— Apparemment, avec l'aide des esprits de la montagne…

7

Minuit approchait. La nuit entrait dans ce qu'elle avait de plus profond, de plus obscur. *Tokpa*, l'heure où tout espoir devenait vain.

L'homme remonta sa capuche sur ses oreilles. Le tapis d'épines qui bruissait faiblement dans son sillage évoquait le crissement feutré de la neige en hiver.

Il avait fait une longue marche à travers la montagne. Un temps, il avait pensé qu'il n'y arriverait pas ; son messager avait eu du retard. Il n'avait eu que faire de ses explications, qu'il avait balayées d'une gifle dans le vide.

L'homme souffla bruyamment et ajusta la prise sur son épaule. Les animaux s'étaient tus, comme pour accompagner la levée de son chargement sacré. Même les moustiques se tenaient à distance. Sur ces terres, toute vie était liée à son destin. Un cœur immense que chaque veine, chaque valve de la nature aidait à faire battre. Mais un cœur de pierre.

La forêt s'épaissit, tel un dernier rempart avant la terre promise. Il y était presque. Le terrain allait s'aplanir, de petits amas d'étoiles crèveraient le plafond végétal, puis il y serait. Il ne connaissait pas la peur, pourtant, son cœur s'accéléra à l'approche de la clairière.

L'ombre se dissipa pour dévoiler le noyau tant attendu. D'un blanc d'os, il semblait capter la pâleur de la lune.

L'homme resta en dehors du premier cercle, récita une prière. Enjamba la chaîne de roches émiettées. Stoppa un mètre plus loin pour une nouvelle prière. Passa au cercle suivant, et ainsi de suite jusqu'à atteindre le cœur du noyau. Le centre de son monde.

La mare, pas plus large qu'une grande flaque, lui renvoya son reflet quand il se pencha en avant : traits burinés, cheveux d'aigle, des yeux comme deux éclats de lave. L'homme vida le contenu du sac au fond de l'eau, indifférent à l'odeur de pourriture. On ne se détournait pas du berceau du monde.

Il releva la tête, s'essuya le front. Scruta la barrière sombre qui encerclait la clairière d'un œil réduit à un simple trait. Personne.

L'homme enroula le sac sur lui-même, susurra une dernière litanie entre ses dents gâtées, puis retourna d'où il était venu.

CHAPITRE V

1

Duncan's Creek avait la gueule de bois. C'était la veille de l'été et la chaleur allait atteindre des sommets. À 9 heures, le mercure flirtait déjà avec les vingt-cinq degrés. Au plus chaud de la journée, il dépasserait allégrement les quarante. Le vieux Moe Freeman déclarerait plus tard qu'on n'avait pas connu pareille fournaise depuis la fin du XIXe siècle, ce que personne ne viendrait contredire, dans la mesure où il était l'unique survivant de cette époque.

Lorsqu'ils mirent le nez dehors aux petites heures de l'aube, la plupart des habitants du village affichaient la mine des mauvais jours – traits bouffis de sommeil, teint terne et humeur morose. Les gens avaient mal dormi, et la météo n'était pas seule en cause.

Shawna Twitchell n'était toujours pas reparue. Deux nuits qu'on était sans nouvelles d'elle, délai que tout le monde s'accordait à juger inquiétant. L'espoir de la retrouver vivante s'amenuisait d'heure en heure et les conjectures allaient bon train au sein de la communauté. Fugue, accident, enlèvement… Les hypothèses ne manquaient pas. Les pistes, si.

La veille, les recherches avaient rassemblé jusqu'à quatre-vingt-dix personnes. Hommes, femmes, adolescents : tout le monde s'était uni dans un bel élan de solidarité. Ensemble, les volontaires et les forces de l'ordre avaient arpenté la forêt et quadrillé chaque parcelle de terrain, traquant la fillette comme du gibier. Des alpinistes chevronnés avaient été appelés en renfort pour inspecter les crevasses et les parois rocheuses en milieu d'après-midi.

La battue s'étendit aux communes voisines dès le lever du soleil, ce jeudi-là. On dragua les trous d'eau, les étangs, les gravières. Des plongeurs professionnels sondèrent le Reservoir. Puis ce fut au tour des équipes cynophiles et des hélicoptères d'entrer en action. À 8 heures, tout ce que la région comptait de gardes forestiers, de chasseurs et d'alpinistes avait rejoint les équipes de secours et les volontaires locaux.

Malgré une intensification de l'effort, le sentiment prédominant était l'abattement. Les premières bougies s'étaient allumées la veille au soir sur les rebords des fenêtres. Comme l'espoir ne suffisait plus, on en appelait à Dieu.

Une conférence de presse fut tenue par le shérif Hughes peu avant 9 heures. Il déclara que les recherches se poursuivraient aussi longtemps que nécessaire. Les équipes allaient ratisser la moindre parcelle de terrain dans un rayon de vingt kilomètres et finiraient par retrouver Shawna Twitchell. Ce n'était qu'une question d'heures, selon lui. Parallèlement, l'enquête suivait son cours. Tous les témoins et les proches avaient été entendus.

Les stations de radio et de télé locales relayèrent les informations par le biais de bulletins réguliers. Les journalistes de la presse à scandale, attirés par l'odeur de soufre, ne tardèrent pas à débouler eux aussi. Vers

9 heures et demie, KPLD fut la première à rapporter que le FBI venait d'entrer en scène. Une seule chaîne évoqua les trois autres mystérieuses disparitions d'enfants survenues dans la région au cours des deux dernières décennies.

À 10 heures, le maire annonça que l'école de Duncan's Creek ne rouvrirait pas ses portes avant la rentrée. L'arrivée anticipée des grandes vacances ne fit pas que des heureux. Si les enfants, dans leur ensemble, accueillirent la nouvelle dans une explosion de joie, d'autres se trouvèrent pris de court et durent composer comme ils le purent avec ce nouveau calendrier.

Paula Roberts, l'assistante d'éducation qui secondait l'institutrice, fut pour le moins contrariée de ne pouvoir faire un dernier adieu aux élèves avant sa retraite, qui prenait effet le lendemain soir.

Phil Baldwin, qui était dans une bonne passe et avait décidé de se lever ce matin-là, dut réquisitionner sa fille aînée, Sam, pour s'occuper de sa petite sœur pendant qu'il se rendait à la maison de correction de Richfield pour une visite médicale de contrôle.

Ben McCombs, Jr., élève de cinquième, enragea de ne pouvoir accéder à son casier, dans lequel il avait laissé des barres chocolatées et les revues érotiques qu'il avait volées dans un tiroir secret de l'établi de son père, et dont il comptait faire bon usage pendant l'été.

Betty Adams passa le début de la matinée à ranger la salle de classe, un brin mélancolique, se demandant si la petite Shawna retrouverait à la rentrée prochaine la chaise en bois qu'elle avait personnalisée d'un dessin à son nom. Quand elle donna le dernier tour de clé à la porte de l'école, l'institutrice faillit se mettre à pleurer. Elle avait vraiment les nerfs à fleur de peau depuis quelques jours…

Dans les rues, l'agitation était à son comble, en rupture totale avec l'habituelle torpeur estivale. Les camionnettes de la télévision et les véhicules de police jouaient d'habileté pour éviter la foule des grands jours, agglutinée en grappes sur les accotements. À 10 heures et demie se forma le premier embouteillage qu'ait jamais connu la portion de la route 12 traversant Duncan's Creek. Un troupeau de vaches, effrayé par le vrombissement incessant de l'hélicoptère qui survolait le village, s'était échappé d'un pré, barrant l'accès à la Boulder Mountain. Jake Dickinson, sur son Cannondale SM500, se faufila avec insouciance entre les pare-chocs, tout à la joie de se rendre à la ferme des Jones avec quelques heures d'avance.

La chaleur aidant, les esprits commencèrent à s'échauffer, rompant là encore avec l'harmonie qui caractérisait la communauté.

Gina Carozzo s'en prit violemment à Michelle DeSoto, la femme du maire, quand cette dernière, trop occupée à colporter quelque ragot bien croustillant, laissa son chien s'échapper entre les roues de sa Pontiac. Il n'y eut pas de blessés, mais l'incident se solda par un pneu crevé dans une ornière que les services municipaux n'avaient pas pris soin de reboucher. Gina monta au créneau en accusant le maire de ne pas faire son travail, l'affrontement tourna au règlement de compte et donna lieu à une passe d'armes de haute volée.

Plus tard, ce fut au tour du père Simunek de subir les foudres de Martha Hodge. La vieille dame lui tomba dessus quelque part entre le rayon des produits ménagers et la gondole des céréales en promotion du City Market. Elle reprocha au prêtre son manque de réactivité, arguant qu'une messe devait être organisée en soutien à Mandy Twitchell, et vite, afin que tout le monde unisse ses prières pour le salut de sa petite fille.

Betty Adams fut elle aussi victime du vent d'hostilité qui soufflait sur Duncan's Creek. S'engageant sur le parking du Beth's Roadhouse Grill, un peu après 10 heures, elle croisa Winnie Dickinson et Shirley Hoffmann qui taillaient une bavette de portière à portière. Les deux femmes la toisèrent d'un regard en biais qui encouragea l'institutrice à aller garer la Coccinelle à l'arrière du restaurant. Puis, indifférente aux deux mégères, Betty alla rejoindre Rick à l'intérieur.

2

— Jim n'est pas encore arrivé ?

— Si, il est là, en face de moi. Il a mis son costume d'homme invisible.

Betty secoua la tête d'un air consterné et s'installa en face de son amant. Il esquissa un baiser discret du bout des lèvres et se mit à rire.

— Détends-toi, ma puce, avec tout ce cirque, on passera incognito aujourd'hui.

— Pas sûr, répondit Betty. J'ai croisé les deux mégères en chef sur le parking. La mère Hoffmann m'a regardée comme si elle venait d'apprendre que je voulais lui piquer son mari.

Un sourire joua sur les lèvres de Rick derrière sa barbe un peu trop fournie. Il commençait à ressembler à un homme des cavernes, ce qui n'était pas pour déplaire à Betty.

— Laisse-les dire. N'oublie pas que dans quelques mois, ce sont elles qui nous feront vivre…

— Que tu crois ! Ton journal a beau être promis au succès, il ne rivalisera jamais avec leurs langues de vipères…

Betty détourna le regard, attirée par un carton à dessin sous le coude de Rick. Elle se pencha vers lui, sourcils froncés.

— C'est ta une ?

— Ça ? Euh… oui… c'est une ébauche…

Betty écarta son coude pour libérer le carton. Son expression se délita quand elle découvrit l'épreuve.

— Comment tu as eu cette photo ?

— Par Paula Roberts, répondit Rick, penaud.

— Tu ne manques pas d'air, de balancer cette pauvre gamine en une de ton journal ! C'est tout ce que tu as trouvé pour éponger tes dettes ?

La saillie était sortie sans qu'elle puisse la retenir. Rick avança une main vers elle, mais Betty se déroba.

— Ma puce…

— Ah non, n'essaie pas de m'attendrir, hein !

— Betty, s'il te plaît… Comment… comment peux-tu imaginer une seconde que je consacre ma une à Shawna Twitchell dans un but lucratif ? Pense à la visibilité que cette photo va apporter aux recherches. Tu te souviens de Kevin Andrew Collins, ce gosse disparu l'année dernière ? On a collé son visage en couverture de *Newsweek* et sur les packs de lait à travers tout le pays. Il y a eu une vraie mobilisation autour de sa disparition et…

Betty desserra les dents et lâcha, dans un jappement incontrôlé :

— … et on ne l'a jamais retrouvé !

— C'est vrai, mais on a sensibilisé l'opinion avec cet événement, les gens sont devenus plus attentifs. Si on fait ce qu'il faut, si tout le monde se mobilise, on retrouvera Shawna, crois-moi !

Beth vint se planter près d'eux pour prendre la commande de Betty. La tension retomba, le temps d'un instant.

— Tu me crois ? demanda Rick dès qu'ils furent à nouveau seuls.

— Oui, oui, répondit Betty un peu trop sèchement. Je suis désolée, je… je ne suis pas dans mon assiette, aujourd'hui.

— Tu as mal dormi ?

— J'ai connu mieux. Et puis, j'ai eu de la visite hier soir. Une adjointe du shérif.

— Oui, je sais. Elle est passée à la maison. Je lui ai dit que tu étais chez toi.

Betty écarquilla les yeux.

— Elle est passée me voir… chez toi ?

Rick acquiesça.

— Je te parie que c'est cette garce qui l'a rencardée, s'indigna Betty en jetant un œil par la fenêtre. Peut-être son fils qui nous a surpris…

— Cody ? Il travaille pour moi depuis un mois seulement, comment veux-tu qu'il… ?

— Je ne sais pas… (Betty soupira.) Parfois, tous ces petits jeux de dupes me fatiguent.

Une étincelle de malice jaillit du fond des prunelles de Rick. Il se pencha au-dessus de ses œufs brouillés et murmura, le plus naturellement du monde :

— Betty… Viens vivre chez moi.

— Vivre… quoi ? balbutia Betty, prise de court.

— Tu l'as dit toi-même : tout finit toujours par se savoir. Pourquoi continuer à nous cacher ?

Son regard débordait d'une telle détermination que Betty dut détourner les yeux.

— Les racontars, les cachotteries, les allers-retours au milieu de la nuit : ras-le-bol ! déclara Rick avec la verve d'un politicien en campagne. Tu devrais venir t'installer chez moi, ma puce. Et puis, je n'ai plus envie de te voir partir le soir, comme hier. Je ne peux pas me contenter de t'avoir quatre heures par jour. Je veux plus.

Betty ouvrit la bouche pour lui répondre, mais ne parvint pas à trouver les mots. Comment lui expliquer que leur mode de vie lui convenait très bien tel qu'il était ?

— Tu nous imagines vraiment sous le même toit, alors que tu n'es pas encore divorcé ?

Rick hocha la tête, son sourire à la Harrison Ford fiché au coin des lèvres. Elle détestait quand il prenait cet air, comme s'il voulait lui jeter son charme à la figure.

— Tout le monde ne sera pas de ton avis, je suis au regret de te le dire…

— On s'en fout ! Vivons pour nous, pas pour les autres !

Rick pivota subitement sur sa chaise, surpris par l'ombre de Beth dans son dos. La restauratrice toussota, visiblement embarrassée, et déposa le petit déjeuner de Betty sur la table.

— Ce n'est pas un « non », j'espère ? murmura Rick.

— Disons plutôt que ce n'est pas un « oui ».

Betty s'efforça de ne pas ciller, craignant qu'il ne devine une réponse qu'il n'avait pas envie d'entendre. Depuis des années, elle repoussait la dépression en se forçant à rester positive. Si elle fuyait, aujourd'hui encore, c'était de peur que le quotidien ne la rattrape, qu'il ne l'amène à baisser la garde.

— Ça a le mérite d'être clair, laissa tomber Rick, la mine défaite.

Betty eut un regard par-dessus son épaule.

— Voilà Jim, dit-elle tout bas, un peu gênée mais soulagée de pouvoir passer à autre chose. On en reparle plus tard.

Le médecin, qui venait d'entrer dans la salle, leur fit un signe de la main.

— Il t'a dit pourquoi il voulait nous voir ? s'enquit Betty.

La réponse de Rick fut lapidaire : un « non » lâché dans sa barbe, aussi rugueux que du papier de verre.

— Désolé pour le retard, s'excusa Jim en venant s'installer à leur table. C'est un vrai bazar, là dehors !

Il resta en arrêt un instant, ayant perçu un malaise.

— Tout va bien ?

Rick et Betty acquiescèrent. Un sourire fané se dessina sur les lèvres du médecin, mais il ne monta pas jusqu'à ses yeux. Il n'y alla pas par quatre chemins :

— On a un problème.

— Un problème ? De quel genre ? demanda Rick.

— Du genre gros problème.

— Racontez.

Jim s'éclaircit la gorge et se pencha en avant, menton rentré dans le cou et arcade sourcilière levée à la manière d'un agent secret dans un film d'espionnage.

— Betty, vous vous rappelez notre discussion de mardi soir chez Mandy Twitchell ? Les propos du gamin Hoffmann sur Arlin Gillespie ? Eh bien, je suis passé chez lui hier. Une intuition… J'ai embarqué le jeune Momsen avec moi et… on a réussi à entrer dans son sous-sol.

— Vous vous êtes introduits chez Gillespie ? fit Rick, stupéfait.

— Quoi, tu aurais voulu que j'aille frapper à sa porte pour lui demander sa permission ?

Il les regarda tour à tour avec gravité. Betty sentait que le médecin n'était pas venu avec de bonnes nouvelles. Un signal d'alarme monta sous son crâne.

— On… on a trouvé quelque chose.

D'un rapide coup d'œil, Jim s'assura que personne n'écoutait.

— Un corps… pas celui de la petite, s'empressa-t-il de préciser en voyant Betty se déliter. Le corps d'un homme, en état de décomposition avancée…

Betty s'ébahit, le cœur en arrêt. Jim eut un regard navré pour son petit déjeuner.

— Je suis certain à quatre-vingt-dix pour cent qu'il s'agit de Rory Twitchell.

— Nom de Dieu, lâcha Rick.

— Vous croyez que c'est Gillespie qui l'a tué ? questionna Betty dans le même temps.

— Tout porte à le croire. Cependant…

— Nom de Dieu, répéta Rick.

Jim leva la main en signe d'apaisement.

— Pas d'emballement… Quelque chose me dit qu'Arlin Gillespie n'a rien à voir là-dedans.

— Vous vous foutez de moi ? Ce malade conserve un cadavre dans sa cave ! s'enflamma Rick avant de lancer un regard circulaire à la salle, soudain persuadé que les autres clients allaient se tourner vers eux.

— Je sais, ça peut paraître dingue, mais je vous donne ma chemise qu'Arlin n'a pas tué Rory Twitchell.

Ils restèrent un instant sans voix, sous le choc. Puis Betty hasarda :

— Vous n'avez rien remarqué qui pourrait… nous renseigner sur les causes de sa mort ?

— Il faudrait une autopsie pour ça, et je ne suis pas légiste. En tout cas, la mort remonte à plusieurs mois. Probablement au moment de sa disparition. (Jim marqua un temps.) Mais vous savez le plus étrange ?

C'est que le corps était disposé dans une sorte de mise en scène. D'après Logan, ce serait…

Il s'interrompit. Le bloc-notes de Beth venait de se matérialiser sous son nez, dans l'attente de sa commande.

— Vous prendrez quelque chose, Jim ? C'est la maison qui régale !

— Non, merci.

La restauratrice sembla déçue.

— Même pas un peu de pain perdu ? Je viens de le préparer… Allez, pour vous remercier d'être venu si vite hier.

— C'est gentil, mais je n'ai pas faim.

— Vous ne savez pas ce que vous manquez ! lui lança Beth avant de s'éclipser.

Jim se tourna vers Rick et Betty, en proie à une confusion manifeste. Il hésita, cherchant ses mots, puis leur fit une description sommaire du travail d'embaumement réalisé sur le cadavre. À la fin, toute trace de couleur avait déserté leurs visages.

— Bon, comme disait mon paternel, on ne connaît jamais vraiment le cœur d'un homme, termina le médecin tout bas, mais Arlin Gillespie n'est pas un méchant, je peux vous l'assurer. C'est pour ça que je n'ai pas couru chez les flics.

— Mais, Jim, vous n'avez pas le choix, le sermonna Rick. Vous devez informer le shérif.

Jim ne l'entendait pas de cette oreille :

— Voyons, si je fais ça, vous savez très bien ce qui se passera : Hughes et sa clique ne feront pas de quartier. Rory Twitchell faisait partie de leur bande, même s'il n'avait pas d'étoile. Vous imaginez le carnage ? Ils vont débarquer chez Arlin Gillespie, et pour peu que ce grand couillon ne se montre pas coopératif, je ne donne pas cher de sa peau…

— Je ne donne pas cher de la vôtre s'ils viennent à apprendre que vous saviez et que vous n'avez rien dit.

— À moins d'aller parler directement à Gillespie, suggéra Betty tout à trac.

Rick tourna vers elle un regard halluciné.

— Pour lui dire quoi ? « Salut, Arlin, j'ai pénétré chez toi par effraction cette nuit, et j'ai trouvé le cadavre d'un homme déguisé en extraterrestre de *Star Trek* dans ta cave ? On peut en parler ? » C'est ridicule !

— Peut-être, mais ça nous aiderait au moins à y voir plus clair, rétorqua Betty.

— Mais c'est très clair, Betty, limpide ! Ce fêlé de Gillespie a buté Rory Twitchell pour faire joujou avec son cadavre !

— C'est ce que tu comptes balancer en une de ton journal ?

— Ça, c'est bas.

— Pas plus que de vouloir utiliser la photo d'une gamine disparue pour écouler quelques exemplaires !

Les mots de la jeune femme étaient tombés comme un couperet ; ils ne souffraient aucune contestation. Jim les observa tour à tour, déconcerté par l'âpreté de leur échange.

— Si je décide de lâcher cette bombe, je ne le ferai pas tout de suite, avança-t-il avec circonspection. Toutes les ressources du shérif doivent rester mobilisées pour retrouver Shawna. Dieu me pardonne, mais… le père est mort, il le sera encore demain.

Rick s'emporta :

— Non, mais vous vous entendez ? Gillespie a peut-être décidé de recréer toute une famille de ces… créatures ! Vous y avez pensé ? La gamine pourrait être la suivante, il a pu l'enfermer quelque part et…

— Mets-la en sourdine, Rick, fit Betty. On a de la compagnie.

Deux des adjoints du shérif venaient d'entrer dans le restaurant. Ils reconnurent Mitch Novak, qui avait été le premier à se rendre chez Mandy le soir de la disparition de Shawna, mais pas le jeune gars qui l'accompagnait. Les deux hommes s'entretinrent quelques secondes avec Beth, qui lâcha une petite exclamation outrée avant de les précéder dans la cuisine. Le silence s'installa dans la salle déjà bien remplie.

— Qu'est-ce que… ? fit Jim.

Il y eut un bruit de vaisselle, un éclat de voix. À la table d'à côté, Leroy Gibson se dévissa la tête pour tenter d'apercevoir quelque chose.

— Virez vos sales pattes ! cria quelqu'un de l'autre côté du mur.

Les doubles battants claquèrent contre le chambranle, et les deux shérifs jaillirent de la cuisine, encadrant un homme qui se débattait comme un beau diable. Il portait un tablier blanc taché de sang, vision qui souleva un murmure de stupeur dans la salle.

— *Espèces d'enculés !* glapit-il, en français cette fois.

— La ferme ! rugit Novak. Avancez !

Les trois hommes traversèrent la salle sous les regards interloqués des clients, traînant derrière eux une Beth De Witte au comble de la consternation.

— Qu'est-ce que tu as fait, Gilles ? Qu'est-ce que tu as fait ? piaillait-elle d'une voix aigüe.

3

Le soleil écrasait tout. Il ne laissait aucune place à l'ombre. Jake enfonça sa casquette des Cubs de Chicago sur son front trempé de sueur et remonta le col de son polo pour protéger sa nuque. La lumière était si brûlante qu'elle semblait vouloir s'insinuer sous sa peau pour faire bouillir son sang.

L'arracheuse automatique attelée au tracteur souleva une nouvelle pelletée de terre. La machine recracha de grosses mottes sur le tapis roulant, qui entraîna son chargement vers lui. Les cailloux tressautaient sur le caoutchouc comme du pop-corn dans du beurre chaud. D'un geste habile, Jake attrapa la première des mottes, en arracha les fanes et les chardons, balaya la terre du flanc de la main et envoya trois belles pommes de terre dans la benne près de lui.

— Six cent quarante-quatre ! s'exclama-t-il en essayant de couvrir le bruit du moteur.

Jessica Glover lui tira la langue. Elle avait 25 ans, ce qui la plaçait dans la catégorie du troisième âge, mais Jake la trouvait chouette, pour une adulte. Elle ne lui posait jamais de questions bizarres, ne le traitait pas comme un gosse et, la journée finie, elle ne le bassinait pas avec des histoires dont il n'avait que faire.

— Six cent cinquante-trois ! répondit-elle en brandissant cinq grosses patates.

Mais la livraison suivante arrivait déjà, et ils durent se remettre au travail. Jake avait retiré ses gants, que la chaleur rendait insupportables, et ses mains commençaient à ressembler à des moignons lépreux. Il n'avait pas mal, pourtant. Le plaisir de se trouver là annihilait la douleur.

— Une bleue ! s'écria-t-il en extirpant d'un amas terreux une patate rabougrie à l'étrange teinte violacée. Plus dix points !

Il la jeta par-dessus son épaule et continua son tri. Il avait soif, et n'aurait pas dit non à un grand verre de citronnade bien fraîche, mais la pause devrait attendre. Il était arrivé à 10 heures et demie, juste après l'annonce de la fermeture de l'école. Sa mère avait appelé M. Jones pour savoir s'il acceptait que Jake passe la journée à la ferme, ce à quoi ce dernier n'avait rien trouvé à redire. Au contraire, avait-il dit, avec le début précoce de la récolte, deux bras supplémentaires seraient les bienvenus.

Le tracteur décrivit un léger virage ; ils allaient attaquer la rangée suivante. Jake redoubla d'efforts pour rattraper son retard sur son adversaire avant la pause sandwich. Arrivé à sept cents unités, il lâcha un cri de victoire. Il avait finalement battu Jessica d'une courte tête. Un corbeau passa dans son champ de vision alors que le tracteur se remettait dans l'axe et il repensa à l'oiseau qui avait semblé l'observer la veille, sur le bord de la rivière.

— JAKE !

La voix de Jessica lui parvint à travers le vacarme du tracteur. Il tourna la tête, en proie à une impression étrange. La jeune femme lui faisait de grands gestes pour attirer son attention. Elle lui dit quelque chose, mais il n'entendit pas.

— on 'ez ! cria-t-elle en montrant son nez.

Jake porta les doigts à ses narines et sentit un liquide chaud couler sur sa lèvre supérieure. Il essuya ses doigts souillés de sang et de poussière sur le devant de son polo pendant que Jessica courait vers la cabine pour alerter M. Jones.

Le tracteur s'immobilisa. Sur le tapis, quelques pommes de terre sautillèrent un instant au milieu des cailloux, puis le silence se fit. Étourdi, Jake s'appuya sur l'armature de l'arracheuse. Il avait un goût de fer dans la gorge, et quand il bascula la tête en arrière pour stopper le saignement, le soleil lui brûla le visage. Des pétales blancs fleurirent devant ses yeux, il sentit ses genoux le trahir. Sa dernière pensée avant de s'effondrer fut que personne ne devait le voir, sans quoi il se ferait encore traiter de fillette…

Il entendit la voix de M. Jones, lointaine, sentit des bras puissants le soulever. Distingua des éclats de lumière à travers ses cils, puis vit apparaître le levier de vitesse du tracteur à quelques centimètres de son visage. On l'avait allongé sur le siège passager, et avant qu'il ait le temps de se rendre compte de ce qui se passait, le véhicule s'ébranla.

La minute suivante, par un inexplicable bond en avant dans le temps, Jake ouvrait les yeux et se retrouvait dans la chambre des Jones, étendu sur un couvre-lit douillet, à fixer la frise fleurie qui courait le long des murs. Quelqu'un tapotait son visage avec une serviette fraîche et humide. Une voix douce lui demanda d'ouvrir la bouche. Il s'exécuta sans réfléchir, et aussitôt une délicieuse sensation glacée envahit sa gorge. Ce fut comme un retour à la vie. Il avala de grandes gorgées d'eau, sans prendre le temps de respirer.

— Doucement, va pas t'étouffer…

Le visage de Lamar Jones émergea du néant. Il était long et noir, taillé au burin, et fendu d'un large sourire. Jake fut immédiatement rassuré. Il s'essuya la bouche et baissa les yeux pour apercevoir Waldo, le saint-bernard du fermier, qui lui léchouillait la main. Son front l'élança quand il se redressa.

— Encore… grogna-t-il en montrant la bouteille.

— Attention, fiston, l'avertit M. Jones. Tu sais ce qu'on dit : « L'eau bue éclate. »

L'homme éclata d'un rire sonore, un rire profond qui tirait vers les aigus et se termina par une bonne quinte de toux. Une ombre de sourire passa sur le visage de Jake.

— Lève un peu la tête.

M. Jones était assis sur le bord du lit. Il approcha un linge mouillé de sa figure et nettoya le sang séché avec application.

— Halloween, c'est que dans quatre mois, tu sais, dit-il d'un air rassurant.

Sa respiration ronflante et un brin sifflante acheva d'apaiser Jake. Il y avait un millier de petites ridules aux coins de ses yeux, qui formaient comme un réseau cartographique. Jake était prêt à parier que chacune d'elles racontait une histoire.

— Voilà, c'est mieux, dit le fermier en essorant le tissu dans une bassine en fer. Tu commençais à ressembler à ma femme quand elle se maquille.

— Idiot ! lâcha Mme Jones avec amusement.

Elle quitta la pièce après avoir récupéré la bassine. M. Jones sortit un mouchoir de sa poche et épongea la peau de Jake. Au bout de dix secondes de concentration intense, il fut secoué par un gloussement.

— Tu l'as échappé belle ! Un peu plus et tu t'effondrais sur le tapis roulant... Tu aurais fini en bouillie dans la benne, ç'aurait pas été jojo ! Remarque, j'aurais pu faire fortune dans la purée de tomates...

Cette fois, la boutade arracha un sourire à Jake. Il reprenait du poil de la bête. M. Jones baissa la tête pour inspecter sa figure, et son cou plein de replis disparut sous son menton. Les gros sourcils du vieil homme se froncèrent quand il posa les yeux sur les lèvres de Jake.

— Il t'est arrivé des bricoles ? demanda-t-il sur un ton qui ne traduisait aucune espèce d'émotion.

Il tapota sa bouche du bout de son index. Jake passa la langue sur sa lèvre supérieure et l'arrêta sur sa petite écorchure.

— Je suis... tombé de vélo hier, expliqua-t-il d'une voix engourdie.

— Tant mieux. Une seconde j'ai cru que tu t'étais battu. Jake hésita avant de répondre :

— Je ne b… je ne me bats pas.

M. Jones hocha la tête, brièvement, puis plia son mouchoir en quatre avec une méticulosité qui n'appartenait qu'à lui. Après quoi ils restèrent un moment sans parler. Mal à l'aise, Jake changea de position sur le lit.

— Tu me dirais si on te faisait du mal, hein ? demanda M. Jones.

Le garçon parut surpris. Il braqua son regard sur celui, perçant, du fermier. Il se sentait mis à nu et chercha quelque chose sur quoi détourner son attention, mais ses yeux ne trouvèrent que le vide.

— Moi, quand j'étais môme et qu'on me cherchait des poux, je répondais jamais, poursuivit le vieil homme sans attendre sa réponse. Des fois ça passait, des fois ça cassait…

Il remit son mouchoir dans sa poche et eut un moment d'absence, comme s'il partait soudain à la recherche d'un souvenir enfoui très loin dans sa mémoire.

— Une fois, on m'a cassé deux dents, dans une bagarre. J'avais dans les 8 ans, je crois. (Il fit une nouvelle pause introspective.) Oui, c'est ça, 8, 9 ans, je dirais… parce qu'on vivait encore en Louisiane, donc c'était avant la grande crue du Mississippi de 1927. C'est un des frères Ladoucette – Joe ou Vince, je sais plus trop lequel – qui m'est tombé dessus… Ces deux-là, on les confondait sans arrêt, parce qu'ils avaient la même tête d'âne bâté : un œil qui disait « merde » à l'autre, des dents qui couraient après le bifteck… (Le fermier s'interrompit encore, le regard lointain.) À moins que ce ne soit Stu Wainwright… Ah, j'ai la mémoire qui flanche, ces temps-ci ! En tout cas, je me baladais peinard dans la rue quand c'est arrivé. le môme – Vince Ladoucette, le plus costaud des frangins, ça me revient ! – m'a foutu une tannée comme jamais j'en avais pris. Va pas me demander pourquoi, j'ai jamais su… ou alors, j'ai oublié… Mais moi j'ai pas moufté. On m'avait pas élevé comme ça. M'a refait le sourire, le corniaud. Ma foi, aujourd'hui je vois le bon côté des choses : ça me coûte moins cher en dentifrice !

Le fermier eut un rire de poitrine qui mourut dans un toussotement souffreteux.

— En tout cas, je laissais personne me convaincre que j'étais un minable, à l'époque. Jamais. Les autres pouvaient dire ce qu'ils voulaient, ça m'atteignait pas. Je les entendais, tu vois, mais j'écoutais pas.

Il joignit ses deux mains en coupe pour former une sorte de petit cocon. Jake passa sa langue sur la brèche de sa dent de devant, attendant la suite.

— J'étais comme… dans une bulle, continua le vieil homme, une expression méditative plaquée sur le visage. Une espèce de carapace invisible, mais très épaisse, qui me protégeait de leur cruauté. Rien ne pouvait y entrer. Tu as une bulle toi aussi, pas vrai, fiston ?

Jake acquiesça.

— Alors préserve-la. C'est ton refuge. Mais va pas t'enfermer trop longtemps dedans, ça te couperait du monde. Et puis, si tu « coinces » trop longtemps dans ta bulle, bah y a un moment où… (Il brassa l'air devant son nez en grimaçant.) Paraît que les gaz, c'est comme les gosses : on supporte que les siens !

Ils éclatèrent de rire. C'est pour ces moments que Jake appréciait son travail à la ferme. À la maison, il n'avait pas souvent l'occasion de rigoler.

— Bon, je ne te paie pas pour bayer aux corneilles ! s'exclama M. Jones tout à coup, d'un ton qu'il aurait voulu sévère mais qui ne l'était pas vraiment. Il y a encore des patates à trier, du bois à ranger, de l'eau à tirer et du foin à rentrer. Alors, au boulot !

Ils allèrent retrouver Mme Jones et Jessica dans la cuisine. Les deux femmes étaient en train de bavarder à bâtons rompus.

— Allez, les pipelettes, assez jacassé ! clama M. Jones en tapant dans ses mains, avant de glisser à Jake : Tu sais pourquoi l'homme a été créé avant la femme ? Pour lui permettre d'en placer une avant qu'elles ne monopolisent tout le temps de parole !

Les narines bouchées de coton de Jake enflèrent comme les naseaux d'un taureau. Il pouffa, regardant tour à tour les deux époux Jones. On sentait une vraie complicité entre eux. Plus que de l'amour, deux destins intriqués l'un dans l'autre, une histoire qui remontait à une époque que Jake n'osait imaginer. Il comprit qu'ils s'aimeraient sans doute jusqu'au dernier jour.

— Sa bulle, il faut aussi savoir la partager, de temps en temps, affirma M. Jones en fixant Jake de ce regard insondable qu'ont les vieux hommes qui en ont vu d'autres. L'ouvrir aux autres. Un jour, quand tu en auras envie, laisse quelqu'un entrer dans la tienne, fiston. Quelqu'un qui l'aura mérité. Et seulement quand tu l'auras décidé… Ça peut donner de belles choses, parfois.

4

La forêt nationale de Dixie s'étendait sur plus de huit mille kilomètres carrés entre le fleuve Colorado et le Grand Bassin. La zone couverte par la Boulder Mountain couvrait moins d'un pour cent de ce territoire. Le paysage, à la fois sauvage et dramatique, alignait un défilé de canyons abrupts et de falaises imprenables, de petits lacs d'altitude et de sentiers escarpés sur environ deux cents kilomètres carrés. Ravines, torrents, chutes d'eau : autant d'endroits où avait pu disparaître Shawna Twitchell.

La zone de recherche s'était resserrée sur un rayon de vingt-cinq kilomètres autour de Duncan's Creek. La vitesse de marche d'un enfant de 5 ans étant d'environ deux kilomètres par heure, les autorités avaient estimé que la fillette n'avait pu s'éloigner au-delà de ce périmètre. L'extrême irrégularité du relief allait dans ce sens : même un randonneur chevronné ne se serait pas risqué à couvrir une distance de plus de cinquante kilomètres, sans pause, en seulement trente-six heures.

Une dizaine de cavaliers et quatre maîtres-chiens s'étaient joints aux volontaires pour cette deuxième journée de battue. Sherry Grant, qui avait grandi à Salt Lake City et n'avait jamais mis les pieds dans la forêt, arpentait le Devil Trail depuis le lever du jour, en compagnie d'un petit groupe formé de Peter DeSoto, du père Simunek, de Doug et Cody Hoffmann, ainsi que de deux shérifs qu'elle ne connaissait pas, venus en renfort du comté de Wayne. Newton, le berger allemand de la brigade, était également de la partie.

Le groupe venait d'emprunter un tronçon du sentier particulièrement étroit, à flanc de colline. À leur droite courait une gorge sinueuse, creusée dans le grès rouge, qui semblait s'enfoncer jusque dans les profondeurs de la terre. Cody y avait lancé une pierre une minute plus tôt ; elle avait chuté pendant quinze secondes avant de toucher le fond. Ils avaient appelé Shawna Twitchell sur toute la longueur du précipice avec des porte-voix. En vain. Puis la végétation s'était raréfiée, la terre cédant peu à peu la place à la pierre.

Ils poursuivaient maintenant leur progression vers les hauteurs, évoluant de rocher en rocher comme sur un escalier géant façonné par la main de Dieu. Le point culminant n'était plus très loin. Pris entre deux pans de vide, le groupe laissa derrière lui la cime des pins et des épicéas. Un genévrier noueux s'accrochait de loin en loin à la roche, luttant pour sa survie. La nature ici se dévoilait sous son jour le plus impitoyable. Elle ne laissait pas la moindre chance aux faibles ni aux perdants.

À plusieurs reprises, Sherry dérapa sur des lits de caillasse et mordit la poussière. Elle marchait depuis des heures, suivie d'une ombre courte, et la chaleur devenait intenable. Sans la protection des arbres, elle avait l'impression qu'il lui aurait suffi de tendre la main pour toucher ce foutu soleil. Ils cuisaient comme des poulets dans une rôtissoire, rien de moins. Le paysage desséché, sans ombre, chatoyait tel un mirage en plein désert.

Elle passa les doigts derrière les verres de ses Ray-Ban pour essuyer la sueur qui dégouttait sous ses paupières. Sa vue se troublait. Par moments, elle ne voyait même plus le chemin. L'aurait-elle voulu, elle n'aurait de toute façon pas profité du spectacle qui s'offrait à elle. Le point de vue ne trouvait aucune grâce à ses yeux. Sherry n'avait que faire des collines et des canyons multicolores. Elle ne concevait même pas qu'on puisse venir ici pour le plaisir, que ce soit pour y camper, y pique-niquer, y chasser, ou même s'envoyer en l'air.

Elle retira ses lunettes et se passa l'avant-bras sur le visage pour éponger la sueur. Aveuglée, elle ne vit pas Doug Hoffmann faire halte un mètre plus loin, et entra en collision avec lui.

— Désolée, marmonna-t-elle. Pourquoi on s'arrête ?

— Je sais pas pour vous, mais moi, j'ai besoin d'ombre, répondit-il en s'essuyant le front.

Ils se trouvaient au milieu d'une sorte de goulot rocheux étranglé entre deux parois striées de reflets dorés. Sherry porta une main à la roche et la pellicule de sable qui la recouvrait crissa sous ses doigts.

— Cinq minutes de pause, ça vous va ? demanda Doug à la volée, alors que le reste du groupe les rejoignait.

Personne ne protesta. Le soleil était au zénith, et ce corridor d'ombre serait sûrement le dernier abri que rencontrerait le groupe avant des kilomètres. Sherry s'appuya à une saillie et descendit la moitié d'une bouteille d'eau. Elle donna le reste à Newton, dont la langue pendait jusqu'au sol. Son regard s'arrêta sur un dessin sur la pierre alors qu'elle relevait la tête – une drôle de silhouette cornue entourée d'une série de cercles concentriques. Au-dessus, on avait ajouté des myriades de petits points, vraisemblablement des astres. Une lune joufflue parachevait le tableau.

— Ce sont des pétroglyphes indiens. Ils datent de l'époque où les Anasazis peuplaient ces terres…

Un homme rubicond venait de se planter près d'elle. Il n'était pas très grand et avait perdu la plupart de ses cheveux ; quant à sa bedaine, qui ne semblait résister à l'implosion que par la grâce d'une ceinture en cuir serrée à outrance sur sa taille, elle parut si gonflée à Sherry qu'elle se demanda s'il n'allait pas rester coincé dans l'étranglement rocheux.

— Les Indiens étaient présents des milliers d'années avant l'homme blanc, par ici, expliqua-t-il. On trouve encore certaines de leurs habitations en ruine sur le flanc de la montagne, et pas mal de ces dessins gravés à même la roche. Certains ont plus de mille ans, vous vous rendez compte ? Beaucoup ont été effacés, victimes des éléments, mais celui-ci est particulièrement bien conservé.

L'homme, qui devait avoir la soixantaine, se pencha pour examiner le dessin derrière la monture de ses lunettes en demi-lune.

— Ces cercles ressemblent un peu aux géoglyphes de pierre qu'on peut observer du côté du cirque de Chochmingwu… Magnifique, commenta-t-il avant de se tourner vers Sherry et de lui tendre la main. Je suis le père Simunek, de l'église de Jésus-Christ des Saints des Derniers Jours.

Elle lui serra la main en se présentant à son tour. Les doigts humides du prêtre glissèrent entre les siens et Sherry s'essuya discrètement à son pantalon. Le père Simunek lui fit la causette encore une minute avant d'aller poser son énorme postérieur un peu plus loin, sentant la jeune femme peu réceptive à son exposé sur l'art rupestre.

Elle resta quelques secondes à fixer le dessin, repensant à l'Indien qu'elle et Cassidy avaient surpris sur le bord de la route, et à son sac de jute rempli de grosses pierres blanches. L'abattement vint la cueillir sans prévenir ; un instant, elle avait bien cru qu'il pouvait s'agir du corps sans vie de la petite disparue.

Sherry fut tout à coup persuadée qu'ils ne retrouveraient jamais Shawna Twitchell, que la fillette était tombée dans l'un de ces foutus ravins et s'était brisée les os ou qu'elle avait rencontré un ours qui en avait fait son quatre-heures. Un chasseur ou un alpiniste en goguette retrouverait son squelette dans quelques années et on conclurait à l'accident. Affaire classée.

— Et merde ! murmura-t-elle en remuant la tête pour chasser ses funestes pensées.

La dernière chose dont elle avait besoin était de céder à la sinistrose. Elle était d'un naturel combatif et détestait s'apitoyer. Plus elle vieillissait, pourtant, plus elle perdait de cette niaque qui avait longtemps été sa marque de fabrique. La maturité, sans doute.

Ses démêlés avec le shérif Hughes lui repassèrent en mémoire. Elle avait courbé l'échine le jour où il l'avait accusée d'entretenir une relation inappropriée avec Mitch Novak. Après coup, elle s'en était voulu de ne pas s'être défendue avec plus d'ardeur. Il faut dire que ses sentiments jouaient contre elle : elle craquait sur Novak, elle devait le reconnaître. Mais tomber dans ses bras n'aurait fait que compliquer les choses…

Sherry se trouvait dans le même état d'esprit, ce jour-là : désarçonnée d'envisager le pire alors que la situation était loin d'être désespérée. Elle mit ça sur le compte de l'épuisement – six heures de sommeil en deux jours, ça vous sape un moral d'acier – et contacta Cassidy sur son talkie-walkie. Son coéquipier ne répondant pas, elle essaya de joindre Mitch.

— Novak, ici Grant. Tu me reçois ?

— Je te reçois, Grant. Vous êtes où ?

— Au nord du Devil Trail, à un ou deux kilomètres de la 12, je dirais. On va rejoindre la route par l'est. Comment ça avance de votre côté ?

Il y eut un bruit de friture, trop long pour ne pas paraître inquiétant – Mitch gardait la ligne sans parler.

— On est en route. On sera à Duncan's Creek dans cinq minutes… Je reviens du central, Grant, ajouta-t-il après une courte pause. On vient de serrer un type pour l'enlèvement de Shawna Twitchell.

Sherry se redressa aussi discrètement que la surprise le lui permit et s'éloigna du reste du groupe. Elle baissa la voix.

— Un type ? Qui ça ? Et pour quel motif ? À toi.

— Le cuistot du resto. Un Français. On l'a appréhendé sur la base d'un témoignage de Mandy

Twitchell. Elle prétend qu'il aurait pu kidnapper la gamine.

Sherry pressa le bouton de prise de ligne. La première question qui lui vint ne lui apparut pas comme la plus pertinente, une fois formulée :

— Qui mène l'interrogatoire ?

Elle relâcha le poussoir de prise d'appel.

— C'est compliqué, Grant. Hughes a foncé bille en tête dès qu'il a su que ce salaud était peut-être impliqué. C'est sa petite-nièce, tu comprends… Il voulait se payer le bouffeur de grenouilles avant même qu'on l'ait ramené au poste, mais le FBI a débarqué comme un chien dans un jeu de quilles. Ils ont repris les rênes, Hughes s'est fait bouler de la salle d'interrogatoire. Il est furax ! À toi.

— Qu'est-ce que… le cuistot… qu'est-ce que lui reproche Mandy Twitchell ?

Sherry n'entendit pas le début de la réponse de Mitch : un fracas monstrueux venait d'éclater entre les parois rocheuses, enfonçant ses tympans au fond de ses oreilles. Un hélicoptère avait surgi dans le ciel, à moins de quinze mètres de l'endroit où elle se trouvait.

— … plusieurs fois à les épier, elle et la petite, fit la voix grésillante de Mitch dans le haut-parleur. C'est vrai qu'il a pas l'air net, ce type… Mais on n'en sait pas plus pour l'instant. À toi.

Encore sonnée, Sherry mit un instant à réagir. Elle enclencha le poussoir.

— Quels sont les ordres ?

— On continue les recherches. On ne dispose pas d'assez d'éléments pour orienter l'enquête vers la seule piste de l'enlèvement. Pour le moment, on part du principe que la petite est toujours en vie et qu'elle est perdue quelque part dans la montagne.

— OK, Novak. Bien reçu.

Sherry mit fin à la communication et se massa les tempes. Son cerveau cognait comme une boule de flipper contre sa boîte crânienne. Elle rassembla ses esprits, hésita un instant, appuya à nouveau sur le commutateur du talkie-walkie, puis murmura :

— Tu es seul, Novak ?

— Seul. À toi.

— Promets-moi un truc, dit-elle. Quand tout ce cirque sera fini, on ira se mettre la tête à l'envers, dans un bar loin d'ici. D'accord ?

Nouveau bruit de friture prolongé. Le cœur de la jeune femme s'accéléra.

— C'est un rencard ? demanda Mitch.

— Ça y ressemble. À toi.

La réponse ne se fit pas attendre, cette fois :

— Ça marche, Grant.

Là-dessus, ils coupèrent la transmission.

5

Il était un peu plus de 14 h 30 quand les agents du FBI Xander Williams et Steven Roundtree quittèrent la salle d'interrogatoire. Un silence de mort tomba sur le bureau du shérif, qui l'instant d'avant bruissait encore d'un murmure teinté de frénésie. Les locaux, bien que partiellement dépeuplés, étaient depuis deux jours le théâtre d'une agitation qu'on n'avait pas connue depuis l'automne 1983, quand un groupe de spéléologues s'était retrouvé coincé au fond d'un canyon inaccessible du Monument national de Grand Staircase-Escalante.

Dalton Hughes était dans tous ses états. Il avait atteint un degré d'ulcération que son épouse elle-même n'aurait jamais pu lui faire atteindre, eût-elle décidé de le quitter pour Monsieur Univers en personne. Le shérif allait et venait sans fin entre son bureau et l'arrière du bâtiment, où les deux hommes étaient enfermés avec le suspect depuis plus d'une heure et demie. Malgré la présence de l'air conditionné, deux auréoles sombres avaient fleuri sous ses aisselles, et l'atmosphère commençait à se remplir du fumet bilieux de l'amertume.

Rita Davis, qui venait de mettre la touche finale à une nouvelle série d'affichettes « PORTÉE DISPARUE », déployait des trésors de patience pour tenter d'apaiser son patron, mais rien n'y faisait. Hughes était une grenade dégoupillée qui n'attendait que la confrontation avec le FBI pour exploser.

À la suite de la conférence de presse du matin, qu'avaient relayée les radios et télés locales, le shérif, bouffi d'orgueil, n'avait cessé de se gargariser de lui-même. Il s'imaginait déjà faire la une de la presse du lendemain avec une photo où on le verrait tirant la petite disparue du piège où elle s'était fourrée. Mais quand l'hôpital avait appelé pour l'informer que Mandy Twitchell souhaitait porter à sa connaissance de nouveaux éléments, il avait senti le vent tourner. La bourrasque, cependant, ne fut rien en comparaison de l'ouragan qu'entraîna l'entrée en scène du FBI.

— Mais qu'est-ce qu'ils ont, bordel de merde, à lui tenir le crachoir comme ça depuis des heures ? avait-il commencé à piailler alors même que l'interrogatoire venait de débuter. Avec moi, ce serait déjà réglé ! Ah, les margoulins ! Les bons à rien !

Dans l'heure qui avait suivi, il avait arpenté les bureaux à petits pas rapprochés, collé de près par Rita Davis, qui lui servait des paroles rassurantes à tout bout de champ tout en prenant garde à ne pas froisser sa sensibilité de mâle dominant. La coordinatrice, pourtant, aurait bien laissé son patron se ronger les sangs jusqu'à l'hémorragie. Le mardi précédent, il lui avait promis qu'on aurait retrouvé la fillette avant la fin de la nuit, et deux jours plus tard, elle n'était toujours pas reparue. Mais tempérer ses humeurs faisait partie de son travail, et Rita s'y employait avec la dernière énergie.

— Ce sont des professionnels, shérif, disait-elle. Ils savent ce qu'ils font…

— Professionnels, mon cul ! Ces gusses sont des amateurs ! Des corniauds ! C'est à moi que la population du comté fait confiance ! C'est moi qu'on a élu pour veiller à sa sécurité ! Pas le F-B-I !

Il avait projeté les trois lettres en direction du couloir qui menait à l'arrière du bâtiment. L'éclat de voix haut perché se répercuta entre les murs et Rita se fit la réflexion qu'il ressemblait à s'y méprendre au jappement du chiot de sa voisine. Elle inspira un grand coup. Hughes commençait à sérieusement lui casser la tête, à geindre qu'on lui avait volé son suspect. On lui avait surtout volé la vedette, et il ne l'encaissait pas, voilà la vérité.

— Ils ne savent pas la moitié de ce que je sais sur la famille Twitchell, glapissait-il, ils ne connaissent rien à rien ! Comment voulez-vous qu'ils arrivent à tirer les vers du nez à ce gars-là ?

Ce qu'il savait des derniers développements de l'affaire, en réalité, tenait sur un timbre-poste : la mère de la petite avait simplement déclaré qu'elle soupçonnait le cuisinier français d'être mêlé à la disparition de sa fille. Aucune autre information n'avait filtré depuis l'arrivée des fédéraux.

Rita Davis et Dalton Hughes se tenaient toujours au bout du couloir, près de l'entrée de la cuisine, quand la porte de la salle du fond s'ouvrit. Les agents de la section de recherche des personnes disparues en sortirent, s'entretinrent à voix basse puis se dirigèrent vers eux du même pas martial. Hughes fulminait. Néanmoins, quand les deux hommes arrivèrent à sa hauteur, il ne moufta pas. Rita devina qu'il attendait que ce soient eux qui engagent les hostilités.

— L'adjoint Cassidy est-il dans les parages, shérif ? demanda sans préambule l'agent Roundtree, celui qui ressemblait à une caricature de flic dans un film de gangsters.

La question désarçonna Hughes, qui se contenta d'ouvrir la bouche sans parvenir à émettre un son. Rita, qui tenait au mauvais café depuis la veille, bondit sur ses pieds comme un diable sur ressort.

— Il est à Duncan's Creek, leur apprit-elle avec zèle.

Le deuxième flic – grand, cheveux gris, sec comme un coup de trique dans son imper trop large – se contenta de hocher la tête d'un air entendu. Dalton Hughes les toisa du haut de son mètre soixante-cinq. C'était l'essence même de son art : imposer un semblant de domination malgré sa petite taille. Une technique largement éprouvée sur Rita Davis, qui le dépassait pourtant d'une bonne tête. Mais les deux flics ne se laissèrent pas intimider. Ils n'étaient pas agents spéciaux pour rien.

— Faites-le venir. Nous avons des questions à lui poser.

Hughes sembla perdre quinze centimètres d'un coup. Il tourna sa tête ridiculement longue vers Rita ; on aurait pu croire qu'il venait de prendre une gifle. Pourtant, quand il porta à nouveau son regard sur les deux flics, l'hébétude avait disparu au profit d'une franche indignation.

— Vous lui reprochez quoi, à Cassidy ?

Williams et Roundtree, qui n'avaient pas l'air décidés à en dire plus, prenaient déjà la direction de la salle de briefing. Hughes se mit à trotter derrière eux en pérorant :

— Eh ! On peut savoir ce qui se passe, ou on est juste là pour fournir la clim ?

Les deux agents stoppèrent net, se retournèrent. Williams planta son regard froid et inexpressif au fond des pupilles du shérif.

— Vous devriez tenir vos troupes, lui dit-il dans un sourire peu amène. Vous savez ce qu'on dit : c'est à la valeur des soldats que l'on juge de celle des généraux.

— Qu'est-ce que c'est que ces salades ? pesta Hughes en ouvrant de grands yeux ronds. Vous allez la cracher, votre Valda, oui ou merde ?

L'agent Roundtree s'avança vers lui, si près que leurs nez se touchèrent presque.

— Ça fait mauvais genre de voir apparaître le nom d'un adjoint dans le procès-verbal d'un interrogatoire lié à une affaire de disparition de mineur, vous ne trouvez pas ?

Il s'en fallut de peu que Hughes ne s'étouffe. Lui qui, l'instant d'avant, était prêt à répandre son fiel comme une bête venimeuse, paraissait maintenant aussi inoffensif qu'un chaton. Le flic enchaîna :

— Contactez Cassidy. Dites-lui de rappliquer dare-dare…

— Pas avant que vous ne m'ayez dit ce que vous lui voulez, le coupa Hughes d'une voix étranglée. Je me porte garant de lui. Ted Cassidy est un homme irréprochable.

Je l'ai fait élire Shérif adjoint de l'année 1984, faillit-il ajouter.

— Votre modèle de vertu s'est tapé la mère de la gamine disparue sur la banquette arrière d'une voiture de patrouille il n'y a pas deux mois, débita Roundtree d'un trait. Cabanel les a surpris ce soir-là. Ça vous suffit ?

La sortie laissa Hughes pantois. Son teint, encore pivoine la seconde précédente, passa par toutes les couleurs de l'arc-en-ciel avant de virer au blanc cireux. Une fois leur bombe larguée, les deux hommes firent mine de s'éloigner.

— Tout ça, c'est des salades ! éructa Hughes en se dressant sur ses petites pattes, au comble de l'indignation. Vous ne savez rien de rien !

— Au contraire, nous sommes au courant de pas mal de choses, shérif, riposta Roundtree. Notamment de vos manœuvres pour évincer votre prédécesseur, le shérif Parson…

— Quant à votre gestion défaillante des archives, vous pourrez vous estimer heureux si nous n'en faisons pas mention dans notre rapport, compléta Williams.

— Ma gestion… quoi ?

— Le dossier du petit Tim Dickinson, disparu en 1972. Nous vous l'avons demandé il y a plus de trente-six heures et vous n'avez jamais pu le fournir.

Hughes avala sa salive avant de grommeler :

— Oui, d'ailleurs, à ce sujet, en quoi est-ce que… ?

— Un conseil, shérif, le coupa Roundtree : si vous ne voulez pas vous retrouver avec une inspection sur le dos, fermez-la et contactez l'adjoint Cassidy sur-le-champ.

Ce fut la charge finale. Le coup de grâce. Le temps d'une seconde, Rita Davis crut bien voir des larmes perler sous les paupières du shérif Hughes. Mais elle n'aurait pu en jurer, car ce dernier avait déjà tourné les talons et s'éloignait en direction de son bureau. Sur une impulsion, elle s'éclaircit la gorge et s'approcha des agents du FBI.

— Il vous a dit quoi ? demanda-t-elle timidement. Le Français ?

Williams et Roundtree se consultèrent du regard. Après quelques secondes, ce dernier soupira :

— Ce type est une pomme pourrie, il n'y a rien à en tirer. Il admet qu'il lui est arrivé de reluquer la mère, mais il ne s'est jamais intéressé à la gamine…

— Nous allons quand même vérifier son emploi du temps, compléta l'autre. Perquisitionner sa maison et interroger ses proches. En attendant, vos équipes peuvent continuer à ratisser la forêt. Pendant qu'il est encore temps…

Rita tressaillit. Cet homme lui faisait l'effet d'un oiseau de mauvais augure avec son visage osseux et son nez proéminent.

— Comment ça, « pendant qu'il est encore temps » ?

— Nous entrons dans une nouvelle phase, madame, lui expliqua-t-il avec calme. Les recherches sur le terrain vont aller en s'amenuisant. À partir de maintenant, nous allons nous concentrer sur l'enquête. Auditionner un maximum de monde, relever des empreintes. Établir des connexions avec des affaires similaires – si nous arrivons à avoir accès à vos dossiers, cela va sans dire. Ne vous inquiétez pas, nous vous tiendrons informés de la suite des événements.

Sur quoi il tourna les talons et s'engouffra dans la salle de briefing.

— À votre place, je ne perdrais pas mon temps avec ces affichettes, enchérit Roundtree avant de suivre son collègue.

Rita sentit tout son corps s'affaisser. Ces deux hommes, qui semblaient incapables de débiter autre chose que des chapitres entiers de leur manuel de formation, venaient de sceller le destin de Shawna Twitchell au détour d'un couloir. Inconsciemment, ils avaient verbalisé ce que tout le monde redoutait : les recherches allaient peu à peu s'éteindre d'elles-mêmes, et les chances de retrouver la fillette allaient fondre comme neige au soleil.

Rita retourna à son bureau, consternée. Malgré tout ce que pouvaient dire ces « saletés de feds », pour reprendre les termes du shérif Hughes, elle avait des affichettes à terminer. Elle n'avait plus qu'à se remettre au travail. Et à prier.

6

Des prismes de couleur. Des éclats de lumière blanche. Une brume de particules en suspension.

Le corps, à moitié nu, reposait sur le fond de la rivière. Le courant l'aurait sans doute emporté si ses orteils n'avaient été solidement enfoncés dans la vase. De petits paquets de sédiments s'étaient logés sous ses ongles, un filet d'algues gluantes l'enlaçait comme un linceul végétal.

L'eau était froide, pas plus de vingt degrés. Le sang s'était figé dans ses veines en cristaux iridescents. Ses yeux grands ouverts fixaient la surface et les formes qui ondoyaient au-delà. Des ombres étranges, de l'autre côté du voile.

Était-elle morte ? Elle n'en savait rien. Elle n'aurait pu dire depuis quand elle se trouvait là. Une minute, une heure, un an ? Le temps se délitait dans les profondeurs, soumis à l'action destructrice des milliers de micro-organismes qui les peuplaient.

Un nuage poudreux irisé de paillettes d'or se forma autour d'elle. Elle s'était mise en mouvement. Elle louvoya sur le fond sablonneux, l'air aussi inoffensif qu'une raie manta. Son regard, pourtant, ne laissait aucun doute sur ses intentions. C'était celui d'un prédateur.

Elle se déplaça au milieu des algues et du plancton, guidée par les ricanements étouffés à la surface. Ils étaient quatre sur le bord de la rivière, elle les avait repérés avant de s'enfoncer dans l'eau.

Des enfants.

Un rictus s'étala sur son visage. Elle allait leur en faire salement baver. Ils hurleraient, sans doute, mais peu lui importait. Tout serait fini en quelques secondes.

Elle donna une impulsion à ses jambes et se mit à remonter, comme recrachée des entrailles de la Terre. Assoiffée de sang, elle ne quittait plus sa proie du regard : deux pieds aux mollets blancs et tendres qui faisaient de petits ronds dans l'eau.

Elle remonta. Et les agrippa.

Le corps bascula dans la rivière. Il était lourd, pour un enfant. On aurait dit que quelqu'un venait de balancer un coffre-fort plein de pièces d'or à la flotte. Le cri du garçon fut noyé dans un tourbillon de bulles ; il n'en subsista qu'une longue grappe de gaz qui fila vers la surface pour s'y laisser mourir. Elle s'accrocha à son T-shirt et se hissa hors de l'eau, tandis que sa proie continuait à se débattre.

Elle prit une grande inspiration. La tête aux cheveux châtain émergea à moins d'un mètre d'elle.

— Tu fais chier, Sam !

Elle faillit hurler de rire, mais l'oxygène lui manquait. Elle avait bien passé une minute trente là-dessous. Record battu.

— Mes lunettes !

— Ça va, elles sont sur ton nez, le bigleux !

Les garçons s'esclaffèrent du bout du ponton. Il y avait les jumeaux Murray – Gordon et Russell –, dont le seul signe distinctif était la petite queue que le premier avait laissé pousser sur sa nuque. Ils étaient accompagnés de Jamie Carozzo, 13 ans, qui avait consenti à lâcher la manette de son ordinateur Atari pour prendre l'air. Cody Hoffmann, de retour de la battue, les avait rejoints un quart d'heure plus tôt.

Ben McCombs, Jr., que tout le monde appelait Junior – ou « Boulard », en raison de son embonpoint et de sa passion pour les billes –, souleva le devant de son T-shirt et le tirebouchonna pour l'essorer. Ses lunettes glissèrent de son nez et tombèrent sur les planches en bois du ponton.

— Et crooootte ! lâcha-t-il en allongeant la voyelle centrale. Tu fais vraiment chier !

— Si t'es pas content, dégage de mon ponton ! rétorqua Sam Baldwin – le ponton en question était l'œuvre de son grand-père, qui l'avait construit dans les années trente, ce qu'elle ne manquait jamais de rappeler à ses amis.

Elle se laissa tomber près des garçons, qui étaient en train d'échanger des cartes de base-ball. Il faisait chaud, ils étaient en nage, pourtant ils avaient choisi de s'installer en plein soleil. Les jumeaux, coiffés en brosse, avaient le visage écarlate ; Jamie, lui, avait enfoncé une casquette sur sa tête. Ils étaient en plein débat pour savoir qui était le meilleur batteur de l'American League de l'année.

— Wade Boggs ! soutenait Gordon, le Murray à la queue de rat.

— Davis ! contrait son frère.

— De la merde ! arbitra Sam. Boggs est le meilleur batteur qu'on a jamais vu en troisième base.

— C'est vrai, après sept saisons de championnat, il a la troisième meilleure moyenne de tous les temps ! confirma Gordon.

— Eh, Boulard, t'en penses quoi ? lança Sam à l'attention de Junior, qui essorait toujours ses vêtements au bout du ponton.

— Hein ?

Il s'approcha d'eux en émettant de petits bruits de succion. Ses baskets étaient pleines d'eau.

— Les gars se demandaient si ta mère préférait qu'on la prenne par devant ou par-derrière, dit Sam. T'en penses quoi ?

Junior les toisa tous les quatre de derrière ses lunettes constellées de gouttelettes.

— Vous déconnez, les gars ? dit-il en farfouillant dans sa poche, l'air soudain absorbé par tout autre chose. Et crotte ! Mon quatre-heures !

Il tira un paquet de M&M's dégoulinant de son bermuda et en vida le contenu au creux de sa main.

— Ça, c'est la goutte d'eau qui met le feu aux poudres ! s'exclama-t-il, plus outré par cet affront qu'il ne l'avait été par la remarque sur sa mère.

La bouche de Sam s'ouvrit sur un grand scintillement. Elle éclata d'un rire dément.

— Tiens, dit Jamie en tendant à Junior un distributeur de Pez à l'effigie de Grosminet, que Sam attrapa au vol et cacha dans son dos.

— Sam, crotte ! protesta-t-il.

— Laisse-le bouffer, ricana Russell. Ou il va nous faire une syncope.

— D'abord, tu nous fais le boulet de canon !

Sam agita les bonbons sous le nez de Junior, qui essaya de s'en saisir d'un geste maladroit.

— Non, crotte ! Je commence juste à sécher !

— Un deuxième bain te fera pas de mal ! Ça te débarrassera de ton odeur de cave !

— Sam, crotte ! J'ai faim !

— Le boulet ! Le boulet ! scanda Sam, aussitôt imitée par les jumeaux.

Ses yeux à l'expression espiègle croisèrent ceux de Jamie. Y avait-il une lueur de reproche dans son regard ? Depuis quelques semaines, le comportement de son copain avait changé. Il se montrait distant avec elle, alors qu'ils étaient comme les deux doigts de la main depuis la maternelle. Sam fronça les sourcils, partagée entre la perplexité et l'agacement, et se mit à se ronger les ongles. Il ne lui vint pas à l'idée que Jamie, qui depuis peu avait découvert ce qui se passait sous les couvertures des garçons de son âge, pouvait se trouver chamboulé par la vue de sa poitrine naissante. Ils avaient passé tellement d'étés à se baigner nus dans la rivière qu'elle n'avait pas songé un seul instant à se couvrir.

— Allez, quoi ! Donne-les-moi ! insista Junior.

— D'abord, le boulet de canon.

Le gros garçon soupira. Il tourna les talons, s'avança au bout du ponton d'un air vaincu et ôta son T-shirt. Son ventre formait une bouée autour de sa taille.

— Accroche-toi à ton slip, Boulard ! cria Russell.

Junior hésita encore une seconde, puis sauta dans l'eau en encerclant ses genoux de ses bras. Les quatre autres réagirent par un concert de vivats.

— Bilan : une famille de poissons morts, gloussa Gordon.

— Et une rivière à sec, enchérit son frère.

Quand Junior vint les rejoindre, Sam joua avec ses nerfs encore une minute, faisant passer le distributeur de main en main. L'affection qu'elle lui portait ne savait s'exprimer qu'au travers de ces taquineries, mais Junior ne s'en était jamais plaint.

Tous deux allèrent s'asseoir à l'extrémité du ponton, laissant les garçons se chicaner à propos de leurs cartes de base-ball. Sam passa un T-shirt sur sa peau mouillée. Ayant terminé de vider ses Nike, Junior demanda :

— Il est où, Cody-moi-tout ?

— Il est allé plonger avec son masque. Il cherche Chouina Twitchell.

Les insectes bourdonnaient dans l'épaisseur des broussailles derrière eux. On entendait aussi gronder l'hélicoptère de la police au loin, quelque part au-dessus de Boulder.

— Tu crois qu'on va la retrouver ?

— Non. Je crois qu'elle est morte. Cannée. Crevée. Kaput.

La voix de Sam était froide, implacable. Presque désincarnée.

— Ma mère dit qu'il faut pas vendre la peau du bœuf avant de l'avoir tué, fit valoir Junior.

Sam ne broncha pas, fixant la rive opposée. Puis un sourire lugubre se dessina sur ses lèvres – le sourire d'une possédée – et elle tourna les yeux vers lui, sans bouger la tête.

— Juniooooooor, souffla-t-elle dans un râle caverneux qui rappelait un spectre dans un film d'épouvante. C'est moi, Chouina ! Je suis revenue d'entre les morts pour me venger !

Elle émit un grognement et se jeta sur son copain, toutes dents dehors. Junior piqua un fou rire instantané et faillit tomber à l'eau. Jamie, Gordon et Russell levèrent à peine le nez en les entendant.

— Moi, je suis sûr que c'est le fantôme de son père qui a fait le coup, dit Junior une fois calmé.

Il a dû remonter du fond de la rivière pour venir la chercher.

— Ouais, avec de la vase plein la bouche…

— Et des algues visqueuses sur la tête…

— Et une odeur de poisson pourri !

— Dégueu !

Ils se lancèrent alors dans un concours d'élucubrations cauchemardesques plus invraisemblables les unes que les autres. Tous les deux adoraient les films d'horreur et l'imagerie un peu répugnante qui y faisait référence. La dissection de vers de terre et la confection de maquillages horrifiques comptaient d'ailleurs parmi leurs passe-temps favoris.

— T'imagines ? Elle est peut-être là, au fond de l'eau, en train de servir de boustifaille aux poissons, plaça Junior.

Silencieux, ils écoutèrent le babil paresseux de la rivière comme s'il pouvait leur livrer ses secrets. Junior grignotait ses Pez, Sam grignotait ses ongles.

— Paraît qu'ils ont commencé à draguer le Reservoir, fit savoir le gros garçon après une courte pause. Tu veux pas qu'on aille faire un tour là…

Il s'interrompit. Quelque chose remuait dans les profondeurs de la rivière ! Il recula sur ses fesses imposantes et sursauta quand Cody Hoffmann émergea de l'eau à moins d'un mètre d'eux.

— T'es une vraie poule mouillée ! se moqua Sam en lui donnant une tape plus vigoureuse qu'elle ne l'avait voulue.

— Mais non, je savais que c'était lui !

— C'est ça, et ma mère est vierge !

— Quoi ?

— Rien, laisse tomber…

Cody déposa son masque et son tuba sur les planches et grimpa sur le ponton, simplement vêtu d'un bermuda en jean. Son dos et ses épaules avaient pris une teinte écrevisse qui lui vaudrait certainement une mauvaise nuit.

— T'as trouvé quelque chose ? s'enquit Junior, la main en visière sur son front.

— Que dalle, répondit Cody d'un air dépité.

L'ayant vu revenir, Jamie et les jumeaux rappliquèrent pour entendre le récit de son expédition. Cody avait descendu la Duncan jusqu'à la passerelle, cinq cents mètres plus loin, et n'avait ramené du fond de la rivière qu'un frisbee en assez bon état et une pièce de moteur qu'il espérait pouvoir utiliser pour aider son copain Logan à retaper la vieille Plymouth Barracuda de sa tante.

— J'ai trouvé ce truc-là, aussi, ajouta-t-il en tirant de sa besace une boîte de conserve défoncée. Si t'as faim, Junior, il en reste encore un peu au fond…

Junior se saisit candidement de la boîte et marmotta entre ses dents en constatant qu'il s'agissait de pâtée pour chat.

— Ah ah, très drôle ! Va chier, Cody-que-de-la-crotte !

— La ferme, cul de babouin ! s'exclama l'adolescent en lui donnant un coup d'épaule.

Déséquilibré, Junior vacilla sur le bord du ponton à la manière d'un Culbuto. Les petits moulinets qu'il esquissa avec ses bras échouèrent à lui faire reprendre sa stabilité, et il bascula dans l'eau. Et tandis que les cinq autres s'esclaffaient sans retenue et qu'à leurs montres passaient 18 heures, à moins de cent mètres de là, Jake Dickinson empruntait le chemin qui longeait la rivière pour rentrer chez lui.

7

— Hé, les gars ! Visez un peu qui voilà !

Jake actionna les freins de son vélo et lâcha un éternuement sonore, comme en réaction aux ennuis à venir. Une des billes en coton que Mme Jones avait coincées dans ses narines fusa dans les broussailles devant lui. Il se serait sûrement amusé de la voir se loger dans les poils d'un chardon s'il avait eu les yeux ouverts, mais ayant reconnu la voix nasillarde d'un des frères Murray, il les ferma pour se dérober à ce qui allait suivre. Le scénario était écrit d'avance. Il en connaissait déjà le moindre ressort.

Avant de quitter la ferme des Jones, Jake avait une fois de plus joué son destin à pile ou face : il s'était dit que s'il ne croisait aucune voiture avant d'avoir atteint le pont sur la Duncan, il aurait le champ libre jusqu'à chez lui. Dans le cas contraire, il lui arriverait des bricoles auxquelles il préférait ne même pas penser. Il avait remonté la 12 à toute allure, gagnant en confiance à chaque mètre de bitume avalé par son Cannondale. Quand il était arrivé en vue de la rivière, il avait senti son cœur prêt à éclater – il n'avait pas vu un chat. Hélas, il avait suffi qu'une camionnette de la télé déboule de nulle part, au tout dernier moment, pour que son destin bascule.

Les dés étaient jetés, à présent. Avec la canicule et le début anticipé des vacances, les gamins du village ne manqueraient pour rien au monde le premier rendez-vous de la saison, s'était-il dit. Ils seraient là, sur le ponton au bord de la rivière, près du sentier qu'il empruntait tous les soirs pour rentrer chez lui. Il y aurait les garçons qui le refoulaient de leur équipe en cours de sport – les jumeaux Murray, donc, peut-être

Kevin Joosten – et, bien entendu, Sam Baldwin. Jake avait visualisé leurs visages en sueur et leurs torses nus qui avaient commencé à rosir, leurs regards obliques et leur air malveillant, prêt à en découdre. Il lui semblait connaître la scène comme s'il l'avait déjà vécue, et quand il ouvrit les yeux, ce fut exactement ce qu'il découvrit. Au détail près.

— Qu'est-ce que tu fous ici, minus ?

C'était bien l'un des frères Murray – Gordon, *a priori*. Il était planté face à lui, ses yeux débordant d'une cruauté insondable, son front brillant d'un rouge cuivré. Jake se devinait lui-même écarlate, mais pour une autre raison : un point de côté brûlait entre ses côtes et commençait à le tirer au cœur.

— On croirait que tu vas crever, t'as rencontré le grand méchant loup, ou quoi ? le railla l'autre frangin, qui venait de les rejoindre.

— T'as vu ces trucs qu'il a au bout des doigts, Russ ? Tu t'es pris pour une momie, face de pet ?

Jake retint son souffle. Il était fait comme un rat ! Son regard accrocha la rivière derrière eux et il se prit à rêver d'un bain pour se rincer. Et disparaître.

— Dick-Dick-Dickinson ! fit une voix qu'il connaissait bien, tout à coup.

Les deux frères s'écartèrent. Sam Baldwin fondit sur lui comme un virus sur un système immunitaire affaibli.

— Tu fous quoi, là ? Je croyais t'avoir dit de pas traîner tout seul, fit-elle en stoppant à moins de dix centimètres de lui.

Elle se pencha et le renifla dans un froncement de nez. Malgré lui, Jake étudia ses yeux verts à l'éclat un peu fou, les taches de rousseur qui piquetaient ses pommettes et le fin duvet qui voilait sa lèvre supérieure.

— Merde, tu schlingues, tête de bite ! Tu t'es roulé dans la fange ou quoi ?

Il la sentait, lui aussi : l'odeur de l'engrais qu'il avait ramenée de la ferme. Il aurait voulu trouver quelque chose de percutant à répondre, comme il l'avait fait la veille, des mots qui lui auraient donné l'impression de lui cracher du venin à la figure, mais rien ne lui vint.

— Et puis, c'est quoi cette boulette de coton dans ton pif ? T'as peur que ta cervelle se barre ?

— Tu parles, il a rien dans la tronche ! piailla Gordon, secoué d'un rire hystérique.

— Ouais, c'est clair ! confirma Russell en écho.

Sam fit un pas vers Jake, qui desserra les freins de son vélo et se laissa doucement glisser en arrière. Il eut soudain la certitude qu'elle était capable de couper la queue d'un chaton et d'aller dormir sur ses deux oreilles dans la minute qui suivait. Cette pensée lui glaça l'échine et il recula encore.

— Vous êtes cons, ou quoi ? Bien sûr que tête de bite a une cervelle, sinon comment il ferait pour toujours faire punir les autres à sa place à l'école ?

Il y eut des ricanements, des sifflements moqueurs. Ils avancèrent sur lui et le cerveau de Jake figea la scène en une série d'instantanés : les rayons obliques du soleil, la bulle de morve qui palpitait à la narine gauche de Russell, les lèvres craquelées de Sam. Et plus loin, deux yeux fixés sur eux dans l'ombre d'une casquette verte, dont il ne parvenait à identifier ni le propriétaire ni les intentions.

Jake sentit des branches lui griffer le dos. La roue arrière de son vélo écrasa les broussailles dans un froissement sec. Un bref instant, une part de lui s'en voulut de ne pas avoir fait demi-tour en croisant la camionnette sur le pont. Mais il en voulait surtout à son frère d'être mort et à son père de s'être laissé aller après le drame. Parce que si ce dernier n'était pas devenu obèse, il aurait conservé le poste d'entraîneur de l'équipe de baseball, dont Jake aurait forcément fait partie. Peut-être alors aurait-il été comme les autres garçons de son âge, peut-être se serait-il senti normal ?

Il essaya de garder son sang-froid et trouva le courage d'articuler, dans un chuchotement farouche :

— Paraît qu'un humain n'utilise que quinze pour cent de son cerveau… Je parie que chez vous ça dépasse pas les cinq…

Le coup partit sans qu'il l'ait vu venir ; il l'atteignit en plein plexus solaire. Privé d'air, Jake se plia en deux sur sa selle. Il sentit les larmes lui monter aux yeux et serra les dents pour ne pas éclater en sanglots – hors de question de leur faire ce plaisir.

— Fichez lui la paix ! fit une voix venue de loin.

La suite, il ne l'entendit pas. Les sons lui arrivaient avec un léger écho, à croire que le coup avait résonné jusque dans ses tympans. Il voulut lever la tête, mais eut trop peur de se retrouver face à un poing serré. De nouveaux coups allaient pleuvoir, de ça il était sûr. Il y avait trop longtemps que Sam Baldwin attendait ce moment.

— Te mêle pas de ça, Jamie…

Les jumeaux s'écartèrent. Quand il risqua enfin un regard, Jake reconnut Jamie Carozzo, le fils d'une des amies de sa mère – et le propriétaire de la casquette verte. Il traînait Ben McCombs, Jr., dans son sillage. Le petit gros était en train de boulotter des M&M's.

— La ferme ! s'exclama Jamie. Laissez-le partir.

— C'est bon, on fait rien de mal !

C'était Gordon ou Russell qui avait parlé. Sam avait gardé le silence.

— Tire-toi, Dickinson, ordonna Jamie sans la moindre sollicitude dans la voix.

Jake ne se le fit pas dire deux fois. Il libéra les freins et laissa son vélo partir vers l'avant, prenant soin de ne pas croiser leurs regards.

— Et pense à te secouer avant de rentrer, on dirait que tu es tombé dans un sac d'aspirateur ! cria un des jumeaux, provoquant une nouvelle salve de rires.

Jake crut entendre sa mère, et ce fut pour lui le pire moment de ce douloureux épisode. Il roula vers le bord de la rivière, encore sonné par le coup que lui avait porté Sam Baldwin. Malgré l'élan qu'il avait pris, il lui semblait qu'il n'allait pas assez vite, que les branches s'accrochaient à son T-shirt pour le retenir et offrir aux autres une dernière chance de lui flanquer sa dérouillée.

Il s'engagea sur la rive dans un tourbillon poussiéreux. Le temps qu'il atteigne le ponton, des larmes chaudes et cuisantes inondaient ses joues. Il avait mal et il se sentait un peu honteux. Et en colère. Oh oui, terriblement en colère.

8

C'était l'une de ces soirées extraordinairement paisibles qui suivent les premières journées brûlantes du mois de juin. L'air était empreint d'une pureté inédite, quasi biblique. Le ciel à l'est se déclinait en bandes d'un bleu profond percé de rares étoiles, les nuages à l'ouest avaient viré au pourpre. C'était un moment unique, le genre de moment où la nature semble accorder tous ses violons pour vous jouer sa plus belle sérénade. Le bruissement des grillons, la brise dans les herbes folles, les ronflements indolents de Waldo : tout était réuni pour endormir le printemps, jusqu'à la voix du commentateur sportif à la radio.

Assis sous la véranda au fond de son rocking-chair, Lamar Jones regardait la lumière du soir planer sur ses champs. Son poste de radio portatif posé sur le rebord de la fenêtre diffusait en sourdine un match de football. Le thermomètre accroché près de la porte indiquait vingt-quatre degrés. On sentait encore la chaleur sourdre de la terre, mais il commençait à faire bon.

Le vieil homme soupira d'aise. Il n'aurait pas dû, il le savait bien : on ne pouvait s'abandonner à la quiétude, ne serait-ce qu'une minute, quand une petite fille qu'on croisait tous les dimanches à la messe était portée disparue. Mais il était seul, sans personne pour le voir, alors pourquoi s'en priver ?

Son regard erra sur la mer de maïs devant lui. Il y avait de la fierté dans ses yeux. Ses parents, des esclaves affranchis originaires de Louisiane, avaient traversé à peu près toutes les épreuves auxquelles leur condition les avait exposés, mais ils avaient réalisé leur rêve. Ça ne s'était pas fait sans mal, loin s'en faut : ils avaient eux aussi essuyé leur lot de moqueries et d'injures racistes. La croyance répandue à l'époque dans la communauté mormone voulait que les Noirs fussent les descendants de Caïn, mais en devenant propriétaire, le vieil Ozzie Jones avait fait un joli pied de nez à tous ceux qui voyaient en lui l'héritier d'un meurtrier condamné par Dieu à ne jamais pouvoir cultiver ses terres.

Lamar gratta une allumette avec l'ongle de son pouce. La flamme jaillit dans un crépitement feutré, creusant son visage sombre d'innombrables canyons. Un filet de vent faillit la souffler avant qu'il ait eu le temps d'allumer sa cigarette. Il se détourna, la main en coupe. L'air charriait l'odeur capiteuse et légèrement sulfureuse de la terre après la pluie. Et autre chose, aussi. Une vibration d'électricité statique.

— L'orage sera pas méchant, dit-il à voix haute, ayant entendu la lourde portière du 4 x 4 claquer à l'avant de la maison. Juste une petite pluie et ce sera terminé.

Jim Pomeroy fit son apparition au coin du porche au moment précis où son ami déclamait ses prévisions météo. Il ne sonnait jamais, faisant habituellement le tour de la maison pour ne pas déranger Felicity, qui à cette heure-ci était déjà au lit avec un livre ou un point de croix. Waldo remua la truffe, Lamar jeta un œil à sa montre. Il était un peu plus de 21 heures.

— Ils en sont où ? demanda le médecin avec un signe du menton en direction du poste de radio.

— Les Cardinals mènent six à zéro. Anderson vient de parcourir 1 200 yards, il a été bloqué par Kepner à la fin du premier quart-temps.

Jim s'installa dans un fauteuil en rotin. Un méchant coup de soleil lui avait brûlé le front et les pommettes. Après avoir passé l'après-midi avec les équipes de recherche, il avait fait le chemin du retour dans une sorte d'état second, que n'était pas venue troubler la découverte d'une petite plaque de psoriasis sur son poignet. Il commençait à avoir l'habitude de ce genre de manifestation ; il lui était arrivé la même chose après la mort de Nancy.

Lamar parvint enfin à allumer sa cigarette. Il tira dessus, sans un mot. La douceur du moment parlait pour lui.

— Il y a des jours où on serait plus inspiré de pas se lever, je te jure, soupira-t-il après un moment.

Jim fixa le bout incandescent de la cigarette.

— On a bien mérité un petit remontant, continua Lamar en tirant une bière et une citronnade de la glacière cachée sous la couverture qui pendait à l'accoudoir de son rocking-chair.

Jim se pencha et attrapa la cannette que lui tendait son ami. Il ne la décapsula pas immédiatement, préférant la faire rouler entre ses mains pour s'imprégner de sa fraîcheur.

Lamar se rencogna dans son fauteuil en grimaçant. Sa sciatique faisait des siennes avec ce temps orageux, et il changea de position pour soulager la douleur. Après une gorgée de bière, sa voix grave se joignit aux sons enveloppants du soir :

— C'est étrange comme certaines choses ne changent jamais, Jimmy. Le coucher du soleil, la floraison du maïs, l'augmentation du prix de ce maudit baril d'essence… Mais nous, on vieillit, on prend du ventre, on perd nos cheveux et on se lève deux fois plus souvent pour aller pisser la nuit… Où est la justice dans tout ça ?

— Y a pas de justice, Jonesy. Juste l'effroyable course du temps.

— Ma foi, c'est pas faux. Le pire, c'est quand même tous ces gens qu'on voit mourir autour de nous, tu trouves pas ? Les gars de notre génération, je veux dire. Ça, ça te fout vraiment une claque. Quand John Wayne a cassé sa pipe, c'est un petit bout du môme que j'étais encore qui s'est envolé, tu vois, mais aussi une alarme qui s'allumait dans ma tête : « Eh, mon vieux, ton tour va bientôt venir, alors tire pas trop de plans sur la comète ! »

Jim acquiesça. Il éprouvait des sentiments similaires depuis quelques années. Bien sûr, ses références n'étaient pas les mêmes – il avait onze ans de moins que Lamar – mais lui aussi se sentait en bout de piste, quelquefois. La série noire avait commencé avec Elvis en 1977, s'était poursuivie avec Steve McQueen en 1980 et Bill Haley en 1981. Autant d'icônes de son âge parties trop tôt. Ça le terrifiait. Le temps filait si vite… Et ça n'avait fait que s'accentuer après la mort de sa femme.

— Enfin, c'est comme ça, reprit Lamar avec une pointe de lassitude dans la voix. On naît, on grandit, on souffre, on vieillit. Et à la fin, on passe l'arme à gauche… « Ainsi va la vie », comme disait l'autre.

Jim eut un hochement de tête.

— Y a quand même un truc vraiment moche en ce bas monde, qu'on peut pas se permettre d'accepter : c'est qu'il arrive malheur à des petits enfants innocents, ajouta Lamar après une minute.

La porte à moustiquaire grinça sur ses gonds et claqua derrière eux. Le vent se levait. *Le calme avant la tempête*, se dit le fermier, déjà debout pour aller abaisser le loquet, mais ce n'était pas à l'orage qu'il pensait. Une nuée de fourmis courut dans sa jambe gauche et il dut s'appuyer à son fauteuil avant d'en éprouver à nouveau les sensations. En le voyant se déplacer en claudiquant, Jim remarqua qu'il nageait dans sa salopette. Un de ces jours, il faudrait qu'il l'oblige à faire un check-up.

— Cesse donc de m'éplucher des yeux, toubib, le rabroua Lamar. Moi, je m'en fais pas, alors te bile pas pour moi !

Il partit d'un rire grailleux qui se transforma en quinte de toux. Chacune des dix cigarettes quotidiennes qu'il avait fumées au cours des cinquante dernières années semblait aujourd'hui vouloir se rappeler à son souvenir.

— Tu ne devrais pas jouer avec ta santé, rétorqua Jim. À ton âge, on ne badine pas avec ces choses-là.

— C'est ça, c'est ça !

Lamar se posa dans son fauteuil et porta la bière à ses lèvres.

— Je t'apprends rien si je te dis que la peur évite pas le danger. La mort est aussi inévitable que des hémorroïdes après un plat trop épicé, alors à quoi bon se mettre la rate au court-bouillon ?

Continuant à faire rouler la cannette dans ses mains, Jim répondit :

— Dans la vie, on n'a droit qu'à une seule prise, mieux vaut ne pas la gâcher…

— Peut-être bien, Jimmy… Peut-être bien.

Dans le silence qui suivit, Lamar put presque entendre la respiration maladive du fantôme de Nancy Pomeroy auprès d'eux. Jim n'avait pas su interpréter les symptômes du cancer qui l'avait emportée, et ne se l'était jamais pardonné.

— On vit tous dans l'attente inconsciente du moment où le Gars là-haut décidera que notre heure est venue, déclara le fermier après un silence. Dans l'intervalle, chacun de nous cherche à donner un sens à sa vie. Ma foi, j'ai trouvé le mien, Jimmy. (Il tapota l'accoudoir de son fauteuil.) Le sens de ma vie, c'est d'être ici. Alors non, la mort me fait pas peur. Pas la mienne, en tout cas. Pour ce qui est de celle des autres, il m'arrive de me dire que je suis le plus grand froussard du monde…

— On a tous nos contradictions, je suppose.

Lamar prit une autre gorgée de bière, perdu dans la contemplation des dernières lueurs du jour. À la radio, le match venait de se terminer. Une demi-heure s'était écoulée sans qu'ils l'aient vue passer.

— Tu as remarqué qu'en ce moment beaucoup de gens ont renoncé à vivre ? fit le fermier. Plus personne ne rit, plus personne ne pleure, on se contente d'attendre que le temps passe. Moi, j'ai fait le choix de vivre, Jimmy. Sans me soucier de ce qui arrivera demain. Je fume, c'est vrai. Et puis je bois, aussi ! Mais foi d'honnête homme, c'est pas une cigarette qui aura ma peau !

Il eut un rire éraillé qui sonna pourtant comme un avertissement. Jim chercha une parade qu'il ne trouva pas. L'idée lui vint bien d'évoquer la découverte qu'il avait faite chez Arlin Gillespie, mais il se ravisa.

— Ils ont coincé le Français, dit-il, changeant son fusil d'épaule. Le cuistot de Beth.

— Ils ont quoi contre lui ?

— J'ai vu la mère de la petite tout à l'heure, à l'hôpital. D'après elle, le gars lui tourne autour depuis des mois… Mais franchement, je ne crois pas qu'il ait quoi que ce soit à voir là-dedans.

— Toi et ta foi indécrottable en l'être humain !

Jim ouvrit sa cannette et l'approcha de ses lèvres. Lamar laissa passer une poignée de secondes avant de reprendre :

— Tu te rappelles, Jimmy ? 1944 ?

Son ami n'eut aucune réaction, ou ne voulut pas en avoir. La pluie se mit à tomber en crépitant sur le maïs. Une petite pluie fine, dans la queue de l'orage qui avait frappé à quelques dizaines de kilomètres de là.

— Je t'avais dit que ça serait un pipi de chat.

Jim, qui n'avait toujours pas touché à sa citronnade, commençait à se dessécher. Il laissa tomber, la gorge nouée :

— Je vais te dire, Jonesy : j'ai passé l'après-midi à parcourir le moindre centimètre carré de cette foutue forêt, et… ça me fend le cœur de l'avouer, mais je suis sûr maintenant qu'on ne retrouvera pas Shawna.

Lamar opina vaguement du chef. Dans la lueur bleue du crépuscule, son visage avait pris une apparence fantomatique encore accentuée par les poches de fatigue qui saillaient sous ses yeux. Jim pensa à Prométhée, qui créait des humains à partir d'eau et de terre. Puis son esprit revint malgré lui à Arlin Gillespie : lui façonnait des monstres avec des morceaux de cadavre. Il ne put réprimer un frisson.

— Jimmy… Je crois bien que ça a recommencé…

Jim expira lourdement.

— Dis quelque chose, pour l'amour de Dieu…

— Au nom du ciel, Jonesy ! glapit le médecin de manière assez inattendue pour que Waldo, qui n'avait pas l'habitude d'entendre ses maîtres élever la voix, dresse les oreilles et émette un couinement inquiet. Est-ce que tu tiens vraiment à remuer cette vieille histoire ?

Il descendit sa cannette d'un trait et la serra dans sa main jusqu'à la broyer.

— J'ai pas plus envie que toi de ressasser tout ça, affirma Lamar. Seulement… si ce qui est arrivé doit recommencer, on doit y être préparé.

— Jonesy, Jonesy…

— Non, Jimmy. Essaie pas de te défiler. Tu sais à quoi on s'est engagé en se lançant dans cette expédition, à l'époque. « On peut vaincre le mal que par un autre mal », souviens-toi. Si quelque chose de mauvais devait se produire, promets-moi qu'on fera ce qu'il faut.

Jim considéra longuement son ami. Sa lucidité revenait. Les souvenirs, aussi. Des noms, surgis du passé : Andrew Boden, Susan Vaughn…

— Et toi, Jonesy, tu te rappelles ? fit-il sur un ton amer que Lamar ne lui connaissait pas. « La haine engendre toujours la haine. »

Il fixa le fermier avec l'aplomb de ceux qui sont en proie à une certitude inébranlable. La cannette, au creux de sa main, n'était plus qu'un amas de métal compressé pas plus gros qu'une balle de tennis.

Ils restèrent un long moment sans parler, le genre de moments que seuls deux hommes qui cultivent une amitié longue et sincère peuvent partager. Et tandis que s'installait la nuit la plus courte de l'année, qu'arrivait l'été qui verrait survenir des événements que personne à Duncan's Creek n'aurait pu imaginer, Lamar déclara, d'une étrange voix sans timbre dans laquelle Jim reconnut le jeune homme qu'il avait été quarante ans plus tôt :

— J'ai un mauvais pressentiment, Jimmy. Toute cette foutue histoire va mal finir. Bougrement mal finir.

DEUXIÈME PARTIE

Légendes indiennes

CHAPITRE VI

1

Logan Momsen arriva à la station-service des Dickinson avec vingt minutes d'avance, ce mardi matin, ce qui n'était pas dans ses habitudes. La première tâche à laquelle il s'attelait généralement était le déverrouillage des pompes, après quoi il remettait un peu d'ordre dans la boutique et se constituait un fonds de caisse d'une vingtaine de dollars, pour le cas où un car de touristes viendrait dévaliser le rayon des produits locaux. Puis il allumait la radio, approvisionnait les linéaires, et passait même un coup de serpillière dans les toilettes, mais seulement quand il n'avait pas eu le temps de le faire la veille. Enfin, il allait retourner le panneau sur la porte du côté « OUVERT » et se postait derrière le comptoir pour attendre le premier client de la journée.

Ce matin-là, Logan contrevint à toutes ses habitudes. À peine avait-il garé la Buick à l'arrière du parking qu'il s'engouffra à l'intérieur pour allumer le téléviseur portable que Dwight Dickinson avait installé près de la caisse enregistreuse. Il était 8 heures moins le quart. Le journal allait bientôt commencer.

Il avait mal dormi cette nuit-là et n'avait rien avalé au petit déjeuner, étranglé par une boule que n'expliquait ni l'imminence d'un rapprochement avec Alice ni une nouvelle confrontation avec le shérif. L'angoisse qui lui nouait la gorge s'apparentait plutôt à celle qu'éprouve un comédien avant de monter sur scène.

Il trouva la chaîne 25 et composa le numéro d'Alice. Sa petite amie décrocha à la première sonnerie. Il l'imagina en train d'attendre son appel près du téléphone depuis son réveil, et ne l'en aima que davantage.

— Attention bébé, le spectacle va commencer !

Ensemble, ils suivirent la page de réclames dans un état d'excitation proche de l'ivresse. Il y eut un jingle, puis le générique de l'édition du matin, qui arracha un cri aigu à Alice. Logan poussa le volume de la télé, la musique du journal lui parvenant en écho à l'autre bout du fil.

La chaîne 25 émettait sur l'Utah, l'Arizona, et une partie du Nevada. À la présentation ce mardi matin : Conrad R. Morrison et Naomi Purcell. La journaliste fut la première à parler. Elle évoqua la visite de Ronald Reagan à Salt Lake City avant de faire un point sur le recours en grâce d'un condamné à mort qui devait être exécuté la semaine suivante.

« Et maintenant, les suites de la disparition de la petite Shawna Twitchell, embraya Morrison. Deux semaines après les événements, l'enquête piétine toujours. De nouveaux appels à témoins ont été lancés après la mise hors de cause d'un suspect il y a quelques jours. Notre envoyée spéciale à Duncan's Creek, Pam Alvarado. »

Logan sentit son cœur s'accélérer. Dans l'écouteur, Alice piaffa :

— Ça va être à toi, mon ange !

La journaliste apparut à l'écran. Ils laissèrent tous deux échapper la même exclamation euphorique en reconnaissant la route 12 à l'arrière-plan. Pam Alvarado prit la parole, l'air grave :

« L'inquiétude ne cesse de croître à Duncan's Creek, dans le comté de Garfield, depuis la disparition inexpliquée de Shawna Twitchell, 5 ans, le 18 juin dernier. Après quinze jours de recherches infructueuses, le FBI se concentre aujourd'hui sur l'enquête et l'audition des témoins. Contactée plus tôt dans la journée, l'antenne de Salt Lake City nous a confirmé ne pas avoir pu établir de lien avec les disparitions de deux autres enfants, survenues dans ce même village, au cours des années soixante-dix. La piste de l'enlèvement, un temps évoquée, n'est, elle, pas totalement écartée, même si Gilles Cabanel, un cuisinier d'origine française, a été lavé des soupçons qui pesaient sur lui en fin de semaine dernière. Quant à une éventuelle implication de la famille du père de la fillette, décédé il y a quelques mois, celle-ci a également été démentie. À ce jour, l'accident est la thèse privilégiée des enquêteurs. Je me trouve avec Dalton Hughes, le shérif du comté, chargé des recherches sur le terrain. Shérif, quels sont les derniers développements de l'affaire ? »

La caméra vira vers la droite et Hughes entra dans le champ. En voyant sa tête énorme s'encadrer dans l'écran, Logan ne put retenir une grimace de dégoût.

« Eh bien, toutes les ressources policières du comté de Garfield sont mobilisées sur cette affaire, en collaboration étroite avec le FBI, expliqua le shérif d'un air empesé. Nous quadrillons le périmètre de la Boulder Mountain depuis le 18 juin, aidés de nombreux volontaires locaux. La rivière et le Réservoir, qui alimente le village en eau courante, ont tous deux été dragués. Les chemins, les fossés, les buissons ont été ratissés sans relâche. Nous ne nous démobiliserons pas avant d'avoir retrouvé Shawna, je peux vous l'assurer. »

Logan partit d'un rire moqueur. Le discours était bien rodé, nul doute que Hughes avait passé la nuit à le répéter.

« Pourtant, les recherches ont commencé à diminuer, souligna Pam. Certaines voix se sont élevées ces derniers jours, reprochant même leur inefficacité aux autorités. Qu'avez-vous à répondre à ces accusations ? »

Les joues de Hughes rosirent. Il répondit, d'une voix un peu moins contrôlée qui s'envola dans les aigus :

« Le boulot du shérif, c'est le boulot du shérif ! Chacun doit rester à sa place… »

— Quel bouffon ! commenta Alice dans l'écouteur.

Logan acquiesça. Son pied battait la mesure sur le barreau transversal de sa chaise. S'il s'était trouvé là-bas, il lui aurait fait bouffer le micro que la journaliste baladait sous son nez.

« Shérif Hughes, la piste de l'enlèvement a été évoquée dès le premier jour. Quel élément vous a permis d'invalider cette hypothèse ?

— La zone autour de la maison des Twitchell a été passée au peigne fin, sans succès. L'absence d'empreintes dans la boue du jardin, qui avait été arrosé une heure avant les faits, nous a permis de conclure qu'il n'y avait pas eu d'intervention extérieure…

— Mais un éventuel agresseur aurait pu appeler la fillette de la route, n'est-ce pas ? Quelqu'un qu'elle connaissait, peut-être ?

— Non ! réfuta Hughes. Rien ne nous permet d'envisager une telle éventualité. Ce ne sont que des conjectures… »

— Bon, il va la fermer ! s'exclama Alice. À quel moment c'est à toi ?

— Je sais pas, bébé. Je sais pas.

Logan ne tenait plus en place. Il s'était levé, le boîtier du téléphone à la main, guettant l'écran de loin en loin. La veille, Pam Alvarado l'avait interviewé devant la station-service, lui promettant qu'il passerait à l'antenne dans l'édition du matin. À croire que ces crétins de la télé préféraient la gueule de babouin de Hughes à la sienne !

« Shérif, le FBI a fait venir un bulldozer la semaine dernière, afin de procéder à des excavations. Êtes-vous sur la piste d'un suspect ?

— Ce sont des vérifications de routine. Un orage violent a frappé la région dans la nuit qui a suivi la disparition de l'enfant, les équipes de recherche ont repéré des glissements de terrain dans la montagne. Nous avons procédé à ces fouilles pour nous assurer que l'enfant n'avait pas été emportée par un torrent de boue.

— S'il s'agit de simples vérifications de routine, comment expliquez-vous que ces mêmes bulldozers se soient retrouvés à creuser le terrain derrière chez… (La journaliste consulta ses notes.) Gilles Cabanel, dont la maison se trouve pourtant en plein cœur du village ?

— Je… Nous… C'est une enquête en cours, je n'ai rien de plus à vous dire sur…

— Shérif Hughes, insista Pam, est-il vrai que M. Cabanel, qui a été interpellé le 20 juin dernier, aurait fait l'objet de soupçons à la suite de diverses affaires de voyeurisme ? »

Le cameraman cadra Hughes dans un plan si serré que sa tête remplit toute la surface de l'écran. On aurait dit un reflet dans un miroir déformant.

« Comment… comment avez-vous eu accès à… ? » balbutia ce dernier.

Logan n'entendit pas la suite.

— Le fils de pute !

— Quoi ? s'inquiéta Alice. Qu'est-ce qu'il y a ?

— T'as pas entendu ?

— Entendu quoi ?

Logan serra les dents pour contenir sa fureur. Il fit claquer le téléphone sur le comptoir.

— Cabanel ! rugit-il. C'est un putain de voyeur !

— Oui, c'est ce qu'ils ont dit… Et alors ?

— Tu te souviens, il y a deux semaines ? Notre soirée dans la forêt ?

Il ne reçut pour réponse que le souffle anxieux d'Alice à l'autre bout du fil. Elle venait de comprendre.

— Tu penses que… c'était lui ?

Logan partit au quart de tour :

— Bah non, c'était sans doute le pape ! Qui ça peut être, d'après toi ?

Des images étaient déjà en train de se former à la surface de son esprit : Cabanel, sous le couvert des arbres, en train de les mater, peut-être excité par ce qu'il voyait… Logan jeta un œil à travers la vitre et attrapa les clés de la Buick. Il allait débouler chez le Français et lui refaire le portrait !

— Putain, je te jure que si c'est lui, je…

Il tapa du poing sur le comptoir, faisant voler un pot à crayons.

— Calme-toi, mon ange, fit la voix tendue d'Alice. On n'en sait rien pour l'instant !

— Ce mec est pas net, je te l'ai toujours dit !

— Tu veux que je passe ? proposa Alice, le sentant sur la corde raide.

— Non.

Elle laissa filer, momentanément.

— T'es sûr ?

— Oui, je te dis !

— Bon, OK… Pas la peine de t'énerver !

— Je m'énerve pas.

Nouveau flottement.

— Il faudra quand même que tu m'expliques ce qui ne va pas en ce moment !

— Faut que je te laisse, bébé, on se rappelle plus tard.

Logan raccrocha. Parfois, Alice ne comprenait rien à rien. Il allait fermer la caisse pour sortir quand la clochette tinta au-dessus de la porte. Levant la tête, il vit entrer le petit Jake Dickinson, le rejeton de ses patrons, un gosse sympa mais un peu timide qui n'osait jamais le regarder en face.

— Hé, Mister J., ça roule ? fit-il en essayant de paraître calme.

Le gamin fit oui de la tête et vint déposer un carton derrière le comptoir. Il était rempli de feuilles de papier sur lesquelles Winnie Dickinson et ses amies avaient reproduit au stencil le visage de Shawna Twitchell. En dessous de son nom et de sa description figurait le numéro de téléphone du bureau du shérif. Les femmes de la Société de secours avaient confectionné ces affichettes pour les placarder sur les produits de tête de gondole, le temps que soient livrés les stocks commandés à la grande distribution. D'ici une semaine, la frimousse de la fillette s'afficherait sur les briques de lait et les paquets de chips à travers tout l'État.

— Tu ne bosses pas chez le père Jones, aujourd'hui ?

— Non, répondit Jake d'un air évasif.

Il avait l'air morose, et l'espace d'un instant, Logan pensa lui demander ce qui n'allait pas. Mais la porte de la station-service se refermait déjà sur le gosse, qui récupéra son vélo avant de filer en direction du nord.

Logan éteignit le poste de télévision et fixa les clés au creux de sa main. L'image du Français planqué sous le couvert des arbres revint soudain s'imposer à lui. Cette enflure de bouffeur de grenouilles s'était permis de les mater, Alice et lui, alors qu'ils étaient sur le point de passer aux choses sérieuses !

Il sentit rougeoyer une braise de fureur sous son crâne. Ça lui revenait, à présent : avant que le voyeur ne se pointe, Alice était serrée contre lui, plus près qu'elle ne l'avait jamais été. Il aurait suffi d'une minute pour qu'elle roule sur lui et qu'enfin ils…

— Le fils de pute ! explosa Logan en envoyant valser un distributeur de chewing-gums d'un revers rageur de la main.

2

La route 12 était déserte, figée dans la lumière matinale déjà franche. Rien ne bougeait aux abords des champs. Les collines, au loin, surgissaient de terre tels de petits dômes ensoleillés. L'air encore frais, porté par une brise légère, était empreint de cette espèce d'engourdissement qui succède à une nuit agitée. Suspendue au-dessus de la chaussée, une banderole aux couleurs vives flottait entre deux poteaux télégraphiques. « FOIRE D'ÉTÉ DE DUNCAN'S CREEK – 2, 3 ET 4 JUILLET », annonçait-elle fièrement. L'ambiance, pourtant, n'était pas à la fête.

Depuis quelques jours, chacun avait pris plus ou moins conscience qu'il ne reverrait sans doute jamais la petite Shawna Twitchell. Une messe en soutien à sa mère avait été célébrée le dimanche précédent à l'église de Jésus-Christ des Saints des Derniers Jours. C'est le père Simunek qui avait effectué l'homélie. Il s'agissait d'une église mormone, mais toutes les congrégations avaient été représentées. Une veillée avait suivi, puis tout le monde était rentré déposer une chandelle derrière la fenêtre de sa salle à manger.

Jake s'était uni aux prières et avait lui-même allumé une bougie à la fenêtre de sa chambre. Là, l'espoir continuait de le porter, envers et contre tous. Comme il ne travaillait pas – M. Jones était allé passer des examens de santé à Panguitch –, il s'était mis en tête de placarder des affichettes sur les poteaux, les arbres et les façades qui n'en étaient pas encore pourvus.

Après avoir quitté la station-service de ses parents, il vira à droite vers River Road, fredonnant tranquillement sur son vélo. Il avait le cœur léger malgré la retenue qui s'était emparée de lui quand il s'était retrouvé face à Logan. Il aurait voulu trouver quelque chose à lui dire, sur le moment, une bonne blague par exemple, mais rien ne lui était venu. Il s'était senti aussi bête que quand il faisait perdre son équipe en cours de sport et qu'il se mettait à faire des ronds dans la terre avec ses pieds pour ne pas avoir à affronter les regards mécontents de ses partenaires.

Cet émerveillement un peu vague qu'il ressentait au contact du pompiste, Jake n'arrivait pas à en préciser la nature. Il se sentait tout drôle au creux de l'estomac quand il le voyait, et le diagnostic le plus abouti qu'il avait pu tirer de ses symptômes était qu'il souffrait d'un terrible besoin de conformité. Il voulait sans doute lui ressembler, peut-être même être lui. Tout semblait plus facile quand on avait 17 ans, qu'on était beau, plein de confiance en soi, et qu'on s'appelait Logan Momsen.

Le déroulé des dernières minutes allait lui repasser en mémoire quand, sans vraiment s'en rendre compte, Jake fit défiler le film à l'envers comme on rembobine la bande d'une cassette VHS. Rien de tout cela ne s'était passé, en réalité. Sa timidité, sa gaucherie : il les avait vaincues. Il était entré dans la station-service plein de confiance en lui et avait sorti un truc super drôle à Logan. Pas le genre d'histoires un peu lourdes que racontait son père, plutôt une blague comme aurait pu en dire Ben McCombs, Jr. Logan avait ri aux éclats et lui avait répondu un truc encore plus drôle, puis il lui avait proposé de sortir fumer une cigarette, du tac au tac. Il en avait profité pour montrer à Jake les nouvelles enceintes dont il avait équipé sa Buick et…

— Gaffe, morveux !

Un coup de klaxon retentit devant lui. Jake tordit son guidon à droite et sentit une calandre tiède frôler son mollet. Son Cannondale vacilla, il tenta de le maintenir d'aplomb en s'aidant de ses pieds, mais, comme tous les gosses qui ont une conscience encore balbutiante de leur corps en pleine croissance, il sous-évalua la distance qui le séparait du sol et s'empêtra dans ses pédales. Il pila sur le bas-côté et regarda derrière lui.

Un pick-up bleu venait de lui couper la route. Il le suivit des yeux en se demandant s'il allait s'arrêter, mais le conducteur poursuivit son chemin sans se soucier de son sort. Sur le pare-chocs arrière était apposé un autocollant clamant « VOUS AVEZ PERDU VOTRE CHAT ? REGARDEZ SOUS MES ROUES ! » et le temps d'une seconde, Jake se dit que ç'aurait très bien pu être lui à la place dudit chat.

C'était le pick-up d'Arlin Gillespie, le fermier un peu inquiétant qui exposait de drôles de structures devant chez lui. Jake lui sut gré de ne pas avoir stoppé. Il éprouvait en sa présence une sorte de crainte diffuse et instinctive qu'il ne s'expliquait pas. Rien à voir, en tout cas, avec la peur que lui inspirait Sam Baldwin, qui tenait plus du réflexe pavlovien.

Un coup d'œil à sa montre lui apprit qu'il restait vingt minutes avant l'ouverture du City Market. Jake remonta la rue et colla une dizaine de nouveaux avis de recherche avant de s'accorder une courte pause. À 9 heures moins cinq, il remonta sur son vélo et partit en direction de l'ouest. Armé de cette étrange et subtile perception des choses qui le distinguait des autres, il resta sur le qui-vive pendant tout le trajet. Il pressentait qu'Arlin Gillespie et son pick-up bleu pouvaient à tout moment débouler d'un chemin de terre pour venir achever le travail, et conclut un nouveau pacte avec lui-même : s'il croisait à nouveau la route du fermier, ses prières et ses efforts paieraient et Shawna Twitchell finirait par reparaître. Dans le cas contraire, on ne la retrouverait pas et le shérif finirait par la déclarer morte. Comme Tim.

Il arriva au City Market sans avoir croisé âme qui vive.

— Ça va, Chucky ? lui demanda M. DeSoto en le voyant entrer.

Jake acquiesça. Il avait ce surnom en horreur, mais le maire de Duncan's Creek – également propriétaire des lieux – n'était sans doute pas prêt à entendre son avis sur la question.

— Si tu veux boire quelque chose, va te servir dans les frigos. Tu m'as l'air plus desséché qu'un ruisseau en plein désert !

— Non merci, monsieur DeSoto, répondit Jake en déposant un paquet d'affiches sur le comptoir. Vous voulez que je les colle sur vos briques de lait ?

— J'en ai déjà plein en stock, et puis ma fille s'est proposé de m'aider. Alors va jouer au bord de la rivière avec les autres gamins.

— Non, ça va… Je peux m'en occuper.

— Comme tu veux, Chucky !

DeSoto éclata d'un rire gras et se saisit du panier que lui tendait Martha Hodge, qui venait de se présenter en caisse.

— Vous avez vu la promotion sur les sauces tomate Newman's Own, Martha ? demanda le maire. Deux achetées, une offerte.

Jake se posta en tête de gondole avec ses affiches et se mit au travail, prêtant une oreille distraite à la conversation.

— Non, non, fit la vieille dame en balayant la proposition d'une main impatiente. Vous êtes au courant, pour Mandy Twitchell ?

D'un coup, l'intérêt de Lamonte DeSoto pour son chiffre d'affaires fut relégué au second plan :

— Oui, eh bien ?

— C'est Gina Carozzo qui m'en a parlé, elle le tient de Shirley Hoffmann : la pauvre a quitté l'hôpital hier. Complètement assommée aux barbituriques, paraît-il. Dix jours qu'elle refuse de se nourrir ! Elle s'est installée chez Beth De Witte…

— Ah, la mère Carozzo, grimaça DeSoto, qui avait eu maille à partir avec elle au sujet d'une ornière dans la chaussée au mois de juin. Chez Beth, vous dites ? Bah au moins, elle ne mourra pas de faim… Paraît qu'elle a gardé le Français, au fait. Vous le saviez ?

Martha sembla s'indigner, tout à coup, mais Jake n'entendit pas ce qu'elle glissa au maire.

— Vous m'en direz tant ! déclama celui-ci en rangeant ses achats dans un sac en papier. Moi, ce qui me chagrine le plus, c'est que notre belle foire d'été tombe à l'eau. J'avais dégotté un groupe de country de tous les diables ! Enfin, bon… Ça vous fera six dollars et cinquante-cinq cents.

Martha Hodge paya, promit de revenir jeter un œil aux sauces tomate en promotion, puis quitta le magasin.

— T'aimes pas trop traîner avec les gosses de ton âge, hein ? fit la voix de Lamonte DeSoto après quelques secondes.

Jake se retourna. Il venait de terminer une série de vingt sachets de bœuf séché.

— Bof, répondit-il simplement.

Le maire l'observa fixement puis, ne trouvant rien à ajouter, plongea le nez dans un carnet de commandes. Dix minutes passèrent sans qu'aucun nouveau client se présente.

À 9 heures et demie, Jake prit congé, satisfait de sa productivité : trente boîtes de céréales, quarante paquets de cookies, autant de bœuf séché, quinze briques de lait… Les têtes de gondoles ressemblaient à des autels à la gloire de sa petite camarade de classe. Il allait rentrer chez lui, à présent. S'enfermer dans sa chambre, mettre de la musique et chercher quelque chose à faire. Une partie de Docteur Maboul, peut-être ? Histoire que sa mère entende le bip rassurant de la pince chirurgicale contre le corps du patient en carton. Ou bien une poupée vaudou à l'effigie de Sam Baldwin ? Douze jours plus tard, il n'avait toujours pas digéré le coup qu'elle lui avait mis sur le bord de la rivière.

Il enfonça sa casquette sur sa tête, monta sur son vélo. Le bruit d'un moteur lui fit tourner la tête et il vit approcher la Coccinelle de Mlle Adams, qui remontait du sud. Il lui adressa un signe de la main quand elle passa devant le City Market, mais elle ne répondit pas. En temps normal, son institutrice aurait pris deux minutes pour faire la causette. Bizarre. Jake haussa les épaules. Il ne comprenait décidément rien au monde des adultes. Il desserra ses freins et s'engagea sur la chaussée en fouillant la route du regard.

Il ne croisa plus Arlin Gillespie de la journée.

3

Betty Adams ne décolérait pas. Elle avait passé une sale nuit, et de toute évidence, cette nouvelle journée n'allait pas relever le niveau.

Ç'avait commencé la veille au soir. Rick et elle étaient en train de dîner quand il avait remis sur le tapis la bonne vieille question de leur emménagement ensemble. Elle l'avait éludée, assez peu finement il faut dire, en proposant d'ouvrir une deuxième bouteille de vin – ils s'étaient descendu quelques verres de chardonnay pour accompagner le risotto aux champignons qu'avait concocté Rick. La discussion en était restée là. Un peu plus tard, alors qu'ils s'étaient repliés dans le jardin à l'arrière de la maison pour profiter de la fraîcheur nocturne, il avait récidivé.

— J'ai pas envie de parler de ça pour l'instant, avait répondu Betty en se lovant contre lui. J'ai bu, au cas où tu ne l'aurais pas remarqué. Et je suis chaude comme la braise…

Elle avait arraché la cigarette qu'il avait entre les lèvres et l'avait embrassé avant de laisser vagabonder sa main entre ses cuisses. Rick avait eu un mouvement de recul incontrôlé et ce froncement de sourcils qui n'appartenait qu'à lui – une mimique qui avait fait craquer Betty au début, mais qu'elle supportait de moins en moins avec le temps.

— Betty… avait-il soupiré dans un nuage bleuté.

— Rick… avait-elle minaudé de l'air langoureux d'une opératrice de téléphone rose.
— Ne fais pas ça, s'il te plaît.
— Faire quoi ?
— Tu le sais très bien.
— Ne me dis pas que tu n'en pas envie.
— La question n'est pas là…
— Oh, si, la question est là. Juste là…
Ses doigts s'étaient resserrés sur son entrejambe. De son autre main, elle avait fait sauter deux boutons de la chemise de Rick, qui s'était retrouvé torse nu, plaqué contre le dossier de la balancelle. Il s'était redressé et lui avait balancé son air de chien battu.
— Arrête, Betty.
Assise à califourchon sur ses cuisses, Betty avait planté un doigt entre ses sourcils diaboliques pour le forcer à reculer. D'un coup, elle avait à nouveau 15 ans et jouer avec les nerfs des garçons était ce qu'il y avait de plus amusant au monde.
— Prends-moi, s'était-elle entendue dire d'une voix qui n'avait rien de celle d'une adolescente.
— Non, Betty. Pas là, pas comme ça…
Il l'avait empoignée par les épaules et l'avait repoussée avec ce qu'il fallait de fermeté pour qu'elle comprenne qu'il ne plaisantait pas.
— Quoi ? Tu as peur qu'on nous voie ?
— J'ai peur que tu m'allumes pour ne pas avoir à parler.
Elle avait éclaté de rire dans la nuit silencieuse. Un rire sec, d'une froideur inhabituelle. Ses trois verres de vin commençaient à lui tourner la tête.
— Ce serait bien la première fois dans toute l'histoire de l'humanité qu'un mec préférerait une discussion à une partie de jambes en l'air !
— C'est le cas, pourtant.

Betty n'avait pas décelé la moindre pointe d'amusement dans la voix de Rick. Consciente que l'échange ne prenait pas la tournure qu'elle avait voulu négocier, elle s'était assombrie et avait remonté son gilet sur ses épaules.

— Parfait, avait-elle tranché. Je t'écoute : de quoi veux-tu parler ?

— Tu te fous de moi ?

— Si je me fous de toi ?

— Betty, ça fait plus de dix jours que je t'ai posé une question à laquelle tu n'as toujours pas daigné répondre. J'ai tout essayé, pourtant : la douceur, l'humour, les messages codés…

— Tu…

— Laisse-moi finir.

— Je…

— Betty ! Tu ne me laisses plus le choix, je joue mes dernières cartouches, là. Alors si je dois te mettre la pression pour obtenir ma réponse, eh bien soit : maintenant, j'attends que tu me dises clairement si oui ou non tu veux t'installer chez moi.

Elle avait fouillé son visage du regard, une main figée dans ses cheveux qu'elle était en train de nouer en queue-de-cheval. Rick ne lui avait inspiré que du dégoût, sur le coup. Il prenait le contrôle de sa vie. Décidait où, quand et comment. Et comme cette idée achevait de la révolter, les paroles d'Estelle étaient revenues à Betty à la manière d'un boomerang : « Tu ne t'engages pas. Tu flippes pour un rien. Ton rédacteur en chef cristallise tes angoisses. Alors mets le nez dans le putain de placard de ta chambre de gosse et fous tes tripes sur la table ! »

Et Betty avait ouvert la porte. En grand :

— Je ne suis pas une héroïne de conte de fées, Rick ! Je n'ai rien de la princesse esseulée qui attend son prince charmant en haut du donjon, je ne fantasme pas sur ma robe blanche depuis que j'ai 10 ans ! Je ne suis pas cette femme-là.

Il l'avait fixée d'un air si désemparé qu'elle avait senti son cœur se serrer. Ses yeux, d'ordinaire, lui évoquaient deux petits lacs sombres dans lesquels elle adorait se perdre. Ce soir, elle aurait voulu s'y noyer.

— Je sais ce que tu vas dire, avait-elle enchaîné en se dégageant de leur étreinte. Que je n'étais pas comme ça au début. Que je t'ai mené en bateau. Vas-y, si ça te chante… Fais-toi plaisir ! Mais surtout, ne viens pas me reprocher ton impuissance à lire en moi !

— Je rêve ! Tu t'entends, là ? s'était exclamé Rick. C'est moi, le fautif, maintenant ? C'est quand même affolant, cette faculté que tu as à retourner les situations à ton avantage ! À te faire passer pour la pauvre victime…

Betty avait eu un ricanement sans humour. Sentant monter les premiers tiraillements de la colère, elle avait serré les poings.

— Ne viens pas me chercher sur ce terrain-là, Rick.

— Ah non ? Et pourquoi ?

— Laisse tomber.

Elle s'était décalée sur le côté de la balancelle pour mettre une légère distance entre eux, puis avait fondu en larmes. Il s'était passé une seconde pleine de doute durant laquelle Rick n'avait pas cillé, puis il avait fini par passer un bras autour de ses épaules pour l'attirer à lui. Betty avait continué à sangloter contre sa poitrine. Elle se sentait ridicule de craquer ainsi pour une simple dispute.

— Je vais rentrer, avait-elle articulé quand les sanglots s'étaient espacés.

— Non, tu as bu. Je peux dormir sur le canapé si tu veux.

Elle avait enfoui son visage dans son cou. Rick sentait l'after-shave bon marché, il faudrait qu'elle remédie à ça un jour, mais pour le moment, elle était incapable de faire autre chose que pleurer. Ils avaient fini par aller se coucher et, contre toute attente, ils avaient fait l'amour. Entre eux, le sexe était le remède à tout. Ils s'étaient néanmoins endormis dos contre dos, chacun de son côté du lit.

La nuit n'avait pas été fameuse, mais Betty avait fini par trouver le sommeil. Elle s'était levée à 8 heures, un peu patraque. Et aussi cafardeuse qu'après une cuite. La gueule de bois n'était plus aussi clémente avec elle que par le passé : sans qu'elle comprenne comment, elle s'était retrouvée la tête dans la cuvette des toilettes.

Les hostilités avaient repris quand Rick s'était levé. Il avait une sale gueule, lui aussi. La barbe et le cheveu hirsute, la mine chiffonnée. Il n'avait pas dormi, ou peu. Ils s'étaient croisés dans la salle de bains dans une indifférence glaciale qui frisait l'hostilité. Betty s'était faite toute petite, mais après une demi-heure de soupe à la grimace, il en avait remis une couche.

C'est là que ç'avait vraiment dégénéré. Tout y était passé : le stress, les problèmes financiers, les tics, les TOC, le manque d'investissement… Puis la dispute avait inévitablement dérivé vers la photo de Shawna Twitchell que Rick avait mise sans vergogne en une de son journal. À bout de force et d'arguments, Betty avait rassemblé ses affaires et pris – lâchement – la tangente avant que ça ne tourne vraiment au vinaigre. Ses batteries étaient à plat, la moindre variation sur le spectre de ses émotions se serait soldée par une nouvelle crise de larmes.

Garée devant chez elle, Betty devait maintenant faire un effort énorme pour dépasser le mur de dépression qui s'était édifié dans son esprit. Ils se querellaient de plus en plus souvent, et elle en arrivait à se demander si leur couple ne devait pas sa survie qu'à une pure attirance physique. À en croire les magazines féminins qu'elle lisait chez le coiffeur, la passion ne durait qu'un temps. Mais elle et Rick étaient l'exception qui confirmait la règle. Pour le reste – le quotidien, les projets –, ils avaient encore un sacré chemin à faire.

Betty tomba sur son reflet dans le rétro et se détourna de cette femme aux traits froissés qu'elle peina à reconnaître. Elle courut se réfugier chez elle. Miss Marple se faufila entre ses jambes en ronronnant. Elle lui donna quelques croquettes et resta plantée dans la cuisine, hagarde. Elle se sentait comme une enterrée vivante qui aurait creusé la terre pour remonter à la surface. Incapable de se projeter plus loin que la minute suivante.

Qu'aurait dit Estelle si elle lui avait demandé conseil ? Elle lui aurait avant tout recommandé de calmer l'incendie qui couvait en elle. De se changer les idées.

Le frigo fit entendre un bourdonnement. Il y avait un moment qu'elle n'avait pas passé les clayettes à l'eau de Javel, peut-être qu'une séance de nettoyage la calmerait ? Non, c'était une mauvaise idée. La perspective d'avoir à renifler des produits ménagers lui filait des haut-le-cœur. Elle se rendit dans le living, qui ne lui fournit pas plus d'inspiration. Pas envie de lire. Pas envie de télé. Pas envie de musique. Son regard se posa sur son gros canapé blanc. Elle aurait pu se coucher et dormir pendant deux jours, mais ça ne l'aurait pas avancée ; le goût amer de la dispute serait toujours là à son réveil.

La solution se présenta dans sa chambre, sous la forme de son vélo d'appartement. Un peu d'exercice la défoulerait. Sans se laisser le temps de la réflexion, Betty enfila un bas de survêtement en coton et un débardeur puis abaissa les stores – la lumière qui inondait la pièce lui donnait mal à la tête. Son walkman traînait sur la table de chevet, elle plaça le casque sur ses oreilles et appuya sur *play*. La mélodie sirupeuse de « I Just Called to Say I Love You » de Stevie Wonder dégoulina des écouteurs. La cassette lui avait été offerte par le petit Brandon Hoffmann, qui comme Rick sans doute, voyait en elle une princesse de conte de fées.

Graine de macho, pensa-t-elle dans un sourire éteint. Elle enfonça le bouton d'avance rapide à la recherche de la chanson suivante, mais la compilation se révéla une suite ininterrompue de mièvreries – encore des W : Wham, Whitney… Betty éjecta la cassette. Il lui fallait un morceau plus entraînant, et elle savait exactement où aller le chercher.

Elle trouva son bonheur dans un tiroir de son bureau : un boîtier en plexi fendu sur lequel était collée une étiquette « SF – 1973 ». Un cadeau de Troy pour leur deuxième anniversaire, l'une des seules reliques qu'elle avait gardées de leur histoire. Dylan, Joplin, Baez… Elle fit défiler la bande jusqu'à « Tumbling Dice » des Stones. Voilà qui ferait l'affaire. Grimpant sur la selle, elle remonta ses cheveux en queue-de-cheval et se mit à pédaler au son de la guitare de Keith Richards. Un vent de fraîcheur souffla instantanément en elle. La musique lui fit l'effet d'une machine à remonter le temps, qui l'aurait emportée à l'époque de la liberté, de la légèreté et de l'insouciance. Penchée sur le guidon d'un vélo qui ne la mènerait nulle part, Betty avait à nouveau 20 ans.

Par quelque bouleversement inexplicable de son équilibre chimique, ses souvenirs se manifestaient de manière de plus en plus fréquente depuis qu'elle avait passé le cap de la trentaine. Le plus souvent, par petites touches – un parfum qui lui rappelait son grand-père, un film diffusé au moment de Noël qui avait marqué son enfance. Le temps aidant, Betty s'était habituée à l'idée qu'elle devait vivre avec cette nostalgie, comme si le fait d'arriver au tiers de sa vie était le moment de faire un premier bilan, de se retourner sur son passé. Peut-être pour mieux envisager l'avenir…

Une crampe empoigna son estomac, tout à coup. Elle n'avait rien avalé au petit déjeuner, trop contrariée par sa dispute avec Rick. Faire de l'exercice le ventre vide n'était sans doute pas l'idée la plus lumineuse du siècle. Elle attendit que la douleur passe, mais au lieu de ça, un goût acide remonta dans son œsophage. Une urgence s'empara d'elle : elle allait vomir.

Elle dégringola de son vélo et courut jusqu'aux toilettes. Tomba à genoux devant la cuvette, bouche grande ouverte. Un vagissement s'échappa de sa gorge en même temps que le contenu de son estomac. Puis un deuxième, puis un troisième. Pensant qu'elle en avait fini, elle attendit, haletante, le regard fixé sur l'eau bleue des toilettes. L'odeur de désinfectant lui colla une nouvelle nausée et sa poitrine se contracta une dernière fois. Elle ne rejeta que de la bile.

Betty appuya la tête sur le mur carrelé et resta là une bonne dizaine de minutes, le visage et le cou trempés de sueur et de larmes. Dans son casque, les Stones continuaient à rouler.

4

— Et surtout n'oubliez pas, Lloyd : un cachet au milieu de chaque repas. Pas avant, ni après. Au milieu.

Jim raccompagna le vieil homme jusqu'à la porte. Il semblait prêt à flancher à chaque pas, encore étourdi par sa sortie hebdomadaire, et le médecin resta sur ses gardes. C'était une visite de routine : Lloyd Freeman, qui allait sur ses 90 ans, se portait comme un charme en dehors d'une légère incontinence due à des problèmes de prostate. Il ne causait pas beaucoup, en revanche. Il lâcha à peine un « au revoir » en quittant le cabinet.

— J'arrive dans une minute, fit Jim à l'attention des patients dans la salle d'attente.

C'était le mardi matin des consultations sans rendez-vous et la foule se massait à sa porte. Rhume des foins, insolation, piqûres d'insectes : l'été n'était pas avare de bobos en tous genres. Mais depuis quelques jours, insomnies et troubles anxieux s'étaient greffés à la liste.

Quand Rick Mayfair entra dans son bureau, Jim devina qu'aucune desdites pathologies n'était la cause de sa visite. Il remarqua tout de suite les poches sous ses yeux et la ride verticale qui barrait le front du journaliste. Ce n'était pas qu'il avait mal dormi, ni même qu'il se sentait angoissé – Jim avait assez de métier pour savoir décoder les comportements humains au premier coup d'œil, et était en outre assez fin psychologue pour connaître ses patients. Non, ce qui amenait Rick n'avait rien à voir avec son état de santé.

— Alors Rick, comment va ?

— J'ai besoin d'un remontant, Jim. Un coup de fatigue.

Jim le fixa d'un air scrutateur en hochant imperceptiblement la tête. Il s'installa derrière son bureau en chêne et sortit son dossier.

— Tu te souviens de la fois où tu as eu ces brûlures étrangement localisées ? demanda-t-il non sans une certaine malice. Tu avais quoi, 15, 16 ans ?

— 14.

— 14 ! Tu es venu me voir sans ta mère, ce jour-là. C'était la première fois, si je me rappelle bien. Tu disais que tu t'étais frotté à du sumac vénéneux après un bain de minuit dans la rivière. On a tourné autour du pot un moment, mais tu as fini par me montrer. Je crois t'avoir dit que ça devait être une branche particulièrement vicieuse pour venir se fourrer de ce côté-là.

Ils rirent tous les deux de bon cœur, avec toutefois moins d'entrain du côté de Rick.

— J'ai mis un moment à te faire cracher ta pilule, pas vrai ? C'était qui, déjà ?

— Une fille du camp d'été d'Escalante.

Jim réagit par un petit grondement de fond de gorge dont Rick ne sut déterminer la nature.

— Je te connais, Richard Harold Mayfair, déclara-t-il sans détour. Et aussi sûr que ce qui te brûlait quand tu pissais n'était pas une réaction allergique, je sais que tu n'es pas venu me voir pour un simple coup de fatigue.

— Je plaide coupable, admit Rick avec un sourire en coin qui n'avait rien de joyeux.

— Dans ce cas, dis-moi ce qui t'amène.

Rick prit une courte inspiration. Pas d'atermoiement. Pas de faux-fuyants. Il alla droit au but :

— C'est cette histoire avec Arlin Gillespie. Je me suis rendu chez lui, hier, histoire de crever l'abcès une bonne fois pour toutes. Et puis, au moment de franchir le pas, je me suis demandé ce que je foutais là et j'ai rebroussé chemin. J'ai ce truc sur la conscience depuis près de deux semaines et ça me pourrit la vie, Jim. J'ai essayé de vous en parler plusieurs fois, mais…

vous êtes resté complètement hermétique. On ne peut pas continuer à faire semblant. Moi, je ne peux pas, en tout cas.

Jim acquiesça avec ce hochement de tête impassible dont il était coutumier. Rien en lui ne traduisait la surprise, on aurait dit qu'il s'attendait à ce qui était en train d'arriver.

— J'y ai beaucoup réfléchi, poursuivit Rick, et j'ai décidé que nous irions lui parler tous les deux. Aujourd'hui. L'idée de foncer chez le shérif m'a bien traversé l'esprit, au début, mais je suis d'accord avec vous sur un point : inutile d'embrouiller Hughes et sa clique avec ça pour l'instant. (Il se pencha en avant et baissa d'un ton.) Un homme est mort, Jim. Et nous savons vous et moi où se trouve le cadavre. Ça s'appelle de la complicité, et je refuse d'y être mêlé. Quant à Shawna… Nom de Dieu, vous la connaissez bien, il me semble ? S'il y a la plus infime probabilité pour que le meurtre de son père ait un rapport avec sa disparition, nous devons agir ! Pas demain, pas la semaine prochaine. Maintenant. Nous avons déjà trop attendu. Nous ne pouvons plus rester les bras croisés.

— Tu as probablement raison.

— Bien sûr que j'ai raison ! Et je ne suis pas le seul à le penser ! Betty est d'accord avec moi… au moins sur ce point.

Jim perçut une pointe d'aigreur dans la voix de Rick, mais ne releva pas.

— Je vais le faire, ajouta-t-il en se mettant debout. Avec ou sans vous. Mais je préférerais que ce soit avec vous.

— Très bien, Rick, très bien ! capitula Jim avec un geste vaincu de la main. Allons rendre visite à Arlin Gillespie. J'ai encore du monde à voir, mais… ce soir, ça te va ?

Rick resta planté face à lui. Droit dans ses bottes, aussi déterminé qu'un bourreau devant un condamné à mort.

— Quoi, maintenant ?

— Maintenant, Jim.

5

C'est la voix de tête qui avait réveillé Arlin Gillespie ce matin-là. Le soleil était encore couché, il devait être moins de 5 heures. Il sortait d'un rêve dans lequel son chien Murphy et lui partaient en balade dans la forêt pour rejoindre des amis quand elle s'était mise à brailler : *Debout ! Comment peux-tu dormir alors que le destin du monde est en train de se jouer ? Ils sont au courant, Arlin. Les traîtres. Les infidèles. Ils ont découvert ton secret et ils vont relayer l'information au collectif Borg. Tu dois te secouer, les prendre de vitesse. Il te reste peu de temps. Toi seul peux sauver la Terre. Toi, et personne d'autre !*

Il s'était secoué. Il s'était habillé. Il était sorti dans la nuit mourante et avait traversé le dégagement à l'avant de la maison. Armé d'une lampe-tempête, de ses outils et du précieux cahier dans lequel il notait le moindre élément de ses préparatifs, il s'était remis à l'ouvrage. Il avait arrangé le hublot de la capsule spatiale, réglé le tableau des indicateurs de vol. Et pendant tout ce temps, la litanie avait continué à tourbillonner sans fin dans sa tête : *Toi seul peux sauver la Terre, Arlin. Toi, et personne d'autre !*

La voix ne lui laissait aucun répit depuis quelques jours. Elle s'était mise à lui dicter son plan avec un souci du détail qui confinait au délire maniaque. Le départ devait être avancé au 4 juillet, à 23 heures précises. Ils mettraient les voiles pendant le feu d'artifice du village, profitant de l'agitation ambiante pour ne pas se faire remarquer. Arlin avait d'abord protesté, arguant que dix jours ne suffiraient pas, mais la voix avait su se montrer convaincante. Elle l'avait persuadé de l'urgence de la situation à l'aide d'un argument de poids : des intrus avaient pénétré chez lui. Ils connaissaient son secret. Et en effet, Arlin avait découvert que sa figurine de M. Spock avait été déplacée sur l'étagère du sous-sol.

Il avait paniqué. S'était persuadé qu'il devait se débarrasser du faux Borg et l'avait placé au congélateur en attendant de trouver une solution à l'épineux problème. Mais une fois de plus, la voix s'était voulue rassurante : s'il suivait ses instructions, tout se passerait bien. Le collectif Borg n'aurait pas le temps d'intervenir et la mission pourrait être menée à son terme. Il fallait seulement qu'il s'en tienne à son calendrier, sans discuter. Il en allait de la survie de l'espèce humaine.

La colère s'empara du fermier. Des années de travail sabotées en quelques jours ! Le destin lui avait joué un sale tour, et une fois de plus, il devait changer de direction. Nouveaux plans, mêmes enjeux. Bien sûr, les implications s'en trouvaient elles aussi bouleversées. Il savait maintenant que, s'il partait, ce serait un aller sans retour. Une mission suicide, comme dans *La Créature de l'hyperespace*.

— Moi et personne d'autre, susurra-t-il entre ses dents.

Il était 11 heures et le soleil était déjà haut. Arlin Gillespie bricolait dans l'habitacle, son visage fendu d'un rictus doucereux et la langue coincée entre les lèvres. Habillé d'un jean élimé retenu par une ceinture à grosse boucle, d'une chemise à carreaux et de santiags, il aurait pu passer pour un cow-boy en train de rafistoler un antique four à métaux.

Quand Jim Pomeroy et Rick Mayfair le surprirent, ce fut pourtant dans une posture indigne d'un héritier de Butch Cassidy : à quatre pattes, le buste dissimulé par son étrange assemblage de cannettes, raie des fesses apparente et allure dépenaillée.

— Arlin ? fit le médecin en se penchant par l'ouverture.

— Moi et personne d'autre ! beugla-t-il.

Les deux hommes échangèrent un regard. Arlin s'extirpa de la sculpture dans une marche arrière disgracieuse. Ils le saluèrent, lui marmonna dans sa barbe. Pas vraiment un bonjour, pas vraiment un grognement – quelque chose entre les deux.

— Nous aimerions vous parler, commença le toubib.

Arlin leur lança un regard étrange. Il remonta son Stetson du geste réflexe d'un cow-boy en train de saluer.

— C'est que je suis comme qui dirait un peu occupé, là.

Jim Pomeroy fit un pas vers lui. L'autre – le zigue qui avait repris le journal local – resta en retrait.

— C'est important. Il faut vraiment que nous parlions.

Arlin soupira, se leva dans une grimace. Il remarqua aussitôt le regard aigu du journaliste posé sur lui.

— Si c'est pour la gamine, j'ai déjà dit tout ce que je savais au shérif. C'est-à-dire que dalle.

— Il s'agit d'autre chose, clarifia Jim.

Une petite voix apeurée au fond de lui voulut gémir, mais Arlin parvint à la bâillonner.

— Vous m'en direz tant.

— On peut discuter une minute ?

— J'ai du boulot, je vous ai dit. Alors je vous retiens pas, sauf si vous êtes venus m'annoncer que j'ai gagné au loto.

Le journaliste posa les yeux sur l'étrange sculpture en alu. Elle évoquait vaguement un aéronef. « Nous venons en paix », fut-il à deux doigts de lâcher.

— C'est quoi, cet engin ?

— Qu'est-ce que ça peut vous faire ? aboya Arlin. Je vous demande, moi, si vous essayez les culottes de votre grand-mère en cachette ?

— Arlin, s'il vous plaît, intercéda Jim. Ça ne prendra pas longtemps.

Le fermier se frotta la nuque. Il semblait en proie à un dilemme insoluble.

— C'est pas contre vous, Doc, je vous jure. Vous avez toujours été bon avec ma vieille mère malade… Mais j'ai pas trop envie de causer, là.

— Je crains que nous n'ayons pas le choix, répondit Jim.

Une lueur de compréhension passa dans les yeux du fermier. Jim attaqua bille en tête :

— Nous sommes au courant, Arlin. Pour le corps.

L'autre ne bougea pas. Son regard passa de Jim à Rick, puis de Rick à Jim. Toute trace de couleur avait déserté son visage. Il se mit à tripoter le col de sa chemise avec nervosité.

— Vous conviendrez comme nous que le sujet mérite d'être discuté, n'est-ce pas ?

Arlin s'appuya sur sa sculpture. Au fond de lui, la voix de tête s'imposa. Il ne fut pas surpris de l'entendre prendre le contrôle de ses cordes vocales :

— J'ai été désigné pour les détruire ! Moi et personne d'autre !

— Calmez-vous, dit le toubib en levant la main en signe d'apaisement.

Mais le geste était hésitant. Une note dont Jim n'arrivait pas à définir la nature s'était glissée dans la voix du fermier et, d'un coup, une certitude complètement délirante s'empara de lui : ce n'était pas à Arlin Gillespie qu'il venait de parler.

— Vous n'avez pas à vous inquiéter, nous sommes simplement venus discuter. Si vous nous dites ce que nous voulons savoir, nous serons en mesure de vous aider. Vous avez envie qu'on vous aide, n'est-ce pas ?

Arlin ne répondit pas. Les boutons de son col de chemise monopolisaient toute son attention.

— Je suis sûr – nous sommes sûrs – que vous n'êtes pas impliqué dans sa mort, lui assura Jim. Mais afin de tirer tout ça au clair, vous devez nous expliquer où et quand vous avez trouvé ce corps…

Quand le fermier eut déboutonné et reboutonné les boutons de son col pour la troisième fois, il leva la tête vers eux. L'impression de Jim se renforça – plusieurs, ils étaient plusieurs. Derrière lui, Rick n'osait plus respirer.

— Vous ne comprenez pas, s'indigna Arlin, agacé par tant de sottise. Je dois finir la capsule, le temps m'est compté !

— C'est vous qui ne comprenez pas, rétorqua Rick en risquant un pas vers lui. Cet homme a une famille, des gens qui s'inquiètent de savoir ce qui lui est arrivé… Nous ne pouvons pas les laisser dans l'ignorance. Ils doivent lui offrir une sépulture décente.

Il laissa passer un temps. Le fermier n'eut aucune réaction.

— Nom de Dieu, vous avez laissé ce pauvre type pourrir dans votre cave ! Qu'est-ce qui ne tourne pas rond chez vous ?

— Nous n'aurons pas d'autre choix que d'aller voir le shérif si vous ne coopérez pas, compléta Jim, décidé à passer à la vitesse supérieure. Nous vous offrons une chance de vous sortir de ce merdier sans trop de casse. Saisissez-la.

Après un moment, Arlin finit par répondre, d'une voix grave et profonde dans laquelle ne vibrait aucune hésitation :

— Le départ est prévu pour jeudi. Il est trop tard, vous ne pouvez plus me prendre le faux Borg.

Il y eut un échange de regards sidérés entre Rick et Jim.

— De quoi parlez-vous, Arlin ? s'enquit ce dernier, le front plissé comme s'il avait mal entendu.

— De la mission.

— Quelle mission ?

— Sauver le monde ! s'exclama Arlin dans une volée de postillons.

— Sauver le monde ? répéta Rick.

— Elle m'a choisi. La voix. Elle m'a choisi, moi ! MOI ET PERSONNE D'AUTRE !

Jim se liquéfia. C'était une autre personne, maintenant. Il n'avait plus le moindre doute.

— Arlin, nous devons…

Le fermier se mit soudain à geindre d'une voix qui ressemblait à celle d'un petit garçon, puis il s'écroula.

— Ils m'ont pris mes amis, ils m'ont pris tous mes amis…

La suite ne fut qu'un babillage incohérent, sa voix mourut dans des hoquets hystériques et il se mit à pleurer, recroquevillé en position fœtale au pied de sa sculpture.

— Arlin… dit Jim en s'agenouillant près de lui. Reprenez-vous, mon vieux. Nous allons vous aider, mais vous devez vous ressaisir.

Claquemuré dans un silence proche de la catatonie, le fermier semblait avoir effacé les deux visiteurs de son environnement. Toute tentative de dialogue était vaine, à présent.

— Aide-moi à le relever, dit Jim à Rick. J'ai ma trousse dans le 4 x 4, je vais lui faire une injection d'Haldol pour le calmer.

Arlin Gillespie devait bien peser son quintal. Son corps flasque et trempé de sueur leur glissa des mains quand ils le soulevèrent, mais il n'opposa aucune résistance. Ils l'allongèrent dans l'herbe, le firent rouler sur le côté tel un cadavre désarticulé qu'on s'apprêterait à jeter dans un charnier. Jim chargea Rick de le surveiller puis il courut jusqu'à sa voiture pour récupérer sa trousse.

6

Quand Alice arriva à la station-service, elle trouva Logan en train de regarder *Madame est servie* derrière le comptoir. Il n'avait pas plus dévasté la boutique que quitté son poste pour aller casser la gueule de Gilles, et elle en fut infiniment soulagée.

— Hé, bébé, fit le jeune homme en la voyant entrer. Qu'est-ce que tu fais là ?

Elle se pencha au-dessus du comptoir et l'embrassa.

— Je viens de finir mon service, je voulais te faire un coucou. Ça va, mon ange ?

— Ça va, répondit-il sans conviction.

Alice lui lança un regard en coin.

— Tu m'as fait peur ce matin, au téléphone.

— C'est passé, bébé. T'inquiète.

Nouveau coup d'œil évaluateur.

— Sûr ?

— Sûr.

Elle le gratifia d'un sourire qui illumina son visage dégagé par un serre-tête.

— Tu croyais que j'aurais mis le magasin à sac, pas vrai ?

— Je sais pas, peut-être. Tu avais l'air tellement furax.

— N'importe qui serait furax en apprenant qu'un pervers l'a maté en train de rouler des pelles à sa copine.

— Gilles n'a rien à voir là-dedans. C'est pas un méchant, il est juste un peu… français.

Logan se mit à rire, mais le cœur n'y était pas.

— Tu sais quoi, de lui ?

— Pas grand-chose. Il a 34 ans, je crois. Il vient de Paris. Il ne parle pas beaucoup de lui. En fait, j'ai l'impression que tout ce qui l'intéresse, c'est la cuisine…

— Et les nanas.

Alice balaya la remarque d'un mouvement de la main.

— C'est pas un méchant, je te dis. Il est même plutôt drôle et sympa…

— Mais il se planque dans les bois pour mater, enchérit Logan. Il a déjà tenté quelque chose avec toi ?

— Quelque chose ?

— Il a essayé de te draguer ?

— Non.

Ce fut à Logan de placer un regard inquisiteur.

— Bébé, dis-moi la vérité.

— Non. Enfin, pas vraiment… Mais on s'en fiche, mon ange ! Il a été blanchi par le shérif, il était au restau au moment où la petite fille a disparu.

Une ombre passa sur le visage de Logan. Il monta aussitôt au créneau :

— Qu'est-ce que ça veut dire, « pas vraiment » ?

— Rien, laisse tomber.

— « Pas vraiment », ça veut dire qu'il t'a déjà fait du rentre-dedans ?

Alice soupira.

— Ça veut dire que parfois, il lui arrive d'être un peu collant…

Le poing de Logan partit sans prévenir. Il fracassa le présentoir des cartes routières sur le bord du comptoir.

— Le fumier ! Putain, je le savais !

— Arrête, mon ange ! Ça ne sert à rien de s'énerver !

Alice se baissa pour ramasser les cartes. Logan remarqua qu'elle tremblait un peu.

— Excuse-moi, dit-il en lui caressant l'épaule.

— C'est rien.

Mais ses yeux disaient le contraire. Elle avait peur, et Logan l'attira à lui.

— Ça me rend dingue qu'un connard puisse te tourner autour, se justifia-t-il dans un murmure.

— On n'en parle plus, d'accord ?

— On n'en parle plus, promit Logan, qui sentait pourtant rougeoyer les braises de la colère au fond de lui.

Ils s'embrassèrent. La langue d'Alice avait un goût de fraise et il se surprit soudain à vouloir croquer dedans.

— Tu as parlé à ta mère ?

— Pas encore. Je le fais ce soir.

— Tu flippes ?

Alice eut un autre de ses sourires enjôleurs et Logan ressentit un besoin urgent de la posséder. Une pulsion vertigineuse, presque effrayante. Il la serra plus fort contre lui.

— Tu vas lui dire quoi ?

— Que Claire m'a proposé d'aller voir le feu d'artifice depuis la montagne. Qu'on a prévu de camper là-haut.

— Elle va marcher, tu crois ?

Alice fit mine d'hésiter.

— Y a intérêt, autrement on peut dire adieu à notre nuit à la belle étoile, répondit-elle avant de déposer un baiser sur le bout de son nez.

Le cœur de Logan lui remonta dans la gorge. Ce n'était plus une sensation de vertige à présent, mais l'impression de tomber dans un vide abyssal.

— On prend un ou deux duvets ? demanda-t-il d'une voix nouée.

— Prenons-en deux. On aura plus chaud.

La réponse d'Alice, venue après une hésitation, le dérouta.

— On ira vers le sud, OK ? se borna-t-elle à dire. Je ne veux pas retourner dans la montagne…

— Mais c'est de là qu'on a le meilleur point de vue ! On pourra voir le feu d'artifice de Duncan's Creek et celui de Boulder !

— S'il est maintenu…

— Ouais, répondit Logan évasivement. S'il est maintenu… Mais pourquoi tu veux pas aller dans la montagne ? À cause de la dernière fois ?

Le téléphone se mit à sonner derrière le comptoir. Il se détacha de sa petite amie et alla décrocher. C'était le Dr Pomeroy. Il avait besoin de lui pour une nouvelle mission secrète dans la soirée. Ça commençait à ressembler à un épisode de *Mission impossible* ! Logan voulut en savoir plus, mais le médecin resta plus qu'évasif.

— OK, Doc. Vous pouvez compter sur moi. 19 heures à la station.

Il raccrocha. Alice ne posa pas de question. Il n'aurait pas su quoi lui dire de toute façon.

— Tu es vraiment sûre ? reprit-il en se campant face à elle. Pour la montagne ?

L'adolescente hocha la tête.

— Qu'est-ce qu'il a de si terrible, cet endroit ?

— Je le trouve un peu flippant, c'est tout.

— À cause des « esprits de la forêt » ? s'amusa Logan dans un haussement de sourcils.

— On voit que tu n'as pas entendu les mêmes histoires que moi.

— Quelles histoires ? La Gorge du Diable ? T'inquiète, bébé. Je serai là pour te protéger.

Il l'entoura de ses bras. Alice se blottit contre lui et planta ses yeux dans les siens.

— Toujours ? demanda-t-elle.

— Toujours. Tant que tu seras avec moi, il ne t'arrivera rien. Jamais je ne laisserai quelqu'un te faire du mal. Je te le promets.

7

Il était un peu plus de 18 heures quand le ciel tomba sur la tête de Jake Dickinson. Le moment s'imprima dans sa mémoire aussi nettement qu'un instantané sur un tirage polaroïd. Sa première réaction, se rappela-t-il plus tard, avait été de se mordre les lèvres, puis sa bouche était devenue aussi sèche que la vieille boule de pâte à modeler qu'il était en train de malaxer.

Jake était rentré à l'heure du déjeuner, après avoir prolongé sa session d'affichage pendant une heure. Ses parents s'étant absentés, il n'avait pas allumé son mange-disque et avait pu s'isoler dans sa bulle sans être dérangé par la musique. Assis derrière son bureau, il avait noté quelques pensées dans un cahier, tout en se rejouant mentalement la scène de son face-à-face avec Logan ; le moment lui échappait déjà, ultime fragment d'un rêve partant en fumée, et il voulait à tout prix le retenir.

Jake avait posé ses premières lignes sur le papier huit mois plus tôt. C'était arrivé comme ça, sans signe avant-coureur. Très vite, les lignes étaient devenues des paragraphes, les paragraphes des chapitres, et de fil en aiguille, il s'était laissé prendre au jeu, découvrant avec sidération le pouvoir sans limites de la création. Porté par une émulation qu'il mettrait des années à nommer inspiration, et qui lui dictait – lui ordonnait – d'écrire, il avait ainsi noirci une cinquantaine de pages.

Il était en train de réfléchir à une scène dans laquelle Zack Cooper, son héros, sauvait la vie des occupants d'un bus scolaire, quand sa mère, qui était rentrée à la maison sans qu'il l'entende, passa la tête par la porte :

— Mon chéri, il y a quelqu'un pour toi.

Jake serra le poing sur la boule de pâte à modeler qu'il était en train de malaxer et referma à la hâte le cahier ouvert sur son bureau. Les visites, ça n'arrivait jamais dans son quotidien, et sa mère avait l'air aussi surprise que lui.

— Qui c'est ? demanda-t-il d'une voix engourdie où pointait un début de panique.

— La fille Baldwin. Samantha, je crois.

Le sang de Jake ne fit qu'un tour. Il lâcha simultanément la couverture de son cahier et la boule de pâte à modeler. Deux jours plus tôt – c'était après la messe pour Shawna – il avait entendu des petits cailloux cogner à la fenêtre de sa chambre. Regardant dehors, il avait aperçu Sam devant la maison. Il n'avait pas répondu et était resté caché derrière les stores, tétanisé, jusqu'à ce qu'elle décampe. Mais voilà qu'aujourd'hui, elle se présentait à sa porte !

Sa mère s'effaça pour la laisser passer. Une sensation froide et blanche s'empara de Jake quand il vit son pire cauchemar se matérialiser sous ses yeux : Sam Baldwin la Terrible était là, dans sa chambre. Un endroit d'où il ne pouvait pas s'enfuir. Il se leva, fébrile, mais ne fit pas mine d'approcher.

— Eh bien, viens lui dire bonjour, Jake. Ne sois pas empoté comme ça !

Mais il lui était tout à fait impossible de bouger, ne serait-ce que le petit orteil. Il semblait tellement improbable qu'elle soit là ! Sa tortionnaire, sa Némésis. Jake n'aurait pas été plus bouleversé si Logan Momsen en personne s'était invité dans sa chambre.

— Salut, dit simplement Sam.

Jake pria très fort pour qu'elle ne l'appelle pas « tête de bite » devant sa mère, ce qui n'arriva pas. Deuxième surprise : avec sa tignasse apprivoisée par un élastique et son regard débarrassé de ce mélange de cruauté et d'excitation qu'il lui connaissait, elle donnait l'image d'une fille bien élevée.

— Salut, ça va ? parvint-il à articuler, entendant les mots comme si quelqu'un d'autre les avait prononcés. Il esquissa un pas en avant mais s'empêtra dans sa maquette du Faucon Millenium. Manquant partir en vol plané, il se rattrapa à son lit, rouge de honte, et s'avança vers Sam.

— Bon, je vous laisse, fit sa mère.

Elle leur sourit et tourna les talons après un dernier regard pour son fils. Jake y lut de l'étonnement, mais aussi une sorte de satisfaction prudente. Puis la porte se referma.

Il resta planté près de Sam une bonne minute, n'osant lui faire face. Son cœur battait la chamade, sa langue allait et venait frénétiquement sur sa dent ébréchée ; quant à ses mains, il ne savait qu'en faire. C'était le pire moment de sa vie, jamais il ne connaîtrait pire épreuve. Les devoirs, les caries, les accidents de vélo, l'haleine de son père au réveil : tout ça n'était rien à côté de l'horreur qu'il ressentait à cet instant au plus profond de sa chair.

— Pas mal, ta chambre.

Le timbre cassé de Sam fut comme un électrochoc. Jake sursauta et sentit quelque chose se débloquer en lui. Il s'était attendu à ce qu'elle lui file une beigne, qu'elle lui crache au visage ou qu'elle le plaque contre le mur pour lui sortir la liste de tous les noms d'oiseaux qu'elle connaissait, mais pas à ce qu'elle trouve sa chambre « pas mal ». Troisième surprise.

— C'est quoi, ça ? s'enquit Sam en posant un œil sur son cahier d'écriture.

— Mes devoirs, répondit-il en le faisant disparaître sous un bouquin.

— Tes devoirs ? Mon cul ! C'est les grandes vacances !

— Justement, c'est des vacances de… des devoirs de vacances, bafouilla Jake.

— C'est ça ! Et quand il pleut, c'est le bon Dieu qui nous pisse dessus !

Sam essaya de se faufiler derrière lui pour atteindre le bureau, mais il ne lui en laissa pas le temps : il se planta en travers de son chemin, ses yeux débordant d'une révolte muette. Il avait peur, mais il était sur ses terres, ici. Rien ne pouvait lui arriver.

— Waouh ! Tu portes encore la paire de couilles que tu t'es achetée chez le père DeSoto ! fit remarquer Sam dans un éclat de rire.

— Qu'est-ce… qu'est-ce que tu veux ? bredouilla Jake en repensant à leur rencontre sur le bord de la rivière.

— C'était culotté, le truc que tu nous as sorti l'autre jour…

— Quel truc ?

— Sur le cerveau, là. Qu'on n'utilise pas tous nos quinze pour cent, ou je sais pas quoi.

Jake la fixa, comme hypnotisé. Puis :

— Ça doit être pour ça que tu m'as callé… collé une beigne…

— Quoi, au ponton ? C'est pas moi qui t'ai frappé. C'est Russell.

Jake resta un instant sans rien dire. Il ne s'était pas attendu à ça, et chercha dans sa mémoire l'image qui s'y était imprimée ce jour-là. Elle lui apparut aussi clairement que sur une page de magazine en papier glacé : le miroitement de la rivière, les barreaux de fer sur les dents de Sam, l'ombre allongée de son vélo sur le chemin. Le poing qui venait lui cogner la poitrine sans qu'il l'ait vu venir.

Sans qu'il l'ait vu venir…

— Faut pas lui en vouloir, dit Sam, c'est le soleil qui avait tapé trop fort. Il lui a fait frire ce qui lui restait de cervelle, et comme y en avait déjà pas beaucoup à la base…

Elle eut un ricanement un peu trop appuyé, et Jake remarqua qu'elle tenait quelque chose entre ses mains : son cahier d'écriture !

— Rends-le-moi ! s'écria-t-il.

— Tu écris des histoires ? s'étonna Sam, son nez moucheté de taches de rousseur fourré entre les pages.

Jake lui arracha le cahier des mains, aussi embarrassé que si ses vêtements étaient tout à coup devenus transparents.

— C'est quoi ? Des trucs fantastiques ? Avec du sang et des monstres dégueulasses ?

— Sors de ma chambre ! la somma Jake.

— « Sors de ma chambre ! », répéta Sam dans une grimace moqueuse.

— Tu es chez moi… Tu… tu n'as pas le droit de me… de venir m'embêter ici !

Elle l'évalua du regard qu'aurait pu avoir un explorateur découvrant le premier représentant d'une nouvelle espèce à l'apparence particulièrement repoussante. Jake n'attendait qu'un geste, un mot de sa part pour se mettre à crier. À situation désespérée, solution désespérée.

Ce qui suivit le laissa donc sans voix, et le ciel ne fut pas loin de lui tomber une deuxième fois sur la tête.

— Si tu aimes les histoires qui font peur, tu n'as qu'à venir au ponton jeudi soir, lui dit Sam. Y aura toute la bande. On se fait une soirée « Trick or Treat » pour la fête nationale… « Farces et Friandises » ! Droit d'entrée : un paquet de marshmallows. Tu es partant ?

8

La phosphorescence de la lune enveloppait la clairière d'une pâleur diffuse. Les onze cercles concentriques se déployaient telles les ondulations provoquées à la surface d'un lac par un caillou lancé dans l'eau. Çà et là, des lucioles perçaient l'obscurité de leur éclat magique. La chaleur qui avait sévi tout au long de la journée battait en retraite et la terre exhalait ses premières bouffées de fraîcheur.

Cheveyo inspira profondément. Une sérénité étrange l'envahit, comme si la pulsation vibrante et mystérieuse de la nature agissait sur son humeur.

Il avait une quarantaine d'années. La date exacte de sa naissance lui était inconnue, mais il savait qu'il était venu au monde en hiver, car il avait le cœur froid. Son nom signifiait « esprit guerrier » en langue hopi. C'était pourtant un homme paisible, ce que tendait à confirmer le masque impénétrable qu'il affichait constamment.

Chef spirituel, homme-médecine, Cheveyo était le dernier *pueblo* à avoir choisi d'élever sa descendance sur ces terres. Les autres étaient depuis longtemps partis pour la ville ou les réserves indiennes dans lesquelles ils acceptaient de se laisser parquer. Pour lui, aucune des deux options n'était envisageable. Ses ancêtres Hisatsinom, les « anciens habitants », étaient présents dans la montagne des milliers d'années avant l'homme blanc. Ils leur avaient laissé cette terre en héritage, et il était de son devoir de l'honorer.

Ses yeux fouillèrent la nuit étoilée comme s'il cherchait la pluie. Il repoussa de son front une mèche de cheveux en aile de corbeau. La lune venait de surgir de derrière un épais rideau de nuages, des grappes d'étoiles se déroulaient entre deux rangées touffues : Orion, Cassiopée, la Grande Ourse, autant de constellations qui pour lui portaient d'autres noms.

Ils venaient de remonter la piste sinueuse que les Blancs appelaient « Devil Trail ». Après plus d'une heure de marche, ils s'étaient rafraîchis à un arroyo, un petit réservoir d'eau qui s'était formé à la faveur d'une averse. Ils transportaient un sac en toile de jute effroyablement lourd, qu'ils s'échangeaient à tour de rôle. À l'intérieur se trouvait un chargement de pierres récupérées dans les habitations en ruine creusées dans les parois de la montagne. Personne n'avait vécu là-bas depuis plus de cinq siècles, et aujourd'hui les vestiges devaient retourner au berceau des *kachinas*, les forces supérieures et invisibles de la nature.

L'endroit n'avait pas été choisi par hasard. On racontait que deux sœurs survivantes d'une tribu décimée par un terrible fléau avaient été surprises par un ours alors qu'elles cueillaient des fleurs dans cette clairière, des milliers d'années plus tôt. Se prenant de pitié pour elles, un esprit divin fendit le sol sous les pas de l'animal, qui tomba au fond d'un puits en laissant de longues marques verticales sur les parois. C'est ce puits qui était devenu le berceau de la vie, les deux sœurs ayant donné naissance à de nombreux enfants par la suite. Cheveyo était le descendant de l'un d'eux.

Depuis, chaque génération venait rendre hommage à la précédente et la remercier du cadeau de la vie en plaçant des pierres sur la spirale du temps. Ils étaient des milliers, des centaines de milliers, liés à travers les âges par cette immense chaîne minérale. Et aujourd'hui, c'était au tour de son fils de se relier à eux. En empruntant la route rouge de l'initiation, il découvrirait les valeurs de ces ancêtres ; bravoure, spiritualité, générosité, respect des anciens. Le jeune Choviohoya ferait un bon disciple. Mais il avait encore un long chemin à parcourir.

Ils arrivèrent en bordure du cercle extérieur. La brume s'enroula autour de leurs mollets – la fumée des morts, disait-on. Cheveyo fit halte, aussitôt imité par son fils, et dressa l'oreille. Percevant une brève interruption dans le rythme de sa respiration, il tourna ses yeux d'ébène vers lui.

— *Je ressens ta peur*, dit-il en langue hopi. *Que se passe-t-il, mon fils ?*

— *Rien, père.*

Un moustique zonzonna à ses oreilles et Choviohoya se claqua la joue. Si son père ignorait la peur, lui n'était pas sans connaître les légendes qui hantaient ces lieux. Il avait fréquenté la classe de Mlle Adams jusqu'à sa dernière année de primaire et entendait ce que racontaient les enfants – ceux par qui il se faisait appeler Caleb, son prénom américain. Ils nourrissaient toutes sortes de fantasmes sur le cirque de Chochmingwu et les pouvoirs magiques qui y étaient associés.

— C'est à cause de cette histoire que je t'ai relatée ?

Deux semaines plus tôt, son père avait fait une étrange découverte en venant porter une offrande aux anciens pour la nouvelle lune. C'était au moment de la disparition de la petite fille.

— Je ne sais plus très bien ce que j'ai vu, si cela peut te rassurer, déclara-t-il après un silence. Et j'ai tendance à ne pas accorder un grand crédit à ma lucidité lorsque j'ai fumé des graines de datura. Oublie ça, veux-tu ?

— Oui, père.

Les yeux de Choviohoya lancèrent un éclat passager – de l'impatience, peut-être un soupçon d'appréhension. Il était un peu plus petit que son père, mais d'ici quelques mois, il le dépasserait d'une bonne tête.

— Tu es en âge de t'initier aux rites ancestraux, aujourd'hui. Le moment est venu pour toi d'honorer les esprits des *kachinas*. Mais nous devons laver notre âme avant de pénétrer le Cercle.

Son père se mit à réciter une prière dont Choviohoya ne put saisir le sens. Ils se tenaient à une trentaine de mètres du berceau, protégé par sa ceinture lumineuse, quasi céleste. Ils allaient pénétrer le premier cercle quand ils entendirent un bruissement sur le tapis d'épines, juste derrière eux. Des pas, un peu plus bas sur le sentier. Ils se retournèrent. Des gens approchaient.

Le père et le fils échangèrent un regard. Cheveyo remonta sa capuche sur sa tête, attrapa le sac qui gisait à ses pieds, et entraîna Choviohoya sous le couvert des sapins. L'instant suivant, trois hommes s'arrachaient à la forêt.

— Qu'est-ce que ça pue, ici ! s'exclama le plus jeune d'entre eux.

Cheveyo plissa les yeux. Il reconnut le médecin du village, Jim-quelque-chose, un homme gris et froissé qui ne respirait pas la santé. Il y avait également un grand barbu dont le nom lui échappa, mais qu'il savait être le fils de l'ancien rédacteur en chef de la gazette locale. Le troisième, celui qui venait de parler, était le pompiste de la station-service. Les trois hommes transportaient eux aussi un paquet encombrant.

— On fait une pause ! soupira le barbu en laissant glisser au sol le gros sac de plastique noir.

Le pompiste, qui tenait l'autre extrémité, se baissa pour le déposer délicatement à ses pieds.

— C'est quoi, ces cailloux ? demanda-t-il en se redressant.

— Le cirque de Chochmingwu, répondit le médecin, qui semblait prêt à cracher ses poumons. Nous sommes sur un site sacré. Soyez vigilants et ne touchez à rien.

Pas cirque, Cercle ! pensa Cheveyo.

— Je ne peux pas croire que tu n'en aies jamais entendu parler, mon gars. Tous les mômes du village connaissent les légendes indiennes qui peuplent cette forêt.

— J'ai jamais été un môme du village, Doc, répliqua l'autre avec un drôle d'air.

Il ouvrit une bouteille d'eau récupérée dans son sac et la vida d'une traite.

— Les Indiens pensent que cet endroit est sacré, expliqua le médecin. Magique, diraient certains.

— Magique ?

— Tu vois ces cercles de pierre ? La spirale est un symbole magique. Il existe un paquet d'histoires sur les esprits qui hanteraient ces lieux. Certaines tribus évitaient cet endroit comme la peste, paraît-il. Ce n'était sans doute pas sans raison…

— Ah oui, Alice m'en a parlé ! s'exclama le jeune homme. Il paraît que les gens viennent y hurler pour se venger…

— Ça, c'est la Gorge du Diable, précisa le barbu. C'est un peu plus haut, de ce côté-là. (Il tendit un doigt vers la lisière de la forêt, de l'autre côté de la clairière.) Mon père m'a raconté qu'un jour il était tellement en colère contre mon oncle qu'il est monté implorer les esprits de le frapper d'une mort instantanée. Les gens y vont pour épancher leurs peines, leur colère. Pour expier leurs pêchés, aussi. Je pense qu'un petit tour là-bas pourrait nous être utile… Pas vrai, Jim ?

Cheveyo étira les lèvres, mais ce n'était pas un sourire, plutôt une grimace douce-amère. Ces hommes n'y connaissaient rien.

— Sans doute est-ce moins intimidant que de se confesser au père Simunek, nota le médecin.

Le barbu lui lança un regard lourd de reproche.

— Vous avez intérêt à avoir une raison valable de m'embarquer là-dedans !

— Je te l'ai dit : je sais parfaitement ce que je fais. Tu en auras la preuve demain. Allez, remettons-nous en route !

Les trois hommes se baissèrent pour attraper le sac, qui leur échappa quand ils le soulevèrent. Dans le moment de confusion qui suivit, Cheveyo ne distingua pas grand-chose mais il lui sembla entrevoir un poignet décharné, d'un blanc d'os, qui s'échappait de l'ouverture. Ses yeux s'étrécirent un peu plus.

— Putain, je vais gerber… fit le jeune homme.

— Ça va aller, mon gars. On a fait le plus difficile. Mais j'ai encore besoin de toi, alors accroche-toi !

Le pompiste opina du chef et aida à hisser le chargement. Les trois hommes se remirent en route.

Cheveyo lança un regard à son fils. Celui-ci voulut parler, mais son père posa un index en travers de ses lèvres entrouvertes avant qu'il ait pu prononcer un mot. Puis, impassible, il se tourna vers la clairière. Les visiteurs charriaient maintenant leur fardeau à bout de bras, prenant soin de contourner le Cercle. Il les entendit parler encore une minute avant que leurs voix se perdent dans la distance.

Cheveyo chassa un moustique de son avant-bras, fit un signe à son fils puis, ensemble, ils allèrent honorer les esprits de la montagne.

CHAPITRE VII

1

Le corps de Rory Twitchell fut découvert le mercredi 3 juillet à 6 h 10 du matin. L'appel anonyme reçu par Rita Davis au bureau du shérif faisait état de la présence d'un cadavre en bordure du Devil Trail, à environ trois cents mètres au nord du cirque de Chochmingwu. Une équipe se rendit sur place un peu avant 7 heures.

Les indications laissées par le mystérieux corbeau – un homme entre deux âges, avait précisé Rita – les menèrent au bout d'un passage resserré de la montagne derrière lequel le relief plongeait à pic. À cet endroit, de petites vasques naturelles émaillaient les falaises de grès rouge, et c'est dans l'une d'elles qu'ils découvrirent les restes du disparu, à demi dissimulés par les racines d'un genévrier grillé par le soleil.

L'ironie du sort défie parfois l'entendement. L'unité 6, formée de Sherry Grant et de Ted Cassidy, avait été amputée de la moitié de son effectif à la suite d'une panne de réveil de ce dernier. La seconde unité était la 4, celle de Mitch Novak et de Beauchamp Robicheaux, Jr., qu'une grippe intestinale clouait au lit. Le binôme Grant et Novak, séparé quelques mois plus tôt pour une histoire de jalousie mal digérée par le shérif Hughes, se reforma ainsi autour de la dépouille potentielle d'un homme qu'ils avaient passé des mois à chercher. Charmantes retrouvailles.

— À première vue, il est là depuis un moment, fit remarquer Sherry. Comment on a pu passer à côté ?

— On cherchait une enfant de 5 ans, pas un adulte, fit valoir Mitch.

— N'empêche…

L'adjoint s'accroupit et planta une branche d'environ un mètre de long au fond de l'anfractuosité. Elle s'y enfonça presque entièrement.

— Au moins quatre-vingts centimètres de profondeur. Certainement les gaz causés par la décomposition organique qui l'ont fait remonter…

— Certainement, acquiesça Sherry sans conviction.

Ils vinrent se camper de l'autre côté du trou d'eau. Un coude affleurait entre les racines torturées, son os mis à nu luisant dans la lueur hésitante du matin. Ce qui restait du buste avait l'aspect un peu trouble et malsain de pièces d'anatomie conservées dans un bain de formol. La chair, grise et spongieuse, présentait de larges écorchures. Mais le pire était les deux trous noirs des orbites qui semblaient les observer depuis l'au-delà.

— Tu y vas ou j'y vais ? demanda Mitch sans entrain.

— On ne touche à rien pour l'instant. On attend le coroner.

Ils gardèrent le silence quelques secondes. Une puanteur d'eau stagnante et de décomposition planait dans l'air, un bourdonnement de moustiques leur emplissait les oreilles.

— Et si ce n'était pas lui ? avança Mitch, lugubre.

— C'est forcément lui.

Sherry fixa le trou d'un air pénétré, comme si elle cherchait à entrer en communication avec le mort. Les reflets rosés des nuages à la surface de l'eau lui donnaient par endroits une illusion de vie et de couleur.

— À quoi tu penses, Grant ?

— À une mise en scène, déclara-t-elle du bout des lèvres. Peut-être bien un sacrifice… En tout cas, ce corps n'était pas là au moment où les recherches ont eu lieu.

Mitch observa la jeune femme, puis le corps, puis à nouveau la jeune femme. Son intuition faisait mouche, la plupart du temps ; elle avait une sorte de sixième sens qui lui faisait rarement défaut. Elle fonçait alors bille en tête, armée de ses seules certitudes.

— On est en terre indienne, il pourrait s'agir d'une exécution rituelle, poursuivit Sherry. Les Indiens ont des techniques de mise à mort particulières : crânes scalpés, orteils coupés… Il faudrait vérifier.

— À toi l'honneur, dit Mitch en ouvrant les bras vers le cadavre.

Sa collègue eut un froncement de nez. *L'odeur*, pensa-t-il.

— Il a peut-être été déplacé par un prédateur ? Ou par le glissement de terrain de l'autre jour ?

— Ou par les petits hommes verts… Tu vois de la terre dans le coin, Novak ? C'est absurde…

Sherry examina le paysage en contrebas, espérant peut-être qu'il lui livre ses secrets. Les zones d'ombre recroquevillées au fond du canyon ne tiendraient pas longtemps face à l'offensive du jour.

— Tout ça ne tient pas debout, dit-elle en se relevant.

Elle était grande, élancée, avec une assurance que certains taxaient d'arrogance. Ses yeux croisèrent ceux de son collègue, qu'elle dépassait d'une demi-tête. Dans l'aube encore incertaine, ils semblaient plus sombres que d'habitude.

— Voyons le bon côté des choses, fit Mitch après une poignée de secondes. Maintenant qu'on a retrouvé le père, on va peut-être se faire une idée plus précise de ce qui est arrivé à la petite.

— Elle est morte, Novak. C'est fini. Tu sais bien qu'en matière de disparition tout se joue dans les premières quarante-huit heures. Ce cadavre, si c'est bien celui de Rory Twitchell, est là pour en témoigner.

La mâchoire de Mitch tomba de cinq centimètres. Il était rasé de frais, sa chemisette ne présentait pas le moindre faux pli. On avait peine à imaginer qu'il était encore au fond de son lit une heure auparavant. Pourtant, le regard qu'il posa sur sa coéquipière était celui d'un homme arraché à son sommeil.

— Qu'est-ce que tu racontes ?

— Arrête ton cinéma. Au fond de toi, tu sais que j'ai raison. Tout ce qu'on retrouvera, c'est un cadavre. Et encore, si on a de la chance…

Mitch n'eut pas le temps de répondre : le talkie-walkie accroché à sa ceinture venait de cracher un gargouillis strident. Reconnaissant la voix de Brian McKenzie, il prit la communication. Son collègue lui annonça que le coroner était en chemin.

— Entendu, on vient à votre rencontre, répondit-il avant de relâcher le bouton-poussoir d'un geste impatient. Puis, se tournant vers Sherry : Tu me fais quoi, là ? Qu'est-ce que c'est que ce pessimisme à deux balles ?

La jeune femme poussa un soupir désabusé.

— Novak…

— Non ! On se démène depuis quinze jours pour retrouver la trace de cette petite fille, on fait le planton jour et nuit sur la route 12, on se tape des interrogatoires à la chaîne, des heures de marche dans cette foutue forêt, et tu viens me dire qu'on aurait fait tout ça pour rien ?

Il secoua la tête et la précéda sur la piste qui conduisait au Devil Trail.

— C'est pas le moment de baisser les bras, Grant. Pas toi ! Pas comme ça ! Tant qu'on n'a rien trouvé, il y a encore de l'espoir. Alors voilà ce qu'on va faire : on va reprendre l'enquête depuis le début, vérifier les similitudes entre les deux affaires, établir les parallèles… Toute cette histoire a commencé avec la disparition du père, tu l'as dit toi-même. Si c'est bien lui au fond de ce trou, c'est là-dessus qu'on doit se concentrer !

Sherry ne répondit pas. La forêt dormait encore, et ils n'échangèrent plus un mot jusqu'au cirque de Chochmingwu, comme s'ils craignaient de la réveiller. Arrivé aux abords de la clairière, Mitch contacta McKenzie. Les équipes seraient là dans moins de cinq minutes.

Il retrouva Sherry un peu plus bas, perdue dans la contemplation de l'émiettement de pierres qui émaillait le centre de la clairière.

— Toi chercher réponse à problème dans grand cercle des anciens ? demanda-t-il.

Elle ne lui décrocha pas l'ombre d'un sourire. Lèvres pincées, regard glacé, la jeune adjointe affichait la même concentration que celle qu'elle avait eue en examinant le cadavre. Un air que Mitch lui connaissait bien…

En un éclair, il se retrouva cinq mois en arrière. C'était en février, leur binôme n'avait pas encore été dissous. Ils enquêtaient sur la disparition de Rory Twitchell, survenue deux mois plus tôt, et tout le monde était sur les dents au bureau. Twitchell était le petit-neveu de Dalton Hughes et l'ambiance était aussi lourde que le ciel de plomb qui écrasait la région depuis quelques jours. Grant et lui avaient été dépêchés sur la rive est de la rivière, en aval de Duncan's Creek, après qu'un promeneur avait découvert des vêtements entortillés dans des broussailles. Le type leur avait mâché le travail en allant les repêcher lui-même, poussant le zèle jusqu'à fouiller dans les poches. Il y avait trouvé un permis de conduire appartenant à l'homme dont le visage passait partout à la télé depuis Noël. Sherry avait pris sa déposition avant d'observer la rivière pendant un long moment, l'air pénétré et plein d'une attention soutenue. C'était cette même expression qui se peignait à présent sur ses traits.

— Comment il a appelé ces trucs, déjà ? l'entendit murmurer Mitch.

— Quels trucs ?

— Ces cercles sur le sol… Des géoglyphes indiens, je crois. Datant de l'époque des Anasazis… C'est ce qu'il a dit, en tout cas.

— De qui tu parles ?

Sherry se baissa, effleura l'une des pierres du bout des doigts avec une sorte d'intérêt respectueux.

— Ces pierres… ce sont les mêmes que celles que…

— Dis, je peux savoir ce qui se passe ? la pressa Mitch. Non, parce que si tu n'as pas besoin de moi, je peux toujours aller faire une heure de grimpette sur la falaise…

— La ferme, Novak !

Sherry eut un petit sourire qui tempéra aussitôt son impétuosité.

— Tu vois ces cercles de pierre ?

Mitch acquiesça.

— C'est une sorte de calendrier rituel. Les Indiens s'en servaient pour mesurer le temps, ou quelque chose dans ce genre…

— Les Indiens, encore ? Tu as une dent contre eux ou quoi ?

Sherry ne releva pas.

— Une spirale, nota-t-elle en se redressant pour observer la figure de toute sa hauteur. Tu n'as pas un appareil photo ? Non, évidemment, tu n'en as pas !

Elle fit quelques pas autour du cercle extérieur, revint en arrière. De l'endroit où il se tenait, Mitch pouvait presque entendre les mécanismes de sa réflexion tourner dans sa tête. D'un coup, le visage de la jeune femme s'éclaira.

— Ces pierres… ce sont les mêmes que celles que transportait le jeune Indien l'autre soir, releva-t-elle pour elle-même. Il a dit qu'il les avait ramassées pour le jardin de son père. Pour un jardin, c'est un sacré jardin !

Mitch ouvrit la bouche, puis la referma, ne trouvant rien à dire. Parfois, la complexité de leurs rapports le fatiguait vraiment.

Moins d'une minute plus tard, trois hommes émergèrent de la forêt, à une cinquantaine de mètres de la spirale de pierres – les adjoints McKenzie et Barnes, accompagnés d'un type qui devait être le coroner. Les apercevant, Sherry se rapprocha de Mitch et lui souffla, sur un ton qui ne souffrait aucune équivoque :

— Pas un mot sur cette histoire de sacrifice indien, Novak. Je crois que je tiens quelque chose, mais il faut que j'interroge ce môme avant d'en être sûre. J'ai ta parole ?

Un éclair d'impatience passa au fond des yeux de Mitch. Il la toisa quelques secondes, en proie à une foule de pensées contradictoires, puis répondit :

— Ai-je vraiment le choix ?

Sherry se mordit la lèvre du bas et secoua négativement la tête. Ils partirent à la rencontre des trois hommes.

2

Assis derrière son bureau, Dalton Hughes trépignait d'impatience. Il se tenait sur le bord de sa chaise à roulettes, prêt à bondir au premier coup de fil. Ses doigts courts et boudinés pianotaient nerveusement sur le sous-main devant lui. Il mâchonnait sans conviction un morceau de réglisse censé faire passer le goût acide qu'il avait dans la bouche, mais rien n'y faisait : ses aigreurs d'estomac étaient revenues, plus terribles que jamais.

Son humeur n'avait rien à envier à celle d'un bouledogue privé de son os. Il avait été réveillé par le téléphone à 6 heures et demie, à peine dix minutes après avoir soulagé sa vessie pour la troisième fois de la nuit. Une bordée de jurons, de celles dont il avait le secret, lui avait échappé alors qu'il fouillait l'obscurité à la recherche de ce foutu téléphone. Quand Rita Davis lui avait appris la nouvelle, il était d'abord resté sous le choc. Puis ses pensées s'étaient tournées vers Rosie, qui dormait dans la chambre d'à côté. Il allait falloir qu'elle appelle sa belle-sœur, qu'elle lui annonce qu'on avait découvert un corps sans vie au fond d'un trou d'eau dans la montagne. Un corps qui avait de grandes chances d'être celui de son fils.

Rosie s'était effondrée, comme il l'avait prévu. Il avait eu du mal à la calmer, mais elle avait pris sur elle, le temps, du moins, de s'atteler à la douloureuse besogne. Car lui ne s'y collerait pas. Il était shérif, bordel de merde, pas assistante sociale ! Cinq minutes plus tard, Dalton avait entendu les cris déchirants à l'autre bout du fil, depuis la pièce d'à côté. Lorraine et Preston C. Twitchell, qui vivaient à Escalante, seraient là dans une heure.

Sur le chemin qui l'avait conduit au poste, l'hébétement s'était peu à peu mué en colère. Qui avait pu s'attaquer au neveu de sa femme ? Et surtout, pourquoi ? Il y a encore un mois, il criait sur tous les toits que Rory finirait par reparaître. Qu'il avait dû se tirer avec une poule pour refaire sa vie ailleurs. Force était d'admettre qu'il s'était trompé. Dalton tenait une chose pour sûre, néanmoins : il allait mettre le paquet dans cette affaire, comme il l'avait fait en décembre après la disparition. Ses hommes allaient remuer ciel et terre, traquer le salaud qui se cachait derrière ce crime odieux et lui faire la peau. Le salaud, ou la salope...

À l'époque, ses premiers soupçons s'étaient tout de suite portés sur la femme de Rory. Cette petite grue avait toujours été la coupable idéale, à ses yeux, et il n'était pas le seul à le penser. Il ne s'était d'ailleurs épargné aucun effort pour lui faire porter le chapeau après la découverte de la parka dans la rivière. Mais le manque de preuves avait eu raison de son acharnement, et la salope avait été blanchie.

Dalton Hughes se passa une main sur le visage. Il n'avait pas eu le temps de se raser ni de prendre une douche. Il ne coupait pourtant jamais à ses ablutions matinales, fût-il terrassé par la pire grippe de l'histoire. Contenant un mouvement d'humeur, il plongea la main dans le premier tiroir de son bureau et en tira un paquet de coffee cakes à la myrtille. Il en engloutit un, puis deux, et contacta Rita Davis sur le numéro du standard.

— Du nouveau ?

— Rien.

— Qu'est-ce qu'ils foutent, bordel ?

— L'identification pourrait prendre plus de temps que prévu, d'après le coroner.

Un blanc. Rita s'éclaircit la gorge.

— Des nouvelles de Cassidy ?

— Aucune, répondit la coordinatrice.

Hughes laissa planer un silence, attendant la suite.

— Vous avez essayé de le joindre ? demanda-t-il comme rien ne venait.

— Trois fois depuis votre dernier appel.

Il se crispa. Avait-il perçu une pointe de sarcasme chez l'insignifiante marionnette qui lui tenait lieu de secrétaire ?

— Bon, vous me l'envoyez dès qu'il arrive, madame Davis ! fit le shérif d'une voix que l'irritation rendait nasillarde.

Mais il parlait à une tonalité. Rita avait raccroché, sans autre forme de procès.

Ses lèvres se crispèrent comme s'il venait de les tremper dans un breuvage particulièrement amer. Rita Davis n'était pas à prendre avec des pincettes, ce matin. *Sans doute ces foutus Anglais qui ont débarqué*, se dit Hughes, sans se douter qu'elle était ménopausée.

Il piocha un autre paquet de coffee cakes, l'éventra rageusement. Il fallait qu'il passe ses nerfs sur quelque chose. Une heure qu'il attendait un retour de ses équipes ! Identifier un cadavre n'était tout de même pas si long ! Il aurait mieux fait d'y aller en personne. Lui aurait tout de suite reconnu Rory, aucun doute là-dessus. Il l'avait connu tout gosse, l'avait porté sur ses épaules à la fête foraine de Panguitch en 1968…

Ses yeux le picotèrent. Il fit barrage aux larmes, décidé à ne pas se laisser aller à l'abattement. L'enquête primait sur tout le reste.

Sur un coin de son bureau s'entassaient les dossiers des affaires en cours. En haut de la pile était posée une pochette cartonnée portant le nom de Rory Twitchell. Il l'avait exhumée du tiroir où elle croupissait en arrivant le matin, mais s'était refusé à la consulter, convaincu que cette initiative scellerait le sort de son neveu. À côté des dossiers, une photo encadrée de Rosie lui souriait. Une grimace froissa le visage long et juvénile de Hughes, et il lui tira la langue. Même sa femme commençait à lui courir sur le haricot. Que lui avait-elle jeté à la figure, la semaine passée ? « Retrouve Shawna ! C'est ton boulot, on te paie pour ça ! »

Il caressa ses fins cheveux blonds, puis, d'un geste machinal, s'empara du téléphone. Il composa les deux premiers chiffres du standard, s'interrompit. Appuya sur la troisième touche, raccrocha. Cette vieille harpie de Rita Davis allait encore lui chier dans les bottes s'il venait aux nouvelles ! Autant remettre ce supplice à plus tard…

Il patienta deux minutes de plus. Quand un reflux acide remonta dans son œsophage, Dalton Hughes se massa la poitrine et lâcha un rot bruyant. Il avait les nerfs en pelote, et le tic-tac de l'horloge, qui indiquait 8 h 20, n'arrangeait rien à son état de tension. Deux heures qu'ils étaient là-bas ! Grant et Novak – le Polak et sa pute. Ces deux-là étaient des incapables, pas foutus de différencier leur trou de balle d'un impact de calibre 9 millimètres ! Il allait se les faire, quand ils rentreraient. Oh oui, ils allaient en prendre pour leur grade ! Et si ça ne suffisait pas à calmer ses nerfs, il se ferait Cassidy. Ou bien un journaliste. Ou les deux baltringues du FBI, tiens. Il avait l'embarras du choix. Sûr que tout le monde allait morfler !

Sentant poindre l'impatience, le shérif Hughes broya l'emballage vide de coffee cakes entre ses mains. Il se mit à fixer le téléphone et resta ainsi un long moment, la bouche tordue en un sourire sans joie.

3

Le texte, rédigé d'une main malhabile, ne comportait ni titre ni introduction. Il couvrait une centaine de pages, toutes noircies d'une écriture fine et déliée. Sur la couverture du cahier était tracé un 6 au feutre noir. Le récit débutant au beau milieu d'une phrase, on devinait qu'il faisait directement suite à un précédent volume. C'était autant un recueil de pensées qu'un journal de bord. Des sensations, des états d'âme jetés de manière confuse sur le papier, entrecoupés de chiffres et de schémas. La minutie apportée au moindre détail forçait l'admiration, mais la prouesse s'arrêtait là : le style et la syntaxe de l'auteur aurait fait pâlir d'effroi un élève de sixième.

Jim avait mis Rick en garde dès le début : il trouverait dans sa lecture autant de réponses que d'interrogations. Il avait déniché le cahier dans la sculpture en aluminium d'Arlin Gillespie et était passé le lui déposer vers 10 heures. Son entêtement à défendre le fermier commençait à inquiéter Rick, qui avait néanmoins accepté le colis sans discuter.

Feuilletant à présent les pages de l'œil exercé du professionnel, Rick allait de surprise en surprise. Il était dans un état second, encore sous le choc de leur expédition funeste de la veille. Il avait à peine dormi et ses doigts frémissaient sur le papier.

Il trouva d'abord le croquis d'un système solaire inconnu, ainsi que des dessins d'une rare violence représentant des animaux éviscérés. Plus loin apparaissaient des reproductions d'illustrés d'anatomie humaine et un descriptif complet de ce que l'auteur nommait la « capsule spatiale ». Rick reconnut avec stupeur la sculpture que Gillespie était en train de bricoler quand ils lui avaient rendu visite. Il était également fait mention d'attaques extraterrestres, de fin du monde, d'un voyage à travers l'espace… Plus surprenant, il trouva, au milieu du cahier, des pages et des pages de gribouillis – on aurait dit qu'un enfant s'était emparé du carnet pour y user tous ses crayons de couleur. Rick les fit défiler sans grande attention avant de tomber, enfin, sur la pièce manquante du puzzle : un chapitre long de huit pages, à l'écriture beaucoup plus nerveuse que le reste du texte. Certains mots étaient illisibles, l'écriture était irrégulière, et il devina qu'ils avaient été tracés sous le coup d'une vive agitation, comme si l'auteur courait après ses idées pour ne pas les laisser s'échapper. À l'époque où Rick travaillait dans la publicité, il lui arrivait de se laisser posséder par ses idées, lui aussi. Il assimilait alors son émulation à de l'écriture automatique.

Dans le passage en question, Arlin Gillespie relatait son expédition au fond d'une passe étroite du canyon de Shungomowi. L'épisode était daté du 2 mai. L'auteur s'égarait dans une description sans fin des parois rocheuses avant de mentionner la découverte du cadavre d'un homme sous un tapis de feuilles. Après une valse-hésitation, il l'avait hissé sur sa monture et ramené chez lui. Là, il l'avait nettoyé et placé au congélateur le temps de débarrasser son établi du mannequin de vitrine sur lequel il avait commencé à travailler. Puis il s'était mis à l'ouvrage, guidé par celle qu'il appelait sa « voix ».

Rick corna la page. Les paroles prononcées la veille par le fermier lui repassèrent en mémoire : « La voix m'a choisi, moi et personne d'autre. » Il se sentit la bouche soudain sèche et se passa la langue sur les lèvres. Le cahier à la main, il se leva et alla se servir un verre de whisky. Il était encore tôt mais il pouvait bien se permettre un extra.

Il se rendit à son bureau et extirpa un bloc-notes du foutoir qui l'encombrait. Puis, armé d'un crayon à papier, il alla s'enfoncer dans le fauteuil où Betty adorait lire. Il eut une pensée pour la jeune femme, se jurant d'être à l'heure pour leur déjeuner. L'instant suivant, le devoir reprenait le dessus et il oubliait sa promesse.

Après avoir conté par le menu le dépeçage de ce qui restait du corps, Gillespie s'attardait sur la phase d'élaboration de son armure. Il ne cessait de s'exalter de sa découverte sans jamais montrer la moindre commisération, et Rick comprit que le cadavre, à ses yeux, n'était qu'un pantin déshumanisé, comme l'avait été le mannequin avant lui. Dans la foule de plans et d'explications qui suivait, les dernières pièces du puzzle s'assemblèrent en un tableau qui, à défaut d'être crédible, était au moins cohérent : Gillespie avait prévu de quitter la Terre à bord de sa capsule spatiale pour entreprendre un voyage intersidéral de 7 000 années-lumière. Le cadavre lui tiendrait lieu d'émissaire quand il entrerait en contact avec ses congénères, les « Borgs ». Après ça, il exterminerait tous les ennemis, jusqu'au dernier.

Les mots dansèrent sous les yeux de Rick pendant près d'une heure. De loin en loin, certaines phrases accrochaient son regard ; il les recopia une à une sur son calepin. Quand arriva la dernière page, il avait noirci une demi-douzaine de feuillets. Il changea de position dans son fauteuil, perclus de fatigue. Puis il éclata de rire.

Avec ce cahier, Jim lui avait apporté les réponses qui lui manquaient. Rick se sentait libéré d'un poids mais, d'un autre côté, un peu honteux de son attitude. Il avait refusé d'accorder le bénéfice du doute à son ami, avait été jusqu'à douter de sa santé mentale. Jim n'était certes plus le même depuis la mort de sa femme, mais il fallait reconnaître qu'en prenant la direction des opérations il avait agi de main de maître.

C'est lui qui avait servi une histoire d'insolation à la vieille Piper Gillespie après avoir administré une dose massive de sédatifs à son fils, lui qui s'était chargé de débarrasser le cadavre de l'étrange attirail dont le fermier l'avait affublé. Lui, encore, qui avait eu l'idée lumineuse de faire appel à Logan Momsen pour leur prêter main-forte, et lui qui avait trouvé le trou d'eau où ils avaient abandonné la dépouille.

Rick eut une sueur froide, tout à coup. Jim avait pris soin d'effacer toutes les traces des interventions du fermier sur le corps, mais un légiste zélé ne découvrirait-il pas le pot aux roses ? Il soupira, se frotta les yeux et se mit à réfléchir à la suite des événements. Si les écrits d'Arlin Gillespie ne l'éclairaient pas sur les circonstances de la mort de Rory Twitchell, ils levaient au moins le doute sur sa culpabilité. Restait maintenant à décider de ce qu'il allait faire des informations qu'il détenait.

Il était conscient de l'avancée spectaculaire que connaîtrait l'enquête du shérif s'il portait ces éléments à sa connaissance, mais Jim l'avait enjoint à veiller sur le cahier avec la plus grande diligence. Pouvait-il faire éclater la vérité de sa propre initiative ? Les enquêteurs ne manqueraient pas de s'interroger sur son rôle dans cette affaire, il courait le risque d'être lui-même impliqué… D'un autre côté, et bien qu'il se détestât d'y penser, Rick se privait d'un scoop en or massif en gardant ces informations pour lui. Nul doute que des révélations sur l'affaire qui avait passionné la communauté pendant plus de six mois lui rapporteraient gros.

Il tourna et retourna le problème pendant dix bonnes minutes. Une lettre anonyme, peut-être ? Après tout, Jim avait bien joué les corbeaux en appelant le shérif le matin même… Non, car il faudrait qu'il transmette le cahier aux autorités pour en faire une pièce à conviction et…

Rick en était là de ses pensées quand il constata qu'il était midi passé. Le temps avait filé à une vitesse effrayante, Betty devait déjà l'attendre, après son petit déjeuner chez Beth. Il se leva, traversa le couloir d'un pas chancelant. Les questions continuaient à se bousculer dans sa tête. En quittant sa maison, il était loin de s'imaginer que les événements du lendemain allaient apporter une réponse radicale à son cas de conscience.

4

Par la fenêtre ouverte, Mandy Twitchell regarda Betty Adams se glisser dans la voiture du journaliste. L'émission de téléachat du midi venait de se terminer et elle se rendait à la salle de bains quand elle avait vu le Land Cruiser se garer devant chez Beth. Elle observa le couple une minute, à la fois curieuse et vaguement gênée, saisie d'un bref pincement au cœur quand elle les vit s'embrasser.

Leur liaison n'était plus un mystère pour elle depuis que Beth avait gaffé en évoquant la liste de ses invités pour la dernière fête de Thanksgiving. Confuse, elle lui avait fait promettre de rester discrète, et Mandy, qui avait les bavardages en horreur, avait tenu sa langue. Personne n'avait su, pas même sa sœur, à qui elle racontait (presque) tout. À l'époque, elle s'était même amusée de détenir un secret dont les commères du quartier n'avaient pas eu vent.

Mandy aimait bien l'institutrice, elle avait toujours été douce avec Shawna. Si elle pouvait contribuer à lui rendre la vie plus facile, elle s'y emploierait sans retenue. Malgré tout, en la voyant sourire à son amant derrière la vitre de la voiture, elle ne pouvait s'empêcher d'envier son bonheur, sa normalité. Rick Mayfair avait l'air d'un homme bien. Il avait, en tout cas, ce côté ours mal léché qui ne laissait pas Mandy indifférente. Un jour où elle avait le moral dans les chaussettes, elle l'avait croisé au City Market et avait rêvé de se blottir dans ses bras le temps d'une seconde. Sa barbe grisonnante lui donnait un air sauvage, voire un peu rustre, mais elle se plaisait à l'imaginer tendre et attentionné dans l'intimité. Tout le contraire de Rory…

Elle battit des paupières, un peu abrutie par le manque de sommeil et l'overdose de télé. Installée chez Beth De Witte depuis l'avant-veille, elle avait à peine trouvé la force de s'arracher aux draps de la chambre d'amis. Elle se sentait vide depuis la disparition de Shawna, aussi vide que si on l'avait dépossédée d'une partie de son âme. Chaque minute, chaque seconde de sa vie était à présent rythmée par l'absence de sa fille. Dans les moments de désespoir, Mandy avait l'impression d'oublier son visage, peu à peu.

Le Land Cruiser disparut derrière la façade du restaurant. Où les deux amants allaient, elle n'en savait rien. Peut-être en ville, peut-être chez elle ou chez lui. Peut-être allaient-ils faire l'amour sur la banquette arrière, quelque part sur le bord de la 12, peut-être mettaient-ils les voiles pour deux jours, pour une semaine, pour la vie ? Il existait mille endroits à découvrir quand on s'aimait, des endroits qu'elle ne verrait sans doute jamais… Le sud de la Californie, peut-être ? Ou le Mexique ?

Un sourire monta aux lèvres de Mandy, mais il retomba aussi sec. Le journaliste était peut-être simplement passé chercher Mlle Adams pour lui faire bouffer les moutons qu'elle avait oublié d'aspirer sous le lit… Rien n'était impossible en ce bas monde. Le bonheur le plus parfait cachait parfois une réalité beaucoup moins rose que ce que les apparences pouvaient laisser croire, Mandy était bien placée pour le savoir. Après tout, qui se serait imaginé, en admirant ses photos de mariage, que le jeune marié au sourire un brin mécanique écraserait les doigts qui tenaient le bouquet dans une porte, moins de six mois après les noces ?

Mandy se rendit à la salle de bains. Sa démarche était hésitante, le peu de tonus musculaire épargné par les médicaments n'auraient pas pu la porter beaucoup plus loin. Elle se laissa tomber sur la cuvette des toilettes, le frissonnement dans son bas-ventre s'étendit à tout son corps, mais sa vessie ne se débloqua pas immédiatement. Elle avait sans doute trop attendu.

Deux doigts cassés pour avoir oublié un morceau de coquille dans ses œufs brouillés du matin ! Quand Rory le lui avait fait remarquer, l'air sérieux, elle avait d'abord cru qu'il la charriait, et elle avait ri. Mais il ne plaisantait pas. Il avait recraché ce qu'il avait dans la bouche et balancé l'assiette à moitié pleine dans l'évier de la cuisine. Mandy était restée sonnée quelques secondes, le temps que la voix froide et désincarnée de son mari lui parvienne : « Nettoie-moi cette merde, Amanda. » C'était la première fois qu'elle entendait cette voix, la première fois qu'il l'appelait par son prénom de baptême, aussi. Elle s'était exécutée docilement, car c'était bien ce qu'une épouse était censée faire, non ? Respecter son mari, lui obéir, tenir sa maisonnée. C'est quand elle avait voulu prendre un torchon dans le meuble sous l'évier que le genou de Rory avait lourdement appuyé sur la porte. Elle avait crié en sentant les os craquer contre le bois, la douleur lui avait fait remonter le cœur dans la gorge. À l'hôpital, où elle était allée passer une radio, elle avait dit au docteur qu'elle s'était bêtement refermé le hayon de la Civic sur la main.

Le premier coup était venu peu de temps après. Ils étaient en train de dîner en regardant David Letterman à la télé, et tout se passait pour le mieux jusqu'à ce que Mandy commette l'erreur de lui renverser un bol de soupe à la tomate sur les cuisses. On était en août, la soupe était froide, mais Rory avait eu la même expression d'indignation mortifiée que si elle l'avait brûlé au deuxième degré. La gifle était partie sans prévenir, alors qu'elle se baissait pour ramasser les morceaux de porcelaine ; elle l'avait touchée en plein sur la pommette, y laissant une petite marque rouge. Mandy n'avait pas eu mal, mais elle ne se souvenait pas d'avoir ressenti une telle humiliation depuis le jour où elle était sortie des toilettes de l'école primaire avec sa jupe coincée dans sa culotte.

Plus tard, d'autres coups avaient plu, pour des raisons aussi puériles que dérisoires : les piles de la télécommande qui étaient à plat, une chemise mal repassée, des cheveux longs oubliés dans la baignoire… Puis elle était tombée enceinte et Rory avait lâché du lest – le temps de sa grossesse, du moins. Un mois après la naissance de Shawna, il l'avait dégagée du lit d'un grand coup de pied pour qu'elle aille s'occuper du bébé qui braillait. C'est cette nuit-là qu'elle avait compris que rien ne pourrait jamais tempérer le comportement violent de l'homme qui partageait sa vie.

Mandy avait essayé de lui parler à plusieurs reprises. Par petites touches, sans en avoir l'air. Au mieux, il se refermait comme une huître, au pire, elle finissait à l'hôpital. Mais maintenant qu'il y avait Shawna, c'était pour elle qu'elle se faisait du souci. Comment réagirait Rory si la petite lui crachait sa purée au visage en voulant imiter le camion ? Si elle lui faisait pipi dessus ? Mandy voyait bien les regards qu'il posait sur elle, parfois. Ses yeux devenaient de plus en plus inexpressifs avec le temps, miroirs du grand vide qu'il avait dans la tête – l'alcool et l'oisiveté le réduisaient peu à peu à l'état de légume. Mais il arrivait qu'un sursaut archaïque de son cerveau reptilien le reconnecte avec la réalité, et alors il lorgnait Shawna du même air que celui qu'il avait pour sa femme. Cet air à la fois incrédule et scandalisé que pouvait avoir un maître devant un chiot qui aurait souillé le tapis du salon.

Mandy se releva et tira la chasse d'eau. Tandis qu'elle se lavait les mains, elle contempla son reflet dans le miroir. Les plaies étaient refermées, les ecchymoses avaient disparu, son nez avait même retrouvé son alignement initial – la cloison était peut-être encore un peu déviée vers la gauche, mais il fallait y regarder de près.

D'où lui était venue toute cette agressivité ? De son enfance ? De ses gènes ? L'attirance qu'avaient les hommes pour la violence l'avait toujours abasourdie. Pourquoi fallait-il qu'ils soient aussi brutaux ? D'où tenaient-ils ce besoin constant de montrer qui était le genre dominant ? Et surtout, pourquoi dirigeaient-ils leur colère contre leurs femmes ? L'agressivité dont elle avait fait les frais n'avait aucun fondement, aucune raison d'être. Au début de leur mariage, avant que cet enfer ne commence, Mandy était la plus aimante et obéissante des épouses. Parfois un peu maladroite, il est vrai, mais pas de quoi casser trois pattes à un canard… ou lui fracturer la main. Mais n'était-elle pas un peu fautive, elle aussi ? Elle l'avait laissé faire sans résister, l'avait toujours couvert quand il avait fallu justifier une paupière tuméfiée ou un bras cassé.

Au fil des années, les coups l'avaient peu à peu endurcie. Comme si chacun d'eux lui donnait plus de courage et de force pour le jour où elle oserait enfin se révolter. Car ça finirait bien par arriver, non ? Un beau matin, elle finirait par le prendre à son propre jeu, par le mordre ou lui envoyer son genou dans les parties. Elle ne pouvait pas supporter à vie tous ces mauvais traitements !

Les violences avaient pourtant continué, comme s'installe une routine conjugale rythmée par les courses du samedi matin, les câlins sous la couette et les petites prises de bec. Pendant sept ans, Mandy n'avait pas moufté.

Et puis était arrivée la fois de trop.

Elle se souvenait de tout, avec la plus grande clarté : le soleil qui lui avait brûlé la peau, l'éclat aveuglant de ses rayons sur le chrome de la Civic, l'air trop calme de l'après-midi, même la chanson de Johnny Cash à la radio. Elle avait laissé Shawna sous la surveillance de Rory le temps d'aller chercher des pansements chez Shirley Hoffmann – la petite s'était écorché le genou sur un caillou et, bien sûr, la trousse à pharmacie était vide – et quand elle était revenue, Rory n'était plus là. La suite… elle essayait encore d'effacer de sa mémoire les terribles images qui y étaient associées.

Il y avait du sang, beaucoup de sang. La tête saignait toujours beaucoup, lui avait dit plus tard le Dr Pomeroy, mais jamais Mandy n'aurait imaginé qu'un petit bout de femme pesant à peine quatorze kilos pouvait en contenir autant. Shawna gisait, inerte, sur le seuil de l'abri de jardin. Elle ne respirait plus. La peur qui avait submergé Mandy n'avait eu d'égale que la haine, incoercible et viscérale, qu'elle avait tout à coup éprouvée pour son mari. Heureusement, le Dr Pomeroy était arrivé et Shawna s'en était sortie. Aux urgentistes, Mandy avait prétendu que la fillette était tombée en voulant monter sur le toit de l'abri de jardin.

Dès qu'elle avait eu les idées plus claires, elle avait tenté d'analyser cet épisode. Rory n'était reparu que bien plus tard, ce soir-là, saoul comme un cochon et incapable d'aligner trois mots. Elle ne lui avait soutiré aucune information, mais il lui semblait impensable qu'il ne soit pas impliqué, d'une manière ou d'une autre, dans l'accident. Shawna hurlait si fort à cause de son égratignure au genou qu'elle avait très bien pu le faire sortir de ses gonds. Le sujet, malgré tout, n'était jamais revenu sur le tapis.

À ce moment-là, Mandy aurait pu décider de faire ce qu'elle avait toujours fait : courber l'échine et espérer que la prochaine taloche ne la tuerait pas. Mais son cœur s'était arrêté, bon sang, le cœur de sa petite fille de 4 ans s'était arrêté de battre pendant quelques secondes !

Elle avait demandé le divorce deux mois plus tard. Elle savait que Rory s'y opposerait, que sa clique lui mettrait des bâtons dans les roues, mais elle avait tout de même contacté un avocat. Me Willard, du cabinet Willard & Noble, de Panguitch. Ça, c'était pour la partie rationnelle du programme. Car parallèlement à ses démarches judiciaires, Mandy avait fait quelque chose de terrible. D'inavouable.

C'était en décembre, un soir où Rory était rentré complètement imbibé d'un tournoi de poker et avait voulu la baiser alors qu'elle avait ses règles. Il n'avait cessé de l'appeler Amanda pour la rendre folle, lui avait arraché ses vêtements, tiré les cheveux. La routine, pour Mandy, qui n'avait pas résisté bien longtemps. Sauf que Shawna s'était mise à pleurer dans la pièce d'à côté, sans doute réveillée par le tapage qu'avait fait son père en rentrant. Mandy avait voulu se dégager, sans succès, et avait dû écouter leur fille brailler tout le temps qu'avait duré le frottement du ventre plein de bière de son mari dans son dos – c'est-à-dire moins de cinq minutes. Après quoi elle avait accouru pour réconforter la petite, les cuisses poisseuses d'un mélange de sang et de sperme.

Shawna calmée et douillettement bordée, Mandy avait regagné le lit conjugal, dans lequel Rory ronflait à faire vibrer les murs. Elle s'était allongée près de lui et l'avait observé pendant plus d'une heure. Elle aurait pu l'étouffer avec un oreiller ou lui planter une lime à ongle dans le thorax et tout aurait été fini. Au lieu de ça, elle avait sombré dans un sommeil peuplé de cauchemars.

Le lendemain, sur une impulsion, elle était montée dans la montagne. Elle ne se rappelait plus comment l'idée lui était venue, avait tout oublié du trajet qui l'avait menée là-haut. En y repensant, bien plus tard, elle s'était dit qu'elle s'était simplement laissé guider par la partie de son esprit où s'était accumulée la colère qu'elle n'avait jamais laissée éclater. Mandy s'était enfoncée dans la forêt, cherchant un chemin qu'elle n'avait plus emprunté depuis des années, et était arrivée à cette faille dans la roche connue sous le nom de Gorge du Diable. C'est là qu'elle venait, petite, pour déverser sa bile contre sa sœur quand elle la martyrisait. Sa rancœur, sa haine, elle les avait vomies contre un rocher plutôt que sur Rory. C'était un peu l'histoire du mec qui préfère taper dans un punching-ball que sur sa femme, ce que Rory aurait été bien inspiré de faire, soit dit en passant. Moins de trois semaines plus tard, cet enfant de salaud disparaissait.

Mandy était mormone, et en ce sens attachée à l'existence d'une force supérieure, mais jusqu'à présent, aucune de ses prières n'avait jamais été entendue. Ce jour-là, pourtant, un miracle s'était produit. Elle ne l'avait pas vraiment souhaité, n'avait même pas supplié. À croire que quelqu'un, quelque part, avait entendu sa voix et donné un petit coup de pouce à son destin.

Avait-elle pour autant assassiné Rory ? Elle ne le croyait pas. Elle n'était pas plus responsable de sa mort que son ex-amie Dorinda ne l'était de son mariage raté, elle qui l'avait poussée dans les bras de cette ordure huit ans plus tôt. Mandy s'était réfugiée là-haut parce qu'elle n'avait personne à qui parler et que la perspective de vider son sac à l'abri des regards indiscrets lui avait semblé une excellente idée sur le moment. Point barre.

Un sanglot convulsif lui échappa. Elle devenait folle. Si elle avait eu une personne à qui se confier, celle-ci lui aurait certainement assuré qu'un simple cri de rage ne suffisait pas à tuer quelqu'un. Et pourtant… Les larmes montèrent, Mandy les sentit qui lui picotaient les yeux et lui inondaient la gorge. Ses jambes tremblantes ne pourraient la soutenir très longtemps, elle était sur le point de défaillir. Au bord de la surtension émotionnelle.

Elle s'appuya au lavabo, repoussa la mèche de cheveux roux qui lui tombait dans les yeux. Dans le miroir, son visage avait la même pâleur que celui d'un mort-vivant.

Ce fut la dernière vision qu'elle eut avant de perdre connaissance.

5

La caravane reposait, de guingois, sur deux rangées de parpaings. Sa carcasse piquée de taches de rouille donnait l'impression de pouvoir s'envoler au moindre grain, et Sherry hésita d'abord à frapper. Après un instant, elle donna trois petits coups brefs et rapprochés sur la tôle gondolée.

La porte s'ouvrit lentement. Un homme s'encadra dans l'ouverture – pas très grand, profil aiguisé, le regard aussi noir que ses cheveux. Elle le salua, se présenta, et demanda à voir son fils.

— Il est pas là, mon fils.

— Vous savez où on peut le trouver ?

— Qu'est-ce que vous lui voulez ?

— Où peut-on le trouver, s'il vous plaît ?

Un silence. Ça n'allait pas être simple.

— Il est sorti faire une course pour moi.

— Quel genre de course ?

— Du matériel pour le jardin.

Elle eut un regard pour le lopin de terre aride qui les entourait.

— Du matériel pour le jardin ?

— Des pierres…

— Ce genre de pierres ?

Elle brandit un morceau de roche sous le nez de l'Indien, qui se décomposa.

— Vous n'auriez pas dû y toucher, murmura-t-il d'une voix de fond de gorge. Ce sont des pierres sacrées.

— Des pierres sacrées, vraiment ?

L'air hostile de l'occupant des lieux se renforça. Il secoua la tête.

— Vous ne pouvez pas comprendre.

Sherry l'évalua du regard. En général, elle « ressentait » son interlocuteur dès le premier échange, mais ses repères étaient brouillés avec lui.

— À quelle heure sera-t-il de retour ?

— Avant le soir, je dirais.

— Avant le soir, répéta-t-elle. 18 heures ?

— Peut-être que oui, peut-être que non.

Elle consulta sa montre : il n'était que 15 heures. Elle laissa passer un temps.

— Ces pierres… qu'ont-elles de spécial ?

— Je vous l'ai dit : vous ne pouvez pas comprendre.

— Il se trouve que justement, j'ai très envie de comprendre, répliqua-t-elle, irritée. Alors expliquez-moi.

L'Indien soupira. Elle aurait pu menacer de l'embarquer au poste pour l'interroger, mais elle sentait que ce ne serait pas nécessaire.

— Ce sont les restes d'anciennes habitations creusées dans les falaises de grès.

— Pourquoi les déplacer dans la clairière ?

— Pour perpétuer l'héritage de nos ancêtres et honorer leur mémoire.

Sherry attendit la suite, mais il s'en tint à ces mots. Elle allait devoir ramer pour lui tirer les vers du nez.

— Qu'entendez-vous par là ?

— Nos ancêtres ont occupé ces *pueblos* pendant des siècles avant de les abandonner à cause de la sécheresse. Notre histoire s'est écrite dans ces canyons, mais il n'en reste que des ruines, aujourd'hui. Et pendant que certains descendants des Hisatsinom ouvrent des casinos ou des terrains de golf au milieu du désert, d'autres, comme moi, restent ici pour perpétuer les traditions. Nous ne sommes rien sans notre esprit, ce que certains semblent avoir oublié.

— C'est une sorte de cérémonie, c'est ça ?

Il opina. Sherry fit rouler la pierre dans sa main, et celle-ci lui renvoya la lumière du soleil en minuscules éclats dorés.

— Celle-ci est en quartz, mais nous utilisons aussi des morceaux de grès, fit l'Indien en plissant les yeux. Les grains qui leur donnent leur luminosité sont composés de feldspath et de mica noir. (Il marqua un temps.) Encore une fois, vous n'auriez pas dû y toucher.

Leurs regards se croisèrent. Elle n'aurait pu en jurer, mais Sherry crut voir passer une lueur au fond de ses yeux, comme s'il avait saisi, dans un éclair de lucidité, l'intérêt qu'elle portait à sa culture derrière la raideur de l'interrogatoire.

— La spirale, au centre de la clairière, que représente-t-elle ? demanda-t-elle, s'engouffrant dans la brèche.

— C'est au-delà de votre compréhension. Maintenant, je dois vous laisser.

Il n'en dirait pas plus, mais Sherry avait obtenu la plupart des informations dont elle avait besoin. Elle le remercia et reçut un « au revoir » un peu plus chaleureux que l'accueil qui lui avait été réservé. Elle retourna à la voiture où elle avait laissé Novak. Il venait de raccrocher avec le central et avait l'air du type qui vient d'apprendre que sa grand-mère participe en cachette à des parties fines.

— Le rapport du légiste vient de tomber, lui apprit-il d'une voix blanche. Les empreintes dentaires concordent, il s'agit bien du corps de Rory Twitchell.

— Merde.

— Et tiens-toi bien, Grant : il a conclu à une mort accidentelle.

— Merde.

— Comme tu dis.

6

La voiture de patrouille filait en direction du sud, gyrophare et sirène coupés. À la seconde où il la vit débouler dans le rétroviseur, Logan s'enfonça dans son siège. Il resta immobile une bonne minute, respiration bloquée, attendant qu'elle ait dépassé Lower Duncan Road pour oser se redresser. Quand elle vira à gauche cent mètres plus loin, pour faire halte devant le Beth's Roadhouse Grill, il soupira lourdement. Ils n'étaient pas là pour lui.

Il avait garé la Buick sur le bord de la route 12, à la hauteur de la grange abandonnée du père Baldwin. Les restes d'un sandwich au poulet gisaient sur le tableau de bord. À l'arrière-plan, la bicoque que Beth De Witte louait à son cuisinier semblait flotter au-dessus des broussailles, écrasée de soleil. Il était un peu plus de 16 heures et Logan avait momentanément abandonné les pompes de la station-service aux mains de son ami Cody Hoffmann.

Son estomac gargouilla bruyamment. L'emballage graisseux du sandwich, derrière le pare-brise, commençait à exhaler une odeur de friture qui lui rappela le jour où, avec l'oncle Wayne, ils étaient restés bloqués dans les bouchons en se rendant à Disneyland. Son ventre criait famine, il leur restait plus d'une heure de route et les bagels au blanc de dinde préparés par sa tante Martha avaient pris un méchant coup de chaud. Ils avaient fait halte dans un fast-food en périphérie de Los Angeles, jeté les bagels dans une poubelle et commandé des hamburgers au drive-in. Ç'avait été la première étape d'une journée parfaite, l'un des souvenirs les plus heureux de son enfance. Rien à voir avec les heures qu'il vivait maintenant…

Logan ne savait pas vraiment pourquoi il était là, ni ce qui l'avait poussé à quitter son travail pour venir camper devant la maison du Français. Ce qui était sûr, en revanche, c'est qu'il se sentait capable de n'importe quoi si le bouffeur de grenouilles se ramenait. De vraiment n'importe quoi. Ce salopard avait eu le culot de faire du rentre-dedans à sa petite copine ! De se montrer « un peu collant ». Qu'est-ce qu'il s'imaginait, qu'il suffisait de savoir cuire un steak pour la mettre dans son lit ? Ou de la mater avec un autre mec pour avoir l'impression de se la faire ?

Il riva son regard à la maison blanche de l'autre côté de la route. Elle n'avait rien de charmant, semblait même à l'abandon. Seul un petit drapeau d'un bleu blanc rouge vif, planté au-dessus de la porte, témoignait de l'existence d'un locataire. Sans qu'il comprenne pourquoi, la vision de ce drapeau ne fit qu'ajouter à son état de rage.

Logan ferma les yeux et, dans une grande inspiration, essaya de se représenter le visage d'Alice : ses longs cheveux blonds et ses grands yeux de chat, sa bouche pleine, couleur de fraise, et cette petite fossette qu'elle avait sur la joue gauche, uniquement la gauche, quand elle souriait. Elle devait être en train de préparer ses affaires pour leur soirée du lendemain, en ce moment. Cette pensée le réconforta et sa colère reflua sensiblement.

Tout n'allait pas s'arranger en un claquement de doigts, il le savait bien. Il voyait néanmoins une lueur au bout du tunnel : dans un peu plus de vingt-quatre heures, ils iraient admirer le feu d'artifice depuis les hauteurs de la montagne. Rien que tous les deux. Et s'ils avaient prévu d'emporter deux duvets, il ne doutait pas qu'ils auraient vite fait de se retrouver dans le même.

Logan sentit une onde vibrante l'envahir. Tout se jouerait lors de cette soirée, il en était persuadé. Ils sortaient ensemble depuis deux mois et demi, c'était plus qu'assez ! Alice ne pouvait pas continuer à se refuser à lui indéfiniment… D'ailleurs, ne lui avait-elle pas dit qu'il serait bientôt son amant, au moment de leur pique-nique dans la montagne ?

Il s'imagina tout à coup se lover contre elle, s'abandonnant à la chaleur de sa peau nue, à la douceur de son corps dans le sien, et se laissa couler dans son siège avec un soupir d'aise. Mais alors que toute ombre semblait avoir déserté le tableau, une vision effroyable s'imposa à lui : Cabanel, surgissant du deuxième duvet pour venir se planter entre eux, un rictus salace fiché au coin des lèvres.

— L'enculé !

Logan eut une envie subite de balancer son poing à travers la vitre. Son coude se souleva, par réflexe, mais il bloqua son avant-bras à un centimètre du verre. La Buick lui avait coûté six cents dollars à l'achat, plus de mille en réparations. Il n'allait pas la réduire en miettes à cause de ce balai à chiottes de cuistot…

Il abaissa le bras, tiraillé entre l'envie d'en découdre et sa raison qui lui dictait de laisser filer. La violence ne résolvait rien, elle menait toujours à l'escalade. Ricochait à l'infini pour produire un résultat pire encore que ce qui l'avait déclenchée. Il était bien placé pour le savoir.

Jusqu'à sa deuxième arrestation, Logan n'avait jamais pris pleinement conscience de la portée de ses actes. Il avait 14 ans, à l'époque, et les hommes du shérif l'avaient à l'œil depuis qu'ils l'avaient surpris à bidouiller le démarreur de la Cadillac de Moe Freeman. Le vieux avait refusé de porter plainte, mais l'adjoint principal Hughes, qui avait pris le vaurien la main dans le sac, avait tenu à lui offrir un tour à l'arrière de son véhicule de patrouille en guise de leçon. Pour lui, les choses étaient claires : Logan était une petite frappe, il finirait sous les verrous avant ses 18 ans. Et ce jour-là, il serait là pour lui tenir la porte.

Le faux pas était venu moins d'un an plus tard. On était début septembre, l'école n'avait pas encore repris. Logan s'ennuyait ferme depuis le début du mois de juillet, sa tante Martha ayant tiré un trait définitif sur les vacances depuis la mort de son mari. Adolescent taciturne, Logan tuait le temps en s'occupant de Cooper, le cheval que lui avait laissé l'oncle Wayne.

Duncan's Creek comptait encore une petite boutique en 1982, le Prospector Gift Shop. Le commerce était tenu par Joel et Rosemary McCutcheon, dont l'arrière-grand-père avait fait fortune après avoir trouvé de l'or au fond d'un puits près d'Escalante. Ils étaient établis ici depuis plus de trente ans. Il y avait, dans la vitrine de la boutique, un objet que Logan convoitait depuis des mois : une authentique selle Frazier, modèle dix-huit poches, datant de 1880. Le prix affiché était de trois cents dollars, bien au-delà de ses moyens.

Malgré la confortable pension versée par l'armée et les revenus du motel, sa tante n'était pas très généreuse en matière d'argent de poche ; tout au plus lui glissait-elle un billet de cinq dollars quand il ramenait une bonne note, ce qui était rare.

Un soir, Logan avait profité de l'agitation causée par l'arrivée de touristes au motel pour faire le mur – la vieille avait refusé de lui donner une rallonge pour acheter la selle, ce qui l'avait mis en rogne. Il s'était rendu à la boutique et avait brisé la porte en verre avec l'un des marteaux de son oncle. Son plan était parfaitement huilé : il entrerait, s'emparerait de son butin et repartirait dans la nuit sans se retourner. Il venait de saisir le pommeau de la selle pour l'attirer à lui, sans même avoir eu le temps d'effleurer le cuir, quand ç'avait dérapé.

Alerté par le bruit, M. McCutcheon était sorti de sa maison située à l'arrière de la boutique, sa vieille Winchester à la main. Son but n'était pas de tirer, juste d'effrayer l'intrus. Mais le fusil, qui n'avait pas servi depuis le début du siècle, s'était enrayé et lui avait explosé entre les mains. Le pauvre homme aurait pu s'en tirer avec seulement quelques doigts en moins, mais un éclat d'acier était venu se loger au fond de sa cornée. Il avait perdu un œil.

Logan ferma les yeux. Désormais, il ne pouvait plus continuer à vivre dans le déni de ce qui s'était passé. Aucune charge n'avait été retenue contre lui après l'accident, les psys et la cour mettant ses actes sur le compte de son enfance chaotique. Pendant des années, il s'était cru amnistié de toute faute et avait continué à se livrer à de petits délits sans se soucier des conséquences. Mais à chaque fois qu'il crochetait une serrure, à chaque fois qu'il détériorait un panneau routier, Hughes et sa meute lui tombaient dessus. À croire qu'ils étaient équipés d'un radar.

Il libéra l'air qu'il avait dans les poumons. Un homme, à l'autre bout du pays, était handicapé à vie, et il avait sa part de responsabilité dans ce qui lui arrivait. Il avait souffert, d'accord, mais cela n'excusait en rien son geste. Et maintenant, malgré l'horreur qui revenait régulièrement le hanter dans ses cauchemars, il s'apprêtait à commettre l'irréparable. Une fois de plus.

Logan rouvrit les yeux et fixa la façade de la petite maison. Rien ne bougeait, hormis le drapeau caressé par le vent. Ce putain de petit drapeau tricolore dont il n'arrivait plus à distinguer les nuances derrière l'écran écarlate de la fureur ! S'il continuait d'y penser, quelque chose allait céder dans son cerveau – une soupape, une résistance. Il en était persuadé.

Il était en train de calculer la distance qui l'éloignait de la maison – environ cinquante mètres, il s'était garé assez loin pour ne pas se faire repérer – quand la voiture du shérif repassa en sens inverse. Il s'aplatit au fond de son siège, aux prises avec une certitude absolue : Hughes, c'était forcément Hughes… Il était au courant pour son expédition dans la forêt, pour le corps de Rory Twitchell. Et il le cherchait.

La sueur se mit à couler à grosses gouttes dans son cou, imbibant d'une auréole sombre la langue rouge des Rolling Stones sur le devant de son T-shirt. Logan aurait 18 ans dans quelques mois et sans le chef Parson pour effacer son ardoise, il allait en prendre pour perpète. Il finirait ses jours en taule, comme son père…

Le véhicule disparut après le coude qui menait vers le nord. Il patienta encore une minute, immobile, puis se mit à réfléchir à toute vitesse. Se tenir prêt. Garder son sang-froid. Un mot après l'autre, un geste après l'autre. S'il agissait avant de parler, tout serait foutu. Il devait d'abord découvrir la vérité. Ensuite, si la situation l'exigeait, il frapperait.

7

Lamar Jones sortit une Pall Mall de la poche de sa chemise et la planta entre ses lèvres, où il la laissa pendouiller le temps de craquer une allumette. La flamme stabilisée, il l'approcha de son visage et tira sur le filtre d'un geste automatique. Puis il recracha une longue volute de fumée blanche qu'il regarda s'élever dans l'air immobile du soir.

— Hypertension artérielle, hein ?

Jim hocha la tête, l'air aussi neutre que possible. Il avait reçu les résultats des examens médicaux passés la veille, et ils n'étaient pas bons. Son ami souffrait d'asthme, de mauvais cholestérol, d'une artérite. Mais ce qui l'inquiétait le plus, c'était les radios de ses poumons.

— Ta toux, c'est une bronchite chronique, annonça-t-il. Si tu n'arrêtes pas le tabac de manière définitive, tu cours à la catastrophe.

Les mots restèrent suspendus entre eux. Le médecin répugnait à se mêler de la santé de ses proches en temps normal, mais il ne pouvait laisser son ami continuer à jouer sa vie à la roulette russe.

Lamar, lui, n'était pas de cet avis :

— Ma foi, Jimmy… Y a toujours un moment où faut payer ses dettes.

Retranchés sur le porche arrière, les deux hommes regardèrent le sang du jour se répandre sur les champs.

On imaginait, au-delà de l'horizon, qu'une tribu ancestrale devait danser quelque part autour d'un feu de joie. Une odeur de sécheresse planait dans l'air ; il n'avait pas plu depuis quinze jours, et la terre était au bord de l'asphyxie. De l'intérieur de la maison leur parvenait un autre parfum, plus doux : celui de la cannelle.

— Range ça, toubib, fit Lamar tout à coup, jetant sa cigarette par-dessus la balustrade.

La porte à moustiquaire grinça sur ses gonds. Jim venait de faire disparaître les derniers feuillets à l'en-tête de l'hôpital de Panguitch quand Felicity vint leur souhaiter une bonne nuit. Elle leur offrit une assiette de roulés à la cannelle ainsi que son plus beau sourire et déposa un baiser sur le front de son mari. Alors qu'elle allait prendre congé, elle retint ses pas pour s'adresser au médecin :

— Combien de temps avant de recevoir les résultats des examens, Jim ?

Les deux hommes échangèrent un regard à la dérobée.

— Une semaine, je dirais… C'est qu'ils lui ont fait courir le marathon, au canasson ! Ces gars-là vont avoir du pain sur la planche !

Felicity les évalua tour à tour, une lueur d'amusement un peu terne au fond des yeux.

— Ce qui explique sans doute pourquoi le canasson a toussé toute la nuit… Tu penseras à le ramasser, bien sûr, ajouta-t-elle à l'attention de son mari avant de tourner les talons.

Lamar soupira. Son mégot rougeoyait encore, bien visible sur l'une des marches en bois du porche.

— Le silence est le plus beau bijou d'une femme, déclara-t-il d'une voix lâche, assez fort pour qu'elle puisse l'entendre. Quel dommage qu'elle le porte rare…

— Idiot ! lança Felicity de la porte, qui se refermait déjà sur elle.

Ils éclatèrent de rire. L'instant d'après, le calme retomba sur la demeure des Jones.

Après une minute, Lamar se leva dans une grimace à peine voilée et alla ramasser son mégot. Revenant s'asseoir dans son rocking-chair, il murmura, comme en réponse au regard que son ami faisait peser sur lui :

— Elle ne doit pas savoir. Pas encore.

Il remisa le mégot dans le paquet logé dans sa poche et souffla les cendres qu'il avait dans la main. Fin de la discussion.

Les deux hommes se turent pendant un long moment. À eux deux, ils avaient parfois l'impression de prendre leur revanche sur le monde rien qu'en partageant ce genre de silence. À cette heure encore subsistaient en Utah pas mal d'endroits où un Noir et un Blanc ne pouvaient se montrer ensemble. Lamar, tout comme Jim, en avait pris son parti. Il n'était pas un activiste des droits de l'homme, avait trop souffert du fanatisme de certains de ses pairs pour voir le monde sous le seul angle du mouvement des droits civiques. Tout ce qui comptait, à ses yeux, était de savourer la quiétude d'un tête-à-tête entre amis, un moment de calme que personne ne pouvait leur voler. Les vieilles habitudes avaient la vie dure.

— Je voudrais que mes cendres soient dispersées ici, Jimmy, laissa tomber le fermier en fixant la trace noire laissée par le mégot dans la paume de sa main. Le jour venu, je voudrais que Felicity et toi, vous vous occupiez de me rendre à la terre de mes parents.

Il eut une toux rauque, une toux de fumeur sifflante et graillleuse qui évoqua, aux oreilles de Jim, un caillou qui serait passé dans les lames d'une tondeuse à gazon. Le médecin laissa filer, soucieux de ne pas s'enliser dans un débat dont il ne sortirait pas vainqueur. Au-dessus des champs, le couchant vira du rouge à l'or avant de disparaître.

— Tu crois qu'il a été tué ? demanda Lamar après un instant. Le fils Twitchell ?

Jim, qui avait eu un instant de distraction, revint à la réalité, le visage assombri par quelque émotion qu'il ne voulait pas partager.

— Je saurais pas dire, Jonesy.

— Dieu me pardonne, mon vieux Jimmy, mais ce salopard a eu ce qu'il méritait.

— Personne ne mérite de finir comme ça, nuança Jim. Fût-il le pire des monstres qu'ait jamais porté cette terre.

— La haine engendre toujours la haine, hein ?

Le regard de Jim se perdit au loin, obscur, inhabité.

— C'est l'éternel dilemme de la vengeance et du pardon. Une question vieille comme le monde, répondit-il.

Il en connaissait un rayon sur le sujet. La terrible séduction qu'exerçait la violence sur les gens foncièrement bons le fascinait depuis toujours. Lui-même s'était laissé happer par la spirale infernale, quarante ans plus tôt.

— Un homme est capable du pire quand il est aveuglé par la colère, tu le sais aussi bien que moi. (Son regard glissa sur Lamar.) La vengeance, Jonesy… la vengeance est souvent un mal bien pire que l'agression qui l'a causée, ajouta-t-il.

Jim caressa, sans en avoir conscience, la petite plaque de psoriasis apparue à son poignet deux semaines plus tôt. Haut dans le ciel, quelques étoiles surgissaient çà et là, aussi brillantes que des éclats de glace. Dans le halo de clarté qui s'accrochait encore à l'ouest, il vit rougeoyer quelque chose au fond des yeux de son ami. Une lueur incandescente, si faible qu'elle semblait prête à s'éteindre au premier battement de cils.

Les deux hommes se passèrent de mots jusqu'au moment de se séparer. Quand, plus tard dans la nuit, Jim se retrouva allongé dans son lit, les yeux grands ouverts, attendant que le sommeil vienne le cueillir, il repensa au regard qu'avait eu son ami. Un regard où couvaient les restes d'un feu qui avait pris quarante ans plus tôt, cette nuit de 1944 où ils avaient enterré le corps d'un homme dans la forêt.

8

Non loin de là, quelque part entre le cirque de Chochmingwu et le canyon de Shungomowi, Logan Momsen s'insinuait dans les profondeurs de la forêt. Il suivait un sentier si étroit qu'il lui fallait par endroits avancer de profil pour se faufiler entre les arbres. Il dépassa une petite chute d'eau, gravit une arête escarpée surplombant un ravin. Il respirait vite, la sueur collait à son front et à son T-shirt. Sous son crâne, l'orage continuait à gronder.

Il obliqua vers l'est, s'écarta de la ravine. Il n'y avait plus de piste à cet endroit, seulement un passage envahi par les broussailles. Avançant à tâtons, il perdit l'équilibre à plusieurs reprises et se rattrapa aux branches. Des ronces le griffèrent, et quand il s'ouvrit la paume de la main droite sur un rocher, il étouffa un cri.

Il trébucha à nouveau, cent mètres plus loin, mais ne chercha pas à se relever. Il avait aperçu quelque chose dans le clair de lune. Il s'approcha à quatre pattes, les traits déformés par l'effort.

Un gouffre béant tailladait la roche. Une oreille attentive appelant au secret. Il pouvait se laisser aller ici, il le sentait.

Alors il cria. Sa haine. Sa colère. Sa souffrance. Il cria à pleins poumons, jusqu'à ce que sa gorge le mette au supplice et que ses tempes soient prêtes à éclater.

Avalés par la montagne, ses cris se perdirent dans la nuit.

On était le jeudi matin. Le jour de la fête nationale.

CHAPITRE VIII

1

Jake Dickinson s'éveilla alors que le jour se levait. La première chose à laquelle il pensa fut qu'il avait rêvé, que Sam Baldwin n'était pas vraiment venue dans sa chambre pour l'inviter sur le ponton. La soirée « Farces et Friandises » avait été un leurre, dès le début. Un piège, destiné à lui faire subir l'affront ultime, celui qui le blesserait plus que la somme de tout le mal qu'on avait pu lui faire jusque-là. Puis ses yeux tombèrent sur son sac à dos, qu'il avait préparé avant de se coucher, et ses craintes s'envolèrent.

Il se leva dans un état d'allégresse proche de la béatitude, passa aux toilettes et à la salle de bains. Avant de quitter sa chambre, il ajouta à ses affaires un distributeur de Pez et son jeu électronique Nintendo – c'était toujours chouette d'avoir ce genre de trucs avec soi quand on voulait se faire des copains. Il mit son sac à dos sur son épaule et descendit au salon. Son père était avachi devant la télé, comme à son habitude. Le saladier de pop-corn entre ses cuisses était déjà aux deux tiers vide. Il fit couler la dernière bouchée avec une grande rasade de Coca et lui demanda comment ça allait.

— Sensas ! répondit Jake, et il le pensait vraiment.

Il était dans sa phase « sensas » en ce moment. Il n'arrivait plus à se rappeler où il l'avait entendu, mais le mot ressurgissait à chaque détour de phrase depuis quelques jours. Il trouva sa mère dans la cuisine. C'était la fête nationale et, pour l'occasion, elle lui avait préparé une montagne de pancakes au sirop d'érable.

— Sensas ! s'exclama-t-il à nouveau.

Une fois son petit déjeuner englouti, il déposa son assiette dans l'évier et se lava les mains. Sa mère lui demanda :

— Tu ne veux pas regarder *Scooby-Doo ?* On peut déloger ton père de son fauteuil, si tu veux.

Jake posa sur elle un regard un peu trop appuyé. Elle était bien prévenante, ce matin. Il aimait sa mère plus que tout au monde, mais il ne pouvait nier qu'il existait une certaine distance entre eux. Comme si elle n'arrivait pas à l'aimer tout à fait aussi fort que Tim.

— Non, ça va, maman. M. Jones m'attend !

— Mais mon chéri… il n'est même pas 8 heures.

— C'est qu'on a du travail aujourd'hui. (Il allait tourner les talons pour se diriger vers la porte quand il s'immobilisa.) Maman ? Tu te souviens que c'est ce soir que je vais rejoindre les autres sur le bord de la rivière ?

Sa mère acquiesça, l'embrassa et lui souhaita une bonne journée. Jake perçut une drôle d'inflexion dans sa voix quand elle lui conseilla de faire attention à lui, mais il n'y prêta pas plus attention que ça. Oubliées les appréhensions de la veille, il était sûr, à présent, que tout allait bien se passer.

Il sortit dans l'air chaud du matin, enfonça sa casquette des Cubs sur sa tête. Son Cannondale était appuyé contre la rambarde en bois, il l'enfourcha et mit le cap sur le City Market. Le soleil tapait fort et, quand il arriva devant le supermarché, il était en nage. Au bout de ses doigts pendaient des lambeaux du sparadrap qu'il avait oublié de changer avant de se coucher. Il appuya la selle de son vélo à un poteau et se dirigea vers l'entrée. Un panneau sur la porte indiquait « FERMÉ », et il se rappela tout à coup que ce jeudi était un jour férié. Il était quitte pour un détour par la station-service !

Il retourna à son vélo. Chemin faisant, il croisa Mme Carozzo qui arrivait en sens inverse. Il la salua, mais la mère de Jamie ne daigna pas plus lui répondre que le regarder. Jake haussa les épaules ; elle devait être dans un mauvais jour. Quelque chose le tenailla néanmoins pendant une seconde, une drôle d'impression qui le mit mal à l'aise et qu'il ne s'expliqua que plus tard.

La route 12 le porta jusqu'à la station-service de ses parents, exceptionnellement ouverte jusqu'à midi aujourd'hui. Son cœur s'accéléra au moment de pousser la porte. Il savait qui était d'astreinte à la caisse.

— Hé, Mister J., ça roule ? lui lança Logan Momsen dès que la clochette eut retenti.

Jake se contenta de hocher la tête et partit vers la gondole des friandises. Il empoigna trois réserves de Pez avant de passer à la caisse.

— Je le mets sur le compte de tes parents, dit Logan, mais Jake secoua la tête.

— Non, je p… je vais payer.

Il tendit un billet d'un dollar, empocha sa monnaie et décrivit un demi-tour maladroit qui faillit le faire accrocher le tourniquet des cartes routières.

— À la prochaine ! fit Logan dans son dos.

Jake voulut marmonner un « au revoir », mais il n'en eut pas le temps : il aurait juré entendre un petit rire moqueur ponctuer le salut du pompiste. Il repensa alors à Mme Carozzo ; il lui semblait qu'elle avait gloussé de la même manière devant le City Market. Haussant à nouveau les épaules, il reprit sa route. Sans doute son imagination qui lui jouait des tours…

Il arriva à la ferme des Jones un peu avant 9 heures. En chemin, il s'était mis à réfléchir à ce qu'il allait dire aux autres quand il les retrouverait sur le ponton. Sam avait parlé de se raconter des histoires de monstres, ça lui semblait une très bonne idée. Il en connaissait justement une, qu'il avait écrite l'année passée, à propos d'un épouvantail qui prenait vie et terrorisait les habitants d'un village.

— Comment va, fiston ?

M. Jones l'attendait près du tracteur. Il était en train de fumer et son visage lui apparut aussi gris que le petit paquet de cendres qui pendait au bout de sa cigarette. Jessica n'était pas là. Ils se mirent au travail sans tarder. Une heure plus tard, Jake avait déjà trié plus de cinq cents pommes de terre et était couvert de poussière. Ils firent une pause à midi pour le déjeuner. Mme Jones avait préparé du rôti et des patates funéraires.

— Tu en fais, une tête ! remarqua M. Jones au moment de débarrasser. On croirait un croque-mort !

Jake ne s'en était pas rendu compte, mais il n'avait cessé de gigoter sur sa chaise pendant le repas, et n'avait presque pas touché à son assiette. L'angoisse inconsciente revenait le tourmenter à mesure que l'heure fatidique approchait. Il passa sa langue sur sa dent cassée et prétexta avoir mal dormi à cause de la chaleur. Dans le silence qui suivit, il entendit Mme Jones lui sortir quelque chose de complètement incongru dans sa bouche :

— Si t'as pas le moral, ouvre le gaz.

Jake tourna la tête vers elle. Elle le regardait d'un air perplexe et un peu railleur, mais il devina plus que de la moquerie dans son expression : une pointe de cynisme, voire de cruauté.

— Tu sais pourquoi on appelle les croque-morts des croque-morts ? lui demanda M. Jones, ignorant purement et simplement les propos de sa femme. Il y a bien longtemps, les employés des funérariums mordaient les pieds des corps qui leur étaient confiés pour s'assurer qu'ils n'allaient pas se réveiller. Si le type gueulait, c'est qu'il était pas cané. Et puis un jour, ils sont tombés sur un cul-de-jatte… Depuis, on appelle ça les pompes funèbres !

M. Jones se mit à rire, et Jake ne put s'empêcher de relever un détail qui ne l'avait pas frappé jusque-là, et qui fit remonter un arrière-goût douteux dans sa bouche : le fermier avait les dents d'un jaune sale, comme de la vaisselle en porcelaine qu'on aurait laissé croupir trop longtemps dans l'évier. Il esquissa un pâle sourire.

Le reste de l'après-midi se passa bien. Ils travaillèrent jusqu'à 17 heures et établirent un record de récolte. Juste avant de partir, Jake repassa par la maison des Jones pour se passer le visage sous l'eau fraîche et tomba sur Waldo, le saint-bernard, qui somnolait dans la cuisine. Le chien n'était plus très jeune, c'était une bonne pâte qui d'ordinaire caressait son environnement d'un regard affable. Jake, pourtant, eut l'impression étrange qu'il le regardait de travers. Il se sécha et sortit sans demander son reste. L'échéance approchant, il se sentait de plus en plus écartelé entre l'impatience, l'excitation et une légère anxiété. Il n'y avait, en revanche, aucune peur dans son cœur. Nul doute que son immersion dans le monde des adultes, son travail à la ferme et sa complicité avec M. Jones lui avaient donné de l'assurance.

Deux événements notables vinrent ponctuer le chemin du retour : tout d'abord, son regard tomba sur un poteau téléphonique au bord de la route 12 ; sur l'affichette qui y était punaisée, Jake crut voir Shawna Twitchell lui lancer une œillade moqueuse, mais il n'aurait pu en jurer. Un peu plus loin, près du pont qui enjambait la Duncan River, il aperçut Mme Hodge, la propriétaire du motel. Elle était en train d'étendre son linge et le dévisagea comme s'il était un fugitif en cavale. En s'éloignant, Jake eut la sensation qu'elle riait dans son dos. Cette nouvelle intuition assombrit un peu plus son humeur. Il fila vers le cours d'eau et s'enfonça dans les broussailles qui encombraient la rive.

L'heure avait tourné, il était presque 19 heures, à présent. En s'engageant sur le sentier qui courait le long de la rivière, Jake entendit des croassements au-dessus de lui. Il leva les yeux et vit un gros corbeau décrire des cercles sur le bleu intense du ciel.

Il sentit une vague de panique déferler sur lui. Le Cannondale se mit à osciller sous ses fesses comme à l'approche d'un train sur un passage à niveau. Il aurait voulu se convaincre que sa peur était totalement irrationnelle, qu'il lisait trop de livres policiers, mais le mal était fait : son imagination s'était mise en branle et rien ne pourrait entraver sa course. L'instant d'après, il vit apparaître le ponton, auréolé d'une lumière blanche. De toute sa vie, il n'avait rien vu d'aussi beau et effrayant à la fois, et oublia le corbeau. Il y était : la fosse aux lions.

Sam Baldwin était déjà là. Les frères Murray aussi. Jake chercha Ben McCombs, Jr., et Jamie Carozzo, mais ne les trouva pas. Il laissa son vélo tomber à terre et fit un pas sur la première planche en bois, l'air aussi détendu que possible. Ce soir, il était le bienvenu. Ce soir, il était un invité, pas un appât pour les poissons.

Sam Baldwin lui sourit, ses dents étincelant dans les rayons obliques du soleil.

— Dick-Dick-Dickinson ! s'écria-t-elle de sa voix un peu folle.

Se postant en face d'elle, Jake constata que quelque chose clochait dans son sourire : elle n'avait plus ses bagues. C'était l'émail de ses dents qui renvoyait la lumière en éclats argentés. Des dents taillées en biseau, comme celles d'un vampire…

— Tu sais ce que ça veut dire, « Dickhead » ? « Tête de bite » !

Jake sentit ses sphincters se relâcher. Sa vessie se vida d'un coup et il comprit que le pire restait à venir : ils allaient voir la tache sombre s'étendre sur le devant de son bermuda et c'en serait fini de lui ! Il serait, à vie, le môme qui s'était fait dessus sur le ponton. Il attendit qu'arrive la sensation du tissu mouillé contre sa peau, mais comme rien ne venait, il baissa les yeux. L'humiliation fut pire encore que ce qu'il avait imaginé : il constata avec effroi qu'il était nu.

— Alors, face de pet, tu fais prendre l'air à ton asticot ? le railla l'un des frères Murray.

Son jumeau s'esclaffa. Sam, elle, continuait de le fixer droit dans les yeux. *Faites qu'elle ne baisse pas les yeux !* supplia Jake, conscient qu'il était dangereusement proche du moment où il allait se mettre à pleurer.

— Hé, Sam, il est en train de pisser sur le ponton de ton grand-père ! Tu vas le laisser faire ?

Un filet d'urine tiède coula le long de sa jambe. Au comble de l'horreur, Jake essaya de penser à autre chose. À sa maison. À sa chambre. À son cahier, caché derrière la plinthe. Une larme grossit dans son œil gauche, tremblota et roula sur sa joue. Il se fichait de pleurer devant eux, maintenant. Plus rien n'avait d'importance.

Sam fit un signe aux jumeaux. Vif, précis.

— Allez-y, les gars. Il est à vous.

Ils se ruèrent sur lui, deux blocs de pure barbarie lancés à pleine vitesse. Jake voulut fermer les yeux, mais quelque chose l'en empêcha au dernier moment : ce n'étaient plus Gordon et Russell Murray qu'il avait en face de lui, mais Shawna Twitchell et Tim, son frère décédé. Leur chair était flasque et exsangue, leurs yeux sans vie, hantés d'une joie malsaine, vissés au fond de leurs orbites. On pouvait entrevoir la langue noircie de Tim à travers un trou dans sa joue, les os blancs de Shawna sous la peau déchirée de ses jambes.

Jake perdait pied. Sa vision se brouilla, réduite au flou informe des silhouettes devant lui. *Non, mon Dieu ! Pas ça, je vous en supplie !*

Il se mit à crier. Dans ses oreilles, Michael Jackson chantait :

« *Just beat it, beat it, beat it, beat it,*
No one wants to be defeated... »

Il s'entendit hurler, mais son cri resta bloqué dans sa gorge. Malgré la peur qui lui dilatait le cœur, il trouva la force d'ouvrir les yeux. Il était dans sa chambre. Dans sa bulle. Sa prière avait été entendue.

Encore envahi d'un sentiment de terreur cauchemardesque, Jake essuya son front dégoulinant de sueur. Sa bouche n'était plus qu'une cavité âpre et sèche, sa tête, un martèlement furieux. Et il avait uriné dans ses draps.

Il attrapa son réveil sur la table de nuit. Il indiquait 7 h 50. On était le 4 juillet, et la journée avait à peine commencé. Jake resta perdu dans la contemplation du plafond de sa chambre le temps de reprendre son souffle. Ses parents l'avaient-ils entendu crier ? Ils auraient déjà accouru...

À 8 heures, il se leva. Il fila à la salle de bains, fit une toilette rapide. Quand il revint dans sa chambre, son cauchemar s'éloignait déjà. Il inspecta le contenu de son sac à dos, y trouva le paquet de marshmallows qu'il avait récupéré la veille dans les réserves de ses parents. À sa place, n'importe qui aurait sorti le paquet, se serait gavé de son contenu et aurait enterré cet épisode fumeux au fond de sa mémoire. Mais Jake Dickinson avait une perception bien à lui du monde qui l'entourait, de ces codes, de ces avertissements. Après mûre réflexion, il ajouta un distributeur de Pez et son jeu électronique dans le sac, et le referma.

2

— Vous êtes sûr, Jim ?

— Il ne faut jurer de rien, Betty ! Jamais !

— Mais... ça pourrait être autre chose : une grippe intestinale, une intoxication alimentaire...

— Allons, allons. Les vomissements, les sautes d'humeur, l'hypersensibilité... Je ne peux pas croire qu'une grande fille comme vous n'y ait pas pensé !

Betty ne le prit pas mal. Jim savait s'y prendre pour faire passer la pilule en douceur ; il avait ce côté rassurant qu'elle avait toujours recherché chez les hommes. Elle l'observa un court instant et se dit qu'avec ses faux airs de Paul Newman il avait dû faire chavirer pas mal de cœurs, des années en arrière.

— Enceinte…

— Enceinte, répéta le médecin en hochant la tête.

— Depuis combien de temps ?

— Entre six et huit semaines, je dirais. Nous en serons sûrs après quelques examens.

Betty fit claquer sa langue contre son palais – sa façon à elle d'accuser le choc.

— Huit semaines… Comment j'ai pu passer à côté ?

— Pourtant, vous n'aviez plus vos règles ?

— Mes règles sont comme la poste en Utah, elles n'ont jamais été régulières, répondit-elle dans une amorce de sourire. J'ai tellement honte.

— Il n'y a aucune honte à avoir. Vous n'avez pas entendu ce que votre corps vous murmurait, voilà tout. Vous avez été contrariée, dernièrement ?

Betty avait eu sa dose en matière de contrariétés au cours des semaines passées. La disparition de Shawna, le retour de ses fantômes, ses prises de bec avec Rick… Pouvait-elle en parler au médecin à cœur ouvert ? Elle décida que oui. Jim l'écouta attentivement. Quand elle lui eut tout déballé, elle fondit en larmes. Il attrapa une boîte de mouchoirs en papier sur l'étagère derrière lui et la lui tendit.

— Vous vous rendez compte ? S'il n'y avait pas eu les nausées et les vomissements, j'aurais pu le porter jusqu'à son terme et le… l'évacuer sans m'en apercevoir, mettre au monde un mort-né, je…

— Betty…

— Je ne veux pas revivre ça, sanglota-t-elle. Pour rien au monde, je ne revivrai cet enfer.

Elle s'essuya les yeux et se moucha en silence. Elle tremblait de tous ses membres.

— Vous avez perdu un enfant une fois, ça ne veut pas dire que ça doit se reproduire, la rassura Jim.

— Mais c'est ce qui arrive, en général, avec les dénis de grossesse, non ?

— N'allez pas vous mettre ce genre d'idées en tête, Betty, surtout pas ! Vous êtes au début de votre grossesse, n'importe quelle femme aurait pu passer à côté. Le déni est le plus souvent accompagné d'une absence de symptômes, le corps s'évertue à cacher la grossesse, à en rejeter l'idée. La femme ne ressent alors aucun bouleversement physique ou psychologique. Vous, si !

Betty posa une main sur son ventre et se remit à sangloter.

— Comment expliquez-vous que je n'aie pas grossi ? La dernière fois, au bout de onze semaines, j'étais déjà bien ronde ! J'ai lu quelque part que le déni de grossesse est souvent le fruit d'un traumatisme psychologique enfoui dans l'inconscient… Avec ce que je vous ai raconté, je suis plutôt une bonne cliente, vous ne croyez pas ?

Jim appuya son menton dans le creux de sa main et posa un doigt en travers de sa bouche.

— Vous avez fait une fausse couche, Betty. Cet événement a provoqué une souffrance intolérable. Votre corps a peut-être eu peur de subir à nouveau ce traumatisme et n'a pas assimilé l'information aussi vite qu'il l'aurait dû. Mais l'essentiel, c'est que vous sachiez à présent que vous attendez un enfant. Tout va bien se passer, rassurez-vous.

Ils restèrent silencieux une poignée de secondes. Par la fenêtre ouverte leur parvint le bruit de pétards que des enfants faisaient sauter dans la rue.

— Vous n'êtes pas censé me féliciter ? dit Betty après avoir ravalé ses larmes.

— Si, bien sûr ! Toutes mes félicitations à vous et à Rick !

Rick... Betty venait de le réintégrer dans l'équation. Comment allait-il prendre la nouvelle ?

— J'espère simplement que le bébé n'héritera pas de cet accent du Maine qu'avait son grand-père paternel ! s'amusa Jim en griffonnant quelque chose sur une feuille de papier.

Betty réussit à sourire, non sans effort.

— C'est une merveilleuse nouvelle pour moi aussi, d'ailleurs : je vais être grand-père ! ajouta le médecin.

Il faisait allusion au lien de parenté que leur avaient un temps prêté les commères du village pour justifier la nomination inattendue de Betty au poste d'institutrice. Le clin d'œil la toucha.

— Tenez, voici les coordonnées d'un collègue gynécologue-obstétricien à Escalante. Allez le voir de ma part.

Betty prit le papier que Jim lui tendait et le remercia. *Dr Mark Sawyer*, lut-elle. Avec ce nom, tout devenait soudain très concret.

— Oh, mais... j'y pense : j'ai fait un ou deux repas un peu arrosés ces dernières semaines... Vous pensez que ça pourrait avoir mis le bébé en danger ?

Les traits du médecin se voilèrent d'une expression que Betty ne sut interpréter. Elle se rappela qu'il était mormon et sentit le rouge lui chauffer les joues.

— Ne vous inquiétez pas pour ça. Mais plus une goutte d'alcool jusqu'à l'accouchement, entendu ?

— Entendu.

Elle ouvrit son sac pour y chercher son chéquier, mais il l'en dissuada d'un geste de la main. Ils se levèrent.

— Encore merci de m'avoir reçue aujourd'hui, dit Betty. Merci pour tout, Jim.

Elle éprouva pour lui un élan d'affection si fulgurant qu'elle déposa un baiser sur sa joue mal rasée.

— C'est tout naturel, répondit-il en la raccompagnant jusqu'à la porte. Une dernière chose, Betty…

La jeune femme se retourna, saisie d'une soudaine angoisse. Il allait lui dire qu'il s'était trompé, que son enfant allait venir au monde avec un troisième œil à cause de quelques verres de vin, et qu'elle l'avait bien mérité.

— Au sujet de votre peur du noir et de vos angoisses… Je connais quelqu'un, à Torrey. Un hypnothérapeute, qui m'a aidé à me « réadapter » à mon retour du Vietnam. Ça pourrait être une bonne idée de le rencontrer.

Betty ne l'avait pas vu venir et resta sans voix un court instant. Elle faillit lui dire qu'elle avait déjà tout essayé, sans succès, mais accepta de noter ses coordonnées. Deux nouveaux thérapeutes dans ses contacts : sa visite avait été payante ! Elle exprima une nouvelle fois toute sa gratitude au médecin et regagna sa voiture, un brin étourdie.

3

Toute la matinée, Rick Mayfair traîna une fatigue qui l'empêcha de se concentrer. Il avait planché sur l'article évoquant la découverte du corps de Rory Twitchell jusqu'à une heure avancée de la nuit, ne s'interrompant sur les coups de 6 heures que pour de se préparer un irish coffee. Il était certes un peu rouillé, mais la première ébauche du papier était maintenant terminée, et il en était plus que satisfait.

La pièce était plongée dans la pénombre et il dut consulter sa montre pour retrouver la notion du temps. Il n'était pas loin de 11 heures et demie ! Il commençait à voir les lettres se brouiller sur les touches noires de sa machine à écrire. Il se frotta les yeux des deux poings, comme un gosse qui aurait sauté la sieste, puis se souleva de sa chaise pour remettre ses muscles en marche. D'une démarche ankylosée, il alla se servir un café – sans whisky, cette fois. Il lui restait à boucler l'encadré sur les suites de la disparition de Shawna Twitchell qu'il souhaitait intégrer en page 3 du *Register*.

Appuyé au plan de travail de la cuisine, il essaya de rassembler ses pensées et d'échafauder mentalement un plan pour son article. Tout avait été dit au sujet de la disparition de la petite fille, et bien qu'il détestât cette idée, il savait que ses confrères de la presse nationale avaient déjà relégué l'affaire dans la rubrique des chiens écrasés. Il lui appartenait donc de ne pas la laisser sombrer dans l'oubli.

Rick se remémora la chronologie des événements. Aux premiers jours de battue avait succédé une semaine de recherches plus restreintes. Tandis que le FBI se démenait pour tenter d'établir un emploi du temps pour la journée du 18 juin, les hommes du shérif continuaient d'auditionner les témoins – ils avaient rencontré plus de cent personnes en deux semaines. Le constat, cependant, était sans appel : les enquêteurs manquaient d'éléments pour orienter l'enquête et, à ce jour, personne ne pouvait dire où se trouvait Shawna Twitchell, ni même si elle était encore en vie.

Il retourna à son bureau pour récupérer son bloc-notes. La bouteille en cristal du buffet, au fond de laquelle stagnait un reste de whisky, était posée sur une liasse de factures ; elle avait dessiné des cercles bruns sur le papier. Rick l'attrapa par le goulot et l'emporta avec lui. C'était un Macallan trente ans d'âge qu'il avait trouvé dans la cave en même temps que les dossiers de comptabilité de son père ; la bouteille était toujours dans les parages, en ce moment. Il déposa tout ce petit monde sur l'accoudoir de son fauteuil et lança un 33 tours de Marvin Gaye sur la platine. Puisqu'il n'avait plus la force d'écrire, il allait relire ses notes. Pour tenter, peut-être, de trouver un fil conducteur aux deux affaires.

Les archives de la bibliothèque d'Escalante avaient été une formidable mine d'informations pour ses recherches. Il avait appris que l'une des premières disparitions d'enfant inexpliquées observée dans le secteur remontait à 1918 – une petite fille du nom d'Yvonne Goodwyn. Il avait déniché dans un registre la copie d'une ordonnance de la cour du comté de Garfield la déclarant officiellement décédée en 1924. Cinq ans plus tard, c'était un adolescent de Boulder qui n'était pas reparu après une transhumance en montagne.

C'est dans les archives du *Register* que Rick avait poursuivi ses investigations, recensant un à un les cas de disparitions survenues dans la région. La suivante avait été Abigail Jones, une enfant du village dont le visage d'ébène s'étalait en une du premier numéro du journal, daté du 7 septembre 1944. Quelques années plus tard, ç'avait été Jonah Cleaver, et enfin Lauren Ann Kendrick et Tim Dickinson dans les années soixante-dix. Plus rien, ensuite, jusqu'en 1985 et Shawna Twitchell…

La brise souleva le rideau du salon, qui se gonfla avant de retomber dans un froissement soyeux. Rick ne croyait pas aux fantômes, mais il fut soudain frappé d'une certitude : l'esprit désincarné de l'homme dont il avait aidé à faire disparaître le corps dans la montagne venait de se glisser chez lui. Il se retourna, scruta la pénombre. Et éclata de rire. C'était absurde, il traînait avec trop de cadavres ces temps-ci ! Il fallait qu'il sorte se changer les idées.

Il griffonna à la hâte les noms « JONES » et « DICKINSON » sur son bloc-notes, suivi d'un alinéa et des mots « À RENCONTRER AU PLUS VITE », puis se leva et fila sous la douche. Il y resta cinq minutes, s'habilla, et passa récupérer le cahier d'Arlin Gillespie sur son bureau avant de faire un détour par le frigo. Il était midi passé et il n'avait rien avalé depuis un dîner tardif à 22 heures.

Quand il franchit le pas de la porte, la lumière du dehors lui donna le tournis – l'impression de redécouvrir le monde après une longue hibernation, un vertige dont il était coutumier en période de création. Tout lui paraissait plus contrasté, plus lumineux tout à coup. Rick se figea dans l'éclat éblouissant du soleil, frappé par l'apparence de ce nouveau monde. Il pouvait presque sentir ses pupilles s'étrécir à mesure que ses yeux s'accommodaient à la luminosité.

Son regard se posa sur une affichette placardée au tronc du peuplier planté devant la maison. Bien que délavée, la jolie petite bouille ronde qu'on voyait apparaître sur les bouteilles de lait depuis une semaine souriait toujours. Cette photo lui avait valu pas mal de démêlés avec Betty, elle lui avait même reproché de la balancer en une de son journal pour faire des ventes. Le cœur de Rick se serra. Il avait promis à la femme qu'il aimait que son initiative aiderait à retrouver la petite disparue, mais il s'était trompé. Il avait faux sur toute la ligne en ce moment. Et Betty ne manquait pas une occasion de le lui rappeler.

La tête lui tourna, il cligna des yeux et grimpa dans son Land Cruiser. Un calme étrange planait sur le village. Pas de musique, pas d'affluence, pas de fanfare. Des drapeaux en berne. Rien ne témoignait d'une ambiance de fête. Même le vieux Moe Freeman, que Rick aperçut devant le Beth's Roadhouse Grill, avait joué la sobriété : il portait une simple chemisette à carreaux en lieu et place du T-shirt imprimé d'une bannière étoilée qu'il arborait tous les 4 juillet.

Rick fit un crochet rapide chez les McCombs, où il se fit offrir une bière qu'il descendit en échangeant des banalités avec son ami Ben, puis il se rendit chez Jim Pomeroy, qu'il trouva devant un match de football à la télé. Le médecin avait grise mine. Lui non plus n'avait pas dû voir beaucoup la lumière du jour au cours des dernières vingt-quatre heures.

— Je vois que tu as apporté de la lecture, nota-t-il avec un coup d'œil au cahier que Rick tenait entre les mains. C'est l'heure du conte ?

Ils s'installèrent au frais, dans la cuisine, et partagèrent un verre d'eau glacée. Ils parlaient de choses et d'autres depuis cinq minutes – de sport, de la météo qui annonçait des orages pour le lendemain, des festivités annulées par le conseil municipal – quand Rick remarqua le regard insistant de Jim posé sur lui.

— J'ai un bouton sur le bout du nez ? demanda-t-il.

— Tu as vu Betty ce matin ?

— Pas depuis hier, non. J'ai croulé sous le travail… Pourquoi ?

— Pour rien, pour rien… J'imagine que tu n'es pas passé pour discuter de la pluie et du beau temps, hein ?

Rick eut un geste de dénégation. Il fit part au médecin de son sentiment sur les écrits de Gillespie, énumérant les points qui avaient éveillé sa curiosité, avant de lui confier ses inquiétudes :

— Vous êtes sûr que nous n'avons rien laissé au hasard, Jim ?

— Il ne faut jurer de rien, mon gars ! Jamais ! fit Jim dans un sourire carnassier. En tout cas, j'ai pris toutes les précautions nécessaires en manipulant le corps, et nous portions tous les trois des gants quand nous l'avons transporté… (Il s'éclaircit la gorge et porta son verre d'eau à ses lèvres.) Si ça peut te rassurer, j'ai parlé au légiste – il avait besoin du dossier médical de Rory. Il doit terminer l'examen du cadavre aujourd'hui, le pauvre bougre, mais il m'a révélé que son état de décomposition ne permettait pas d'établir avec certitude les causes de la mort. (Nouvelle gorgée d'eau.) Apparemment la nuque était brisée, il devrait conclure à un accident. Pour ce qui est des membres manquants, il penche pour un charognard. Affaire classée !

Rick se rembrunit.

— Pas pour tout le monde… Vous savez que c'est ce soir que ce cinglé de Gillespie a prévu de mettre les voiles pour sa rencontre du troisième type. On ne devrait pas se soucier de ça ?

Jim répondit par un grommellement guttural qui ne se voulut ni affirmatif ni négatif.

— Que risquons-nous, au pire ? Que Gillespie se fasse cramer les sourcils pendant la mise à feu de son engin ? La belle affaire ! Non, au pire, il lancera le feu d'artifice le plus foireux qu'on ait vu un soir de fête nationale.

Rick ne répondit rien. Après une dizaine de secondes, il posa la main sur le cahier et prit une inspiration dans laquelle Jim, qui le connaissait depuis son premier érythème fessier, pressentit ce qui allait suivre.

— Non, Rick. Pas d'excuses, s'il te plaît, contra le médecin. J'aurais eu les mêmes doutes que toi, à ta place. On ne sait jamais ce qui peut motiver un homme à agir comme il le fait, tu sais…

Rick fit tourner le fond de son verre sur la table. Dans la pièce voisine, le commentateur annonça qu'Oakland venait de marquer contre San Diego. Jim sortit un couteau à cran d'arrêt de la poche de sa chemise et se mit à éplucher une pomme.

— Tu es en plein bouclage, pas vrai ?

Rick acquiesça, quelque peu surpris par la question.

— Ton père avait la même expression quand il avait un numéro à terminer. L'air d'un ours qui sortirait de sa tanière après l'hiver.

Une spirale de pomme pelée se déposa sur la nappe en toile cirée. Jim découpa un quartier de fruit, l'épépina, mais ne mordit pas tout de suite dedans. Il resta sans rien dire pendant un temps, le regard vague.

— Je vous retourne le compliment, toubib.

Un tressaillement courut sur les lèvres de Jim, mais ce n'était en rien un sourire. Rick lui trouva l'air terriblement épuisé, tout à coup – pour ne pas dire mortellement épuisé. Il prit congé dix minutes plus tard et rentra directement chez lui. Il se mit au travail, boucla la nécro de Rory Twitchell et l'article sur les suites de la disparition de Shawna dans la foulée. Il ne toucha pas à la bouteille de whisky du restant de l'après-midi. À 15 heures, les épreuves étaient prêtes. Il mettrait sous presse le lendemain pour une parution le lundi suivant.

4

Le Redstone était un bar miteux situé à la sortie de Panguitch, un peu après l'embranchement menant à l'aéroport municipal depuis la route 89. C'était un repaire de *bikers* puant la bière et la sueur, dont même un *backpacker* rescapé de dix jours de désert n'aurait voulu pour oasis. On y servait des sodas au litre et des hamburgers à quatre étages qui avaient toutes les chances de vous conduire sur le billard pour un triple pontage coronarien. Le propriétaire n'était pas plus regardant sur l'hygiène que sur la qualité des plats, quant à Heather, l'unique serveuse, c'était le genre de fille à confondre shampooing et huile de friture. Comble du mauvais goût, une radiocassette portable diffusait en boucle de vieux airs de country de Kenny Rogers et Emmylou Harris.

C'est dans le fond de la salle que Sherry Grant et Mitch Novak s'étaient donné rendez-vous. Ils étaient installés à proximité des toilettes, sur une banquette défoncée puant la graisse. Lui, les joues piquées d'une barbe de la veille, la brosse nonchalante, vêtu d'un T-shirt de l'université d'Utah et d'un jean délavé. Elle, camouflée dans un débardeur distendu, ses cheveux courts relâchés lui tombant sur le visage et les lèvres soulignées d'un gloss léger. C'était seulement la deuxième fois qu'ils se voyaient en dehors du travail et, au début, chacun avait observé l'autre avec une curiosité teintée d'intérêt.

— Si c'est l'idée que tu te fais d'un rencard, je ne préfère pas imaginer à quoi ressemblait ton bal de fin d'année au lycée, plaça Mitch.

Il balaya la salle avec le même regard qu'il aurait pu avoir pour une fosse à purin. Des ballons bleu, blanc, rouge avaient été agrafés au-dessus du bar et des drapeaux autocollants ornaient la vitrine crasseuse à travers laquelle le ciel d'été rappelait un dimanche de novembre.

— Je ne vois pas ce qui te déplaît dans cet endroit, répondit Sherry.

— Tu connais les cercles de l'Enfer de Dante ? C'est encore pire que ça !

Mitch se mordit les lèvres : Heather, la serveuse à l'odeur de graillon, venait de se planter près d'eux pour prendre leur commande.

— Et puis, c'est quoi cette merde, à la radio ? demanda-t-il quand elle se fut éloignée.

— « Take it Easy », des Eagles, répondit Sherry en tendant l'oreille. C'est l'histoire d'un mec qui part en *road trip* pour oublier tout un tas de nanas qu'il a dans la tête… en essayant de s'en trouver une autre !

— Me dis pas que tu aimes ce genre de niaiseries ?

— J'ai grandi avec cette musique, Novak.

Mitch secoua la tête.

— Country Joe and the Fish, Jefferson Airplane : ça, c'est de la musique !

— Je ne connais ni l'un ni l'autre.

— En quelle année tu es née ?

— En 62.

Mitch s'esclaffa.

— Gamine ! Tu as manqué tout ce qui a fait le sel des fifties : le rock'n'roll, le jokari, *La Quatrième Dimension*, les *serials* du samedi après-midi, le Tang, les Cap'n Crunch…

— J'ai mangé des Cap'n Crunch toute mon enfance ! Et mon frangin avait un jokari avec lequel il me cognait tout le temps !

Ils se mirent à rire.

— Tu as vu ce grizzli ? marmonna Mitch en coinçant entre ses dents la paille de la tequila tonic que la serveuse venait de lui apporter.

Sherry regarda du côté du bar et pouffa en remarquant que Heather avait plus de poils aux pattes que son père.

— Les cercles de l'Enfer, je te dis ! s'amusa Mitch.

— Peut-être, mais c'est l'endroit idéal…

— Pour quoi ?

— Pour picoler en s'assurant que personne ne viendra nous emmerder ! Et pour ça, aussi…

Elle fouilla dans le sac qu'elle avait posé près d'elle et en tira un tas de livres et de dossiers qu'elle déposa lourdement sur la table. Les sourcils de Mitch se froncèrent.

— On avait dit qu'on ne parlait pas de l'enquête, aujourd'hui.

Sherry le fixa, silencieuse.

— Toi et moi, on a besoin de décompresser, continua Mitch. Ça fait deux semaines qu'on est sous pression, accordons-nous un break !

L'époque où ils jouaient à se séduire lui sembla remonter à des années, tout d'un coup. À bien y réfléchir, la dernière fois qu'il avait senti que quelque chose était possible entre eux datait de ce soir de février où Ted Cassidy les avait surpris en tête-à-tête au North Creek Inn. Ç'avait été l'un de ces moments qui se créent sans prévenir : un parfum, une musique ou une ambiance qui vous emportent et servent d'écrin à une minute hors du temps. Mais depuis, plus rien.

— J'ai passé la nuit à bosser là-dessus, tu en es conscient ? s'agaça Sherry. Je voulais te montrer ce que j'ai découvert… Désolée, je pensais que ça t'intéresserait !

Mitch soupira. Son front à l'implantation basse se réduisait maintenant à une grosse barre sombre.

— Écoute, Grant…

— Non, laisse tomber.

Sherry fit le geste de ranger les documents. Mitch allait ouvrir la bouche pour riposter – ou s'excuser, il n'avait pas encore décidé –, mais au lieu de ça, il tendit la main pour l'arrêter.

— OK, montre-moi.

Les yeux de Sherry restèrent rivés à lui une seconde, puis elle les déporta sur la table.

— J'ai emprunté ces bouquins à la bibliothèque, expliqua-t-elle en poussant trois volumes vers lui. Et ça, ce sont les infos que j'ai compilées ces quinze derniers jours…

— Randall Coffee ? fit Mitch en scrutant l'une des couvertures. C'est quoi, ce nom ? Une spécialité à base d'arabica ?

Le livre s'intitulait *Récits et histoire des Amérindiens du Sud-Ouest*. Les deux autres portaient des titres tout aussi indigestes : *Habitats troglodytiques des Four Corners* et *Les Anasazis : mythes, légendes et mystères*.

Sherry releva le menton et demanda, d'un ton détaché :

— J'ai toute ton attention ? Si tu veux esquiver, il est encore temps.

— Et de quoi on parlerait ? répondit Mitch laconiquement.

— Dans ce cas…

Elle prit le livre de Coffee et l'ouvrit à une page marquée d'un Post-it.

— Regarde cette photo. Ça te dit quelque chose ?

— Ça ressemble aux cercles de pierres qu'on a vus dans la forêt hier…

— Exact. Ce sont des géoglyphes indiens. Tu te souviens de ce qu'a dit Caravane Man quand je suis passée chez lui ?

— Caravane Man ?

— Konga-quelque-chose… Son nom est imprononçable.

— Il t'a expliqué que lui et son fils déplaçaient des cailloux pour rendre hommage à leurs ancêtres. Mais où veux-tu en venir ?

— Tu sais de quoi on parle, là ? De cérémonies religieuses. De rites sacrés. Exercés dans un lieu où on a retrouvé un cadavre… Cadavre qui, étrangement, présente des traces dont on ne peut en aucun cas attribuer l'origine à un accident ! J'ai observé les photos, Novak : l'un des bras a été tranché net, le scalp également, de même qu'une partie des orteils. Et ces traces de morsure… je ne suis pas sûre qu'elles soient l'œuvre d'un charognard !

— Tu dis quoi, là ? Que le légiste s'est planté ?

— J'en sais rien, en tout cas, ses conclusions ne tiennent pas debout !

Sherry s'empara d'un deuxième volume.

— Tu sais qui étaient les Anasazis ?

— C'est la question à cent mille dollars ?

— Novak…

Il fit mine d'appuyer sur un buzzer imaginaire.

— Les Anasazis étaient des Indiens qui squattaient nos terres avant qu'on les leur vole.

— C'est à peu près ça, sourit Sherry. Les Anasazis ont peuplé les canyons de la Boulder Mountain du début de l'ère chrétienne au milieu du XIVe siècle. Après ça, on perd leur trace. Ils sont partis subitement, abandonnant leurs villages, leurs champs, les tombes de leurs ancêtres… Leur disparition est une énigme et suscite de nombreuses hypothèses : sécheresse, instabilité politique ou guerre civile. Des archéologues ont retrouvé dans des sites ravagés par le feu des casques et des corps qu'on n'avait même pas pris la peine d'enterrer.

— Ils se seraient entretués ? releva Mitch, soudain sérieux.

— C'est possible.

Sherry lui montra une série de pétroglyphes peints sur des falaises en grès : des spirales, des astres, des chamois, des ours… Elle pointa du doigt des figures humaines stylisées. Certaines portaient des armes.

— Les Anasazis canalisaient leur violence par le sacrifice humain, dans le cadre de cérémonies magico-religieuses régies par des codes très stricts. Souvent, les doigts et les orteils des cadavres étaient coupés, les crânes scalpés. Après quoi on enterrait le supplicié sans cérémonie. Tout ça ne t'évoque pas quelque chose ?

Mitch l'invita à poursuivre d'un mouvement de la tête.

— Les archéologues ont également relevé, sur des ossements humains, des marques qui ne peuvent provenir de faits de guerre, expliqua Sherry en sortant un dossier dont le titre fit ouvrir de grands yeux à Mitch. Des traces de morsure. Les Anasazis pratiquaient le cannibalisme rituel.

Les pupilles de Mitch restèrent fixes mais ses yeux s'agrandirent encore. Au fond de la salle, on entendit des boules de billard s'entrechoquer.

— Maintenant, tu comprends où je veux en venir ?

— Alors quoi, tu penses que ton « Caravane Man » et son fils ont sacrifié Rory Twitchell et lui ont découpé les orteils et les doigts avant d'en faire leur quatre-heures ?

— Eux, ou d'autres.

— T'as regardé trop de westerns quand t'étais gosse, Grant ! Les Peaux-Rouges ne sont pas toujours les méchants, tu sais…

Sherry se délita.

— Je peux toujours compter sur ton soutien, constata-t-elle, piquée au vif. Je n'avais pas raison quand je disais que Twitchell ne pouvait pas s'être noyé dans la rivière ?

— Si, mais tu t'es plantée quand tu as cru la mère impliquée…

— Des fois, t'es vraiment qu'un pauvre con !

— Sherry…

— Tiens, on dirait qu'il y a de l'eau dans le gaz entre le bouffeur de goulache et sa greluche !

Ils tournèrent simultanément la tête. Ted Cassidy se tenait debout près de la porte des toilettes.

— Je pensais bien avoir reconnu ta caisse pourrie derrière le bar, Novak. Qu'est-ce que vous trafiquez ici ?

Leur collègue n'était pas en service et ressemblait à un Hell's Angel avec son jean retenu par une ceinture à tête d'aigle et le T-shirt à manches courtes qui dévoilait des tatouages sur ses bras.

— On fait un scrabble, rétorqua Sherry, vindicative. Combien de N à « connard », Mitch ?

Un sourire veule s'étala sur la face luisante de sueur de Cassidy.

— Quand t'en auras fini avec elle, Novak, fais-moi signe, fit-il sans quitter Sherry des yeux. Le côté guerrière chez une femme, je résiste pas.

— T'en as pas eu assez avec Mandy Twitchell ? prononça l'adjointe d'une voix rauque.

L'autre s'empourpra. Il était évident qu'il avait bu, et Sherry regretta aussitôt d'avoir réagi de manière défensive. Cassidy était une tête brûlée, elle ne tirerait rien de bon à répondre à la provocation.

— Va te faire mettre, Grant !

Mitch monta au créneau :

— Dégage, Cassidy.

— Novak le Polac ! Toi et tes salopards d'immigrés, vous me faites gerber !

— On t'a dit de dégager, Butch ! fit Sherry. Y a la remise du trophée du Connard de l'année à l'hôtel de ville, je crois qu'ils t'attendent !

— Ta gueule, pétasse !

Les quelques clients assis au bar se penchèrent sur leurs tabourets pour voir ce qui se passait. Sur le visage de l'un d'eux, rendu hâve par l'éclairage au néon, se lisait déjà la soif du sang.

— Ôte-moi d'un doute, Butch, riposta Sherry. Mandy Twitchell, quand tu te l'es tapée… c'était pour honorer la mémoire de ton pote ou juste pour te vider les couilles ?

La tension monta d'un cran. L'épaule gauche de Cassidy tressaillit, laissant apparaître une queue de billard dans sa main.

— T'avise pas de parler de Rory devant moi, grognasse !

Sherry bomba la poitrine.

— Tu la fermes, Grant, murmura Mitch.

— Tu étais où quand on repêchait le corps de celui que tu appelais ton pote, Butch ? lança la jeune femme, indifférente à la mise en garde de son équipier.

La queue en bois s'abattit sur la table. Sherry eut un mouvement de recul, mais elle ne put retenir son verre de bière, qui vola sur les livres avant de dégringoler sur la banquette, arrosant ses cuisses.

— Et puis, qu'est-ce que tu fous là ? s'écria-t-elle. Tu devrais pas être à son éloge funèbre au lieu de venir nous emmerder ?

Fou furieux, Cassidy saisit la queue de billard à deux mains et la brandit au-dessus de sa tête, lui faisant décrire un demi-cercle qui fendit l'air dans un sifflement. Mitch fut plus rapide et le bloqua au dernier moment.

— Tire-toi ! dit-il, déjà debout.

Il était assez près de son collègue pour humer les relents de bière dans son haleine. Assez prêt pour remarquer les gouttelettes de sueur qui perlaient sous ses paupières et ses yeux injectés de sang.

— Tire-toi, Cassidy !

Mitch assura sa prise, prêt à contre-attaquer si l'autre s'avisait de cogner. Leurs regards arrimés l'un à l'autre, les deux hommes cessèrent un instant de respirer. En fond sonore, Dolly Parton donnait du coffre sur « I Hope You're Never Happy ».

Les maxillaires de Cassidy se contractèrent, sa lèvre supérieure fut agitée d'un sursaut convulsif. *Le rictus de la victoire*, pensa Mitch. *Il a gagné. Il voulait la guerre, et il l'a eue.* D'un mouvement d'épaules, l'autre se libéra de son emprise. Il fit un pas en arrière puis s'immobilisa, semblant réfléchir. Finalement, il s'ébroua, rajusta le col de son T-shirt et se racla la gorge pour en extirper un gros glaviot qu'il cracha entre les pieds de Mitch.

— T'as plutôt intérêt à faire gaffe à tes arrières, shérif. M'est avis qu'il pourrait t'arriver des bricoles…

5

— Alors, bouffon, comme ça, t'aimes mater ?

Le Français pivota sur lui-même. Une grimace horrifiée tordit son visage quand il vit le poing jaillir vers lui, mais il n'eut pas le temps d'esquiver. Le coup, porté en pleine figure, lui fendit la pommette sur deux centimètres.

Un élancement le parcourut de la tête aux pieds. Il resta sonné un bref instant, souffle coupé. Il avait senti quelque chose se briser dans sa mâchoire, sans trop savoir si c'était un os ou une dent. Une fois l'effet de surprise passé, il se laissa tomber à terre.

L'ombre fondit sur lui à la vitesse de l'éclair. Toute sa rage, sa colère s'abattirent sur lui avec fracas. Il tenta de se redresser, d'apercevoir un visage. Fut arraché au sol par deux mains vigoureuses et hissé à hauteur de son agresseur. C'est là qu'il le reconnut : le pompiste de la station-service. Le petit copain d'Alice Stevens…

Logan le remit debout. Quand l'autre voulut battre en retraite, il l'agrippa par le col de sa chemise.

— Qu'est-ce que…

Logan sentit son poing partir. Incontrôlable, désolidarisé du reste de son corps. Il n'était plus maître de lui-même.

— Lâche-moi, sale…

Le Français esquiva, chercha à se libérer. Il n'avait pas l'air de comprendre ce qui lui arrivait. Logan se chargea de lui rafraîchir la mémoire :

— Ne t'avise plus jamais de la reluquer !

Les muscles de son bras se raidirent à nouveau, son poing se déplia comme un ressort. Lentement, presque au ralenti.

— Plus…

L'autre fit le geste de lui retourner une claque mais n'eut pas le temps de l'atteindre : Logan avait dévié son bras d'un mouvement réflexe.

— … jamais !

Il lui envoya la tranche de sa main dans la pomme d'Adam. Privé d'air, le Français se plia en deux avant de s'effondrer. Il laissa échapper un son étranglé, aussitôt suivi d'un cri de douleur. Dans la cour d'à côté, un chien se mit à aboyer.

Logan balança son pied dans les côtes de Cabanel, aussi fort qu'il le put. Ce fumier l'avait bien mérité. Quand il l'avait vu se retourner sur Claire, la meilleure amie d'Alice, il n'avait pas réfléchi et avait jailli de la Buick tel un diable de sa boîte. Il en connaissait, des dingues, mais celui-là les battait tous à plate couture ! Sous ses apparences de bibendum bien nourri, c'était un vicelard de la pire espèce, fait du même bois que celui qui avait violenté sa mère quand il était gosse.

— Enfoiré ! gueula-t-il avant de faire un pas en arrière.

Le Français avait eu son compte pour le moment. Logan se retourna, avisa la Buick, restée ouverte de l'autre côté de la route. Personne n'était passé, personne ne l'avait vu. Où étaient-ils tous ?

Il allait traverser quand il vit une ombre se déplacer sur le bitume, sur sa droite – une ombre courte et ramassée, dans la lumière oblique du soleil. Il se déporta pour parer le coup, le Français le frôla, dérapa, chargea à nouveau. Le heurta de plein fouet à l'estomac. Un vrai bélier.

Logan chancela, mais l'avantage de l'âge lui permit de reprendre le dessus. Il saisit son assaillant à la gorge. Reçut son coude sous le menton. Ses dents claquèrent et l'espace d'une seconde, il vit trente-six chandelles. Ce gros lard avait de l'endurance !

Ils étaient nez à nez, à présent. Les bras en clé, chacun guettant la respiration de l'autre.

— Qu'est-ce… que tu… me veux… petit con ? fit Cabanel.

Une note fielleuse avait vibré dans sa voix. Logan serra les dents.

— Alice… Tu ne t'approches plus d'elle !

Il surprit un éclair de compréhension au fond des yeux du gars. Et autre chose, aussi : une lueur d'amusement. C'est ça, définitivement, qui le fit disjoncter.

— *Je la baise… quand je veux… ta nana*, dit l'autre en français, et Logan n'eut pas besoin de traduction pour comprendre.

Son front fusa vers la face du cuistot. Il entendit des os craquer, sans savoir s'il s'agissait des siens. L'instant d'après, un trait de douleur se fichait entre ses sourcils – aigu, terrible. L'autre fit un vol plané en arrière.

Logan vit mille étoiles, mais se maintint d'aplomb ; il avait l'impression qu'un gong lui sonnait sous le carafon. Il recula d'un pas, marqua une pause, sans quitter des yeux le type qu'il venait d'envoyer au tapis. Il pissait le sang, il lui avait éclaté le nez. Le message était passé.

Hors circuit, la tête cotonneuse d'avoir trop cogné, Logan se retourna et remonta en courant jusqu'à la Buick.

6

L'éloge funèbre de Rory Twitchell débuta à 15 h 30. Comme le corps reposait à la morgue de Panguitch et qu'il y resterait jusqu'au lendemain, la famille avait décidé de réunir les proches dans une salle communale d'Escalante. Toute personne souhaitant s'associer à leur douleur avait été invitée à participer à la cérémonie. On annonça, en préambule à l'oraison, que les obsèques auraient lieu le samedi suivant.

Les parents de Rory, Lorraine et Preston C. Twitchell, prirent rapidement conscience qu'ils avaient sous-estimé la vague d'émotion soulevée par la perte de leur fils. Le couple avait fait venir une vingtaine de chaises pliantes de la fabrique de chaussures que dirigeait M. Twitchell, ainsi que six bancs du collège voisin, ce qui, avec les sièges fournis par la municipalité, poussait à environ soixante-dix le nombre de places assises. Mais au plus fort de l'affluence, ce furent près de cent personnes qui se massèrent dans le bâtiment pour honorer la mémoire du défunt.

Le premier arrivant fut l'oncle Henry, qui faisait monter les ascenseurs à Las Vegas du temps où les jeux d'argent étaient encore illégaux. Il conduisait une Pontiac Grand Ville de 1975 de couleur crème, clinquante comme un sou neuf. Il épargna à l'assistance le jingle joyeux de son avertisseur, pas les bottes en croco ni les Ray-Ban à monture dorée chèrement gagnées aux tables de craps des casinos. Peu après débarquèrent Lamonte DeSoto et sa femme, qui avaient fourni une partie du buffet, puis l'intégralité de l'union des (com)mères de famille de Duncan's Creek, accompagnées de leur époux et rejetons. Parmi eux se trouvaient les Hoffmann et les Dickinson.

Quand Mandy Twitchell fit son apparition au bras de Beth De Witte, un quart d'heure plus tard, tout le monde se tut. La jeune veuve alla jusqu'à l'autel commémoratif d'un pas de marionnette et observa les photos et les fleurs d'un regard vide, avant de prendre place dans un fauteuil qui lui avait été réservé. Un brouhaha de murmures se fit entendre au moment où arrivèrent les équipes du shérif, rangées en formation serrée derrière Dalton Hughes, le chien de tête de la meute. Les adjoints, pour la plupart, avaient été des amis du défunt – Owen Barnes, Sarah Ann Boyd,

Scott Shepard… Ted Cassidy, passablement éméché, se pointa une fois de plus bon dernier.

Vingt minutes plus tard, la moitié des habitants de Duncan's Creek avait grossi leurs rangs. Il y avait notamment Jim Pomeroy, Lamar et Felicity Jones, Rick Mayfair, Leroy Gibson, Chuck Glover et sa femme Jessica, ainsi que Martha Hodge, qui cherchait partout son neveu Logan.

Au départ, tout se passa bien. Après une oraison funèbre prononcée par le père Simunek, les gens s'installèrent pour unir leurs prières. « Il n'y a pas de ténèbres dont la lumière ne puisse triompher », déclara le prêtre, ce que viendrait prochainement contredire la tournure des événements.

Quelques curieux s'étaient déplacés pour la forme, d'autres pour se tenir au courant des derniers rebondissements de l'affaire. Certains regrettèrent l'annulation des festivités du 4 juillet – « Un scandale ! jugea Gina Carozzo, quand on sait ce que la parade et le feu d'artifice ont coûté à la municipalité. » Les plus amers décidèrent d'organiser, le soir même, un petit rassemblement autour de mets que chacun aurait préparé. Parce que la vie continuait, comme on disait.

Mais dans leur grande majorité, les gens étaient là pour honorer la mémoire d'un enfant du pays et soutenir sa famille dans l'épreuve. Assis en cercle, serrés telles des poules élevées en batterie dans leurs cages, chacun y alla de son souvenir.

Lorraine Twitchell rappela, entre deux sanglots, comment son petit garçon avait toujours été un chenapan, prompt à terroriser le chien du voisin ou à chaparder ses bouteilles de lait pour s'exercer à la carabine. Son mari ajouta que c'était un bon gars, que tout le monde le respectait parce qu'il ne se laissait pas marcher sur les pieds. Murmure d'approbation dans la salle.

Leur fille Gillian évoqua leurs plus beaux souvenirs de vacances en Alabama, ainsi qu'un épisode au cours duquel son frère avait conseillé au directeur du collège d'aller « se faire cuire un œuf ». Il devait avoir 12 ou 13 ans, à l'époque. Des trémolos plein la voix, elle précisa qu'elle édulcorait volontairement ses propos, et l'on vit naître des sourires sur quelques visages.

On entendit aussi qu'une fois Rory avait parcouru à pieds les quinze kilomètres qui séparaient Boulder de Duncan's Creek parce qu'il avait perdu ses clés de voiture lors d'un tournoi de rodéo. Quelqu'un trouva l'anecdote amusante et le fit savoir d'un grand éclat de rire. L'histoire n'entraîna pas d'autre réaction.

Rosie Hughes, la femme du shérif, parla du jour où son neveu avait laissé tomber le foot. Puis le base-ball. Puis l'école. C'était comme les petites copines, qu'il ne gardait guère plus d'une semaine. Rory n'allait jamais au bout des choses, mais c'était un véritable tombeur ! Regards gênés en direction de sa veuve.

Enfin, quand le père Simunek, porté par un élan de gaieté aussi artificiel que la couleur des rares cheveux qui lui restaient, demanda si quelqu'un avait un dernier souvenir heureux à partager, il reçut pour seule réponse un long silence gêné.

— Il allait à l'église, ça oui, finit-il par déclamer. Ce qui en faisait l'un des enfants de Dieu les plus dévoués qu'il nous ait été donné de rencontrer.

Puis Gillian Twitchell passa la chanson préférée de son frère sur une chaîne stéréo – « Downtown », de Petula Clark. Rory avait 5 ans quand elle était sortie, il réclamait à leurs parents de la passer en boucle sur le pick-up, ce qui tapait sur les nerfs de sa grande sœur, expliqua-t-elle en écrasant une larme. Le silence se fit total pendant trois minutes de recueillement.

À la fin du morceau, Mandy craqua. Quand Beth lui proposa de sortir prendre l'air – il faisait près de quarante degrés à l'intérieur –, un cri lui échappa. Un vagissement primal, comme si quelqu'un venait de lui planter un couteau entre les côtes. Le Dr Pomeroy fut obligé de demander aux convives de s'écarter et parvint à la convaincre de rentrer. En voyant la jeune veuve quitter la salle, toute tremblante, personne ne se douta que la chanson l'avait ramenée à un soir où son mari l'avait violée tandis qu'elle tournait sur la platine.

Les gens se dispersèrent sans plus d'effusion. À peine entendit-on quelques reniflements étouffés dans des mouchoirs.

Ainsi s'acheva l'évocation de la vie de feu Rory Twitchell.

7

Alice Stevens ne tenait plus en place. Depuis une demi-heure, elle faisait les cent pas entre la cuisine et le séjour, le cœur battant, guettant un mouvement à travers la fenêtre du vestibule. Le climatiseur était en panne, elle avait déjà changé de tenue à deux reprises, et voilà qu'elle était à nouveau en nage dans sa chemise en denim, son deuxième choix après la blouse imprimée qu'elle avait initialement prévu de porter. Pas sa préférée, mais ça ferait l'affaire. À moins que…

Elle passa à la salle de bains pour se regarder dans le miroir. Sur une impulsion, elle retira le bandeau qu'elle avait dans les cheveux et les noua en queue-de-cheval. Elle se trouva jolie, bien qu'un peu pâlotte. Elle mit ça sur le compte de l'anxiété et retourna attendre dans le vestibule.

Logan était en retard. La dernière fois qu'ils s'étaient parlé au téléphone, il lui avait promis qu'il passerait la chercher avant 17 heures. Alice consulta sa montre : il était 17 h 35. L'éloge funèbre de Rory Twitchell devait être terminé, à présent ; ses parents allaient rentrer d'une minute à l'autre. Elle n'osait imaginer ce qui se passerait s'ils tombaient sur son petit ami.

Ils n'avaient pas fait d'histoires quand elle leur avait annoncé qu'elle allait camper avec Claire. Les deux adolescentes s'étaient connues par le biais de l'organisation des Jeunes Filles de Boulder, et Karen et Carl Stevens l'avaient tout de suite trouvée à leur goût. L'appartenance de Claire à l'église de Jésus-Christ des Saints des Derniers Jours en faisait une fréquentation idéale pour leur fille : ensemble, elles sauraient emprunter le chemin de Dieu.

Sa mère répétait souvent à Alice que les mauvaises pensées entraînaient de mauvaises actions. Elles n'avaient jamais abordé de front la question de la sexualité, mais Alice, qui avait été élevée dans le respect des valeurs mormones traditionnelles, savait depuis longtemps que céder à l'appel de la chair était un grave péché. La vie devait être gouvernée par les lois morales, non par l'instinct.

Elle expira un grand coup. Elle devait admettre que la perspective de cette soirée l'angoissait légèrement. Elle savait ce que Logan attendait d'elle, tout comme elle savait qu'il allait forcément revenir à la charge. Bien qu'elle eût du mal à refréner les émotions qui l'envahissaient quand elle se blottissait dans ses bras, Alice avait toujours pensé qu'elle préserverait le sacré de l'acte sexuel jusqu'à son mariage. Si un jour elle épousait Logan, alors elle se donnerait à lui sans retenue. Pas avant.

Si un jour elle épousait Logan…

Elle étouffa un petit rire. Ils sortaient ensemble depuis deux mois et demi seulement, penser au mariage était peut-être prématuré. Qui pouvait dire s'ils s'aimeraient encore dans un an ? La vie vous réservait de ces surprises, parfois… Sans compter qu'avec lui on ne savait jamais à quoi s'attendre. Il était tellement imprévisible ! Il n'y avait qu'à voir sa réaction quand elle avait eu le malheur de lui parler de Gilles. Un instant, elle l'avait bien cru capable de le massacrer.

Le bruit d'un moteur la fit sursauter. D'un bond, Alice se précipita dans l'entrée. C'était le moteur de la Buick, pas celui, paresseux, du break de son père. Quand elle ouvrit la porte et vit Logan descendre de la voiture, ses veines se glacèrent. Il pressait un tissu roulé en boule sur son visage.

— Qu'est-ce qui s'est passé ? s'alarma-t-elle, constatant qu'il avait du sang sur les mains.

Le jeune homme ne répondit rien. Alice passa un bras sous son aisselle et l'entraîna à l'intérieur. Après un regard inquiet vers le haut de la route, elle referma la porte et souleva la compresse, un vieux chiffon souillé de taches d'huile de moteur.

— Qu'est-ce qui t'est arrivé, mon ange ?

Logan resta muet. Il avait l'arcade sourcilière tuméfiée et une entaille sur l'arête du nez. Alice prit son visage entre ses mains.

— Parle-moi, mon ange ! Parle-moi !

Il se mit à grelotter ; on aurait dit qu'il venait de passer une heure dans une chambre froide.

— Suis-moi, mes parents ne vont pas tarder. Tu sortiras par la fenêtre s'ils arrivent…

Elle l'entraîna dans sa chambre et le fit asseoir sur son lit, au-dessus duquel était punaisé un poster de Matt Dillon. Son petit ami lui faisait parfois penser au personnage de Dallas, le bad boy bagarreur et impulsif qu'incarnait le jeune acteur dans *Outsiders* de Coppola.

— Tu t'es battu ? demanda Alice en examinant les éraflures sur sa main. Attends, je vais chercher de quoi te soigner…

Elle revint moins de trente secondes plus tard avec la trousse à pharmacie de sa mère. Elle commença par lui nettoyer les mains avec de l'eau oxygénée, puis appliqua un antiseptique et une bande de gaze sur les plaies. Après quoi elle s'occupa de sa figure.

— T'as de l'aspirine ? demanda Logan. J'ai un mal de tête de fou…

Il la fixa de deux yeux enfiévrés. Alice lui donna un Advil et lui proposa un verre d'eau. Il refusa et avala le cachet à sec ; il avait l'air de vouloir s'apaiser.

— Je… je me suis fracassé la tronche contre l'escalier escamotable du grenier, expliqua-t-il après quelques secondes. Ma tante a dû oublier de le replier…

— Tu t'es pas loupé ! Je peux pas te laisser seul cinq minutes !

Alice termina ses soins en lui collant un pansement en travers du nez et un baiser par-dessus.

— Bouge pas, dit-elle en se levant. Je vais chercher de la glace pour ton front…

Avec une célérité qui la surprit, Logan lui saisit le poignet, ce qui eut pour effet de tirer sur la manche de sa chemise. Alice sentit un des boutons de devant sauter et poussa un petit « Oh ! » surpris.

— Pas la peine, bébé… je vais survivre.

Il esquissa un sourire las. Malgré ses traits encore jeunes, c'était un homme qu'Alice avait en face d'elle. Cette certitude la désarma et elle inclina le menton dans un sourire effarouché.

— Je suis désolé, murmura Logan. Désolé d'être en retard…

Elle haussa les épaules en guise de pardon et surprit un tressaillement dans le regard du jeune homme. Un pouce sur son menton, il approcha ses lèvres des siennes. Quelque chose l'envahit tout d'un coup, un émoi qu'Alice n'avait jamais ressenti. « Mauvaises idées, mauvaises actions ! » clama la voix de sa mère dans un coin de sa tête.

— Une chance qu'on ait un peu de temps avant le feu d'artifice, ajouta Logan.

— C'est annulé, tu n'es pas au courant ?

Alice pensait que son petit ami allait se décomposer, mais il garda le regard fixe. Pas tout à fait fixe, en réalité : sa chemise déboutonnée et mouillée de sueur laissait peu de place à l'imagination, et il était plongé dedans.

— Mon ange… qu'est-ce qu'il y a ? demanda-t-elle, voyant ses yeux s'embuer.

Elle lui caressa les cheveux avec tendresse et l'attira contre son cœur. Elle eut des mots de réconfort, des paroles d'amour, mais ne chercha pas à savoir. Les réponses viendraient en temps voulu.

— Là, ça va aller…

Quand Logan releva la tête, les yeux gonflés et les joues ruisselantes de larmes, leurs regards se rencontrèrent, et Alice comprit, avec une conviction absolue, qu'elle ne pourrait pas lutter. Alors, elle s'abandonna.

Elle bascula en arrière et laissa les doigts frémissants de son petit ami passer sur sa peau. Il trouva le renflement de ses seins, ses mamelons durcis par le désir. Sa bouche pleine et sensuelle se posa où elle ne s'était jamais posée. Alice sentit tout son corps rougir, mais il n'y avait nulle pudeur dans ce qu'il exprimait, seulement l'épanouissement d'une sexualité naïve et pure dont elle avait à peine conscience.

Sans qu'elle sache comment, ils se retrouvèrent nus.

Au début, ils se contentèrent de jouer, incertains mais décomplexés, les gestes hésitants mais incontestablement volontaires. Le contact de la peau trempée de sueur de Logan, le goût de sa langue, de sa salive, son souffle dans son cou et ce corps musculeux, tendu, qu'elle apprenait à connaître : tout lui paraissait naturel. Alice n'aurait voulu être nulle part ailleurs. Logan la regardait, Logan la touchait, Logan la serrait contre lui et déposait de doux baisers sur son visage.

La suite vint naturellement. Ils étaient face à face, emmêlés l'un autour de l'autre, le membre durci du jeune homme frottant contre son bas-ventre. Animée du même désir que lui, Alice le guida, instinctivement. Son cœur s'emballa au moment où il se glissa entre ses cuisses ; c'était une poignée de secondes après qu'il lui avait dit qu'elle était belle.

Des fleurs noires s'ouvrirent devant ses yeux quand il s'invita en elle. Logan n'était plus que pulsion. Une force brute émanait de tout son être. Alice ne chercha pas à refréner ses ardeurs, malgré la douleur. La tête lui tournait, le sang battait à ses tempes. Elle ne maîtrisait plus rien. Peu à peu, leurs baisers devinrent plus longs, et habités de quelque chose de violent qu'il leur était impossible de contenir.

Ce fut à la fois grisant, follement doux et incroyablement terrifiant. Logan ne la quitta jamais des yeux, il fut avec elle jusqu'au dernier moment. Peau contre peau. Il l'aimait, Alice le ressentait dans ses mains qui fouillaient son corps, le comprenait dans chacun de ses gémissements.

Quand vint l'ultime coup de rein, elle oublia de respirer. Elle oublia tout, l'espace d'un instant. Ses parents, Claire, Matt Dillon. Dieu. Chacun écouta le souffle de l'autre encore quelques secondes, prolongeant l'instant. Puis la vague de chaleur passa, et Alice roula sur le côté, sentant encore Logan palpiter au fond d'elle. Leurs poitrines se soulevaient et retombaient sans discontinuer, leurs corps étaient incapables de se détacher l'un de l'autre. Ils ne faisaient plus qu'un, à présent.

La sueur sur sa peau commençait à refroidir et elle frissonna. Les battements de son cœur s'espacèrent, ceux de Logan continuaient à pulser contre l'oreiller. Plus tard, Alice repenserait à ce formidable moment, mais pour l'heure, elle voulait seulement se laisser aller. Elle allait sombrer quand elle s'entendit lui murmurer qu'elle s'endormait toujours en tenant l'oreille de sa mère quand elle était bébé, exactement comme elle le faisait avec la sienne à cet instant.

C'est là que le bruit du moteur de l'Oldsmobile de son père se fit entendre au dehors.

Ils furent debout en une seconde. Alice passa son pantalon et sa chemise, ajusta ses cheveux et alla ouvrir la fenêtre. Un vertige la saisit, mais elle parvint à rassembler ses esprits. Sa chambre donnait sur l'arrière de la maison, Logan pourrait disparaître sans se faire surprendre.

— Mince, la Buick ! s'écria-t-elle.

Ils n'avaient pas le temps d'y penser, elle trouverait bien une parade si ses parents la questionnaient. Avec un peu de chance, ils ne s'apercevraient même de rien…

Logan avait à peine enfilé son jean qu'elle le poussait dehors. Il enjamba le cadre de la fenêtre, se retourna. Lui vola un baiser. Il avait les joues écarlates, un air à la fois penaud et ravi sur le visage. Et une bosse déformait le devant de son jean.

— Et… pour ce soir ?

— On l'a eue, notre soirée, murmura Alice. Je t'appelle demain !

Il lui glissa un regard de miel et prit ses jambes à son cou. Alice le regarda partir, à moitié débraillé, et ne put retenir un éclat de rire. Son petit ami se retourna et, de loin, lui envoya un dernier baiser. Elle abaissa la vitre, tira les rideaux. Elle était en train de lisser ses draps que la porte d'entrée s'ouvrait déjà. Sa fièvre ne retomba pas avant la nuit.

8

Ils étaient là. La bande des quatre, ceux que Jake allait bientôt connaître sous les noms de Cody-moi-tout, Jamie-dans-le-mille, Boulard et Sam-suffit. Les jumeaux Murray étaient absents, ce qui fut un soulagement. Dans son cauchemar, c'étaient eux qui se jetaient sur lui pour le réduire en bouillie. Au jeu des sept différences, il avait aussi noté que ni Martha Hodge, ni Shawna Twitchell, ni le corbeau de mauvais augure ne s'étaient trouvés sur sa route après son départ de la ferme des Jones.

Jake prit une grande inspiration, comme un plongeur avant le grand saut, et sortit des broussailles derrière lesquelles il les avait observés pendant cinq minutes – il avait laissé son vélo un peu plus haut pour ne pas se faire remarquer. Il s'épousseta, passa sa langue sur sa dent ébréchée et fit un pas sur le ponton. Il y était. Il ne pouvait plus faire marche arrière, à présent.

Quand il arriva près d'eux, il constata que Sam Baldwin et Junior McCombs étaient en train de se livrer à un ping-pong d'injures de haute volée, les premières d'une série qui allaient venir enrichir son vocabulaire déjà florissant au cours de l'été. Tous deux se turent en le voyant approcher. Jamie Carozzo et

Cody Hoffmann, assis au bout du ponton, se retournèrent. Jake esquissa un vague sourire. Sam se leva et vint à sa rencontre à pas lents. Ses traits étaient dénués de toute expression, il était impossible de savoir ce qu'elle avait dans la tête.

— Tu as apporté tes marshmallows ? demanda-t-elle d'une affreuse voix sans timbre.

Sans un mot, Jake sortit le paquet de bonbons de son sac à dos. Elle le soupesa un instant à la manière d'un trafiquant qui évaluerait le poids d'un sachet de cocaïne dans un film policier. Jake visualisa, avec la plus grande clarté, ce qui allait se passer : elle allait lancer le paquet aux autres et lui dire de foutre le camp. Pire, elle allait le pousser à la flotte.

Au lieu de ça, une mimique inattendue tordit les lèvres de Sam. Pas tout à fait un sourire, mais ce qui devait s'en rapprocher le plus pour une fille comme elle.

— On attend que la nuit tombe pour commencer. Chacun raconte une histoire, vraie ou inventée, mais un truc qui fait peur. On allume le feu à l'extérieur du ponton. Pas de marshmallow fondu ici. À l'extérieur du ponton ! OK ?

Jake opina du chef.

— Tu connais les autres ? ajouta Sam, poursuivant, dans la foulée : Les autres, Dickinson est arrivé. Voilà, tu connais tout le monde. Gordon et Russell sont en vacances. Ils font le tour des parcs nationaux en camping-car avec leurs parents, ces nullos !

— Ouais, bah s'ils pouvaient tomber dans le Grand Canyon, c'est à nous que ça ferait des vacances ! s'esclaffa Junior.

Le gros garçon se planta entre eux, ces yeux d'hypermétrope disproportionnés fixant Jake derrière les culs de bouteilles posés sur son nez. Il lui fit un salut militaire.

— Sa… salut, bafouilla Jake.

— Viens, je te fais le tour du propriétaire !

Avec entrain, Junior lui montra les barils de lessive dans lesquels ils trimballaient leurs affaires – des jouets, des piles, des billes, des magazines, des jeux vidéo, des cartes et un gant de base-ball – puis le panier des provisions, dont il lui fit un inventaire complet – sandwichs au beurre de cacahuète, chips, Pepsi, limonade…

— Y a aussi des M&M's, des Baby Ruth, des Pez… T'en veux ?

Lui était déjà en train d'ouvrir un paquet de bonbons chocolatés.

— Eh, doucement, Boulard ! lui lança Sam, qui les surveillait du coin de l'œil. On en garde pour plus tard ! Et puis, tu vas encore avoir la colique et nous polluer la rivière !

— Tu sais ce qu'on dit ? enchaîna Cody. Qui chie mou chie tout !

— Laissez-moi vous mettre les pendules sur les i, se défendit Junior. Je fais de l'hypo…

— … glycémie, et le toubib t'a dit de manger du sucre dès que tu te sentais faible, on sait, le tuberculeux !

Jake les observa avec une prudence curieuse. Ils semblaient ne pas savoir se parler autrement qu'au travers d'interminables joutes verbales, ce qui au demeurant paraissait n'avoir aucune incidence sur leurs rapports, comme le lui démontra Junior en passant subitement à autre chose :

— Ça, c'est les Barbie de la petite sœur de Sam. On leur a coupé les cheveux et on les a teints en rouge, regarde. Tu trouves pas qu'on dirait Cindy Lauper ? Tu aimes les G.I. Joe ? On a aussi…

Il s'interrompit soudain, remonta ses lunettes sur son nez et se tourna vers Sam, qui avait rejoint les deux autres au bout du ponton.

— Je peux lui montrer la pochette-surprise, Sam-suffit ?

Elle hocha la tête.

— Mate un peu, c'est Cody-moi-tout qui a fauché ça à son père ! expliqua Junior en exhibant un pack de bières et des cigarettes sortis d'un sac en papier. Moi j'y touche pas, je suis mormon. T'es mormon, toi aussi, Dick… euh… Jake ?

Il héla les autres sans attendre sa réponse :

— Hé les gars, faut lui trouver un nom ! Il a pas encore de nom !

— C'est pas grave, assura Jake, d'un ton si peu assuré que sa voix mourut dans un soupir.

Junior fit la sourde oreille.

— « Poussière man », c'est pas mal, non ? Comme il est toujours plein de poussière…

— C'est nul ! piaffa Sam.

— Alors « La momie » ? Rapport à ses pansements au bout des doigts…

— Pourquoi pas « Dickhead » ? proposa son amie en prenant soin de détacher chaque mot.

Jake fut pris d'une sueur froide. Ça recommençait, comme dans son rêve ! L'espace d'une seconde, il souhaita n'avoir jamais mis les pieds sur ce fichu ponton.

— Je rigole, Jackie-Dee !

— J'ai trouvé ! s'exclama Junior en claquant des doigts. Pourquoi pas « Jacques-a-dit » ?

— « Jacques-a-dit », ça te va, Dickinson ? s'enquit Sam.

Jake hocha la tête.

— Bah quoi, t'as perdu ta langue ? Va falloir être plus bavard si tu veux ta part de marshmallows grillés !

Elle avait parlé avec lenteur, semblant s'adresser à un demeuré. Sans attendre sa réponse, elle pivota sur elle-même et tapa dans ses mains.

— Jacques a dit : « Rassemblement ! »

Cody et Jamie se levèrent et vinrent les rejoindre au milieu du ponton. Celui-ci n'était pas large – environ deux mètres – et à eux cinq, ils durent se serrer pour y tenir en cercle.

— Il fera nuit dans une heure, indiqua Sam. On décide maintenant de qui commence, ça nous laissera le temps de réfléchir à des histoires à raconter. Moi, je vote pour Dickinson !

Junior avala précipitamment ce qu'il avait dans la bouche.

— C'est sa première fois, dit-il avec un air de chien battu. On devrait pas le…

— Justement, ça sera son cadeau de bienvenue…

Sam posa ses yeux sur Jake. Constatant que son regard était dénué de cette lueur sadique qu'il lui connaissait, il sentit son cœur, qui venait de jaillir dans sa gorge, se remettre en place.

— En plus, je suis sûre qu'il sera inspiré : il écrit des histoires de fantômes, lâcha-t-elle innocemment.

— Sérieux ? s'enthousiasma Junior. Trop classe !

— On la joue à « pierre-papier-ciseaux », trancha Cody.

Les trois autres acceptèrent et Jake suivit le mouvement. Jamie emporta la première manche, puis ce fut au tour de Cody de laminer ses adversaires. À la partie suivante, Sam sortit une carte secrète de sa manche : alors que Junior avait choisi la pierre et Jake la feuille, elle brandit devant eux son poing serré surmonté de deux doigts en crochets.

— Rat mutant ! s'écria-t-elle.

— Comment ça, « rat mutant » ? protesta Junior d'une voix flûtée.

— Le rat mutant bouffe la pierre (Elle empoigna sa main.) et la feuille (Elle empoigna celle de Jake.).

— C'est de la triche !

— C'est ça, et moi je me transforme en *gremlin* quand on me donne à manger après minuit ! rétorqua Sam. Discute pas, t'es cuit, mon gros Boulard !

— Butor infernal ! lança Junior en ouvrant deux grandes ailes avec ses mains, dont il alla envelopper le poing de Sam. Butor infernal, butor infernal !

— Quoi, « butor infernal » ?

— Le butor infernal est plus fort que le rat mutant !

— Un seul bonus par partie, banane ! contra Sam. Pas vrai, les mecs ?

Cody et Jamie acquiescèrent mollement. Junior bougonna une minute, puis soupira, vaincu. L'ultime manche pouvait débuter.

— Ça se joue entre Dickinson et Boulard, annonça Sam. À la une, à la deux, à la trois !

— Feuille ! s'exclama Junior.

— Ciseaux ! cria Jake simultanément.

Il y eut des vivats et des sifflements hystériques, et Jake mit un instant à comprendre qu'il l'avait emporté. Il reçut une tape dans le dos mais n'eut pas le temps de voir de qui elle provenait. Peu lui importait : pour la première fois, un des membres de leur bande l'avait touché sans que ce soit pour lui faire du mal. Il se sentit pousser des ailes et desserra un peu les dents.

— Dickinson vainqueur par K.O. ! claironna Sam. C'est toi qui t'y colles, Boulard ! Et viens pas nous ressortir ton histoire de canyon hanté des dix dernières fois…

Junior termina ses M&M's sans broncher. Le soleil commençait à descendre, signe que l'heure du dîner approchait.

— Bon, les gars, qu'est-ce qu'on fait en attendant ? On mange ?

— Si t'allais plutôt jouer aux billes sur l'autoroute ? proposa Sam.

Jamie et Cody étaient retournés au bout du ponton avec leurs jeux électroniques. Elle alla les rejoindre.

— Je t'ai vu à l'éloge funèbre, tout à l'heure, glissa Junior à Jake dès qu'ils furent seuls. C'était cool, hein ?

— Sensas, répondit Jake sans conviction.

— Dommage qu'ils aient pas exposé le cadavre. J'en ai jamais vu… Et toi ?

— Jamais.

Ils observèrent le ciel en silence. L'ombre et la lumière se dévoraient l'une l'autre au gré des caprices des nuages. L'air était toujours aussi chaud, mais une brise légère s'était levée.

— Qu'est-ce que t'as, aux doigts ?

Jake leva ses mains devant ses yeux et les contempla une seconde.

— C'est à force de trier les patates à la ferme, ça les abîme…

— Tu tries des patates à la ferme ? Trop classe !

— Ouais, sensas !

Dix minutes plus tard, Sam annonça que le dîner était servi. Ils se partagèrent les sandwichs en se racontant des histoires drôles. Jamie, resté très discret jusque-là, fit preuve d'un vrai talent d'humoriste au cours du repas. Il provoqua même l'hilarité générale avec une blague mettant en scène Superman, l'Homme Invisible et Wonder Woman. Leur bonne humeur était si communicative que Jake, bien qu'encore sur la réserve, se surprit à rire avec eux.

À 8 heures et demie, ils allèrent chercher du bois pour le feu. Sam trouva cinq branches sur lesquelles elle embrocha des guimauves, et ils s'installèrent sur le bord du chemin qui longeait la rivière. Les garçons s'amusèrent un instant à invoquer les esprits de quelque divinité ancestrale, puis Sam demanda le silence. Bien qu'elle ne fût pas la plus âgée, elle était incontestablement la chef de la bande.

— L'histoire la plus terrifiante remporte la Brochette de l'Enfer ! proclama-t-elle en tirant du panier une pique d'une cinquantaine de centimètres sur lequel étaient plantés pas moins de vingt oursons au chocolat.

Junior ouvrit de grands yeux émerveillés. On aurait dit qu'elle venait de lui présenter le contenu d'un coffre au trésor.

— À toi de jouer, Boulard !

Le gros garçon changea de position, croisa et décroisa les jambes. Il s'éclaircit la voix, puis commença :

— Vous avez déjà entendu parler de la Gorge du…

Concert de huées réprobatrices.

— Hein ? Quoi ? Mais je…

— C'est la règle, mon gros binoclard : jamais deux fois la même histoire ! le conspua Sam.

— On t'avait prévenu ! ajouta Jamie.

— Attendez, les gars… J'en ai une autre, j'en ai une autre !

— Trop tard, Boulard. Ta chance est passée !

— Croootte ! se lamenta Junior. Allez, les gars, déconnez pas !

Sourde à ses suppliques, Sam se tourna vers Jake.

— À toi, Dickinson.

Jake regarda Junior, l'air désolé, puis Cody, puis Jamie, puis Sam. Il avait réfléchi à une histoire, mais maintenant que le moment était venu, le courage lui manquait. Du coin de l'œil, il vit Junior lever le pouce en signe d'encouragement. Il déglutit, puis se lança :

— C'est l'histoire d'un… d'un évou… d'un épa… (Il respira un grand coup, regarda au loin – sa bulle, il devait s'immerger dans sa bulle.) C'est l'histoire d'un épouvantail. Un grand épouvantail, avec une armature en bois et un rembourrage en paille picoré par les oiseaux… Il a des… des tiges qui dépassent d'un peu partout, qui transpercent la vieille salopette et la chemise à carreaux dont on l'a attifé. Un sac en toile rempli de foin lui sert de tête, deux gros boutons ont été cousus dessus pour lui faire des yeux… avec une grosse patate plantée au milieu en guise de nez. Il porte un grand chapeau en tissu un peu ramolli par les intempéries. Il ne fait plus peur à personne, il sert même de perchoir aux corbeaux qu'il est censé éloigner…

Jake remua sur son séant. On n'entendait plus un bruit, en dehors du crépitement des flammes.

— Un soir, après la tombée de la nuit, la lune sort de derrière un nuage… On est à deux jours d'Halloween, et pour fêter ça, le fermier a remplacé sa tête en paille par une grosse citrouille. Il a creusé des yeux dedans, deux grands yeux noirs, en forme de triangles, aussi vides que ceux d'un mort… Il fait chaud pour la saison, et les villageois sont rentrés tard. Mais la campagne est endormie, maintenant, et plus rien ne bouge. Enfin, presque plus rien…

Jake marqua un temps pour ménager son effet. Il devina, à leur silence, que les autres mouraient d'envie de connaître la suite, et reprit, enhardi :

— Le vent se lève, tout d'un coup. L'épouvantail se met à pivoter sur son bâton, d'abord doucement, puis de plus en plus vite. Il tournoie, tournoie comme une toupie emportée par une tornade. Puis le vent tombe et sa grosse tête de citrouille se fige dans le clair de lune. Et là, alors que la nuit semblait vouloir reprendre ses droits, deux flammes s'embrasent au fond de ses orbites creuses.

Junior tressaillit. Il avait les yeux rivés sur Jake, deux yeux énormes et avides derrière les loupes de ses lunettes. Cody fumait, l'air pensif, et Jamie fixait sa brochette de guimauves. Sam, quant à elle, étudiait ses ongles en lambeaux, le brasillement des flammes se reflétant dans son regard. Elle semblait à mille années-lumière du ponton. *Non*, pensa Jake. *Elle est ici. Dans mon histoire.*

— Il fait nuit noire, à présent, reprit-il. La lune a disparu, mais les yeux de l'épouvantail brillent toujours. C'est là qu'il se met à bouger. Il lève un bras, puis l'autre, fait un pas en avant. Un sourire diabolique découpe son visage orange derrière les encoches des dents taillées par le fermier. Il avance au milieu des blés, creusant un sillon sur son passage. Il se dirige vers la maison, sans un bruit. On entend les croassements d'un corbeau, quelque part... L'épouvantail continue à s'approcher de la maison, dont les volets sont fermés. Il réagit à peine quand le corbeau fond sur lui pour picorer un morceau de son visage. Il n'est plus très loin, maintenant, mais d'autres corbeaux arrivent, et bientôt, ce n'est plus une citrouille qu'il a à la place de la tête, mais une purée de citrouille. Son chapeau s'est affaissé, on ne voit plus que sa bouche, béante, qui déverse un nectar orange et pâteux sur le devant de sa salopette...

Junior laissa échapper une exclamation de dégoût.

— Chut ! fit Jamie.

— L'épouvantail, ou ce qu'il en reste, arrive devant la porte. Elle est ouverte, le fermier ne prend jamais la peine de la verrouiller. Il entre, laissant les corbeaux se disputer les restes de sa tête en bas du porche. Il fait sombre à l'intérieur, mais la lueur de la lune éclaire faiblement le parquet. L'épouvantail y laisse, à chaque pas, un mélange de bouillie filandreuse, de brins de paille et de terre. Pas des empreintes de semelle, mais une longue traînée… comme si on avait tiré un cadavre ensanglanté sur le sol…

— Dégueu ! grimaça Junior.

— La ferme ! s'exclamèrent les trois autres.

— On entend un bruit dans la cuisine, et au moment où l'épouvantail entre, un chien se met à gronder. C'est un petit chien, tout affolé dans son panier. Il montre les crocs, et là, l'épouvantail rejette la tête en arrière et perd son chapeau. La vision est terrifiante : lui aussi montre les crocs, mais ce ne sont que des résidus de chair étirés dans un demi-sourire sinistre. Toute la partie supérieure de son visage a disparu. En voyant ça, le chien se roule en boule dans un jappement craintif. L'épouvantail fait un pas vers lui et… (Silence.) Splatch ! L'instant d'après, la pauvre bête se retrouve écrabouillée au fond de son panier. Purement et simplement. Mais le pire est à venir : l'épouvantail attrape un couteau sur l'évier, un long couteau de cuisine dont la lame scintille à la lumière de ses yeux incandescents. Il sort de la cuisine, va jusqu'à la chambre… Le fermier et sa femme sont endormis. Il s'approche, tout doucement, il s'approche avec son visage en lambeaux, dégueulant la purée pleine de grumeaux qui lui tenait lieu de cervelle dix minutes plus tôt… Il s'approche, le couteau brandi au-dessus du lit…

Jake s'interrompit. Les quatre autres étaient suspendus à ses lèvres.

— … et là : Shlack ! Shlack ! Il leur tranche la tête à tous les deux.

Junior, Jamie et Sam – oui, Sam ! – sursautèrent. Un silence de cathédrale se referma sur les paroles de Jake, qui les observa tour à tour dans la lueur des flammes.

— Il voulait se venger de s'être fait arracher la tête par le fermier, conclut Cody en tirant sur sa cigarette.

Jake fit oui de la tête. Un sourire timide et touchant, vaguement étonné, se dessina sur ses lèvres. Il parcourut la rivière du regard, comme pour graver ce moment à tout jamais en lui, comme s'il devait ne pas se reproduire. Et quand ses yeux tombèrent sur une paire d'yeux flamboyants, en train de les épier depuis l'autre rive, il s'émerveilla une fois de plus du pouvoir sans limites de son imagination.

9

Il était 20 heures quand Beth De Witte lança les festivités du 4 juillet. Elle avait installé des tables à l'arrière du restaurant et des lampions dans les arbres. Au départ, les gens s'abstinrent d'évoquer les événements des derniers jours, ce qui conféra une légèreté bienvenue à cette trêve vespérale. Puis, inévitablement, les esprits commencèrent à s'échauffer.

Les hostilités furent ouvertes par Shirley Hoffmann, qui trouvait que les fleurs choisies par la famille de Rory Twitchell pour son éloge funèbre avaient été du dernier ringard, ce à quoi Beth répondit qu'elles allaient parfaitement avec son maquillage. La réplique fit mouche auprès de Michelle DeSoto, la femme du maire de Duncan's Creek, qui ne pouvait pas voir Shirley en peinture. Gina Carozzo, en bon poil à gratter, en rajouta une couche quand Winnie Dickinson, témoin de la passe d'armes, lui rapporta les paroles de la mère DeSoto. Elle s'empara du différend pour critiquer la qualité de sa contribution au buffet – des paquets de chips proches de la date de péremption et cinq malheureux sachets de bœuf séché – et très vite, la discussion dévia sur un contentieux à propos d'un pneu crevé. L'intervention du maire ne fit que jeter de l'huile sur le feu et Gina Carozzo quitta la cérémonie dans une braillée de noms d'oiseaux.

La tension retomba légèrement, et l'on eut bon espoir que la soirée se termine sans plus de heurts. Mais de nouvelles attaques fusèrent, contre le shérif, contre l'institutrice, qui brillait par son absence, contre les imbéciles qui avaient dépensé une fortune pour un feu d'artifice qui ne serait jamais tiré. Et là où l'on avait attendu respect, partage et bonne humeur, il n'y eut que mépris, jalousie et rancune. Le maire rappela ses concitoyens à l'ordre, et le calme finit par revenir. Mais lui-même avait été la cible de médisances, et la colère couvait dans son regard.

Une dernière prière fut dite pour Rory Twitchell au moment du dessert. Après cela ne subsista qu'un silence embarrassé.

À 23 heures, les gens se dispersèrent.

Et à 23 h 30, la montagne explosa.

CHAPITRE IX

1

Les soldats du feu avaient combattu toute la nuit. La tension et la fatigue se lisaient dans leurs yeux rendus phosphorescents derrière les masques de cendre. Quelques braises rougeoyaient encore par endroits, des volutes de fumée s'agrippaient aux branches des sapins pour s'en extraire en rubans déchiquetés, mais pour l'essentiel, l'incendie était maîtrisé. Au loin, les gyrophares de trois camions aux chromes rutilants zébraient l'obscurité de leurs éclairs rouges et bleus.

Sherry Grant balaya la scène d'un regard ahuri. Le sol, autour d'elle, n'était qu'un magma de fumerons. Il s'en dégageait une odeur de bois brûlé, de résine et de poudre.

— Qu'est-ce que c'est que ces trucs ? fit une voix derrière elle.

Elle recula d'un pas, l'avant-bras levé pour se protéger le visage. L'air était si dense qu'elle aurait pu l'attraper à pleines mains.

— Des morceaux d'aluminium. N'y touche pas, c'est…

Un braillement sourd échappa à Robicheaux, le bleu de Novak.

— … chaud ! termina-t-elle.

— Aïe ! glapit le jeune homme en soufflant sur ses doigts.

Sherry allait le renvoyer dans ses pénates, ou au moins dans les pattes de Novak, mais quelque chose pétarada à une dizaine de mètres de là – des pommes de pin, en train d'éclater comme du pop-corn. Elle se retourna et vit Mitch approcher. Sa figure était couverte d'une pellicule grise marbrée de sillons clairs.

— Une vache a carrément été décapitée par un éclat d'acier ! lui apprit-il en venant se camper près d'elle. Tu le crois, ça ?

Il jeta un regard en contrebas et laissa échapper un sifflement halluciné. Derrière l'écran de larmes qui lui voilait les yeux, il découvrit un cratère noirâtre et fumant d'environ un mètre cinquante de profondeur.

— Les cercles de l'Enfer, hein ? fit Sherry, ayant déjà effacé Robicheaux de son environnement immédiat.

— C'était quoi, d'après toi ? Une météorite ?

Elle fixa le fond du trou d'un air pénétré. Il était incrusté de reflets argentés.

— Non, ce ne sont pas des débris d'origine naturelle. On dirait des morceaux de fuselage, du genre de ceux qu'on trouverait sur les lieux d'un crash.

— À quoi tu penses ? À… un OVNI ?

Sherry eut un rire enroué qui accrocha sa gorge comme du papier de verre.

— J'ai peut-être maté trop de westerns quand j'étais môme, Novak, mais toi, tu devrais arrêter les films de Spielberg !

Mitch entonna les cinq notes du célèbre code musical utilisé par les ufologues de *Rencontres du troisième type* pour communiquer avec le vaisseau extraterrestre.

— Des témoins ont vu une traînée lumineuse traverser le ciel, ça pourrait être ça, intervint Robicheaux, dont ils avaient oublié la présence l'espace d'un instant.

Sherry s'accroupit, retourna l'un des fragments métallisés à l'aide d'un bout de bois. Elle reconnut aussitôt le logo bleu foncé sur fond rouge et blanc.

— À moins que vos petits hommes verts soient des amateurs de bière, je doute que ce machin soit tombé du ciel, fit-elle savoir.

Mitch baissa les yeux. « …UDWEISER », déchiffra-t-il sur le morceau de cannette déchiquetée. Derrière son épaule, Robicheaux lâcha une exclamation stupéfaite.

— C'était peut-être un avion de ligne d'une compagnie allemande, hasarda-t-il.

Sherry secoua la tête, de nouveau sérieuse.

— Non, ce truc n'est pas tombé du ciel… il a pété au sol.

Ils entendirent des cris, tout à coup, immédiatement suivis d'un craquement de bois sec et d'un souffle étouffé. Une éolienne désossée, dont la petite girouette n'indiquerait plus jamais le sens du vent, venait de s'effondrer sur elle-même. Les pompiers, après avoir battu en retraite, revinrent à l'assaut des flammes, armés de leur lance à incendie.

— Mais qu'est-ce qui se passe, dans ce foutu patelin ? soupira Mitch en regardant les cendres incandescentes s'élever dans la nuit.

— C'est la fête nationale, chef, justifia naïvement Robicheaux.

Le bleu posa des yeux de gosse émerveillés sur le spectacle qui les entourait. On aurait dit un champ de ruines après une attaque nucléaire, avec ses fumerolles, ses foyers isolés et ses survivants aux visages gris. Et au milieu, cette grosse tumeur à l'haleine fuligineuse qui gangrenait la prairie autrefois verdoyante.

— Le corps a été pulvérisé, il n'en reste quasiment rien, poursuivit-il de sa voix traînante de garçon de ferme. Le gars se sera fait sauter le caisson en voulant lancer un feu d'artifice improvisé…

Ils conservèrent le silence un instant. Les hommes du coroner étaient en train de photographier des débris tachés de sang. Mitch détourna le regard.

— Tu ne devais pas t'attendre à ça en allant te coucher hier soir ? lança-t-il à son élève.

— Ça non, chef.

Le vrombissement des lances à incendie se tut. Les pompiers étaient venus à bout du dernier foyer. L'un d'eux, un gars qui ne devait pas avoir plus de 20 ans, vint les prier de s'éloigner du cratère. Le sol était instable, ses parois pouvaient s'effondrer à tout moment.

Mitch et Sherry plantèrent là Robicheaux et se dirigèrent vers la maison. Ils devaient encore interroger la mère du fermier, qui dormait comme un loir quand ils l'avaient trouvée, deux heures auparavant. Depuis, le toubib du village veillait sur elle.

— Je ne pensais pas qu'on se retrouverait ici de sitôt, fit Mitch en réalisant qu'ils étaient à moins de deux kilomètres du lieu de la découverte du cadavre de Rory Twitchell.

Ils contournèrent un périmètre balisé par des piquets, qu'éclairait un spot halogène sur pied.

— T'as une sale gueule, Novak, fit Sherry en continuant à avancer.

— Je te remercie.

— Et tu as les cheveux aussi blancs que ceux de mon grand-père…

Elle se mit sur la pointe des pieds et souffla sur sa coupe en brosse pour en chasser la cendre qui s'y était accumulée. Un sourire nacré se découpa sur le visage poussiéreux de Mitch.

— On n'a pas fini notre conversation d'hier, nota la jeune femme, mutine.

— Laquelle ?

— Celle où je te disais que t'étais qu'un pauvre con.

— Vois ça avec Cassidy. C'est lui qui nous a interrompus, il me semble. Il est dans le coin, au fait ?

— J'en sais rien. Et je m'en fous.

Ils s'écartèrent une nouvelle fois du chemin, cette fois pour éviter la carcasse calcinée d'une vache. Mitch avait dit vrai : elle n'avait plus de tête. Il lui manquait aussi la moitié du flanc.

— On n'aurait pas dû, Novak.

— Pas dû quoi ?

— Prendre ce verre, hier. Dans cet endroit.

— C'est toi qui as choisi ce bar miteux…

— C'est pas ce que je veux dire. On n'aurait pas dû se retrouver ensemble en dehors du boulot. Ça ne nous a rapporté que des emmerdes, la dernière fois. Et ça va recommencer. Ça doit pas être notre karma…

Sherry s'interrompit. Son regard venait de tomber sur un amas de ferraille torturé et noir de suie, planté en travers du passage à la façon d'un totem. Elle resta en arrêt quelques secondes, se rappelant en avoir vu d'autres du même style lors du premier jour de battue pour retrouver Shawna Twitchell.

— Sculpture en aluminium, murmura-t-elle.

— Ça, une sculpture ?

Elle se mit à réfléchir. Puis :

— Il a fait péter une de ses œuvres d'art, Novak.

— Pourquoi il aurait fait ça ?

— Je sais pas… La névrose de l'artiste ?

Mitch ricana.

— Tu parles d'un artiste ! C'est censé représenter quoi ?

— C'est de l'art abstrait, chacun y voit ce qu'il veut.

Il se pencha en avant, perplexe, pour étudier les circonvolutions du métal.

— Et tu y vois quoi, toi ?

— Des ennuis en perspective…

Sherry fit un pas de côté. Une grimace lui chiffonna la figure.

— Quoi ? fit Mitch en levant les sourcils.

— Cassidy. Il sort de la maison.

Mitch jeta un œil par-dessus son épaule. Ted Cassidy descendait les marches du porche, accompagné du médecin du village et du journaliste qui le suivait partout. Leurs regards se croisèrent de manière furtive. La haine la plus noire dévorait celui de Cassidy ; dans celui de Mitch, il n'y avait que mépris.

— Tu restes là, tu bouges pas, ordonna Sherry.

— Où tu voudrais que j'aille ?

— Novak ! insista-t-elle.

— Quoi, tu as peur que je lui colle une bastos ? OK, je bouge pas, capitula Mitch.

Sherry alla à la rencontre des trois hommes. Elle s'adressa d'abord au médecin :

— Comment va-t-elle ?

— Elle dort. Avec ce que je lui ai donné, elle en a pour la nuit.

Elle toisa ensuite Cassidy avec toute la neutralité dont elle était capable.

— Elle a dit quelque chose ?

— Peau de zob.

— C'est ce que tu comptes noter dans ton rapport ?

— Et toi, tu racontes quoi ?

— Ça dépend à qui tu t'adresses. À ta coéquipière ou à la nana que tu appelais « grognasse » hier ?

— Va chier, Grant.

Cassidy tourna les talons et s'éloigna de son éternelle démarche de cow-boy solitaire. Mitch, qui inspectait des débris un peu plus loin, attendit que l'adjoint se soit éloigné pour rejoindre les trois autres.

— Vous avez trouvé quelque chose ? s'enquit le journaliste.

— À part des lambeaux de chair, vous voulez dire ? Pas grand-chose, répondit Sherry.

— Je peux mettre ça dans mon article ?

— Pas si vous citez mon nom.

On sentait l'adjointe tendue, et il n'insista pas.

— Tu devrais venir voir, Grant, dit Mitch en lui faisant signe de le suivre.

Sherry emboîta le pas à son collègue, le journaliste et le médecin sur les talons. Il les mena près des débris qu'il venait d'examiner.

— Apparemment, ton artiste de génie ne se contentait pas de façonner des sculptures à partir de cannettes, affirma-t-il. Il utilisait aussi du matériel électronique.

— Qu'est-ce que c'est ? fit Sherry en se baissant. On dirait des… bon Dieu, on dirait des instruments de vol !

— La thèse de l'OVNI paraît tout de suite moins déconnante, pas vrai ?

Sherry étrécit les yeux, scrutant un boîtier en métal emmailloté de câbles. On la sentait à la fois sûre d'elle mais aussi un peu incrédule. Un filet d'air siffla entre ses dents.

— « ALTIMÈTRE », Novak. C'est écrit en anglais. Alors à moins que tes petits hommes verts aient lu Shakespeare, je doute que ce truc vienne de Mars…

Le journaliste, debout derrière elle, fit un pas en avant. Elle vit le toubib amorcer un geste pour le retenir, mais l'autre ne lui en laissa pas le temps :

— C'est un engin volant, vous avez raison. Du moins, un engin destiné à voler…

Sherry les épingla tour à tour du regard.

— Et comment vous savez ça, Sherlock ?

— J'ai parlé à Arlin Gillespie après la disparition de Shawna Twitchell, expliqua Rick. Le jour où je suis passé, il bricolait une espèce de capsule spatiale. D'après ce que j'ai compris, il préparait une expédition.

— Une expédition ? Pour aller où ? s'enquit Mitch.

Le journaliste leva un doigt vers le ciel, l'air vaguement ironique. Mitch se retint de hurler de rire.

— Le bonhomme yoyotait sérieusement de la cafetière, on dirait.

Sherry perçut une nuance coupable qui lui déplut dans la voix de Mayfair. Fût-il resté planté là dans la contemplation de ses pieds qu'elle n'aurait pas été plus convaincue qu'il lui mentait.

— Il est mort, à présent, regretta le médecin d'une voix empesée. En emportant ses secrets avec lui…

— On dirait que tout le monde a ses petits secrets, dans votre village, constata Sherry.

S'ensuivit un silence dans lequel on n'entendit plus que le ronronnement de la motopompe des pompiers. D'un bref signe de la tête, l'adjointe intima à Mitch l'ordre de la suivre. Elle avait la conviction que les deux hommes cachaient quelque chose, mais garda l'information pour elle. Elle s'occuperait d'eux en temps voulu.

2

Jim actionna les essuie-glaces pour chasser du pare-brise la pellicule de suie qui le recouvrait. Il alluma ses phares et engagea le 4 x 4 sur la route sans prendre la peine d'attacher sa ceinture. Au bout d'une centaine de mètres, il abaissa sa vitre pour faire entrer un peu d'air. L'atmosphère déjà plombée annonçait une journée torride.

— Je crois à présent que nous pouvons dire qu'il s'agit d'une affaire classée, déclara-t-il après une minute.

Rick se mit à tousser sur le siège passager. Ils traînaient avec eux l'odeur pénétrante, intrusive, de la pinède brûlée.

— Nous aurions pu empêcher ce qui s'est passé, vous en êtes conscient ? répondit-il.

Jim repensa à ce qu'il lui avait dit la veille – que Gillespie, au pire, risquait de se brûler les sourcils en lançant sa fusée. Mais ce n'était pas à quelques poils roussis qu'ils avaient eu affaire dans le pré.

— Ce qui est arrivé appartient au passé, il n'y a rien que nous puissions y faire…

Le 4 x 4 émergea de la forêt. En contrebas, Duncan's Creek sommeillait encore.

— C'est étrange, Jim, mais je ne peux m'empêcher de penser que vous souhaitiez qu'un accident se produise, asséna Rick. C'était sans doute plus simple pour vous… plus simple que de vous retrouver impliqué dans cette affaire sordide. Mais la petite Shawna… il ne vous est pas venu à l'idée que Gillespie détenait peut-être des informations à son sujet ? Qu'il aurait pu nous mener à l'endroit où il a trouvé le corps de Twitchell, peut-être même à elle ? Si les deux affaires sont liées – et vous ne m'enlèverez pas de l'idée que c'est le cas – nous venons de nous priver d'un témoin capital !

Jim garda le silence, concentré sur la route. Rick était dans le vrai : s'il avait tenu à couvrir Arlin Gillespie, au départ, c'est parce qu'il savait mieux que quiconque comment certains secrets pouvaient corrompre l'esprit des hommes.

— Tout est dans le cahier, Rick ! Les lieux, les faits. Gillespie n'a pas mentionné d'autre corps.

— Il y a peut-être un autre cahier, réfuta Rick. Il y a peut-être d'autres corps…

Jim jeta un regard dans le rétro. Par-delà la muraille des sapins, la montagne fumait encore.

— Vous vivez ici depuis toujours, Jim, n'allez pas me dire que vous n'avez pas remarqué qu'il se passe des choses bizarres dans le coin !

Une ombre voila le visage du médecin. Il se passa la langue sur les lèvres et répondit, très calme :

— Mensonges, trahisons, secrets : le quotidien de toutes les petites communautés rurales, je présume…

— Ne jouez pas les candides, vous savez très bien de quoi je parle ! Les gens par ici semblent avoir la fâcheuse habitude de disparaître sans explication… Et puis, je suis sûr que cette flic soupçonne quelque chose. Je n'ai pas aimé son regard, tout à l'heure.

— D'après ce que j'ai vu, elle semble plus préoccupée par ses petites guéguerres internes que par les cachotteries d'honnêtes citoyens.

— Honnêtes ?

Jim esquiva :

— Ils n'ont aucun moyen de nous relier à Gillespie, Rick. Vois le bon côté des choses : avec cet incendie, toute trace de notre passage a été effacée. Dieu me pardonne, mais sa mort tire un trait définitif sur notre implication.

— Et le cahier ?

— Nous allons le détruire.

La mâchoire de Rick se contracta.

— Je ne peux pas croire que vous traitiez cette histoire par-dessus la jambe, déplora-t-il d'une voix où perçait un début d'agacement.

Jim tourna à droite pour se garer devant la maison du journaliste. La façade, percée d'une lueur jaune à l'étage, disparaissait presque entièrement derrière des glycines flétries.

— Allons, allons. Les plans de Gillespie ne se sont pas déroulés comme prévu, c'est un fait, mais nous ignorons pourquoi. Peut-être qu'il ne s'agit pas d'un accident, peut-être que Gillespie a simplement décidé de mettre fin à ses jours. On ne peut jurer de rien ! Alors permets-moi de ne pas être rongé par le remords…

Rick ravala une réplique rageuse. Il se sentait fébrile et fatigué, et voulait se prémunir de toute réaction émotionnelle.

— Va retrouver Betty, murmura Jim après un coup d'œil à la maison, comme s'il avait ressenti le trouble de son passager. Va la rejoindre et serre-la très fort dans tes bras.

Rick eut un sourire en coin, mais ce n'était pas l'un de ces sourires charmeurs dont il était coutumier. Plutôt un rictus amer.

— Bonne nuit, Jim, dit-il avant de refermer la portière.

— Bonne nuit, Rick.

3

Un cauchemar réveilla Betty aux environs de 3 heures du matin. Elle cria sans émettre un son, se dressa dans un spasme et resta un instant sans bouger. La place à côté d'elle était vide ; la fête chez Beth avait dû se prolonger plus tard que prévu. Rick avait insisté pour qu'elle l'accompagne, mais ne se sentant pas en grande forme, elle avait proposé de l'attendre chez lui pour qu'ils passent le reste de la nuit ensemble.

La peur encore accrochée au ventre, elle alluma la lampe de chevet. Des larmes lui piquaient les yeux, mais ce n'étaient pas des larmes d'effroi, plutôt des larmes de rage. Dans le noir, rien ne pouvait la distraire de ses démons. Elle s'en voulait tant de ne pouvoir contrôler sa peur, de la laisser mener la danse, une fois de plus !

Elle s'assit sur le rebord du lit et, alertée par un effluve suspect, huma son propre corps. Il paraît que la peur a une odeur ; Betty pouvait littéralement la sentir, en cet instant. La nausée lui serra la gorge, elle se leva et alla ouvrir la fenêtre. Tout était calme, à l'extérieur. Elle se rappela soudain avoir entendu un feu d'artifice, un peu après s'être endormie. La fête avait finalement eu lieu. À moins qu'elle n'ait rêvé ? Tout avait l'air si vrai dans son cauchemar…

Elle avait rêvé d'orage et de ténèbres. Et d'une grange, abandonnée au milieu d'une clairière. Des planches obstruaient les fenêtres, sans doute pour retenir quelque monstre à l'intérieur. Étrangement, Betty avait eu une impression de déjà-vu en y pénétrant. Quel secret abritait-elle ? Et pourquoi ces fenêtres condamnées ? Ses derniers souvenirs s'étiolaient déjà. Les interrogations, elles, subsistaient.

Elle caressa son ventre pas encore rond. Lui aussi abritait un secret. Elle avait eu un mal fou à trouver le sommeil en allant se coucher, tout se chamboulait dans sa tête. Elle devrait annoncer sa grossesse à Rick. Acheter une poussette. Se faire remplacer à l'école. Mettre de l'argent de côté. Choisir un prénom. Fille ou garçon ? Déménager ? Épouser Rick ? Lui qui voulait de la stabilité, il allait être servi ! Une chose était sûre, en tout cas : il fallait qu'elle lui parle sans attendre. Elle n'en avait pas trouvé le courage, jusque-là, consciente que cette nouvelle réalité allait tout changer. Ce ne serait plus jamais *elle*, mais pour toujours *eux*. Alors, elle perdrait le contrôle, et elle n'était pas sûre d'y être préparée.

D'où lui venait cette angoisse de la vie ? Cette obsession de la maîtrise de soi ? Inconsciemment, Betty avait cherché une explication à ce qui lui arrivait. Le bébé, ses fantômes : tout ceci n'était pas le fruit du hasard. Elle avait peu à peu acquis la certitude que l'enfant qu'elle portait, par une sorte de processus naturel, rejetait les secrets enfouis au fond d'elle pour se faire de la place. Estelle avait raison : elle ne savait pas prendre une décision, ne s'engageait pas, angoissait pour un rien. Elle contournait les difficultés plutôt que d'essayer de les surmonter. Aujourd'hui, la manivelle lui revenait en pleine face et elle n'avait plus d'autre choix que d'encaisser le choc. Mais pour aller de l'avant, il fallait qu'elle débusque ses démons au plus profond d'elle-même.

Deux yeux blancs percèrent l'obscurité en haut de la route. Une voiture approchait. Betty la vit tourner au coin de Lower Duncan Road et venir stationner devant la maison. C'était le 4 x 4 de Jim Pomeroy. Rick en descendit moins d'une minute plus tard et remonta l'allée au pas de course. Il ne fallait pas qu'il la voie dans cet état. Elle se remit au lit, laissant la lumière allumée – il mettrait cet oubli sur le compte de sa peur du noir.

Au moment où son amant se glissa dans les draps, portant sur lui une odeur de cendre froide, Betty avait pris sa décision : elle irait voir l'hypnothérapeute dont lui avait parlé Jim. Elle allait prendre son courage à deux mains et mettre le nez dans le placard de sa chambre de gosse, comme disait Estelle. Pour essayer, enfin, de s'extraire du cauchemar qui lui pourrissait la vie depuis toutes ces années.

4

6 heures du matin. Le jour se levait, apportant avec lui une aube nébuleuse et rose. Des poignées d'étoiles luisaient encore par à-coups entre les nuages. La Boulder Mountain, chapeautée d'un voile brumeux, commençait à émerger de l'ombre. À l'ouest, un timide croissant de lune faisait de la résistance.

Jim observait le ciel à travers la fenêtre ouverte. Étendu sur son lit, yeux grands ouverts et mains croisées derrière la tête, il guettait les premiers signes d'assoupissement. Mais ni le cocon apaisant de sa chambre ni le souffle profond de Gus ne parvenaient à calmer le flot de ses pensées.

Nancy, elle, aurait su l'aider. Dans la pénombre enveloppante, il devinait les contours du fauteuil dans lequel sa femme avait passé de si longues heures au cours de ses derniers mois. Jim n'avait rien changé à la décoration depuis sa disparition. Quelquefois, il lui arrivait d'imaginer qu'elle se tenait là, le regardant dormir.

Il était conscient qu'il jouait avec le feu, qu'à trop s'accrocher à son souvenir, il risquait de passer à côté des années qui lui restaient à vivre. Mais c'était plus fort que lui. Certains soirs, sa mémoire devenait aussi éblouissante qu'une route enneigée en plein soleil.

Rien ne lui apportait alors de plus grand réconfort que de regarder défiler les images du passé.

Avec le temps, Jim se faisait de plus en plus l'effet d'un funambule avançant sur un fil. Les bons jours, il faisait front avec l'énergie du désespoir, les mauvais, il priait presque pour qu'un faux pas le précipite dans le vide. C'est dans ces moments de doute que Nancy lui manquait le plus.

Sa femme lui adressa un sourire depuis son fauteuil. Elle semblait en forme, aujourd'hui ; elle était jeune, comme aux jours les plus heureux de leur existence. Nancy avait été une femme magnifique avant la maladie : de longs cheveux blonds, de beaux yeux noisette, une peau diaphane aussi fragile qu'un drap de soie et de petits seins fermes et pointus.

Sa respiration s'apaisa. Il ferma les yeux, s'enfonça un peu. Le brouillard l'enveloppa, mais le visage qui l'accompagna dans ce fragile entre-deux qui sépare la veille du sommeil ne fut pas celui de Nancy. Des traits épais, une chevelure de crin. Un regard mort. Susan Vaughn.

Leurs destins s'étaient télescopés à l'hiver 1944. Jim avait 15 ans à l'époque, elle, 14. Cette année-là, il avait appris qu'en plus d'abriter une part d'ombre le cœur des hommes pouvait aussi dissimuler de lourds secrets.

La fille cadette des Jones, Abigail, avait brutalement disparu l'été précédent et Lamar, qui venait d'avoir 26 ans, avait été très affecté par le drame. Il avait tout lâché pour se lancer à la recherche de sa sœur, sillonnant les environs des semaines durant. Ses efforts, toutefois, se soldèrent par un échec : on n'eut jamais plus de nouvelle de la petite Abigail, que sa famille enterra l'année suivante, du moins par la pensée. La vie reprit son cours, tant bien que mal. Mais certaines blessures ne se referment jamais complètement.

Un jour, quatre mois après les faits, Lamar déboula chez Jim en pleine nuit, par la fenêtre de sa chambre. Il était couvert de sang. C'était la semaine avant Noël, Jim se souvenait que le grand échalas s'était empêtré dans la guirlande que son père avait suspendue à la gouttière. Depuis la disparition de sa sœur, Lamar s'était peu à peu enfermé dans la colère ; il savait qu'il ne trouverait pas la paix avant d'avoir découvert ce qui était arrivé, répétant à l'envi qu'il finirait par mettre la main sur le salaud qui s'en était pris à Abigail et qu'il lui ferait la peau. Il n'avait rien expliqué, cette nuit-là, s'était borné à demander l'aide de Jim. Et Jim, qui était devenu son meilleur ami, la lui avait apportée.

Il l'avait suivi dans la montagne sans poser de questions. Le sang sur ses habits et la lueur dans ses yeux ne pouvaient signifier qu'une chose : Lamar avait retrouvé l'agresseur de sa sœur et enfin assouvi son désir de vengeance.

Arrivés en bordure du Devil Trail, un peu avant l'embranchement vers le cirque de Chochmingwu, les deux jeunes hommes s'étaient enfouis dans la forêt. Ils s'étaient retrouvés au cœur d'un monde muet, en noir et blanc, évoluant sous la pluie d'étoiles poudreuses qui tombait des branches des sapins. La nuit était glaciale, et à chaque respiration, Jim sentait geler les poils de son nez. Équipés de deux lampes-tempête, ils avaient remonté la piste sur près de cinq cents mètres. La progression fut laborieuse, ils s'enfonçaient dans la neige, par endroits jusqu'aux genoux. Jim grelottait malgré l'épais manteau de laine dans lequel il était emmitouflé.

Lamar avait fait halte après une demi-heure de marche, aux abords d'une clairière. Aux crissements de leurs pas dans la neige avait succédé un silence total. La lune renvoyait des reflets d'argent un peu partout sur l'épais tapis blanc que des empreintes de pas, auréolées de traînées pourpres, creusaient en plusieurs endroits.

— C'est par là, s'était contenté de murmurer Lamar, la bouche empanachée de son haleine givrée.

Il avait mené Jim jusqu'à un petit renflement, au bout de la piste – une forme vague, à moitié ensevelie sous la neige. Se penchant en avant, Jim avait découvert le corps d'une très jeune femme aux paupières violettes et aux lèvres blanches. Il s'était attendu à un homme vigoureux, dans la force de l'âge, et avait laissé échapper une exclamation de surprise.

— Elle… elle est morte ? avait-il articulé.

— Je crois bien, ouais.

Poussé par quelque force obscure, Jim s'était baissé pour examiner le cadavre. Des années plus tard, ce geste deviendrait réflexe.

— Qui c'est ?

— Une fille de Boulder.

— Comment tu le sais ?

— Je l'ai suivie.

Jim avait dû saliver avant de pouvoir parler :

— Qu'est-ce que tu as fait, Jonesy ?

— Rien. Je l'ai trouvée comme ça.

— Ici ? Toute seule ?

Lamar n'avait pas répondu. Jim s'était relevé. Le bas de son manteau était trempé, il ne sentait plus ses jambes.

— Pourquoi tu l'as suivie ? Qu'est-ce que tu fabriquais ici ?

— Un type l'a entraînée de force sur le chemin. Elle a réussi à s'échapper mais elle était blessée… salement blessée, Jimmy.

Jim avait avisé le corps, puis les vêtements souillés de son ami.

— Je comprends rien, Jonesy… Et puis, c'est quoi, tout ce sang ?

— C'est pas le sien.

— Mais alors, c'est le sang de qui ?

— Suis-moi.

Ils avaient traversé la clairière, suivant les empreintes dans la neige jusqu'à un passage resserré entre deux congères. Lamar s'était engouffré parmi les arbres et avait précédé Jim sur une corniche qui plongeait à pic au-dessus du canyon de Shungomowi. C'est là que le diable était soi-disant apparu à une bergère un siècle auparavant. Jim connaissait l'histoire, son frère Doug la lui avait contée bon nombre de fois avant de partir à la guerre.

— Il est là, avait déclaré Lamar en s'arrêtant net.

Le jeune Jim avait découvert un deuxième cadavre à moitié enfoui dans la neige. Un homme, cette fois, plus dans le genre de ce qu'il s'était attendu à trouver dans la clairière : la vingtaine, costaud.

— C'est lui, Jimmy.

Le ton de Lamar ne souffrait aucune contradiction. Jim avait dégluti, le regard amarré au cadavre. L'état du corps attestait d'une mort violente. Sa gorge était pliée dans un angle étrange, ses yeux exorbités lui sortaient littéralement de la tête.

— C'est… c'est toi qui lui as fait ça ? s'était-il alarmé, livide.

Il y avait eu un silence.

— C'est qui ce type, Jonesy ?

— Je sais pas. Je l'ai vu rôder par ici deux ou trois fois, mais il est pas du coin…

— Tu vas finir par me dire ce que tu foutais ici ?

— Je le suivais. Je les suivais tous les deux.

Aucune culpabilité, aucun doute dans le regard de Lamar. Juste un aplomb sans faille.

— C'est lui, je le sais.

— Comment tu peux en être aussi sûr ?

— Il aime les gamines, Jimmy. La première fois que je l'ai vu, c'était au début de l'été, quelques jours après la disparition d'Abigail. Il reluquait tout ce qui passait sous son nez et qui avait entre 10 et 15 ans.

Lamar avait laissé passer un silence.

— Il a essayé de lui faire du mal ? demanda Jim. À la fille, là-bas ?

— Elle avait pas l'air de vouloir le suivre. Il l'a forcée à avancer. Pourquoi il serait venu ici, en plein hiver, si c'était pas pour lui faire du mal ?

Un instant, Jim avait pesé les paroles de son ami – déjà, les prémices d'une réflexion ordonnée, réfléchie.

— Tu l'as vu la violenter ?

— Je me suis empêtré dans la neige, j'ai perdu leur trace. Il y avait des empreintes partout, on aurait dit que d'autres personnes étaient passées par là… Je les ai cherchés pendant dix minutes avant d'entendre un hurlement. C'était elle, Jimmy. Il était en train de la saigner.

— Et ensuite, qu'est-ce qui s'est passé ?

— Quand je suis arrivé, il était déjà trop tard. Le salaud s'était enfui. J'ai trouvé la fille mais… mais j'ai rien pu faire pour la sauver. Elle était en train d'agoniser. Alors j'ai suivi les traces de sang jusqu'ici.

Lamar s'en était tenu à cette explication sommaire. Quant à savoir quel avait été son rôle dans la mort de l'inconnu, Jim n'avait pas eu le courage de le lui demander.

— Il faut qu'on prévienne le shérif, avait-il déclaré après quelques secondes.

— Non.

— Comment ça, « non » ?

— On va ramener le corps de la fille près de la route pour que des gens la trouvent. Lui, il reste ici.

Jim avait observé la dépouille, puis Lamar, avec incrédulité.

— Quoi ? Tu veux l'abandonner ici ?

— On va l'enterrer. Comme ça, personne ne le trouvera à la fonte des neiges.

Jim grelottait. Il avait répondu, d'une voix chevrotante :

— Il… il est mort, Jonesy. Tu as eu ta vengeance.

— Peut-être… Mais lui aura pas mon pardon.

Lamar avait ponctué sa phrase d'un regard sans vie. On sentait que, pour lui, le corps étendu dans la neige n'avait rien d'humain.

— Mais, Jonesy…

— Il reste ici. Dans la montagne. Ce salaud mérite pas de funérailles. Ma sœur en a pas eu, elle.

Ç'avait été l'argument final. Jim avait hoché la tête et aidé son ami à traîner le corps dans une grotte, où ils l'avaient caché pour revenir l'enterrer un peu plus tard. Puis ils avaient déplacé l'adolescente aux abords de la route. Il était 5 heures du matin, ou pas loin, à ce moment-là ; quelqu'un ne tarderait pas à passer. Après un aller-retour pour finir le travail, chacun était rentré de son côté. Ils n'avaient reparlé de cet épisode qu'à une seule occasion, depuis.

Jim posa les yeux sur le fauteuil de Nancy. L'ombre de sa femme s'était évanouie, remplacée par une lame de poussière emprisonnée dans un rayon de lune. Il ne croyait pas aux fantômes, du moins pas à leur manifestation physique, mais il eut soudain la conviction qu'il s'agissait de celui de Susan Vaughn.

Quelque chose se mit à cogner dans sa tête. Il se réveilla en sursaut, réprima un hurlement. Le soleil entrait à flots dans la chambre. Le martèlement, qu'il avait d'abord pris pour les battements de son cœur, venait de reprendre. Des coups frappés à la porte. Jim happa une goulée d'air, yeux grands ouverts, et attrapa son réveil ; il était 8 heures passées.

Ses pensées se rassemblèrent : *Une urgence médicale, peut-être un accident domestique ou une crise d'appendicite !* Il se leva, passa une robe de chambre et enfila le couloir. Ouvrant la porte, il figea Martha Hodge dans une pose théâtrale : le poing levé, prêt à fracasser le battant de bois. Le bras flasque de la vieille dame retomba mollement et elle éclata en sanglots.

— C'est mon petit, Jim ! couina-t-elle sans autre préambule. Il me l'a pris ! Il est passé le chercher au saut du lit, sans même lui laisser le temps de prendre un petit déjeuner ! Il faut que vous m'aidiez, je vous en prie !

Jim s'écarta pour la laisser entrer. Il n'avait pas les idées claires et crut avoir manqué une information.

— Qui, Martha ? De qui parlez-vous ?

La vieille dame fit un pas de côté, comme si elle allait perdre l'équilibre, avant de lâcher, sur un ton proche du gémissement :

— Le shérif, Jim ! Le shérif Hughes a emmené mon petit Logan !

5

La voiture filait à travers l'étendue sauvage, avalant les kilomètres sous un soleil déjà franc. À cet endroit, la route 12 déroulait son ruban d'asphalte au milieu de collines de grès cernées de fourrés et d'affleurements rocheux. Le décor, au-delà, n'était qu'aridité et poussière.

Logan observait le paysage sans le voir. Le regard fixe, il passait et repassait inlassablement ses doigts sur ses poings couverts de croûtes de sang ; les bracelets métalliques tintaient entre ses poignets à chaque nouveau mouvement. La scène avait un arrière-goût de déjà-vu : les menottes, le désert, la gueule de fouine du shérif dans le rétro. Trois ans plus tôt, quand Hughes lui avait offert sa première virée à bord du véhicule de patrouille, il lui avait promis qu'il finirait par l'envoyer à l'ombre. Aujourd'hui, il pouvait enfin savourer sa victoire.

Cette enflure avait débarqué chez lui un peu avant 8 heures. Logan s'était retrouvé menotté et poussé sur la banquette arrière en moins de temps qu'il ne fallait pour le dire. On ne lui avait notifié ni ses droits ni la raison de son arrestation. Tout s'était passé très vite. Il se souvenait d'une chose, cependant : sa tante plantée devant la maison, son visage encore bouffi de sommeil ruisselant de larmes. Ce salopard de shérif n'avait eu qu'indifférence pour les suppliques de la pauvre femme. Elle avait tout tenté pour lui faire entendre raison, lui expliquer que son neveu n'avait rien à se reprocher, mais l'autre avait fait la sourde oreille. Sur le coup, la situation avait même semblé l'amuser.

Logan serra les poings et jeta un coup d'œil discret au rétro intérieur. Les petits yeux porcins de Hughes étaient arrimés à la route. Dans le miroir tremblotant, ils semblaient vouloir se désolidariser du reste de son visage. Il eut soudain une envie irrépressible de lui faire mordre la poussière, comme il l'avait fait la veille avec le Français.

Presque inconsciemment, il se mit à calculer le temps qu'il lui faudrait pour faire sauter la grille de sécurité. Une minute, deux tout au plus. Assez pour que Hughes ait le temps de s'arrêter et de dégainer. Mais le type était un bras cassé, il n'aurait pas le recul nécessaire pour intervenir à l'intérieur de la voiture. Il faudrait qu'il sorte, qu'il soulève son derrière de babouin de son siège et qu'il vienne se camper près de la portière arrière. Ça pouvait marcher, à condition d'anticiper la suite des événements. Assommer Hughes. Trouver les clés des menottes. Cacher la voiture. Courir. Aller se planquer au Mexique. Compliqué, mais faisable.

— Toi et moi, on savait que ça finirait comme ça, Momsen.

Logan sursauta. Un quart d'heure que Hughes gardait le silence. L'enflure avait mûri son speech.

— Quand on m'a dit que tu avais le cuistot dans le collimateur, d'abord j'y ai pas cru. C'était trop beau, enfin une bonne raison de te coffrer ! Mais je n'avais aucune preuve… Et puis on a trouvé ça.

Hughes brandit un trousseau de clés que Logan reconnut aussitôt.

— Quelqu'un l'a fait tomber sur le bord de la route, près de l'endroit où on a retrouvé les traces de sang… (Le shérif examina le trousseau avec l'air de celui qui le voyait pour la première fois.) Y a écrit « STATION-SERVICE » dessus. Et comme je vois mal ton gros lard de patron lâcher la télécommande de sa télé pour sortir jouer les durs…

Il laissa passer un blanc, dévisageant Logan dans le rétro avec la même répugnance que s'il avait été une déjection canine incrustée sous sa semelle.

— C'est quand même con, hein ? Tu passes un gars à tabac et tu laisses aux enquêteurs l'indice qui permettra à coup sûr de t'identifier. Fallait te pointer direct au poste, Momsen. Tu m'aurais évité le déplacement !

Un silence. Les nerfs à vif, Logan bloqua ses mâchoires l'une contre l'autre pour ne pas exploser.

— Tu auras beau dire ce que tu veux, je sais que c'est toi, reprit Hughes, prenant soin de détacher chaque mot. Alors crache ta pilule.

Logan ne broncha pas. Il avait mis une raclée au Français, et après ? Il ne l'avait quand même pas tué !

— Ton visage, Momsen… Comment t'as fait ton compte ? demanda Hughes. Et va pas me dire que tu t'es pris la porte du placard.

Détournant les yeux, Logan distingua son reflet sur la vitre, ses traits contusionnés. Il revit son front fuser vers le visage de Cabanel.

— T'as pris ton pied à lui casser la gueule, hein ? Si tu t'imagines qu'on va passer l'éponge, t'as tout faux ! Je ne vais pas te laisser t'en tirer, Momsen. Pas cette fois. Tu vas payer pour ce que tu as fait.

Logan fut soudain pris d'un doute : et s'il avait amoché le Français plus sérieusement qu'il ne l'avait cru ? Il y eut un long silence. Sur la droite de la route se profila la carcasse d'une caravane déformée par les ondes de chaleur. C'est dans ce genre d'endroit qu'il avait passé les sept premières années de sa vie. Un peu plus loin, un panneau annonçait l'embranchement vers le Parc national de Bryce Canyon. Ils seraient à Panguitch dans une demi-heure.

— Quand je pense à ta pauvre tante, reprit Hughes avec un mélange d'hostilité et de jubilation. Pas sûr qu'elle encaisse aussi facilement que l'autre fois. À son âge, tous ces soucis…

Logan sentit une répartie haineuse monter à ses lèvres, mais laissa filer, une fois de plus. Ils étaient au milieu de nulle part et Hughes n'était pas à l'abri d'un coup de sang. Il pouvait très bien décider de le descendre sans sommation après le prochain virage.

— Pour ta petite copine, je me fais pas de lézard, par contre : avec la bouche qu'elle a, elle devrait pas avoir de mal à se dégoter un nouveau jules !

Logan bondit en avant. Sous le coup d'une fureur subite, il balança une série de coups contre la grille.

— N'aggrave pas ton cas, petit merdeux. T'es déjà dans la mouise jusqu'au cou. Avec ce qu'on a contre toi, tu vas en prendre pour perpète, affirma Hughes sans le lâcher du regard dans le rétro. Y a que ton jeune âge qui t'évitera la chaise. (Il fit claquer ses lèvres dans une expression d'amère déception.) Dommage, à six mois près, c'était la peine capitale…

L'éclat victorieux qui luisait dans ses yeux en disait long sur son état d'esprit : Hughes attendait cette confrontation depuis un bout de temps. Il était resté en embuscade, toutes ces années, à l'affût du moindre faux pas. Hors de lui, Logan continuait à s'agiter sur son siège en étouffant des cris de rage.

— Quand on est suspect numéro un dans une affaire de meurtre, on la joue profil bas, tu piges ?

Interdit, Logan mit un instant à accuser le choc. Les pensées qui l'avaient obsédé toute la nuit – la peau nue d'Alice contre la sienne, son corps à l'intérieur du sien – lui paraissaient soudain remonter à une éternité.

— Quoi ? Je… je pige pas, bafouilla-t-il d'une voix désincarnée, comme pour lui-même.

Hughes prit son temps pour lui répondre. Derrière son fatalisme de façade vibrait quelque chose d'autre – une fièvre, une impatience.

— Le type que tu as envoyé au tapis, Momsen. Tout ce qu'on a retrouvé de lui, ce sont des traces de sang sur la chaussée. Alors il va falloir être très coopératif, maintenant. Ce qu'on attend de toi, c'est que tu nous dises où tu as planqué le corps.

6

— Comme ça ?

— Non, seulement celles qui sont pourries ou difformes ! Celle-là, par exemple !

Jake arracha une pomme de terre au tapis roulant. Elle était blette, rabougrie, d'une teinte bleuâtre qui n'inspirait pas confiance. Il la fit sauter dans la paume de sa main avant de l'envoyer dans une caisse derrière lui. La machine faisait un boucan infernal, il fut obligé de crier pour que Junior puisse l'entendre.

— C'est pas grave si elles ont des excroissances ou si elles ne sont pas tout à fait rondes !

— Des croissants de quoi ?

— Laisse tomber !

Les deux garçons se trouvaient dans le hangar des Jones. Autour d'eux, les mécanismes cliquetaient à la manière de wagons à crémaillère sur des montagnes russes. La récolte battait son plein et la frénésie ambiante rappelait la chaîne d'assemblage d'une usine Ford de la grande époque. Les pommes de terre tressautaient sur le caoutchouc, les mains triaient à une cadence hypnotique, les cuves se remplissaient comme des cornes d'abondance. Et partout, cette poussière épaisse, minérale, qui vous tannait la peau et vous asséchait les bronches.

Junior hocha la tête pour signifier qu'il avait compris. L'expression de son visage, pourtant, clamait le contraire. Il reposa sa pomme de terre sur le tas puis reprit son tri, suant à grosses gouttes dans son T-shirt

Transformers. Jake le regarda faire avec circonspection. Son travail à la ferme avait piqué la curiosité du gros garçon à la suite de la soirée « Farces et Friandises » de la veille. Avant de rentrer, il lui avait demandé s'il pourrait assister à une prochaine journée de récolte. Sans réfléchir, Jake lui avait proposé de l'accompagner dès le lendemain.

Ils s'étaient retrouvés un peu avant 8 heures au croisement de la 12 et de River Road. Junior avait apporté des gaufres au sucre. En chemin, il avait évoqué l'explosion qui avait ravagé le domaine d'Arlin Gillespie, mais les détails macabres manquaient et il s'était vite désintéressé du sujet. L'instant d'après, il avait débité la liste de ses tactiques de jeu à *Donjons & Dragons* avant de s'interrompre pour demander à Jake s'il préférait les Rice Krispies ou les Froot Loops.

Jake n'avait eu aucune réponse à lui fournir. Primo, il n'avait pas d'avis sur la question, et secundo, que quelqu'un s'intéresse de si près à ses goûts le mettait mal à l'aise. Pas par excès de pudeur, plutôt par inexpérience. Il se sentait un peu empoté, inapte à ce genre d'échange – un handicapé des rapports humains. Avait-il seulement parlé à un enfant de son âge, pour autre chose que pour se défendre, une seule fois dans sa vie ?

Toute la matinée, Jake travailla avec entrain. Il était toujours heureux de passer du temps à la ferme, mais là, il avait un copain avec lui. Et il était décidé à lui ouvrir sa bulle. Sans retenue, sans peur. Tout ce qu'il lui restait à faire, c'était découvrir comment s'y prendre.

Junior lui en donna l'occasion aux environs de 11 heures :

— Tu l'as bien méritée, la Brochette de l'Enfer ! lança-t-il en poussant la voix par-dessus le vacarme du moteur. Trop classe, ton histoire, hier !

— Merci.

— Tu en as d'autres des comme ça ? Des qui fichent bien la trouille ?

Jake hocha la tête.

— Tu me les raconteras ?

Nouveau hochement de tête.

— Trop classe !

À midi, ils firent une pause pour déjeuner. M. et Mme Jones les invitèrent tous les deux à leur table, quand les autres saisonniers, pour la plupart venus des villages environnants, se contentaient d'un sandwich avalé sur le pouce. Les garçons engloutirent leur repas en une demi-heure puis reprirent le travail à l'extérieur du hangar.

Vers 15 heures, un vent lourd et chargé d'électricité se leva. Le ciel était d'un bleu encore pur, mais on sentait que le temps allait tourner à l'orage. Tandis qu'ils remontaient le champ à la suite de la trieuse, Junior revint sur la soirée de la veille. Le pouvoir d'imagination de Jake l'émerveillait au plus haut point, il débordait d'enthousiasme et d'admiration dès qu'il évoquait l'histoire qu'il leur avait racontée.

— Ton épouvantail, il lui est arrivé quoi ? voulut-il savoir.

Concentré sur les pommes de terre, Jake répondit de manière spontanée :

— Il s'est enfui. Il a continué à terroriser les villageois pendant quelque temps, et puis ils ont fini par l'avoir.

— Comment ?

— Ils se sont tous alliés pour s'en débarrasser, même ceux qui ne s'aimaient pas… Mais comme lui, ils étaient motivés par la vengeance, et beaucoup d'entre eux y restèrent. Le mal gagne toujours, à la fin.

Méditant ses paroles, Junior laissa passer deux beaux spécimens de patates pourries.

— C'était un faux monstre comme dans *Scooby-Doo* ? Avec un être humain à l'intérieur ?

Jake soupesa un instant la question, puis répondit :

— Non, c'était un vrai monstre.

— Mais comment c'est possible ?

— C'est son désir de vengeance qui l'a fait venir à la vie.

— Trop classe !

Les yeux médusés de Junior donnaient l'impression de tournoyer derrière les verres de ses lunettes. Jake pensa à Mowgli, le héros du *Livre de la jungle* version Disney, hypnotisé par le python Kaa. On ne l'avait jamais fixé de cette manière. Gêné, il détourna la tête.

— L'histoire de Jamie était pas mal non plus, fit-il comme si de rien n'était.

— L'histoire de la gamine enfermée dans la grange du père Baldwin ? C'est du repassé…

— Du réchauffé, tu veux dire.

Le tracteur décrivit un virage. Les deux garçons s'écartèrent momentanément de la trieuse, se frottant les mains et le corps pour se débarrasser de la poussière.

— Ouais, répondit Junior, songeur. Je comprends pas pourquoi il a eu le droit de la raconter encore une fois, alors que moi, on me l'a interdit ! (Son visage s'éclaira.) Eh, tu veux entendre mon histoire ? Je peux te la raconter, si tu veux !

— D'accord !

Ils se positionnèrent de part et d'autre du tapis, à l'arrière de la trieuse, et plongèrent les mains dans le tas de pommes de terre en mouvement.

— La Gorge du Diable, tu en as déjà entendu parler ? commença Junior.

— Non.

Le gros garçon n'aurait pas paru plus surpris si Jake lui avait appris qu'il croyait encore au Père Noël.

— C'est parce que tu n'as pas de grand frère, affirma Junior dans un haussement d'épaules.

Pensant à Tim, Jake eut une petite moue, trop furtive pour que son camarade la remarque.

— La Gorge du Diable, c'est une faille dans la paroi rocheuse du canyon de Shug… Shunog… dans la montagne ! Tu vois où ça se trouve ?

Jake secoua négativement la tête.

— C'est un peu à l'écart du Devil Trail, après le cirque de machin-truc-chouette – me demande pas de le prononcer ! C'est là-haut qu'une bergère a vu apparaître le diable il y a mille ans, ou un truc comme ça… C'est pour ça que la gorge porte ce nom. (Junior lâcha les trois pommes de terre qu'il avait dans les mains pour former une sorte de bouche allongée avec ses doigts.) Elle ressemble à la gueule d'un monstre, ça fait flipper ! On dit qu'elle est hantée par l'esprit d'un jeune Indien qui serait mort en tombant dedans il y a des siècles.

— Hantée ?

— Hantée, ouais !

Le vacarme s'interrompit. M. Jones descendit de son tracteur et observa le ciel de l'air de celui qui en sait long sur les caprices de la météo. Avec son nez levé pour humer l'air et ses yeux qui fouillaient l'horizon, le fermier donnait l'impression de communier avec la nature.

— Ça va, les jeunes ? demanda-t-il d'une voix grippée.

Junior hocha la tête. Son visage ressemblait à une baudruche remplie d'eau qu'on aurait roulée dans la poussière. À 16 heures, alors qu'ils partageaient un sandwich au beurre de cacahuète, il se laissa aller à une confidence :

— On va là-bas ce soir… à la Gorge du Diable. Avec Sam-suffit, Cody-moi-tout et Jamie-dans-le-mille. Ça te dit de nous accompagner ?

Jake laissa sa réponse en suspens. Il se retourna, ayant remarqué que le tracteur s'était tu. M. Jones se tenait derrière lui et les toisait tous les deux du même air scrutateur que celui qu'il avait eu pour le ciel un peu plus tôt dans l'après-midi. Il se borna à ce regard et remonta dans la cabine du tracteur.

Les garçons reprirent leur tri pour une dernière heure. Le vent commençait à se lever, les peaux devenaient poisseuses. Finalement, M. Jones sonna le coup de clairon à 17 h 15. Des nuages chargés de houle s'étaient amoncelés au-dessus d'Escalante, il ne fallait pas traîner.

Tandis que Jake et Junior s'époussetaient, le fermier vint remercier ce dernier pour sa participation et lui proposer de revenir le lendemain. Un sourire se peignit sur les traits du gros garçon, qui promit d'être là à 8 heures, et tous les jours suivants s'il le fallait. L'embauche fut entérinée par une poignée de main, puis tout le monde se sépara.

— Et pas de bêtises, hein ! leur glissa M. Jones juste avant qu'ils ne s'éloignent.

— Vous en faites pas, lança Junior, je fais attention à lui ! Je vais le couver comme un œuf avec sa poule !

M. Jones éclata d'un rire rugueux et leur décocha un clin d'œil. Jake eut soudain l'une de ses intuitions fulgurantes, et l'espace d'une seconde, il entraperçut une menace diffuse autour d'eux. Puis l'impression passa, aussi rapidement qu'elle était venue.

7

Alice Stevens confiait ses pensées à un journal depuis l'âge de 12 ans ; en quatre ans, elle en avait collectionné des dizaines. Le dernier en date était un cahier à la couverture brodée de perles, fermé par un petit cadenas doré, qu'elle avait reçu pour son quinzième anniversaire. Quiconque en aurait trouvé la clé y aurait découvert ses secrets les plus intimes : premières règles, bouderies, baisers volés... Le quotidien d'une jeune fille écartelée entre deux âges, semé de rêves et de points d'exclamation.

Les années passant, sa vision du monde avait évolué. Alice avait appris à se livrer avec davantage de pudeur, quelquefois à une amie, plus rarement à sa mère. Aujourd'hui, elle ne se confiait plus à son journal que par épisodes, et quand les circonstances l'exigeaient vraiment.

Deux faits marquants étaient venus enrichir les pages du cahier en cette année 1985. À la date du 20 avril, elle avait recopié les paroles du dernier tube du groupe Eurythmics :

« *No one on earth could feel like this*
I'm thrown and overblown with bliss
There must be an angel
Playing with my heart[1]. »

À la page du jeudi 4 juillet, elle avait dessiné une rose protégée par une cloche de verre. La tige était coupée, un pétale s'était détaché de la corolle. L'image était empreinte d'une mélancolie qui rappelait les

1. *Personne sur terre ne peut ressentir la même chose / Je suis transportée de joie / Ça doit être un ange / Qui joue avec mon cœur.*

peintures de Georgia O'Keeffe. Elle traduisait mieux que n'importe quel mot les émotions contradictoires qui l'habitaient.

Quand Logan et elle avaient fait l'amour, Alice s'était épanouie, mais elle s'était aussi sentie dépossédée d'une part d'elle-même. À peine cueillie et déjà fanée, à la fois neuve et impure, heureuse et misérable. Ce bouleversement des sens l'avait bercée jusqu'aux petites heures de l'aube. Au réveil, tout sentiment d'euphorie s'était dissipé ; seuls avaient subsisté le doute et la honte.

Depuis, le même refrain tournait sans fin dans son esprit. Elle avait péché. Elle s'était écartée du chemin de Dieu. Elle avait cédé à l'appel de la chair. Elle n'avait su refréner ses pulsions. Elle avait péché. Elle s'était écartée du chemin de Dieu. Elle… Elle, la « petite fille parfaite », depuis toujours pure en paroles et en action, avait couché avec un garçon, et sous le toit familial, par-dessus le marché ! Et ils n'avaient même pas utilisé de préservatif ! Elle paierait sans doute cher le prix de son égarement… Mais le pire, à ses yeux, était d'avoir menti à ses parents.

Les Stevens habitaient entre Duncan's Creek et Boulder, et ne connaissaient pas plus Logan Momsen que sa Buick. L'histoire que leur avait servie leur fille à propos d'un automobiliste tombé en panne devant chez eux était donc passée comme une lettre à la poste. Pourquoi seraient-ils allés la soupçonner, après tout ? Leur petite Alice n'avait-elle pas toujours été une enfant modèle ?

« Mauvaises pensées, mauvaises actions ! » clama la voix de sa mère dans un coin de sa tête. *Et conséquences catastrophiques*, ajouta Alice pour elle-même. Qui sait si elle n'allait pas tomber enceinte ou attraper une maladie ? Elle était certaine, à présent, que ses parents avaient aperçu un cillement coupable dans son regard, quand ils étaient rentrés. Qu'ils s'étaient laissé le temps de la réflexion pour trouver la punition la plus adaptée à cette impardonnable trahison et qu'ils allaient convoquer le conseil familial, peut-être le soir, peut-être le lendemain, pour lui régler son compte. Alice ne pourrait alors plus se cacher derrière ses mensonges.

Allongée sur son lit, à l'endroit où Logan et elle s'étaient donnés l'un à l'autre, elle chassa de son visage une mèche de cheveux. Elle revoyait son petit ami, nu et couvert de sueur, pouvait presque encore sentir l'odeur qui se dégageait de lui. Un étrange fourmillement se diffusa dans son bas ventre, mais il n'avait rien d'agréable. Tout devenait confus, désespéré. Comme elle aurait aimé appeler Claire pour tout lui raconter ! Elle ne voyait pas d'autre épaule sur laquelle s'épancher, d'autre oreille à qui se confesser. Mais son amie n'aurait pas compris. Elle accordait une foi aveugle à la loi de la chasteté et aurait été incapable de la moindre empathie.

Le sel des larmes monta dans sa gorge. Alice enfouit son visage dans son oreiller, cherchant l'odeur de Logan ; elle n'y trouva que celle de son chagrin. Même lui l'avait abandonnée ! Il ne l'avait pas appelée aujourd'hui, n'était pas passé au restaurant avant son service, comme elle l'avait espéré… Regrettait-il ce qui s'était passé ? Avait-il été déçu ? Alice n'avait peut-être pas été à la hauteur. Elle avait éprouvé un étrange mélange de plaisir, de douleur et de peur en s'offrant à lui, mais qu'en était-il de son partenaire ? Il lui avait paru heureux en partant – elle revit, furtivement, ce doux baiser qu'il lui avait envoyé du jardin – mais elle avait très bien pu se laisser abuser par la magie de l'instant. Après tout, les garçons savaient revêtir toutes sortes de masques pour parvenir à leurs fins…

Une folie. Ce qui s'était passé était une folie. Alice se sentait blessée, trahie. Meurtrie dans son cœur et dans sa chair. Elle aimait Logan plus que tout et, en même temps, elle ignorait si elle pouvait encore lui faire confiance. Pourquoi s'était-il mis à pleurer sans raison ? Sa blessure au visage était-elle vraiment due à la porte du grenier que sa tante avait laissée ouverte ? Quels secrets cachait-il ? Elle avait entendu des tas de choses sur son compte, auxquelles elle ne portait aucun crédit. Pourtant…

Ses larmes vinrent inonder l'oreiller. À 14 ans, Alice était tombée amoureuse de Dallas, le héros du film *Outsiders*, interprété par Matt Dillon. Maintenant, elle aimait un autre garçon au caractère bien trempé, qu'elle avait parfois l'impression de ne pas connaître. Le premier avait fini abattu par la police, elle espérait qu'un autre destin attendait le second.

8

Le ciel d'orage étendait sur la montagne un crépuscule capricieux. Pourchassées par l'ombre, cinq silhouettes avançaient en rangs serrés vers le cœur obscur de la forêt. Il n'était pas 19 heures, mais la fin du jour semblait proche.

— Dépêchez-vous ! On y est presque !

Un ruisseau gazouillait quelque part. Plus loin, une cascade bondissait avec ardeur sur un éboulis de pierres. Le chemin, tout en lacets noueux, se faufila au creux d'un escarpement. Encore cent mètres, puis la forêt s'éclaircit.

— Par ici, venez !

Une clairière s'ouvrit en amont de la pente. Des cumulus d'orage, d'un noir de suie, tournoyaient au-dessus des sapins. L'atmosphère était gorgée d'humidité. Le Déluge passerait pour une averse printanière après ce qu'il allait tomber.

Une voix s'éleva dans le silence :

— Vous savez quoi, les gars ? C'était une mauvaise idée, je crois qu'on devrait retrousser chem…

— T'as ramené Dickinson, Boulard. Tu veux qu'on parle de mauvaises idées ?

— Mais Sam, c'est toi qui…

— Vous nous ralentissez, tous les deux. Alors bougez-vous la rondelle, bande de limaces !

Ils pressèrent l'allure, collés les uns aux autres pour ne pas laisser l'ombre les séparer. Sam Baldwin marchait en tête, d'un pas rapide, décidé, constant ; Jamie Carozzo et Cody Hoffmann suivaient à la même cadence ; Jake Dickinson et Junior McCombs fermaient la marche.

— Désolé, s'excusa ce dernier auprès de Jake. C'est elle qui m'a dit de…

Il s'interrompit, ahanant comme un cheval de labour ; il n'irait pas plus loin dans ses explications. Qu'importe, Jake n'eut aucun mal à compléter la suite : Sam lui avait parlé de l'expédition dans l'espoir qu'il vende la mèche, il ne fallait pas être devin pour le comprendre. Restait à savoir pourquoi elle avait rusé pour arriver à ses fins…

— Ouah, ça schlingue, ici ! fit observer Cody.

Sam se tourna vers Junior :

— Qu'est-ce que t'as encore bouffé, mon gros Boulard ?

— C'est pas moi !

— C'est ça, et moi quand je pisse, ça sent l'adoucissant ! T'as loufé, face de pet, admets-le !

— Non, c'est toi !

L'échange se poursuivit une minute avant que Jamie n'y mette un terme. Au-dessus de leurs têtes, le ciel soupira lourdement. Ils traversèrent la clairière en lançant des coups d'œil inquiets aux nuages, remarquant à peine les étranges cercles de pierres au sol.

— Plus que dix minutes et on est arrivés, annonça Cody. Faites gaffe, ça grimpe !

À partir de là, le jour ne leur apparut plus que par brefs éclats à travers les arbres. Le décor habituellement riche de couleurs n'était plus qu'un pâle reflet de lui-même : les affleurements de grès rouge évoquaient des pierres tombales, la forêt de sapins était un cimetière de troncs calcinés après le passage d'un feu. Au bout de deux cents mètres, ils quittèrent le Devil Trail pour emprunter une piste rocailleuse qui les mena jusqu'à un imposant enchevêtrement de ronces. Menaçante, impénétrable, la muraille végétale n'inspirait rien de bon. Ils s'engouffrèrent dans l'étroite mâchoire d'un genévrier, les uns à la suite des autres.

La progression se fit en silence. Jake ignorait dans quoi il s'était lancé, mais il n'était plus question de faire marche arrière, à présent. Il régla son pas sur celui de Junior, qui n'avait pas l'air beaucoup plus rassuré que lui. Si elle n'avait pas été si occupée à défier les branches qui lui barraient la route, Sam les aurait sans doute traités de poules mouillées.

Leurs trois éclaireurs se faufilèrent au travers du labyrinthe aussi sereinement que s'ils en connaissaient les moindres détours. Jake ne les quitta pas les yeux de toute la traversée, indifférent aux colliers d'épines avides de chair qui se dressaient vers lui.

À un moment, il crut les perdre de vue, et les vers d'un poème de Robert Frost lui revinrent subitement à l'esprit. Il y était question de deux routes dans un bois ; la moins empruntée, choisie par l'auteur, l'avait mené vers un destin tout à fait différent de celui qui l'attendait de l'autre côté.

— On y est ! fit une voix.

Sortant des fourrés, Jake et Junior retrouvèrent les autres sur un petit escarpement rocheux. Il faisait si sombre sous la voûte des arbres qu'on aurait pu se croire à la tombée de la nuit. Les engoulevents chantaient dans les branches, à part ça rien ne bougeait. Les oiseaux retenaient leurs pépiements, les créatures de la forêt s'étaient immobilisées.

Jake avisa la petite alcôve dans laquelle ils se trouvaient. Levant la tête, il découvrit un dôme de grès dissimulé par les taillis. Une profonde fissure, longue de quatre ou cinq mètres, fendait la roche à hauteur de poitrine. Certainement la gorge dont lui avait parlé Junior.

— C'est là, lui confirma ce dernier.

L'école avait organisé une visite au Parc national de Bryce Canyon, deux ans plus tôt, et Jake avait pu y observer des formations géologiques du même genre. Des *hoodoos* au relief torturé, que l'érosion creusait grain par grain depuis des millions d'années. À en croire le *ranger* chargé de la visite guidée, on leur associait souvent des pouvoirs magiques : ils auraient été formés par les restes statufiés d'êtres humains coupables de mauvaises actions. Jake fouilla la paroi du regard, mais n'y trouva ni l'arête d'une main ni le renflement d'une tête.

— Quelqu'un a apporté de la lumière ? demanda Sam. On y voit comme dans le trou du cul d'un éléphant, ici !

Jamie alluma une lampe électrique. Le faisceau vint lécher la roche, soulignant son relief parcouru de multiples ondulations. Jake se rappela alors que *hoodoo* signifiait « malchance ».

— C'est vraiment flippant, fit Junior. Comment ça marche ?

— On te balance dedans et on lance des incantations indiennes, répondit Sam. Après, on bouffe tous tes bonbecs !

— Ah ah, très drôle ! Va te faire cuire au diable, Sam-fait…

— Chut ! fit Jamie, un doigt sur les lèvres.

Un éclair zébra le ciel, tout à coup. Junior laissa échapper un gémissement sourd et leva les yeux. Déclinés en trames sombres, les nuages se tordaient rageusement sur eux-mêmes.

— Dites, les gars, je suis le seul à penser qu'on devrait se barrer d'ici ?

Personne ne prit la peine de répondre. Jamie avança vers la gueule béante, précédé par le pinceau blanc de sa lampe. D'un geste automatique, il rajusta le bandana qu'il avait noué autour de ses cheveux et se pencha en avant. On le sentait nerveux, mais déterminé.

— Hé-ho ! appela-t-il.

Sa voix éclata en un millier de ricochets. Cody et Sam s'approchèrent, bientôt rejoints par Junior, qui était en train d'engloutir de pleines poignées de M&M's. Quand il cria à son tour, aucun écho ne lui revint. Les trois autres s'esclaffèrent.

— À toi, Dickinson ! ordonna Sam.

Jake vint se poster près d'eux. Un grondement enfla dans la vallée avant qu'il ait eu le temps de pousser son cri, mais il refusa d'y voir un avertissement et catapulta sa voix dans la gueule béante.

— Bon, qui veut commencer ? s'enquit Sam après un silence.

Dans le flottement qui suivit, Jake en appela à tous les saints qu'il connaissait pour que Sam ne prononce pas son nom. Sa prière fut peut-être entendue, car quelque chose de totalement inattendu se produisit : elle se porta volontaire.

— Qu'est-ce que tu vas faire ? la questionna Junior, soudain tout excité.

— Tu devrais le savoir, Boulard : c'est toi le spécialiste de la Gorge du Diable, non ?

— Oh, je… je connais les histoires, mais je suis jamais monté ici.

Sam se fraya un passage entre ses camarades.

— Bougez de là, bande de commères. C'est privé.

Les quatre autres reculèrent et la regardèrent faire avec curiosité. Elle se mit sur la pointe des pieds, juste assez pour que son buste bascule au-dessus de l'ouverture.

— C'est comme un confessionnal, fit-elle pour elle-même. Sauf qu'ici y a pas de prêtre pour nous tirer les oreilles !

Elle se retourna pour les toiser une dernière fois du regard. Jake aperçut un tressaillement au fond de ses yeux, et une certitude s'imposa à lui : Sam cachait quelque chose derrière le masque de la cruauté. Un mal-être, une souffrance…

La jeune fille pivota vers la gorge. Elle allait certainement éclater d'un rire démoniaque pour les effrayer, ou faire semblant d'être attaquée par quelque abomination surgie du ventre de la terre. Au lieu de ça, elle se retourna pour fusiller Junior du regard. Le gros garçon rangea précipitamment le sachet de bâtons de réglisse à la cerise qu'il venait d'éventrer.

— Tu t'es cru au cinoche ? grogna Sam. Maintenant, fermez-la ! J'essaie de me concentrer !

Une minute passa, une minute de calme et de sérénité absolus. Le monde tout entier semblait se taire dans l'attente de sa confession. Mais une fois de plus, le silence fut de courte durée.

— Cette fois, c'était pas moi ! s'insurgea Junior.

— Tu vas la boucler, oui ? pesta Sam. Je te jure que si tu continues, je te… Qu'est-ce que c'était ?

Elle tourna la tête d'un geste vif. Une rumeur, au loin, roula au cœur des canyons, de plus en plus forte et régulière.

— Ça sent pas bon, marmonna Junior. Ça sent pas bon du tout…

Ces simples mots suffirent à éveiller tous les capteurs sensoriels de Jake. L'haleine capiteuse de la terre gorgée de pluie, la moiteur du sous-bois sur sa peau : il les éprouva avec une acuité démultipliée.

— Faut qu'on se tire d'ici, les gars ! s'écria Junior tout à coup.

À peine avait-il prononcé ses mots qu'une demi-douzaine d'écureuils détala vers les broussailles. C'est cela, plus que tout le reste, qui fit lâcher les nerfs du gros garçon.

— Oh croootte !!!

Le sol se mit à trembler sous leurs pieds, un éclair déchira l'ombre. Junior s'élança vers le mur de ronces, ses sachets de friandises collés contre son cœur. Quand une première goutte vint lécher le bout de son nez, Jake comprit qu'il était temps de décamper et lui emboîta le pas. Cody et Jamie se regardèrent, incertains, avant de prendre eux aussi leurs jambes à leur cou.

— Bande de poules mouillées ! lâcha Sam, mais sa voix n'était plus tout à fait assurée. Vous allez…

Les garçons n'entendirent pas la suite. Un mugissement fantomatique venait de fendre l'air, recraché des entrailles de la gorge. En un instant, tout devint à la fois confus et terriblement précis.

Les nuages éclatèrent avec fracas, déversant les trombes d'eau qu'ils retenaient depuis des heures. Avant que Sam comprenne que l'orage avait déjà frappé à plusieurs kilomètres de là, provoquant une crue éclair qui allait tout dévaster sur son passage, un torrent d'eau rugissant fondit sur elle.

— Attention ! cria Jake.

Elle se tenait toujours près de la gorge, mais sa silhouette se noyait presque entièrement derrière un rideau de pluie. La dernière chose que vit Jake fut son regard débordant de peur et l'incrédulité.

Il y eut un choc, un borborygme caverneux. Un hurlement. Puis plus rien. La silhouette avait disparu.

Les cris de Sam moururent dans le noir. Engloutis par la roche.

9

Ils dévalèrent la pente à toutes jambes. L'orage frappait sans relâche, les flots déchaînés bondissaient sur les rochers en rapides bouillonnants. Autour d'eux, tout n'était que bruit et fureur.

— Il faut suivre le courant ! cria une voix par-dessus les hurlements du vent. Il faut aller vers l'endroit le plus bas, c'est là qu'on la trouvera !

Une silhouette se découpa dans la lueur d'un éclair ; Jake fonça dans cette direction. S'il perdait les autres de vue, il était fichu. Un point de côté le plia en deux, si brûlant qu'il crut qu'il allait s'évanouir. Le temps qu'il se redresse, et les trois autres avaient disparu.

Il réalisa avec horreur qu'il était seul au milieu de la tempête.

Son instinct de survie s'aiguisa comme une lame. Il devait avancer. Ne pas s'arrêter. La moindre seconde d'inattention et il finirait au fond d'un ravin. Enfoncé dans l'eau jusqu'aux genoux, il se laissa guider par la coulée de boue.

Son regard, où qu'il se portât, butait sur un épais rideau gris. Il aurait voulu aller plus vite, mais ses chaussures gorgées d'eau retenaient ses pas. Sentant le débit s'accélérer, il risqua un coup d'œil par-dessus son épaule. Une vague brune dégringolait des hauteurs, fonçant droit sur lui. Il se précipita en avant comme si tous les démons de l'enfer étaient à ses trousses. La vibration dans le sol s'amplifia, quelque chose heurta son genou.

La pente plongea à pic, tout à coup. Jake pila net. Devant lui, il n'avait plus que le vide. La terreur l'envahit, aussi noire et glacée qu'une nuit d'hiver. Si Junior déboulait derrière lui maintenant, ils pourraient dire adieu à leur amitié toute neuve. Osant un regard vers le bas, Jake découvrit une ravine encaissée entre deux pans de falaise. Le torrent se précipitait vers les profondeurs en gros rouleaux bruns.

— J'avais jamais vu cette grotte ! cria quelqu'un en contrebas.

C'était Cody. Accompagné de Jamie, il était en train de s'engager sur une corniche émiettée, à quatre ou cinq mètres de là. Junior les suivait de près.

— C'est parce qu'elle était pas là avant !

Les yeux de Jake balayèrent la gorge. La crue avait creusé une brèche dans la paroi. Étroite, elle était barrée d'un tronc brisé, sans doute le bélier à l'origine de l'ouverture. Il eut alors l'une de ses intuitions soudaines : il connaissait cet endroit. C'est près d'ici qu'il s'était cassé une dent après une chute à l'âge de 8 ans. Mais il n'avait jamais vu de rivière…

Il s'accroupit et, les mains plongées dans l'eau jusqu'aux coudes, se laissa glisser sur les fesses. Appuyé sur les creux dans la roche, il parvint à descendre de quelques mètres et à rejoindre la corniche. Une fois stabilisé, il appela Junior, mains en porte-voix, mais son copain ne l'entendit pas.

Jake remonta la bande rocheuse à pas lents. Elle n'était, à certains endroits, pas plus large qu'un barreau d'échelle. Par chance, il n'avait pas changé les sparadraps au bout de ses doigts, et leur surface râpeuse lui assura une bonne adhérence. Parvenu à mi-chemin, il appela à nouveau Junior, qui tourna la tête vers lui.

— Jacques-a-dit ! s'écria-t-il.

Jake reprit sa progression sans un regard vers le bas. La peur le tétanisait. Il avait l'impression d'être suspendu au-dessus d'un bouillon de lave qui le ferait frire comme un beignet s'il s'avisait d'y tremper un orteil.

— Ils sont barjots ! s'exclama Junior quand il l'eut rejoint. Ils disent que Sam est là-bas, ils veulent entrer à l'intérieur !

Jake avisa la fissure dans la roche. L'accès paraissait difficile, voire impossible. Il comprit néanmoins le raisonnement des deux autres : ils se trouvaient à une trentaine de mètres à la verticale de la Gorge du Diable. S'il y avait un seul endroit où avait pu être emporté le corps de Sam, c'était ici.

Sam, se força-t-il à penser. *Pas « le corps de Sam ».*

— Allez, grouillez-vous, elle est peut-être juste derrière ! cria Jamie.

L'adolescent se mit à escalader l'éboulement rocheux qui bloquait l'entrée de la grotte, suivi de près par Cody. Au-dessus, la crue vomissait ses jets de boue sans discontinuer.

— Vous êtes barjots ! hurla Junior.

La silhouette efflanquée de Cody se faufila dans les plis de la roche. L'ouverture ne faisait pas plus de cinquante centimètres de large et Jake eut un regard pour Junior. Ce serait un miracle si le gros garçon ne restait pas coincé dedans.

— Ils sont barjots, répéta ce dernier en faisant des moulinets avec sa main près de sa tête.

Ils se remirent à avancer. Après quelques mètres, la corniche plongeait dans le torrent déchaîné. Junior s'engagea dans l'eau avec de petits piaillements.

— À toi, Jacques-a-dit !

Jake prit une grande inspiration, rampa vers le bord et plongea les pieds dans la rivière. Assurant sa prise sur la roche humide, il se laissa happer par les flots démontés.

— Si on arrive de l'autre côté sans boire la tasse, alors tout le monde s'en sortira ! lança Junior, cramponné aux rochers.

L'éboulis de pierres était à cinq mètres, ils ne pourraient y accéder qu'à condition de s'éloigner de la rive. Ils lâchèrent la paroi et se mirent à remonter à contre-courant. Ils étaient à mi-parcours quand le niveau de l'eau monta soudainement. Jake tourna la tête et vit déferler sur eux une langue de boue chargée de troncs d'arbres et de blocs de pierre. Il se débattit avec le courant, nageant à toute force pour essayer de gagner la falaise, mais la lame meurtrière le submergea.

Emporté dans un tourbillon glacé, son corps alla claquer contre la paroi. Il la percuta de plein fouet et sentit son nez éclater comme un fruit trop mûr. Pendant une seconde, il ne vit plus rien, n'entendit plus rien. Puis deux mains le saisirent sous les aisselles et le tirèrent à la surface. Junior le traîna sur la rive, luttant contre les eaux furieuses.

— Ça va, Jacques-a-dit ?

Jake hocha la tête d'un air hébété. Il toussa, cracha de l'eau et du sang. Il était à bout de souffle, mais sain et sauf.

Les deux garçons levèrent la tête. Un gigantesque mur d'eau s'écoulait le long de la falaise éventrée au-dessus d'eux. Ils agrippèrent la roche humide pour se hisser jusqu'à l'ouverture. Junior passa le premier – sans encombre, à la grande surprise de Jake, qui bloqua sa respiration avant de glisser d'un pas en avant. Dès qu'il s'engouffra au creux de la roche, une image s'esquissa à la surface de sa conscience. Un corps, enfoui sous une cape de mousse et de feuilles mortes…

— Par ici !

Jake expira lourdement. Il était passé. Il étouffait, il grelottait, mais il était passé.

Devant lui s'étendait un canyon ponctué de flaques brunes ; ils se trouvaient dans le lit d'une rivière souterraine. Le cœur de la montagne battait quelque part, là derrière. Les jambes en coton, Jake dévala la partie éboulée de la roche pour aller retrouver Junior, qui l'attendait au sec sur le rebord d'une niche.

— On a eu chaud aux miches, hein ?

Ils se mirent à avancer à tâtons, guidés par les voix de Cody et Jamie. Un halo clair et diffus apparut soudain devant eux.

— C'est vous, les gars ? appela Junior.

— Non, c'est Indiana Jones ! répondit Cody, lointain. Grouillez-vous !

Jake et Junior escaladèrent de grosses pierres coincées en travers du lit de la rivière. Lorsqu'ils arrivèrent de l'autre côté, ils se trouvèrent pris dans le faisceau de la lampe de Jamie.

— J'aurais jamais cru que tu passerais, Boulard ! se moqua Cody.

— Ça va, remue pas le couteau sur le feu, Cody-que-de-la-crotte !

— Avancez ! ordonna Jamie en braquant sa lampe vers les profondeurs.

Ils progressèrent en silence, avançant de flaque en flaque à travers un défilé de galeries souterraines. Des aires de crues avaient sculpté les bancs de grès en voûtes spectaculaires, les parois aux teintes saumonées étaient si lisses que, par endroits, elles faisaient penser à un décor en carton-pâte. Après dix minutes de marche, ils trouvèrent un trou profond dans la roche. Jamie s'arrêta et braqua sa torche à l'intérieur.

— Sam ! T'es là ? C'est Jamie ! Tu m'entends ?

— Laisse tomber, elle est pas là, dit Cody en le forçant à avancer.

Ils se remirent en route. Au bout d'une centaine de mètres, ils empruntèrent une travée qui plongeait vers les profondeurs, quasiment à la verticale, et débouchèrent dans une caverne surplombant une gorge étroite.

— Si on continue, on va arriver au centre de la Terre ! fit remarquer Junior.

Ils se postèrent sur une corniche. Ici, le débit était beaucoup plus paresseux qu'en surface, ralenti par un monceau de débris que retenait un arbre brisé. Ils tentèrent de repérer leur amie, criant son nom à la volée pendant une bonne minute. En vain.

— Elle est pas là ! se lamenta Cody. Elle est nulle part !

— On la trouvera jamais ! enchérit Junior.

Jamie pivota vers eux, secoué d'un mouvement d'humeur.

— On va la trouver ! On ne sortira pas de cette montagne sans elle !

Il y avait de la colère dans son regard, mais surtout de l'abattement. Jake comprit que les sentiments de l'adolescent à l'égard de Sam dépassaient la simple camaraderie.

— Mais il faut sortir d'ici ! insista Junior. On doit aller chercher de l'aide, on n'arrivera pas à la retrouver tout seuls !

— Il a raison, confirma Cody. Allez, viens.

Jamie posa un dernier regard sur le barrage avant de se retourner. Ils allaient repartir quand Jake s'écria :

— Elle est là !

Une tête venait de jaillir de l'eau comme un bouchon de liège. Jamie s'élança en avant.

— SAM !

Sans réfléchir, il se laissa glisser dans l'eau et remonta jusqu'au tronc d'arbre, les autres sur les talons. Ils écartèrent branchages et broussailles pour se ménager un passage jusqu'à elle.

— Elle est coincée ! brailla Jamie en plongeant la tête sous l'eau. Aidez-moi à la sortir de là !

Le tronc bougea à peine quand ils voulurent le déplacer. L'arbre était jeune et de fait relativement léger, mais il était enfoncé dans la paroi. À eux quatre, ils parvinrent pourtant à le soulever et à dégager Sam. Ils la tirèrent sur la rive, hors d'haleine.

— Elle… elle respire plus !

Jamie dégagea son visage. Sous sa crinière indéfrisable, le visage de la jeune fille avait la pâleur d'un cadavre.

— Elle est morte ? s'alarma Junior.

— Je… je sais pas… Sam ? Sam ? C'est moi, c'est Jamie ! Tu m'entends ?

Il essuya sa figure et lui écarta les lèvres.

— Me fais pas ça, Sam ! Je t'en supplie, me fais pas ça !

Face à lui, Junior se décomposait à vue d'œil.

— Je savais que c'était une mauvaise idée, pleurnichait-il, on aurait jamais dû…

— La ferme ! rugit Jamie.

Il boucha le nez de Sam et inspira un grand coup. Sous son arcade sourcilière fendue, l'œil droit de la jeune fille était enflé et tout violacé.

— Je sais même pas comment m'y prendre…

Les gestes lui vinrent naturellement. Il appliqua sa bouche autour de celle de Sam et souffla doucement. La poitrine se souleva, retomba. De son autre main, il compressait son thorax. Son T-shirt était déchiré, l'un de ses petits seins était apparent, mais Jamie n'y prêta pas attention.

— Allez, Sam, respire ! Respire, s'il te plaît !

Ses lèvres restaient bleues. Jamie effectua une nouvelle insufflation.

— Bats-toi, Sam. Bats-toi !

Il appuya un peu plus fort sur sa poitrine. Junior se mit à pleurer, Cody et Jake se regardèrent, impuissants.

— T'as jamais rien lâché, c'est pas aujourd'hui que tu vas commencer ! Allez, merde ! Bats-toi ! BATS-TOI !

Sam se mit à tousser, tout à coup, recrachant la vase qu'elle avait dans les poumons. Junior poussa un petit cri, Cody éclata de rire. Jake desserra les poings ; ses ongles y avaient imprimé de petits croissants de sang.

— Tu m'as fait… tu nous as fait une de ces peurs, soupira Jamie en passant une main sur sa nuque.

— Fais gaffe ! Elle a… un truc dans… un truc dans l'épaule ! s'exclama Junior en pointant une blessure sous son T-shirt.

Jamie se pencha, fronça les sourcils. Une grosse écharde était plantée dans la chair de Sam.

— Merde… Comment on va…

— C'est rien, articula Sam d'une voix caverneuse.

Elle arracha l'éclat de bois à pleine main et l'envoya dans l'eau.

— Dégueu ! s'exclama Junior.

Les garçons l'aidèrent à s'asseoir. Elle souffrait de multiples contusions et éraflures, heureusement sans gravité, et Junior sentit qu'il pouvait se fendre d'une petite moquerie.

— T'as une de ces tronches ! piaffa-t-il.

— La tienne a pas changé : toujours une bonne grosse face de quetsche ! Mais merci quand même, mon gros Boulard !

— C'est Jacques-a-dit que tu devrais remercier. C'est lui qui t'a aperçue derrière le tronc d'arbre…

Sam regarda Jake. Un sourire flotta sur ses lèvres – un brin penaud, presque gêné, mais incontestablement sincère –, puis elle se mit debout avec une hâte un peu gauche.

— Allez les filles, on s'arrache. Je voudrais pas que vos mamans s'inquiètent, déclara-t-elle dans le but évident d'abréger cette embarrassante effusion de bons sentiments.

— Ça va aller ? s'inquiéta Jamie en passant un bras autour de sa taille.

Sam eut un mouvement de recul machinal, mais n'essaya pas de se dégager. Ils remontèrent la travée les uns à la suite des autres et repartirent d'où ils étaient venus, prenant garde à ne pas trébucher sur une saillie rocheuse. Ils marchaient depuis vingt minutes quand Cody verbalisa tout haut ce que les autres pensaient tout bas :

— Cet endroit me dit rien ! On est pas passés par là, tout à l'heure !

— On est perdus ? demanda Junior avant de se laisser distraire par le contenu de son sac à dos. Quelqu'un a faim ?

— Je peux pas croire que tu penses à te goinfrer dans un moment pareil, soupira Jamie.

— Y a pas d'heure pour un Mars ! répondit le gros garçon en sortant un paquet de barres chocolatées imbibé d'eau.

— Regardez ! fit Cody. De la lumière !

Un pan de roche venait d'émerger de l'ombre, droit devant eux. Ça ne pouvait être que la sortie ! Il y eut une clameur générale.

Le halo les guida sur une cinquantaine de mètres. Emportés en avant par une énergie nouvelle, les garçons poussaient des exclamations de joie. Leur déception n'en fut que plus grande : la lueur provenait d'un trou dans la roche, peut-être cinquante mètres plus haut.

— On est dans la Gorge du Diable ! s'exclama Junior.

— Sous la Gorge du Diable, précisa Jamie en chassant une mouche qui bourdonnait à ses oreilles.

— Si c'est sa bouche là-haut, alors ça veut dire qu'on est dans son trouduc ?

— C'est toi, le trouduc ! répliqua Sam.

— Et toi, t'es un double trouduc !

— Ferme ta boîte à caries, ça sent les égouts !

— Clair que ça pue ici, mais c'est pas…

— La ferme ! les houspilla Jamie.

Un ruisseau traçait de paresseux méandres au fond de la crevasse. L'adolescent braqua le faisceau de sa lampe à la surface d'une poche d'eau et la lumière accrocha le reflet d'une paire d'yeux. Ils fixèrent les profondeurs en silence. On n'entendait plus que leurs respirations et le bourdonnement distant des mouches.

— Qu'est-ce que c'est ? demanda Junior.

Un morceau de bois, sans doute arraché par la crue, heurta une petite forme qui se retourna nonchalamment. Les flaques clapotèrent, un nuage noir s'éleva dans la colonne de lumière blanche.

— Putain, c'est un…

Le corps boursouflé émergeait de l'eau tel un îlot de chair. Les cinq enfants auraient pu s'enfuir, mais poussés par une force contradictoire, ils s'approchèrent.

— La vache, souffla Cody.

La lueur de la lampe leur révéla l'innommable. La plaie ouverte et sanglante. La chair meurtrie, couleur de craie. Les yeux rendus opaques par le lustre de la mort. La lèvre inférieure avait été dévorée, les dents saillaient sous la peau en un rictus macabre.

— Merde, les gars, c'est…

Un insecte dévala ce qui restait de l'arête du nez. Toute une colonie de bestioles avaient élu domicile dans ses longs cheveux blonds.

Sam étouffa un cri.

Junior laissa tomber ses Mars.

Cody et Jamie se figèrent.

Le cœur de Jake s'emplit de terreur. Il voulut hurler mais aucun son ne sortit de sa gorge.

Tous l'avaient reconnue.

Shawna Twitchell.

TROISIÈME PARTIE

L’épouvantail

CHAPITRE X

1

Shawna Twitchell fut portée en terre le lundi 8 juillet 1985. Le père Simunek mena l'office devant une assistance désemparée et plus nombreuse encore que celle qui s'était réunie deux jours plus tôt pour l'inhumation du père de la fillette. Sur recommandation de l'entrepreneur des pompes funèbres, le corps ne fut pas exposé. Un portrait de Shawna avait été dressé sur un chevalet près de l'autel, à côté de ses chevaux de bois. Ironie du sort, il s'agissait de la photo qui ornait encore les paquets de biscuits du City Market et de centaines de supermarchés à travers tout l'État.

Quand vint le moment de la bénédiction, le père Simunek ne put retenir ses larmes. Shawna était retournée à Dieu, c'était terriblement injuste, mais son souvenir éternel resterait à tout jamais avec eux. Après une prière où il fut longuement question de lumière, de paix et d'anges, Preston C. Twitchell, Dalton Hughes, Ted Cassidy et Peter DeSoto se rassemblèrent autour du cercueil pour le porter jusqu'au corbillard qui attendait dehors. C'était un petit cercueil en bois blanc, long d'un mètre vingt. Et incroyablement léger.

Au cimetière, les couronnes mortuaires étaient encore fraîches sur la tombe de Rory Twitchell. Lorraine, la grand-mère de l'enfant, lut un poème de William Wordsworth. Mandy ne pleura pas. Elle n'avait plus une larme à verser.

Il plut pendant les deux heures qui suivirent l'inhumation. La terre trop sèche ne parvenait pas à boire, comme si le trop-plein de chagrin accumulé dégorgeait du sol. Plombés sous une chape de recueillement et de compassion, les proches ne s'éveillèrent que pour une ultime prière. Puis la dernière pelletée de terre fut jetée sur le cercueil et tout le monde se dispersa. Il n'y eut pas de réception, pas de service commémoratif.

Il fut établi que Shawna s'était brisé la nuque en tombant dans une crevasse, vraisemblablement après l'orage du 18 juin. La fillette avait dû se retrouver piégée quelque part dans la montagne avant d'être emportée par les flots. On n'avait retrouvé aucune trace de violence sur sa dépouille. Tout juste fut-il fait état dans le rapport du légiste de morsures au niveau des phalanges, sans doute l'œuvre de charognards.

À la télévision, on parla de sa mort pendant une semaine, puis l'information fut reléguée au second plan. Les boîtes de céréales et les packs de lait sur lesquels avait été imprimée sa jolie frimousse furent retirés des linéaires. La fillette devint une référence pour de nombreux parents soucieux d'inculquer les règles élémentaires de sécurité à leurs enfants. Ne jamais quitter la maison sans prévenir. Ne jamais s'aventurer tout seul dans la forêt. Toujours rester à proximité d'un adulte.

Duncan's Creek était plongé dans un état catatonique. Les entreprises locales restèrent fermées trois jours durant. Les dons affluèrent auprès des œuvres de charité. Les gens étaient hagards, à l'image des rescapés d'une catastrophe.

Il cessa de pleuvoir en début d'après-midi, ce lundi-là. À 15 heures, la terre du cimetière avait commencé à sécher.

Rideau.

2

Après la cérémonie, les adjoints du shérif Sherry Grant et Mitch Novak signèrent le registre et présentèrent leurs condoléances à la famille. Puis, sans s'attarder, ils retournèrent à leurs voitures sous une pluie battante. Assister à l'inhumation leur semblait insupportable après avoir participé à la levée du corps hors de la montagne, deux jours plus tôt.

— Ça ne s'est pas trop mal passé, dit Mitch. Pour l'enterrement d'une enfant de 5 ans, je veux dire…

— Je n'imaginais pas qu'on pouvait fabriquer de si petits cercueils, répondit Sherry d'un air absent.

Elle s'accrocha au bras de Mitch, celui qui ne tenait pas le parapluie. Un sourire triste passa sur les lèvres du jeune homme.

— Tu es consciente qu'on a la moitié de la population mormone du comté qui nous observe, là derrière ?

Sherry haussa les épaules. Elle avisa Robicheaux, le coéquipier de Mitch, qui patientait dans la voiture de patrouille. Sa petite Mazda jaune était garée juste derrière, au bout d'une enfilade de véhicules.

— Vous rentrez à Panguitch ? demanda-t-elle à Mitch.

— Oui, j'ai le rapport d'enquête sur l'incendie chez Gillespie à terminer. Hughes est sur les dents depuis que le FBI l'a menacé d'une inspection. Il va me chier une pendule s'il ne l'a pas ce soir.

— Il vient d'enterrer son neveu et sa petite-nièce, je pense qu'il a autre chose en tête.

— Se trouver un nouveau défouloir maintenant que les fédéraux ont quitté le navire, par exemple ! Et j'aimerais autant éviter que ce soit moi. Tu rentres aussi ?

Sherry acquiesça. Elle était de repos cet après-midi, mais redoutait de se retrouver seule. Spontanément, elle se rapprocha de Mitch.

— Il faut que tu te changes les idées, lui conseilla-t-il. Il y a de très bons programmes sur le câble pour se vider la tête.

Ils se plantèrent près de la portière de la Mazda. La jeune femme jeta un regard en arrière, vers la foule qui se massait à la sortie de l'église. Les sujets, la lumière : la scène figée dans la grisaille rappelait une peinture naturaliste du début du siècle.

— Cette pauvre fille est foutue, Novak. Elle était déjà mal barrée avant que tout ça n'arrive, mais là, je ne vois pas comment elle pourra s'en relever.

Mitch eut un soupir las. Il était encore assommé par la somme des horreurs auxquelles ils avaient été confrontés au cours des derniers jours. Toujours accrochée à son bras, Sherry regardait au loin.

— J'aurais dû demander à voir le corps, murmura-t-elle.

— S'ils ne l'ont pas exposé, c'est sans doute pour une bonne raison.

— Je ne parlais pas de l'église. J'aurais voulu le voir à la morgue, vérifier l'état de ses doigts.

— L'état de ses doigts ?

— Le coroner l'a embarqué à peine sorti de l'eau. Je n'ai pas pu l'examiner ce soir-là, dans la grotte. Et

Hughes a déjà archivé le dossier, impossible d'avoir accès aux photos…

— Ressasser tout ça, ce n'est pas vraiment ce que j'entendais par « te changer les idées », souffla Mitch.

Câblée sur d'autres sphères, Sherry poursuivit sur sa lancée :

— La petite a été retrouvée à moins de cinq cents mètres de l'endroit où on a découvert le corps du père. Ça ne te paraît pas complètement improbable ? Je suis sûre qu'on peut trouver d'autres points communs entre les deux affaires, si on creuse un peu.

— Et c'est pour ça que tu aurais voulu examiner ses mains… ?

— Ses doigts. Je suis prête à parier que les traces de morsure observées sur les métacarpes étaient les mêmes que celles présentes sur le cadavre du père.

Mitch secoua la tête.

— Rentre chez toi, Grant. Passe te prendre un seau de poulet frit au drive-in et pose-toi dans ton canapé devant un talk-show bien débile. Ça ira mieux après.

— Ça ira mieux quand j'aurai tiré cette affaire au clair.

La mâchoire de Mitch se contracta.

— L'enquête est bouclée, la gamine a été victime d'un accident – et le père aussi, d'ailleurs. La faute à pas de chance !

— Et le cadavre de Rory Twitchell exposé en plein jour, c'était la faute à pas de chance ? s'emporta Sherry. Quelqu'un voulait qu'on le retrouve, Novak ! Ça crève les yeux !

— Un simple concours de circonstances…

Elle eut un mouvement de recul. Sur son visage s'étalait un kaléidoscope d'émotions : impatience, désarroi, amertume.

— Lâche le morceau, la sermonna Mitch. Il n'y a rien d'autre à faire.

— Si, il y a quelque chose à faire : trouver l'ordure qui est derrière tout ça.

Elle ouvrit sa portière.

— Grant…

— Ce n'est pas un accident, Novak. Des vaisseaux spatiaux qui explosent, des Indiens qui bénissent des pierres sacrées, des cadavres qui ressurgissent de nulle part… Je suis la seule à penser qu'il se passe des trucs étranges dans le coin ?

Sherry grimpa dans sa voiture. Mitch voulut la retenir, mais elle avait déjà claqué sa portière. Il tapa au carreau, elle abaissa la vitre.

— Cette histoire t'obsède, tu t'en rends compte ? fit-il sur le ton de la conciliation. Tu devrais lâcher du lest, prendre l'air.

Le cerveau de Sherry se mit à tourner à toute vitesse. L'enquête leur avait peut-être échappé après le compte rendu du légiste, mais elle refusait de s'avouer vaincue. La thèse de l'accident l'avait privée de ce qui faisait tout l'intérêt d'une enquête : l'analyse psychologique du criminel, ce que les gars du FBI appelaient le profilage. Avec le mal qu'elle s'était donné pour procéder aux recherches, collecter et analyser les indices, auditionner les proches et les témoins, elle ne pouvait se résoudre à tourner la page aussi facilement.

— Réfléchis, insista Mitch. Tu parles d'une mise en scène destinée à retrouver le cadavre du père… Tu penses vraiment que le cerveau de cette affaire – si cerveau il y a – se serait amusé à planquer le corps de la petite au fond de la montagne ? Il n'aurait pas plutôt voulu l'exposer, comme le premier ? Ça ne tient pas debout !

Sherry mit le contact et enclencha les essuie-glaces. Mitch se pencha par la fenêtre ouverte.

— Où tu vas ? demanda-t-il.

Elle avait déjà passé la première.

— Prendre l'air. Lâcher du lest.

3

Betty Adams éclata en sanglots sur le chemin du retour, brusquement, sans signe avant-coureur. La cérémonie venait de s'achever et elle et Rick avaient filé en douce, comme deux amants en fuite. Elle était parvenue à prendre sur elle toute la matinée, mais en passant devant l'école, le souvenir de Shawna lui sauta à la figure. Ces larmes, il y avait trop longtemps qu'elle les retenait.

Rick posa une main sur sa cuisse. Betty portait une robe en soie bleu marine qu'elle n'avait pas mise depuis longtemps, ayant refusé de se rendre aux funérailles de Rory Twitchell le samedi précédent. Son regard resta accroché au reflet de l'école dans le rétroviseur jusqu'à ce qu'ils aient tourné dans River Road. Le plus dur restait à venir, elle le pressentait. Elle allait devoir faire du tri dans les affaires de Shawna, repeindre la petite chaise décorée avec son nom, réaménager l'espace autour du vide qu'elle allait laisser. Mais que ferait-elle de ses dessins punaisés au mur ? De sa toise, des photos ?

Rick trouva les mots, une fois de plus. Il la déposa devant chez elle et alla garer le Land Cruiser un peu plus loin. La pluie tombait toujours dru, et Betty courut se mettre à l'abri après avoir retiré ses chaussures à talons pour ne pas déraper sur les graviers.

L'intérieur de la maison sentait le renfermé. Elle n'était pas rentrée du week-end, hormis un passage en coup de vent pour récupérer sa robe. Elle eut soudain l'impression de retrouver son nid après une longue absence. Tant de choses étaient arrivées en seulement deux jours…

Quand le téléphone avait sonné le vendredi soir, ils venaient de commencer à dîner. À ce moment-là, Betty était décidée à annoncer sa grossesse à Rick. Elle avait fait le déplacement jusqu'à Torrey, incognito, pour acheter un test qui s'était révélé positif. Le reste de la journée avait été employé à chercher les réponses aux mille questions qu'elle se posait.

Ce bébé, c'était le reflet de sa vie, son karma qui la rattrapait. Betty avait fui la ville pour tenter de tirer un trait sur son passé, mais elle n'était pas allée assez loin, de toute évidence. Combien de temps avait duré l'état de grâce ? Quatre, cinq ans depuis son arrivée ici ? C'est fou comme les meilleurs moments sont aussi ceux qui passent le plus vite. L'enfant qu'elle avait perdu aurait eu 10 ans cette année.

Un peu plus tard dans l'après-midi, elle avait, sur une impulsion, composé le numéro de l'hypnothérapeute dont Jim lui avait parlé. Le contact avait été bref, le type préférait faire connaissance en face à face ; il lui avait proposé un rendez-vous le mardi suivant. Betty y avait vu un premier pas encourageant dans sa démarche pour reprendre le contrôle de sa vie.

Rick étant en plein bouclage, elle ne l'avait rejoint qu'à 19 heures, juste avant l'orage. Au moment de passer à table, elle avait envisagé de crever l'abcès. Pas vraiment pour la beauté du geste, plutôt parce qu'il avait sorti une bouteille de vin et qu'elle ne pouvait plus se permettre de tricher…

C'est là que Cody Hoffmann, que Rick employait parfois pour de menus travaux, avait téléphoné. Le gosse était bouleversé : lui et quatre de ses copains venaient de découvrir le cadavre de Shawna Twitchell dans une grotte, près du canyon de Chochmingwu. Rick avait d'abord cru à une mauvaise blague, mais la voix de l'adolescent ne laissait pas de place au doute.

La fin de la soirée, Betty l'avait vécue comme dans un rêve affreux. Elle n'avait pas réussi à pleurer, pas réussi à parler. Elle avait à peine eu la force de pousser Rick dehors quand il avait voulu lui faire croire que sa place était auprès d'elle et pas dans la montagne. Elle n'était pas naïve : pour lui, se passer d'un aussi gros scoop revenait à refuser un ticket gagnant au loto.

Restée seule, Betty avait débarrassé la table et fait la vaisselle. Puis, emportée dans son élan, elle avait entrepris de récurer les placards de la cuisine. Ça lui avait pris deux heures, mais elle ne voyait pas d'autre moyen de s'occuper l'esprit. Quant à essayer de dormir, elle y avait définitivement renoncé : ni la tasse de lait chaud parfumé à la fleur d'oranger, ni les quelques chapitres d'un polar n'avaient eu raison d'elle.

Quand Rick était rentré, sur les coups de 2 heures du matin, elle était toujours debout, errant comme une âme en peine entre le séjour et la cuisine. Il ne lui avait rien raconté, elle l'en avait empêché. Un index posé sur ses lèvres pour le réduire au silence, elle l'avait entraîné dans la chambre. Ce n'est que dans ses bras qu'elle était parvenue à s'abandonner à la fatigue.

Tout le week-end, elle était restée plongée dans un état second, comme shootée aux antidépresseurs. Accaparé par la double actualité qui venait de secouer le village, Rick avait joué les fantômes. Le bébé était passé au second plan, leur vie de couple aussi. Elle n'avait pas mis le nez dehors, elle n'avait envie de rien ni de personne. Avec le recul, il lui semblait maintenant qu'on lui avait volé ces deux jours…

Betty sursauta. Rick venait de l'enlacer par-derrière ; il était entré sans un bruit dans la cuisine.

— Ça va aller, ma puce ?

Elle hocha la tête.

— Tu crois que la vie peut reprendre son cours normal après des jours comme ça ? demanda-t-elle, hébétée.

— Il faudra bien.

Rick enfouit son menton dans le creux de son cou. La peau de Betty sentait le soleil, malgré la pluie.

— On a été pas mal chahutés tous les deux, ces derniers temps, ajouta-t-il dans un souffle qui lui colla un frisson dans le dos.

Elle comprit qu'il faisait référence au secret qu'ils partageaient avec Jim et à la disparition de Shawna, mais aussi à leurs problèmes de couple.

— Je voudrais que tout redevienne comme avant, qu'on se retrouve. Je sais que je n'ai pas été très présent, ces derniers temps, mais je te promets que ça va changer. Je vais moins travailler, je serai là pour toi…

Betty ferma les yeux et se laissa bercer par le son de la voix du père de son enfant.

— Je t'aime, chuchota-t-il à son oreille. Je t'aime et je veux passer le restant de mes jours à te le prouver.

Il déposa un baiser à la naissance de sa nuque, caressa son bras dans un délicieux va-et-vient.

— On pourrait prendre des vacances, partir visiter la France.

— La France… répéta rêveusement Betty.

— On irait s'acheter des croissants à Montmartre, on prendrait un café en terrasse à côté d'Yves Montand…

Le souffle chaud de Rick sur sa peau la fit frémir. Elle s'abandonna à son étreinte.

— On ferait l'amour dans les plus grands hôtels…

Ses doigts remontèrent jusqu'à la poitrine de Betty. Il lui effleura un sein, s'enivra de son parfum. Elle saisit sa main avec tendresse.

— J'ai quelque chose à te dire, laissa-t-elle échapper.

Elle le sentit se tendre. Quand elle se retourna, elle avait les larmes aux yeux. Rick se décomposa.

— Merde, ne me dis pas que tu me quittes.

Betty le considéra un instant, trop surprise pour parler.

— Tout est ma faute, ma puce ! J'en suis conscient ! C'est ma faute si toi et moi, on en est là ! Mais je vais tout arranger, on va repartir comme avant, je…

— Rick… Rick… non… je ne te quitte pas !

Elle se mit à rire, les larmes roulèrent sur ses joues. Tous ses nerfs affleuraient sous sa peau.

— Je suis enceinte.

De pâle, le visage de Rick vira au livide.

— Tu… quoi ?

— Tu vas être papa.

Betty ne pouvait plus cesser de pleurer, à présent. Elle perdait le contrôle, mais elle s'en fichait.

— Papa ?

Ce qui arriva alors, elle le garderait gravé dans sa mémoire jusqu'à son dernier jour : Rick sauta en l'air comme un enfant et se cogna au plafonnier. S'il vit trente-six chandelles, il n'en laissa rien paraître.

— Un bébé ! Un petit bébé ! C'est formidable !

Sa voix partit dans les aigus, il se mit à danser la gigue en poussant de petits cris de joie. Betty souriait, Betty pleurait. Elle eut soudain une folle envie d'écouter « Little Girl Blue » de Janis Joplin, en mangeant des poires au chocolat.

4

— Alors mon gars, comment va ?

— Comment vous voulez que j'aille, Doc ?

— Comme quelqu'un qui a passé deux nuits au poste, je suppose.

Logan revenait de la pompe numéro deux. La pluie, réduite à un petit crachin, avait laissé des perles d'eau dans ses cheveux.

— Une chance que les Dickinson m'aient pas foutu à la porte.

— Dwight n'a pas toujours été un enfant de chœur, tu sais… il n'allait pas t'en vouloir d'avoir amoché un gars qui regardait ta copine d'un peu trop près.

— Je parlais des clés de la station.

— Ah, les clés !

— Je revois cette enflure de shérif les brandir sous mon nez… Il s'est bien foutu de moi, ce con.

La fureur poussa derrière son front. Logan s'attela au rangement des factures pour s'occuper les mains et éviter d'envoyer voler les boîtes de chewing-gums posées au coin du comptoir.

— C'est vous qui disiez qu'il avait rien contre moi, non ?

— Hughes n'a fait que son travail…

— Il aurait dû le faire mieux que ça ! Vous imaginez ce que ça fait de… d'être accusé de meurtre ? Putain !

Jim laissa échapper un soupir. La journée avait été longue et éprouvante. À bien y réfléchir, toute cette foutue année avait été longue et éprouvante. Il n'avait jamais eu autant besoin d'un verre, lui qui ne buvait jamais. Après l'enterrement de Shawna, l'envie lui était venue de monter dans son 4 x 4 et de mettre les voiles aussi loin que possible. Peut-être à l'ouest, vers la Californie, comme à la bonne époque où, avec Nancy, il leur venait l'idée de voir l'océan. Mais son sentiment de responsabilité envers Logan, qu'il était allé récupérer au poste de police le dimanche matin, l'avait retenu à Duncan's Creek.

— Que voulais-tu qu'il fasse ? Quand Beth De Witte a signalé l'absence de son cuisinier, ils ont envoyé une patrouille chez lui. Avec ce qui se passe en ce moment, les équipes du shérif redoublent de vigilance. Là-dessus, ils trouvent des traces de sang et…

— Je sais tout ça, Doc ! Hughes s'est pas gêné pour me refaire l'histoire.

— Tu avais laissé tomber tes clés, mon gars. Et franchement, l'état de ton visage et de tes mains ne plaidait pas en ta faveur.

Quand il s'était rendu à Panguitch avec Martha Hodge, le vendredi précédent, c'est la première chose que Jim avait remarquée.

— Mais je lui ai dit que j'avais tabassé le Français ! Je lui ai tout déballé ! Sauf que lui, ce qu'il voulait entendre, c'est que je lui avais fait la peau et que j'avais planqué le corps quelque part !

Cette fois, Logan ne put retenir une saute d'humeur. Il balança son poing sur la caisse enregistreuse, dont le tiroir jaillit en émettant des tintements hystériques.

— Logan…

— Non, Doc ! NON ! J'en ai ras-le-bol de me traîner cette putain de casserole ! C'était il y a quatre ans ! Ils vont jamais me lâcher la grappe ? Jamais ?

Jim passa derrière le comptoir et referma le tiroir. Il s'en tint à une seule sommation :

— Maintenant écoute-moi bien, mon gars : tu vas arrêter tes conneries. Tu tabasses un type, tu le laisses sur le carreau, le type disparaît… et tu t'étonnes qu'on puisse te soupçonner ? Tu n'as plus 13 ans, il serait temps d'être un peu responsable, bon sang ! Le problème ce n'est pas Hughes, ce n'est pas Cabanel. Le problème, c'est toi ! Tu es incapable de te maîtriser, incapable de réfléchir avant d'agir ! Tu prétends vouloir changer, et je suis le premier à vouloir te croire, mais t'en donnes-tu vraiment les moyens ? Tu veux que je te dise ? Si j'avais été là quand le shérif est venu te cueillir, je l'aurais laissé faire.

Logan ouvrit la bouche pour riposter, mais Jim le fit taire avant qu'il ait prononcé un mot :

— Tu t'en es pris à un type parce que sa tête ne te revenait pas… Tu imagines l'état dans lequel serait le monde si chacun de nous agissait de la sorte ? Qu'est-ce que tu crois ? Que je n'ai jamais eu envie de clouer le bec à Shirley Hoffmann ? Que je n'ai jamais pensé à refaire le portrait à Rory Twitchell ? Bien sûr que si ! Pourtant je n'ai jamais levé la main sur personne, je n'ai jamais eu un mot plus haut que l'autre. Et tu sais comment j'en suis arrivé là ? En me posant une question, la seule qui vaille la peine d'être posée : qu'est-ce que ça donnerait si je réfléchissais deux minutes avant d'agir ?

Logan baissa la tête.

— Vous comprenez pas, Doc. Vous savez pas ce que c'est de passer pour le monstre du quartier.

— Le seul à te considérer comme un monstre, c'est toi, mon gars.

— Je vois bien comment les gens me regardent. Je sais ce qui se raconte. Vous croyez que c'est facile pour les Dickinson de m'employer ici ? Vous croyez que ma tante cause de moi avec ses copines pendant leurs parties de bridge ? Et Alice, pourquoi elle a jamais parlé de moi à ses parents, d'après vous ?

Son regard se porta au loin. Il avait à nouveau la tête du petit garçon que Jim avait connu dix ans plus tôt.

— J'ai même pas osé aller à l'enterrement, ce matin, vous vous rendez compte ? Je suis un paria, Doc. Un moins que rien. Même ma petite copine refuse de me parler… J'ai essayé de la voir, de l'appeler… Elle répond plus depuis hier.

— Elle finira par revenir, ne t'en fais pas. Et les gens ont autre chose en tête aujourd'hui que remarquer l'absence du pompiste de la station-service, lui assura Jim. Quant au cuisinier, il a refait surface, cette histoire sera vite enterrée.

— Ouais, en tout cas, vous m'enlèverez pas de l'idée que cette enflure a un truc à voir avec la mort de la petite.

— Il a été mis hors de cause ! Il aura pris peur après votre altercation et aura préféré jouer l'autruche le temps que la pression retombe, voilà tout…

— Ou alors, il est allé se débarrasser du corps qu'il planquait chez lui depuis deux semaines. Vous savez, Doc, je regrette presque de pas…

— Ne va pas dire quelque chose que tu pourrais regretter, mon gars.

Logan s'était remis à faire les cent pas. Parfois, le Dr Pomeroy lui faisait penser à Maître Yoda, avec ses conseils de grand sage.

— Tout part en vrille dans ce village ! Comment vous voulez que je reste calme ?

Jim s'appuya sur le rebord du comptoir et planta ses prunelles dans celles de l'adolescent. Et bien qu'il se détestât dans ce rôle, il ne put s'empêcher de répondre, de son air le plus paternaliste :

— La haine appelle toujours la haine, Logan. Vengeance, rivalité, jalousie : tant que le monde ne sortira pas de cette spirale infernale, le mal continuera à frapper, inlassablement. Et nous ne pourrons alors plus qu'assister, impuissants, à notre propre déchéance.

5

— Je croyais vous avoir dit de ne pas toucher à ces pierres !

Sherry fit volte-face. Une ombre venait de sortir des bois derrière elle. Elle porta la main à son holster.

— Qu'est-ce que vous faites là ? lança-t-elle, ayant reconnu l'Indien de la caravane.

Sa voix était chancelante. Il lui avait fait peur, et elle détestait ça.

— Et vous, vous faites quoi ? se récria l'homme.

Elle eut un mouvement de recul. Son instinct l'aidait à anticiper les réactions des autres, en général, mais tandis qu'il approchait, elle réalisa qu'elle ignorait tout de ses intentions.

— C'est moi qui pose les questions, lâcha-t-elle sur un ton qui manquait cruellement d'assurance.

— Je suis venu prier.

— Prier ?

— Prier. Le reste ne regarde que moi, répondit l'Indien en continuant à avancer.

— Tout ce qui se passe sur une scène de crime regarde le shérif.

— Il y a eu un crime ici ?

Il la fixa d'un regard sombre, indéchiffrable. Sherry sentit une sueur froide lui passer dans le dos.

— Ne jouez pas au plus malin avec moi.

— Je suis là pour honorer mes ancêtres, expliqua l'homme. Pour les remercier de m'avoir apporté le savoir, la compréhension… et la sagesse. Ce dont vous manquez manifestement…

— J'en sais plus que vous ne le croyez, affirma Sherry.

C'était un coup de bluff, mais que tenait-elle pour sûr, au juste ? Qu'elle se trouvait à moins de cinq cents mètres de l'endroit où elle et Novak avaient découvert le cadavre de Rory Twitchell. Qu'à une encablure de là, cinq gamins du village étaient tombés sur celui de sa fille de 5 ans. Que le corps du père présentait des marques de morsure et qu'étrangement tout ceci s'était déroulé dans un endroit où des Indiens venaient honorer leurs ancêtres Anasazis. Pas de quoi se relever la nuit.

— Vous ne savez rien du tout, répliqua l'autre.

— Dans ce cas, éclairez ma lanterne. Expliquez-moi ce qui se passe ici.

— Il ne se passe rien ici.

Sherry comprit qu'elle ne tirerait rien de lui. Une heure qu'elle était là à essayer d'établir un lien entre les rites indiens et la famille Twitchell, en pure perte.

— Ces cercles de pierres, vous n'avez rien voulu m'en dire la dernière fois…

— Vous n'êtes pas en uniforme, remarqua l'homme. C'est au shérif que je parle ? Ou à la promeneuse égarée, seule au fond des bois ?

Sherry garda le silence. Le type cherchait à l'intimider, c'était indéniable. Mais il détenait aussi les réponses qui lui manquaient, et c'est là-dessus qu'elle devait se concentrer.

— J'ai lu que les spirales tracées dans le sens inverse des aiguilles d'une montre avaient une symbolique négative chez les Anasazis, récita-t-elle. Pas étonnant que vous ayez voulu garder l'information pour vous, l'autre jour…

— Le nom d'« Anasazis » a été donné à mes ancêtres par les explorateurs américains, expliqua l'Indien avec amertume. Il signifie « anciens ennemis ». Nous préférons les appeler « Hisatsinom », le peuple de jadis. En réalité, ils se nommaient « To-when-an-ung-wa ». Vous n'avez pas trouvé ça dans vos livres ?

Sherry botta en touche :

— Cette mare, au centre du cercle, c'est une *kiva*, n'est-ce pas ?

— Vos questions ne vous mèneront nulle part. Partez, maintenant.

— Si vous refusez de coopérer, je vous embarque pour entrave à la justice !

— Non, vous ne pouvez pas, avança l'Indien en faisant un pas de plus vers elle, de sorte qu'ils se retrouvèrent quasiment nez à nez. Vous n'êtes pas en service.

Le souffle de Sherry se coupa. Elle devait à tout prix garder le contrôle de la situation. Ne pas le laisser prendre l'avantage.

— Je pourrais appeler des renforts…

— En aurez-vous seulement le temps ? fit l'autre dans un rictus.

Il prenait plaisir à ce petit jeu, ça ne faisait aucun doute. Sherry ne se démonta pas :

— Est-ce que vos ancêtres ont procédé à des exécutions rituelles sur ces terres ? Pratiquaient-ils le cannibalisme ? Accouchez, bon Dieu ! Parlez-moi des scalps, des doigts tranchés, des…

— Vous avez trouvé des marques sur les cadavres, c'est ça ?

Le type était maintenant si près qu'elle pouvait sentir son haleine – un mélange de réglisse et d'herbe à pipe. Sherry recula et sentit rouler sous son talon une pierre rendue glissante par l'averse du matin.

— Et vous en avez déduit qu'il s'agissait de sacrifices rituels, poursuivit l'homme. Classique.

— La mare, c'est bien une *kiva ?* demanda-t-elle à nouveau.

Elle faisait référence aux pièces rondes et semi-enterrées où se pratiquaient autrefois les cérémonies secrètes des Anasazis. Elle avait découvert dans un livre qu'on trouvait en leur fond un *sipapu*, un trou menant aux Enfers. L'idée qu'on avait voulu condamner l'accès de celle qui se trouvait au centre de la clairière en la noyant lui avait un instant effleuré l'esprit, mais elle n'avait pas osé pénétrer le cercle pour aller vérifier.

— De tout temps, l'homme blanc a voulu faire porter la responsabilité de ses maux à notre peuple, poursuivit l'Indien en avançant encore. Les maladies, les guerres, les incendies : la faute aux méchants Peaux-Rouges !

Sherry fit un autre pas en arrière. Elle essaya de faire sauter l'attache de son holster, mais ses doigts glissèrent sur le rivet.

— Reculez ! s'écria-t-elle.

— Inutile de vous énerver.

— Reculez, j'ai dit !

L'attache du holster céda. Ses doigts effleurèrent la crosse.

— Voilà la cause de tous vos maux. C'est cela, précisément, appuya l'homme en pointant sur elle un doigt accusateur. La violence, la colère, incontrôlées et incontrôlables…

— Je t'ai dit de reculer, connard !

La sortie, d'une violence inouïe, cloua le type sur place. Sherry empoigna son .38, sans dégainer ; toute trace d'empathie avait déserté son visage. Le silence entre eux s'épaissit jusqu'à en devenir palpable.

Après un moment, l'homme secoua la tête et fit un pas de côté pour se positionner au bord du premier alignement de pierres. Il murmura quelque chose entre ses dents, une sorte de prière, puis pénétra à l'intérieur de la spirale.

Sherry le regarda faire, retenant une protestation. La partie était terminée, et elle l'avait perdue. Elle refusait pourtant de s'avouer vaincue. Elle avait encore une carte à jouer, un dernier détail à vérifier.

Elle tourna le dos aux cercles de pierres et s'éloigna sans un mot.

6

La section « Histoire locale » de la bibliothèque municipale d'Escalante était un fabuleux capharnaüm. Archives, encyclopédies, guides et albums anciens peuplaient ses étagères sur une dizaine de mètres carrés. Junior McCombs, qui de toute sa vie n'avait jamais ouvert que des manuels scolaires, était resté sans voix en découvrant les lieux. Mais au grand dam des quelques lecteurs présents, son babillage incessant avait repris presque aussitôt.

De retour d'un rayonnage qu'il avait laissé sens dessus dessous, le gros garçon déposa trois volumes sur la table en poussant un énorme soupir. Une vieille dame le fusilla du regard.

— Et voilà : *Histoire de la Boulder Mountain*, *Duncan's Creek à travers les siècles* et *Les Asanazis : mythes, légendes et mystères*.

— Les Anasazis, le corrigea Jake. Fais voir…

Il abandonna un ouvrage intitulé *Esprits de la montagne* et jeta un œil à la quatrième de couverture. Un recueil de récits mythologiques transmis par les conteurs d'anciennes tribus indiennes. Ça ferait l'affaire.

— Tu as trouvé quelque chose ? demanda Junior à voix basse.

Les deux garçons étaient arrivés à la bibliothèque une heure plus tôt. Mme McCombs ne s'était pas fait prier pour servir de taxi, trop enchantée de voir son fils s'intéresser à autre chose qu'à ses jeux vidéo. La réaction de Sam, qu'ils étaient passés voir chez elle après l'enterrement, avait été beaucoup moins magnanime. « La bibliothèque ? Et pourquoi pas le musée ? » les avait-elle raillés. Elle n'était pas trop mal en point, mais le Dr Pomeroy, qui avait soigné ses deux côtes fêlées, lui avait ordonné de rester alitée pendant quelques jours.

— Oui, des trucs sur le canyon de Shungomowi, répondit Jake.

Il parlait encore du nez à la suite de son face-à-face avec le tronc d'arbre dans le torrent. Sa mère ne cessait de lui répéter que son visage avait désenflé, mais lui trouvait qu'il ressemblait à Elephant Man.

— Rien sur la Gorge du Diable ?

— Tu te souviens de l'Indien dont tu m'as parlé, celui qui serait tombé dans la Gorge ?

— Ouais.

— J'ai trouvé un livre qui parle de lui.

Junior vint s'asseoir près de Jake, qui attira à eux un épais bouquin.

— En fait il aurait été jeté dedans par des membres de sa tribu. Une ou deux semaines plus tard, un terrible fléau aurait frappé les coupables. Ils seraient tous morts dans d'étranges circonstances…

— La vache ! réagit Junior, plus fasciné qu'effrayé.

— Après ça, l'endroit a commencé à avoir mauvaise réputation. On le disait maudit. Il y a même eu des accusations de sorcellerie contre la tribu, qui aurait soi-disant retourné la malédiction contre ses ennemis. Puis les Anasazis ont déserté la région, subitement, en laissant leurs morts derrière eux.

Jake montra à Junior la photo d'un squelette exposé au musée d'Histoire naturelle de Salt Lake City. La légende indiquait qu'il avait été retrouvé en 1938 dans un *pueblo* de la Boulder Mountain, à quelques kilomètres de Duncan's Creek.

— « Après la découverte de corps aux membres cassés, présentant pour certains des impacts de coups sur le crâne, les arléo… les archéologues ont conclu à des meurtres rituels », lut Junior. Ça veut dire que les Indiens se sont tués entre eux ?

— Exactement. Ce n'est pas pour rien que les Anasazis ont quitté leurs terres. Ils ont tout laissé en plan, jusqu'à la nourriture au fond de leurs bols. Seul un grand bouleversement a pu les forcer à partir. Une guerre civile pourrait être une explication.

— Purée ! lâcha Junior.

— Chut ! fit une voix agacée dans son dos.

Le gros garçon rentra la tête dans les épaules.

— J'ai aussi trouvé ça, ajouta Jake en ouvrant un livre à la couverture patinée. Ce sont des récits d'aventures du siècle dernier, dans la Boulder Mountain. Les trappeurs qui chassaient là-haut ont répandu des bruits, à l'époque : selon eux, la forêt était hantée.

Junior bondit sur sa chaise comme si une guêpe l'avait piqué.

— Tu vois, j'ai rien inventé ! Tu veux pas arracher la page pour la montrer à Sam-suffit ? Elle arrêtera peut-être de me traiter de…

— Vous allez vous taire ? rouspéta quelqu'un.

— Ce qui est étrange, c'est que ces récits remontent à peu près à l'époque où une bergère aurait vu apparaître le diable sur le Devil Trail, reprit Jake dans un murmure.

Junior ouvrit de grands yeux ronds.

— Et si tout ça, c'était vrai ? hasarda Jake avec dans la voix une pointe d'excitation que l'occlusion de sa cloison nasale n'arrivait pas à atténuer. S'il y avait vraiment une puissance maléfique dans la montagne, si l'esprit du jeune Indien mort il y a cinq siècles hantait toujours les lieux ?

L'image du monstre qu'il avait cru voir lors de sa course effrénée sur le bord de la rivière, cette image qui était revenue s'imposer à lui au moment de passer sous la cascade, lui revint soudain à l'esprit.

— Comme un loup-garou ? avança Junior.

— Le loup-garou, le Bigfoot, le père Fouettard, le Wendigo… Appelle-le comme tu veux. Le diable peut prendre différentes formes, mais toujours celle qui t'effraiera le plus !

Junior plaqua une main sur sa bouche pour bloquer un nouveau juron.

— Peut-être que tous les monstres qui nous terrifient quand on est gosse – Frankenstein, Dracula, le croque-mitaine – existent vraiment, poursuivit Jake. Peut-être qu'ils se planquent vraiment dans nos placards ou sous nos lits. Peut-être que Shawna Twitchell a réellement été enlevée par l'un d'eux !

Les yeux de Junior, déformés par les verres de ses lunettes, semblaient vouloir lui sortir de la tête.

— Un esprit maléfique qui persécute les habitants d'un village… c'est pareil que dans ton histoire, Jacques-a-dit !

— Cette fois, ça suffit ! aboya la vieille dame à la table d'à côté, avant de refermer son livre et de changer de place.

Les garçons cessèrent de parler un court instant. Plongés dans une sorte de transe, ils ne virent pas une ombre se glisser entre eux.

— C'est moi, l'esprit frappeur, susurra une petite voix à leur oreille.

Jake et Junior sursautèrent bruyamment, soulevant une nouvelle vague de protestations à travers les salles de lecture.

— C'est pas drôle ! s'indigna Junior, la bouche tordue en un rictus d'horreur.

Sam se fendit d'un sourire insolent. Son visage était pâle comme la mort, pourtant ni son accident ni le climat de tension qui régnait à Duncan's Creek ne semblaient l'affecter. Sa faculté à reprendre le dessus sidérait Jake, qui était encore sous le choc des événements du week-end. Le traumatisme avait laissé place à une sorte de contrecoup intangible, presque irréel, au fond de lui. Il ne se passait pas une heure sans qu'il repense au corps sans vie de la petite Shawna.

— Tu es venue comment ?

— En poney.

— Hein ?

— Qu'est-ce que tu crois, Boulard, je suis venue à vélo !

— Tu t'es tapée les quinze kilomètres à vélo dans ton état ? Et ton père ? Et le Dr Pomeroy ? Qu'est-ce qu'ils vont dire ?

Sam tira le T-shirt du gros garçon par-dessus sa tête pour lui faire une cagoule.

— Ce qu'ils savent pas, ils peuvent pas me le reprocher. Alors garde ta langue dans ta bouche, tête de zguègue !

Junior se mit à rire aux éclats. Il se contorsionna une minute avant que la bibliothécaire ne vienne les menacer de les mettre dehors. C'était une petite femme transparente, creuse, qu'on devinait capable de dénoncer les chauffeurs ivres au 911. Avec sa face de musaraigne, elle aurait pu être l'une des nombreuses incarnations du mal que venait d'évoquer Jake.

Dès qu'elle eut tourné le dos, les garçons firent à Sam un bref résumé de leurs découvertes.

— Vous êtes en train de dire qu'un Indien mort il y a cinq cents ans s'attaque aux petites filles du village ? résuma Sam quand ils eurent fini.

— Pas un m… un Indien mort, nuança Jake. Plutôt son esprit. Son peuple a fichu le camp mais quelque chose a subsisté. Et aujourd'hui, ce truc est réveillé.

— C'est pareil que l'épouvantail dans son histoire ! couina Junior, se retenant de crier.

Ils passèrent une heure de plus à lire. Sam et Junior parvinrent à garder le silence et à rester en place, de manière assez inattendue. À un moment, le gros garçon regarda derrière lui pour s'assurer que leur garde-chiourme n'était pas dans les parages et fit signe aux deux autres d'approcher. Il avait trouvé un article de journal datant de 1967.

« LA GORGE DU DIABLE : UN ENDROIT MAGIQUE ?
Connaissez-vous la Gorge du Diable, ce canyon enfoui au cœur de la forêt nationale de Dixie, à quelques kilomètres de Duncan's Creek ? On raconte que, depuis des générations, l'endroit est devenu une sorte de confessionnal à qui les jeunes gens viennent livrer leurs pensées les plus secrètes. Certains parlent même de hurloir. C'est le cas de Steve W., 17 ans, qui nous a confié : "Je vais là-bas quand ça ne va pas, pour me défouler après mes parents, par exemple, ou après mon prof de physique. Je crie un bon coup, et ça passe."
Une légende indienne voudrait que la faille creusée dans la montagne ait des vertus magiques. On prétend ainsi qu'elle apaiserait les esprits de ceux qui lui confieraient leurs péchés et leurs pensées les plus sombres. Une question demeure, cependant : où donc s'en vont tous ces maux jetés dans le noir ? "Ils nourrissent le diable", nous répond le garde-chasse Paul T. dans un sourire mystérieux. Vous serez prévenus : à n'en point douter, cette fameuse Gorge du Diable "regorge" de secrets inavouables et de cauchemars anciens ! »

— Merci, on connaît l'histoire ! déclara Sam une fois sa lecture terminée. Boulard nous l'a racontée environ 4 257 fois ! Mais j'y crois pas une seconde ! Les monstres, ça existe que dans les bandes dessinées !

Jake se pencha en avant et secoua la tête.

— Imaginez que ce soit vrai : que tous vos pires cauchemars, vos pensées les plus sombres, vos péchés inavoués engendrent un genre de… une somme d'horreurs qui va finir par prendre forme.

Sam et Junior étaient tout ouïe.

— La peur, la colère, la haine : et si tous les mauvais sentiments contenus dans la montagne avaient créé un flux d'énergie négative ?

— Un flux d'énergie négative ? murmura Junior en écho.

— Le mal, à l'état brut. Du pur concentré de mal. Imaginez que l'esprit de la montagne se nourrisse de sentiments humains, comme… comme Junior avec ses M&M's. Que se passerait-il s'il en mangeait trop ?

— Il éclaterait ? suggéra Sam.

— Ah ah, très drôle ! fit Junior.

— Il vomirait. Son estomac rendrait le surplus de nourriture. C'est peut-être ce qui se passe avec la Gorge du Diable : elle est pleine, et maintenant elle… elle rejette l'excédent d'énergie négative.

— Comment tu sais tout ça ? l'interrogea Junior.

— Je lis beaucoup.

— Il en faudrait une sacrée somme de mauvais sentiments pour faire gerber une montagne ! nota Sam, railleuse.

— Justement ! Vous n'avez pas l'impression que les gens se font de plus en plus la guerre, au village ?

Nouveau silence. L'ambiance feutrée de la salle de lecture en devenait presque oppressante.

— Alors quoi, ils l'ont rendue malade ? baragouina Junior en plongeant le nez dans son paquet de M&M's.

— Oui, ils l'ont rendue malade ! Et essaie de te concentrer, s'il te plaît !

Le gros garçon avala les chocolats qu'il avait dans la bouche avant de marmonner :

— Ces salauds d'Indiens !

— Vous ne comprenez pas ! objecta Jake en secouant la tête. Ce ne sont pas les Indiens, les responsables !

Ce sont les habitants du village ! Leurs rancœurs, leurs rivalités et leurs jalousies ont agi comme un poison.

— Je comprends rien, souffla Junior.

Sam lui lança un regard noir.

— T'as rien écouté, Boulard ? Jake t'a dit de te concentrer !

Immédiatement, le gros garçon appuya ses doigts sur ses tempes et émit un ronflement profond.

— Qu'est-ce que tu fous ? gronda Sam.

— Tu as dit « Jacques a dit de te concentrer », alors je me concentre !

Junior pouffa. Il ne fallut pas plus de cinq secondes à la bibliothécaire pour débouler dans la salle, rouge de fureur, et l'attraper par une oreille.

— Allez ouste, déguerpissez ! rugit-elle en le décollant de sa chaise.

Elle le poussa dehors avant qu'il ait pu demander son reste. Jake et Sam se regardèrent, éclatèrent de rire et remballèrent leurs affaires. Ils coururent à la suite de Junior, qui détalait dans la rue comme un beau diable.

7

À la seconde où Sherry Grant vit l'ombre cachée dans la roche fondre sur elle, deux pensées se succédèrent dans son esprit. La première, qui la tenaillait depuis plus d'une heure, était une affirmation qui rejoignait tout à fait ce que Jake Dickinson tenait maintenant pour acquis : une entité maléfique rôdait dans la montagne. Sherry avait senti sa présence dès qu'elle avait mis les pieds dans la grotte, et l'impression n'avait fait que s'accentuer au fur et à mesure de sa progression. La seconde était une question : *Qu'est-ce que je fous là, bon Dieu ?* Des mots qui avaient jailli avec la fulgurance d'un éclair, juste avant que le monde ne sombre dans le néant. La réponse à cette dernière question était simple : Sherry était obsédée par l'affaire Shawna Twitchell. Pendant des jours, elle avait sillonné la montagne, arpenté ses chemins et fouillé ses fossés. Pourtant, quelque chose lui échappait encore…

Elle s'était engouffrée dans la grotte, armée de la certitude que les réponses qui lui manquaient se trouvaient à l'intérieur. Peu lui importait de se rompre le cou ou d'être écrasée par un rocher, il fallait qu'elle en ait le cœur net. Novak n'avait pas tort quand il disait qu'elle était incapable de lâcher du lest, mais tout flic a un cas non résolu qui le hante, non ?

Dès qu'elle s'était retrouvée dans le noir, Sherry avait ressenti un vertige qui n'avait rien à voir avec une éventuelle claustrophobie. Il s'agissait plutôt d'une présence, de quelque chose d'intangible en suspens dans l'air. Peut-être des *kachinas*, ces forces invisibles de la nature que vénéraient les Anasazis ; elle avait lu qu'il en existait de bonnes aussi bien que de mauvaises, et ça l'avait fait sourire, sur le coup. Mais maintenant qu'elle était seule dans cet endroit hostile, l'idée ne lui paraissait plus aussi saugrenue.

La Gorge du Diable. Ce seul nom aurait tenu le plus téméraire des explorateurs à l'écart. Mais pas Sherry Grant, qui avait la conviction que la mort de la petite Shawna Twitchell n'était pas accidentelle. Les conclusions du légiste ne la satisfaisaient pas. Le rapport du shérif Hughes ne la satisfaisait pas. Et la résignation aveugle de la famille Twitchell lui filait des haut-le-cœur. La professionnelle éprise de justice, au fond d'elle, était décidée à trouver un moyen de leur ouvrir les yeux, à tous. Elle ne lâcherait rien, elle ne l'avait jamais fait.

Après avoir emprunté un boyau obscur, Sherry s'était enfoncée dans l'inconnu, précédée du faisceau blanc de sa lampe torche. Il faisait frais dans la grotte, peut-être quatre ou cinq degrés de moins qu'à l'extérieur. Elle avait descendu une courte sente, franchi un éboulement rocheux et suivi un filet d'eau qui s'écoulait paresseusement entre des agrégats de débris. Pendant de longues minutes, les ravines s'étaient succédé en un dédale tortueux qui semblait n'aboutir nulle part. Les Indiens avaient construit d'innombrables forteresses au cœur de ces falaises, reliées entre elles par des kilomètres de routes. Sans doute suivait-elle un chemin de pèlerinage menant vers quelque lieu sacré.

Au bout d'une demi-heure, quelque chose s'était mis à bouillonner dans son ventre – une peur diffuse qui ne demandait qu'à éclater. Elle tournait en rond. Il lui semblait voir et revoir sans arrêt le même relief cabossé, les mêmes rochers tombés aux mêmes endroits.

C'est à ce stade de son périple qu'une alarme se déclencha au fond d'elle, la sommant de déguerpir. Sherry fit halte une minute, le temps de reprendre sa respiration et de peser le pour et le contre. Puis elle repartit bille en tête.

Après cent mètres, un éclair de lumière irrigua la voûte rocheuse devant elle ; le cône de clarté semblait déferler d'un corridor creusé par la chute d'un tronc. Elle était à mi-parcours quand, éblouie, elle dérapa et s'étala de tout son long sur le sol humide. Sa main droite, celle qui n'était jamais loin de la crosse de son .38, vint frotter un chapelet de ronces qui y laissèrent de fines lignes pourpres. Dans le silence qui suivit, Sherry crut entendre un craquement de branche écrasée. Elle tendit l'oreille, ne capta qu'un silence plus inquiétant encore que les mille petits bruits de la nature.

Elle aurait pu décider de s'enfuir à ce moment-là, mais sa curiosité fut plus forte que son bon sens. Elle se releva, examina la paroi devant elle. Le grès était couvert de stries et de traces sombres, peut-être bien des pétroglyphes.

Les yeux plissés, Sherry scruta le relief centimètre par centimètre. Elle y découvrit, en dessous d'une ligne de boue qui se découpait nettement sur les différentes nuances d'ocre, des éclaboussures rouges traçant des rayures nerveuses sur les murs. Du sang… Elle allait porter sa main à la roche quand un mouvement accrocha son regard sur la droite. Elle ne s'était pas trompée : il y avait bien quelqu'un, ici. Appuyée contre la paroi, une jeune fille bâillonnée l'appelait à l'aide de ses yeux grands ouverts.

Le sang de Sherry ne fit qu'un tour. Elle bondit sur le côté, revolver à bout de bras, et ne vit l'ombre qui marchait sur elle qu'au dernier instant. Elle fit volte-face. Recula d'un bond, sous le choc. Ce que ses yeux lui montraient n'était pas du domaine du possible.

Son dos toucha le mur. Elle aurait voulu reculer encore, mais elle était piégée. La panique l'envahit.

Qu'est-ce que je fous là, bon Dieu ?

Ce fut sa dernière pensée consciente avant que l'ombre ne s'abatte sur elle.

CHAPITRE XI

1

Rita Davis, coordinatrice principale du bureau du shérif à Panguitch, fut la première à s'inquiéter de l'absence de l'adjoint Grant ce mardi matin. Rita tenait depuis toujours un registre détaillé des allées et venues de ses ouailles, et à la page du 9 juillet, un bandeau rose fluo surlignait le nom de Sherry. « H268V GRANT – 6 : 00 », indiquait une ligne dans la marge. Il était maintenant 7 h 30, et la jeune femme ne s'était toujours pas montrée.

Après avoir contacté Ted Cassidy sur la radio de la voiture de patrouille et tenté, en vain, de joindre l'adjoint Grant chez elle, Rita prit son courage à deux mains et alla toquer à la porte du bureau du shérif Hughes, qui venait d'arriver. Elle avait deviné, à la manière dont il était passé devant elle, qu'il ne serait pas à prendre avec des pincettes, mais Rita, dans sa grande mansuétude, lui trouva des circonstances atténuantes : le pauvre homme ayant enterré son neveu et sa petite-nièce coup sur coup, on pouvait comprendre que son moral fût en berne.

Sans surprise, Dalton Hughes l'accueillit d'une voix de crécelle qui évoquait à s'y méprendre celle d'Elmer

Fudd des *Looney Tunes* – à bien y regarder, il avait aussi le physique d'Elmer :

— Si vous n'avez pas une raison valable de troubler mon humeur déjà médiocre, je vous invite à retourner de ce pas dans le cagibi qui vous sert de bureau, madame Davis !

Rita s'éclaircit la gorge et remit en place son chignon pourtant impeccable.

— C'est l'adjoint Grant, shérif. Elle… elle ne s'est pas présentée ce matin…

— Mais encore ?

— Ce n'est pas dans ses habitudes, il lui est peut-être arrivé quelque chose ?

— Eh bien, je ne sais pas, moi, appelez chez elle !

— Je viens de le faire. Personne ne répond.

— Essayez donc chez Novak…

— L'adjoint Novak ?

Le shérif leva son nez porcin du dossier dans lequel il était plongé. Il avait sur le visage cette expression ulcérée que tout le monde au bureau connaissait bien, et qui n'augurait rien de bon.

— Combien de Novak connaissez-vous, madame Davis ?

Rita s'accrocha à la poignée de la porte. Une bouffée de chaleur souleva imperceptiblement le devant de son chemisier en soie.

— Pensez-vous vraiment que j'ai le temps de partir à la chasse aux déserteurs ? ajouta Hughes pour bien enfoncer le clou. Avec ce merdier que le FBI nous a laissé sur les bras, j'en ai pour des jours de paperasses !

— C'est que…

Il la fit taire d'un regard.

— Quand vous aurez passé votre coup de fil, veillez à retirer les affichettes « PORTÉE DISPARUE » qui traînent encore dans les locaux, fit le shérif après quelques secondes. Ça fait désordre.

Rita hocha docilement la tête. Elle aurait adoré lui dire d'aller se faire foutre, mais ce genre de mots ne faisait pas partie de son vocabulaire.

— C'est déjà fait, shérif.

— Et les vêtements que nous a confiés la mère de la gamine… vous en avez fait quoi ?

— Je les lui ai rendus après la cérémonie, hier, répondit Rita évasivement.

Elle se revit tendre à Mandy Twitchell le petit paquet dans lequel était emballé le pull de Shawna ; elle n'aurait jamais laissé un tel accident se produire si elle avait eu la chance d'avoir un enfant.

— Madame Davis ?

Les yeux de fouine de Hughes sondèrent son visage. Rita sentit l'embarras lui brûler les joues.

— Il va falloir vous ressaisir, siffla le shérif. Tout le monde ici est très affecté par la tragédie qui vient de frapper la famille Twitchell, mais nous avons une mission à mener à bien. « Protéger et servir », vous vous rappelez ?

Palabrer et mentir, corrigea mentalement Rita, qui supportait de moins en moins les manières de son patron. D'un geste agacé, elle repoussa la monture léopard de ses lunettes sur l'arête de son nez et se prépara à tourner les talons. Mais Hughes n'en avait pas terminé avec elle :

— Contactez Novak. Trouvez Grant. Virez-moi ces affiches – et ne me dites pas que c'est fait, j'en ai encore trouvé une sur une boîte de cookies près de la machine à café.

Rita sentit la colère gronder dans sa poitrine. Elle avait mal dormi, Roger avait ronflé toute la nuit et, pour couronner le tout, le chat s'était amusé à faire ses griffes sur le petit jacquard qu'elle était en train de tricoter pour l'une des poupées de sa collection. La coupe était pleine, comme aurait dit sa mère.

— J'y vais de ce pas, shérif, répondit-elle du même ton mielleux qu'il avait pris une minute plus tôt. Et je vous emmerde, plaça-t-elle avant de lui tourner le dos.

Elle ne vit pas la réaction de Hughes, la porte s'était déjà refermée. Au fond d'elle, Rita se plut néanmoins à imaginer sa tête sans cou en train de s'allonger et ses sourcils de bébé se rejoindre au milieu de son front en un V parfaitement symétrique.

Revigorée, l'insignifiante coordinatrice du bureau du shérif retourna à son poste et fit précisément ce que son patron lui avait ordonné : elle appela Mitch Novak.

2

— *L'Empire contre-attaque*, Robicheaux ! Et c'est mon dernier mot !

— Mais, chef... *Le Retour du Jedi* est cent fois meilleur, y a pas photo !

— *Le Retour du Jedi* n'arrive pas au bout de l'orteil de *L'Empire*, objecta Mitch. Les Ewoks, Rob, ces foutus Ewoks ! Tu crois vraiment qu'on avait besoin de se taper ces grosses peluches pendant tout un épisode ?

Beauchamp Robicheaux, Jr., n'attendit pas d'avoir avalé la bouchée qu'il était en train de mastiquer pour répondre :

— Et la princesse Leia en bikini doré ? Vous en faites quoi ? Allez pas me dire que ça vous a pas un tout petit peu travaillé ?

— C'était il y a deux ans, Rob, il y a un moment que je ne tachais plus mes draps pour des fantasmes d'adolescent ! Et puis, n'essaie pas de me retourner la tête, je n'en démordrai pas : *L'Empire contre-attaque* est le meilleur épisode de la saga, point final ! Il a cette part d'ombre, ce côté adulte dont sont dénués les deux autres… (Mitch mordit dans son beignet.) Tu n'es qu'un morveux, Rob. Tiens, essuie un peu le lait qui te coule du nez.

Il tendit à son bleu une serviette en papier. Les deux hommes se trouvaient sur le parking d'un motel, à Cannonville, et terminaient leur petit déjeuner sur le toit de la voiture de patrouille. La propriétaire des lieux, qui les avait fait venir pour une histoire de Livre des Mormons volé dans une table de nuit, leur avait gracieusement ouvert son buffet pour les remercier.

— Putain, Rob, *Le Retour du Jedi !* se moqua Novak une nouvelle fois, levant les yeux au ciel. Qu'est-ce qu'il faut pas entendre… À la rigueur, je pourrais comprendre que tu préfères le premier. Mais tu n'étais sans doute pas né quand il est sorti…

Robicheaux éclata d'un rire gras. Des morceaux de beignets imbibés de salive vinrent crépir le gyrophare de la Ford.

— Vous croyez qu'ils feront une suite un jour ? demanda-t-il après s'être essuyé le menton.

Mitch n'eut pas le temps de répondre, le central l'appelait sur la radio. Il se glissa derrière le volant et prit la communication.

— Ne me dites pas qu'on a un nouveau corps sur les bras, Rita, commença-t-il sur un ton voilé de lassitude. C'est un trop beau début de journée, même si le café est infâme !

Par la portière ouverte, Mitch entendit Robicheaux imiter le ronflement d'un sabre laser, et ne comprit pas bien la réponse de la coordinatrice. Il fit jouer le contrôle du volume.

— Vous pouvez répéter ? J'ai Dark Vador sur l'autre ligne…

— C'est l'adjoint Grant, Mitch, fit la voix parasitée de Rita Davis dans le haut-parleur. Elle n'est pas venue travailler ce matin. Je suis inquiète, ce n'est pas son genre.

Un poing glacé comprima le cœur de Mitch. Le micro faillit lui échapper quand il poussa le bouton de prise de ligne.

— Quoi, elle est malade ? demanda-t-il.

— Non, je ne pense pas. Vous la connaissez comme moi, Sherry aurait appelé.

— Sherry aurait appelé, oui, répéta Mitch d'une voix blanche.

Un flash lui passa sous le crâne : Sherry, accrochée à son bras à la sortie de l'église, la pluie battant à grosses gouttes sur la toile de leur parapluie. Quels avaient été ses derniers mots avant de s'en aller ? « Je vais prendre l'air. Lâcher du lest. » C'est lui qui les lui avait soufflés, mais il était clair que la jeune femme n'était pas prête à tourner la page.

D'autres mots lui revinrent en mémoire. Doigts. Morgue. Indiens. Pierres sacrées. Grotte.

— OK, Rita, on s'en occupe.

— Merci. Tenez-moi au…

Mitch coupa la transmission. Un sentiment d'urgence s'empara de lui, il se pencha au-dessus du siège passager, reculé au maximum pour ménager de l'espace aux jambes interminables de son jeune coéquipier, et lui ordonna de grimper dans la voiture.

— Qu'est-ce qui se passe, l'Étoile noire a été attaquée ?

— Quelque chose dans ce genre-là, oui. Allez, grouille !

Mitch avait déjà mis le contact. Il enfonçait la pédale de l'accélérateur que Robicheaux avait encore un pied dehors. Les deux gobelets dégringolèrent du toit de la voiture sur le parking du motel.

3

Un rayon de soleil oblique descendait par la lucarne du sous-sol, fendant la pièce en deux. Assis au milieu de piles de cartons éventrés, Rick tournait le dos à la lumière. Il n'avait pas allumé le plafonnier. Il avait à nouveau 10 ans et s'était enfermé dans sa chambre pour construire un fort de cow-boys avec le contenu de sa bibliothèque.

L'humidité et la poussière avaient accompli, au fil des ans, un méticuleux travail de destruction sur les archives de son père. Des bouquets de champignons fleurissaient les feuilles jaunies des cahiers, des liasses de documents, maintenues par des élastiques réduits pour certains à des filaments caoutchouteux, s'étaient amalgamées sous l'effet de la moisissure.

Rick tira à lui un classeur à la couverture gondolée et jeta un œil à la première page : d'autres coupures de presse, datant cette fois du début des années soixante. Pendant une dizaine de minutes, il remonta le temps au gré des événements qui avaient marqué la décennie de ses 20 ans. L'élection de Kennedy, la crise des missiles à Cuba, l'interdiction de la lecture de la Bible à l'école, la loi sur les droits civiques… Mais aussi le prolongement de la route 12, le mariage de Lamar

Jones et Felicity Garner, le décès d'Earl Baldwin, l'ancien maire du village.

Puis, au détour d'une page, un gros titre attira son attention :

« UNE ENFANT DE 6 ANS TIRÉE DES GRIFFES D'UN SATYRE PAR UN MYSTÉRIEUX JUSTICIER »

La photo en une était floutée, mais on devinait le visage d'une fillette enfouie dans les bras d'un homme qui devait être son père. Ses cheveux étaient longs et blonds, et Rick se serait à coup sûr laissé abuser par sa ressemblance avec la petite Shawna s'il n'avait eu sous les yeux la date du 2 août 1960.

Il tourna la page et éplucha l'article. Il n'y était fait mention d'aucun nom, d'aucun lieu. La petite fille, qui était en vacances dans sa famille, avait disparu pendant plusieurs heures avant d'être ramenée à sa tante par un homme qui n'avait pas souhaité se faire connaître. Les soupçons qui pesaient sur le mystérieux inconnu avaient vite été levés : le choc passé, l'enfant avait fait comprendre au shérif que ce dernier n'était pas son ravisseur. Elle n'avait pu identifier ni l'un ni l'autre des deux hommes.

Sur son calepin, Rick nota la date et un X suivi d'un point d'interrogation. Il y figurait déjà une longue liste de noms :

« Abigail Jones, 6 ans. Août 1944.
Jonah Cleaver, 13 ans. Novembre 1966.
Lauren Ann Kendrick, 15 ans. Septembre 1970.
Tim Dickinson, 8 ans. Janvier 1972.
(Rory Twitchell, 23 ans. Décembre 1984.)
Shawna Twitchell, 5 ans. Juin 1985. »

Il resta pensif un instant, les yeux vissés à la feuille blanche rendue éblouissante par l'éclat du soleil. Ces noms lui étaient devenus familiers, au fil des semaines. Certains visages, aussi. Il lut et relut la liste à plusieurs reprises, cherchant une connexion, un indice. Puis, sur une impulsion, il raya le nom de Rory Twitchell, déjà placé entre parenthèses. La raison de cette éviction était double : premièrement, Twitchell avait été retrouvé – mort, certes, mais retrouvé. Deuxièmement, il était le seul adulte de la liste.

La question à laquelle il devait trouver une réponse, à présent, était la suivante : quel rapport pouvait exister entre les cinq noms restants, en dehors du fait qu'ils étaient tous ceux d'enfants ? Aucun, à première vue, mais la fatigue n'aidait pas à la concentration. Rick était là depuis une heure et commençait à ne plus avoir les idées claires. Il se leva et décida d'extérioriser ses pensées afin d'éviter qu'elles ne lui fassent sauter le citron :

— Abigail Jones est la première. On n'a jamais rien retrouvé d'elle, pas de trace, pas le moindre effet personnel, mais la famille a toujours pensé qu'elle avait disparu dans la forêt. Seize ans plus tard, une fillette est enlevée alors qu'elle passe ses vacances au village. « Zorro », le vengeur masqué, l'arrache aux griffes de son bourreau. On ne sait rien de plus : ni l'endroit où elle a été détenue ni la raison du rapt – sans doute l'œuvre d'un pervers sexuel. Pourrait-il s'agir de la même personne que pour Abigail ? Le délai semble long, mais pourquoi pas ? Et qui est ce « mystérieux justicier » ? Après ça, les disparitions s'enchaînent, à raison d'une ou deux affaires par décennie ; uniquement des enfants ou des adolescents, sans distinction de sexe. Nom de Dieu, où ça nous mène ?

Rick tourna en rond un bon moment, essayant de reconstituer ce puzzle impossible. Le constat était sans appel : il n'avait pas le début d'une piste. Rien qui puisse même le mettre sur la voie. Il désespérait à ce point de parvenir à un tableau cohérent qu'il en vint à se demander si les pièces du puzzle n'étaient tout simplement pas incompatibles. Au fond, toutes ces disparitions étaient peut-être purement accidentelles, et leur enchaînement, le simple fruit du hasard.

Il fixa à nouveau la liste de noms. Et si la solution la plus sage était de renoncer ? De laisser les morts reposer en paix ? Non, il ne pouvait se résoudre à abandonner ! Un nouveau malheur pouvait tout à fait se produire dans les jours, les semaines ou les mois à venir. Un autre enfant pouvait disparaître et faire les frais de son incapacité à démêler les fils de cette affaire. Il serait père dans sept mois, il n'arriverait jamais à fermer l'œil en sachant que, quelque part, un prédateur rôdait à la recherche d'une prochaine victime.

Rick retourna s'asseoir, se décalant d'un mètre sur la droite pour suivre la course du soleil. Il devait repartir de zéro, analyser les informations en sa possession et tirer les conclusions qui s'imposaient. Il ouvrit donc son calepin, en tourna les pages une à une et scruta chaque note sans négliger le moindre détail. Le travail d'investigation n'avait jamais été son fort. Son boulot, c'était la création. Il avait toujours privilégié la forme au fond, l'émotionnel au factuel. « En quelques mots, je définis la poésie des mots comme création rythmique de la beauté. Son seul juge est le goût », avait dit Edgar Allan Poe, précepte que Rick avait fait sien au cours de ses années dans la pub.

Il tomba sur un nom, tout à coup, qui l'interpella : Martin Davis, 10 ans, disparu au milieu des années soixante. Rick avait écarté son nom de sa liste pour la même raison que Rory – le corps avait été retrouvé. Cependant…

— Cependant le corps de Shawna a été retrouvé, lui aussi, murmura-t-il dans sa barbe.

Il tendit le bras et fit venir à lui un tas d'archives à l'équilibre précaire. Dix minutes plus tard, il trouva ce qu'il cherchait : le numéro 887 du *Register*, daté du 2 février 1965.

« LE CORPS DU JEUNE MARTIN DAVIS RETROUVÉ QUATRE MOIS APRÈS SA DISPARITION »

L'article expliquait, dans les grandes lignes, que le cadavre disloqué du garçon avait été découvert par un randonneur qui avait fait une chute au fond d'une crevasse de la Boulder Mountain. Les autorités avaient conclu à une mort accidentelle.

Au fond d'une crevasse de la Boulder Mountain...

Rick attrapa son stylo et ajouta des annotations en regard des noms de certains des disparus :

« Abigail Jones : disparue dans la montagne ?

Shawna Twitchell : retrouvée dans la montagne.

Martin Davis : retrouvé dans la montagne. »

Ses yeux restèrent fixés sur la page pendant un long moment. Abigail. Shawna. Martin. Il y avait forcément un lien.

Une autre maxime de Poe lui revint, subitement : « L'important, c'est de savoir ce qu'il faut observer. » Rick balada son regard sur les cartons qui l'entouraient. La réponse était là, quelque part. Il en aurait mis sa main au feu.

Abigail.

Shawna.

Martin.

Jonah.

Jonah...

Quelque chose jaillit soudain au fond de lui. Une évidence, une certitude. Son père avait employé le jeune Jonah Cleaver entre janvier et novembre 1966, il avait été son *paperboy*, comme l'était maintenant Cody Hoffmann pour Rick. Il y avait forcément une trace de leur collaboration dans l'un de ces cartons.

Durant plus d'une heure, Rick fouilla les registres, les feuilles de salaire, les épreuves du *Register*, avant de mettre enfin la main sur quelque chose d'intéressant : une feuille volante arrachée à un cahier à spirales, recensant différents noms et adresses. Dans un coin, une main enfantine avait tracé les initiales « J.C. ».

J.C., pour Jonah Cleaver.

Rick parcourut la liste en diagonale, reconnut quelques noms : Freeman, Hodge, Baldwin, Pomeroy, Gillespie, DeSoto – des abonnés au journal. Chacun d'entre eux était précédé d'un numéro, probablement une référence client.

— Et merde, ça ne mène nulle part !

Il cambra le dos dans un rugissement d'ours. Il avait mal à la nuque, la migraine avait commencé à cogner contre son front. Il était descendu à 8 heures et son estomac lui criait qu'il n'était pas loin de midi. Il allait plier la feuille à carreaux pour la glisser dans son calepin et monter chercher quelque chose à grignoter quand, pris d'une inspiration soudaine, il la retourna.

Ce qu'il découvrit au dos lui fit l'effet d'un uppercut : un croquis, tracé avec le même crayon que celui qui avait servi au recto. Des croix le jalonnaient, évoquant ces points numérotés qu'il fallait relier entre eux pour former un dessin dans les cahiers de jeux. Une fine ligne en pointillé courait de l'une à l'autre. Sans qu'il en ait immédiatement conscience, certaines pièces du puzzle s'imbriquèrent dans son esprit.

Il s'agissait d'un plan de Duncan's Creek. On reconnaissait la route 12, la Duncan River, l'orée de la forêt de Dixie… En étudiant le plan de plus près, Rick remarqua que l'une des extrémités de la boucle, signalée par une étoile, était positionnée dans une zone située entre la grange du père Baldwin et la ferme des Jones. *C'est ici, chez mon père. Au siège du* Register. Lentement, ses yeux glissèrent vers le haut de la feuille. Le point d'arrivée, marqué d'un fanion triangulaire, se trouvait tout au nord, sur une route en lacets en bordure de la forêt.

— Nom de Dieu, lâcha-t-il dans un souffle.

La lumière s'était faite, tout à coup. Il avait sous les yeux le parcours que le jeune Jonah Cleaver, l'un des nombreux disparus de Duncan's Creek, suivait pour la distribution de ses journaux. L'itinéraire précis de sa tournée, ce jour de novembre 1966 où il avait disparu… Et à elle seule, cette découverte éclairait pas mal de zones d'ombre.

4

— Vous vous sentez en paix, Betty. Votre respiration devient plus lente, plus calme… Vos paupières sont lourdes, elles se fermeront bientôt sur une transe agréablement profonde. Et tandis que vos pensées s'accrochent et se décrochent, vous entrez plus profondément en vous-même. Vous entendez les bruits autour de vous, et ma voix, bien sûr… mais d'autres bruits, aussi… plus ou moins proches, plus ou moins distants…

Des planches qui craquent. Le pépiement des oiseaux. Une voiture qui passe.

— Vous entrez dans un autre espace-temps, à présent. Votre corps se détend pour entrer toujours plus en transe, vous vous laissez porter vers un ailleurs où tout n'est que calme et douceur. Vous n'avez rien d'autre à faire qu'écouter ma voix. Maintenant, vous pouvez sentir…

Le vent dans ses cheveux. Une caresse sur sa peau…

— … le poids de votre respiration, beaucoup plus lourde, beaucoup plus profonde, le poids de vos mains sur vos jambes, ces mains qui pèsent…

Elle vole. Non, elle glisse. Lentement, comme sur un nuage.

— Vous ressentez l'univers, solidement ancré dans le temps, et le temps solidement ancré en vous. Les bruits autour de vous, le son de ma voix…

Une voix d'homme, un murmure dans le noir.

— … tout cela vous pousse à entrer de plus en plus en vous-même, dans une transe de plus en plus confortable, dans cet état où votre inconscient va vous ouvrir ses portes…

Une porte… Qu'y a-t-il derrière ? Un homme… un homme dans le noir…

— Maintenant que vous êtes en transe, vous allez pouvoir laisser votre inconscient vous parler. Il possède tous vos souvenirs…

Une pièce isolée, saturée d'humidité. Des mouches qui bourdonnent. Des lattes qui…

— … et vous entrez en résonance avec eux. Détendez-vous, Betty, laissez les souvenirs venir à vous…

Le croque-mitaine ! Il est là, au-dessus d'elle. Il est immense, peut-être trois mètres de haut. Il se penche sur elle et…

— NON !

Betty ouvrit les yeux. Ses muscles se tétanisèrent, son cœur s'emballa. Un instant, elle eut l'impression qu'elle allait mourir.

— Non, je… je ne peux pas… je n'y arrive pas !

— Respirez, Betty. Respirez.

Le Dr Mujic attendit qu'elle reprenne ses esprits. La cinquantaine, trapu, il avait le regard fixe et pénétrant d'un militaire.

— Racontez-moi ce qui s'est passé.

Betty inspira, bloqua l'air dans ses poumons. Expira. Le sentiment de panique qui s'était emparé d'elle commençait à se dissiper.

— C'était comme… comme si j'étais en train de mourir, murmura-t-elle.

L'hypnothérapeute posa une main sur la sienne. Betty eut un mouvement de recul involontaire. Sa main – *la main du croque-mitaine* – était brûlante.

— La nyctophobie est souvent associée à la peur de mourir, expliqua-t-il tout bas. Elle n'est d'ailleurs pas une peur du noir en soi, le plus souvent, mais une peur des dangers potentiels ou imaginaires cachés dans le noir.

— J'ai peur de voir des yeux brillants dans la nuit ou des ombres sur les murs, confessa Betty. Je me force à ne pas y penser, mais il n'y a rien à faire…

— Plus on s'expose à une phobie, plus elle reflue, Betty. C'est un processus naturel. Voilà pourquoi il faut d'abord en rechercher la cause, remonter le fil de vos peurs pour mieux les désamorcer. Je peux vous y aider, mais cela prendra du temps. Nous pouvons remettre à plus tard si c'est trop éprouvant pour vous aujourd'hui…

— Non. Je veux continuer.

Betty repensa à ce soir de juin où Rick l'avait surprise dans l'entrée en rentrant de la battue. Les souvenirs avaient essayé de remonter avant que son esprit ne se referme. Là, avec cette séance d'hypnose, elle les avait presque touchés du doigt.

— Ça doit cesser, je ne le supporte plus.

Ils répétèrent l'exercice. Pieds sur le sol. Mains sur les jambes. Une profonde inspiration. Le décompte, de cinq à un. Une deuxième inspiration, puis une troisième. Les paupières qui se ferment. Le souffle qui s'apaise. Les bruits, la voix :

— Maintenant que vous êtes en transe, vous allez pouvoir explorer l'espace intérieur de votre mémoire, disait-elle, lointaine. Je vais demander à votre esprit inconscient de vous transporter dans une salle de cinéma. Vous êtes confortablement installée dans un gros fauteuil rouge, Betty. La température est agréable, vous vous sentez bien. Imaginez que les enceintes diffusent une musique que vous aimez, en sourdine. La lumière diminue, peu à peu, mais vous n'avez pas peur. Vous êtes détendue, parfaitement détendue. Votre respiration est de plus en plus lente, de plus en plus profonde, de plus en plus calme…

Une sensation de vide s'empara de Betty. Elle commençait à dériver.

— Apprivoisez le noir progressivement. Installez-vous d'abord dans une pénombre relative. Tout va bien, Betty, vous êtes sereine…

Je n'ai pas peur. Je me sens bien.

— Vous entrez plus profondément en transe, vous entrez plus profondément en vous-même. Relâchez votre esprit. Détendez-vous.

Janis Joplin. Sa voix enveloppante, chantant « Little Girl Blue ». Betty s'enfonce dans son fauteuil.

— Maintenant, je veux que vous regardiez l'écran devant vous. Il est blanc et lumineux, autour de vous la lumière diminue toujours. Vous ne regardez que l'écran, Betty. Rien que l'écran.

La salle est plongée dans l'ombre. Elle n'a pas peur. Elle connaît ce cinéma, elle y a vu La Belle au bois dormant *à l'âge de 6 ans.*

— Sur cet écran, vous voyez des souvenirs se dérouler… Vos souvenirs, Betty. Vous pouvez les observer à distance et les voir se détacher de vous… Détendez-vous. Détendez-vous, et regardez les images sur l'écran. Elles ne vous feront aucun mal.

Une pièce isolée, saturée d'humidité. Des mouches qui bourdonnent. Il fait sombre, les lattes sur les fenêtres peinent à laisser entrer la lueur du dehors.

— Un monstre… il y a un monstre à l'intérieur…

Ses paupières frémirent. L'ombre l'enveloppait. Betty voulut s'arracher au fauteuil, mais une voix l'en empêcha, loin, très loin :

— Tout va bien, Betty. Ne luttez pas, ouvrez votre esprit aux souvenirs. Rappelez-vous : le passé n'est pas une malédiction. Vous devez mettre de la distance pour ne plus le subir, chasser les fantômes qui vous hantent et vous empêchent de vivre. Cette distance, c'est l'écran, Betty. Il vous protégera, quoi que vous puissiez y voir, il vous protégera.

Un frisson la traversa de la tête aux pieds. Pas un frisson de peur mais un frisson de ravissement, le même que celui qu'elle ressentait à l'arrière du break familial quand elle était petite et que ses yeux se perdaient dans la nuit au dehors…

Le paysage noyé dans les ténèbres défile derrière la vitre, sur laquelle des gouttes de pluie tracent des sillons argentés. Une petite fille aux longs cheveux blonds somnole sur la banquette arrière, bercée par le ronronnement apaisant du moteur. Elle ne se réveillera qu'une fois dans son lit, après que son père l'aura montée dans sa chambre. Mais pour l'instant, elle s'enfonce dans un cocon douillet et rassurant et bâille en agitant sa main devant sa bouche, comme elle le fera encore vingt-cinq ans plus tard. Une main posée sur la cuisse de son père, sa mère chantonne doucement à l'avant. « Billy Boy », la chanson des vacances. Ils sont sur la route des vacances... Les vacances d'été à Duncan's Creek !

— Laissez votre inconscient vous parler, Betty. Sondez les profondeurs de votre esprit, explorez les souvenirs enfouis. Et réjouissez-vous de les avoir vécus…

Une distraction rêveuse plana sur le visage de Betty et, sans qu'elle ait pu le retenir, un rire enfantin lui échappa. Elle s'exaltait, s'enthousiasmait, heureuse de revivre ce moment.

Elle court dans un champ avec sa cousine Beth, à présent. Il fait chaud, le ciel est d'un bleu pur. Elle sent l'odeur musquée des foins, rassurante, envoûtante. L'odeur des vacances... Puis le fond de l'air se rafraîchit. Betty sent encore l'odeur du soleil sur sa peau, mais le soleil est (mort) couché, il...

Son front se plissa, comme si quelque chose l'inquiétait.

— Ne laissez pas votre inconscient résister, lui dit la voix. Vous êtes en paix, Betty. Rien ne peut vous atteindre dans cette salle de cinéma.

Elle ne cessait de jouer avec ses cheveux, maintenant, les entortillant, les mordillant. Elle était en plein régression.

— Poussez les portes de votre esprit…

Une porte, sur l'écran. Immense, inquiétante.

— Je vais laisser à votre inconscient trois minutes pour que toutes ces sensations puissent sortir de vous, pour ne plus y revenir…

Il fait sombre, mais elle n'est pas encore rentrée à la maison... Beth n'est plus là. Qu'y a-t-il derrière la porte ?

Un homme... un homme dans le noir !

Son souffle se coupa.

La porte s'ouvre, tout à coup, et un courant d'air frais s'insinue à l'intérieur... à l'intérieur de la salle de cinéma.

Les planches craquent. Une voiture passe sur la route. La fillette aux longs cheveux blonds est recroquevillée dans un coin de la grange... Elle semble minuscule, perdue au milieu du grand écran.

J'ai peur je suis seule j'ai peur de voir des yeux brillants dans la nuit des ombres sur les murs j'ai peur il fait noir…

Quelque chose entrave ses poignets, une douleur insupportable lui mord la peau dès qu'elle les remue. Elle ne voit rien, il fait trop noir. Elle essaie vainement de battre des paupières. C'est là qu'elle comprend : ses yeux sont bandés.

Mon Dieu comme il fait noir je suis toute seule des monstres sont cachés dans le noir ils vont me dévorer…

— Ils vont me dévorer, gémit Betty. Les monstres…

Quelqu'un approche. Une ombre parmi les ombres. Elle ne la voit pas avec ses yeux de petite fille mais avec ceux de la spectatrice installée dans son fauteuil rouge de cinéma. Il est grand, se tient dos à la caméra...

Le croque-mitaine oh mon Dieu c'est le croque-mitaine !

La petite fille lève la tête, sanglote, renifle. Elle a deviné sa présence dans le noir. Des larmes parviennent à s'échapper du bandeau qu'on a noué autour de son visage, elle...

— Il va me faire du mal…

... est en train de glisser vers quelque chose de sombre. De très sombre...

Il va me faire du mal maman j'ai peur maman au secours ne me laisse pas je veux sortir d'ici il fait noir aide-moi je t'en supplie il va me faire du mal…

Une voix d'homme murmure dans le noir...

— Non, NON ! Maman, aide-moi…

— Ne luttez pas, Betty… Personne ne vous fera de mal. Je suis là, dans le cinéma. Juste à côté de vous. Et votre mère est là aussi. Nous sommes tous là.

Non, pas dans la salle de cinéma. Dans la grange… la grange abandonnée du père Baldwin… Celle que les enfants disent hantée à cause de ses fenêtres condamnées par des planches. Elle l'a reconnue depuis quelques minutes, sans oser se l'avouer.

Le sol craque, il approche... le croque-mitaine approche, il est là, maintenant, au-dessus d'elle. Il est immense, peut-être trois mètres de haut. Il se penche sur elle et...

Betty poussa un cri effrayé.

... elle sent ses doigts glacés se poser sur elle. Il soulève le bandeau qui voile ses yeux et alors qu'elle s'attend à le voir, elle se rend compte qu'elle est aveugle, qu'il fait toujours aussi noir dans la grange...

— Tout me ramène à cet endroit, tout…

Il sent la ferme. Sa peau... sa peau sent la ferme. Et la sueur.

Il fait noir.

Sa peau. Le noir.

Sa peau est noire !

— Le noir, la nuit ! LE NOIR !

— Betty ! Betty ! Respirez !

Son cœur s'arrêta de battre. Betty s'arracha au fauteuil, le front en sueur, les yeux exorbités par l'épouvante. Elle s'était entendue hurler dans son cauchemar – dans sa transe – mais il lui semblait que son cri était resté bloqué de l'autre côté.

— Prenez une grande inspiration…

Un souffle glacé passa sur son visage. Un halètement.

— La nuit…

Le rideau se referma sur l'écran de cinéma. Il n'était plus rouge, mais noir.

Betty perdit connaissance.

5

La route 12 était baignée d'une lumière blanche éclatante. Des nappes de chaleur stagnaient au-dessus du bitume, les collines lointaines semblaient se détacher du sol et flotter au-dessus de la ligne d'horizon. Il était un peu plus de 13 heures et le soleil était au zénith.

Logan avait baissé les vitres de la Buick pour créer un courant d'air ; il faisait bien quarante degrés dans l'habitacle. Quand il avait dû faire un choix au moment de retaper la voiture, il avait trouvé la musique plus utile que l'air conditionné. Alice adorait écouter des chansons d'amour de Phil Collins et Elton John, et c'est pour elle qu'il avait claqué son dernier salaire dans un autoradio flambant neuf.

Mais Alice n'était pas là. Et l'autoradio était coupé.

Logan ne l'avait pas revue depuis le soir où ils avaient l'amour. Il avait passé deux jours au poste et, quand il en était sorti, il n'avait pas réussi à la joindre. Sachant ses parents partis pour un séminaire mormon à Salt Lake City, il avait planqué devant chez elle une bonne partie de la soirée de la veille, sans succès. Il n'avait pas eu plus de chance au restaurant.

Son esprit s'agita. Dix minutes plus tôt, garé sur le parking du Beth's Roadhouse Grill, il avait aperçu le Français en train de sortir les poubelles. Ce salopard n'était pas pour rien dans les événements des derniers jours, et l'idée de lui en remettre une l'avait démangé, l'espace d'une seconde. Le gars était louche, Logan n'en démordait pas.

Il descendit la 12 jusqu'au cimetière, tourna dans Reservoir Road. La zone résidentielle était déserte. On voyait encore quelques panneaux placardés devant les maisons – « QUE DIEU T'ACCUEILLE À BRAS OUVERTS, SHAWNA » ; « PETIT ANGE, TU NOUS MANQUERAS » – et des drapeaux en berne. Sur une photo de la fillette affichée au-dessus d'un mémorial improvisé, il crut reconnaître le visage d'Alice.

Il devenait dingue. Deux heures qu'il sillonnait les rues de Duncan's Creek ! Il avait accumulé une telle tension au cours des dernières semaines qu'il se sentait capable de disjoncter à tout moment. La disparition de Shawna, la découverte du corps de Rory Twitchell, l'empoignade avec le Français, les accusations du shérif… C'était plus qu'il ne pouvait le supporter.

Il alluma l'autoradio pour se calmer. La voix de castrat de Prince, chantant « Purple Rain », jaillit dans les enceintes. Logan tourna le bouton de sélection de station et tomba sur « Careless Whisper » de George Michael. Tout à fait le genre de guimauve qu'adorait sa petite copine…

— Ta gueule !

Du plat de la main, il fracassa l'autoradio et perdit momentanément le contrôle de la Buick, qui fit une embardée. Son pare-chocs stoppa à moins de cinquante centimètres du break de Shirley Hoffmann, garé sur le bas-côté.

— Putain !

Ses yeux tombèrent sur le reflet dans le rétro intérieur, et il n'y reconnut pas son visage derrière sa mèche de cheveux châtain. Les stigmates de la bagarre commençaient à s'estomper, pas sa colère. Il avait vu une photo de son père, un jour, en fouillant dans les affaires de sa tante. Les traits étaient durs, l'air mauvais, et à cet instant précis, il se surprit à constater qu'il lui ressemblait.

Logan détourna les yeux. Il ne voulait pas finir comme cet homme qu'il n'avait connu qu'au travers de lettres en provenance de la prison de Kingman, Arizona. Pourtant, il ne pouvait nier qu'il en prenait le chemin. Dangereusement.

— Qu'est-ce que ça donnerait si je réfléchissais deux minutes avant d'agir ? demanda-t-il à son reflet.

Il patienta dix secondes avant d'abaisser le rétro d'un geste brusque, impuissant à faire baisser la pression, à maîtriser ses nerfs. Puis il se cala dans son siège et enclencha la marche arrière. L'instant d'après, son pied écrasait la pédale de l'accélérateur. Il passa l'heure suivante à chercher Alice, mais ne la trouva nulle part.

6

Une heure après le dénouement bouleversant de sa première séance d'hypnose, Betty était assise dans un café du centre de Torrey en compagnie de Jim Pomeroy. Sa réaction de stress l'avait laissée dans un état catatonique, et c'était d'un mouvement machinal qu'elle remuait un cappuccino incolore. Son visage, lui, était d'une blancheur de craie.

— Quelle idiote je fais ! ne cessait-elle de répéter. Tomber dans les pommes comme une gamine qui aurait trouvé une souris sous son lit…

Elle baissa la tête, perdue et un peu honteuse. Malgré ses protestations énergiques, le Dr Mujic avait tenu à contacter Jim dès qu'elle avait repris connaissance.

— Ne soyez pas trop dure avec vous, Betty. Votre métabolisme s'est mis en veille pour vous protéger d'un choc insupportable, c'est un simple mécanisme d'autodéfense. Il n'y a pas de honte à avoir.

Betty eut un sourire morose.

— Vous avez toujours réponse à tout, pas vrai ?

— Vous avez été confrontée à un souvenir traumatique d'une rare violence, expliqua Jim, sérieux. J'en connais plus d'un qui auraient perdu la tête à votre place.

— Il s'en est fallu de peu, Jim. De très peu…

Le sourire de Betty s'éteignit pour laisser la place à une autre émotion, très différente.

— Depuis des années, je vis avec la certitude qu'un incident s'est produit dans mon enfance. Depuis des années, mon comportement provoque l'incompréhension de mon entourage… et aujourd'hui, je découvre qu'on m'a menti !

Il lui sembla soudain entendre les lattes du plancher craquer dans la grange abandonnée, ultime fragment d'un rêve pas encore oublié. Elle porta sa tasse à ses lèvres, mécaniquement.

— Tout est ma faute, vous n'imaginez pas à quel point je m'en veux, lui confia Jim. Je n'aurais jamais dû vous mettre en rapport avec le Dr Mujic. Pas dans votre état de fragilité actuel…

— Je ne suis pas fragile ! vagit Betty.

La colère et l'abattement se livrèrent bataille un court instant au fond de ses yeux, puis elle se mit à pleurer.

— Laissez-vous aller, ça ira mieux après.

— C'est un cauchemar, Jim. Un affreux cauchemar…

Jim lui tapota la main avant de la serrer dans la sienne. Après une brève hésitation, Betty lui rendit sa pression.

— Dites-moi que je vais me réveiller, au chaud dans mon lit. Je vous en prie…

— Vous avez vécu un cauchemar enchâssé dans un autre cauchemar, Betty. Ce genre de mise en abyme n'est pas sans conséquence. Mais vous êtes réveillée, maintenant. Tout va s'arranger.

Le regard de Jim la quitta un bref instant. Il murmura, ailleurs :

— Je n'étais pas là ce jour-là. Nancy et moi, nous étions partis fêter nos dix ans de mariage en Europe. Nous avons entendu parler de la disparition de cette petite fille à notre retour, mais c'était un mois plus tard… La petite Elizabeth… c'était vous, Betty. Je n'ai jamais fait le rapprochement. Comment ai-je pu être aussi négligent ? Je regrette… je regrette sincèrement.

— Vous n'avez rien à vous reprocher. C'est à ma famille que j'en veux…

Un temps. Un blanc. Betty laissa échapper une longue expiration. Les larmes revinrent. Et cette colère, aussi, sur son visage.

— Et Beth… Beth savait, depuis le début ! Je ne supporte pas l'idée qu'elle m'ait caché la vérité, je… je…

— Ils ont voulu vous protéger, Betty. Quel âge aviez-vous quand c'est arrivé ?

— 6 ou 7 ans, je dirais… Nous avons arrêté de venir en vacances dans l'Utah au début des années soixante…

— Juste ciel, 6 ans ! Vous imaginez ce que peut ressentir un parent confronté au calvaire d'un enfant ?

Betty acquiesça, les yeux dans le vague. Ses pensées s'égaraient. La grange du père Baldwin… Depuis le début, tout la ramenait là-bas.

— On savait peu de choses sur les névroses traumatiques à l'époque, continua Jim. Les gens qui vous aimaient ont fait ce qui leur semblait le mieux pour vous. Parfois, on ne peut vaincre le mal que par un autre mal…

— Peut-être, mais… toutes ces années où je me suis crue complètement folle, à me demander si les monstres existaient réellement ! C'est comme si on m'avait volé ma vie !

— Les monstres, les fantômes, appelez-les comme vous voulez : ils symbolisaient vos démons intérieurs. Mais vous devez voir le bon côté des choses : maintenant que vous les avez localisés, vous avez une chance de vous débarrasser d'eux. De repartir de zéro. De vivre, enfin, la vie qui s'offre à vous.

Betty regagna un peu de couleur. Elle savait que Jim disait vrai. Même les personnes terrassées par les pires tragédies peuvent trouver la force de se reconstruire. Elle qui avait connu des périodes douloureuses – où un bol de céréales accompagné d'un cocktail d'antidépresseurs était son repas type – avait appris que certaines plaies ne cicatrisent jamais et qu'il faut simplement apprendre à vivre avec.

— Si je n'avais qu'un conseil à vous donner, Betty, ce serait celui-ci : détachez-vous de votre passé. Soyez libre d'être qui vous êtes et vivez dans l'action, dans votre futur.

Elle hocha la tête. C'est exactement ce qu'elle comptait faire. Ne plus avoir peur. Avancer, apaisée et libérée. Ce bébé qui allait arriver était ce que le destin avait placé de plus salutaire sur son chemin.

— Je vous promets au moins d'essayer…

Armée de cette certitude, Betty se mit à sourire. Pourtant, bien qu'apaisée, une partie d'elle continuait à résister à ce désir de normalité. Elle avait peut-être localisé ses démons, mais il lui restait encore à découvrir leur vrai visage…

Sa peau... Sa peau sent la ferme.

Sa peau. Le noir.

Sa peau est noire !

Un picotement hérissa les racines de ses cheveux. La panique revenait pointer le bout de son affreux petit nez, et elle ne pouvait rien y faire.

— C'est très courageux de votre part, dit Jim.

Betty prit une inspiration, puis une deuxième. Elle essaya de visualiser une image positive, comme le lui avait conseillé l'hypnothérapeute. Un endroit qu'elle affectionnait, rempli des gens qu'elle aimait. Spontanément, ce fut la banquette arrière du break de son père qui s'imposa. Mais…

Le noir, la nuit ! LE NOIR !

— Betty, qu'est-ce qu'il y a ? s'alarma Jim, tout à coup. Vous êtes blanche comme un linge…

Elle avala l'air à grandes goulées, comme si elle revenait d'une apnée profonde.

— L'homme que j'ai vu, Jim… le croque-mitaine dans la grange, pendant ma transe… c'était Lamar Jones.

7

Tandis que Betty Adams et Jim Pomeroy partageaient un café à Torrey, et qu'au River Motel Logan Momsen forçait l'armoire de sa grand-tante pour s'emparer de son Smith & Wesson calibre .45, Jake Dickinson s'apprêtait à ouvrir une porte qu'il n'aurait jamais imaginé devoir ouvrir un jour. L'idée lui était venue la veille en rentrant de la bibliothèque. Folle, absurde, elle avait surgi de son inconscient aussi inopinément que ces intuitions fulgurantes qui l'assaillaient parfois. Il avait, dès lors, été incapable d'en détourner son attention.

Jake n'était pas plus turbulent qu'écervelé, et sa plus grosse bêtise, à ce jour, avait été de se couper les cheveux tout seul à l'âge de 4 ans. Mais l'épreuve à laquelle il s'exposait aujourd'hui avait toutes les chances de lui valoir un aller simple pour l'enfer. Échapper à un démon lancé à ses trousses ou braver une crue sous la Boulder Mountain serait une promenade de santé à côté de ce qui l'attendait. Il était, malgré tout, déterminé à mettre son plan à exécution. Rien ne serait plus pareil une fois qu'il aurait dépassé le mur de panique qui se dressait devant lui, il le sentait au plus profond de son cœur.

Lorsqu'il entra dans la chambre, après un moment qui lui sembla beaucoup plus long qu'il ne le fut réellement, il pensa qu'il allait se mettre à saigner du nez ou, pire, qu'il allait tomber dans les pommes. Mais il entendit très clairement une voix cassée prononcer son nom par-dessus le vacarme de la télévision, signe qu'il était bel et bien conscient.

— Dickinson !

Jake s'immobilisa, le cœur en arrêt. Ses yeux photographièrent plusieurs informations simultanées. Une silhouette se dressant dans un lit. Des vêtements roulés en boule et des emballages de biscuits sur la moquette orange. Des rideaux sales tirés sur des vitres opaques. Peu de jouets, pas de livres, rien qui sorte de l'ordinaire. Aucun poster sur les murs, seulement un papier peint décollé orné d'une frise brune d'humidité. La pièce ressemblait à un cachot.

— Qu'est-ce que tu fiches ici ?

Sonné, Jake n'osa esquisser le moindre geste. L'occupante des lieux allait lui jeter un sort ou, plus vraisemblablement, un objet à la figure pour avoir été dérangée au milieu d'une séance de magie noire.

— Bah quoi, t'as avalé ta langue ?

La langue de Jake, irritée jusqu'au sang, s'arrêta justement sur l'arête ébréchée de sa dent de devant.

— La porte ! beugla tout à coup une voix grave au bout du couloir, le sortant de sa léthargie.

Jake sursauta et surmonta sa paralysie pour tirer la poignée vers lui. Quand il se retourna, son regard rencontra celui de Sam Baldwin.

— Alors, qu'est-ce que tu fiches ici ? répéta-t-elle depuis son lit.

Jake se mordit les lèvres, en proie à une foule d'émotions contradictoires. Il allait répondre quand la voix de M. Baldwin traversa la maison avec fracas :

— Baisse le son de cette putain de télé, Sammy !

— Fait chier, soupira Sam en retournant ses draps à la hâte.

Il y eut un choc dans le couloir, suivi du martèlement de pas lourds sur le sol. Le temps d'une seconde, les traits de la jeune fille se crispèrent.

— C'est la dernière fois que je te le dis, nom de Dieu !

Sam trouva la télécommande dans un repli de sa couverture et coupa la chique à Miss Piggy, qui était en train de piquer une énième colère contre Kermit. Les deux enfants patientèrent un instant, aussi tendus que s'ils guettaient l'arrivée d'une tornade. Mais l'orage s'était éloigné.

— Fais pas gaffe à lui, il a la tête en Rubik's Cube depuis qu'il est en invalidité, soupira Sam d'un air détaché qui peinait à convaincre. Bon, alors, qu'est-ce que tu veux ?

— Je t'ai apporté ça, répondit Jake en tirant un paquet de son sac à dos.

— C'est quoi ?

— Un… un livre…

Sam déballa le paquet.

— *Dix petits nègres*, lut-elle sur la couverture.

— Je suis… je me suis dit que ça pourrait t'occuper pendant ta convalescence…

— C'est quoi, l'histoire d'une tribu de pygmées en Afrique ?

— C'est un roman policier.

— Avec des morts ?

— Oui. Plein.

Le regard de Sam passa du livre à Jake, puis de Jake au livre.

— OK, je le lirai. (Elle marqua une pause, le dévisagea.) Bon, puisque t'es là, tu veux boire un Pepsi Free ?

— Non merci.

— Quoi, t'aimes pas ça ?

Jake haussa les épaules.

— Alors, t'aimes ça ou t'aimes pas ça ? le pressa Sam.

— J'en sais rien.

— « J'en sais rien. » C'est pourtant pas compliqué, comme question !

— Je… je ne bois pas de soda.

Sam fouilla sous son lit et lui tendit une brique de jus de fruits que Jake accepta d'un « merci » étouffé. Puis ses yeux retournèrent à l'écran de télé.

— Je déteste le *Muppet Show*, c'est vraiment pour les gamins ! bougonna-t-elle. Tu trouves pas ?

Jake haussa à nouveau les épaules.

— Tu aimes ou tu aimes pas ? Je vais pas te bouffer si t'aimes, hein !

— J'aime pas trop, avoua-t-il.

— Et y a d'autres trucs que t'aimes pas ? Moi, je déteste le prénom Candace ! Ça fait petite conne prétentieuse, tu trouves pas ?

— Je sais pas.

— « Je sais pas », « Je sais pas ». Mais tu sais jamais rien, ma parole ! Y a bien un truc que t'aimes pas, quand même ? La soupe instantanée, les tables de multiplication, la tronche de cake du père DeSoto ?

— J'aime pas la soupe instantanée, lâcha Jake.

— Et un truc que t'aimes ?

— Euh… les livres d'Agatha Christie.

— Rasoir, Jacques-a-dit, rasoir ! répliqua Sam. Tu peux faire mieux que ça ! Moi, par exemple, j'adore faire craquer les os de mes doigts sous le nez de ma frangine !

— J'aime bien… j'aime bien le lait qui… le crépitement du lait dans mon bol de céréales, le matin.

Le regard de Sam s'illumina.

— J'adore retirer les organes pleins de *slime* de mon jeu du *Savant fou !* enchaîna-t-elle. Mais je déteste en avoir dans les cheveux !

— J'aime… faire une balade à vélo le soir au bord de la rivière.

Inconsciemment, le cerveau de Jake filait déjà en avant, tentant d'anticiper le prochain tour.

— J'aime pas cette idiote de Laura Ingalls qui court dans les champs comme une demeurée ! piaffa Sam.

— J'aime entendre la pluie tomber sur une toile de tente, parvint à débiter Jake d'une seule traite, et il éprouva soudain le même vertige que quelqu'un qui viendrait d'échapper à une mort certaine en traversant l'autoroute avec les yeux bandés.

— Moi, ça ne me fait « ni chaud ni flamme », comme dirait ce débile de Junior, ricana Sam. J'adore quand il se goure dans les mots, celui-là !

Jake sentit un sourire lui chatouiller les lèvres. Il se laissa aller, sans retenue :

— J'aime les odeurs de fête foraine.

— J'aime l'odeur de la terre après l'orage.

— J'aime les couleurs du ciel avant l'orage.

— J'adore la barbe à papa ! Mais je déteste en avoir dans les cheveux !

Sam s'esclaffa. Une joie enfantine, toute simple, emplit le cœur de Jake, qui résista pourtant à l'envie de se joindre à elle.

— J'adore me mettre sous le sapin de Noël pour regarder les lumières scintiller sur les boules, dit-il.

— Je déteste qu'on s'adresse à moi à la troisième personne, comme la mère Murray : « Elle va bien aujourd'hui ? Elle a fait sa petite crotte ? »

Cette fois, Jake ne put retenir un éclat de rire. Sam l'imita, ses deux côtes fêlées semblant la faire beaucoup moins souffrir, tout d'un coup.

— J'aime pas le rideau de douche qui colle à la peau, lança-t-elle une fois son fou rire passé. J'aime pas trop les douches, de toute façon ! Bon et toi, y a des trucs que t'aimes pas ? À part le Pepsi Free et le *Muppet Show ?*

Le sourire de Jake s'assombrit sensiblement. *Je n'aime pas être obligé de rester à la maison parce que M. Jones est malade*, pensa-t-il très fort, mais ce furent d'autres mots qu'il prononça :

— J'aime pas que mon père me force à faire du sport…

— Et moi, j'aime pas que mon père soit forcé de rester à la maison parce qu'il est malade.

Jake eut une seconde de doute affreux : Sam venait-elle de lire dans ses pensées ?

— Il y a eu un accident, à la prison, lui expliqua-t-elle après quelques secondes. Il est gardien, hein, pas taulard ! Il y a eu une mutinerie et il s'est fait démolir par un détenu. Depuis il se met en boule pour un rien…

Un silence s'ensuivit. L'euphorie retomba définitivement quand elle reprit la parole :

— Y a un truc que je déteste, aussi, dit-elle en baissant la tête, c'est quand la porte de ma chambre s'ouvre doucement et que je reste là, à attendre qu'il se décide à partir…

Bien qu'elle s'en tînt à ces seuls mots, Jake devina ce qui se cachait derrière la confession de Sam. La certitude qui s'était imposée à lui au moment où il l'avait vue se pencher au-dessus de la Gorge du Diable se confirmait : elle jouait les dures pour dissimuler ses blessures. Elle aussi avait un tortionnaire, peut-être pas le même genre de tortionnaire que lui, mais cela générait la même révolte, la même colère muette que celle qui le rongeait à l'époque où elle s'attaquait à lui.

— Je voulais te dire, Jake. L'autre jour, dans la montagne… T'as assuré.

Une réponse monta aux lèvres de Jake, mais il n'eut pas le temps de la formuler : on venait de frapper à la porte.

— C'est qui, encore ? beugla Sam.

La porte s'ouvrit, laissant apparaître Junior.

— Ah, merde, je croyais que c'était quelqu'un d'important !

— Ah ah, très drôle, Sam-fait-chier ! fit le gros garçon avant de se tourner vers Jake. Qu'est-ce que tu fais là, Jacques-a-dit ?

— Il est venu m'apporter des chocolats, répondit Sam. Toi, par contre, t'arrives les mains vides ! T'as tout boulotté en route, ou quoi ?

Junior n'eut aucune réaction ; il n'avait pas l'air de vouloir plaisanter. Dansant d'un pied sur l'autre, il articula :

— Boucle-la, Sam, je… je suis pas tout seul.

Il s'écarta pour laisser entrer quelqu'un. Jake sentit un creux se former dans son estomac.

Logan Momsen.

8

Au moment où Alice Stevens comprit qu'elle était en train de mourir, une pensée presque apaisante lui vint : le cauchemar allait prendre fin. Le froid de la pierre sur sa joue, l'humidité des feuilles mortes contre ses reins, les remugles nauséabonds de l'eau stagnante : rien de tout cela n'avait plus d'importance. Dans quelques minutes, elle n'éprouverait plus la moindre sensation, et c'était sans doute mieux ainsi.

Il faisait nuit quand elle avait émergé, et un cercle de lune parfaitement rond et blanc la narguait depuis une ouverture dans la roche, juste au-dessus d'elle. Désorientée, elle avait d'abord cru à un mauvais rêve ; elle allait se réveiller d'un instant à l'autre dans les bras de Logan et, ensemble, ils fileraient jusqu'au lac Powell pour passer la journée au bord de l'eau. Le soleil serait chaud, mais pas trop, et ils écouteraient une chanson de Phil Collins à la radio.

La douleur s'était chargée de la ramener à la réalité. Cuisante, intolérable, elle irradiait dans tout son corps. Alice avait trouvé une bosse sur son nez qui n'augurait rien de bon. Elle avait dégluti, indifférente à la torsade de fil barbelé qui lui avait labouré la gorge. À en croire le goût acide qu'elle avait dans la bouche, elle avait vomi. Un couinement lui avait échappé et quelque chose d'humide avait coulé dans son cou. Du sang ? Non, le liquide n'était pas chaud. C'était de la boue. Elle gisait dans cinq centimètres d'eau poisseuse.

La suite, elle ne s'en souvenait que par bribes. Écarquillant les yeux, elle avait aperçu une forme dans l'ombre, à deux ou trois mètres d'elle. Une femme inconsciente, étendue sur le sol. Elle l'avait tout de suite reconnue : c'était l'adjointe du shérif qui l'avait interrogée après la disparition de Shawna Twitchell.

Elle avait essayé de l'appeler, mais aucun son n'était sorti de sa bouche. Et pour cause : elle était bâillonnée. Alice s'était mise à respirer à grands coups par le nez et avait détecté une odeur aigre, ample et répugnante. L'odeur de la mort… *L'odeur de l'enfer*, avait-elle corrigé mentalement. *L'enfer, où tu vas passer l'éternité à brûler pour avoir enfreint la loi de la chasteté !* À ce moment-là, elle était presque sûre d'avoir uriné dans son pantalon.

La tête lui avait tourné et elle avait de nouveau sombré dans les limbes. Elle avait appelé sa mère, en songe, mais cette dernière ne l'avait pas entendue. Elle ne s'inquiéterait sans doute pas d'être sans nouvelles de sa fille avant encore quelques heures. Elle penserait qu'Alice s'était éternisée chez Claire pour préparer une prochaine réunion des Jeunes Filles de la paroisse de Duncan's Creek, et ça la ferait tendrement sourire. Sauf que sa petite fille parfaite était en train de se vider de son sang, seule dans un endroit humide et sombre.

Des larmes lui emplirent la gorge. Il faisait nuit noire, à présent, la lune avait disparu et la douleur était réduite à un picotement diffus. Terrée dans l'ombre, perdue dans un brouillard épais et cotonneux, Alice guetta la lueur céleste au bout du tunnel, le film de sa vie qui allait défiler devant ses yeux. Elle se reverrait en train de décorer des personnages en pain d'épices pour Noël ou de faire signer à ses amis le plâtre qu'elle avait eu au bras après une chute à ski, elle reverrait son père se glisser dans sa chambre en pleine nuit et déposer une pièce à la place de la dent de lait qu'elle avait laissée sous son oreiller, elle reverrait Logan lui faire la cour, Logan lui faire l'amour, elle reverrait ceux qu'elle avait le plus aimés…

Sa conscience chavira. Le monde s'éloignait, ils seraient bientôt hors de portée de voix – ses parents, son frère, ses amis… Le temps lui était compté, et il lui restait encore tant à leur dire !

Je suis désolée, maman, désolée pour l'inquiétude que je vais te causer, pour les nuits blanches et les larmes, pour ce gilet que tu m'as tricoté le mois dernier pour mes 16 ans, et que je n'ai porté qu'une seule fois… Je t'aime. Dis à papa d'être fort, dis à Tommy qu'il va enfin pouvoir garder la peluche de sa grande sœur, celle qu'il aime tant et que je retrouvais tout le temps dans ses affaires. Dis-lui de ne pas trop pleurer, dis-lui que ça passera, dis-lui que c'était le meilleur petit frère du monde et que je l'aimais, même si je n'ai jamais su le lui dire, dis-lui que…

Alice s'entendit émettre un drôle de sifflement étranglé. L'air était en train de quitter ses poumons. Elle agonisait. Les picotements s'atténuèrent, peu à peu remplacés par une terrifiante sensation de vide et de froid.

Le monde s'estompa jusqu'à ce qu'il ne reste rien d'autre qu'une plongée lente et solitaire vers le néant.

CHAPITRE XII

1

« La mort n'est pas la fin, elle n'est que le début d'une autre vie. Une étape nécessaire de la progression de l'homme, au même titre que la naissance. Lorsque la vie terrestre s'achève, le corps physique s'éteint, mais l'esprit, lui, ne disparaît pas. Immortel, il rejoint un monde où il continuera à apprendre et à progresser jusqu'à sa résurrection. Un endroit de bonheur, de paix et de repos appelé le Paradis. »

C'est par ces termes ronflants que le père Simunek, de l'église de Jésus-Christ des Saints des Derniers Jours, avait commencé sa bénédiction au cimetière de Duncan's Creek le lundi 8 juillet 1985. Et c'est avec ceux-là qu'il l'avait conclue : « Les cendres retournent aux cendres, la poussière à la poussière. Nous mettons donc le corps de notre fille Shawna Twitchell en terre et remettons son âme à Dieu. »

Pour le moment, le corps de Shawna reposait deux mètres sous terre dans son petit cercueil de bois blanc, carcasse sans vie saturée d'agents conservateurs. Sa chevelure blonde dissimulait péniblement son crâne enfoncé, les joues outrageusement maquillées n'avaient pas encore désenflé. Une tache de putréfaction verdâtre, visible sous le fin chemisier en dentelle, s'étendait sur l'abdomen boursouflé. Un lacis veineux d'un brun foncé sinuait sur les bras et les jambes parsemés de cloques. La peau attendrie par sa longue immersion dans l'eau commençait à se décoller à certains endroits. Bien que le corps eût été nettoyé, les premières escouades d'insectes nécrophages avaient eu le temps d'y implanter leurs larves durant son séjour au fond de la Gorge du Diable. Vingt jours plus tard, la plupart d'entre eux avait atteint l'âge adulte et colonisé le cadavre. D'ici quelques semaines, les cheveux et les ongles de la petite fille commenceraient à se détacher, ses organes éclateraient, sa peau noircirait. Les bactéries et autres micro-organismes s'attaqueraient aux tissus et entreprendraient leur long travail de décomposition.

Le blanc de l'œil avait bruni, un voile recouvrait la cornée. Dans les premières heures qui avaient suivi sa mort, le 18 juin, les yeux de la fillette étaient restés grands ouverts. Comme figés une dernière fois sur la beauté du monde.

Une croyance répandue au XIXe siècle dans les cercles policiers voulait que l'image du meurtrier restât imprimée sur la rétine de la victime après sa mort. Partant de ce postulat, on pouvait légitimement penser que les yeux de Shawna détenaient la clé du mystère qui entourait ses derniers instants. Pourtant, si ses yeux avaient pu parler, ce n'est pas l'identité du monstre qui l'avait tuée qu'ils auraient livrée.

La dernière image qui s'était imprimée sur la rétine de Shawna Twitchell, le jour de sa mort, était une licorne.

2

La grotte bruissait de mille murmures indistincts.

Étaient-ce les voix des enfants que les Anasazis avaient autrefois enterrés ici, revenues d'outre-tombe ? Le fantôme du jeune Indien qu'on avait poussé dans la crevasse pour une sombre histoire de vengeance ? Ou simplement le diable, celui qu'une bergère avait vu apparaître cent ans plus tôt et qui avait donné son nom à la gorge ? Nombreuses étaient les légendes qui entouraient l'endroit, mais elles n'étaient pour la plupart que contes de bonnes femmes. Certains le disaient magique, voire maudit, quand d'autres n'y voyaient qu'un simple puits aux souhaits. Un puits aux souhaits, peut-être, mais qui fonctionnait à l'envers : on y souhaitait le pire, et le pire arrivait.

La légende avait bâti le mythe, l'inconscient collectif avait fait le reste. Si la Gorge du Diable attirait les curieux, c'est avant tout parce qu'elle leur donnait l'illusion de pimenter l'intolérable fadeur de leur existence. Jalousies, médisances, rancœurs : personne n'avait rien à cacher, ici. La loi du silence était vaine, la liberté de parole était reine. Le consensus, toutefois, prévalait sur un point : mieux valait ne pas trop dévoiler son âme au diable, si on ne voulait pas qu'il s'en empare.

Épuisé mais heureux, sourd au monde extérieur, le petit garçon se délectait de cette solitude qui lui était si chère. Il attendait, silencieux. Il attendait, et il souriait.

— Viens t'amuser, fit une voix, quelque part, le tirant de sa torpeur.

Le nuage de somnolence qui voilait ses yeux se déchira, son sourire s'élargit. Il se tourna vers la lumière, le cœur battant. Il n'y avait pas plus de haine que de violence dans son regard, seulement une formidable attente.

— C'est toi ? demanda-t-il au vide.

« … toi toi toi… » lui répondit son écho.

— Tu as fini de crier ?

« … crier crier crier… »

— Tu es réveillée ? Tu veux jouer ?

« … jouer jouer jouer… »

Il eut soudain l'impression qu'ils étaient des milliers dans le noir. Son échine se glaça – de plaisir, pas de peur.

— J'arrive, attends-moi !

Se baissant pour quitter son abri, le petit garçon repoussa la mèche huileuse qui lui tombait dans les yeux. Il n'en avait pas pris conscience, mais ses cheveux, qui avaient toujours été d'un noir de jais, avaient commencé à blanchir depuis quelques jours ; c'était un enfant enfermé dans le corps d'un homme de 44 ans.

— Tu m'entends ? appela-t-il à nouveau dans le noir.

— Comment veux-tu qu'elle t'entende, imbécile ? fit une voix, près de lui – la voix de l'autre.

La bonne humeur du petit garçon s'évanouit aussitôt.

— Tais-toi ! piailla-t-il.

Il tapa du poing sur un pan de roche, sentant le sérum brûlant de la colère s'écouler dans ses veines.

— Ton « amie » ne peut pas t'entendre, elle est morte ! lui lança l'autre sans la moindre nuance de commisération.

— Ne dis pas ça ! Tais-toi ! Tais-toi !

Le petit garçon attendit, oreille tendue, mais il ne reçut aucune autre objection. Ragaillardi, il se mit à faire de petits bonds et sortit de sa tanière. Sautant gaiement de flaque en flaque, il passa dans le rai de lumière qui tombait du haut de la caverne. Si la violence devait un jour envahir son sanctuaire, ce serait de là-haut qu'elle viendrait, il le savait. Mais il ne se faisait pas de souci : pactiser avec le diable est une chose, se jeter dans sa gueule en est une autre. Les intrus se tiendraient donc à l'écart.

— On va jouer ! On va s'amuser avec ma nouvelle amie ! Chic chic chic ! chantonnait-il avec insouciance, bien qu'il devinât que sa bouche émettait de vagues bruits humides plutôt que des sons articulés. On va bien s'am…

Il buta sur un obstacle et s'étala de tout son long sur la pierre froide. Ses dents de devant se refermèrent sur sa langue, le goût cuivré du sang inonda sa bouche. Il avala sa salive et regarda par-dessus son épaule. La policière ! Dans son excitation, il ne l'avait pas vue, étendue par terre comme une vulgaire descente de lit. Se mettant à quatre pattes, il poursuivit son chemin sans se soucier d'elle.

— Débarrasse-toi d'elle maintenant ! ordonna l'autre, tout à coup, le forçant à s'arrêter.

Le petit garçon fouilla l'obscurité du regard. Il n'y avait personne.

— Tu dois t'en débarrasser, elle compromet nos plans ! entendit-il pourtant, tout près de lui.

Ses yeux firent un aller-retour rapide, puis il se remit à avancer, serrant les dents sur sa langue endolorie.

— Maintenant ! glapit l'autre.

— D'accord, d'accord ! Mais avant ça, je veux jouer une dernière fois avec elle, dit-il de sa petite voix d'enfant. Une toute dernière fois…

Et c'est exactement ce qu'il fit : il rejoignit sa nouvelle amie, qu'il avait appuyée contre une saillie rocheuse, attrapa son bras et la secoua délicatement. Elle avait l'air de dormir d'un sommeil profond mais il allait la réveiller et, ensemble, ils joueraient jusqu'au soir, peut-être même toute la nuit – tant pis pour l'autre et son sale caractère !

— Ça ne sert à rien, elle est morte, je te dis ! cria une voix, et le petit garçon comprit, dans une fulgurance d'une étonnante clarté, que c'était la policière.

— Non, NON !

Il fit volte-face, sortit un couteau et lui trancha la gorge, sans autre forme de procès. Le geste fut si vif qu'elle n'eut pas le temps de le voir venir. Le sang gicla de sa carotide entaillée avec la puissance d'un geyser. Le petit garçon retrouva sa voix d'homme, tout d'un coup :

— Sorcière, SORCIÈRE ! Tu veux m'empêcher de jouer !

Il se redressa et avisa le magma épais et chaud qui avait souillé ses santiags. Une grimace de dégoût déforma ses traits. Il brandit le couteau, le planta dans la poitrine de la femme. Une fois, deux fois…

— ARRÊTE ! hurla l'autre dans une bouffée de rage.

Le petit garçon s'immobilisa, le poignard sanguinolent entre les mains.

— Bravo, alors là, bravo ! continua l'autre, plus près de lui maintenant. Décidément, tu ne comprends rien à rien ! Comment veux-tu que ce soit elle qui ait parlé, elle est bâillonnée !

Il posa sur la policière un regard brûlant. Ce sang, tout ce sang…

— Il n'y a pas de sang ! cria l'autre, immédiatement imité par son écho : « … sang sang sang… »

Le petit garçon secoua la tête et baissa les yeux sur son couteau. Le manche en bois tremblait entre ses doigts mais… la lame était propre !

— Pas de sang… murmura-t-il, battant plusieurs fois des paupières.

Il déporta son regard vers la femme allongée sur le sol et vit un cri étouffé gonfler le morceau de chatterton qui lui barrait la bouche. Elle était indemne !

— Encore ton imagination qui s'est emballée, commenta l'autre dans son dos, de cette voix de tête cynique que le petit garçon lui connaissait bien.

Il fit volte-face, couteau levé, mais l'autre s'était déjà fait la malle… Sentant un haut-le-cœur monter dans sa poitrine, il se pencha en avant. Il allait vomir – « vomir ses macaronis », pour reprendre une expression chère à sa mère.

Il se revit soudain, à l'âge de 6 ans, assister à un rodéo avec ses parents. Un accident s'était produit au bout d'une demi-heure de spectacle, et le cheval avait dû être abattu sous les yeux du public. Quand le coup de feu avait retenti, l'enfant encore innocent qu'il était alors avait dégobillé sur le chapeau de la dame assise au rang devant lui. Les chevaux, comme les chiens, étaient ce qu'il aimait le plus au monde, et ce spectacle lui était insoutenable.

« Ces choses-là ne se font pas, l'avait tancé son père, qui devait mourir l'année suivante. Excuse-toi, maintenant. »

Mais le petit garçon avait refusé. Pourquoi se serait-il excusé ? Il n'éprouvait pas plus de honte que de remords. Finalement, son père avait lui-même nettoyé le couvre-chef de la dame, et ils étaient rentrés. C'est sa mère qui s'était chargée de le corriger, et ç'avait pris du temps. Quand elle avait fini par avoir mal aux mains, elle l'avait abandonné à moitié inconscient sur le carrelage de la cuisine. Le pauvre enfant avait eu l'impression que tous les os de son corps étaient brisés, mais il n'avait pas pleuré. Il ne fallait surtout pas pleurer.

L'acidité lui remonta dans la gorge et le petit garçon devenu un homme recouvra ses esprits l'espace d'un instant. La nausée était effroyable, un bouillonnement intérieur à lui faire jaillir les tripes hors du ventre. Il ouvrit grand la bouche, mains appuyées sur les genoux, tête entre les jambes.

— Tu ne veux jamais me laisser jouer avec mes amis… pleurnicha-t-il. Jamais, jamais !

Si les sentiments que sa mère lui avait portés s'étaient limités à une banale indifférence, son développement se serait peut-être interrompu au stade embryonnaire. Mais non contente de le priver d'amour, elle lui avait aussi volé son enfance. Il n'avait pas été scolarisé, n'avait jamais eu d'amis, tout ça parce qu'il était différent. *Différent...* C'était devenu un deuxième prénom pour lui. Les choses ne s'étaient pas arrangées avec la mort de son père : privé du dernier ancrage qui le reliait à la réalité, le petit garçon avait compris qu'il était seul et qu'il le serait toujours. C'était comme l'odeur de ses propres déjections ou le nodule qui lui faisait une petite bosse à l'aine : il fallait s'en accommoder.

Et puis les voix avaient fait leur apparition, un beau jour, et tout avait changé.

Au début, ce furent de simples murmures, des échos dans le noir. Mais très vite, elles occupèrent l'essentiel de ses pensées, reléguant le reste – le désir, la conscience de soi, la raison – aux oubliettes. Alors oui, il était seul, et oui, il le resterait sans doute pour le restant de ses jours, mais seulement dans le monde tel que la plupart des gens le percevaient. Car dans son monde à lui, les amis se comptaient par centaines.

L'adolescence fut un passage obscur dont il ne devait voir le bout que tardivement. Étranger à lui-même, assujetti, le monstre en devenir se montrait incapable de s'extraire de la période de dépendance que représentait l'enfance. Pourtant, l'aliénation dont il avait été victime n'avait pas eu totalement raison de sa soif d'engagement social. Les voix étaient peut-être devenues les compagnons les plus fidèles de sa vie, mais au fond de lui, il n'avait pas renoncé à l'idée de se faire des amis. De *vrais* amis. Et il avait repris le pouvoir, à sa façon.

La première avait été cette petite fille qu'il avait invitée à passer un après-midi dans sa cabane. Il avait 18 ans à l'époque, et avait réussi à l'amadouer en lui promettant une balade à cheval, de cette douce voix d'enfant qu'il ne perdrait jamais. Il était si heureux et excité d'avoir enfin de la compagnie qu'au départ il avait fait preuve de maladresse ; il lui avait fait peur, alors que tout ce qu'il souhaitait, c'était la mettre en confiance. Quelque chose d'autre s'était produit, ce jour-là : il avait souillé son caleçon. C'était une expérience inédite pour lui, et quand, bien plus tard, il avait mis des mots sur ce qui lui était arrivé, ça l'avait fait vomir. Jamais il n'aurait voulu faire de saletés avec ses amis, jamais ! Mais le pire, c'est qu'il avait failli être découvert : quelqu'un était entré dans la cabane pendant qu'il urinait à l'extérieur – un grand type à la peau noire, qu'il avait vu tourner dans la forêt pas mal de fois avant ça – et on lui avait pris son amie.

Vacciné par cet échec cinglant, l'homme-enfant avait attendu cinq ans pour remettre ça – avec un garçon, cette fois. Il s'était dit que ce serait plus amusant qu'avec une fille, qu'ils pourraient jouer aux petits soldats, se raconter des histoires de fantômes… Il lui faudrait seulement prendre ses précautions pour éviter un nouveau dérapage.

Un jour, lors d'une randonnée à cheval, il avait découvert un trou dans la montagne ; c'est là qu'il avait entraîné son nouvel ami. Pas de force, non : comme il parlait le même langage que lui et qu'il faisait plus jeune que son âge, le petit ne s'était pas méfié. Ils s'étaient même plutôt bien amusés, tous les deux. C'est quand il lui avait proposé une partie de cache-cache que les choses s'étaient gâtées : le garçon ne voulait pas se cacher, il voulait s'enfuir. Et quand il s'était rompu le cou après une chute dans une crevasse, il n'avait rien pu faire pour le sauver.

Il y en avait eu d'autres, après ça. Beaucoup d'autres.

Au fil des années, le petit garçon enfermé dans un corps d'adulte avait fait deux découvertes. La première le concernait : ce qu'il recherchait, en réalité, n'était pas l'amitié de ces enfants. Ce qu'il voulait par-dessus tout, c'était leur ressembler. Être eux. Alors il avait essayé de les absorber. De les assimiler. C'est comme ça qu'il s'était retrouvé à grignoter leurs doigts. Bien sûr, c'était infect et ça le faisait vomir à chaque fois, mais il se sentait mieux une fois son forfait accompli. Immanquablement. La deuxième découverte concernait ses nouveaux amis : comme son père, ils mouraient. Ils avaient tous fini par mourir, sans exception. Voilà pourquoi il lui en fallait sans arrêt de nouveaux. Aussi, quand la solitude devenait trop pesante, il repartait en chasse.

Il avait fait deux rencontres cette année. La dernière en date, celle qui dormait en ce moment même au fond de la grotte, devait avoir 15 ou 16 ans – jolie, avec de longs cheveux blonds. Même s'il se fichait pas mal de l'apparence de ses amis, c'est son sourire qui l'avait séduit. Avec elle, il n'y était pas allé de main morte : elle avait lutté quand il avait voulu la forcer à venir jouer dans la montagne, et il avait dû l'assommer. Un peu comme avec la précédente, avec qui tout était vraiment allé de travers.

Ça s'était passé quelques semaines plus tôt. Quand le petit garçon l'avait vue la première fois, l'amour de la fillette pour les chevaux lui avait tout de suite sauté aux yeux. C'était une enfant pleine de joie et de vie, ils auraient plein de choses à partager ! C'est après avoir récupéré le jeune daim au bord du Reservoir qu'il était passé à l'action. Sa voix de tête avait bien essayé de l'en dissuader, sur le moment, arguant que la petite allait le détourner de sa mission, mais il était resté sourd à ses mises en garde. Il l'avait piégée en lui promettant une balade à cheval, l'avait amenée ici. Mais elle était peut-être trop jeune, et quand il avait voulu la forcer à s'amuser, la gamine ne s'était pas laissé faire. Alors oui, il l'avait peut-être un peu trop secouée pour essayer de la calmer, oui, il aurait dû s'inquiéter en constatant que sa tête faisait un angle bizarre avec son cou après avoir cogné contre la roche. Mais que pouvait-il y faire ?

Deux jours durant, il était repassé la voir. C'était plus fort que lui. Son intérêt pour les poupées de chiffon étant cependant limité, il avait abandonné le corps sans vie au fond de la crevasse où le tout premier était tombé vingt ans plus tôt. Mais ce foutu orage l'avait fait remonter et…

Le petit garçon sentit un spasme secouer sa poitrine. Une tristesse infinie s'empara soudain de lui.

— Tous, ils finissent tous par mourir…

Un rire rouillé et sec, d'une singulière froideur, claqua à ses oreilles.

— Tu aurais dû m'écouter, fit l'autre derrière lui, de cet air haut perché qui lui avait valu le titre de « voix de tête ». Je t'avais dit ne pas perdre ton temps avec tes « nouveaux amis ».

Le rire alla se briser sur la paroi rocheuse. Le petit garçon se recroquevilla sur lui-même, retrouvant les réflexes craintifs de l'enfant terrorisé par sa mère.

— Moi, je ne t'ai jamais abandonné, reprit l'autre.

— Mais… mais je ne t'ai pas abandonné.

— Si, tu m'as abandonné ! Quand tu as décidé de te consacrer à tes « amis » plutôt qu'à ta mission… Ce sont eux qui t'ont éloigné de moi ! Tu m'as trahi !

Le petit garçon serra les poings. L'autre avait raison, il était sans cesse écartelé entre ses obsessions pour les créatures de l'espace et sa soif de reconnaissance. Pourtant, l'un n'allait pas sans l'autre. Après un moment, quand l'un de ses besoins était satisfait, il finissait par revenir à l'autre, invariablement.

— Je ne pouvais pas accomplir cette mission si je ne croyais pas en ce que je faisais, se défendit-il de sa voix de petit garçon, repensant à ce qu'il avait fait la semaine précédente. J'avais besoin de savoir que les gens valaient la peine d'être sauvés. Besoin de savoir que j'avais des amis qui comptaient sur moi…

— Mais tu as tout fait foirer, comme d'habitude ! Tu as laissé ce sale morveux t'éloigner de ta mission !

— Je ne pouvais pas partir… pas sans être sûr que quelqu'un tenait à moi, ici…

— Alors tu as fait exploser la capsule avec les morceaux dépecés d'une vache à l'intérieur, dit l'autre froidement. Les gars du shérif n'y ont vu que du feu, mais je suis loin d'être aussi crédule !

Son sang se glaça. L'autre avait-il lu dans ses pensées ? Il cligna des yeux, secoua la tête. C'était un tel bazar là-dedans…

— Tais-toi …

— Je connaissais tes plans avant même que tu…

— Tais-toi ! Je ne veux plus t'écouter, je veux juste…

Ce qui suivit fut plus un rugissement qu'un cri :

— ... JOUER, oui, on sait ! Mais Arlin, rappelle-toi : LE BORG N'ATTEND PAS !

Le petit garçon attendit une minute que l'autre se manifeste à nouveau, souffle coupé. Mais rien ne vint. Calmement, avec un luxe de précaution, il rampa jusqu'à son amie, sa jeune et belle amie, celle qu'il avait traînée à l'arrière de son pick-up pour l'amener ici – finie la séduction, finies les promesses de balade à cheval, ça ne fonctionnait plus.

— Hé, ho, tu m'entends ? demanda-t-il en lui tapotant la joue. Je vais revenir quand tu seras réveillée, et on jouera tous les deux, d'accord ? Tu verras, ça va être super !

Comme il ne recevait pas de réponse, le petit garçon se mit à pleurer. Il se sentit soudain plus seul qu'il ne l'avait été au cours des quarante dernières années.

Fou de douleur et de tristesse, il alla s'enfouir dans le noir. Il tira sur la manche de sa chemise à carreaux, si sale qu'elle aurait pu tenir debout, s'essuya les joues avec les gestes d'un enfant en proie à un gros chagrin. Il avait besoin d'un instant de répit. Juste un instant. Replié en position fœtale, il prit une profonde respiration, ferma les yeux et fit le vide dans sa tête.

3

Une heure et demie après avoir quitté son sous-sol, Rick Mayfair remontait le Devil Trail à travers bois, son appareil photo Nikon autour du cou et un dictaphone à la main. Les noms des disparus de Duncan's Creek tournaient dans sa tête en une litanie sans fin : Abigail, Martin, Jonah, Lauren Ann, Tim, Shawna...

Tous des enfants, tous disparus ou retrouvés dans cette forêt profonde. C'est ici qu'avaient été découverts les corps sans vie de Martin Davis et de Shawna Twitchell, ici qu'on avait perdu la trace d'Abigail Jones et de Jonah Cleaver… Ici que se trouvaient les réponses à ses questions.

C'était le plan du petit livreur de journaux qui lui avait mis la puce à l'oreille. Les enquêteurs de l'époque avaient déterminé, sur la base des témoignages des abonnés au *Register*, que le garçon avait terminé sa tournée ce jour de novembre 1966 où on l'avait vu pour la dernière fois. Or son itinéraire, tel que décrit au dos de la feuille que Rick avait découverte dans les archives de son père, avait pour point d'arrivée une adresse située à proximité du Devil Trail. Sur le coup, Rick avait nié l'évidence, se disant que le souvenir qu'il gardait de son expérience de croque-mort avec le corps de Rory Twitchell altérait peut-être son jugement. Mais ses doutes n'avaient pas tenu longtemps face à l'accumulation des faits : l'adresse en question était celle d'un fermier que tout le monde au village trouvait étrange sans oser se l'avouer, un homme qui connaissait bien l'endroit, pourtant éloigné de tout, et qui avait relaté l'une de ses expéditions au fond du canyon de Shungomowi dans un cahier que Rick avait eu entre les mains… Un type qui, de surcroît, était capable de conserver un cadavre pendant des mois dans sa cave, et de le transformer en extra-terrestre de *Star Trek !*

Il arriva dans la clairière où s'étalaient les géoglyphes indiens. Tout était calme. Au centre des cercles de pierres, la petite mare semblait figée par la chaleur. Rick se revit, dans un flash, transporter le corps démembré de Rory Twitchell à travers la forêt, et ressentit un vertige passager.

Arlin Gillespie n'y était pas allé de main morte ! Qu'est-ce qui ne tournait pas rond chez ce type ? Rick n'avait jamais pu se défaire du sentiment qu'il était louche, mais de là à imaginer qu'il avait pu s'en prendre à des enfants du village pendant près de quarante ans…

Attends, attends, se dit-il. *Quel âge avait Gillespie ? Environ le même âge que toi ? 45, à tout casser… Ce qui signifie qu'il aurait eu moins de 5 ou 6 ans lors de la disparition d'Abigail Jones en 1944…*

Ça ne collait pas ! Pour la petite Jones, en tout cas… Rick recentra ses pensées sur les quatre autres. Le suivant avait été Martin Davis en 1965, si l'on excluait la fillette retrouvée saine et sauve en 1960. Là, la compromission du fermier était déjà plus plausible, de même pour Jonah Cleaver ; il se pouvait tout à fait que le gamin ait livré son dernier exemplaire du journal au père Gillespie avant de lui servir de cobaye pour ses expériences insolites. L'explication pouvait d'ailleurs fonctionner pour tous les autres, ainsi que pour Rory Twitchell…

Une idée traversa l'esprit de Rick : et si Twitchell avait découvert quelque chose ? S'il avait remarqué que le pervers tournait autour de sa fille de manière un peu trop insistante ? L'autre aurait pu décider de le faire disparaître… Mais une fois de plus, ça ne se tenait pas debout : Gillespie expliquait être tombé sur le cadavre du père par hasard, on ne découvre pas un trésor qu'on a soi-même enterré.

Il leva les yeux au ciel, s'attarda sur le bleu sans nuages. Il était passé très près de la vérité au cours des deux dernières semaines et n'avait pas manqué d'occasions de confondre Gillespie. Mais maintenant que le salopard était mort, la lumière ne serait peut-être jamais faite sur ses agissements. Rick tenait une chose pour acquise, néanmoins : le fermier s'était bel et bien fait péter le carafon, il avait préféré mettre fin à ses jours que continuer à vivre avec le poids de ses péchés.

Soit, mais quel rapport entre les enfants et son « expédition » dans l'espace ? Sur ce point, il séchait complètement. Il ferma les yeux et se força à réfléchir. Le type n'avait pas la lumière à tous les étages, de toute évidence, mais son cahier ne mentionnait jamais les enfants. Comment s'inscrivaient-ils dans son « œuvre » ? Qu'était-il arrivé à Abigail Jones ?

C'est à ce moment-là qu'il eut une illumination. Il venait de comprendre pourquoi il avait eu tant de mal à assembler le puzzle et appuya sur le bouton d'enregistrement de son dictaphone :

— Si on part du principe qu'il s'agit de disparitions en série, il pourrait en fait s'agir de deux séries : la première dans les années quarante – la petite Jones et les deux adultes disparus dans la foulée, Susan quelque-chose et Andrew Boden –, la seconde entre les années soixante et les années quatre-vingt. Concernant la mort de Rory Twitchell, tout porte à croire qu'elle n'a aucun lien avec le reste… À moins que… Merde, merde, merde…

Rick coupa l'enregistrement. Un mal de tête lui taraudait le front, formant un bouclier à sa réflexion. Dans quelle folie s'était fourré ce fêlé de Gillespie ?

— Reprenons depuis le début, continua-t-il en se massant les paupières. Nous avons un total dc quatre disparitions entre 1944 et 1985, plus trois victimes avérées : Martin Davis et les deux Twitchell, père et fille. Mais Gillespie n'en parle nulle part dans son cahier, c'est comme s'il avait tout bonnement… Nom de Dieu, les dessins, les… les gribouillages !

Ça lui revint, d'un coup : au milieu des dessins d'animaux éviscérés, des mots illisibles et raturés, s'intercalaient des pages et des pages de dessins d'enfants. Il avait pensé qu'un gosse avait dû s'emparer du cahier pour y user tous ses crayons de couleur… Était-il possible qu'il s'agisse d'une sorte de signature ? D'une preuve, démontrant que le fermier s'était bien trouvé en présence d'enfants, à un point ou à un autre de son parcours ? Rick sentit son cœur s'emballer. Il tenait quelque chose !

Gillespie était célibataire, ne sortait jamais et vivait seul avec sa mère. On ne lui connaissait pas d'autre famille… Quant aux dessins, il semblait impossible qu'ils soient l'œuvre d'un adulte, à moins que ce dernier ne souffre d'un retard mental. Il fallait qu'il jette un œil au cahier !

Il se retourna, prêt à courir chez lui… et s'immobilisa en voyant deux hommes approcher. La sueur qui poissait sur son front se mit à couler à grosses gouttes quand il reconnut les adjoints du shérif qu'il avait croisés le jour de l'incendie chez Gillespie.

— Monsieur Mayfair, c'est ça ? l'apostropha le plus vieux. Shérif Novak.

— Bonjour.

— 'faites un reportage photo ? demanda le deuxième gars.

— Non, Rob, monsieur est journaliste, répondit Novak. Et ce qu'il fait ici est évident : il cherche le scoop.

Les fossettes de Rick se creusèrent, par réflexe, de cet air charmeur qui l'avait sauvé de mille situations périlleuses.

— Je me trompe ? fit l'adjoint.

Rick secoua négativement la tête. Il y eut un instant de flottement, puis Novak demanda :

— Vous n'auriez pas croisé ma collègue, des fois ? Le shérif Grant ?

— Je n'ai vu personne depuis une heure. C'est vraiment mortel, dans le coin.

— Z'êtes sur une piste ? s'enquit l'autre.

— Rien de sérieux, répondit Rick en sentant la sueur inonder sa chemise. Je prends quelques photos pour illustrer un article…

— Vous n'allez pas essayer de descendre au fond de cette gorge, quand même ? le questionna Novak sur l'air de l'avertissement.

— Non, mentit Rick.

Il ressentit soudain le même embarras qu'un gamin qui aurait juré ne pas avoir fouillé dans les placards pour trouver ses cadeaux de Noël, alors qu'il traînait un ruban de bolduc sous sa semelle.

La mâchoire carrée de l'adjoint Novak se contracta.

— À d'autres ! Note bien ça dans tes fiches, Rob : ne jamais se fier à un journaliste !

— Quoi ? fit Rick.

— Vous voyez très bien ce que je veux dire, monsieur Mayfair. Venez, allons-y ensemble…

4

On dit souvent que quand on meurt, on voit défiler sa vie devant ses yeux. Ce postulat, Jim Pomeroy le tenait tout aussi vraisemblable pour les proches qui accompagnent les mourants dans leurs derniers instants.

Jim revoyait son ami Lamar Jones, fier et un brin maladroit, s'y reprenant à dix fois pour nouer sa cravate le jour de son mariage avec Felicity Gardner.

Il le revoyait prendre la décision de faire pousser des pommes de terre et se démettre deux vertèbres qui le feraient souffrir à vie en retournant les dix hectares de terre que son père lui avait légués. Il se souvenait des virées dans la montagne et des jeudis après-midi de Thanksgiving devant le match de football, des proverbes de grand-mère, des fous rires, des peines et des fichus quarts d'heure aussi. Mais surtout, Jim se remémorait Lamar dans sa salopette trop large, à l'écoute de ses champs qui bruissaient sous la caresse du vent, et il savait, au plus profond de son cœur, que c'est cette image qu'il garderait de son ami quand il ne serait plus là. Pas celle, cauchemardesque, de l'homme sec et fatigué au chevet duquel il se tenait maintenant.

Ç'avait commencé dans la matinée, quand Felicity, qui venait de ranger sa robe noire d'enterrement dans la naphtaline, avait entendu un bruit de verre brisé dans la salle de bains. Elle avait trouvé son mari plié en deux contre le rebord de la baignoire, les traits déformés par une grimace de douleur et les mains serrées sur la poitrine. Jim étant injoignable, elle avait appelé les secouristes du 911, qui étaient arrivés vingt minutes après. À ce moment-là, Lamar respirait mieux, mais la douleur avait gagné son bras gauche, ses épaules et sa mâchoire. Une heure plus tard, on l'admettait à l'hôpital de Panguitch et le verdict tombait : infarctus du myocarde. Jim n'avait appris la nouvelle qu'au retour de son escapade à Torrey, par le biais d'un message que Felicity avait laissé sur son répondeur. À ce moment-là, il avait dans l'idée de passer l'après-midi à dormir.

Il était maintenant 15 h 45 et l'état de Lamar était stabilisé. Le fermier, cependant, faisait peur à voir : plus de sourire généreux, plus de regard vif s'émerveillant des petites surprises du quotidien, à présent. Le visage émacié était celui d'un vieillard, usé comme une guimbarde qui aurait vu trop de bitume.

Jim serra sa main, cette main vigoureuse qui lui avait sans doute sauvé la vie après son accident de cheval en 1944 et qui était maintenant glacée et flasque. Jamais il n'aurait imaginé que la santé de son ami, qu'il savait mal en point depuis des mois, déclinerait aussi vite.

Il regarda dehors. Le clocher blanc d'une église, de l'autre côté de la route, se détachait avec une netteté surnaturelle sur le ciel d'un bleu limpide. L'étrange proximité du lieu de culte lui colla la chair de poule, et il détourna le regard.

— Y a pas loin à aller, hein ? fit Lamar, sortant de son sommeil.

Sa voix était douloureuse, même pour ceux qui l'entendaient. Lamar essaya de retirer le tuyau de ses narines mais Jim l'en empêcha d'un geste doux.

— La route est encore longue, Jonesy, dit ce dernier tout bas. Tu n'es pas prêt d'en voir le bout, crois-moi.

Lamar secoua la tête. Lentement, péniblement.

— Non, Jimmy… Je le vois – le grand tourbillon noir, comme dans le film. Sauf que c'est pas à Oz qu'il va m'emporter…

— Ne dis pas de bêtises ! Dans une semaine, Felicity, toi et moi, on boira un pot à ta santé !

Lamar eut un pauvre rire fatigué. Ses yeux enfoncés dans leurs orbites s'éclairèrent brièvement.

— Santé, ouais… mais pas des pieds !

— Les médecins de cet hôpital sont les meilleurs du comté, tu es entre de bonnes mains.

Lamar eut un instant d'égarement et marmonna des paroles de malade shooté à la morphine. Puis il se mit à tousser et réclama à boire. Jim porta un verre d'eau à ses lèvres.

— Tu vois, Jimmy, j'avais raison. Y a toujours un moment où il faut payer l'addition. Et je crois que la mienne va être salée !

— On n'en est pas encore là, mon vieux Jonesy.

Lamar sombra, une fois de plus. Sa respiration se fit plus profonde, ses traits s'apaisèrent. Dès qu'il serait certain de ne pas le réveiller, Jim lui lâcherait la main et irait voir le docteur qui s'était occupé de lui. Il le connaissait bien, c'est lui qui avait accompagné Nancy dans les derniers mois de sa vie.

Moins de cinq minutes plus tard, les yeux de Lamar s'ouvraient à nouveau. Il essaya de parler mais ne put sortir qu'un gargouillis inarticulé. Il prit encore un peu d'eau, toussa, faillit s'étrangler. Quand une larme coula sur sa joue, Jim arrêta sa course de la tranche de sa main.

— Qu'est-ce qui fait qu'un jour notre vie bascule ? demanda le vieil homme quand son souffle se fut apaisé. Tu crois que c'est le Gars qui tire les ficelles là-haut qui s'est… juste emmêlé les pinceaux ?

— Je crois pas, Jonesy. L'homme est libre de choisir son chemin, sans l'aide de Dieu ou de quiconque.

— Moi, j'ai choisi, Jimmy. J'ai fait mon choix il y a bien longtemps…

— Essaie de rester calme, tu vas te fatiguer, l'enjoignit Jim, qui pressentait que la suite n'allait pas lui plaire.

Les deux hommes s'étaient tout dit, ou presque, au cours des quarante dernières années. Il subsistait pourtant dans leur histoire commune des zones d'ombre sur lesquelles Jim ne tenait pas forcément à faire la lumière.

— C'est moi qui ai tué ce salaud, murmura Lamar.

Jim se ferma. Ce qu'il avait redouté était en train de se produire, et il n'y était pas préparé.

— Je sais, se contenta-t-il de répondre. J'ai toujours su.

Un nouveau souvenir émergea de sa mémoire : le corps sans vie d'Andrew Boden, étendu dans la neige immaculée par une nuit de décembre 1944. Si son implication dans la disparition d'Abigail n'avait pu être établie par les enquêteurs de l'époque, les deux hommes n'avaient jamais douté de sa culpabilité.

— Pas ce salaud-là, Jimmy… Le père de la petite.

La main qui tenait celle de Lamar se détacha, Jim fouilla son visage d'un regard plein de désarroi, espérant y trouver la lueur de folie qui le persuaderait qu'il délirait.

— Tout homme peut choisir d'emporter dans la tombe les secrets qu'il garde sur le cœur, soupira le fermier. Moi je… j'ai plus rien à cacher. Plus maintenant. Et surtout pas à toi…

— Jonesy…

— C'est… c'était juste avant la Noël, continua Lamar sans l'écouter. Un soir où j'étais monté là-haut pour… enfin tu sais… pour chercher Abigail.

Jim savait, en effet : Lamar n'avait jamais pu se résoudre à abandonner, il ne se passait pas un mois sans qu'il retourne dans la montagne. Certaines blessures ne se referment jamais complètement, il était bien placé pour le savoir.

— Ce soir-là, je traînais sur le Devil Trail avec Waldo… mon brave Waldo… et j'ai entendu quelqu'un crier derrière les fourrés. C'était cette rouquine qui bossait au restaurant… celle qui a tiré le pire numéro au loto du coin en épousant ce tordu de con de fils Twitchell. Alors moi, je commence à me faire du mauvais sang, tu vois… parce que je crois qu'elle est blessée ou quelque chose… et v'là qu'elle se met à crier qu'elle veut crever, que de toute façon, si elle se décide pas à en finir, c'est lui qui s'en chargera, et qu'après ça, plus personne sera là pour protéger sa petite… Elle était à bout, Jimmy, j'ai bien cru qu'elle allait… enfin, tu vois… (Il marqua une pause pour reprendre son souffle.) Ce qui s'est passé était un accident… je le jure devant Dieu. Un accident, oui… C'était… une semaine plus tard, je crois… Je rentrais d'Escalante, j'avais été acheter de l'engrais chez le père Culkin… Il était tard et… bah, t'es mon toubib, tu sais que ma vue est plus ce qu'elle était. Je roulais sur la 12 quand il a… quand il est apparu dans la lumière de mes phares. Il était encore bourré, le gars… bourré comme un coing, comme qui dirait… Je l'ai à peine vu, Jimmy. Y a eu un « boum » et puis mon camion a… il est parti dans le décor. Ça m'a sonné, j'ai un peu perdu la boussole après ça, mais… quand je me suis approché, le gars respirait plus… C'était lui, Jimmy… le mauvais numéro du loto…

Il divague, pensa Jim. *Ce sont les médicaments qui parlent, pas l'homme que je connais depuis mes 15 ans.*

— J'étais là-haut, dans la forêt, poursuivit Lamar, le regard plein de fièvre, et je… je sais pas ce qui m'a pris… J'aurais pu choisir de prévenir les secours… mais les choix qu'on fait, Jimmy… parfois ils nous échappent et… et… (Il eut une nouvelle quinte de toux.) Le Gars là-haut qui s'emmêle les pinceaux… tu te rappelles ?

Le vieil homme laissa échapper une respiration puis se mit à crachoter, comme un moteur qui rechigne à démarrer par un froid matin d'hiver.

— J'ai… j'ai traîné le corps dans la montagne, voilà ce que j'ai fait, lâcha-t-il dans un filet de voix à peine audible. Je l'ai traîné sur des kilomètres et je l'ai balancé au fond d'un canyon ! Après ça, j'ai été jeter ses vêtements dans la rivière, en espérant qu'ils soient emportés, loin… très loin, pour pas que… qu'on puisse l'identifier, tu vois… Enfin, je crois… J'ai des blancs, des fois, je sais plus trop ce que… Mais nom de Dieu, Jimmy, je te jure… je te jure que c'était un accident…

Jim s'entendit déglutir. Pendant des années, il avait imaginé son ami capable d'avoir tué Andrew Boden en 1944, tout en se refusant à l'admettre. Mais aujourd'hui, il devait se rendre à l'évidence : Lamar avait fait pire.

— Jonesy, je… Bon sang, tu te rends compte de ce que tu es en train de me dire ?

— Après, je sais pas, continua Lamar, ailleurs. Je me dis que si ça avait quelqu'un d'autre sur cette route, j'aurais… peut-être bien que j'aurais pu le… j'aurais pu l'éviter… Mais Abigail, Jimmy… ce salaud a fait du mal à Abigail…

Il délirait. Jim s'avança, posa une main sur sa tempe. Elle était brûlante.

— De toute ma vie, Jimmy… de toute ma chienne de vie, j'ai jamais aussi peu regretté un truc que j'avais fait… Et ma foi, si c'était à refaire… bah je le referais…

— Calme-toi, Jonesy…

— Non, Jimmy, NON ! La mort : c'est tout ce que ce salaud de Boden méritait…

Ils n'eurent pas le temps d'en dire plus. Felicity entra avec sa sœur, une grosse femme aux mauvaises manières qui venait d'arriver de Moab. Jim allait s'écarter du lit quand la main de son vieil ami se tendit pour saisir son poignet.

— T'oublieras pas, Jimmy ? lui glissa-t-il dans un soupir qui sentait l'acétone. Mes cendres… je veux qu'elles soient dispersées sur mes champs…

L'éclat de la fièvre brillait toujours au fond des yeux de Lamar, mais sa voix était claire et assurée.

— J'oublierai pas, Jonesy. Je te le promets.

Le fermier voulut ajouter quelque chose, mais sa voix s'éteignit dans un souffle. Après quelques mots de réconfort à Felicity, Jim prit congé, promettant de revenir le lendemain.

Une fois dans le couloir, il eut le plus grand mal à retenir ses larmes. Betty était là, l'attendant sur une chaise. Il savait qu'elle espérait des réponses qu'il ne pourrait lui fournir, les questions qu'ils avaient prévu de poser à Lamar n'étant plus à l'ordre du jour. Son cœur, malgré tout, lui souffla ce qu'il fallait dire :

— C'est lui, Betty. C'est Lamar qui vous a tirée des griffes de votre ravisseur, cet été-là.

L'institutrice porta une main à sa bouche. Jim prit place à côté d'elle et resta là, hagard, à attendre que le poids qu'il avait sur la poitrine le libère. Lamar avait raison : le Gars qui tirait les ficelles, là-haut, avait dû sacrément s'emmêler les pinceaux. On pouvait même dire qu'Il s'était pris les pieds dans le tapis.

Et c'est sur Jim Pomeroy qu'Il était tombé.

5

Là-haut, dans la lumière, le soleil brûlait, rond et victorieux. Ici, dans l'ombre, l'espoir avait cédé la place à la peur.

Il y avait cet endroit, bien sûr, cette gorge abrupte creusée dans le grès, ces sentiers escarpés courant au cœur de falaises imprenables, et ce soleil, chaud et rond, que Jake avait laissé derrière lui. Il y avait cette révélation que lui avait faite Sam, l'aveu le plus fracassant qu'il lui ait été donné d'entendre après celui de Dark Vador à son fils Luke, cette confession lâchée du bout des lèvres qui avait fait voler en éclat sa vision manichéenne du monde, et cette question, aussi, qu'il n'avait osé lui poser, mais dont il devinait sans peine la réponse. Et puis, il y avait Logan Momsen.

Le visage du jeune homme se détachait avec une netteté surnaturelle sur l'obscurité glauque. Dans la lumière qui baignait la paroi, ses yeux donnaient l'impression de vouloir s'embraser.

— Attention à vous, murmura-t-il. Ça devient glissant, par ici.

C'est en fermant son esprit aux horreurs que lui soufflaient les ténèbres que Jake avait trouvé le courage de s'engouffrer dans la grotte. La peur était la face cachée de l'imagination : pour vaincre la première, il fallait museler la seconde – une leçon qui lui avait été enfoncée dans la tête à coups de marteau au cours des dernières semaines. Le problème, c'est que lorsque l'on revient dans le monde réel, il faut en accepter la violence.

Alors qu'il s'engageait dans un boyau obscur gorgé d'humidité, la terreur s'empara de lui comme une fièvre. Il eut soudain la certitude que Tim était là, derrière lui, son visage dévoré par la mort lui souriant dans l'ombre.

Il se retourna, pris de panique. Rien ne bougeait en dehors de la silhouette courtaude qui cavalait à ses basques. Son frère était là, pourtant. Il sentait sa présence au plus profond de lui.

— Tu crois qu'on va le trouver ? demanda Junior. L'épouvantail ?

Jake ne répondit pas. Les raisons de sa présence dans cette grotte lui échappaient, tout comme celles qui avaient poussé Junior à venir. Sans doute tenait-il à vérifier par lui-même la théorie qu'il lui avait exposée à la bibliothèque… L'idée d'une montagne malade vomissant sa colère par l'entremise d'un monstre sanguinaire ne pouvait qu'avoir titillé sa curiosité.

Ils traversèrent un canyon particulièrement étroit, jouant des pieds et des mains pour braver les irrégularités de la roche. Dans ce qui aurait dû être un silence total, Jake percevait un milliard de petits bruits inquiétants dont il ne souhaitait pas connaître l'origine. De loin en loin, il indiquait la direction à Logan, lequel se contentait de hocher silencieusement la tête. Il ne leur avait dit qu'une phrase, lors de sa visite chez Sam : « Emmenez-moi là où vous avez trouvé le corps. »

Alors qu'ils passaient près de la travée où Sam avait été emportée après la crue, Jake eut à nouveau le sentiment que Tim se tenait derrière lui. Juste là, au-dessus de son épaule. Sauf qu'il n'était plus seul, maintenant : Shawna Twitchell l'accompagnait. Et c'est ainsi que, sans autre explication, il comprit que les deux enfants étaient liés dans la mort.

Ils longeaient une paroi au relief torturé quand l'obscurité leur tomba dessus. Le chemin sombra dans le néant, disparaissant presque entièrement sous des éboulis de roche. Les deux garçons se rapprochèrent l'un de l'autre, leurs lampes torches à bout de bras.

Alors qu'ils contournaient un éboulis rocheux, Jake remarqua une série de pétroglyphes sur la roche. Toute une imagerie anasazie en rouille et ocre : des spirales, des figures chamaniques, des animaux, et au milieu des peintures, des éclairs jaillissant de sa tête, une créature cornue qui ressuscita en lui un souvenir vieux d'une semaine : la paire d'yeux flamboyants qu'il avait cru apercevoir lors de la soirée sur le ponton.

« Le diable peut prendre différentes formes, mais toujours celle qui t'effraiera le plus ! » avait-il dit à Junior à la bibliothèque. Celle-ci était l'une de ces nombreuses représentations, à n'en pas douter. L'esprit embrumé par ces visions d'horreur, Jake se laissa surprendre par la voix de son nouveau copain :

— Si on tombe sur un autre cadavre, je veux absolument le voir de près, cette fois ! disait-il, l'air plus azimuté que jamais. Pas toi ?

Jake allait répondre mais un bruissement lui fit lever la tête. Il se rappela soudain avoir dit autre chose à Junior : que le mal gagnait toujours à la fin. Il s'immobilisa, le cœur en arrêt, et son œil visionnaire lui montra ce qui se préparait : des chauves-souris, par centaines, attendant dans l'ombre dans de petits froissements de cuir. Il y aurait un battement d'ailes, puis un second. Ensuite…

Il se remit à marcher sans trop savoir où il allait. Le soleil ne brillait jamais au fond de ce gouffre étroit, et il ne le reverrait sans doute jamais. Il avisa Logan. Il n'aimait pas la façon que le jeune homme avait de foncer tête baissée, comme s'il connaissait à l'avance l'issue de leur expédition.

— De ce côté ? demanda ce dernier en désignant un passage resserré entre deux pans de falaise.

Jake acquiesça.

— Qu'est-ce qu'on fout là, Jacques-a-dit ? se lamenta Junior en trottinant à ses côtés. J'en ai ma tarte !

— Ma « claque », le corrigea Jake.

— Hein ?

— Rien.

Ils poursuivirent encore un quart d'heure à travers les galeries souterraines. Après avoir dépassé quelques vasques naturelles et une arête surplombant une longue ravine, ils arrivèrent sur un terrain moins escarpé. Une dernière courbe et ils y seraient.

— C'est là, dit Jake.

La Gorge de la Mort, qui conduisait à la Porte des Enfers.

— Je suis au bord du rouleau, je te jure, je vais faire une syncope, insista Junior d'une voix proche du désespoir. Le médecin dit que je fais de l'hypo…

Jake lui barra le passage de son bras droit, le forçant à stopper. Un éclat passager venait de percer l'obscurité, droit devant.

— C'est quoi ?

— Chut, fit Logan, qui s'était arrêté lui aussi, une dizaine de mètres en avant.

Les deux garçons le rejoignirent. Un doigt glacé traça un sillon rectiligne sur la colonne vertébrale de Jake quand il vit apparaître un revolver entre ses mains.

— Qu'est-ce que tu fiches avec ce flingue ? s'alarma Junior tout bas.

La voix de Logan trembla dans le noir :

— Restez là. Je vais faire sa fête à ce fumier.

6

L'obscurité. La douleur. De l'eau qui dégouline sur son visage.

Un goût métallique, poisseux dans sa bouche. Elle déglutit. Soulève la tête. Sa nuque est lourde, comme vissée au sol. Un fourmillement douloureux passe dans son dos.

Elle ouvre les yeux. Une brume grise voile tout.

Son cœur s'arrête de battre. Repart. Un vrai yo-yo.

Des noms passent dans sa tête. Donna. Nate. Monica. Theo. Mitch. Elle regarde défiler ses souvenirs avec eux.

La douleur régresse, le monde émerge.

Une sueur brûlante et collante lui coule dans les yeux. Des formes grises surgissent dans la pénombre rougeoyante.

Elle essaie d'appeler, mais quelque chose l'en empêche. Sa gorge est sèche, l'impression qu'on lui enfonce des aiguilles dans la chair.

Elle entend rire tout bas. C'est un rire d'enfant.

Qu'est-ce que je fous là, bon Dieu ?

Ça lui revient, maintenant : Shawna Twitchell. La petite Shawna. C'est ici qu'on a retrouvé son corps. Elle est venue jeter un œil après l'enterrement. Par acquit de conscience. Il lui semble que ça remonte à dix jours.

La grotte... L'ombre, dans la grotte...

Des images lui reviennent. Du sang, sur les murs. De longues traînées de sang, comme des étoiles filantes. Les yeux effrayés de l'adolescente. Une ombre, derrière elle, puis plus rien. Le monde qui s'efface. Mais avant ça…

Ce visage ! Ces traits ! Impossible que ce soit lui, le type est mort, pulvérisé. Elle a elle-même constaté les dégâts qu'a causés son engin explosif. Pourtant, elle sait que c'est lui. Le fermier. Un doux dingue qui confectionne des engins spatiaux en alu qu'il fait passer pour des œuvres d'art. Comment il en a réchappé, elle l'ignore ; ce qu'elle sait, en revanche, c'est qu'elle tient son coupable.

C'est lui qui te tient, tu veux dire.

Elle se rappelait avoir essayé de lui parler lors de l'une de ses phases de réveil ; c'était avant qu'il ne lui colle ce bâillon sur la bouche. Mais il n'avait pas été réceptif, loin de là. Elle croyait même se souvenir qu'il l'avait frappée. Et puis il l'avait menacée avec un couteau de cuisine, et elle avait bien cru que c'était la fin, à ce moment-là. Tout le temps qu'avait duré son supplice, elle avait gardé les yeux braqués sur ses santiags.

Elle avait essayé d'établir le contact, à nouveau, l'avait imploré de la laisser partir, mais ses grognements s'étaient perdus dans sa gorge. Il s'était finalement détourné d'elle et s'était penché en avant, comme s'il allait vomir. Après quoi elle l'avait entendu parler à quelqu'un. Les deux personnes s'étaient engueulées, mais l'autre était plus discrète, elle avait à peine entendu sa voix.

C'est parce qu'il n'y a personne d'autre. Il est seul.

Sa vision analytique des événements la confortait dans cette croyance : avait-elle, à un seul moment, vu quelqu'un d'autre que le fermier et l'adolescente ? Non. Elle n'avait vu personne. Le type était fou, il parlait tout seul en tournant en rond dans sa grotte. Le plus souvent avec une drôle de voix d'enfant.

Son instinct de flic reprit le dessus. Sherry avait peut-être une carte à jouer. Si ce cinglé était seul et qu'elle ne le voyait nulle part, elle avait une chance de sauver sa peau. Pour l'adolescente, il était trop tard. Elle était morte, elle en avait acquis la certitude un peu après qu'il avait voulu la poignarder.

Sherry attendit une minute puis roula sur le côté. Ses bras engourdis traînèrent derrière elle comme deux poids morts. Il l'avait ligotée, lui avait attaché les chevilles. Ça n'allait pas être simple.

La lumière du jour éclairait faiblement la gorge. La dernière fois qu'elle avait ouvert les yeux, il faisait nuit. Elle était donc ici depuis plus de douze heures.

Les renforts n'allaient pas tarder, Mitch saurait où la trouver. Pouvait-elle se permettre d'attendre ?

Elle décida que non et se dévissa le cou jusqu'à atteindre le point de rupture. D'abord à droite : personne. Elle réitéra l'opération de l'autre côté. Rien. Le salopard s'était éloigné. Alors commença la longue et douloureuse lutte pour sa survie.

Elle se contorsionna, et, pieds contre la paroi, appuya doucement dessus pour se faire glisser en arrière. Elle parvint à reculer d'un ou deux mètres, pas plus ; le sable qui recouvrait le fond du canyon la ralentissait. Elle fit une autre tentative, mais voyant que ses efforts ne payaient pas, elle prit le risque de se mettre sur le ventre. Cette position allait réduire son champ visuel, elle ne le verrait pas approcher s'il arrivait par surprise…

Il lui fallut moins d'une minute pour trouver ce qu'elle cherchait. Sherry rampa, encore et encore, en direction d'une alcôve sous un rocher. Deux pieds chaussés de ballerines dépassaient dans la lumière. Avant de tenter une évasion, il fallait qu'elle s'assure qu'il n'y avait plus rien à faire pour la jeune fille.

Elle était à moins de dix mètres, et elle avançait bien. Elle sentit l'espoir la gagner, mais son enthousiasme fut subitement miné par une ombre qui tomba sur elle sans qu'elle l'ait vue venir. Un pied écrasa le sable à cinq centimètres de son visage, suivi d'un deuxième, de l'autre côté.

Pas des santiags. Des Nike.

Une main se referma sur son épaule et la força à se retourner. Le cri qui monta à ses lèvres resta bloqué derrière son bâillon.

Elle s'était trompée. Ils étaient bien deux.

7

Arlin Gillespie écarquilla les yeux. Le cauchemar, d'une rare violence, avait laissé des perles de sueur grosses comme des billes sur son front. Il venait de rêver qu'il était mort. Les Borgs avaient fini par l'avoir, ils avaient piégé sa capsule spatiale avant le décollage et son corps avait été vaporisé dans l'attentat, réduit à quelques fragments sanglants projetés aux quatre coins de son pré.

Il fit craquer sa nuque d'un roulement d'épaules et inspira profondément. Sa narine droite était bouchée, il y porta un doigt et délogea la crotte séchée qui l'obstruait. À tâtons, il chercha le rebord de son établi pour y abandonner sa cueillette, mais ne le trouva pas. Il se redressa en titubant, tremblant de tous ses membres. Il faisait aussi noir que dans une grotte – et humide, avec ça. Alors non, il n'était pas mort. L'obscurité, la claustration : il connaissait ces sensations. Quant à l'odeur de moisissure qui saturait l'atmosphère, elle ne pouvait pas le tromper : il s'était encore endormi dans son sous-sol !

— Nom d'un petit canard !

Comment avait-il pu se laisser aller à un roupillon quand le destin du monde reposait entre ses mains ? Il se donna une tape sur la joue, avec rogne. Il fut surpris de constater qu'elle était poisseuse de larmes. Est-ce qu'il avait pleuré ? Non, c'était ridicule. Aussi loin qu'il s'en souvînt, il n'avait jamais pleuré. À part peut-être quand il était un petit garçon…

Alors, quoi ?

Il tenta de reprendre le contrôle de ses pensées. C'était un vrai bazar, là-dedans. Du genre brouillard bien épais par une nuit sans lune. Il y avait aussi quelque chose qui n'allait pas avec sa poitrine, un poids qui n'était pas là avant.

Arlin s'essuya le visage, par réflexe, mais le geste n'apaisa en rien son malaise. Vaguement, comme en écho à un souvenir enfoui au plus profond de sa mémoire, il crut déceler une pointe de tristesse dans le fouillis de ses émotions.

— La tristesse, c'est bon pour les tapettes, murmura-t-il d'un air moqueur.

Il se secoua. Il en avait vu d'autres ! Et puis, il devait se concentrer sur la tâche à accomplir. Finir le faux Borg et embarquer dans la capsule pour…

Son souffle se bloqua. Il s'était passé quelque chose.

— Les traîtres, les infidèles…

Un spasme le secoua de la tête aux pieds. Ses plans avaient été découverts. La mission avait échoué. Non !

« … non non non… » répéta son écho dans la grotte, alors qu'il lui semblait ne pas avoir dit un mot.

— C'est la faute de l'autre sale morveux ! cria-t-il, et il ne fut pas surpris de s'entendre parler avec les intonations de la voix de tête.

La colère gronda dans sa poitrine, étouffant la tristesse. Il plissa les yeux pour tenter d'y voir quelque chose, peut-être le faux Borg sur l'établi ou les plans de la capsule spatiale près de sa caisse à outils, mais…

— Mais tu n'es pas chez toi, Arlin. C'est lui qui t'a amené ici. Dans la grotte.

— La grotte ? répéta Arlin, avant que l'autre ne reprenne le contrôle de ses cordes vocales avec son horrible voix de tête :

— Oui, rappelle-toi : tu disais que tu avais envie de jouer. Que tu voulais avoir des amis. Voilà à quoi ça t'a conduit…

Il s'interrompit lui-même :

— Mais le faux Borg… La capsule…

— Envolés, tête de nœud ! Partis en fumée ! Tu as tout fait péter !

Arlin serra son poing et mordit dedans de toutes ses forces. L'autre racontait n'importe quoi. Qui étaient ces amis dont il parlait ? Il n'avait jamais eu d'amis !

— Oh si, tu as eu des amis. Tu en as eu des tas et…

— C'était quoi, ça ?

Il se retourna d'un bloc. Un bruit, pas très loin – du papier froissé. Ce fut l'autre qui répondit :

— C'est eux, Arlin. Les flics. Ils sont venus te cueillir ! Tout ça c'est ta faute, petit morveux ! TA FAUTE ! hurla-t-il en se donnant de violentes tapes à l'arrière de la tête.

Il tomba à genoux, se pencha à l'extérieur de son abri. Il y avait deux gamins en contrebas. L'un d'eux, un petit gros, était en train de piocher des bonbons dans un sachet en plastique. Le second regardait fixement en direction d'un point qu'un rocher dissimulait à sa vue.

— Des amis ! chuchota Arlin de sa voix de petit garçon. Chic ! On va pouvoir s'amuser !

Sa gorge se mit à gronder :

— Pas des amis, des ennemis ! Des traîtres, des infidèles ! Ils sont là pour toi !

Arlin envoya cogner sa tête contre la paroi rocheuse. Une fois, deux fois. Cette cacophonie, sous son crâne… ça devenait insupportable ! Il fallait qu'il fasse quelque chose.

— Tu sais très bien ce que tu dois faire, Arlin.

En effet, il savait :

— Les saigner. Tous les deux.

Mais avant ça, il allait s'amuser un petit peu avec eux.

8

D'un geste sec, Logan arracha le morceau de chatterton collé en travers du visage de Sherry Grant. Elle avait toujours les yeux rivés aux Nike du jeune homme quand elle demanda :

— Qu'est-ce que tu fais là ?

Les sons qui parvinrent aux oreilles de Logan étaient plus proches d'un « èce-euh-uh-é-a », tant sa voix était éraillée. Il se pencha sur elle, l'attrapa par les épaules.

— Alice, vous savez où elle est ?

La terreur de Sherry reflua. Il n'était pas là pour elle. Il était venu chercher sa petite copine.

— Alice ? Elle… je… balbutia-t-elle.

Elle eut une quinte de toux qui lui sauva la mise. Comment annoncer à ce gamin que la fille qu'il aimait était morte ?

— Vous, ça va ? fit Logan en dénouant les liens qui entravaient ses chevilles et ses poignets, tournant sans le savoir le dos au corps de sa petite amie qui gisait à moins de cinq mètres de là.

Sherry hocha la tête. Son visage était d'un blanc à faire peur.

— Qu'est-ce qui s'est passé ? demanda Logan en l'aidant à se relever.

Elle était faible, ankylosée, mais elle parvint à se maintenir debout. Sa main se porta instinctivement à sa ceinture. L'étui de son arme de service n'y était plus.

— On doit pas rester là. Il peut revenir d'un moment à l'autre…

— Il ? De qui vous parlez ?

— Plus tard, il faut…

La fureur fit voler en éclat les dernières résistances de Logan :

— Dites-moi qui c'est !

Sherry avait déjà tourné les talons. Son regard, lui, était resté scotché à la main droite du jeune homme. Il tenait un .45.

— Où tu as eu ça ? dit-elle dans un souffle. Donne-le-moi.

— C'est le Français, pas vrai ?

Les sourcils de l'adjointe se soulevèrent en signe d'interrogation.

— Le Français ? De quoi tu… Attention !

Logan n'eut pas le temps de réagir ; quelque chose de froid s'enfonça en lui avant qu'il ait pu faire le moindre geste. La douleur ne vint pas tout de suite, ce n'est que lorsque la lame du couteau frotta contre l'os qu'il la sentit éclater en lui.

Il tomba à genoux, le corps agité d'un tremblement.

9

Arlin essuya la lame du couteau sur sa cuisse.

Il eut un regard pour le misérable cloporte qui se vidait de son sang à ses pieds, puis releva la tête.

— Plus un geste !

Campée sur des jambes flageolantes, la policière pointait le calibre .45 du jeune gars sur lui.

— Lâchez le couteau ! ordonna-t-elle.

Sa voix était réduite à un sifflement phtisique. Il aurait suffi d'un pas à Arlin pour l'écraser sous sa semelle, mais ce ne fut pas la manière forte qu'il choisit :

— Laissez-moi partir, implora le petit garçon aux os brisés qui n'avait jamais quitté le carrelage de sa cuisine en 1947.

— Le couteau, j'ai dit !

— S'il vous plaît ! Maman ne veut pas que je rentre tard…

— Fermez-la !

La femme fit un pas mal assuré dans sa direction. Ses doigts tremblaient, cramponnés à la crosse du flingue. Ce fut le déclencheur : Arlin envoya son pied dans ses côtes avec toute la force dont il était capable. Le .45 vola. La flic aussi, pliée en deux sous l'effet combiné du choc et de la douleur.

— Vous ne comprenez rien ! cria-t-il dans l'un de ces accès d'impatience dont la voix de tête, qui avait repris le pouvoir, avait le secret. Moi seul peux sauver le monde !

La flic releva la tête, hébétée, le visage congestionné. Il venait de changer de voix ! Après une seconde de battement qui parut durer une éternité, elle se jeta en avant pour récupérer le .45.

Arlin fut plus rapide qu'elle : il déplia sa jambe et lui envoya sa santiag droite en pleine face. Elle poussa un cri sourd et bascula en arrière, soulevant un petit nuage de sable et de poussière.

— MOI ET PERSONNE D'AUTRE !

Les pieds solidement ancrés dans le sable, Arlin se baissa pour ramasser le revolver. Dans sa tête, les voix se livraient un âpre combat – celle de l'autre, celle du petit garçon… L'abattre, sur-le-champ. Planquer l'arme. Retourner chercher les deux mômes. Les saigner, l'un après l'autre. Non, jouer avec eux ! S'amuser ! Non ! Rentrer. Fabriquer une nouvelle capsule spatiale. S'envoler pour le Quadrant Delta. Éliminer le Borg. Les faire taire, toutes les faire taire !

— Ça suffit !

Son bras se plia, presque malgré lui. Arlin colla le canon de l'arme à sa tempe.

— Fermez-la, je ne veux plus vous entendre !

De grosses larmes roulaient sur ses joues, à présent, les larmes d'un gamin à qui on aurait confisqué son jouet préféré. Tordues en un angle étrange, inversé, ses lèvres étaient agitées de sursauts convulsifs.

Les traîtres avaient envahi son antre. La rengaine, insidieuse, lacérait chacune de ses pensées. Il ignorait ce qu'ils étaient venus faire ici, mais leur présence n'augurait rien de bon. Il devait en finir. Tout laisser en plan. Le faux Borg, ses amis…

— Tant pis pour eux !

Il posa son doigt sur la détente. Attendit une seconde. Poussa très légèrement. Il n'y avait pas trente-six solutions…

— Plus d'amis. Plus personne…

Du coin de l'œil, Arlin vit la flic se mettre à genoux. Elle essayait de reprendre son souffle, mais son corps refusait de suivre, comme s'il avait fini par admettre que la partie était perdue. Quelque chose dans ses yeux, pourtant, s'accrochait encore. Une lueur d'espoir.

Arlin ferma les siens. *Le Borg gagne toujours à la fin*, fit une dernière voix dans sa tête, une voix de femme qu'il n'avait encore jamais eu l'occasion d'entendre – la voix de la policière, qui lui rappelait étrangement sa mère…

— NON ! hurla-t-il avec une violence inouïe.

Il relâcha sa pression et mit la femme en joue. Pile entre les deux yeux, comme elle l'avait fait une minute plus tôt avec lui. Le visage de la flic se vida de son sang. Celui d'Arlin se libéra de sa colère.

Le regard perdu dans une sorte de méditation contemplative et amusée, le petit garçon fit jouer son index sur la détente. Clic. Clic. Clic… Mais ça ne l'amusa pas longtemps.

— OK, assez joué !

Il était à moins d'un mètre d'elle quand le coup partit.

10

La détonation retentit jusque dans les profondeurs de la montagne. Mitch sentit la brûlure de la poudre sur sa joue, puis une secousse dans son bras. Le recul le projeta violemment en arrière.

Il resta sonné une seconde, l'arme au poing. La vitesse à laquelle les événements s'étaient enchaînés défiait l'entendement. Une minute plus tôt, Robicheaux, le journaliste et lui déboulaient dans le canyon, alertés par les cris de plusieurs personnes. L'instant d'après, ils tombaient sur deux gosses d'une dizaine d'années en train de sortir d'une ancienne habitation troglodytique creusée dans la roche. Puis il y avait eu un hurlement, des bruits de lutte. Tout s'était précipité. Le temps que Mitch dégaine et qu'il trouve un angle de tir, Gillespie était prêt à faire feu.

Loin, très loin, l'écho du coup de feu mourut dans le silence. La qualité de la lumière avait changé et le décor lui apparut soudain dans une perspective acérée, sans ombre. Il avait tiré à l'aveugle. Pieds écartés, son arme de service vissée entre ses mains, comme au stand de tir. Mais sans la moindre visibilité. Large d'une vingtaine de mètres, le canyon se perdait dans une succession de détours qui n'offrait aucun angle.

L'adrénaline gicla dans ses veines. Mitch poussa les gosses dans les bras de Mayfair, et, bras tendus en avant, se mit à courir vers la lumière. Robicheaux était déjà sur ses talons.

— Grant ! appela-t-il.

Pas de réponse. La panique forçа, il la repoussa. Se pouvait-il qu'il ait touché sa collègue ? En avisant la gorge qui s'étranglait au-dessus d'eux, une sueur froide le traversa. La lumière du soleil, sur la roche, était rouge sang. Les doigts crispés sur la crosse de son .38, Mitch s'élança en avant.

Il y avait du sang, beaucoup de sang. La cervelle de Gillespie était répandue sur le sable. Comment le type était revenu d'entre les morts, Mitch se fichait de le savoir. L'important c'est qu'il l'avait renvoyé d'où il venait. Il se détourna, remarquant à peine les larmes qui continuaient à couler sur les joues du cadavre puis, avisant Sherry, il plongea au sol. Nouvelle poussée d'angoisse, plus violente cette fois.

— Grant !

Le front en sang, les yeux embués d'un voile de douleur, la jeune femme peinait à se relever. Mitch passa un bras autour de ses épaules, chercha son regard.

— Tu n'as rien ?

Elle secoua la tête. Toussa, cracha du sang. Sa figure était maculée de poussière et de sueur. Mitch l'essuya avec sa manche.

— Tu chiques comme un cow-boy, dit-il avec une pauvre pointe d'humour dans la voix.

— Tu parles de ça à quelqu'un… je te tue, articula Sherry.

Il tenta un sourire.

— Tu as mal quelque part ?

— Partout. J'ai l'impression… qu'on a passé chaque partie de mon corps au hachoir.

— Ça va, la meilleure a été épargnée !

Mitch lui effleura la joue. Sherry scruta son visage, menton relevé. Il n'ajouta rien. Plus tard, peut-être.

— Il est mal en point, chef, fit la voix paniquée de Robicheaux à côté d'eux.

Mitch détourna son attention sur le pompiste. Une grosse fleur de sang s'étendait sur sa chemise, au niveau du flanc. Il était conscient, mais sa poitrine se soulevait et retombait à un rythme infernal. De petites bulles pourpres venaient éclater à ses lèvres et à son nez.

— Il est en train de s'étouffer avec son sang ! Aide-moi à le relever… Doucement, doucement…

Ils appuyèrent la tête de Logan sur les cuisses de Robicheaux. Mitch prit sa main dans la sienne. Elle était glacée. Le regard qu'il posa sur son bleu en disait long : ils devaient faire vite, sans quoi le môme serait mort avant d'avoir quitté la grotte.

— Mayfair !

Le journaliste, encadré de Jake Dickinson et Ben McCombs, Jr., accourut vers eux. Mitch lui lança les clés de la voiture de patrouille.

— Appelez les secours. Fréquence 7 sur la radio ! La voiture est au bout du chemin qui mène à la 12 !

Rick avait déjà tourné les talons.

— Ça va, les garçons ? demanda Mitch.

Ils acquiescèrent, l'air sombre. Le regard de l'adjoint passa de l'un à l'autre. Il devait les distraire, les détourner d'un spectacle qui les traumatiserait pour le restant de leurs jours.

— Tu comptes faire quoi avec ça, cow-boy ?

D'un mouvement de la tête, il montra le calibre .38 que le petit gros tenait à la main. Le même que le sien – sûrement l'arme de service de Sherry, que Gillespie avait dû lui confisquer avant de l'attacher.

— J'sais pas, monsieur, répondit Junior en haussant les épaules.

— Tu peux le lâcher, maintenant.

Junior s'exécuta.

— Alice… grogna Logan.

Il s'agitait. Mitch baissa la tête, essaya de capter son regard, qui fuyait déjà ailleurs.

— Ça va aller, mon pote, ça va aller.

— Elle est où ?

Les yeux de Mitch croisèrent ceux de Sherry. Elle avait rampé jusqu'au corps de la jeune fille et secoua la tête, l'air désolé.

— Les secours vont arriver. On va te sortir de là.

Une minute s'écoula. Logan se tendait.

— S'il lui a fait du mal… je vous jure que… que je…

— T'en fais pas, mon pote. Calme-toi…

La voix de Mitch flancha. Il se sentait incapable d'ajouter une horreur de plus à un moment déjà horrible. À un mètre d'eux, la cervelle d'Arlin Gillespie avait commencé à sécher dans le sable.

— Je vous jure que je lui fais sauter la… la tête… lâcha Logan dans un souffle.

— Tiens le coup, les secours vont arriver…

Peu à peu, la respiration du jeune homme se fit plus lente, plus profonde, plus calme. Le soleil rouge avait quitté la gorge et le froid tomba sur la pierre.

Sherry avait rejoint les enfants. Elle revenait de loin, mais elle tenait le coup.

Jake observait la scène, enregistrant le moindre détail du tableau.

Tout près de lui, Junior pleurait.

ÉPILOGUE

La nuit était claire et parfumée.

La chaleur avait persisté bien après le coucher du soleil et les feuilles pendaient sur les arbres, molles et asséchées. Les criquets faisaient des trilles dans les buissons, les routes vibraient encore des rires des enfants transportés à l'arrière des véhicules agricoles. En dehors du chant du soir, tout se taisait. Le vent d'est, qui avait soufflé une bonne partie de la journée, était tombé avec le crépuscule.

D'une pression légère sur le déclencheur de son Nikon, Rick Mayfair, qui avait publié un mois plus tôt un livre intitulé *Les Disparus de Duncan's Creek*, capta ce moment fugitif, hors du temps. Il ne souhaitait pas figer l'instant, seulement rendre hommage à la vie, au-delà du silence.

Sur l'une des photos qu'il développerait le lendemain et qui ferait la une du numéro 34 du *Register* nouvelle formule, Betty Adams afficherait ce sourire touchant qu'il lui connaissait depuis un peu plus de quatre mois. La petite Olivia dormait dans ses bras, ses poings minuscules serrés sous son menton. Ils lui avaient donné le prénom de la mère de Rick, et c'était là tout ce que le bébé tenait de son père. Ses cheveux clairs, ses yeux d'un bleu profond, ses joues à croquer : Olivia était le portrait craché de Betty.

Il y aurait trois figurants aux côtés de l'institutrice : Jake Dickinson, Sam Baldwin et Ben McCombs, Jr. Heureux et souriants, on les verrait lever le pouce en signe de victoire. La photo, cependant, ne permettrait pas d'entendre leurs cœurs battant à l'unisson. À l'arrière-plan se devineraient les présences de Beth De Witte et de Martha Hodge, des frères Freeman, de la famille DeSoto au grand complet, de Jim Pomeroy et Felicity Jones.

Le cliché se voudrait plus un souvenir volé qu'un portrait commémoratif. Tout réussi qu'il fût, il ne retranscrirait jamais l'amour qui débordait des yeux de Betty lorsqu'elle les posait sur sa fille, ni l'égarement constant dans lequel Jim Pomeroy semblait plongé depuis plusieurs mois. La mort de la petite Shawna avait enfoncé le clou de son veuvage, quant à la perte de son ami Lamar Jones, survenue à la fin du printemps, elle n'avait fait qu'ajouter à sa peine.

Les minutes qui avaient précédé et suivi la prise de vue échapperaient elles aussi à la postérité. La photo ne montrerait pas le médecin se levant de sa chaise, juste après le flash, pour passer un duo Bechet-Armstrong sur l'électrophone que Beth avait branché au générateur extérieur. Elle occulterait l'émotion qui saisit la veuve de Lamar, à qui la chanson était dédiée, lorsque Jim prononça quelques mots à sa mémoire, et ne traduirait pas le silence qui plana sur le jardin du restaurant bien après la fin du morceau. Elle ne dirait rien, non plus, sur le fait que le destin n'est rien d'autre que la part de bonheur ou de malheur, le lot de fortune ou d'infortune, qui échoit à chacun à la naissance, et que la vie distribue ses cartes au hasard.

Et elle tairait l'absence de certains.

Logan Momsen, qui selon la croyance populaire venait d'entrer dans le plus bel âge de sa vie, avait rejoint pour l'été une exploitation agricole du nord de la Californie. Son équilibre psychique était devenu si fragile depuis les événements de l'année passée qu'il devait s'efforcer de faire le vide pour ne pas basculer dans le gouffre qui menaçait de s'ouvrir sous ses pieds à chaque pas. Alice l'avait rempli de tant d'amour que rien ne comblerait jamais le manque qu'elle avait laissé.

Mandy Twitchell avait quitté Duncan's Creek. Quand elle avait pris conscience que les fantômes de ceux qu'elle avait perdus ne la laisseraient jamais en paix, elle n'avait eu d'autre choix que la fuite. Il se murmurait qu'elle avait refait sa vie avec un routier de passage, mais ce n'était sans doute que commérages.

Piper Gillespie avait été placée dans un foyer d'aide aux personnes démunies. Depuis la mort de son fils, qui avait emporté nombre de ses secrets dans la tombe, la vieille femme avait complètement perdu la tête. On lui avait découvert des hématomes et d'anciennes fractures, que les médecins avaient mis sur le compte d'années de maltraitance. Son fils Arlin ayant été déclaré mentalement instable après les événements de l'été 1985, c'est à lui qu'on imputa ces mauvais traitements. Pourtant, le fermier n'avait jamais levé la main sur sa mère qui, dans le secret de sa chambre, s'infligeait parfois des sévices à elle-même pour se punir d'avoir enfanté un monstre.

Mitch Novak et Sherry Grant, quant à eux, regardaient le feu d'artifice du 4 juillet depuis les hauteurs de la Boulder Mountain, blottis l'un contre l'autre à l'abri des regards malveillants. Ils se faisaient souvent des sorties en tête-à-tête depuis quelque temps ; personne n'était au courant, et c'était très bien comme ça.

Une étoile jaillit au-dessus des autres dans la nuit d'encre, éclairant le ciel d'une lumière flamboyante.

Jake Dickinson, qui avait fêté ses 12 ans en janvier, la suivit de ses yeux rêveurs. Il était assis au bout du ponton de bois du père Baldwin, et sa poitrine lui sembla soudain trop étroite pour contenir toute la joie dont le remplissait ce spectacle. Sur une impulsion, il décida que si la prochaine fusée était rouge, il parviendrait à parler à Sam du secret qu'il avait sur le cœur depuis quelques mois, comme elle l'avait fait avec le sien. Bien sûr, elle se doutait peut-être déjà de quelque chose et faisait semblant de ne rien voir, mais Jake avait envie de lui parler. Sam était sa meilleure amie, après tout.

Il attendit le prochain tir, ses pensées s'envolant momentanément vers le nord de la Californie. Les étoiles se comptaient par milliers et il se demanda si le ciel était aussi beau, vu de là-bas.

Il y eut un sifflement strident, suivi d'une traînée de feu. Son cœur se mit à battre la chamade.

— Tu t'es encore tiré en douce, Dickinson !

Sam vint s'asseoir près de lui. Elle ne portait plus d'appareil dentaire et s'était coupé les cheveux au-dessus des oreilles.

— Va pas t'imaginer que tu peux garder le ponton pour toi tout seul, hein ! C'est le mien aussi…

— Et le mien ! fit valoir une voix derrière eux.

Junior, délesté de cinq kilos après un séjour dans une colo pour enfants en surpoids, vint poser son derrière pourtant toujours aussi imposant entre eux.

— Va vraiment falloir penser à le faire agrandir, ce ponton, s'amusa Jake avec une assurance dont il se serait cru incapable il n'y avait pas un an.

Les deux autres se mirent à rire. Ils savaient qu'à eux trois, ils étaient en train de créer un moment auréolé de magie dont ils se souviendraient toute leur vie ; l'un de ces moments insolites et insolents où tout se met en place, inexplicablement.

— Les gars… dit Junior après une minute, sur un ton que les deux autres connaissaient bien.

— Quoi ? répondirent Jake et Sam de conserve.

Le gros garçon laissa son regard errer au loin.

— Ça vous dirait pas de retourner là-haut ? Rien qu'une fois ?

La lune les surveillait au milieu du ciel, attendant leur verdict. Elle semblait si proche qu'il leur aurait suffi de tendre la main pour la toucher du doigt.

D'autres fusées jaillirent dans la nuit, explosant en milliers d'éclats multicolores.

Jake s'emplit les poumons des senteurs musquées de l'été. Il ne répondit rien, pas plus que Sam. Il se contentait de sourire.

REMERCIEMENTS

Merci à Laure, encore et toujours.

Merci à Cathy et à Jérémy.

Et un merci tout spécial à Juliette, qui m'a aidé à me tenir à distance des ténèbres.

Merci à Laure, encore et toujours.
Merci à Cathy et à Jérémy.
Et un merci tout spécial à Juliette, qui m'a aidé à me tenir à distance des ténèbres.

MIXTE
Papier issu de
sources responsables
FSC® C003309
FSC
www.fsc.org

10/18, une marque d'Univers Poche,
est un éditeur qui s'engage pour
la préservation de son environnement
et qui utilise du papier fabriqué à partir
de bois provenant de forêts gérées
de manière responsable.

Imprimé en France par CPI

N° d'impression : 3010182
Dépôt légal : mai 2015
X06556/01